SUSAN VREELAND

Von Zauberhand

SUSAN VREELAND

Von Zauberhand

Roman

Aus dem Amerikanischen von Adelheid Zöfel

Diana Verlag

Die Originalausgabe erschien 2004 unter dem Titel
The Forest Lover bei Viking Penguin, a member of Penguin Group (USA) Inc.

Redaktion lüra – Klemt & Mues GbR
Layout und Herstellung Helga Schörnig
Satz Leingärtner, Nabburg
Gesetzt aus der Sabon 10,1/14,8 pt
Druck und Bindung GGP Media GmbH, Pößneck

Printed in Germany

ISBN 3-453-26508-4

Es gibt etwas, das größer ist als das Faktische: der Geist, der ihm innewohnt, alles, wofür er steht, die Stimmung, die Weite, das Fluidum des Westens mit seinem »Geh zum Teufel, wenn's dir nicht passt«, die unendliche Größe. Oh, der Westen. Von dort komme ich, und ich liebe ihn.

Emily Carr
HUNDREDS AND THOUSANDS, 1966

Dies ist der Wald der Vorzeit.
Die rauschenden Fichten und Tannen,
Bärtig vom Moos und im grünen Gewande,
Unkenntlich im Zwielicht,
Stehen wie Druiden aus alter Zeit,
Mit traurigen Stimmen voll Prophetie.

Henry Wadsworth Longfellow
EVANGELINE, 1847

Für C. Jerry Hannah, der eine starke Sprache spricht

Teil I

1 Prachtbrombeere, 1906

Ihr Cape flatterte im Wind, als sie mit Reisetasche und Proviantkorb den Strand entlangwanderte, den Blick entzückt auf das ferne Hitats'uu gerichtet: Das Dorf lag unter fein gesponnenem Dunst, dicht bedrängt von Tannen und Zedern. Ein einzeln stehender Baum war umgestürzt und lag entwurzelt da, seine Äste von den Wellen übel zugerichtet und im Tang verheddert. Der Wind peitschte durch den Schwertfarn, der aus der Borke spross. Endlich war sie wieder hier, an diesem magischen Ort, wo die Bäume auf dem Absprung zu sein schienen, wo der Ozean nasser war als gewöhnliches Wasser und wo Wald und Meer, die Nootka zwischen sich gepresst, aufeinander prallten.

Emily war in San Francisco gewesen und hatte sich eingesperrt gefühlt. Sie war in London gewesen, doch London hatte sie erdrückt. Jetzt war sie mit der Canadian Pacific Railway über die Rocky Mountains gefahren, und beim Anblick der zerklüfteten Schönheit hatte ihr der Atem gestockt. Sie war ohne Sattel über eine Ranch in Western Cariboo galoppiert, hatte ihren Hut geschwenkt und in den weiten Himmel gejubelt. Dann war sie heimgekehrt, zurück nach Victoria, British Columbia, zurück in das Haus, in dem sie zur Welt gekommen war und das aussah wie ein zweistöckiger gelber Vogelkäfig, zurück in den Salon mit den gestärkten Spitzendeckchen – aber dort hatte sie nichts als Heuchelei und Vorwürfe angetroffen.

Doch hier, ja, hier – an der Westküste von Vancouver Island, wo sich die Wellen brachen, wo es nach salziger Gischt und Seetang roch, dazu der hoch aufragende Wald, der von Rabengekrächz und anderen Geheimnissen erfüllt war, und die Langhäuser aus Zedernholz, das, von Wind und Wetter poliert, silbrig glänzte –, hier pulsierte alles vor Leben, die Luft war noch wilder, noch freier als in Emilys Erinnerung, noch verlockender als damals vor acht Jahren. Oder hatte *sie* sich verändert?

Lulu, inzwischen zu einer jungen Frau herangewachsen, suchte essbare Muscheln am Strand. Sie hatte Emily sofort erkannt, als diese aus dem Kanu kletterte, das sie von dem eine Meile entfernten Dampferanlegeplatz hierher gebracht hatte. Mit einem strahlenden Lächeln nahm sie ihr nun die Reisetasche mit den Skizzen ab, und schon stürzte mit lautem Gebell ein Rudel räudiger Hunde heran. »Platz!«, befahl Emily und pflanzte sich breitbeinig auf.

Mit fliegenden Zöpfen rannte Lulu los und verscheuchte die Hunde, ihr langer indigoblauer Rock bauschte sich beim Rennen, die Muscheln klapperten in dem Korb auf ihrem Rücken. Dann kam sie zu Emily zurück. »Entschuldige. Die Hunde sind sehr ungezogen.«

Gemeinsam näherten sie sich dem größten der Langhäuser, diesen alten Gebäuden, in denen mehrere Familien zusammenlebten. Die Fassade war mit einer verblassten roten Riesensonne bemalt. Lulu hob das Fell an, das den Eingang schützte, und winkte Emily herein.

Wehe, du gehst dorthin. Noch immer hörte sie die empörte Stimme ihrer Schwester Dede. Vor zwei Tagen, zu Hause im Salon. *Für wen hältst du dich eigentlich?*

Beim Betreten des Langhauses spürte Emily, wie kindlicher Trotz in ihr hochstieg.

Die Gerüche, die ihr entgegenschlugen, waren überwältigend: Fisch, Fett, das würzige Aroma von Holzfeuer. Frauen in gestreiften Baumwollkleidern saßen auf mehreren Bänken leise murmelnd um das Feuer herum und musterten Emily mit neugierigen

Blicken. Manche ließen ihre Beschäftigung ruhen. Eine ältere Frau mit rotem Kopftuch betrachtete die Besucherin mit zusammengekniffenen Augen. Wahrscheinlich fragte sie sich, was eine weiße Frau mit einer karierten Schottenmütze auf dem Kopf in diesem abgelegenen Dorf verloren hatte.

»Guten Tag«, sagte Emily.

Nur ein Zucken der Unterlippe verriet, dass die ältere Frau ihren Gruß gehört hatte.

»Die Nootka sind nicht gerade für ihre Freundlichkeit bekannt«, hatte der Dampferkapitän Emily vor ein paar Stunden anvertraut.

»Aber ich habe vereinbart, dass ich bei den Missionaren wohnen kann«, hatte sie erwidert.

»Die haben vor einem Monat ihre Koffer gepackt und sind abgereist. An Ihrer Stelle würde ich meinen Plan noch einmal überdenken.«

Die Worte des Kapitäns hatten sie getroffen wie ein Schlag in die Magengrube. Garantiert wäre Dede vor Schadenfreude geplatzt! Ihre Schwester hatte ihr ja ohnehin eine Standpauke gehalten: Ihr abwegiger Wunsch, mit irgendwelchen Indianern durch die Wildnis zu streifen, sei eine Schande für die ganze Familie. Trotzdem war sie in Ucluelet an Land gegangen, und ihre Angst, sie könnte vielleicht doch einen Fehler gemacht haben, drängte sie hier, in diesem Langhaus, schnell beiseite.

Lulu nickte einem Mann zu, worauf sich dieser aus seiner Hängematte bequemte, die an dicken, baumstammartigen Balken hing. Sein stumpf geschnittenes Haar war kinnlang, und zu der locker sitzenden Wollstoffhose trug er Lederschuhe, aber keine Socken.

»Häuptling Tlehwituua«, verkündete Lulu hochachtungsvoll und fügte auf Nootka ein paar Worte hinzu, auf die er antwortete.

Der prüfende Blick seiner milchigen Augen ging direkt durch Emily hindurch. *Wer bist du?*, schien er sie zu fragen. Die Frage hatte sie sich selbst schon oft genug gestellt. Eine leidenschaftliche Rebellin – oder eine einsame alte Jungfer? Eine orientierungslose Amateurin – oder eine engagierte Malerin?

»Häuptling Tlehwituua sagt, er wusste, dass eine neue Missionarsfamilie kommt. Die Flut, die geht, kehrt stets zurück«, sagte Lulu. Dann sprach wieder der Häuptling. »Er will wissen, wo dein Ehemann ist.«

»Ich bin keine Missionarsfrau! Sag es ihm, Lulu. Ich habe die Missionare damals nur besucht. Sag ihm, dass du dich an mich erinnerst. Emily Carr.« Sie stellte ihr Gepäck auf den Boden und nahm ihre Mütze ab.

»Keine Missionarsfrau!«, wiederholte jemand auf Englisch.

Gemurmel. Freundliche Gesichter. Jemand lachte laut. Ein Mann schlug sich auf den Schenkel. Der Häuptling hob die Hand – augenblicklich trat Ruhe ein. Offenbar erkannte er sie nicht wieder. Das lag sicher an ihren kurzen Haaren. Beim letzten Mal hatte sie die Haare noch lang getragen und hochgesteckt, wie es sich für eine viktorianische Dame geziemte. Jetzt dachten vermutlich alle, sie hätte eine wellige braune Strickmütze auf dem Kopf.

Der Häuptling beriet sich mit Lulu. »Wenn du keine Missionarsfrau bist, warum kommst du hierher, will er wissen«, übersetzte Lulu.

»Diesmal bin ich hier, um zu malen. Frag ihn, ob ich malen darf. Das Dorf, die wunderschönen Kanus …«

Sie holte ihren halb vollen Aquarellblock aus der Tasche, um ihre Bilder vorzuzeigen: Bilder von Beacon Hill Park in Victoria, von Waldlandschaften und Küstenszenen in England. Sie hatte das Gefühl, sich rechtfertigen zu müssen. Die englischen Bäume waren mickrig im Vergleich zu den mächtigen Douglastannen und Zedern hier. Ein jämmerliches Angebot.

Bestimmt wollte er wissen, warum sie ausgerechnet *hier* malen wollte. Was sollte sie ihm antworten? Dass sie hoffte, endlich herauszufinden, weshalb diese wilde Landschaft sie mit so verheißungsvollen Stimmen lockte?

Der Häuptling beschrieb mit der Hand einen Kreis, als hielte er einen Pinsel zwischen den Fingern, und deutete dann mit einem Kopfnicken auf ihren Skizzenblock.

»Er will, dass du malst.«

»Jetzt gleich?«

War das eine Einladung oder ein Befehl? Sicherheitshalber entschied sich Emily für den Befehl. Aber konnte sie unter all den kritischen Blicken überhaupt malen? Konnte sie malen, ohne vorher eine Skizze anzufertigen? Auf diese Situation hatten die ganzen Jahre an den Kunsthochschulen in San Francisco und England sie nicht vorbereitet. Nun musste sie sich selbst beweisen, dass sie das war, was sie in den letzten zwölf Jahren immer zu sein gehofft hatte.

Emily klappte ihren Aquarellfarbenkasten auf, womit sie sofort die Neugier des Häuptlings weckte. Er steckte seine Nase in jede einzelne Farbe und schnupperte daran, während sie sich nach einem passenden Sujet umschaute. Die erhöhten Bänke an den Wänden trafen an einem kunstvoll geschnitzten Eckpfosten zusammen: Er sah aus wie ein Mann mit einem Fisch in der Hand – das überzeugendste Motiv hier im Raum. Durchaus geeignet für ein Aquarell. Nur die Perspektive war vertrackt. Emily gab auf. Es funktionierte nicht. Sie riss die Seite heraus, und unter den Anwesenden erhob sich Gemurmel. Sie begann wieder von vorn, malte die Gestalt des Fischers, malte Körbe, Stapel von Wolldecken, geschnitzte Zedernkisten, die an der Wand hängenden Knäuel aus Riementang, die gedörrten Lachsfilets, die über Stöcken hingen und wie braunrote Lappen aussahen. Sie arbeitete schnell, aus Angst, man könnte sie gleich wieder wegschicken. Aber wohin würde sie gehen? Der Dampfer legte erst in einer Woche wieder in Ucluelet an.

Als sie fertig war, fragte Lulu: »Willst du mich malen?«

Ach! Porträts waren entweder langweilig oder leblos. Hatte Lulu überhaupt je ihr eigenes Gesicht gesehen? »Möchtest du das wirklich?«

Lulu streckte den Kopf vor. »Wir sagen nichts, was wir nicht meinen.«

»Entschuldige.«

Lulu kniete beim Feuer nieder, und Emily fing an zu malen. Immer, wenn sie aufblickte, ruhten Lulus dunkle Augen auf ihr. Die älteren Kinder und die Frau mit dem roten Kopftuch warfen verstohlene Blicke auf das Bild, kamen aber nicht näher.

»Sieht man Nuu'chah'nulth-Frauen in Victoria?«, wollte Lulu wissen.

»Du meinst, die von den Weißen Nootka genannt werden?« Emily schämte sich. Sie konnte den Unterschied zwischen Nootka und Songhees nicht erkennen. »Manchmal, ja. Und auch Songhees-Frauen.«

»Wo wohnen sie?«

»Die Songhees leben im Reservat. Wahrscheinlich leben die Nootka am Strand.«

»Was tun sie in Victoria?«

»Sie verkaufen Beeren, Fisch und Körbe.«

Emily wollte ihr nicht sagen, wie die Songhees aus dem Reservat im Inneren Hafen von Victoria vertrieben worden waren, das man ihnen als ständige Bleibe versprochen hatte.

»Und sonst?«

Sie dachte an Wash Mary, die auf der hinteren Veranda ihre Schürzen gestärkt hatte, als Emily noch ein kleines Mädchen war.

»Eine Songhees-Lady hat unsere Wäsche gewaschen, aber das ist fünfundzwanzig Jahre her.«

Lulus Augen glühten. »Sie hat bei euch gelebt?«

»Nein. Sie wohnte in einem kleinen Haus auf der anderen Seite von Chinatown.«

Emily ließ den Pinsel sinken. »So. Fertig.«

Lulu hielt das Bild mit ihrem Blick fest, als würde es verschwinden, sobald sie wegschaute. »Das bin ich? Du machst mich hübsch.«

Die Frau mit dem roten Kopftuch trat vor, um ebenfalls einen Blick auf das Bild zu werfen. Ihr Gesicht verriet keine Regung. Sie ging ein paar Schritte zurück, öffnete eine Truhe, hüllte sich in eine mit Perlmuttknöpfen verzierte dunkelblaue Decke, kam zurück ans Feuer, nahm auf einer Holzkiste Platz, zog ihre beiden grauen Zöpfe, die mit rotem Band geflochten waren, über die Schultern nach vorn, klopfte sich auf die Brust, hob das Kinn und warf sich in Positur.

»Meine Großtante«, sagte Lulu.

Emily grinste. Ihr eigentliches Vorhaben konnte warten. Sie wischte sich den Schweiß von der Stirn und machte sich wieder an die Arbeit.

Die Tante stammte von hier, aus diesem Dorf. Wind und Sonne hatten ihr Gesicht, wie ihr Haus, gegerbt. Ihre Lachfalten, ihre Sorgenfalten wirkten wie Wasserrinnen in einer zerfurchten Landschaft. Die Flammen beleuchteten den einen ihrer hohen Wangenknochen, den anderen ließen sie im Schatten, was ihr eine geheimnisvolle Aura verlieh.

Freude stieg in Emily hoch. Man ließ sie gewähren! Die Tante grinste und sagte auf Nootka etwas zu Lulu. Diese kicherte. »Sie kennt dich noch.«

Die Tante fuhr sich mit den Zeigefingern über die Augenbrauen und ließ ihre Hände an den Schläfen flattern.

»Sie erinnert sich an deine Brauen. Sie sind wie Flügel.«

Emily lachte. Es stimmte – die eine ihrer Brauen war tatsächlich sehr buschig und gewölbt, wodurch sie aussah, als stelle sie permanent alles in Frage.

»Sie erinnert sich an dein Lachen. Du bist jetzt kräftiger, sagt sie.«

Auch das stimmte. Mit einer Wespentaille war sie nach England gereist und war, höflich ausgedrückt, als rundliche Dreiunddreißigjährige zurückgekehrt. Achtzehn Monate hatte man sie in ein stocksteifes Sanatorium in Suffolk gesperrt, wo man glaubte, Heimweh und alles andere, was den Körper krank macht, mit erzwungener Bettruhe heilen zu können, außerdem mit Honig, Marmelade und Bergen von Kartoffelbrei. Das Ergebnis dieser Behandlungsmethode war unübersehbar.

»Kräftiger? Sag deiner Tante, ich kann jetzt auch kräftiger lachen.«

Als Emily mit dem Porträt der Tante fertig war, stellte sie alle drei Aquarelle auf eine Schlafbank und trat einen Schritt zurück, jeden Muskel angespannt. »Sie sind für euch.«

Neugierig kamen jetzt alle herbei und unterhielten sich angeregt auf Nootka. Voller Respekt ließen sie den Häuptling durch, aber hinter ihm drängten sie sich wieder zusammen. Nach einer Weile trat er auf Emily zu, nickte kurz und ging nach draußen.

»Heißt das, er erlaubt mir zu bleiben und zu malen?«

Lulu kicherte. »Er wollte es dir sowieso erlauben. Er wollte nur sehen, wie du es machst.«

Emily seufzte erleichtert auf.

Die Tante hielt ihr eine Schale mit Prachtbrombeeren hin und sagte dazu etwas, was Emily nicht verstand.

»Du schläfst hier«, sagte eine der Frauen, die offensichtlich als Übersetzerin fungierte. »Tante will es.«

Im selben Raum mit all diesen Menschen sollte sie schlafen? Mit Ehepaaren? Mit alten Männern? Mit dem Häuptling? Alle in einem Raum? Sie gehörte nicht hierher – aber sie gehörte auch nicht in einen bigotten Missionarshaushalt mit den Zehn Geboten an der Wand. Das würde sie viel zu sehr ans Haus ihrer Schwester erinnern, wo überall Stickereien mit Bibelsprüchen hingen, die einem jede Lebensfreude raubten. Aber das, was sich dort um sie herum abspielte, brachte sie wenigstens nicht in Verlegenheit.

»Sag ihr, dass ich für die Einladung danke. Ich werde im Missionshaus schlafen.«

Die Tante verzog ungnädig das Gesicht, als die Frau ihr die Worte übersetzte.

Mist! Hatte sie einen Fauxpas begangen?

»Du bist wirklich keine Missionarsfrau?«, wollte die Übersetzerin wissen.

Du lieber Gott! Eine Missionarsfrau, wie Dedes und Lizzies Betschwestern, die mit Lizzies Apostel-Löffeln den Tee umrührten oder kniend den Teppich im Salon durchscheuerten. Man wusste nie, wann oder wo man über eine von ihnen stolperte. Schon beim Gedanken daran, wie die Sonntagsschule nach und nach jeden Raum des Hauses mit Beschlag belegt hatte, wurde sie ganz kribbelig. Und wie wütend Lizzie und Dede geworden waren, als sie sich weigerte, eine Gruppe zu unterrichten! Dass sie nicht mit missionarischen Absichten nach Hitats'uu reiste, fand Dede in ihrer provinziellen Wohlanständigkeit geradezu frivol. Was hatte sie getobt! »Es ist erniedrigend, dass jemand mit den heidnischen Eingeborenen in einem Indianerdorf lebt! Und wozu das Ganze? Was soll diese unfassbare, unnötige, überflüssige Suche nach dem Leben vor Christus? Nichts als Unsinn! Und so jemand lebt unter unserem Dach!«

Emily hörte sich selbst lachen. Tief, laut, kehlig. »Nein. Keine Missionarsfrau. Da bin ich mir ganz sicher.«

»Klee Wyck«, sagte die Tante. Andere wiederholten die Worte und grinsten dabei.

»Was bedeutet das?«, fragte Emily.

»*Die Lachende*«, sagte die Übersetzerin. »Du.«

Emily lachte wieder, um ihnen eine Freude zu machen.

2 Zeder

Am Morgen ging sie, ihre Maltasche über der Schulter, ein langes Stück den Strand entlang. Die Luft war dunstig. Emily atmete den Geruch von Seetang ein und hatte auf einmal einen salzigen Geschmack im Mund. Ihr Blick wanderte hinüber zum Wald – wie viel undurchdringlicher und rätselhafter er doch war als der bewaldete Teil von Beacon Hill Park zu Hause! Ob sie es je wagen würde, ihn zu malen? Den Umgang mit einer derart einschüchternden Majestät brachte einem an der Kunsthochschule keiner bei.

Plötzlich hatte sie das Gefühl, platzen zu müssen, wenn sie sich nicht bald erleichterte, aber sie war schon zu weit gegangen, um es noch zurück zum Missionshaus zu schaffen. Also flüchtete sie sich in den Wald, versteckte sich hinter einem Zedernstamm, lüftete ihren langen Rock und den Unterrock und kauerte sich nieder. Dede wäre entsetzt! Na, auch gut. Dede stand wahrscheinlich über solchen niedrigen menschlichen Regungen.

Donnerkrachen erschreckte sie. Kurz darauf drang Regen durch das Blätterdach. Die Aquarelle auf ihrem Block würden zerfließen! Schutz suchend floh sie immer tiefer in den Wald, bis sie ein kleines Holzhaus entdeckte. Es war mit einem kühn geschwungenen Symbol verziert, um das eine Gruppe von Kindern herumtanzte. Über dem Eingang hing ein Tierfell.

»Hallo!«, rief Emily, aber nur das Gezwitscher der Meisen antwortete ihr. Sie trat ein. In der Mitte des gestampften Lehmbodens befand sich eine Feuerstelle, auf die es jetzt durch das Rauchloch im Dach regnete. An der hinteren Wand stand eine geschnitzte Bank aus Zedernholz. Ein feines Fischgrätenmuster, die Ecken vertikal ausgekehlt. Hier hatte jemand große Sorgfalt walten lassen. Behutsam strich Emily über die glatte Oberfläche. Nur Liebe konnte aus einem so simplen Gebrauchsgegenstand ein derart elegantes Kunstwerk machen.

Wash Mary hatte ihr einmal erzählt, indianische Frauen würden sich an bestimmten Tagen des Monats in solche Hütten zurückziehen. Der Geruch kam Emily vertraut vor – eisenhaltig, fischig, ähnlich wie ihr eigener, aber vermischt mit Zeder, feuchter Asche und Regen. Wurden hier heilige Rituale vollzogen, die nur die Nootka-Frauen kannten? Wie konnte sie ihnen jetzt noch mit derselben Unbefangenheit gegenübertreten, nachdem sie in ihren geheimen Ort eingedrungen war?

Sobald der Regen nachließ, ging sie zurück an den Strand. Drei kleine Jungen folgten ihr kichernd. Einer hatte Schorf unter der Nase, und alle drei trugen keine Schuhe. Kaum etwas quälte Emily so wie der Anblick eines barfüßigen Kindes in der Kälte. Der kleinste der Jungen, der einen Seetangstrang hinter sich herzog, hatte nur ein kurzes Hemdchen an. »A-B-C-D-E«, sang er in aufsteigenden Tönen und schaute Emily prüfend an: Hatte sie ihn überhaupt gehört? Die anderen schubsten ihn lachend. Er ließ den Seetang fallen und rannte los.

»... F-G«, sang Emily, amüsiert über sein wackelndes braunes Hinterteil.

Eine Reihe von Kanus, aus Zedernstämmen gehauen, lag entlang der Wasserlinie am Strand. Alle hatten einen hohen, graziösen Bug, der fantasievoll bemalt war: ein grinsendes Wolfsgesicht in Schwarz, Weiß und Rot, das nur aus Zähnen und aus einem fast menschlichen Auge zu bestehen schien, ein stolzer Donnervogel mit blauen und gelben Flügeln, die sich über die Seiten des Rumpfs erstreckten und so das gesamt Kanu in einen Vogel verwandelten, der jeden Augenblick abheben konnte. Eine grüne Seeschlange mit langer roter Zunge und roten Augen, die um sich schaute, als wolle sie die Wellen auflecken.

Schon als Kind hatte Emily indianische Kanus geliebt. Sie hatte bei den Kanurennen, die jedes Jahr am Geburtstag der Königin von verschiedenen Stämmen in Victoria abgehalten wurden, jubelnd ihre Favoriten angefeuert, hatte mit den Armen gefuchtelt und war beim Auftritt der *Klootchmen* vor Begeisterung herumgehüpft – die *Klootchmen* waren indianische Frauen in gemusterten Kleidern, die ihre zehn speerförmigen Paddel im Gleichtakt eintauchten und ihr Kanu mindestens so wild entschlossen wie die Männer vorwärts jagten. Dede hatte ihr einen Klaps aufs Hinterteil verpasst und gezischt: »Halt gefälligst still und benimm dich wie eine Dame!«

Und jetzt konnte sie diese Kanus endlich malen! Emily ging im Zickzack darauf zu, auf der Suche nach der besten Perspektive, blieb dann aber stehen. Lulu saß, an einen Felsen gelehnt, auf dem Boden. Würde sie spüren, dass Emily in der Hütte gewesen war?

Lulu blickte auf. »Unsere Kanus gefallen dir?«, fragte sie.

Erleichtert antwortete Emily: »Sie sind wunderschön. Überhaupt ist es hier wunderschön.«

Lulu nickte. »Hier ist ein guter Platz, um zu schauen und zu hören. Wir müssen nur ganz still sein, dann bekommen wir neue Kraft.«

»Ja. Genau das brauche ich.« Emily setzte sich zu ihr.

»In Victoria gibt es auch schöne Orte?«

Was würde Lulu wohl von dem neuen Parlamentsgebäude der Provinzregierung halten? Überall Kuppeln und Bögen, wo früher einmal Wald war? Alles aus Stein. Kein Stückchen Holz. Und was würde sie zu den Kutschen sagen, den Rikschas und Fahrrädern, zu den Straßenbahnen mit den scheppernden Klingeln? Würden ihr die berittenen Geschäftsleute mit den Zylinderhüten gefallen? Die Rinder, die durch die Stadt getrieben wurden, zu Goodacres stinkendem Schlachthof? Die abgetakelten Wracks, die am Hafen im Schlamm lagen? Was würde sie zu den Saloons an jeder Straßenecke sagen? Zu den chinesischen Opiumhöllen?

»Anders.«

»Wäscht die Songhees-Frau jetzt deine Wäsche?«

»Nein. Ich wasche selbst. Meine Schwestern auch.«

»Mit wie vielen Menschen wohnst du?«

»Mit niemandem.«

»Nicht mit deiner Familie?«

»Meine Schwestern wohnen in Victoria. Ich lebe in Vancouver. Das liegt sechzig Meilen von Victoria entfernt, auf dem Festland.«

Lulu runzelte die Stirn. »Niemand wohnt bei dir?«

»Doch. Ein Vogel. Er sorgt dafür, dass ich nicht einsam bin.« Emily spürte Lulus Verwunderung. Wie viel konnte ein Vogel schon bewirken? Es war absurd – sie hatte vier Schwestern, und trotzdem war sie allein.

»Mir gefällt es, wie ihr lebt. Viele Familien zusammen. Niemand ist einsam. Niemand ist ein Außenseiter.«

»Ja«, sagte Lulu, aber es klang fast wie ein Seufzer. Sie bog ein Stückchen Zedernborke vor und zurück, um es geschmeidig zu machen.

»Das riecht gut. Warum tust du das da?«

»Ich mache Windeln für das Baby meiner Schwester. Und für *Hisyuu*. Ich zerstoße die Rinde. Dann wird sie ganz weich.«

»*Hisyuu*?«

»Wenn wir den Mond rufen hören und zu einer Frauenhütte gehen.«

Emily schluckte. »Du meinst, ein kleines Haus, wo ihr nur dasitzt?«

»Nein. Wir sitzen nicht nur da. Die alten Frauen lehren uns.«

»Ihr bleibt die ganze Zeit dort?«

»Manchmal können wir manche Sachen nicht tun.«

»Zum Beispiel?«

»Wenn geangelt wird, können wir nicht durch Flüsse gehen. Wir können nicht ins Meer gehen. Der Lachs wird böse.«

Lulus ernstes Gesicht sagte Emily, dass sie tatsächlich an den Zorn der Fische glaubte. Was für eine eigenwillige Vorstellung, aber irgendwie schön – ein direkter Austausch zwischen Fisch und Mensch. Der Lachs, wie er silbern und zitternd mit der Schwanzflosse schlägt und mit seinen glubschigen Augen um sich blickt, als wolle er gleich zu sprechen beginnen.

»Es ist unsere Zeit, Vögel und Wind zu hören. Tag und Nacht zu spüren. Das Blut ist in *Hisyuu*. Wir verbrennen es dort. Asche geht zurück in die Erde. *Hishuk t'awaak*.«

»Was heißt das?«

»Alles ist eins.«

Der Gedanke gefiel Emily, sie notierte ihn auf ihren Zeichenblock.

»Dein Englisch ist jetzt viel besser.«

»Ich lerne in der Konservenfabrik in Ucluelet. Englisch, Chinesisch, Japanisch. Alle Sprachen zusammen, an einem großen Tisch.« Lulu kicherte und beschrieb mit den Händen Kreise dicht an ihren Ohren. »Aber alle verstehen Chinook. Wir reden und reden.«

»Was hast du an den Mond-Tagen gemacht, als du in der Fabrik gearbeitet hast?«

War die Frage zu intim? Lulus Miene verdüsterte sich, und sie hörte auf, die Rinde zu biegen.

»Manchmal bin ich zur Arbeit gegangen. Einmal blieb ich in der Hütte. Als ich zurück zur Arbeit ging, hatte ein chinesisches Mädchen meine Stelle. Ich arbeite nicht mehr dort.«

»Das tut mir Leid.«

Lulu presste die Lippen aufeinander. Offenbar beschäftigte sie eine heikle Frage. »Was machen Nuu'chah'nulth-Frauen in Victoria an diesen Tagen?«

Hilflos schüttelte Emily den Kopf und sagte leise: »Das weiß ich nicht.«

Lulu wirkte beklommen. »Ich weiß, es ist nicht christlich, die Frauenhütten. Ich habe es dir gesagt, weil du wusstest, hier sind keine Missionare, und du bist trotzdem gekommen. Niemand hier ist christlich so wie die Weißen. Wenn die Missionare gehen, betet niemand das Vaterunser. Sag es nicht den Missionsfrauen.«

»Versprochen. Ich werde es ihnen nicht sagen, Lulu. Es ist nicht wichtig.«

Aber etwas anderes war wichtig. Sie musste die Hütte wieder finden.

Am Nachmittag kämpfte sich Emily durch das Unterholz aus Salalbüschen am Waldrand hinter dem Dorf, um die Hütte zu suchen. Die kräftigen graubraunen Stämme der Douglasien ragten über achtzig Meter in die Höhe, dicht neben ihnen verströmten die Weißtannen ihr würziges Aroma. Ihr Liebling, die kompakte Rot-Zeder, beschützte die Schierlingstanne, deren fedrige Astspitzen an graziöse Tänzerhände erinnerten. Emily holte tief Luft und schlang die Arme um sich. Welche Wohltat, die Lungen mit den Gerüchen des Waldes zu füllen!

Krächzend landete eine Krähe auf einer großen quadratischen Holzkiste, die hoch oben zwischen Äste und Stamm einer Zeder geklemmt war. Was hatte diese Kiste dort zu suchen? Wie kam etwas von Menschen Geschaffenes da hinauf? Um besser sehen zu können, musste sie erst noch eine Brombeerhecke überwinden. So gelangte sie auf eine feuchte Lichtung, deren Boden nach Algen und Humus roch. Auf sieben Zedern, bei denen die unteren Äste fehlten, waren solche Kisten angebracht. Von manchen waren nur noch ein paar Bretter vorhanden.

Unter einer dieser Kisten lagen, säuberlich im Moos drapiert, eine geschnitzte Tiermaske und ein Paddel. Und überall Knochen – Menschenknochen, mit einer grünen Algenschicht bedeckt. Emily war fassungslos. Bestimmt stammten sie aus den Kisten. Schnecken krochen über einen grünen Schädel. Der Anblick ließ sie schaudern. Wie konnte man die Gebeine einfach hier herumliegen lassen? Schösslinge hatten die Kisten aufgebrochen, genährt von dem, was sich in ihnen befand. Mit Sicherheit war diese Lichtung ein heiliger Ort, und hier stand sie, Emily, im weichen Moos, zwischen Rippen und Schenkelknochen. Wie konnte etwas dermaßen Abstoßendes heilig sein?

Der Wind heulte leise – oder waren es die Geister? Emily dachte an den handgeschriebenen Zettel, den sie im Missionshaus gefunden hatte. *Predigt für den 17. März 1906. Selig sind, die da arm sind im Geiste.* Die Nootka waren *nicht* arm im Geist. Wenn Lulu mit den Hunden losrannte, war sie erfüllt von Geist. Dieser Ort hier pulsierte geradezu von der Präsenz der Geister. Emily spürte sie – sie beobachteten sie durch die Zweige, saßen ihr im Nacken.

Sollte sie lieber ins Dorf zurückgehen? Auf keinen Fall durfte sie irgendjemandem verraten, dass sie hier gewesen war. Zögernd entfernte sie sich ein paar Schritte, doch der Wunsch zu malen war stärker als ihre Ehrfurcht. Vorsichtig setzte sie sich auf einen bemoosten Stein. Nichts geschah, außer dass die Feuchtigkeit durch ihren Rock drang. Langsam öffnete sie ihren Aquarellkasten. Er quietschte. Ein viel zu schriller Ton für die feierliche Stille.

Sie kramte ihren Skizzenblock aus der Tasche. Ihr Haferbrot fiel heraus. Augenblicklich kamen vier riesige Krähen angeflattert und zankten sich mit lautem Gekrächze um die Beute. Andere stürzten sich auf Emily, wischten ihr mit den Flügeln übers Gesicht. Sie gehörte nicht hierher! Offenbar waren die Krähen die Wächter dieses geheimen Ortes.

Sie verspeisten das Brot, und weil Emily ihnen sonst nichts anbieten wollte, stießen sie wilde Flüche aus, bevor sie wieder zwischen den Bäumen verschwanden. Sehr undankbar!

Sie waren doch nur Vögel.

Emily schlug ihren Block auf. Auf der ersten Seite war die Studie einer Waldlandschaft zu sehen, die sie vor ein paar Monaten in England angefertigt hatte. Sie stieß einen verzagten Seufzer aus. Ach, diese Eibe hatte gar keine Kraft, keinen Charakter! Arm im Geist war dieser Baum, ohne jedes irdische Geheimnis, eine Tralala-Komposition ohne Aussagekraft. Technik – Interpretation – Thema – alle drei Aspekte waren ihr misslungen. Fünf Jahre lang hatte sie geangelt und nichts gefangen.

Da zerriss sie die Eibe in längliche Streifen.

Sie starrte auf die sich verjüngenden Baumstämme, auf die makabren Kisten, die Knochen. Was sie hier vor sich sah, konnte sie nicht im selben Stil malen wie die Bäume in England, diese kläglichen grünen Wattebäusche ohne jede Verbindung zu den Menschen, die dort lebten. Der mit Algen bedeckte Schädel fesselte ihren Blick. Würde sie es je wagen, ein so grelles Limettengrün zu verwenden? Eine unwirkliche Farbe, aber die Knochen waren real. Sie hatten Männern und Frauen gehört, die von jenen Menschen geliebt wurden, die ihr gestattet hatten, hier zu bleiben und zu malen. Und diese Menschen gingen heute ihrer Alltagsarbeit nach, ohne zu ahnen, was ihre Besucherin gerade anstellte. Sie ergriff den Pinsel.

Die schreckliche Heiligkeit dieses einsamen Ortes vereitelte ihr Unterfangen. Ohne auch nur einen Pinselstrich zu malen, ging Emily weiter.

Wenig später entdeckte sie über einem hoch gewachsenen Kronsbeerstrauch das Dach der Hütte. Emily horchte. Nur das Quaken der Frösche war zu hören, also pirschte sie sich leise heran, um das Symbol auf der Hauswand aus der Nähe studieren zu können. Nicht richtig oval. Eher birnenförmig, aber umgedreht, schwarz umrissen und mit roten Linien gefüllt, die konzentrisch die Form wiederholten. Nicht zu fassen! Fast wäre sie gestolpert. Eine Gebärmutter?

Das intimste aller Organe als Dekor auf einer Hauswand? Ihre Schwestern wären sprachlos! Sie redeten nicht einmal im Flüsterton über den Intimbereich einer Frau. Nur Wash Mary hatte mit ihr darüber gesprochen, liebevoll hatte sie Emily gratuliert, als diese ihren ersten blutverschmierten Schlüpfer in die Wäsche schmuggelte. Keiner Menschenseele hatte sie von Wash Marys Reaktion erzählt, sie hatte das Wissen tief in sich vergraben, wie einen Samen. Damals war ihr klar geworden, dass ein Teil von ihr in eine andere Welt gehörte.

Emily betrat die Hütte und stellte sich vor, was Lulu hier tun würde. Sie würde ihren langen Rock hochschlagen und ihn wie einen Schal um die Schultern legen, sie würde die Fasern der Zedernborke zu Flaum klopfen und ihre immer noch mädchenhaften nackten Beine breit gespreizt von sich strecken, die dunkle, schmierige Flüssigkeit zwischen den Schenkeln, und die älteren Frauen würden sie in die Geheimnisse des Frauseins einführen.

Emily kniete nieder. Behutsam strich sie über die Bank, über das fein geschnitzte Muster, die kunstvoll ausgekehlten Ecken. Wie wunderbar glatt sich alles anfühlte. Vielleicht hatte derselbe Mensch, der eine Sargkiste für seine Mutter gebaut und sie hoch hinauf in die Baumwipfel gezogen hatte, auch diese Bank gezimmert. Emily trat wieder hinaus ins Freie, ihre Skizzentasche fest an sich gepresst. Die Außenwand, von einem Ehemann geschreinert, mit exakt verkanteten Ecken, damit der kalte Wind nicht hindurchdringen konnte; die Bilder geborener und zukünftiger Kinder; der Mann, der in seiner Vorstellungskraft in den Intimbereich einer Frau eindrang, in die Gebärmutter selbst, um sie zu malen – alles an dieser Hütte teilte der Frau mit, dass sie geliebt wurde. Wie konnte sie, Emily, bewirken, dass auch ihre Bilder solche Empfindungen ausdrückten?

Sie wollte etwas berühren, was hierher gehörte, damit diese Welt in ihre Poren drang und ihre Kunst und ihr Leben beflügelte, befruchtete. Andächtig legte sie die Hand flach auf die Gebärmutter.

3 Streifenfarn

»Ich glaube, es ist eine Menstruationshütte«, erklärte Emily, als sie ihre Zeichnungen und Aquarelle auf einem Tisch im Ladies' Art Club in Vancouver ausbreitete, damit Jessica sie sich vor dem Kurs ansehen konnte. »Das Symbol stellt vermutlich eine Gebärmutter dar.«

»Ach, du meine Güte! Und du bist hineingegangen?«

»Ja, aber nicht, als die Frauen da waren.«

»Und dieses Mädchen hier – hat sie dir denn erlaubt, sie in der Hütte zu malen?«

»Nein, ich habe sie in einem Langhaus gemalt. Die Szene dort habe ich mir ausgedacht, aber die Bilder vom Dorf und den Kanus sind vor Ort entstanden.«

»Und das da?«

»Der Ort der Toten? Aus dem Gedächtnis. Es war irgendwie zu schauerlich, da zu sitzen und zu arbeiten, als würde ich Petunien malen.«

»Aber es hat dir dort gefallen?«

»Ja.«

Emily war extrem stolz auf ihr Aquarell von Lulu, wie sie aus der Hütte trat, aber genau wie die Lichtung mit den Särgen war diese ein geheiligter Ort – war es richtig, dass sie die Bilder nun wie Postkarten vorzeigte? Schnell packte sie alles wieder in ihre Mappe, weil sie sah, wie zwei Frauen das Teeservice hereintrugen. »Sag bitte nichts«, flüsterte sie Jessica zu. »Die Bilder durftest nur du sehen.«

Emily hätte es gern gehabt, dass Jessica auf dem Podest posierte. Sie war schlank, und mit ihrem roten Haar und der graziösen Haltung hätte sie ein fantastisches Modell abgegeben. Aber von ihrer Zeit an der Kunsthochschule in San Francisco wusste sie, dass Jessica aus jeder Kursstunde möglichst viel herausholen wollte, jedoch nie selbstständig zu Hause übte. Das ärgerte sie. Also wollte sie lieber dafür sorgen, dass ihre Freundin nichts von der wertvollen Unterrichtszeit opferte.

Deshalb bat sie Edwina, Modell zu sitzen, mit überkreuzten Knöcheln. »Versuchen Sie bitte diese Woche, nicht zu pedantisch an das Thema heranzugehen«, sagte sie zu den Frauen, während sie den Faltenwurf von Edwinas Rock korrigierte. »Lassen Sie zum Beispiel hier am Rock den Strich locker kommen – leicht wie der Wind.« Würden sie das schaffen? Emily hatte ihre Zweifel. Freiheit war schwierig umzusetzen.

Die Ateliertür fiel knallend ins Schloss. Emily drehte sich um und sah, dass Priscilla Hamilton, die Präsidentin des Clubs, mit hoch erhobenem Kopf und ausgebreiteten Armen hereingetänzelt kam. Zu spät, wie immer. Alle hörten auf zu arbeiten und machten Priscilla begeisterte Komplimente über ihren Hut mit den riesigen Flamingofedern, mit dem sie einen ganzen Ziegenstall in Panik versetzt hätte.

»Den habe ich in einem winzigen Geschäft in der Regent Street gekauft, in dem auch die Königin verkehrt. Ich habe ihn beim Pferderennen in Ascot getragen, dazu ein entzückendes Sommerkleidchen in derselben Farbe. Wir saßen direkt neben der Königsloge. Soll ich euch beschreiben, wie die Majestäten gekleidet waren?«

Emily fiel auf, dass sich Jessica immer noch konzentriert über ihr Bild beugte. Sie arbeitete als Einzige weiter.

»Schluss jetzt!«, rief Emily. »Es ist sehr unhöflich, das Modell zu ignorieren. Hören Sie bitte auf zu schwatzen und fahren Sie fort mit dem, weswegen wir hier sind.«

Sie ließ ihre Schülerinnen selbstständig arbeiten, bis Fehler auftauchten. »Sie müssen den Ellbogen stärker hervorheben und den Arm nicht einfach so glatt und ohne Kanten zeichnen«, ermahnte sie Priscilla.

Diese hob abrupt den Kopf. Der Flamingo wackelte, als wolle er demnächst himmelwärts entschwinden.

»Sie dürfen sich meine Arbeit gern ansehen, aber ich habe keine Lust, mir Ihre Kritik anzuhören.«

»Wenn ich mich nicht irre, wurde ich aber genau zu diesem Zweck eingestellt.«

Emily wandte sich an die nächste Schülerin. »Zeichnen Sie diese Linie aus dem Unterarm heraus, nicht nur mit den Fingern.

Wenn man ausschließlich mit den Fingern arbeitet, wird die Zeichnung zu kompakt.«

»Aber ich mag kompakte Bilder.«

Emily beobachtete, wie Priscillas Mundwinkel nach oben gingen. Du lieber Gott! Hatte sie es hier mit einer Verschwörung zu tun? Halt lieber den Mund, ermahnte sie sich selbst. Diese bunten Schmetterlinge mit ihren Zeichenblöcken bezahlen deine Miete.

»Könntest du mir bitte sagen, was bei dieser Hand nicht stimmt?«

Alle Köpfe drehten sich nach Jessica Howard um. Nun konnte sich Emily ein belustigtes Grinsen nicht verkneifen. Jessica, die Außenseiterin. Die Amerikanerin. Die Teetassen klirrten.

»Sieh dir deine eigene Hand an, Jessica. Wie lang sind die Finger im Verhältnis zur Handfläche?«

Jessica studierte erst ihre Hand, dann ihre Zeichnung. Ein Strahlen erschien auf ihrem Gesicht. »Ich habe die Finger zu kurz gemacht, stimmt's?«

»Mit der Zeit bekommst du das bestimmt richtig hin. Es ist reine Übungssache – das Auge muss lernen, einen Teil gegen den andern abzumessen.«

Den ganzen Nachmittag sehnte sich Emily danach, endlich nach Hause gehen und selbst malen zu können, aber Jessica bat sie nach dem Kurs, mit ihr gemeinsam eine Stelle zu suchen, wo sie in der nächsten Stunde im Freien arbeiten konnten. Jessica war der einzige Mensch hier in Vancouver, den Emily als Freundin bezeichnete. Dass sie mit jemandem einen Spaziergang machte, war eine absolute Seltenheit. Sie sagte ja.

Sie gingen die West Hastings Street entlang, an den Konserven- und Textilfabriken vorbei, hinunter zu den Landeplätzen. Emily rollte sich mit dem Tabak aus ihrer Blechdose eine Zigarette und blies den Rauch in die Luft. Sie war immer noch aufgebracht.

»Diese Dilettantinnen! Was stellen die sich eigentlich vor? Dass sie die ganze Zeit nur gelobt werden?«

»Lass sie reden. Sie werden sowieso nie Malerinnen – im Gegensatz zu dir.« Jessicas Augen blitzten bewundernd.

»Die interessiert doch nur, wie man eine Teetasse hält – der Pinsel ist ihnen völlig gleichgültig«, zeterte Emily.

»Genau das denke ich auch. Sie meinen es nicht ernst mit der Kunst.«

»Und diese Priscilla mit ihrem gekünstelten britischen Akzent! Und mit diesem Flamingo auf dem Kopf! Wenn es wenigstens ein Hut mit Farn oder mit Krähenfedern gewesen wäre! Dann hätte sie bewiesen, dass sie weiß, wo sie lebt.«

Jessica musste lachen, was Emily freute.

An der Water Street bogen sie von der matschigen Cordova Street ab und gingen rasch an Saloons, Tabakläden, Bordellen und indianischen Prostituierten vorbei, um zur Burrard-Bucht zu gelangen. Am Pier der Union-Dampfschiffgesellschaft kauften sie ein Schälchen Muschelsuppe von einer alten Chinesin, die unter einem Papierschirm an einer Kohlenpfanne stand. Ihr dankbares Lächeln entblößte ihre braunen Zähne. Der Fischgeruch aus den Fabriken vermischte sich mit dem Aroma von nassem Holz aus dem Hastings-Sägewerk, das kreischend einen Zedernhain auffraß und die Bäume als Planken wieder ausspuckte. Emily schimpfte innerlich. Fortschritt hätte Vater gesagt. Kolonialismus würde sie sagen. Wenn Victoria versuchte, englischer als London zu sein, dann strebte Vancouver danach, Liverpool an den Pazifik zu holen.

Ein Holzausleger, der als Sperrgerät vor dem Hafen diente, warf ein Fischgrätenmuster übers Wasser – das gleiche Muster wie auf der Bank in der Frauenhütte. Hatte Lulu das gemeint, als sie sagte, alles sei eins?

»Also, dieser Ausleger da vorn würde ein hervorragendes Motiv abgeben – mit dem Dreimaster im Mittelgrund, dem Wald und den Bergen in der Ferne.«

»Hm – für den Geschmack der Damen vermutlich zu industriell«, entgegnete Jessica.

»Aber diese Industrie bezahlt doch ihre Reisen zum Pferderennen in Ascot.«

Am Dock der Canadian Pacific Railway lag ein Empress-Liner vor Anker. Emily blieb stehen.

»Wie wunderschön! Würdest du nicht auch für dein Leben gern einmal mit so einem Schiff nach Norden fahren? Mein Vater hat das gemacht. Ich habe ihn angefleht, mich mitzunehmen, aber er meinte, damit würde er sich nur Probleme einhandeln. Ich glaube, er ist aus reiner Abenteuerlust von England weggegangen. Seiner Familie gegenüber hat er das allerdings immer bestritten.«

»Warum tust du es nicht einfach?«

Emily lachte heiser. »Tja, dummerweise muss ich mir meinen Lebensunterhalt verdienen.«

»Wieso reist du dann nicht wieder nach Westen, in dieses Indianerdorf?«

»Nach Hitats'uu? Es ist gar nicht so einfach, dorthin zu kommen. Das Dorf liegt an der Westküste von Vancouver Island. Das heißt, man muss zuerst die Fähre nach Victoria nehmen. Tagsüber sind es sechs Stunden, oder man nimmt die Nachtfähre. In Victoria muss ich dann meine Schwestern besuchen, und anschließend sind es noch einmal anderthalb Tage mit dem Dampfer zur Westküste der Insel, aber dieser Dampfer geht nur einmal in der Woche, und das auch nur bei gutem Wetter.«

»Aber davon hast du dich doch sonst nicht abschrecken lassen! Was ist los?«

»Der unvermeidbare Streit mit den Schimpfkanonen.«

»Wie bitte?«

»Mit meinen Schwestern. Sie schimpfen immer. Dass ich meiner Familie nur Schande bereite, weil ich mich ›mit den primitiven Heiden abgebe‹.« Sie lachte leise. »Deswegen wollte ich umso dringender dorthin.«

»Aber das ist ein alberner Vorwand. Ich glaube, du gehst dorthin, weil du diese Welt liebst.«

»Woher weißt du, dass ich sie liebe?«

»Von deinen Zeichnungen! Und ich sehe es dir an, wenn du davon erzählst.«

»Aber die Liebe kann viele verschiedene Formen annehmen. Auch die der Selbstverleugnung. Hitats'uu liegt am Ende der Welt. Ich bin dort hineingeplatzt, ohne mir vorher zu überlegen, welche Auswirkungen mein Besuch haben könnte. Das junge Mädchen, Lulu, wollte vor allem von mir wissen, wie es in Victoria aussieht. Ich möchte den Veränderungsprozess nicht beschleunigen.«

»Als einzelne Frau? Meinst du nicht, du leidest an Größenwahn?«

Emily zuckte die Achseln und ließ ihren Blick über das Schiff wandern. »Schau dir diese Buglinie an! Was für ein eleganter Bogen.«

»Du siehst die ganze Welt in Linien und Farben, stimmt's? Aber ist das nicht eine Art Besessenheit, wenn man alles und jedes nur als potenzielles Bild sieht? Gibt es im Leben nicht noch etwas anderes?«

»Ja, natürlich, das Leben ist vielfältig. Da, diese Getreidesäcke und die chinesischen Matrosen mit ihren Kulihüten. Klare, sich wiederholende Linien. Gute Akzente.«

»Aber für dich sind sie gar keine Menschen. Sie sind nur Figuren in einer Szenerie.«

»Was ich in Hitats'uu gemalt habe, das waren nicht nur Figuren.«

Emily blickte über die Bucht hinüber nach North Vancouver und zum Squamish-Reservat direkt am Ufer dort – so dicht bei Vancouver, dass hier die gesamte Stadt Einfluss ausübte, nicht nur eine einsame Besucherin. Vielleicht hatten die Squamish, die dort lebten, auch Sargbäume. Vielleicht war es ein Ort, wo sie neue Kraft bekamen, wie sich Lulu ausgedrückt hatte.

Am östlichen Ende des Kais betraten sie einen Pfad, der an den Fischerhütten vorbeiführte. Unterhalb der steilen Böschung befand sich ein schmaler Sumpf, mit Zehrwurz, Moos und Streifenfarn bewachsen. Dahinter lag, teilweise von Bäumen verdeckt, eine kleine Bucht, in der jemand sein Lager aufgeschlagen hatte: ein Zelt, ein an den Strand gezogenes Beiboot und ein größeres Boot, das vor Anker lag. Dieses größere Boot war kurz und kompakt, mit einer hohen, rot gestrichenen Steuerkabine, die im Verhältnis zum Rumpf viel zu groß wirkte. Ein schläfriges Tierauge zierte den Bug, das krumme Ofenrohr war mit einem Kulihut aus Metall gekrönt, während auf dem Dach der Kabine eine kleine französische Fahne flatterte.

»Na, das nenn' ich ein Boot mit Charakter!«

Jessica legte den Kopf schief. »Und was ist mit dem da?«

Ein untersetzter, breitschultriger Mann mit Bart und Schlapphut trat aus dem Baumschatten, sprang über den kleinen Bach und deponierte ein paar Äste neben der Feuerstelle.

»Passt dazu, nicht wahr?« Emily pflückte einen Farn.

Sie begannen, die Böschung hinunterzuklettern. Der Mann blickte auf.

Jessica stieß Emily an. »Du musst etwas sagen.«

»Gehört Ihnen das Boot?«, rief Emily und wedelte sich mit dem Farn Luft zu.

»*Non, Mademoiselle*. Ich gehöre dem Boot.«

»Es gefällt uns«, meldete sich Jessica zu Wort.

Er lachte vergnügt. »Bitte, bedienen Sie sich.«

Emily flüsterte ihr zu: »Die Gestelle, auf denen das Treibholz trocknet, werfen bei Sonnenschein bestimmt interessante Schatten.« Der Lagerplatz wirkte recht dauerhaft. »Wie lang kampieren Sie hier?«

»Kommt drauf an.«

»Worauf? Auf das Wetter?«

»Es kommt darauf an, ob ich meine Pelze verkaufe.« Der Mann trug ein Bündel Felle vom Beiboot ins Zelt.

»Wir würden das hier gern malen.« Jessica breitete die Arme aus.

Der Mann äffte ihre Bewegung nach. »Aber ›das hier‹ ist doch gar nichts.«

»Doch – Ihre Boote, der Lagerplatz und alles.«

Er legte sich ein Otterfell über den Arm und bewegte den Kopf des Tieres schnell hin und her, als würde der Otter sprechen: *»Moi aussi, s'il vous plaît«*, quiekte er.

Emily und Jessica schauten sich verdutzt an, dann mussten sie beide lachen. »Das würde den anderen gefallen«, sagte Jessica.

»Du meinst, *er* würde ihnen gefallen?«, flüsterte Emily ihr ins Ohr und fügte dann laut hinzu: »In zwei Wochen kommt eine größere Gruppe von Frauen hierher.«

Grinsend hob er die Hände. »Aber die sind bestimmt nicht so schön wie Sie beide, *Mesdemoiselles.*«

Schwungvoll öffnete Emily die Tür zu ihrer Mietwohnung in der Granville Street. Josephs graues Federkleid und sein roter Schwanz bauschten sich vom Luftzug. »Ich bin keine englische Krähe«, krächzte er.

»Da hast du Recht. Ich mag dein klares Identitätsgefühl.« Sie schüttelte den Regen aus ihrem Cape und stellte die Farne in eine Vase.

»Red keinen Quatsch«, knarzte der Papagei.

Emily legte den Finger an den Käfig, und der Vogel ließ sich von ihr die Brust kraulen. »Weißt du eigentlich, wie maßlos glücklich es mich macht, ein Lebewesen anzufassen, Joseph? Ach, manchmal bin ich so einsam.«

Er stieß ein lang gezogenes »Aaaak!« aus.

Hatte jemand geklopft? Emily öffnete die Tür. Eine schlanke Indianerin, Mitte zwanzig, stand auf der Schwelle, einen Schal um die knochigen Schultern geschlungen. Sie trug ein großes unförmiges Etwas in einem Tuch, das sie an den vier Zipfeln zusammenhielt.

»Körbe? Möchten Sie einen Korb?«

Ein Mädchen und ein Junge versteckten sich hinter dem weiten braunen Rock der Indianerin. Die Kinder waren vier und fünf Jahre alt, und jedes hielt einen kleineren, ebenfalls unförmigen Mehlsack in der Hand. Draußen regnete es jetzt in Strömen, und das Mädchen wischte sich über die Wange. Alle drei trugen keine Schuhe.

»Tut mir schrecklich Leid. Aber ich habe kein Geld für Körbe.«

»Kein Geld? Vielleicht haben Sie ein Kleid oder eine Bluse für einen Korb.«

Der Junge nieste und vergrub seine Nase im Rock der Mutter.

»Kommen Sie herein.«

Die Mutter zögerte kurz, dann legte sie dem Mädchen die Hand auf den Rücken und schob es ins Zimmer, wartete, bis der Junge ihr gefolgt war, dann streifte sie sich die Füße ab und trat ein, aber nur zwei Schritte und auf Zehenspitzen. Sie kniete sich aufrecht nieder und legte ihr Bündel auf den Boden. Der Scheitel zwischen ihren Zöpfen war kerzengerade gezogen. Auch auf dem Rücken trug sie ein Bündel, das sie mit dem Schal festgebunden hatte, und Emily erspähte ein regennasses kleines Gesichtchen.

Sie nahm ein Taschentuch, deutete auf das Baby und fragte: »Darf ich?«

Verblüfft schaute die Frau sie an, dann nickte sie.

Emily umwickelte ihren Zeigefinger mit dem Tuch und betupfte die winzigen braunen Wangen, runzlig wie eine Walnuss, und das platte Näschen. Auf ihre Berührung reagierte das Baby mit einem schmatzenden Saugreflex. Was für ein beglückendes Gefühl – doch der Augenblick war viel zu schnell vorüber.

Die Frau schlug das Tuch auf, um ihr die Körbe zu zeigen. Runde Körbe, quadratische und rechteckige Körbe, flache Tabletts, alle kunstvoll geflochten, mit komplizierten geometrischen Mustern oder mit Tier- und Pflanzenmotiven.

»Sehr schöne Körbe.«

Nun leerte die Frau die Mehlsäcke der Kinder aus: Lauter kleine Körbe purzelten auf den Boden. Einer landete beim Tischbein, und der Junge sprang sofort auf, um ihn zu holen.

»Woraus sind sie gemacht?«

»Zedernwurzel.«

»Und das hier?« Sie deutete auf das abgesetzte Muster.

»Kirschbaumrinde.«

»Diese schwarzen Linien hier auch? Das Zickzackmuster?«

»Nein. Das ist etwas anderes. Rinde vom Keulenbaum. Das Muster bedeutet Blitz und Unwetter. Gut zum Wassertragen.«

»Ah.« Die Frau stellte offensichtlich einen Zusammenhang zwischen Verwendungszweck und Muster her. »Und das?« Emily zeigte auf einen Korb, bei dem sich eine gewellte Linie aus Kirschbaumrinde um den gesamten Umfang schlängelte.

Die Frau lachte leise, fast verlegen. »Schlange.« Mit der Hand ahmte sie die Vorwärtsbewegung nach.

Sollte das Muster die Spur der Schlange im Sand darstellen? Was für ein kühner Einfall. Emily betrachtete das Gesicht der

Frau – runde Nasenflügel, ein gerader Mund, dessen Winkel weder nach oben noch nach unten gingen, dunkle Augen mit feinen Brauen, glatte, zedernfarbene Haut. Ein bisschen älter als Lulu.

Emily studierte nun einen Korb, auf dem kurze vertikale Streifen eine horizontale Linie durchkreuzten. An einem Ende führten von der Horizontale sechs Linien schräg nach oben. »Ein Lachs?«

Erfreut nickte die Frau. »Gräten vom Lachs. Das ist nicht Tradition. Das ist von mir.«

»Sie sind eine Künstlerin!«

Die junge Frau schüttelte den Kopf. »Ich mache Körbe, sonst nichts.«

Der größte, ovale Korb hatte einen Deckel. Emily klappte ihn auf: Das Innere war genauso glatt gearbeitet wie das Äußere. Das Dekor erinnerte an ausgebreitete Flügel. »Sehr hübsch! Wie viel kostet er?«

Die Augen der jungen Frau weiteten sich. »Einen Dollar. Mit Adler.«

»Aber ein Dollar ist nicht genug für einen so guten Korb.« Über das Gesicht der Frau huschte ein Lächeln, sie wippte verlegen auf den Fersen. Emily stellte den Korb wieder weg. »Ich kann ihn heute nicht kaufen. Aber er ist wirklich wunderschön.«

»Alte Kleider reichen.«

»Hier in der Wohnung habe ich keine alten Kleider, aber wenn ich nach Hause fahre, nach Victoria, bringe ich welche mit. Vielleicht haben Sie dann noch einen Korb für mich übrig.«

In dem Moment fiel ihr Blick auf ein Exemplar mit einer ganz ungewöhnlichen Verzierung: ein schwarz umrandetes Rechteck mit einem kleinen, spitzen Dach, einer Tür und zwei Fenstern. »Was ist das?«

»Die Squamish-Mission in North Vancouver. Das ist meine Kirche. Ich lebe im Reservat.«

»Wie erfahre ich später, ob Sie noch einen Korb für mich haben?«

»Sie kommen und fragen. Ich bin Sophie, die Korbmacherin.«

»Ich bin Emily Carr.«

In dem Moment krächzte der Papagei. Die Kinder waren begeistert. »Er heißt Joseph«, erklärte Emily. »Wenn ihr mit ihm redet, antwortet er.«

Die beiden tippelten so vorsichtig näher, als hätten sie Angst, der Vogel könne wegfliegen, samt Käfig und allem. Der kleine Junge rief: »Hallo, Vogel! Hallo!«

»Hallo, Vogel«, erwiderte Joseph. »Red keinen Quatsch.«

Erschrocken wichen die Kinder zurück und schauten sich Hilfe suchend nach ihrer Mutter um. Doch gleich darauf nahmen sie mutig noch einmal Anlauf.

Emily merkte, dass Sophie ihre Bilder, die Gipsformen, das Malwerkzeug und die Pinsel mit großem Interesse studierte. »Ich bin Malerin.«

»Malerin. Kraaak! Em'ly ist Malerin.«

»So stellen mich meine Schwestern immer ihren Freundinnen vor, das hat er von ihnen gelernt.«

»Er spricht eine starke Sprache. Wie Adler für die Squamish.« Ein belustigtes Lächeln zuckte um die Mundwinkel der jungen Frau. »Nur lauter.«

Emily lachte. »Wahrscheinlich sollte ich ihm gut zuhören.«

Sophie war in ihrer Gegenwart entspannter als Lulu. Vielleicht, weil sie nahe bei der Stadt lebte. Sie schien ein Selbstbewusstsein zu besitzen, das Lulu fehlte.

»Möchten Sie vielleicht eine Tasse Tee? Darf ich Ihnen eine Scheibe Brot mit Marmelade anbieten?«

Sophie zögerte.

»Wenn Sie wollen, können Sie hier bleiben, bis es aufgehört hat zu regnen.«

»Regen ist nicht schlimm«, antwortete Sophie. Ihre kleine Tochter schaute sie mit großen Augen flehentlich an. »Gut, einverstanden. Nur für die Kinder.« Dann fragte sie Emily: »Haben Sie Kinder?«

»Nein. Ich bin nicht verheiratet. Ich kann nicht Ehefrau und Künstlerin zugleich sein.«

»Nein? Ich bin Ehefrau. Und ich bin Korbmacherin.«

»Hier sind so viele Sachen!«, rief der Junge staunend, sodass Emily die Antwort erspart blieb.

»Ich kann nicht gut wegwerfen. Krimskrams und Krempel, das bin ich.«

Emily bestrich das Brot dick mit Traubengelee. Der Junge aß schnell, seine Wangen bekamen sofort klebrige lila Flecken, während das Mädchen genüsslich kaute.

Sophie betrachtete jedes einzelne Bild. »Sie mögen Bäume«, kommentierte sie und fügte mit einem leisen Lachen hinzu: »Aber Sie wissen nicht, was Wald ist. Wälder sind dunkel. Mehr Dunkelheit, mehr …« Sie kräuselte die Nase und zuckte die Achseln.

Ihre Direktheit tat weh. Emily schaute ihre Aquarelle von Hitats'uu prüfend an. Mehr – was? Wie dunkel sollte sie die Wälder malen?

Sophies Augen leuchteten auf, als sie das Bild von Lulu vor der Hütte sah. »Die Squamish-Frauen haben das auch getan, in den alten Zeiten. Jetzt nicht mehr. Es macht Priester von Kirchen böse, deshalb tun sie es jetzt nicht mehr.«

»Aber das ist in Hitats'uu.«

»Sie waren im Dorf an der Westküste?«

»Das ist Lulu, meine Freundin von der Westküste.«

»Lulu ist keine Christin«, sagte Sophie streng.

»Sie ist ein guter Mensch.«

»Sie ist keine Christin.«

Sophie kniete nieder, um ihre Körbe wieder einzusammeln. Den großen Korb mit dem Adler ließ sie auf dem Fußboden stehen.

»Was ist mit dem hier?«, fragte Emily und wollte ihn ihr reichen.

Sophie erhob sich steif und schüttelte den Kopf. »Später kommen Sie zum Missionsreservat der Squamish, und Sie malen unser christliches Dorf. Wir haben eine Kirche. Vergessen Sie nicht – ich bin Sophie Frank. Jimmy Frank ist mein Mann. Ich sage Frank zu ihm. Er ist Hafenarbeiter. Wir wohnen gleich am Wasser. Sie fragen nach der Korbmacherin Sophie.«

Emily lächelte. »Später kommen Sie auch wieder hierher. Hoffentlich bald!«

4 Douglastanne

»Wie schön, dass du zu Vaters Geburtstag kommst«, lobte ihre Schwester Lizzie.

»Hat er heute Geburtstag? Na, so was!«, erwiderte Emily mit ihrer Unschuldsstimme, eine Oktave über ihrer normalen Tonlage. »Ich bin nur hier, um die alten Kleider zu holen.« Sie nahm eine Bluse und legte sie auf den Stapel mit den aussortierten Sachen.

»Bitte, ärgere uns nicht.« Mit spitzen Fingern legte Lizzie ihr altes rosarotes Sonntagskleid ebenfalls auf den Stapel.

»Ich komme nicht mit, falls du das denkst.«

»*Du sollst deinen Vater und deine Mutter ehren*, Millie!«

»Man verdient sich keinen himmlischen Segen, indem man ein Grab besucht, Lizzie. Das heißt – wenn die Leichen in eine Kiste gepresst und auf einen Baum geklemmt würden wie bei den Nootka, damit sie noch ein bisschen frische Luft bekommen, dann würde ich vielleicht mitgehen.« Emily lachte und hielt einen abgetragenen weiten Rock hoch. Der tannengrüne Stoff gefiel ihr.

»Alle Carr-Töchter gehen an seinem Geburtstag ans Grab. Genau wie an Mutters Geburtstag«, sagte Alice. »Warum du nicht?«

»Wenn ich an seinem Grab stehe, fallen mir nur wieder die Dinge ein, die er zu mir gesagt hat, und dann werde ich wütend.«

Rebellen wie du werden verbrannt oder auf öffentlichen Plätzen aufgehängt. Solche Sätze hatte sie sich von ihm anhören müssen. Das Echo seiner Worte hallte noch durchs Haus.

»Aber früher bist du mit uns gegangen. Du bist sogar gern mitgegangen!«, wandte Lizzie ein.

»Nein! Ihr habt euch das nur eingeredet.« Vater war gestorben, als Emily siebzehn war, und sie hasste sich nachträglich für die geheuchelten Respektbezeugungen, zu denen sie gezwungen worden war.

Dede kam in den Salon. Emily musterte sie kurz. Hatte sie das Gespräch mitgehört? Tiefe Falten umrahmten ihren Mund und passten auf, dass nur ja kein überflüssiges Lächeln auf ihren Lippen erschien.

»Du kommst mit uns, sonst –«

»Sonst muss ich ohne Abendessen ins Bett? Ich bitte dich, Dede. Kannst du wirklich nicht anders – musst du immer noch die Elternrolle spielen? Ich bin dreiunddreißig, falls du das noch nicht bemerkt haben solltest, und mich langweilen diese Spielchen.«

Die beiden Schwestern trennte ein großer Altersabstand. Dede stieß einen tiefen Seufzer aus, faltete verdrossen ihren alten blauen Wollrock sowie die dazu passende Jacke zusammen und legte sie zu den anderen Sachen. »Sind die Kleider für einen Kirchenbazar? Oder für das Waisenhaus?«

»Weder noch. Sie sind für eine Squamish, die im Reservat in North Vancouver lebt.«

»Für eine *Wilde*?«

Emilys Nackenhaare sträubten sich bei diesem verächtlichen Ausdruck.

»Es ist nicht sehr nett von dir, dass du uns das nicht von Anfang an mitgeteilt hast.« Dede betrachtete ihr Kostüm, als würde sie es am liebsten gleich wieder zurücknehmen.

»Sie ist in meine Wohnung gekommen, um mir einen Korb zu verkaufen. Nächstes Wochenende will ich ihr die Kleider bringen.«

»Sie kann sich doch bei der Mission Kleidung holen«, entgegnete Lizzie und steckte eine Haarsträhne fest, die sich aus ihrem braunen Dutt gelöst hatte. »Du musst sie ihr doch nicht selbst vorbeibringen. Das ist viel zu persönlich.«

»Ich gehe nicht aus Mitleid dorthin. Ich gehe aus Freundschaft.«

»Ich muss schon sagen – wann begreifst du endlich, dass wir diesen Umgang mit primitiven Eingeborenen nicht billigen können? Es ist eine Schande für die ganze Familie.« Wieder seufzte Dede tief. »Wenn Vater noch am Leben wäre, würde er das nicht dulden.«

»Das stimmt – schließlich hat er ja auch den Songhees, die vor seinem Warenlager Schlange standen, Säcke mit madigen Rosinen verkauft.«

»Millie! Wie kannst du so etwas Hässliches behaupten! Das hat er niemals getan!«, rief Dede.

»Ich habe es mit eigenen Augen gesehen. Und er hat sogar zu mir gesagt: ›Die Indianer haben nichts gegen Maden.‹«

»Du lügst.«

»Wie du meinst.« Emily fuchtelte mit den Armen, um ihre Schwester aus dem Zimmer zu scheuchen. »Geh schon – du musst dich beeilen, sonst kommst du noch zu spät zu deiner Verabredung mit seinem Skelett.«

Das Knirschen der Wagenräder draußen auf dem Kies drang bis in den Salon. Was für ein unangenehmes Geräusch! Dabei versetzte der Raum an sich Emily schon in schlechte Laune. An allem schien die heisere Stimme ihres Vaters zu haften – an dem englischen Kamin aus schwarzem Stuckmarmor, an der Tapete mit dem Jagdszenen-Muster, an den englischen Primeln und Schlüsselblumen, die durch das große Fenster lugten. Über dem alten Rosshaarsessel hing sein Bild und grinste sie an. Emily hatte erst gemerkt, wie sehr diese Erinnerungen an ihn sie irritierten, als sie über den Sund nach Vancouver gezogen war.

Sie nahm den dunkelgrünen Rock und eilte, immer zwei Stufen auf einmal nehmend, die Treppe hinauf. In dem Zimmer, das sie mit Alice teilte, wenn sie zu Hause war, stand der Nähkorb. Emily machte an der Vorderseite des Rocks in der Mitte einen langen Schnitt und einen entsprechenden an der Rückseite. Dann nähte sie jeweils die vorderen Schnittkanten an die hinteren, sodass eine Art Hosenrock entstand. Genau das brauchte sie jetzt, um richtig reiten zu können! Sie zog den Hosenrock an, steckte sich einen kleinen Zeichenblock in die Tasche und begab sich hinunter in den Stall, um nach ihren alten Reitzügeln zu fahnden.

Sobald ihre Schwestern zurückkamen, spannte Emily Wilma vom Wagen ab, legte ihr die Zügel an, kletterte auf das Zaungatter und schwang sich auf den Rücken des Pferdes, ohne Sattel. Wilma wollte seitlich ausweichen, doch Emily krallte sich in ihre Mähne, um nicht abgeworfen zu werden.

»Was soll das?«, schimpfte Dede.

»Ich werde auf meine eigene Art mit Vater Frieden schließen.«

»Millie, eine Frau reitet aber nicht im Herrensitz. Wir leben in *British* Columbia!«

»Aber *wir* sind Kanadier.« Emily grub die Fersen in Wilmas Seiten und galoppierte davon. Das Trappeln der Hufe übertönte den Rest von Dedes Moralpredigt.

Beacon Hill Park begann nur ein paar hundert Meter entfernt. Hier hatte Emily als Kind herrliche Stunden mit Vater verbracht. Gemeinsam hatten sie Vögel beobachtet, und sie machte hier ihre ersten Skizzen im Freien. Die Erinnerung daran, wie sie die aus Kirschzweigen gebastelte Staffelei aufgestellt hatte, erheiterte sie noch heute. Sie ging in Richtung Wald. Das war ihr Lieblingsplatz: Von der Anhöhe blickte man hinüber zu den fünf hohen Douglastannen, die dort nebeneinander standen, abgestuft wie die Orgelpfeifen. ›Die fünf Schwestern‹ hatte Vater sie immer genannt. Aufrecht und stolz.

Bis auf eine, die Kleinste. Sie war ein bisschen krumm geraten, weil ihre Position sie stärker dem Wind von der Küste aussetzte. Das war *sie*. Neben ihr – der Baum für Alice. Sie war zwei Jahre älter und wusste alles über die Familientradition. Vier Jahre älter, mit langer, schmaler Nase und stets auf Perfektion erpicht: Lizzie, die alles über Gott wusste. Dann, vierzehn Jahre älter, elegant und statuarisch: Clara, die klug genug gewesen war, um der Familie durch eine frühe Heirat zu entfliehen. Fünfzehn Jahre älter, knochig und mit starrem Rückgrat: Dede, die sich *einbildete*, sie wüsste über alles Bescheid.

Immer noch rittlings auf dem Pferd, zeichnete Emily vier aufrechte Tannen. Die fünfte skizzierte sie übertrieben windschief, zur Seite geneigt, die Zweige spitz wie Dornen. Es gab die braven Mädchen mit den sauberen Fingernägeln, und es gab Emily, die lieber mit Matschkuchen auf der Kuhweide spielte, als dass sie zu den Teegesellschaften im Salon ging. Wie seltsam, dass sie alle denselben Wurzeln entsprungen waren.

Das hatte Vater bestimmt auch gedacht. Emily war die Einzige, für die er verschiedene Kosenamen hatte – kleine Wilde, Hexenfrau, Nympholeptikerin. Das letzte Wort klang, als litte sie an einer seltenen Krankheit, aber dann hatte sie es nachgeschlagen: *ein Zustand der Verzückung, gekennzeichnet durch die Sehnsucht nach Unerreichbarem, eine von Waldnymphen inspirierte Ekstase.* Ja! Damit war sie einverstanden.

Wie gewaltig ihr diese Bäume früher vorgekommen waren! Jetzt wirkten sie längst nicht mehr so dicht und mächtig. Emily dirigierte Wilma zum Picknickplatz. Da stand sie, die Garry-Eiche. Und genau dort war die Astgabel. Wie hatte sie es nur geschafft, stundenlang da oben zu sitzen und ein Vogelnest zu bestaunen, wo doch die Rinde so rau und kratzig war? Emily war damals höchstens sieben gewesen und hatte auf ihre Schwestern, die sich nicht von der Picknickdecke entfernten, hinuntergeschaut. Sie hatte sich geweigert hinunterzuklettern, als Vater es ihr befahl, weil er nach Hause wollte. Da hatte er sie einfach dort sitzen lassen. Dabei liebte er Vögel mindestens so sehr wie sie. Er hätte sie doch verstehen müssen! Als es dunkel wurde, war sie allein nach Haus geschlichen. Aber sie war bis heute noch froh, dass sie nicht genickt hatte, als er sagte: »Meine kleine Nympholeptikerin, du kannst auf dieser Welt nicht immer machen, was du willst.«

Zu Hause striegelte und fütterte Emily Wilma und setzte sich dann in dem mit Dielen ausgelegten Teil der Scheune auf eine Lattenkiste. Diese Hälfte hatte Dede als Büroraum an einen Geistlichen vermietet, solange Emily in England war. Sie schüttelte den Kopf. Diese spießige Tapete, die ihre Schwester da aufgeklebt hatte – als wolle sie Königin Victoria eine Freude machen, die doch seit fünf Jahren tot war!

Alice kam herein und brachte ihr eine Tasse Tee. Sie trug ihr Haar jetzt offen. In kastanienbraunen Wellen fiel es ihr über die Schultern.

»Der Schamlosigkeit und Streunerei überführt, mit dreiunddreißig«, sagte Emily grinsend. »Wir benehmen uns wie Straßenkatzen, die sich gegenseitig anfauchen.«

»Du kannst nicht erwarten, dass sie anders sind, als sie sind.«

»Ich weiß, ich weiß. Sie tun gute Werke. Und lassen diese bei Gott ins große Buch eintragen, damit alles schon fürs Jüngste Gericht vorbereitet ist.« Aber es gab einen Unterschied zwischen guten Werken und einem guten Werk. Wenn sie nur gewusst hätte, was, in der Gesamtsumme eines menschlichen Lebens, letztlich mehr zählte …

»Vielleicht bin ich so streitsüchtig, weil ich kein Ziel vor Augen habe. Ihr habt alle eine genau definierte Aufgabe, die euer Leben erfüllt: Du hast den Kindergarten, Lizzie die Missionsgesellschaft. Dede, die Pflegemutter, setzt sich jetzt für die Waisenhilfe ein. Clara hat ihre Ehe. Und ich? Wozu bin ich auf der Welt?« Sie schaute Alice fragend an, als suche sie in ihrem Gesicht eine Antwort. »Wenn ich genau wüsste, dass ich die Orte malen soll, die ich liebe, und dass ich sie *gut* malen soll, um anderen Menschen etwas zu vermitteln – wenn ich genau wüsste, dass darin meine Lebensaufgabe liegt, dann könnte ich jeden Schritt zu diesem Ziel genießen und würde nicht über Dinge schimpfen, die im Grunde genommen gar keine große Bedeutung haben. Dann wäre ich vielleicht nicht so kratzbürstig.«

»Vielleicht stehst du ja kurz davor, es herauszufinden, und weißt es nur noch nicht.«

Gedankenverloren zupfte Emily ein Stückchen Tapete von der Wand und atmete tief ein. »Ach, diese wunderbaren Gerüche! Heu, Pferd und Erde …« Sie grub ihre Fingernägel in die englische Efeutapete und riss ein paar Streifen herunter, sodass das nackte Holz wieder sichtbar wurde. »Eine Scheune ist eine Scheune.«

»Millie! Pastor Strathmore wollte diese Scheune kaufen, als du weg warst. Aber Dede hat sie nicht verkauft. Sie dachte, dass du vielleicht wieder hier malen willst.«

Emily hielt inne. »Das habe ich nicht gewusst! Wie kann sie nur so nett sein – und dann wieder so gemein?« Sie knüllte die abgerissenen Streifen zu einer Kugel zusammen. »Ich weiß eigentlich gar nicht richtig, wann diese ewigen Streitereien angefangen haben.«

»Vielleicht, als du sie gebissen hast.« Alice musste ein Kichern unterdrücken.

»Meinst du? Aber da war ich doch erst acht oder neun.«

Es war während einer dieser endlosen Bibellesungen gewesen, die jeden Sonntagabend am Esstisch abgehalten wurden. Mit seinem Vollbart und den geschlossenen Augen hatte Vater ausgesehen wie Moses, der auf dem Berg betet. Als Emily fertig war mit Lesen – wobei man ihr bei jedem dritten Wort hatte erklären müssen, wie man es aussprach –, hatte sie ihre Bibel aufgeklappt hingestellt, wie eine spanische Wand, und angefangen zu zeichnen. Weil man das nicht durfte, stieß Lizzie sie sehr unsanft an. Also klappte sie schnell die Bibel zu, um ihr Bild zu verstecken, und biss Lizzie in den Arm, gerade fest genug, dass diese vor Schreck erstarrte. Dede, die ihr gegenübersaß, trat ihr daraufhin gezielt gegen das Schienbein.

Als Dede Emily ins Bett brachte – was ihre Aufgabe war, da Mutter krank im Bett lag –, biss Emily auch Dede, aber diesmal schnappte sie richtig zu, grub ihre Zähne tief in Dedes Unterarm. Alice, deren Bett an der anderen Wand stand, verfolgte den Vorgang mit weit aufgerissenen Augen. Dede zischte einen von Lizzies Bibeltexten: Es war ein Spruch gegen die Bosheit. Damit waren die Fronten abgesteckt, und Dede hatte von dem Tag an eine neue Verwendung für die Reitpeitsche.

»Du hast ziemlich gegrinst, als ich Dede gebissen habe – wenn ich mich recht entsinne.« Emily zeigte Alice ihre Skizze. »So hätte die fünfte Schwester wachsen sollen.«

Alices Wangenmuskel zuckte. »Ich glaube, du bist gern anders als die andern. Das macht dir Freude und gibt dir Kraft.«

»Ich werde dadurch zur Außenseiterin.«

»Mach dir doch nichts vor. Du lebst, um die Außenseiterin zu sein. Man kann nicht alles haben.« Alice stand auf und nahm die Teetasse. »Du fehlst mir, Millie. Den anderen fehlst du auch, selbst wenn sie es nicht so zeigen. Würdest du mir einen Gefallen tun?«

»Was für einen?«

»Male ein Selbstporträt, für unseren Salon. Ich möchte diese Augenbraue sehen, die immer skeptisch hochgezogen ist – diesen Blick, der sagt: Auf Puritanerinnen bin ich nicht gut zu sprechen.« Sie zwinkerte ihrer Schwester zu.

»Ach, nein – Porträts haben immer solch einen eitlen Beigeschmack. Leute, die elegante Kleider tragen und an ihren steifen Krägen fast ersticken, weil sie dressiert sind wie Brathühner.« Sie hielt Alice die Zeichnung der fünf Tannen hin. »Nimm lieber die hier.«

5 Adler

Am nächsten Wochenende nahm Emily die kleine Fähre zum Hafen von North Vancouver, eine halbe Stunde Fahrt über die Burrard-Bucht. Ein lieblos beschriebenes Schild verkündete *Town Site Properties*. Der Pfeil zeigte nach rechts. Emily wandte sich nach links und ging einen Plankenweg entlang zu den am Strand liegenden Zedernkanus, die mit Sicherheit zum Missionsreservat der Squamish gehörten.

Nachdem sie etwa zehn Minuten gegangen war, stieg ihr eine ungewohnte Geruchsmischung in die Nase – Meersalz, Rauch aus Ofenrohren, toter Fisch, am Strand herumliegende Abfälle, die von der Flut weggespült werden sollten. Möwen pickten im Müll. Hier gab es keine Langhäuser. Stattdessen scharten sich mehrere Reihen weiß getünchter Schindelhäuser um eine Kirche. Von dem Plankenweg führten Lehmpfade, gesäumt von frischem Frühlingsgrün, zu den einzelnen Häusern. Hühner stolzierten durch das Gras. Eine Frau stocherte gebückt mit einem Stock in einem Kartoffelbeet. Als Emily näher kam, richtete sie sich auf.

»Guten Morgen!«, rief Emily. »Kennen Sie Sophie Frank?«

Die Frau nickte. »Zwei Häuser weiter. Sophie, die Korbmacherin.«

Hinter Stapeln aus Rinde, Wurzeln und Feuerholz stand Sophies Haus, etwas schief auf seinem Treibholzfundament. Die Kleider auf der Leine flatterten im Wind. Emily schaute sich noch einmal nach der Frau um, mit der sie gerade gesprochen hatte und die keinerlei Anstalten machte, ihre Neugier zu verbergen. In dem Moment öffnete sich Sophies Haustür. Das kleine Mädchen, barfuß und in einem viel zu großen Rock, kam herausgehüpft. Als sie Emily sah, erstarrte sie, machte blitzschnell kehrt und rannte mit fliegenden Zöpfen zurück ins Haus.

Gleich darauf erschien Sophie. Sie lächelte erfreut. »Sie sind gekommen.«

»Es war nicht schwer zu finden – genau wie Sie gesagt haben.«

Der Geruch von Fischtran schlug Emily entgegen. Zwei selbst gezimmerte Holzstühle, ein Tisch aus groben Brettern, Teller und Töpfe in einem offenen Kasten, ein Emaillebecken, eine Royal-Crown-Seifendose mit dem Buckingham-Palast auf dem Deckel, rote Hudson's-Bay-Wolldecken, auf Holzkisten gestapelt, zwei kleine geflochtene Stoffteppiche mit indianischem Muster und eine Sitzbank – alles wirkte keineswegs verwahrlost, nur kärglich. Emily musste daran denken, wie sehr ihre voll gestopfte Wohnung den Jungen beeindruckt hatte. Der Gedanke daran machte sie verlegen.

Auf dem Fußboden lag der Junge und war mit so vielen Decken zugedeckt, dass er darunter fast verschwand. Aufmerksam verfolgte er Emilys Bewegungen. Obwohl der Holzofen in der Mitte des Raums nur wenig Hitze abgab, hätte Emily den Kleinen am liebsten genommen und dorthin getragen.

Das Mädchen drückte das Kinn auf die Brust, schaffte es aber trotzdem, die Besucherin verstohlen zu mustern. »Wie heißt du?«, erkundigte sich Emily.

Sofort presste sich das Mädchen flach an die Wand.

»Das ist Annie Marie. Sie heißt nach unserer heiligen Mutter Gottes.« Sophie warf einen Blick auf das Bild der Jungfrau Maria, das mit einem Nagel an der Wand befestigt war.

»Wie schön. Ich mag die Jungfrau Maria. Sie war keine Schwätzerin.«

Sophie spitzte die Lippen und nickte zustimmend.

»Du hast schöne lange Zöpfe, Annie Marie. Hat deine Mutter sie dir geflochten?«

Das kleine Mädchen hob das Kinn gerade so weit, um nicken zu können.

»Das ist Tommy.« Mit einer Kopfbewegung deutete Sophie auf den Jungen. Dabei strahlte sie über das ganze Gesicht. »Der Älteste.«

»Hallo, Tommy.« Er blinzelte nur. »Erinnerst du dich an meinen sprechenden Vogel?«

Er machte den Mund auf, um etwas zu sagen, fing aber stattdessen an zu husten.

Zwei Mädchen kamen leise aus dem Nebenzimmer geschlichen.

»Wie viele Kinder haben Sie?«

»Drei«, antwortete Sophie. Es klang wie eine Siegeserklärung. »Die zwei da gehören Margaret Dan. Geh nach Hause, Shaula. Geh nach Hause, Rosie. Sagt eurer Mutter, Sophie hat Besuch von Em'ly.«

Kichernd rannten die Mädchen zur Tür hinaus und hätten dabei fast die Petroleumlampe umgestoßen, die auf einem Stuhl stand.

Sophie trat an eine von der Decke herunterhängende, flache Korbwiege und lüftete das Wolltuch. Als Emily das faltige Gesichtchen sah, war sie betroffen.

»Keine Sorge. Er wird schon noch dicker.« Sophie streichelte dem Baby über die Wange und forderte Emily auf, es ihr gleichzutun. Emily nahm ihr Kleiderbündel in die linke Hand und berührte zart die braune Haut des Kleinen. Wie weich, wie kühl! Ihre Fingerspitzen begannen zu kribbeln. Sophie stieß den Korb an. »Drei lebendige Babys. Vier tote. Ich zeige sie Ihnen später.«

»Vier tote Kinder! Aber das ist ja entsetzlich. Sie Ärmste. Warum?«

Sophie wandte sich ab.

Emily wurde blass. Sie hätte nicht fragen dürfen! Schon ein einziges Kind zu verlieren war grauenvoll. Aber vier! Und Sophie wirkte noch so jung …

»Ich habe Ihnen ein paar Kleider mitgebracht.« Auch keine besonders taktvolle Überleitung, dachte Emily, aber es war zu spät. Sophie griff nach dem Bündel. Ihr mürrisches Gesicht veranlasste Emily, immer weiter zu reden. »Was nicht passt, können Sie gern weiterverschenken.«

Ein kühler Schatten erschien in Sophies Augen. Sie ließ das Bündel fallen und breitete die Kleider mit ihren bloßen Füßen auf dem Boden aus.

»Ich hätte auch nach Kindersachen Ausschau halten sollen.«

Sophie betastete die Stoffe, rollte die Kleider wieder zusammen, stand auf und schob das Bündel mit dem Fuß gegen die Wand. Müde straffte sie die Schultern. »Sie sind nicht zum Anziehen. Sie sind für Teppiche.«

»Ach so.«

Ein peinlicher Moment. Stille.

»Möchten Sie unsere Kirche sehen?«

»Ja, sehr gern.« Glaubte Sophie, dass weiße Frauen immer nur die Kirchen besichtigen wollten? »Ich möchte mir alles ansehen.«

Sophie ging ins Nebenzimmer. Als sie zurückkam, trug sie einen langen karierten Rock, der unten am Saum mit schwarzen Samtbändern verziert war. Sie holte das Baby aus der Wiege und wickelte es in einen Wollschal, den sie sich auf den Rücken band. Dann ging sie aus dem Haus, den Pfad hinunter. Emily, Tommy und Annie Marie folgten ihr. Aber sobald Sophie den Plankenweg erreicht hatte, machte sie kehrt und eilte noch einmal zurück ins Haus. Mit Schuhen an den Füßen kam sie wieder heraus. »Anständige Damen tragen in der Kirche Schuhe«, erklärte sie.

Am Plankenweg oben bog sie nach links ab, in die entgegengesetzte Richtung des Kirchturms. Die Schuhe rutschten ihr bei jedem Schritt mit einem Klappern von den Fersen, und als sie sich dem Haus näherten, wo die Frau in ihrem Kartoffelbeet gestochert hatte, trampelte Sophie noch lauter. Prompt erschien die Frau im Türrahmen.

»Halloooo, Miss Johnson«, flötete Sophie, ohne stehen zu bleiben. Das *Klomp-klomp* ihrer Schritte ging einfach weiter.

Emily sah, wie die erwartungsvolle Neugier der Frau in Enttäuschung umschlug.

Nach ein paar Metern flüsterte Sophie ihr zu: »Sie denkt, sie ist was Besseres, weil sie einen weißen Mann geheiratet hat. Aber er ist jetzt tot.«

»Wie traurig.«

»Nein, es ist nicht traurig. Sie tut nichts. Sie macht keine Körbe. Sie hat keine Babys. Sie arbeitet nicht in der Fabrik. Sie redet immer nur von ihrem armen Johnson. Er ist auf See gestorben. Und sie wäscht Tischdecken und trocknet sie auf den Salalbüschen, damit wir alle sie sehen und denken, sie ist eine weiße Lady. Das Schiff von ihrem Mann schickt ihr Geld. Sie macht gar nichts.«

Emily räusperte sich. »Sie haben Recht. Es ist besser, wenn man etwas macht.«

Sie entfernten sich immer weiter vom Kirchturm, dann schlugen sie einen Pfad ein, der zu der zweiten Häuserreihe führte, und von da führte Sophie sie nun in Richtung Gotteshaus. Seltsam. Hatte der ganze Umweg nur dem Zweck gedient, an Mrs Johnsons Haus vorbeizukommen?

»Das ist unser Schulhaus. Frank und ich lernen dort lesen und schreiben. Meine Babys auch. Später.« Sophie deutete mit der offenen Hand auf zwei Gebäude, als wolle sie ihnen Emily vorstellen. »Schulhaus. Kirchhaus. Missionskirche Herz Jesu.«

»Sehr schön.«

Ein allein stehender achteckiger Turm ragte hinter zwei blühenden Kirschbäumen in den Himmel. Er war schlicht, aus Schindeln gebaut, wirkte aber solide und unerschütterlich, dem Meer zugewandt. Eigentlich hatte er nichts Besonderes, doch in dieser Umgebung ging eine imposante Wirkung von ihm aus.

In der Kirche war es kühl. Der Duft von Weihrauch hing in der Luft. Das warme Licht einer Petroleumlampe warf einen goldenen Glanz auf Bänke und Boden. Als Weihwassergefäß diente eine splitterige Muschelschale. Emily studierte den geschnitzten Holzsockel: ein Heiliger in langem Gewand und mit Mandelaugen, die etwas hinterlistig Animalisches hatten.

Sophie tunkte ihre Finger in die Schale, bekreuzigte sich und schaute Emily auffordernd an. Emily sperrte sich: Rituale waren etwas für Menschen, die Religion als Krücke brauchten. Doch Sophies flehender Blick war so beharrlich, dass sie gehorsam eine Fingerspitze ins Weihwasser tauchte, um die junge Frau nicht schon wieder zu kränken.

Es war regelrecht zu spüren, wie Sophie innerlich ruhiger wurde, als sie sich auf die Kante einer knarrenden Kirchenbank setzte. Emily nahm neben ihr Platz, und Annie Marie quetschte sich an ihren Knien vorbei, um zu ihrer Mutter zu gelangen. Wie gern hätte Emily das dunkel glänzende Haar des Mädchens berührt! Doch sie hielt sich zurück.

Als sie über Tommys Kopf hinweg zum Altar blickte, zuckte sie zusammen: Hinter dem Altar hing ein Herz-Jesu-Bild, eine unförmige Masse aus Kadmiumrot, mit Indischrot dunkel schattiert. Es sah aus wie ein menschliches Organ, das mit Dornen umwickelt war. Wie konnte so eine matschige Tomate die Menschen zu Anbetung inspirieren? Lag darin etwa das Wunder des Christentums? Emily warf einen kurzen Seitenblick zu Sophie, die voller Andacht auf das Bild starrte. Wie schaffte sie das, nachdem sie vier Kinder verloren hatte?

In den Nischen rechts und links des Bildes standen kleine Holzstatuen: Joseph und die Jungfrau Maria mit dem Kind. Kerzen flackerten. Ein gemeiner Gedanke stieg in Emily hoch: Lizzie gehörte in der einen Woche zur episkopalischen Gemeinde, in der nächsten zur presbyterianischen – eine Kirche genügte ihr offensichtlich nicht. Wenn ihre Schwester sie das nächste Mal nach der Anzahl ihrer Kirchenbesuche ausfragte, würde sie ihr antworten, sie habe eine katholische Indianerkirche besucht. Das sollte Lizzie eine Lehre sein und müsste sie eigentlich von ihrer lästigen Neugier kurieren.

Als sie wieder ins Freie traten, lenkte Sophie ihre Schritte zu einem Trampelpfad, der durchs hohe Gras führte. »Ich zeige Ihnen jetzt meine toten Babys.«

Ihre Nüchternheit war befremdlich.

Der Friedhof lag am Abhang und erstreckte sich vom Ufer bis hinauf zu dem Wald hinter ihnen. Sophie pflückte ein paar blaue Camassien und hielt dann das Gattertor auf. Nein, hier gab es keine Sargbäume. Stattdessen warf ein riesiges weißes Kreuz von der Mitte des Friedhofs einen langen Schatten über die chaotisch angeordneten Gräber. Sie bildeten keine Reihen. Manche hatten nur schlichte Holzkreuze, die teilweise von Gestrüpp überwuchert waren, andere waren mit Grabsteinen ausgestattet, ein paar waren sogar von einem Lattenzaun umgeben. Sophie ließ ihre Finger über die Lattenspitzen wandern. »Sehr christlich«, flüsterte sie und deutete auf einen Grabstein aus Granit. »Der ist für das tote Baby von Margaret Dan. Sie ist meine Freundin. Sehen Sie das eingemeißelte Kreuz? Größer als das Baby selbst. Aber Margaret Dan hat nur drei Babys hier.«

Sie begaben sich zum neueren Teil des Friedhofs. »Ich zeige zuerst Casamin. Mein erster Sohn.« Sein Grab war mit einem kleinen, unlackierten Holzkreuz markiert, in das nur der Name eingeritzt war. Sophie kauerte sich nieder, um ein paar Blätter wegzuzupfen.

»Wie ist er gestorben?«

»Ich habe ihn jeden Tag hierher gebracht, damit er bei dem alten Urahn liegt. Vielleicht war Gott deshalb böse.«

Emily hatte erwartet, Sophie würde eine Krankheit nennen, keine Theorie entwickeln. »Es tut mir so Leid! Ist das nicht sehr schwer für Sie?«

Sophie richtete sich auf und atmete tief durch. »Ein Baby für eine Weile ist besser als kein Baby.« Sie verkündete das mit so viel Nachdruck, als müsse sie ein Prinzip verteidigen.

Emily folgte ihr zu einem schiefen Stacheldrahtzaun, der zum Teil von Brombeergestrüpp verdeckt war und viele klaffende Löcher aufwies. »Oooh!« Eine riesenhafte Holzskulptur auf der anderen Seite des Zauns hatte sie erschreckt. Die etwa drei Meter hohe Figur war nur grob geschnitzt, sodass man nicht genau sagen konnte, ob sie einen Mann oder eine Frau darstellen sollte. Aber dass es ein Mensch war, daran gab es keinen Zweifel: mit gesenktem Kinn und breiten Schultern bewachte die Statue die Gräber jenseits des Zauns. Drei Meter bitterer Schmerz. Die verwitterte Oberfläche glänzte silbergrau, und ein vertikaler Riss spaltete den Torso.

»Wer ist *das*?«

»Der alte Urahn. Häuptling Mathias hat ihn aufgestellt. Auch nach dem Tod helfen die Ahnen den Squamish.«

Stolz hob Sophie den Kopf, als wäre diese Skulptur ihr Werk. Mit einem Nicken deutete sie dann auf zwei dicht nebeneinander liegende kleine Erdhügel jenseits des Zauns. »Meine ersten Babys«, sagte sie. »Trina und Lucy. Zwillinge.«

Erst jetzt wurde Emily bewusst, wie oft Sophie schon schwanger gewesen war. Die Zwillinge musste sie zur Welt gebracht haben, als sie selbst noch ein Kind war.

»Warum liegen sie nicht in diesem Teil hier?«

Sophie kaute auf ihrem Daumenballen. »Sie waren nicht getauft. Zu schnell gestorben.«

Ihre Augen schimmerten wie zwei tiefe dunkle Seen.

»Ich zeige Ihnen jetzt Maisie.« Sophies Gesicht hellte sich auf, als ob – ja, was? Als ob ihr Maisie mehr bedeutete? Als ob die Babys außerhalb des Zauns nicht so wichtig wären? Oder wollte sie sich nur gegen jede Form des Mitleids verwahren? Sophie raffte ihren Rock, damit er sich nicht in den Dornen verfing.

Emily folgte ihr schweigend, und plötzlich fiel ihr auf, dass die Figur des Urahns und das große Kreuz sich quasi gegenüberstanden: zwei Symbole, das eine ein expressives Kunstwerk, das andere flach und klar. Stimmte ihr Eindruck, dass Sophie in ihrer Verehrung dieser beiden Symbole eigentlich keinen Unterschied machte? Emily studierte unterwegs die Grabinschriften: *Mary Chepxim 1893–1897. Matthew Chepxim 1896–1902, im Fluss ertrunken. Unser geliebter Jack Henry 1881–1889. Marcus Thom 1901.*

»So viele Kinder … Wie kommt das?«

Sophie verdrehte vorwurfsvoll die Augen. »Ich muss sagen, Sie wissen nicht viel.«

Emily ärgerte sich kurz und wollte schon im gleichen Ton antworten. Doch dann begriff sie, dass sich Sophie wünschte, sie würde ihr Schicksal verstehen. Pocken. Masern. Grippe. Verliefen diese Krankheiten bei indianischen Kindern immer tödlich? Offenbar bedeutete eine Geburt keine Garantie für das Leben. Sophie hatte Recht: Sie wusste nicht viel.

Vor einem grauen, buckligen Stein machte Sophie Halt. *In liebevollem Gedenken an Maisie Frank 1903–1905* stand da.

Das war die Wortwahl des weißen Mannes. Hatte Sophie einen Friedhof in Vancouver besucht, um sie dort zu lernen?

»Sie kam zu schnell nach Annie Marie. Gute Schwestern, aber eine ist gestorben. Es ist gut, mit einer Schwester aufzuwachsen. Schwestern teilen alles. Dann sind sie gute Schwestern.«

»Haben Sie Schwestern, Sophie?«

»Nein, nur Brüder. In Squamish. Und Sie?«

»Ich habe vier Schwestern. Aber wir teilen nicht viel.«

Sophie musterte sie irritiert, mit zusammengekniffenen Augen, als könne sie sich so etwas beim besten Willen nicht vorstellen. »Schade.«

Liebevoll strich Sophie über die Rundung des Grabsteins. Sicher hatte sie das schon Hunderte von Malen getan.

»Das ist ein schöner Stein, Sophie.«

»Der Grabmann hat ihn billig gemacht für mich. Er hat gesagt, vielleicht bringe ich ihm nach und nach noch mehr tote Babys, also macht er ihn billig.«

»Nein!«

Sophie legte den Kopf schräg, als wolle sie sagen: Wer weiß?

Emily drehte sich um, weil sie wissen wollte, ob Annie Marie diese Bemerkung mitgehört hatte. Wie wirkten sich Sophies Friedhofsbesuche auf die anderen Kinder aus? Immerhin wurde ihnen auf diese Weise vorgeführt, wie sehr ihre Mutter all ihre Kinder liebte. Annie Marie saß ein Stück entfernt auf der Wiese. Ganz vertieft flocht sie Gras. Ihr rundes, geneigtes Gesicht erinnerte an einen Kupfermond, und das Sonnenlicht ließ in ihrem dunklen Haar ein paar Strähnen rötlich aufleuchten. Die Beine hatte sie seitlich von sich gestreckt, sodass sich ihr Rock wie ein Fächer ausbreitete. Emily hoffte, dass Sophie ihr eines Tages erlauben würde, Annie Marie zu zeichnen. Doch jetzt wollte sie sich erst einmal auf den Urahn konzentrieren.

Sophie schaute zu den Bäumen hinauf. Sie fasste Tommy an den Schultern, sah Emily an und legte dann erneut langsam den Kopf in den Nacken. Emily blickte ebenfalls nach oben: Ein Adler zog über dem Friedhof seine Kreise, stieg immer höher und ließ sich dann mit ungeheurer Präzision auf einem hohen Ast nieder.

»Fantastisch! Diese kraftvollen Schwingen!«, rief Emily.

»Es hat etwas zu bedeuten, wenn man Adler sieht.«

»Was bedeutet es?«

»Verschiedene Dinge für verschiedene Leute.« Sophie drehte sich von Emily weg und lächelte Tommy liebevoll zu. »Bist du müde? Ruh dich aus.« Sie deutete auf eine sonnige Stelle im Gras jenseits des Zaunes, gleich neben dem Urahn. Tommy kletterte durch ein Loch im Zaun und legte sich zusammengerollt vor die Statue.

»Das ist ein wunderbares Bild. Ist es in Ordnung, wenn ich diese Statue zeichne?«

»Der Urahn wäre schön auf einem Bild.«

»Darf ich Tommy auch malen?«

Sophies Augen weiteten sich, ihre Lippen formten ein erstauntes O, ehe sie sich zu einem stolzen Lächeln verzogen. »Ja, wir teilen ihn.«

Sie gingen hinüber zum Urahn. Für ihre Skizze verwendete Emily Kohle, weil sie fand, dass sie so die Umrisse dieser schroffen Figur am besten gestalten konnte. Annie Marie pirschte sich von hinten an sie heran, um ihr zuzusehen. Emily mochte dieses stille, kleine Wesen. Sie entwarf aus verschiedenen Blickwinkeln zwei Kohleskizzen und malte dann noch zwei Aquarelle. Als sie Sophie die Ergebnisse zeigte und diese anerkennend die Luft ausstieß, freute sich Emily unbändig.

»Jetzt wird der Urahn ihn nicht vergessen«, sagte Sophie.

Als sie wieder in dem kleinen Häuschen mit den zwei Zimmern angekommen waren, kochte Sophie Tee. »Wacholderbeeren«, sagte sie. »Gut für …« Sie rieb sich den Magen und goss den Tee in eine angeschlagene Porzellantasse. Emily hob sie hoch, um sie besser betrachten zu können. Seitlich waren die Insignien von Königin Victoria abgebildet.

»Sie war auch meine Königin«, erklärte Sophie, als sie Emilys Verblüffung bemerkte.

»Ja, ich … Ja. Wir teilen sie.«

Sophie nickte beifällig.

An den Geschmack des Tees würde sie sich erst gewöhnen müssen, dachte Emily nach dem ersten Schluck.

Tommy saß, versunken spielend, zu ihren Füßen und nieste dann kräftig in seine Decke. Emily zog ihr Taschentuch hervor und hielt es ihm hin. Er schaute sie fragend an. »Hier musst du reinschnauben«, sagte sie sanft und freute sich, als er es tat. Dann kletterte er zutraulich zu ihr auf die Bank. Sie legte den Arm um ihn, und er schmiegte sich an sie, den Kopf an ihre Brust gelehnt.

»Du passt zu mir«, murmelte er.

Emily lächelte und rührte sich nicht, um den Augenblick noch ein bisschen auszukosten. Durch die offene Tür sah sie, dass Annie Marie draußen neben dem Salalbusch kauerte. Die Knie weit auseinander, klopfte sie den Boden glatt, pickte die Steine heraus und fing an, mit einem Stock zu zeichnen. Weil sie offenbar mit dem Ergebnis nicht zufrieden war, rieb sie das Bild wieder weg und begann noch einmal von vorn, hochkonzentriert. Ihr Gesicht leuchtete. Als Tommy sich von Emily löste, nahm sie eins der Aquarelle, die sie von ihm und dem Urahn gemalt hatte, und reichte es Sophie.

Diese schlug die Hände vor den Mund und schüttelte den Kopf.

»Doch, Sophie. Es gehört Ihnen.«

Da ließ Sophie die Hände sinken und lächelte stolz. Die hohen Wangenknochen, die Brauen, selbst die Ohren – alles verzog sich nach oben. Vorsichtig piekte sie mit einem angespitzten Schilfrohr ein Loch in das Papier und hängte es gegenüber von der Jungfrau Maria an einen Nagel in der Wand.

6 Bisamratte

Die Boote des Pelztierjägers sahen auf den zweiten Blick noch genauso unproportioniert aus wie in ihrer Erinnerung. Von ihrer Warte oben auf der Böschung aus schien die rote Kabine des größeren Bootes viel zu hoch und zu schmal für den Rumpf zu sein. Das krumme Ofenrohr hatte so viele Biegungen, als wüsste es nicht, wohin. Und dann oben drauf noch dieser schiefe Blechhut! Der Heckmast diente keinem anderen Zweck, als die französische Fahne und einen Fuchsschwanz zu tragen. Zudem erwiderte das Boot ihren faszinierten Blick mit schläfrigen Tieraugen: ein schwarzer Kreis vorn am Bug, umrandet von einer schwarz-roten Mandelform. Genau wie die Augen des Heiligen in Sophies Kirche, der die Weihwassermuschel trug. Auch das Beiboot, das an dem größeren Boot festgebunden war, schien ein lebendiges Wesen zu sein: Am Bug sprossen rote Schnurrbarthaare, eine gefährliche Reihe spitzer weißer Zähne erstreckte sich über die Hälfte des Rumpfs, und am Heck leuchteten rote Flossen.

Sogar das Zelt besaß einen unverwechselbaren Charakter – auf der einen Seite höher als auf der anderen, an mehreren Stellen geflickt, die Zeltstangen mit Fuchsschwänzen drapiert. Oben an der Spitze war ein haariger kleiner Kopf angebracht. Zwei Paar lange Unterhosen hingen an dem Trockengestell aus Treibholz und flatterten im Wind wie unruhige Geister, die verzweifelt nach ihren Körpern suchten. Was für ein hinreißendes Bild diese Szenerie ergeben würde! »*Oui, Mesdemoiselles*«, murmelte Emily und wiegte den Kopf. Aber wenn sie ein paar akzeptable Skizzen hinbringen wollte, konnte sie nicht bis morgen warten, denn da musste sie wieder die Schmetterlinge unterrichten. Entschlossen kletterte sie den Abhang ein Stück hinunter, bis zu einem kleinen Vorsprung oberhalb des Zehrwurzsumpfs, wo sie ihren Malhocker aufklappte.

Als sie mit ihrer Skizze halb fertig war, hörte sie aus dem größeren Boot eine laute Stimme. »*Mon Dieu! Pourquoi tu me tourmentes?*« Die Worte klangen wie eine Beschwörungsformel. Dann sah Emily, wie der Mann zwei Ledersäcke in das Beiboot warf, selbst hineinkletterte und an Land ruderte. Er schleppte die

Säcke zum Bach, füllte sie mit Wasser und ging zum Zelt. In dem Moment entdeckte er Emily. »*Attention, Mademoiselle!* Wenn Sie nicht aufpassen, rutschen Sie runter in den Matsch.«

»Was für eine Art von Boot ist das größere da?«

»Sie ist *un bateau sauvage*.«

»Sie? Was macht *sie*?«

»Sie streitet mit mir. Sie will immer in die eine Richtung und ich in die andere.«

»Warum bemalen Sie Ihre Boote?«

»Um mit ein bisschen Licht die Dunkelheit der Wildnis zu vertreiben.«

Der Mann stellte seine Wassersäcke ab und trat an den Rand des schmalen Sumpfs. Seine Wangen waren von Wind und Sonne gegerbt. Die schmale Nase und die kleinen Ohren verliehen ihm ein fast vornehmes Aussehen, trotz des Bartes und der zerzausten Locken. Er trug eine Hose und ein Hemd aus Wildleder – eine Gestalt wie aus James Fenimore Coopers Roman *Lederstrumpf*. Als Mädchen hatte Emily dieses Buch verschlungen und es so oft gelesen, bis die Seiten ganz zerfleddert waren.

In gespielter Empörung verzog er das Gesicht, sodass sich um seine Augen lauter kleine Fältchen bildeten. »Wenn Sie mein Boot malen, Mademoiselle, belegt sie Sie mit einem Fluch.«

Emily lachte. »Wie heißt es denn, Ihr Boot?«

»*La Renarde Rouge*. Sie ist eine Füchsin.«

»Wohin fahren Sie?«

»So weit nach Norden, wie *La Renarde* es mir gestattet.«

»Allein?«

»Allein.«

»Nach Alaska?«

»Oder die Flüsse hinauf. Wo immer man Pelzhandel treiben kann.«

»Wie ist es im Norden?«

»Wild. Die Wälder sind so dicht, dass man keinen Baum fällen kann.« Er breitete die Arme aus. »Eine endlose Weite. Man braucht Wochen, um irgendwo hinzukommen. Und es regnet *tout le temps*. Regen wie ein Wasserfall. Immer tropft irgendein Zweig. Macht einen verrückt.« Er schnitt eine Grimasse, die Oberlippe ging in die eine Richtung, die Unterlippe in die andere.

»Und sonst?«

»Was hätten Sie gern? Gletscher, die ins Meer krachen? Vögel, die wie Dämonen kreischen oder wie alte Männer knurren? *Oui*, das gibt es auch.« Seine Stimme klang jetzt ganz heiser. »Die Wildnis ist so gewaltig, dass sie einen völlig umkrempeln kann, das Innerste wird nach außen gekehrt, und man bebt, weil man ohne Schutz ist.« Der Mann ließ seine Hände zittern.

Bei dem Gedanken an all die Motive wurde Emily fast schwindelig. »Klingt wie ein grandioses Abenteuer.«

»Was? Sind Sie ein Kind? Es geht mir nur ums Geschäft.« Jetzt klang er schroff.

»Gibt es dort Langhäuser?«

»Ganze Dörfer aus Langhäusern, und manche sind so bunt bemalt, dass sie wie Tiere aussehen.« Er breitete die Arme aus. »Und Pfähle, die aus merkwürdigen Kreaturen zusammengesetzt sind.«

»Totempfähle?«

»Und Potlatches.«

»Was ist das eigentlich, ein Potlatch?«

»Verrate ich Ihnen nicht. Kann ich nicht verraten.«

»Warum nicht?«

»Ein Geheimnis. Möchten Sie, dass ich es den Hügel hinaufbrülle?«

»Ja.«

»Geht nicht. Sie müssen hier runterkommen, auf meinen Lagerplatz.«

Er machte kehrt, stieg in sein Beiboot und ruderte aus der Bucht hinaus. Was hatte das zu bedeuten? Wie konnte er es wagen, sie einfach stehen zu lassen?

Na ja, sie war gekommen, um zu malen, also malte sie, eine Skizze nach der anderen, aus unterschiedlichen Entfernungen und verschiedenen Winkeln. Schlechte, befreiende Zeichnungen, schnell und unbekümmert hingeworfen. Ihre Kohle brach ab. Egal. Emily trennte ein Blatt ab, um eine neue Skizze zu beginnen. Der Wind riss ihr das Blatt aus der Hand und wehte es zum Strand hinunter. Sie zeichnete ein neues Bild. Und noch eins. Bis der ganze Block voll war.

Zu Hause steckte ein Brief in ihrem Postschlitz. Sie riss ihn auf.

Liebe Miss Carr,
bei einer Sitzung unseres Vorstands sind wir zu dem Schluss gekommen, dass Ihr Unterricht unseren Anforderungen nicht entspricht. Daher müssen wir Ihnen leider mitteilen, dass wir Ihre Dienste nicht länger in Anspruch nehmen wollen.

Mrs Priscilla Hamilton
Präsidentin des Vancouver Ladies' Art Club

»Was?!« Aufgebracht rannte Emily im Zimmer auf und ab. Das war ja unglaublich! »Entspricht nicht den Anforderungen! Pah! Die haben doch keine Ahnung!«, sagte sie empört zu Joseph. »Sie sind gemein und ahnungslos. Und sie haben prähistorische Vorstellungen von Kunst. Ich würde lieber verhungern, als solche Leute zu unterrichten!«

»Ich würde lieber verhungern«, brabbelte Joseph ihr nach – zwei Mal.

»Sehr gut – denn wenn ich untergehe, gehst du mit.«

Sie knallte den Wasserkessel auf den Herd. Jessica hatte Recht. Diese Frauen nahmen die Kunst nicht ernst. Sie wollten nur Blümchen oder sich selbst malen. Heuchlerinnen mit Flamingo-Hüten! Emily rollte sich eine Zigarette, zündete sie an, hielt das Streichholz an den Brief und schaute zu, wie sich die Flamme langsam ins Papier fraß, bis zu Priscilla Hamiltons hässlicher Unterschrift.

Was sollte sie jetzt unternehmen? Ihre Ersparnisse würden sie höchstens ein paar Monate über Wasser halten. Nach Hause zurückzugehen war undenkbar. Sie hatte gerade angefangen, sich hier wohl zu fühlen. Jessica war hier. Ihre neue Freundin Sophie war hier. Das Reservat war hier. Alle Möglichkeiten waren hier. Die Stadt wuchs. Jeden Monat bauten sich die Holzbarone neue Prachtvillen, die mit Bildern voll gehängt werden konnten. Aber das Geld, das sie geerbt hatte, war nicht unerschöpflich.

Sie warf einen Blick auf ihre jüngsten Arbeiten. Taugten sie etwas, oder gefielen sie ihr nur, weil sie ganz bestimmte Erfahrungen und Erlebnisse mit ihnen verband? Kunst durfte nicht nur eine persönliche Angelegenheit sein. Die alte Angst beschlich Emily. Der Urahn war eine starke Komposition, aber der zu seinen Füßen liegende Tommy war zu niedlich geraten. Sie musste es noch einmal ohne ihn versuchen. Außerdem wollte sie auch Annie Marie zeichnen. Annie, die ihr von hinten so interessiert zugeschaut hatte. Vermutlich hatte sie noch nie jemanden zeichnen sehen. Die Primadonnen des Art Clubs schauten ihr nie bei der Arbeit zu! Annie hatte sie ganz genau beobachtet, und dann hatte sie selbst ein Bild in den Sand geritzt. Es war nur natürlich, dass Kinder nachahmten, was ihnen bei den Erwachsenen gefiel.

Emily rollte sich noch eine Zigarette und zündete sie an. Da erst bemerkte sie, dass die erste noch brennend im Aschenbecher lag. Sie schob ihn beiseite und setzte eine Annonce auf: *Emily*

Carr, Mal- und Zeichenkurse, nur für Kinder. 570 Granville Street. Erste Stunde kostenlos. Nie wieder würde sie Erwachsene unterrichten. Sie waren viel zu undankbar. Bei Kindern war das anders. Jessica würde ihre Töchter anmelden, und ihre Töchter hatten Freundinnen. Womöglich machte bei Kindern das Unterrichten sogar richtig Spaß.

Emily stand oben an der Böschung und grub die Finger in das schwarz-weiße Zottelfell ihres Hundes. Auf dem Weg hierher hatte er sich einwandfrei verhalten. Es war ihre erste gemeinsame Unternehmung. Sein Tempo hatte sie veranlasst, große Schritte zu machen, die Arme zu schwingen, tief durchzuatmen. Sie fühlte sich erfrischt und unternehmungslustig.

Da sah sie es: Ein langes Brett war quer über den Sumpf gelegt worden. Die Zeichnung, die der Wind bei ihrem letzten Besuch weggeblasen hatte, lag auf der anderen Seite des Morasts, an allen vier Ecken mit Steinen gesichert. »Abgesehen von dir, mein alter Kläffer, ist dieses Brett das Beste, was mir heute passieren konnte.«

Vorsichtig kletterte Emily den Abhang hinunter, den Hund dicht bei sich an der Leine. Sie balancierte über das Brett und breitete dabei die Arme ein wenig aus, um das Gleichgewicht besser halten zu können. Zwischendurch redete sie ihrem Hund immer wieder gut zu, damit er ihr folgte.

»Guter Junge!« Sie kraulte ihn unterm Kinn. »Ich wette, zu Kindern bist du auch sehr nett, stimmt's? Wenn wir Ausflüge machen, um im Freien zu malen, bewachst du sie und hältst sie beisammen wie eine Schafherde.«

Mit seiner lilaroten Zunge leckte er ihr über den Handrücken. Es fühlte sich an wie ein Versprechen. Sie brauche den Hund aus beruflichen Gründen, würde sie Dede erklären, falls diese ihr vorwurfsvoll das Sparbuch unter die Nase halten sollte.

Emily hob die Zeichnung auf. Gar nicht so übel!

»*Mademoiselle*!« Der Mann grinste freundlich, als er aus dem Zelt kam.

»Emily. Ich heiße Emily.«

»*Une dame courageuse!* Sie haben es tatsächlich gewagt, die steile Böschung hinunterzuklettern.« Er wedelte mit einem Lappen und verneigte sich vor ihr. »Claude Serreau, Pelzhändler. Einer der letzten und besten. Aus Poitiers, wo alle guten Pelzhändler herkommen. Sie können mich auch Claude du Bois nennen – passend zu meinem Wohnort.« Er deutete auf den Wald hinter seinem Lagerplatz. Dazu grinste er vergnügt, sodass seine Lippen zwischen den Barthaaren hervortraten, was sehr lustig aussah. »Sind Sie wieder hier, um zu zeichnen?«

»Ja, und weil ich unbedingt erfahren will, was ein Potlatch ist.«

»Pssst!« Er legte den Finger an die Lippen und schaute sich gespielt ängstlich um. »Die Bäume haben Ohren.«

Wie amüsant, dass ein Mann, der die meiste Zeit in der Wildnis lebte, so verängstigt tat!

»Wo sind die Damen, die Sie mir versprochen haben?«

»Sie kommen nicht.«

»Haben sie sich – *pfffft* – in Luft aufgelöst?«

»Sie haben sich in einen alten englischen Hütehund verwandelt. Er heißt Billy. Ich habe ihn mir gerade gekauft. Eigentlich bin ich in die Zoohandlung gegangen, weil ich einen Goldfisch haben wollte. Aber dann habe ich ihn gesehen.«

»*Mon Dieu.* Sieht aus wie ein Fransenteppich. Hat er überhaupt Augen?« Claude inspizierte Billys zotteligen Kopf. »*Ah, bon. Les voilà*. Was? Er hat keinen Schwanz? Wozu soll dieser Hund gut sein?«

Um die Leere in meinem Leben zu füllen, dachte sie. Laut sagte sie: »Er will geliebt werden.«

Claude blieb der Mund offen stehen. »Was? Wollen Sie lieber einen Hund als einen Mann?«

»Hunde rudern nicht plötzlich mit ihrem Boot davon, wenn man sich gerade mit ihnen unterhält.«

»Ich bin zum Sägewerk gefahren, um das Brett hier zu holen, damit Sie über den Sumpf gehen können. Aber als ich zurückkam, waren Sie verschwunden!«

»Das – das wusste ich nicht!«

»So, und jetzt erzähle ich Ihnen, was ein Potlatch ist.«

Während er sie bis zum Zelt führte, umklammerten seine Finger ihr Handgelenk. Leise summend begann er Holz für ein Feuer aufzuschichten. Emily studierte fasziniert seinen Nacken.

Er legte eine Felldecke aus, rostbraun und beige. »Seeotter. So gut wie ausgerottet durch die Jagd. Etwas ganz Besonderes.«

Billy schnupperte an dem Fell. Emily zog ihn weg und band ihn an einen etwas weiter entfernt stehenden Baum. Das schien ihn nicht zu stören – er legte sich einfach hin, um ein Nickerchen zu halten. Auf dem Boden ausgestreckt, sah er tatsächlich aus wie ein Fransenteppich. Emily klappte ihren Malhocker auf und setzte sich neben die Felle.

»*Non, non*!« Claude deutete mit der Hand auf die Decke. »Für Sie. Für sonst niemanden. Nicht mal für mich.« Er hängte dichte, glatte Biberfelle vor die Zeltöffnung. »Die große Zeit der Pelztierjagd ist vorüber. Aber es gibt immer noch schöne Stücke, wenn man weiß, wo man suchen muss.« Er strich mit der Hand über das Fell und forderte Emily auf, dasselbe zu tun. Gehorsam beugte sie sich zur Zeltöffnung.

»Wie herrlich! Es macht mich immer ganz glücklich, wenn ich belebte Dinge wie Gras, Moos, Federn oder Pelz berühren kann.«

Claude brachte noch mehr Felle heraus. »Hier, fassen Sie die mal an! Bisamratte und Nerz.«

Während Emily die Pelze streichelte, wandte Claude seine braunen Augen nicht von ihr. Man konnte die Finger in dem Nerzfell vergraben, als wollten die Hände Wurzeln schlagen. Oder man konnte sie wie einen Kamm durch die längeren Haare ziehen. Das sinnliche Kribbeln ließ Emily dahinschmelzen.

Claude stapelte die Felle am Zelteingang, damit sie eine Rückenlehne hatte, an die sie sich schmiegen konnte.

»*Ah, bon. C'est bien*? Jetzt knistert das Feuer. Niemand kann uns hören. Also, aufgepasst. Potlatches. *Grandes fêtes*, die sich über Tage hinziehen. Der Häuptling lädt die Einwohner der anderen Dörfer ein, damit sie alle miterleben, wie ein neuer Pfahl aufgestellt wird. Er verschenkt tausend Dinge. Gedörrten Lachs, Wolldecken, Geschirr, Werkzeug, englisches Porzellan.« Mit den Armen beschrieb Claude immer größere Kreise. »Stoff, Öl, Säcke voller Getreide, Zucker. Manchmal sogar eine Nähmaschine oder ein Kanu.«

»Wieso?«

»Um seine Macht und seinen Reichtum zu demonstrieren. Er will vorführen, dass er sich das alles leisten kann. Und um die anderen Häuptlinge zu beschämen, die bei ihren Potlatches keine so großzügigen Geschenke gemacht haben. Gutes Geschäft für mich, *oui*?«

»Woher haben die Häuptlinge die Decken und das englische Geschirr?«

»Von mir, versteht sich.« Er klopfte sich auf die Brust.

»Und sonst passiert nichts bei diesen Potlatches?«

»Doch. Es werden große Reden geschwungen, es wird gegessen, getrunken und getrommelt. Manche tanzen im Federschmuck, schweben leichtfüßig über den Boden. Raben reden wie Menschen. Menschen reden wie Raben und bewegen sich in Trance.« Claude kniff die Augen zusammen und beugte sich zu

Emily. Sie atmete den Geruch von Rauch und Wildleder ein. »Es geht wild zu.«

Vor ihrem inneren Auge sah sie fantastische Bilder. »Ach, wie gern ich so etwas einmal miterleben würde! Vielleicht könnte ich es malen.«

Er blies die Wangen auf. »*C'est impossible*. Weiße sind nicht zugelassen. Frauen schon gar nicht! Das würde gegen das Gesetz verstoßen.«

»Aber Sie haben es doch auch gesehen!«

»Aus rein geschäftlichen Gründen, *ma beauté*.«

Er rückte noch näher und strich über die Bisamratte, erstaunlich zartfühlend für jemanden, der ein so hartes Leben gewohnt war. Emily fand jetzt, dass er fast indianisch aussah, ein Sohn der vier Jahreszeiten, ein Mann, der die Stammesgeheimnisse kannte. Sie musterte ihn verzückt, und auf seinen Lippen erschien ein wissendes Lächeln.

»Sie sind nicht hierher gekommen, um zu zeichnen, nicht wahr?«

Seine Augen schimmerten weich, während er ihr Gesicht studierte. Sanft umschloss er mit der Hand ihren Hinterkopf und küsste sie. Dann lehnte er sich zurück, um ihre Reaktion abzuwarten, lächelte schief – und küsste sie erneut. Sein Bart war so weich, seine Lippen fordernd. Emily sträubte sich automatisch. Sofort ließ der Druck seiner Hand an ihrem Hinterkopf nach, aber sie wich trotzdem nicht zurück. So saßen sie da und schauten sich in die Augen, atmeten im Gleichtakt.

Das war wild. Es überraschte sie. Und zugleich überraschte es sie nicht.

»Kannst du sie hören? Die Trommeln?«, flüsterte er.

Sie horchte und spürte ihren eigenen Herzschlag.

»Wenn du die Trommeln einmal gehört hast, vergisst du sie nie wieder.«

Er drückte Emily sanft nach hinten, seine Küsse wurden länger, leidenschaftlicher. Wie weich sich der Pelz unter ihren Armen anfühlte! Claude strich mit dem Finger über ihre Kehle, über das Schlüsselbein. In seinen Augen blitzten die Lichtfunken des Feuers. Ein Mann, der roch wie der Wald und der die Instinkte eines wilden Tieres besaß …

Plötzlich meldete sich die Stimme ihres Vaters. *Du musst wissen, was es heißt, eine Frau zu sein, dann gerätst du gar nicht erst in Versuchung*. Abrupt machte sich Emily von Claude los, stand auf, nahm ihren Malhocker und hielt ihn schützend vor sich.

Claude musste lachen. »Ich verstehe. Du bist ein Mädchen im Körper einer Frau.«

Sie stellte den Hocker wieder weg. Ihre Wangen brannten.

Mit theatralischer Gebärde versteckte er seine Hände hinter dem Rücken. »Ich werde dir nichts tun.« Dann klopfte er auf das Fell neben sich. Sie setzte sich wieder zu ihm.

»Erzähl mir bitte von den Pfählen.«

Aber sie konnte ihm nicht richtig zuhören, weil sie innerlich viel zu aufgewühlt war. » … die Zedernstämme schnitzen sie zu Tieren, die ihren Stamm symbolisieren …« Seine Stimme drang wie durch einen Nebel zu ihr. Sie verstand nur die Hälfte dessen, was er sagte. » … oder um die Geschichte ihres Stamms zu erzählen.« Sie beobachtete, wie Claude mit der Hand über das Bisamfell strich, eine sinnliche Geste, ganz anders als alles, was ihr Vater über die Männer gesagt hatte. Wenn Claude ihr Gesicht so streicheln würde … Wieder hörte sie die Trommeln in ihrem Innern.

Aber er hielt Wort.

Als Emily nach Hause ging, war sie wütend. Wütend auf ihren Vater. Und auf sich selbst. Nach all den Jahren hatte das, was ihr mit vierzehn widerfahren war, immer noch so viel Macht über sie. Zum Teufel mit diesem Mann.

Ungezähmt. Wild wie eine Indianerin, hatte Vater gesagt, als sie auf der Bank in seinem großen Gartenschuppen saß. Er hatte behauptet, er tue es, weil er ihre naive Zügellosigkeit und Widerspenstigkeit bändigen müsse. *Emily, du musst wissen, was es heißt, eine Frau zu sein, dann gerätst du gar nicht erst in Versuchung … Der Mann stößt zu, hart, schmerzhaft, und du musst ihn in dir aufnehmen.* Er deutete mit der Handfläche zwischen ihre Beine, er wollte sie berühren – oder jedenfalls glaubte sie das. Sie stieß seine Hand weg und presste die Schenkel zusammen, sie hielt es nicht mehr aus und rannte ins Haus. Diese Szene verfolgte sie viele Jahre lang, und es waren schreckliche Bilder. Sie hatten zur Folge, dass sie sich auch jetzt noch wie ein albernes, verängstigtes kleines Mädchen verhielt.

In jener Nacht schlief Emily sehr unruhig. Claude spukte durch ihre Träume, dazwischen erschienen mit Federn geschmückte Männer, die im Feuerschein tanzten. Sie träumte auch von Vater, wie er ihr im Geräteschuppen eine kleine Schaufel zwischen die Beine schob. Sogar Dede tauchte auf, die Hände in die Hüften gestützt. Wie immer redete sie über Richtig und Falsch: *Es ist lächerlich, dass du auch nur daran denkst, allein nach Norden zu reisen. Für wen hältst du dich eigentlich? Ich werde es nicht erlauben.*

Aber diesmal bin ich nicht allein, erwiderte sie.

Beim Aufwachen schwor sie sich, dieses väterliche Trauma endgültig zu überwinden. Wo hatte sie ihren Verstand gelassen, ihren Unternehmungsgeist? Sie gab Billy etwas zu fressen, packte ihr Malzeug zusammen und machte sich gemeinsam mit ihrem Hund auf den Weg.

Wie würde sich Claude nach ihrem kindischen Auftritt verhalten? Wie würde sie selbst sich verhalten?

7 Fuchs

Als sie mit Billy den Abhang zur Bucht hinunterkletterte, war Claude gerade dabei, über dem Feuer Kartoffeln zu braten. Das Otterfell und andere Felle hatte er schon ausgebreitet.

»Woher hast du gewusst, dass ich noch einmal komme?«

»Du warst mit deinem Bild noch nicht fertig«, antwortete er mit einem vielsagenden Grinsen.

Sie grinste ebenfalls und streckte ihm die leeren Hände entgegen.

»Oho!« Er nickte beeindruckt.

Mit raschen Handgriffen band sie Billy wieder an einen Baum und setzte sich auf ein Fell. »Ich wollte dich nach den Totempfählen fragen.«

Er schob die Unterlippe vor, als würde er schmollen.

»Ich habe eine Freundin in North Vancouver. Eine Squamish«, begann Emily. »Sie hat mir den dortigen Friedhof gezeigt, und jenseits des Zauns stand eine menschliche Holzskulptur. Ich wüsste gern, ob die Totempfähle so aussehen.«

»Wie groß ist die Figur?«

»Drei, vier Meter hoch, würde ich schätzen.«

Claude lachte. »Siehst du die Zedern da drüben? Stell dir vor, man würde die Zweige entfernen und den Stamm bis zur Spitze schnitzen. Lebewesen mit Augen, Schnäbeln, Zähnen, Flügeln, eins über dem andern – und alle starren dich an.« Er breitete die Arme aus, als hätte er Flügel, und beugte sich dann über Emily. »*Comme ça.*«

»Stehen sie nicht in den Dörfern?«

»Die meisten schon. Manche Dörfer sind verlassen, aber die Totempfähle sind noch da. Es kann passieren, dass du unvermutet vor einem stehst. Oder du hörst den Wind heulen – *huuh, huuh* – wie ein Gespenst, und dann weißt du, es muss ein Pfahl in der Nähe sein, und deshalb schleichst du herum wie ein Fuchs.« Er zog die Schultern hoch und tastete sich mit den Händen vorwärts, legte eine Hand auf ihr Knie. »Aber selbst wenn du genau weißt, der Pfahl ist irgendwo in der Nähe, erschrickst du, wenn du vor ihm stehst. Hier drin erschrickst du.« Er tippte ihr auf die Brust, unterhalb des Schlüsselbeins, eine gefährliche Geste. Sie erbebte innerlich.

»Ich will diese Totempfähle sehen.«

»Aber vielleicht jagen sie dir Angst ein.«

»Ich möchte mich ängstigen.«

»Ach, ja?« Claude rückte näher.

»Ich meine – ich will die ganze Küste sehen, ich will die Flüsse hinauffahren. Und malen.«

»Unmöglich. Jedenfalls für eine Frau allein.«

Ja, aber hier saß er, vom Wind gegerbt, wissend, ein Mann mit Erfahrung, der selbst dem heftigsten Sturm lachend die Stirn bot, der ein freies Leben führte und nur auf den Ruf der Gezeiten hörte. Und außerdem hatte er ein komisches kleines Boot. Was hielt sie hier fest? Jedenfalls nicht das Geld, das sie mit Kursen für kleine Kinder verdienen würde. Emily stellte sich vor, wie es wäre, mit Claude nach Norden zu fahren. Nur den Sommer über. Ein praktisches Arrangement.

»Wäre es auch unmöglich für – für *une dame courageuse*?«

Claude lachte über ihre Aussprache.

»Eine Schönwetter-Abenteurerin. Warte, bis du merkst, was Regen ist. Und bis du die Moskitos siehst, die Kiefer so groß wie Krokodile haben.«

Er kniff sie in den Oberarm, ließ seine Finger dann nach oben wandern bis zum Ohrläppchen. Sie bekam eine Gänsehaut.

»Ich bin allein nach Hitats'uu gefahren.«

»Ganz allein?«

»Ja, eine Woche lang. Ich habe es genossen.«

»Was gibt es denn an ein paar Langhäusern zu genießen?«

»Alles. Und die Menschen! Sie sind, wie sie sind. Sie verstellen sich nicht. Ich fand es wunderbar, wie sie zusammenleben. Wie sie das, was sie brauchen, herstellen. Schöne Dinge. Zedernmatten, Körbe, Hängematten.« Emily dachte an die Bank in der Menstruationshütte. Sie war mit so viel Sorgfalt gearbeitet worden, dass sie beim Gedanken daran immer noch ganz neidisch wurde. »Alles so voller Emotionen.«

»Vielleicht bist du es ja, die so voller Emotionen ist.« Claudes Augen sprühten. »Mehr, als du weißt.«

»Sie leben nach der Tradition und in Übereinstimmung mit der Natur.«

»Puh! Du siehst das mit Bilderbuchaugen. Meinst du, sie lachen vor Vergnügen, wenn ein Unwetter kommt? Oder wenn sie Frostbeulen haben? Wenn sich ein Puma anschleicht? Meinst du, sie gehen lächelnd dem Tod entgegen?«

Er brach eine Kartoffel für sie auf und legte sie auf einen Blechteller. »*Attention* – heiß!«

»Sie leben so wie du. Im Freien kochen, im Freien schlafen.«

Er schob die Unterlippe vor, was sehr lustig aussah. »Ich habe keine andere Wahl.«

»Gleichgültig, warum – auf alle Fälle haben sie etwas, was wir nicht haben.«

»*Wir?*« Claude biss selbst in eine Kartoffel.

»Wir Stadtbewohner.«

»Und was mag das wohl sein, *ma philosophe?*« Er grinste, halb zärtlich, halb spöttisch.

»Sie verstehen das Wirken der Natur.«

Wieder verzog er den Mund.

»Und wie man neue Kraft bekommt.«

»Bist du dir da ganz sicher? Meinst du, du wüsstest, wie die im Norden sind, nur weil du eine Woche in einem Dorf im Süden warst?«

»Ich weiß, was ich gesehen habe.« Sie strich nervös über die Decke – das Otterfell war ganz glatt, während ihr beim Nerz die Handfläche kribbelte.

»Haida, Tlingit, Tsimshian, Kwakiutl … Du glaubst, diese Stämme sind alle gleich? Gitksan, Nisga'a, Mamalilikala – alle gleich?«

Diese Namen! Wie geheimnisvoll sie klangen, zumal mit seinem Akzent! Wahrscheinlich war jeder Stamm anders. Umso interessanter. »Ich will es herausfinden. Alles.«

»Alles?«

»*La Renarde Rouge* – ist sie groß genug für zwei?«

»Und für einen vierbeinigen Teppich?«

»Ich könnte die Dörfer malen, wo du Handel treibst.«

»Kannst du in einem Zelt schlafen?«

»Ja.«

»Am offenen Feuer kochen? Im Regen leben?«

»Ja. Ja!« Mit gespreizten Fingern fuhr sie durch das Bisamfell.

Er kratzte sich hinterm Ohr, als würde er überlegen.

»Unter einem Fell schlafen, das nach den Wäldern des Nordens riecht. Und nach Moschus«, sagte sie.

Er nahm einen Nerz und strich ihr damit über die Wange, über den Hals. »Es wärmt besser, wenn die Haut unter dem Pelz nackt ist.« Sein Atem ging stoßweise.

»Ja«, flüsterte sie.

Seine Lippen wanderten über ihre Haut, er murmelte zärtlich exotische Wörter. Eine kurze, flatternde Begegnung der Zungen. Benommenheit, Zittern, Schwindelgefühle.

In ihrem Kopf drehte sich alles. Sie musste ihn aufhalten. Jetzt gleich! Noch eine Minute. Er packte sie an den Schultern, drückte sie nach hinten, küsste sie, leckte über ihren Hals. *Er stößt in dich hinein, und du musst ihn in dir aufnehmen. Das erste Mal zerreißt er dich fast.* Aufhören. Aufhören, sofort! Sie stemmte sich gegen seine Brust, die sich unter dem Wildleder sehr fest anfühlte.

»Füchsin, du quälst mich.«

Er ließ sie frei, und sie stand auf.

»Du gehst zu früh.«

Emily band Billy los und hastete den Abhang hinauf.

»Kommst du morgen wieder?«, rief er ihr nach. »Dann reden wir über den Norden.«

Sie war außer Atem, konnte nicht antworten.

Verwirrt und wie im Rausch schleppte sie sich nach Hause. Sie war nicht sie selbst. Als sie die Verandatreppe hinaufging, zitterten ihr die Knie.

Abends in ihrem Zimmer schaute sie hinaus auf den Mond, der aussah wie eine Sichel aus Perlmutt, und sie grub ihre Finger in Billys Fell. Was wusste sie schon von der Liebe? Nicht viel. Der einzige andere Mann in ihrem Leben, der jetzt aus der Vergangenheit auftauchte, war Mayo Paddon, der Zahlmeister des Schiffs, mit dem sie von ihrem ersten Besuch in Hitats'uu nach Hause zurückgefahren war. Dede und Lizzie waren sehr mit ihm einverstanden gewesen, weil er immer brav in die Kirche ging. Puh! Er war ihr nach London gefolgt, war ständig um sie herumgeschlichen, hatte ihr sechs Heiratsanträge gemacht, war ihr endlos auf die Nerven gegangen und hatte sie bei ihrem Kunststudium gestört. Emily hatte nicht das geringste Verlangen nach ihm verspürt – ganz anders als bei dem Traumjungen ihrer Kindheit, der wie ein Regenpfeifer pfeifen konnte. Der Traumjunge hatte nach Borke gerochen und nach süßem Heu, wenn sie sich in seine Arme schmiegte, und sie waren auf einem

Schimmel zum Himmel galoppiert, um sich auf der Mondsichel auszuruhen.

Vielleicht hatte Claude Recht. Vielleicht betrachtete sie die Welt tatsächlich mit Bilderbuchaugen. Dede hatte ihr ja auch schon tausendmal erklärt, sie sei absolut unreif. Aber wenn die wahre Liebe nur halb so wunderbar war wie ihre Kindheitsfantasie – was dann? Wie konnte die Liebe zu einem Ort, zu einer Landschaft je daran heranreichen? Emily fühlte sich verschlossen wie eine Knospe. Was war, wenn Vater bei seinen brutalen Erläuterungen übertrieben hatte? Was, wenn sie wegen seiner Warnungen vor Sex die wahre Liebe nicht erkannte und ihr ganzes Leben lang allein blieb und als alte Jungfer starb? Sie wäre doch wirklich sehr dumm, wenn sie ihrem Vater immer noch so viel Macht einräumen würde.

Und außer der Liebe gab es noch den Norden. Würde Claude sie tatsächlich mitnehmen? Oder doch nicht? Bei seinen leidenschaftlichen Küssen hatte sie sich einen Augenblick lang absolut frei gefühlt. Aber diese absolute Freiheit existierte nicht. Es gab im Leben nichts umsonst. Darauf musste sie sich vorbereiten: auf ein Geben und Nehmen.

Diesmal ließ sie Billy zu Hause und durchquerte die Stadt mit eiligen Schritten. Verdutzt blieb sie oben an der Böschung stehen. Die Boote waren verschwunden. Das Zelt stand noch da, aber wo waren die Boote? Wo war Claude? Emilys Lungen schmerzten von der kalten Salzluft. Sie hatte nein gesagt, nein und noch mal nein, und jetzt, da sie vielleicht ja sagen wollte, war er nicht da. Sie kauerte sich dicht neben das Zelt, um sich gegen den Wind zu schützen, und wartete eine Stunde. Zwei Stunden. Sie rauchte vier Zigaretten und beobachtete die wechselnden Muster der Schaumkronen auf den Wellen. Der Wind plusterte die Rückenfedern der schwarzen Möwen auf und ließ die Zeltplane knattern.

In der Abenddämmerung kam das Boot in die Bucht getuckert, das Beiboot voller Kisten im Schlepptau. Emily schrie auf und rannte zum Wasser.

»*Madame Courageuse!*«, rief Claude und grinste über das ganze Gesicht, als er aus dem Beiboot kletterte und es an Land zog. Er bog ihr Gesicht zurück, er küsste sie, er zog sie ins Zelt. Keine Geschichten diesmal. Und im Zelt keine Felle. Sie waren offenbar alle verkauft. Stattdessen lagen jetzt Stapel mit Decken für die Dörfer im Norden da. Wie lang würde er noch hier bleiben?

Er fiel auf die Knie und rieb ihr die Hände, um sie zu wärmen, baute ein Nest aus Decken, rieb ihr noch ein bisschen die Hände, die Arme, die Schenkel. Seine Augen wurden tief und dunkel.

»Warum bist du nicht ins Zelt gegangen, um dich aufzuwärmen?«

»Ich wollte dein Boot kommen sehen. Und dir zeigen, dass ich mich nicht vor der Kälte des Nordens fürchte.«

Er zog die rechte Augenbraue hoch. »Vor der Kälte des Nordens?«

Sein Blick sagte alles: Er wusste, dass sie anders war als am Tag zuvor. Er riss sich sein Wildlederhemd vom Körper. Sie starrte auf seine Schultern, auf seine Brust, durchtrainiert vom jahrelangen Rudern. Seine Hände auf ihrem Gesicht, ihrem Hals, ihren Schultern. Er drückte sie sanft, aber bestimmt in das Bett aus Decken. Sein Gesicht dicht über ihr. Er flüsterte etwas auf Französisch, fuhr ihr mit den Fingern durchs Haar. Seine Lippen öffneten die ihren. Er umschloss ihre Brüste. »Rund und fest«, murmelte er. Ein Schauder durchbebte sie, ein Gefühl, das sie nicht kannte, ein Ziehen tief unten im Bauch. Pochende Feuchtigkeit. Seine Hand, die sich unter ihren Rock schob und zwischen ihren Beinen nach oben wanderte.

»Wie ein Lachs, der flussaufwärts schwimmt, nicht wahr?«

Es ist ein Stoßen, ein Reißen. Und Blut. Sie presste die Schenkel zusammen.

Er hielt inne, wartete, küsste sie. »*Comme ça. Doucement.*« Die Worte, diese Stimme, so viel Zärtlichkeit.

Sie vertraute ihm, sie öffnete die Beine für ihn, sie öffnete sich ihm. Sie schlangen sich ineinander, als wären sie auf hoher See. Bis etwas sie warnte. Nicht ihr Vater. Schlimmer als ihr Vater. Wieder stemmte sie sich gegen Claudes Brust, sein Haar rau unter ihren Handflächen.

»Spiel keine Spielchen mit mir«, flüsterte er heiser.

»Es tut mir Leid. Das ist nicht meine Absicht.« Gleich würde sie in Tränen ausbrechen, vor seinen Augen. Sie schlüpfte aus dem Zelt, kletterte, so schnell sie konnte, die Böschung hinauf. Dann blickte sie sich um. Wie konnte sie nur so unentschieden sein? Sie hasste sich selbst deswegen.

Er stand mit bloßem Oberkörper in der Zeltöffnung, die Hände in den Hüften. Und er rief gegen den Wind: »Wenn du jetzt gehst, *Mademoiselle*, brauchst du nicht wiederzukommen!«

Wie betäubt schaute sie am nächsten Tag hinaus in den anhaltenden Regen, der über die Fensterscheiben rann. Wie flüssiges Glas, dachte sie. Das Wasser gurgelte aus der Dachrinne. Sie saß auf dem Bett, fütterte Billy Hundekuchen, einen nach dem andern, und schaute in seine liebevollen braunen Augen. Er betete sie an, aber wahrscheinlich nur, weil sie ihm zu fressen gab. *Wenn du jetzt gehst, Mademoiselle, brauchst du gar nicht wiederzukommen!* Mademoiselle – das Wort, das er sonst mit so verspielter Zärtlichkeit verwendet hatte, war nun hässlich geworden. Er hatte sie nicht einmal bei ihrem Namen genannt. Vater hatte es geschafft, ihren Körper zu versiegeln, nicht aber ihr Herz. Sie konnte nicht leugnen, dass diese letzten Worte ihr wehgetan hatten.

Verzweifelt versuchte Emily, sich zu konzentrieren und nach ihren Skizzen die Bucht und das Lager zu malen, aber irgendetwas bremste sie immer wieder, genau wie bei ihm. In ihrem Alter war diese Panik doch absurd! Aber diesmal war es nicht die Angst vor dem Liebesakt gewesen, sondern die Angst davor, wie dieser Akt ihr Leben verändern mochte – würde sie leben, wie Mutter gelebt hatte? Hingebungsvoll, die Dienerin eines Gottes, die nie auch nur einen einzigen Wunsch geäußert hatte, der nicht in die Pläne ihres Vater passte. Das war der fürchterliche Gedanke gewesen, der sie zurückgehalten hatte.

Am Tag nach Vaters brutaler Lektion hatte ihre Mutter sie aufgefordert, ihm wie immer bis zur James Bay Bridge entgegenzugehen, um ihm auf dem Heimweg nach der Arbeit ein bisschen Gesellschaft zu leisten. Emily hatte sich geweigert. Ganz still war sie geworden, stumm und störrisch, wochenlang hatte sie kaum ein Wort gesprochen, bis ihre Mutter darauf bestanden hatte, dass sie ihr endlich sagte, was los sei.

»Er sitzt in der Kirche wie ein Heiliger. Warum benimmt er sich so, als wäre er Gott – wenn er es doch gar nicht ist, Mutter. Er ist nicht Gott!«, hatte sie gesagt. Ihr die Wahrheit zu sagen wagte sie nicht.

»Du bist eine verwöhnte schwarze Krähe, Emily, so wie du auf ihm herumhackst«, hatte ihre Mutter erwidert und dabei nur ganz flach geatmet.

»Er ist nicht Gott.« Diesmal flüsterte sie nur noch, weil sie genau wusste, dass die Wiederholung überflüssig war.

Der verletzte Ausdruck verschwand vom Gesicht ihrer Mutter. Vielleicht schämte sie sich doppelt: weil Emily wusste, dass Vater kein Gott und kein Heiliger war, und weil ihr, seiner Frau, das schon immer klar gewesen war, sie aber trotzdem so lebte, als wäre er einer. An ihrem Blick hatte Mutter erkannt, dass Emily das, was sie vor sich sah, verachtete. Aber sie verteidigte sich nicht. In dem Moment hatte Emily einen Entschluss gefasst. Niemals würde sie, Emily Carr, mit einem Mann zusammenleben – jedenfalls nicht so wie Mutter. Niemals in einem Haus, das Frömmigkeit heuchelte, um die Sünde zu vertuschen. Lieber wollte sie in einem Wigwam oder in einem ausgebrannten Baumstamm wohnen als in einem solchen Haus! Das hatte sie sich selbst innerlich geschworen. Wie zwei Statuen hatten sie und Mutter sich gegenübergestanden und sich angestarrt, zwei identisch graue Augenpaare, die sich nicht losließen, und sie hatten beide gewusst, dass die Mutter eine Frau war, wie sie, die Tochter, niemals eine sein würde. Zwei Frauen, und sie hatten beide darauf gewartet, dass die andere etwas sagen würde, aber keine hatte gesprochen.

Wenn sie sich Claude anschloss – hieß das, dass ihr Leben so verlaufen würde wie das ihrer Mutter? Würde sie dorthin gehen müssen, wohin er wollte und wann er wollte, weil er Handel treiben musste, ohne Rücksicht darauf, ob sie dort malen wollte oder nicht? Aber wäre es nicht trotz allem besser, als hier zu versauern und sich die Liebe und den ganzen Rest immer nur vorzustellen?

Emilys Herz klopfte heftig, während der Regen gegen das Fenster trommelte. Sie wollte warten, bis eins von beidem nachließ. Vergeblich. Was würde er tun, wenn sie bei diesem Unwetter zu ihm zurückkam? Ihm blieb keine Wahl, er musste sie in sein Zelt lassen. Er würde sehen, dass sie sich vom Regen nicht abschrecken ließ – dass sie eine Frau war, die nach Norden reisen konnte.

Sie war stärker als Mutter. Sie konnte sie selbst sein und tun, wonach sie sich sehnte. Sie würde nicht zu einem Veilchen im Moose verkümmern. Oder zu einer Dienerin. *Une dame courageuse.* Sie hörte die Trommeln in ihrem Innern. Jetzt war sie bereit, geistig und körperlich. Sie tupfte zwei Tropfen Lavendelwasser auf ihren Hals und einen zwischen ihre Brüste, dann machte sie sich auf den Weg zur Bucht, mit Cape und Regenschirm.

La Renarde Rouge war verschwunden. Das Beiboot war verschwunden. Das Zelt war verschwunden. Die Feuerstelle bestand nur noch aus nasser Asche. Das Meer war pockennarbig und grau, die leere Bucht wie eine einzige Demütigung für Emily. Der Wind schnitt ihr durch die Haut, traf sie im Unterleib.

Dabei hatte sie es doch geschafft. Er konnte nicht ahnen, durch welches Gestrüpp sie sich hatte kämpfen müssen, um jetzt hier zu stehen – bereit. Aber er hatte die Geduld verloren. Sie würde verkümmern. Ja, jetzt würde sie vertrocknen und verkümmern.

Sie schleppte sich nach Hause, patschte müde durch die Pfützen, und jeder Spritzer erschien ihr wie die Bestätigung eines Versprechens, das sie sich selbst gab: Niemand durfte je erfahren, was für ein Häufchen Elend sie war.

Billy erwartete sie hinter der Tür. Sie ging an ihm vorbei, ohne ihn auch nur zu berühren. Sie kickte ihre Schuhe weg, zog ihr Kleid aus und krabbelte unter die Bettdecke. Billy legte sein Kinn auf das Kissen. Seine braunen Augen sagten ihr, dass er Mitleid mit ihr hatte. Sie legte ihm die Hand auf den Nacken.

Nein, sie würde nicht verkümmern. Aber nichts durfte sie an Claude erinnern, sein Name musste aus ihrem Gedächtnis getilgt werden, genau wie der Klang seiner Stimme. Sie stand auf, zerriss eine ihrer Bucht-Skizzen und zündete den Ölofen an.

Doch dann hielt sie inne. Das war doch lächerlich – weshalb sollte sie aus einer momentanen Wut heraus eine gute Arbeit vernichten? Wie kindisch! Sie legte die anderen Skizzen auf einen Stapel und kletterte wieder ins Bett.

»Komm, Billy, komm hier rauf.«

8 Fichte

Als Jessica das Atelier betrat, um ihre Töchter vom Unterricht abzuholen, kam ihr ein ganzer Schwarm Mädchen entgegen, jede mit einem Keks in der Hand, und sie sangen:

> Bei Emily ist alles zu spät,
> Hat Kleider, die sind handgenäht,
> Mit alten Schuhen spazieren geht.
> Doch seht, man höre und staune,
> Sie ist NIE schlechter Laune.

»Was singt ihr da? Das ist ja schrecklich!«, rief Jessica entsetzt. »Wer hat das gedichtet?«

»Ich«, erwiderte Emily trocken, und die Mädchen kicherten.

»Sie hat uns auch ›Hiawatha‹ beigebracht!«, rief Megan, Jessicas Älteste. »Und das Lied vom Wald im Frühling.«

»Schau mal!« Louise, die Jüngste, zeigte ihre Fingernägel.

Emily lachte leise. Sie hatte sie mit Gesichtern bemalt.

»Heute waren sechs neue Schülerinnen da. Letzte Woche fünf. Ich werde einen zweiten Kurs einrichten. Und Megans Schule will, dass ich nächste Woche dort anfange zu unterrichten. Zur Abwechslung muss ich mir mal keine Sorgen ums Geld machen.«

»Woher kommen die Mädchen?«, wollte Jessica wissen.

»Für ihre Töchter finden mich die Damen der gehobenen Gesellschaft anscheinend nicht zu kritisch oder zu nörgelig – nur für sich selbst.«

»Mir bist du nicht kritisch genug! Ich machte keine Fortschritte.«

»Wieso nicht?«

»Ich habe aufgehört zu malen, als sie dich gefeuert haben.«

»Aber das ist doch schon über einen Monat her! Warum hast

du mir nichts gesagt? Du kannst doch mit den Mädchen kommen, und ich sage dann zwischendurch immer mal wieder ein Wort zu deinen Bildern, wenn dir das etwas bringt.«

»Aber ja!«

»Oder komm am Montag mit mir in den Wald, solange die Mädchen in der Schule sind. Sophie, meine Squamish-Freundin, und ich gehen in den Stanley Park, ganz tief hinein. Da war ich noch nie. Sie hat gesagt, man kennt einen Wald erst richtig, wenn man mittendrin war. Wir können gemeinsam malen.«

»Ehrlich? Aber du hast doch gesagt, du willst nie wieder Erwachsene unterrichten.«

»Ach, Unsinn. Außerdem habe ich nicht gesagt, dass ich dort unterrichte.«

Weit und breit war kein Pfad zu sehen, aber Emily kämpfte sich hinter Sophie durch Geißblattgestrüpp, stolperte über umgestürzte Bäume, tastete unter einer Schicht aus Nadeln und Humus nach dem Boden. Zwischendurch zog sie immer wieder an Billys Leine. Er schnupperte an allem, was es zu beschnuppern gab, nieste und blieb abermals stehen, um zu schnüffeln. »Komm weiter, Billy.« Tommy und Annie Marie trotteten neben ihm her, Jessica bildete die Nachhut. Riesige Nadelbäume formten in dreißig Meter Höhe mit ihren Zweigen einen schützenden Baldachin. Die Wipfel der Bäume waren noch einmal dreißig Meter höher. Emily fühlte sich klein, was selten vorkam. Zwanzig Minuten ins Waldesinnere – und man verlor vollständig das Gefühl dafür, dass man sich in der Nähe einer Großstadt befand. Jeder Zweig, der im Wind knackte, schien eine Bedrohung zu sein. Schlich sich vielleicht ein Puma von hinten an? Gleich würde sie seinen heißen Atem im Nacken spüren … Das hier war kein Park. Es war Wildnis. Nirgends eine Axt, nirgends ein Mensch, abgesehen von ihrem kleinen Trupp. Was hatte Claude über den Norden gesagt? *Die Wildnis ist so gewaltig, dass sie einen völlig umkrempeln kann, das Innerste wird nach außen gekehrt.* Und dabei hatte er ehrfürchtig die Augenbrauen hochgezogen.

Emily trat ungeschickt auf einen Tannenzapfen und hätte fast das Gleichgewicht verloren. Pass auf! Vergiss ihn! Sie hatte einen Teil ihrer selbst an ihn verloren, aber sie musste wieder ganz werden. Sie wollte keine Tränentage mehr.

Wenn sie als Mädchen Kummer gehabt hatte, war sie hinaus ins Freie gegangen, hatte ihr Gesicht an die kühle grüne Wange der Erde gepresst, die frischen Gerüche eingeatmet und versucht, ihren verborgenen Puls zu fühlen. Ach, wenn ihr das doch wieder gelingen würde …

»Hast du auch das Gefühl, dass wir nicht hierher gehören?«, fragte Jessica.

»Nein, im Gegenteil, ich finde, wir gehören genau hierher.« Emily dachte an etwas, was eine Frau in der Straßenbahn gesagt hatte, kurz nachdem sie nach Vancouver gezogen war: In Stanley Park würden sich ungewöhnliche Dinge zutragen – Selbstmorde und Attacken von Pumas oder Bären. Deshalb hatte sie sich immer von diesem Wald fern gehalten, doch jetzt, mit Sophie, lockte sie der Sirenengesang des Windes, der durch die Äste rauschte, jetzt lockte sie die Frische, so kurz nach dem Regen. »Riech doch nur – diese herrliche Luft!«

»Ich hätte lieber einen Schluck heißen Kaffee.«

Tommy deutete auf einen Pilz, der aussah wie ein halber Champignon und aus der Fichtenborke herauswucherte: der schimmernd rotbraune Hut gerillt, porös das cremefarbene Unterteil, die Kanten fein gekräuselt.

»Das ist ein *Tc'i*«, flüsterte Sophie. »Ein Zeichen von Kaklaitl.«

»Was ist das?«, wollte Emily wissen.

»Kaklaitl ist die wilde Frau des Waldes.« Sophie musterte Tommy mit ernster Miene. »Kaklaitl lässt das Ding hier, um Kindern zu sagen, dass sie bei Sonnenuntergang zu Hause sein sollen, sonst steckt sie die Kinder in ihren Korb, der aus Schlangen gemacht ist. Sie will einen Sohn, wie Maria einen Sohn wollte, und Maria hat Jesus bekommen, und ich wollte auch einen Sohn und habe dich bekommen.«

»Wie sieht sie aus?«, fragte Tommy.

»Wirre schwarze Haare.« Sophie beschrieb mit den Händen eine rasche Kreisbewegung um ihren Kopf herum. »Holzbein.« Sie humpelte übertrieben, bucklig, und sog die Wangen ein, damit sie hohl aussahen. »Sie ruft: ›*Huu, huu!*‹ Sei ganz still, dann hörst du sie vielleicht.«

Alle blieben stehen und horchten. Jessica beugte sich vor, die Hand am Ohr. Plötzlich vernahmen sie ein dumpfes Geräusch, als würde jemand mit einem Holzhammer auf eine geschlossene Kiste schlagen.

»Das ist sie! Das ist sie!«, schrie Annie Marie und klammerte sich an Sophies Rockzipfel. Wieder ertönte das unheimliche Klopfen, ging dann aber in ein anderes Geräusch über, das klang, wie wenn jemand mit einem Stock über eine wellige Oberfläche schrappen würde, gefolgt von einem Schnalzen oder Glucksen, welches Emily sehr gefiel.

»Das ist nur Rabe«, erklärte Sophie.

»Das ist kein Vogel!«, protestierte Annie Marie.

»Er macht hundert Geräusche«, sagte Sophie. Jetzt klingelte es wie eine Glocke, dann erscholl ein tiefer, kehliger Jodelruf von dem Dach aus Zweigen. »Das ist er auch.«

Sie drangen noch tiefer in den Wald ein, bis Sophie abrupt stehen blieb. Was war los? Sah sie etwas? Oder war es ein Geruch? Ein Zauber? Sie schien irgendetwas in sich aufzunehmen, um später neue Kraft daraus ziehen zu können, wie sich Lulu ausgedrückt hatte. Reglos stand sie da und ließ es einfach auf sich einwirken.

Emily blickte sich um, konnte aber nichts entdecken.

»All diese verschiedenen Grüntöne – so saftig, man kann sie fast trinken«, murmelte sie. »Jessica, siehst du diese Kiefer mit den filigranen Flechten? Limettengrün, mit gelbenTupfern.«

»Schau mal nach oben«, sagte Jessica.

Durch das Gewölbe der Baumkathedrale drang die Sonne, und ihre Strahlen wirkten, gefiltert durch das Grün, weich und geheimnisvoll.

»Es ist das gleiche Licht wie in deiner Kirche, Sophie, wenn die Sonne durchs Fenster scheint«, sagte Emily.

»Und was ist das für ein Grün?«, fragte Jessica.

»Ich würde sagen, Preußischgrün – wie das Meer bei bedecktem Himmel.«

Emily strich mit der Hand über einen bemoosten Felsen – das Moos war so dicht, dass es wie ein Schlingenteppich aussah und die Steine in hügelige Kissen verwandelte.

»Deckgrün hell«, bemerkte Jessica.

»Außer im Schatten. Da ist es Hookersgrün.«

»Hundert Moosarten«, verkündete Sophie stolz. »Lauter verschiedene Farben.«

»Sieh dir das mal an!« Jessica deutete auf einen modrigen Baumstamm, aus dem Schösslinge und Süßholzfarn sprossen. »Saftgrün, wie die neuen Blätter im Frühling.«

»Für die Kiefernnadeln würde ich Chromoxidgrün feurig nehmen. Es ist kräftiger. Und für die Flechten an den Schierlingstannen würde ich zum Chromoxid noch ein bisschen Grau geben, um ein stumpfes Olivgrün zu bekommen. Hättest du nicht auch Lust, das ganze Grün einzuatmen, Jessica?«

Emily stellte sich vor, wie die Farben ihre Lungen reinigten, und fühlte sich so wunderbar geborgen – hier, im Herzen des Waldes.

Sie bauten ihre flachen Aquarellstaffeleien auf.

»Malst du jetzt?«, wollte Annie Marie wissen.

»Ja. Heute kannst du gleich zwei Leuten zuschauen.«

Annie Marie blieb der Mund offen stehen, als sie merkte, dass Emily nicht übertrieben hatte.

Billy schnüffelte, bis er ein Bett aus halb trockenen Tannennadeln fand, wo er sich schlafen legen konnte. Er drehte sich ein paarmal im Kreis, um die günstigste Lage zu finden.

»Meine Güte, Billy – leg dich doch einfach hin.«

Nach einer Weile stellte Jessica Emily eine wichtige Frage: »Wie wählst du hier ein Sujet aus? Eigentlich geht doch alles ineinander über.«

»Deswegen meinen ja viele Leute, dass man den Wald nicht malen kann. Lass dir nur Zeit – du brauchst dich nicht zu hetzen.«

Die Sonne zog weiter und schickte einen hellen Strahl. Er fiel auf eine Pfütze, die sofort wie geschmolzenes Metall zu leuchten begann. Perfekt. Sie hatte ihren Lichtpunkt gefunden. Der nächste Baumstamm rechts würde die dunkelste Stelle in der Komposition liefern. Alles andere ergab sich dann von selbst. Gefühle wurden zu Worten, und so schrieb sie unten auf ihr Bild: *Die friedvolle Feierlichkeit dieses Ortes, wie wunderschön.*

Sie trug immer noch ihren Chenille-Morgenmantel und Hausschuhe. Es war ein windiger Tag. Morgen fand die Schüler-Lehrer-Ausstellung statt, und sie musste noch Namenskarten für die Kinder herstellen. In dem Moment klopfte jemand leise an die Tür. Ihre Schwestern! Emily öffnete.

Sophie stand auf der Schwelle. Sie hatte nur das Baby bei sich. »Brauchst du Hilfe, um Bilder aufzuhängen?«

»Ach, Sophie, dafür bist du extra über die Bucht gefahren? Aber du musst doch deine eigene Arbeit machen.«

»Körbe kann ich jeden Tag flechten. Heute sind Bilder dran.«

»Frierst du nicht?« Emily machte ihr eine Tasse Tee und wärmte den Rest der Gemüsesuppe auf. Sophie aß, wirkte aber irgendwie bedrückt.

»Was ist los, Sophie?«

»Die Frau von Häuptling Joe Capilano. Sie hat dich und mich auf den Kirchenstufen sitzen sehen. Jetzt will sie, dass ich dich zu ihr nach Hause bringe.«

»Das freut mich.«

»Nein!« Sophie schob die Unterlippe vor. »Ich möchte dich nicht mit ihr teilen. Du bist meine Freundin. Nicht ihre.«

»Ja, aber mein Herz ist groß genug für zwei Freundinnen.«

»Ich will nicht, dass die Frau von Häuptling Joe dich als Freundin hat.«

»Sophie, niemand wird je deine Stelle einnehmen. Du wirst immer meine beste Freundin sein. Wir teilen so vieles, wie du sagen würdest.«

Sophies Miene hellte sich auf. Sie lächelte so glücklich, dass ihre Augen ganz klein wurden. Erleichtert schlürfte sie den Rest Suppe, dann machte sie sich gemeinsam mit Emily auf den Weg zum Atelier, das ein paar Straßen weiter lag.

»Du hast zwei Wohnungen? Ein Mensch – und zwei Wohnungen?«

Emily schloss die Tür auf. »Hier schlafe ich nicht. Hier arbeite ich nur.«

»Warum lebst du nicht da, wo du arbeitest? Eine Arbeit. Ein Haus.«

Es schien wirklich etwas extravagant. Woran klammerte sie sich? An die Hoffnung auf ein Leben, das nicht nur aus Malerei bestand?

Sophie betrachtete die Reihe von Kinder-Aquarellen, die schon an der Wand hingen – Treibholz mit Möwen, der Fischerhafen Billingsgate, Boote und Fischernetze, Lebewesen, die sie in dem Wassertümpel entdeckt hatten, der bei Eintritt der Ebbe zurückblieb. »Zu hoch.«

Emily trat einen Schritt zurück. »Sie hängen genau richtig. Auf Brusthöhe.«

»Nicht für die Babys, die sie gemalt haben.«

Emily klopfte sich mit dem Hammer auf die Handfläche. »Du hast Recht.« Sie nahm die Bilder ab und ließ Sophie die Höhe bestimmen – niedrig, die ganzen Wände entlang –, während sie die Nägel an den angegebenen Stellen einschlug.

»Warum sagst du immer ›Babys‹ zu den Kindern?«

»Weil ihre Mamas sie lieben, als wären sie Babys, auch wenn sie älter sind.«

Es machte Emily richtig Spaß, hier mit Sophie zu arbeiten. Sie summten vor sich hin und kicherten, wenn sie beide zufällig dasselbe Bild auswählten, das als Nächstes aufgehängt werden sollte. Das ist schwesterliches Glück, dachte Emily zufrieden.

»Annie Marie würden die Bilder von Billy gefallen«, sagte Sophie.

»Weißt du was? Sie kann doch auch in meinen Kurs kommen. Ich würde mich freuen.«

Sophie schüttelte den Kopf. »Nur für weiße Kinder.«

»Das denkst du – aber ich denke nicht so.«

Über den Aquarellen der Kinder hängten sie Emilys Bilder auf. Viele waren von Stanley Park. Die beiden größten hängten sie einander gegenüber, *Sonnenstrahlen im Kiefernhain* und *Der Urahn*. Vor diesem Bild blieb Sophie stehen, die Hände in die Hüften gestemmt. »Vielleicht spricht der Urahn auch für weiße Menschen eine starke Sprache.«

Als sie fertig waren, wurde es schon dunkel.

»Willst du noch nach Hause fahren?«

Mit einer entschiedenen Handbewegung erklärte Sophie: »Ich nehme das Kanu und paddle ganz schnell.« Sie wickelte das Baby in ihr Tuch.

»Es ist jetzt ziemlich frisch, wenn man übers Wasser fährt. Möchtest du nicht lieber heute Nacht hier bleiben? In meiner Wohnung, meine ich?«

»Nein. Meine anderen Babys und Frank wissen nicht, wo ich bin.«

»Dann nimm wenigstens meinen Mantel.« Emily legte ihn ihr über die Schultern.

Sophie strich über den Kragen und schaute Emily verwundert an. »Nur geliehen. Ich bringe ihn zurück.«

»Komm morgen Abend zur Ausstellung. Mit Jimmy.«

»Nein. Urahn ist genug.«

Die Augen des Babys waren schon geschlossen, als Sophie zur Tür hinausging. Grinsend drehte sie sich noch einmal um. »Mach beim nächsten Mal den Wald noch dunkler.«

»Haben Lizzie und Dede überhaupt in Erwägung gezogen zu kommen?«, fragte Emily am Morgen der Ausstellung ihre Schwester Alice.

Alice stopfte ihre Handschuhe mit so konzentrierter Miene in die Handtasche, als könnte sie nebenher an nichts anderes denken. »Nein. Das heißt, ja. Aber Lizzie fühlt sich nicht richtig wohl und –«

»Ist schon gut. Du musst es mir nicht erklären.«

Alice presste die Lippen aufeinander und wandte sich rasch den Bildern zu. Sie lobte die Zeichnungen der Kinder, aber bei den Werken aus Hitats'uu brachte sie kein Wort heraus.

»Selbst ein Ächzen ist besser als Schweigen.«

Vor der kleinen Zeichnung, die Lulu bei der Menstruationshütte zeigte, blieb Alice stehen. Wenn man nichts von den Gepflogenheiten wusste, konnte man das Ganze nicht einordnen, aber vielleicht gaben die Gebärmutter und die kleinen Kinder auf der Hauswand Alice einen Hinweis.

»Sie sieht so verträumt aus.«

Immerhin etwas.

Die Skulptur des Urahns wollte Alice übergehen.

»Ausgerechnet beim größten Bild im Raum tust du so, als wäre es unsichtbar.«

»Ich … Er wirkt so streng.« Sie schaute sich jetzt das Aquarell des Zedernhains an. »Das hier gefällt mir am besten. Wunderschön, wie das Licht durch die Zweige bricht! Warum nennst du es nicht *Kathedrale des Lichts*?«

»Findest du, dass es aussieht wie eine Kathedrale? Ach, Alice, du musst irgendwann mit mir dorthin gehen. Es ist in Stanley Park. Im Waldesinnern. Es ist so still da, kein Mensch weit und breit! Der Ort kann uns heilen, an Körper und Seele. Ich hatte das Gefühl, dort die Gegenwart eines höheren Wesens zu spüren. Gott ist zu groß, als dass man ihn in eine stickige Kirche sperren kann. Aber dort, zwischen den Bäumen, konnte ich ihn ahnen.«

Alice musterte sie mit feuchten Augen, als hätte sie sich all die Jahre gefragt, ob ihre aufsässige Schwester überhaupt an Gott glaubte. Sie schien erleichtert.

Emily lächelte verlegen. »Es ist schön, dass du hier bist. Immerhin kann ich sagen, dass ein Drittel meiner Familie mich unterstützt.«

»Ein Viertel«, korrigierte Alice sie. »Du vergisst Clara.«

»Richtig, Clara. Nur eine von fünf Töchtern hat geheiratet! Findest du das nicht eigenartig? Denkst du, das hat etwas zu bedeuten?«

»Eigentlich nicht. Aber traurig ist es schon.«

Sie schwiegen für eine Weile. Es war ein friedliches Schweigen. Doch Emily wusste, dass sie nicht so bald wieder Gelegenheit haben würde, die Frage zu stellen, die ihr auf der Seele brannte. »Hat Vater dir irgendwann wehgetan? War er je grob zu dir?«

Alice schaute sie mit einem seltsamen Blick an. »Nein. Er war nie besonders nett zu mir, aber ich habe ihn nicht gehasst, so wie du in deiner Schwarze-Krähen-Phase. Wir haben das nie verstanden, weil er dich doch am liebsten mochte.«

»Das stimmt nicht.«

»Doch! Wir haben es alle gewusst. Er hat dich anders angeschaut als uns.«

»Inwiefern?«

»Länger, ausgiebiger, würde ich sagen. Vielleicht beschützend – schließlich bist du die Jüngste und die Hübscheste. ›Ach, diese exotischen Augen, die dunklen Haare ... Sie wird mal eine Schönheit, unsere Kleine‹, hat er immer gesagt.«

Emily schnaubte empört. »Kleine Augen, soll das heißen, das rechte größer als das linke. Die linke Augenbraue zu buschig. Das Gesicht zu breit. Wangen wie Teig. Die Haare krisselig. Schultern wie ein Möbelpacker.«

»Ist schon gut, ist schon gut!« Alice hob abwehrend die Hände, um sie zum Schweigen zu bringen. »Aber Lizzie hat sich geärgert, weil er dir so viel Aufmerksamkeit schenkte. Sie wollte unbedingt seine Liebe für sich haben, und als einziges Mittel fiel ihr ein, frömmer zu sein als du.«

»Das war ja nicht besonders schwierig – sie brauchte nur die Bibel aufzuschlagen.«

Alice kicherte auf eine für sie ganz untypische Art.

»Hat er nie taktlos mit dir gesprochen – über Männer und über Sex?«, hob Emily noch einmal an.

Ihre Schwester warf ihr einen kurzen Blick zu. Sie schien weder verletzt noch erstaunt, sie versuchte auch nicht, ihre moralische

Überlegenheit auszuspielen, was Lizzie und Dede bestimmt getan hätten, mit dieser übertriebenen Entrüstung, der man nicht trauen konnte. Nein, Alices Blick war ehrlich, unschuldig – wie ihre ganze Einstellung zum Leben. Und dieser Blick, dieses bedächtige Kopfschütteln sagten alles. Es betraf nur sie. Gott sei Dank. Vater hatte die anderen verschont.

Jessica und ihre Familie kamen als Erste. Doch schon bald strömten Eltern und Großeltern in den Atelierraum. Der Ladies' Art Club von Vancouver trat geschlossen auf, alle übertrieben elegant gekleidet. Emily sagte spöttisch zu Jessica: »Die Parade der Sahnetorten!« Als die Letzte eingetreten war, fügte sie noch hinzu: »Interessant. Ohne Präsidentin.«

»Du denkst, ich hätte sie eingeladen?«

Und keine Spur von Sophie. Sie hätte mit mehr Nachdruck auf ihrem Kommen bestehen sollen!

Die meisten Besucher fanden die Arbeiten der Kinder »frisch« und »originell«. Die Eltern strahlten. »Sie sind eine erstklassige Lehrerin«, schwärmte eine Frau. Emily nickte dankbar. Ihre Zeichnung der drei Nootka-Mädchen mit Schals bezeichneten sie als »niedlich« und die Tuschzeichnung des Dorfes als »drollig«.

»Warum ziehst du so ein grimmiges Gesicht?«, flüsterte Alice ihr ins Ohr. »Du solltest auf Wolken schweben!«

»Ich will weder niedlich noch drollig malen! Das überlasse ich gern den Kritzeldamen.«

»Mein Güte, Millie – ist es dir nie recht?«

In dem Moment hörte sie, wie ein Mann sagte: »Indianische Motive mag ich nicht.«

Emily wurde ganz kribbelig. Also nahm sie Alice das Tablett mit den Plätzchen aus der Hand und durchquerte damit den Raum, um sie den Gästen anzubieten, weil sie unbedingt an diesem Herrn vorbeigehen wollte. Später kaufte eben dieser Herr zwei kleine Küstenszenen für je zwölf Dollar. Die Röte stieg Emily ins Gesicht. Sie griff wieder zum Plätzchentablett. »Hier, nehmen Sie ein paar mit nach Hause.«

Als sie wieder neben Alice stand, sagte sie resigniert: »Bargeld war schon immer das beste Mittel, um jemanden zum Schweigen zu bringen.«

Vor dem Hitats'uu-Aquarell mit dem Seeschlangen-Kanu erzählte sie mehreren Müttern von ihrem Plan, mit den älteren Kindern in das Missions-Reservat in North Vancouver zu gehen, um dort Kanus zu zeichnen. »Die Formen sind einfach, die Kinder lernen etwas über Linienführung, und die Tiere am Bug gefallen ihnen bestimmt.« Die Frauen tauschten unsichere Blicke, ihre Haltung verkrampfte sich.

Jessica verabschiedete sich als Letzte. »Ich glaube, ich muss es dir sagen: Die Mütter wollen nicht, dass du mit den Kindern ins Reservat gehst.«

»Nur an den Strand.«

»Die Eltern wollen keine Bilder von Kanus.« Jessica umschloss ihre Faust mit der anderen Hand. »Ich dachte nur, du solltest Bescheid wissen. Sie nehmen die Kinder vielleicht aus dem Kurs, wenn du so etwas machst. Ich natürlich nicht, das weißt du ja. Meine Mädchen lieben dich, Emily, und du weißt, wie ich denke.«

Sie spürte Alices nervösen Blick. Auch sie wartete auf eine Antwort. Jessica zog ihren Mantel an.

»Es geht nicht um die Kanus, stimmt's, Jessica?«

Jetzt endlich schaute Jessica ihr in die Augen. Sie wirkte genauso gequält wie Alice. »Du hast Recht. Es geht nicht um die Kanus. Sie haben Angst.«

»Die frommen Ehefrauen der Holzhändler und Bankbeamten verachten alles, was mit den Ureinwohnern zu tun hat. Sie möchten ein Kanada, das aussieht wie Europa, und den Rest ignorieren sie.« Emily nahm ein Plätzchen vom Teller und zerdrückte es. Alice fegte sofort die Krümel weg.

Mit dieser Art von Sauberkeit würde sie leben müssen, wenn sie ihre Kurse verlor und sich hier nicht mehr ihren Lebensunterhalt verdienen konnte. Und mit Lizzies moralischen Vorschriften, mit Dedes eiserner Hand. Sie würde nicht mehr ihr eigenes Leben leben können, in der Nähe des Reservats, erfüllt von der Malerei, die für sie mindestens so wichtig war wie für Alice der Kindergarten, für Lizzie die Missionsgesellschaft, für Sophie ihre Kinder. Die Kinderkurse waren zu lukrativ, als dass sie sie aufs Spiel setzen konnte. Wenn Emily ein Risiko eingehen wollte, dann dort, wo es wirklich zählte: in ihrer Kunst.

»Danke, Jessica. Du kannst ihnen sagen, dass ich mit ihren Kindern auf der *zivilisierten* Seite der Burrard-Bucht bleiben werde.«

9 Seemöwe

Der Wind blies ihr den Rock zwischen die Beine, als sie mit Billy den Plankenweg zum Reservat entlangging. Fröstelnd vergrub sie die Hände in den Manteltaschen und tastete nach der glatten Muschel, die sie dort gefunden hatte, nachdem Sophie ihr den Mantel zurückgegeben hatte.

Es war Februar. Die Schneeschmelze schwemmte Matsch auf den Weg, und durch die Kälte hatten sich mehrere Planken verbogen. Einmal erwischte Emily eine undichte Stelle, und eine kräftige Ladung Dreckwasser spritzte auf ihren Rock. Billy ging im Zickzack vor ihr her, schnupperte an Lachsköpfen, an frischem Gras, an jedem Lebenszeichen. Eine Seemöwe stieß einen gequälten Klageschrei aus.

Seit Weihnachten hatte Emily Sophie nicht mehr gesehen. Zum Fest hatte sie ihr einen Kirschkuchen gebracht, eine selbst gebastelte Stoffpuppe mit Zöpfen aus schwarzem Garn für Annie Marie, einen Drachen für Tommy und eine winzige schwarz-weiß gestreifte Strickmütze für das Baby. Es war viel zu lange her seit ihrem letzten Besuch, aber der Winter war die Zeit des Körbeflechtens. Deshalb hatte Sophie nicht wie während der wärmeren Jahreszeit, wenn sie ihre Verkaufsrunde machte, auf einen Tee oder einen Teller Suppe bei ihr vorbeigeschaut. Und Emily war seither auch nur ein einziges Mal im Reservat gewesen, allerdings ohne Sophie anzutreffen, und Mrs Johnson hatte gesagt: »Sie ist fort heute. Weiß nicht, wo.«

Nebel verhüllte die Berge hinter dem Reservat, und ein anthrazitfarbener Himmel drückte schwer auf die See. Die ans Ufer gezogenen Kanus waren mit grauen Planen bedeckt und erinnerten an gestrandete Wale. Graugrüner Schaum schwamm auf den Pfützen. Das ganze Dorf schien im Schlamm zu versinken, es sah noch verlorener aus als sonst, leer, in sehnsüchtiger Erwartung des ersten Frühlingsgrüns. Emilys hallende Schritte auf den Planken passten nicht zu dem bleiernen Tag.

Wieder der klagende Möwenschrei. Es lief ihr kalt über den Rücken.

Sie klopfte an Sophies geschlossene Tür. Jemand öffnete sie einen Spaltbreit. Emily hörte schluchzende Frauenstimmen, sah durch den Schlitz ein kupferfarbenes Gesicht, eisgraue Haare und einen großen Muschelohrring, der auf einen violetten Schal herunterhing. Die Augenbrauen verzogen sich nach oben. Die Tür ging vollends auf. Der Geruch von Rauch und nasser Wolle hüllte Emily ein. Sie ließ Billy draußen in der Kälte.

In der Mitte des Zimmers stand, auf einer Binsenmatte, ein kleiner Holzsarg. Ihr Aquarell von Tommy und dem Urahn lag auf dem Deckel – Tommy, der süße Junge mit den zutraulichen

Augen, der ihr erlaubt hatte, ihm die Nase zu putzen. Es schnürte ihr die Kehle zu. Sophie stand an der Wand, ihr aschfahles Gesicht leer vor Schmerz. Ihre Blicke begegneten sich, und Sophie begann zu weinen.

Ein Kreis von Frauen, in Schals und Decken gehüllt, hockte weinend auf dem Fußboden. Sie hatten Augen und Lippen geschlossen, manche husteten. Niemand schien Emily zu bemerken – bis auf eine Frau mit einer rostroten Decke, deren zusammengekniffene Augen sie durchbohrten. Neben ihr erkannte sie Mrs Johnson, mit dem braunen Schal um den Kopf. Die ältere Frau, die ihr die Tür geöffnet hatte, begab sich wieder in den Kreis. Von der stickigen Luft in dem geschlossenen Raum wurde Emily schwindelig. Sie kauerte sich auf den Boden.

Sophie goss aus einem Emailletopf Wasser in eine kleinere, flache Schüssel und trug diese zu dem Kreis. Die Frauen befeuchteten sich das Gesicht, eine nach der anderen. Als Emily an der Reihe war und Sophie ihr die Schüssel anbot, warf ihr die Frau mit der rostroten Decke einen eisigen Blick zu. Wollte sie ihr zu verstehen geben, dass sie durch ihre Gegenwart für Sophie alles nur noch schwerer machte? Mit gesenktem Kopf hielt ihr Sophie die Schüssel hin, und Emily tauchte die Hände ein. »Es tut mir so schrecklich Leid«, flüsterte sie. Wie dürr diese Worte klangen.

Die Frauen unterhielten sich auf Squamish untereinander, mit Sophie und mit Annie Marie, die sich in eine Ecke verkrochen hatte. Aber was fehlte in dieser Ecke? Ja, die Korbwiege! Emily blickte sich um. Der Raum wirkte viel unordentlicher als sonst. Kirschrinde, Kiefernwurzeln, Bartgras und fertige Körbe lagen überall verstreut, nicht wie sonst säuberlich sortiert.

Die grauhaarige Frau mit dem violetten Schal gab Emily durch ein Zeichen zu verstehen, sie solle ihr ins andere Zimmer folgen. »Ich bin Sarah, Sophies Tante«, sagte sie leise. »Sie sind Em'ly?«

Sie klopfte auf das Bett – eine Aufforderung an Emily, sich zu setzen. Das handgenähte Federbett wirkte dünn und klumpig. Das Fenster neben dem Bett war kaputt, und in das Loch hatte jemand einen Stofffetzen gestopft, dessen blaues Muster Emily bekannt vorkam – es war eins ihrer abgelegten Kleider.

»Sophie mag Sie. Sie sind ehrlich, sagt sie.«

»Sophie ist auch ehrlich.«

Sarahs Augenlider waren runzlig, und das eine Auge war weiter geöffnet als das andere. Die Falten, die bogenförmig von ihrer breiten Nase am Mund vorbei zum Kinn führten, hatten etwas Mütterliches, Aristokratisches.

»Wie ist es passiert?«

»Ein harter Winter. Viele sterben. Margaret Dan …« Sie schaute durch die offene Tür zu der Frau mit der rostroten Decke, die wie erstarrt neben Sophie saß. »Sie hat auch ein Baby verloren.«

Margaret Dan musste sie gehört haben. Sie fixierte Emily mit kaltem Blick. *Du gehörst nicht hierher*, schienen ihre Augen zu sagen. *Du weißt nicht, was Schmerz bedeutet.*

»Auch Ältere sterben.«

Grippe? Keuchhusten? Eine Masernepidemie im Reservat?

»Was ist mit Sophies Baby?«

»Tot. Und nicht getauft. Sophie denkt, sie macht den Urahn böse, wenn sie Babys tauft.«

Sophie hatte sich das Kind auf den Rücken gebunden, als sie damals in der Dämmerung über die Bucht gepaddelt war. Ach, sie hätte ihr auf keinen Fall erlauben dürfen, am Abend noch zurückzufahren!

»Sophie hat den Kleinen vier Tage lang gehalten. Berührung ist Medizin. Dann wurde Tommy krank. Er hustete Blut. Sophie hatte keine Umarmung mehr für Tommy.«

Wenn sie doch nur Bescheid gewusst hätte! Sie wäre gekommen, sie hätte Tommy gefüttert, sie hätte ihn gewärmt, ihm seine Medizin gegeben und Sophie geholfen. »Was kann ich tun? Gibt es irgendetwas, was ich tun kann?«

»Nein.«

Annie Marie kam ins Zimmer getappt, ihre Decke im Schlepptau. Sie kuschelte sich in Sarahs Schoß. Sarah strich ihr tröstend übers Haar. Annie Marie schmiegte sich an ihre Brust und spielte mit den Fransen des Schals. Zärtlich legte Sarah ihre Wange an den Kopf des Kindes. Emily nahm Annie Maries nackte Füße zwischen beide Hände. Die Füße waren so eisig, als hätte man das Kind gerade aus dem Meer gefischt. Sie rieb sie, bis sie warm wurden, und wickelte sie dann in ihren Rock.

»Ein böser Geist ist ins Reservat gekommen«, flüsterte Sarah. »Verraten Sie nichts. Der *Nipniit* straft mich in der Kirche, wenn ich das sage. Die Kirchenpfarrer können das tun, wissen Sie. Aber ich bin eine alte Frau. Ich kenne die Geister. Sophie und Margaret streiten. Der böse Geist mag es nicht. Margarets Baby ist tot. Tommy jetzt auch.«

Der Wind pfiff durch die Bodenplanken und wirbelte den Geruch von Nässe, Krankheit, Leichen auf. Die Totenklage setzte wieder ein. »So geht es drei Tage«, sagte Sarah. »Bis der *Nipniit* kommt.«

Sarah deutete auf die Tür, und sie schlossen sich wieder dem Kreis an. Die Frauen wiegten sich, und Emily wiegte sich mit ihnen, vor und zurück, die Arme vor der Brust verschränkt. Auf irgendein Zeichen hin, das ihr entgangen war, hörten sie wieder auf, und dann holte Margaret Dan die Wasserschüssel, ging aber an Emily vorbei. Am liebsten hätte sie sich unsichtbar gemacht. Alle redeten jetzt besänftigend auf Sophie ein, während eine Frau jeder der Anwesenden etwas in die Hand drückte. Als ihr wollener Rock Emilys Arm streifte, fühlte sie etwas Kaltes in der

Handfläche. Eine Vierteldollarmünze. Verdutzt sah sie Sarah an.

»Sophie bezahlt für deine Anwesenheit«, erklärte Sarah leise. »Sie dankt dir für dein Klagen.«

Emily holte tief Luft. »Sie dankt mir?«

Woher hatte Sophie das Geld? Mit ihren Körben verdiente sie bei weitem nicht genug. Emily umschloss die Münze mit den Fingern und drückte sie an sich.

»Was geschieht als Nächstes?«

»Der *Nipniit* kommt hierher. Father John. Wir gehen zum Friedhof. Er redet. Tommys Seele schwebt in den Sonnenuntergang.«

Alle erhoben sich. Emily trat zu Sophie und wollte sie an sich drücken, doch sie spürte Margaret Dans warnenden Blick. Ihr war aufgefallen, dass niemand Sophie umarmte. Sie ließ die Arme sinken.

»Tommy hat nie geweint«, sagte Sophie.

Emily nickte.

»Ich denke, ich habe meinen Casamin zweimal verloren. Sechs Babys sind tot.«

»Es tut mir so schrecklich Leid. Kann ich irgendetwas für dich tun?«

»Margaret Dan hat jetzt vier. Siehst du diesen Sarg?« Die groben Holzbretter waren gesplittert und verbogen, eine Kante sperrte, und man konnte die Nägel sehen. »Der Sargbauer in North Vancouver denkt, der Sarg ist gut genug für ein Indianerbaby.« Lächelnd wandte sie sich ab. Wie war das möglich? Sie lächelte – als wäre nichts passiert. »Sieh mal, Em'ly! Viele Körbe. Tommy bekommt einen großen weißen Grabstein, ein Kreuz eingemeißelt, wie bei Margaret Dans Sohn.«

Die Tür öffnete sich, zwei Männer traten ein. Billy drängte sich hinter ihnen herein, als hätte er bereits Freundschaft mit ihnen geschlossen.

»Frank«, sagte Sophie. »Das ist Emily.«

Jimmy Frank und Sophie unterhielten sich leise auf Squamish. Sein Gesicht zeigte keine Regung. Die Haut unter seinen Augen war eingesunken. Ein untersetzter Mann, mit dichtem Haar und muskulösen Armen. Er trug schwere Arbeitsstiefel und einen zerknitterten Mantel, dessen ursprüngliche Farbe nicht mehr auszumachen war.

Er begrüßte Emily. »Sophie redet jeden Tag von Ihnen. Die weiße Dame, die malt, sagt sie. In meinem Haus sind Sie wie Familie.«

»Danke. Ich komme immer sehr gern hierher.« Sie freute sich über das, was er gesagt hatte, aber diese Freude würde sie erst später richtig zulassen können. »Es tut mir sehr Leid wegen Tommy. Mein Beileid.«

Jimmy Frank nickte und kraulte Billy hinter den Ohren. »Ist das Ihr Hund?«

»Ja. Er heißt Billy.«

Jimmy ging in die Hocke, und mit seinen großen Händen betastete er Billy, gleichmäßig und fest, um sein Vertrauen zu gewinnen. »Du bist ein guter Hund, Billy. Mein Junge hat mir von dir erzählt«, murmelte er.

Er ging ins Schlafzimmer und lockerte die beiden untersten Planken der hinteren Außenwand. »Alte indianische Sitte«, erklärte Sophie verkrampft, wobei ihr Blick hektisch von Sarah zu Emily wanderte.

»Damit der Tod nicht durch die Eingangstür geht«, fügte Sarah hinzu.

Sophie wandte sich ab, als Jimmy den Sarg durch die Öffnung zu dem anderen Mann schob, der schon draußen wartete. Wandte sie sich ab, weil es Sitte war, dass die Mutter nicht zuschaute? Oder schämte sie sich vor ihrer weißen Freundin für die Traditionen ihres Stammes?

Außer Annie Marie und Sarah gingen nun alle in den Nieselregen hinaus. Die Frauen hielten sich ihre Schals und Decken über den Kopf, die Männer trugen Fellmützen. Emily hatte keinen Schutz. Als Sarah das bemerkte, legte sie ihr ihren violetten Schal um. Er roch nach Rauch und nasser Wolle.

»Danke«, murmelte Emily.

Billy ging begeistert schnuppernd von einem zum andern. »Nein, Billy, aus!«, rief Emily ein paarmal, bis sie beschloss, ihn an einen kahlen Baum zu binden. Er jaulte kurz auf. »Entschuldige, Billy, aber du musst leider brav sein und hier bleiben.«

Der Priester kam. Der Leichenzug konnte sich in Bewegung setzen. Jimmy Frank und der andere Mann trugen den Sarg. In dumpfen, hypnotischen Tönen klagte Jimmy seinen Schmerz: »*Aadidaaa, aadidaa, aadidaa.*«

Sophie folgte dem Sarg. Margaret Dan drängte sich vor Emily, um neben Sophie gehen zu können. Emily schloss sich Mrs Johnson an, obwohl diese ihr ausweichen wollte. »Arme Sophie«, flüsterte Emily.

»Sie können nicht Ihre Freundin sein, so wie Sie es denken«, sagte Mrs Johnson.

»Warum nicht?«

»Wir sind anders. Sie sind anders. Sie dürfen nicht zu viel erwarten. Es tut nur weh. Ich weiß es.«

Den Rest des Weges schwiegen sie beide.

Der Leichenzug passierte das Kreuz, das im trüben Licht perlgrau schimmerte, und zog weiter zum neueren Teil des Friedhofs. Emilys Schuhe versanken im Matsch, der Regen durchweichte ihre Schultern. Dröhnend sprach der Pfarrer sein »*Gloria Patri et Filio et Spiritui Sancto*«, dann predigte er auf Squamish oder Chinook, was Emily nicht unterscheiden konnte, und schließlich auf Englisch. Sie stand in der hintersten Reihe, und wegen des Geflatters und Geschreis der Möwen verstand sie nur Bruchstücke der

Ansprache. Der Wind trug ihr Sätze zu wie: »Das Antlitz des Herrn leuchtet über den Kindern.« Sie hörte nicht, wie er begründete, dass »seine Güte unermesslich« sei, aber sie konnte direkt auf den Sarg blicken, der neben der kleinen Grube stand. Der Regen hatte das helle Holz ockerbraun verfärbt und bildete am Boden kleine Pfützen. Emily starrte auf den Spalt in der Fuge. Hoffentlich redete der *Nipnüt* nicht mehr allzu lange.

Sophie vergoss am Grab keine Träne. Müde Resignation stand den Frauen ins Gesicht geschrieben, als wollten sie sagen: *So ist das Leben.* Emily blickte am Kreuz vorbei in Richtung Urahn, aber sie konnte nicht über den Zaun schauen, dorthin, wo Tommys kleiner Bruder zwischen den Heiden begraben lag.

Nach den liturgischen Wechselgesängen, nach dem Weihwasser, nach dem Versenken des Sargs und nach dem Bedecken mit Erde murmelten die Trauergäste mit leisen Stimmen ihre Abschiedsformeln und gingen nach Hause. Sophie hielt sich jetzt an Emily, obwohl sich Margaret Dan umdrehte und Emily vorwurfsvoll anblitzte. Aber was sollte sie tun? Sich in Luft auflösen?

Ihre Schritte klappten dumpf über die Planken. »Ich will viele Babys«, erklärte Sophie. »Frank weiß das. Er will auch. Indianische Männer trinken Medizin, um stark zu bleiben, bis sie alt sind.«

Vor ihnen trottete, mit hängenden Schultern, Jimmy Frank, müde, erschöpft, die Hände rissig und verschmutzt.

Sophie verlangsamte das Tempo. Offenbar war ihr gerade ein wichtiger Gedanke gekommen. Ihre Augen leuchteten, und ihre Stimme klang hell und ernst. »Wenn ich mehr Babys bekomme, teile ich eins mit dir.«

»Aber Sophie! Was redest du da? Ein Baby kann man nicht teilen!«

Ihre Freundin verzog enttäuscht das Gesicht und eilte voraus.

Hatte sie es ernst gemeint? Emily hielt den Atem an. Sie spürte, dass sie Sophie sehr gekränkt hatte.

»Keine Sorge. Ist nur geborgt!«, rief Sophie fast schnippisch über die Schulter.

Gleich darauf wartete sie wieder auf Emily. »Wenn ich ein Mädchen bekomme, nenne ich es Em'ly Maria.«

Emily seufzte erleichtert. »Das würde mich sehr freuen.«

Da sahen sie Sarah mit unbedecktem Kopf im Regen stehen und mit einem kleinen Zedernzweig Sophies Haus ausfegen.

Sofort rannte Sophie los. »Nein! Nein, Tante!«, rief sie. »Das ist ein christliches Haus. Wir brauchen nicht die alten Sitten.«

Sarah ließ sich nicht beirren. »Den Tod wegfegen«, murmelte sie.

Sophie riss ihr den Zweig aus der Hand und warf ihn in den Dreck. »Nein. Ich bin eine christliche Frau. Ich habe eine christliche Freundin.«

Erschrocken zuckte Emily zusammen. Verhielt sich Sophie ihretwegen so? Sie schaute sich nach Mrs Johnson um, doch diese zuckte nur die Achseln, als wollte sie sagen: *Sehen Sie?*

Emily gab Sarah ihren Schal zurück und verabschiedete sich.

Sarah, das Gesicht voller Kummerfalten, musterte Sophie mit tränenfeuchten Augen. »Du weißt nicht, was du bist.«

10 Killerwal

Emily stand mit Alice am Fenster ihres Hotelzimmers in Skagway und schaute hinaus auf die geisterhaften Gestalten, die durch den strömenden Regen hasteten. Es war der nasseste Sommer, den sie je erlebt hatte. Dichter Nebel hing über der ganzen Küste, seit drei Tagen goss es pausenlos – zu malen schien ein Ding der Unmöglichkeit. Die ganze Stadt war verrammelt. Waren seit dem Goldrausch im Yukon wirklich erst zehn Jahre vergangen? Die Amtsstuben, in denen man die Qualität des Metalls überprüft hatte, waren mit Brettern vernagelt, genau wie die Saloons. Der ganze Spuk war vorüber. Klagend sandten die Nebelhörner der Schiffe ihre gespenstischen Signale übers Wasser.

»Klingt wie eine Kuh mit Magenknurren«, brummte Emily.

»Die ganze Fahrt war umsonst«, jammerte Alice, die Stirn an die Scheibe gelehnt.

Dabei war es eine fabelhafte Idee gewesen – eine Reise zur Küste Alaskas, um Alice zu helfen, besser mit ihrem Schmerz fertig zu werden: Sie hatte sich beim Brotschneiden einen Finger abgeschnitten, weil sie so schlechte Augen hatte. Selbst Dede war einverstanden gewesen und hatte ihre strenge Verwaltung des Treuhandfonds gelockert. Das Beste an der Unternehmung war für Emily, dass sie auf diese Weise nach Norden kam – auch ohne Claude du Bois. Aber Alice aufzuheitern kostete Mühe und Nerven.

»Du weißt, ich bin keine große Stimmungskanone, aber ich will wenigstens versuchen, dich zum Lachen zu bringen. Sieh her.«

Sie begann, eine Karikatur von ihnen beiden zu zeichnen: klatschnass, erschöpft, mit Schirm im Wolkenbruch, Alice mit einem dicken Verband um die linke Hand, eine Spitzhacke in der rechten, während Emily eine Schaufel geschultert und sich Pinsel hinter die Ohren gesteckt hatte. In plumpen Galoschen hüpften sie gemeinsam über eine riesige Pfütze. Darunter schrieb sie: *Goldrauschmädels auf Urlaub*.

Gegen ihren Willen musste Alice lächeln.

»Ich finde, das sollte ich Dede schicken«, sagte Emily.

»*Sie* hätte mitkommen sollen, nicht ich.«

»Ach, du armes, kleines Häschen. Komm, wir baden noch ein bisschen in unserem Unglück.«

»Du wärst auch unglücklich, wenn du einen Finger verloren hättest und keinen Pinsel mehr halten könntest.«

Was für ein grauenvoller Gedanke! »Du hast Recht. Entschuldige.«

Emily betrachtete ihre stumpfen Finger mit den knubbeligen Knöcheln. Sie waren nicht zart und feminin wie Alices Hände, aber fähig zu einem ruhigen Pinselstrich. Schon allein deswegen waren sie ihr lieb und teuer.

»Ich bin mal mit meinen Kindergartenkindern in den Park gegangen, um Drachen steigen zu lassen«, erzählte Alice. »Als der Drachen in einem Busch landete, verhedderte sich ein junger Vogel in der Schnur. Ich wollte ihn befreien, die Kinder haben geweint, aber als ich näher gekommen bin, hat das Vögelchen so geflattert und gezerrt, dass ihm die Schnur ins Bein schnitt.«

»Was hast du getan?«

»Der Vogel ist weggeflogen, aber sein Fuß ist mir in die Hand gefallen.« Ihr Kinn zitterte.

»Wenigstens war's keines der Kinder.«

Alice strich sich mit der rechten Hand über die versehrte linke. »Darum geht es nicht. Der Vogel war *beschädigt*! Jeder andere Vogel konnte das sehen. Beschädigte Lebewesen werden ausgestoßen.« Ihre Stimme wurde lauter, schriller. »Bestimmt findet er nie eine Gefährtin.« Ihre Augen füllten sich mit Tränen, flehten um Verständnis.

Emily tätschelte ihr begütigend den Arm. Das hatte sie nicht geahnt! Mit ihren knapp vierzig Jahren träumte Alice noch immer von der großen Liebe. Nun war ihr Finger verstümmelt, und sie glaubte, dass dadurch ihre Chancen schwanden. Dieser kleine Makel genügte, um ihre Hoffnungen auf eine glückliche Ehe zunichte zu machen.

Vor Liebe und Traurigkeit wurde Emily schwer ums Herz. Alice war die Hübscheste unter den Schwestern – ihre Augen leuchteten goldbraun, ihr Teint erinnerte an eine Damaszenerrose, sie hatte üppiges rotbraunes Haar. Emily wusste, dass Gelb ihre Lieblingsfarbe war, dass sie Puder mit Maiglöckchenaroma bevorzugte. Sie wusste sogar, dass Alice auf der rechten Seite schlief – aber dass sie noch hoffte, dass sie noch bangte, davon hatte sie nichts geahnt.

Was sollte sie sagen? Sie hatte versucht, ihre eigenen Hoffnungen zu begraben. Alles, was ihr blieb, war diese schattenhafte Einsamkeit, die sie nachts oft wach liegen ließ. Dachte Claude manchmal an sie? Wenn er Abend für Abend allein sein Lager aufschlug, überwältigte ihn da der Schmerz der Einsamkeit? Wenn er eine Kartoffel im Feuer briet, fiel ihm dann ein, mit welcher Selbstverständlichkeit er zu ihr gesagt hatte: »*Attention* – heiß!« – als würden sie sich seit vielen Jahren kennen? Dachte er manchmal, er hätte doch noch eine Nacht in der kleinen Bucht bleiben sollen, um ihr eine letzte Chance zu geben?

Emily trat hinter Alice, massierte ihr Nacken und Schultern. »Wir kommen auf die Welt und haben alles, was wir brauchen. Dann verlieren wir etwas, durch unglückliche Umstände, durch einen Zufall – einen Finger oder einen Zeh, einen Freund oder einen Traum –, aber wir leben trotzdem weiter, und vielleicht lernen wir sogar etwas daraus. Verlust hin oder her – wir machen weiter.«

Mit einem Schulterzucken schüttelte Alice Emilys Hände ab. »Ich dachte, Lizzie ist die Predigerin in der Familie. Die Rolle passt nicht zu dir.«

»Wir machen weiter. Ich glaube, das habe ich von Sophie gelernt.«

»Wer ist Sophie?«

»Eine Squamish. Ich habe ihr die Kleider gebracht. Du redest von Verlust? Sophie hat sechs Kinder verloren. Und sie gibt nicht auf.«

Alice zuckte zurück. »Sicher hat sie sich nicht richtig um die Kinder gekümmert.«

»Daran liegt es nicht. Das widerfährt vielen indianischen Frauen. Die Kinder sterben an den Krankheiten der Weißen, Alice. Sie sterben, weil sie den Elementen schutzlos ausgesetzt sind.«

»Lass dir nichts einreden.«

»Sie ist stark, wie eine Zeder.«

»Du siehst diese Leute nicht realistisch.«

»Ich sehe sie als Menschen, unvollkommen wie wir alle, aber real.«

»Du siehst sie wie Gestalten aus einem Gedicht von Longfellow. So siehst du überhaupt alles.«

»Stimmt doch gar nicht!«

»Du idealisierst die Indianer. Dadurch entgeht dir vieles, Millie. Dein romantischer Blick macht dich blind. Auf keinem deiner Bilder zeigst du sie schmutzig oder betrunken. Oder wie sie auf der Straße liegen.«

»Was würde ihnen das nutzen? Gibt es nicht schon genug Leute, die sie so sehen? Denen will ich mich nicht anschließen. Manche Dinge verstehe ich nicht, aber das, was ich sehe, mag ich.«

Alice verdrehte die Augen. »Ich weiß. Du hast es mir abends im Bett ja dauernd vorgesagt, als wir Kinder waren. ›An den Wassern, in der Ferne, an der großen weiten See …‹« Mit übertrieben ernster Miene streckte Alice den Arm vor, die Handfläche nach unten, und machte Wellenbewegungen nach.

Grinsend bildete Emily mit ihren Händen ein Zelt. »›… stand der Wigwam von Nokomis.‹«

»›Mondes Tochter war Nokomis…‹« Alice zeichnete mit dem Finger einen imaginären Mond in die Luft.

Sie platzten beide heraus. »Siehst du, Alice? Die Welt mit Bilderbuchaugen zu betrachten hat durchaus etwas für sich.«

Sie verließen Skagway, weil sie hofften, so dem Regen zu entfliehen, und fuhren nach Sitka, eine kleine Hafenstadt, die sich zwischen die Berge schmiegte.

»Eine erstklassige Idee, nicht wahr?«, sagte Emily. »Dieser Himmel! Blauer geht's nicht!«

Am Kai schaukelten Fischerboote und Kanus gegen das Pfahlwerk, das einen herben Kreosotgeruch verströmte. Emily holte tief Luft und stieß einen zufriedenen Seufzer aus. »Hmm! Das riecht nach Abenteuer!«

Mit Kopftuch bekleidete Tlingit-Frauen hockten am Straßenrand und verkauften ihre Ware: Schüsseln mit Beeren, geschnitzte Löffel, mit Perlen bestickte Lederbeutel und Handschuhe, Halsketten aus Tierzähnen, Rasseln aus Hufen.

»Hast du die hier gesehen, Millie?« Alice blieb vor einer Gruppe rot, türkis und schwarz angemalter kleiner Holzkanus stehen. »Wie entzückend! Was kosten sie?«

»Zwei Dollar.« Die Frau starrte auf Alices Füße.

»Zu teuer. Gefällt mir, aber zu teuer. Vielleicht ich kommen zurück.« Alice zögerte. »Vielleicht ich finden sonst nichts und kommen zurück.«

Emily biss sich auf die Unterlippe und beobachtete verstohlen das breite, bronzefarbene Gesicht der Verkäuferin, das keinerlei Regung zeigte, selbst als sie sich zu der Verkäuferin neben ihr beugte und in perfektem Englisch sagte: »Es sind immer die mit den polierten Schuhen, die am meisten handeln.«

Beschämt zog Emily ihre Schwester weiter.

Ein junger Mann saß vor einer Decke, auf der sich nur eine flache Trommel mit etwa einem halben Meter Durchmesser und mit offener Rückseite befand. »Hirschleder« stand auf seinem Schild, das er ihr demonstrativ hinhielt, als sie in die Hocke ging, um das Instrument näher zu betrachten. Das Fell war mit einem Adler bemalt, der gleichzeitig aus zwei verschiedenen Perspektiven gezeigt wurde: Körper und Kopf im Profil, mit einem scharfen Auge, während sich die Flügel nach beiden Seiten ausbreiteten, als würde man ihn von vorn sehen. Der junge Mann reichte ihr einen Trommelschlägel. Als sie damit auf die Brust des Vogels schlug, erklang ein satter, tiefer Ton, dessen Schwingungen sie im Arm spürte.

»Haben Sie diese Trommel gemacht?«, erkundigte sich Emily.

»Mein Vater.«

»Sagen Sie ihm, sie ist sehr schön.« Sie kramte nach ihrem Geld. »Sagen Sie ihm, es wird mir eine Ehre sein, sie zu besitzen.«

Sie sah seinen glücklichen Gesichtsausdruck noch vor sich, als sie mit Alice zu der russisch-orthodoxen Kirche St. Michael ging, einem blaugrauen Schindelbau mit Zwiebelturm und Kuppel. Im matt erleuchteten Inneren roch es nach Weihrauch und geschmolzenem Wachs. Neugierig studierte sie die kunstvollen Ikonen, die das Abendmahl darstellten – traurige Gesichter mit gesenkten Blicken, auf vergilbtes Elfenbein gemalt, über Torsi aus getrübtem Silber. Zweifellos mittelalterlich.

»Ich komme mir vor wie in Polen oder Russland«, flüsterte Alice.

»Sophie wäre begeistert. ›Sehr christlich‹, würde sie sagen. Sie würde ihre Fingerspitzen küssen und damit den Fuß eines Jüngers berühren.«

Alice warf Emily einen schiefen Blick zu. »Höre ich da etwa einen kritischen Unterton?«

»Nein. Nur Sympathie.«

Es wurde gerade die Messe gelesen. Die Gemeinde bestand hauptsächlich aus Tlingits, aber sie sangen in einer alten slawischen Sprache.

»Meinst du, diese Wörter bedeuten ihnen etwas?«, flüsterte Emily ihrer Schwester zu. »Ihre Lieder sollten den Wind nachahmen. Oder die Raben.«

»Psst.«

Sie hielt die Trommel an den gekreuzten Riemen hinten fest und schlug mit dem Schlägel auf die gespannte Tierhaut – auf die Brust des Adlers. Der tiefe Ton hallte durch die ganze Kirche. Alle Köpfe drehten sich nach ihr um. Alice nahm ihr den Trommelschlägel weg und drängte sie nach draußen.

»Du bist unmöglich, Millie! Man muss sich ja schämen, wenn man mit dir unterwegs ist.«

Emily lachte. »Stell dir doch nur vor, woran diese Menschen denken, wenn sie heute Abend im Bett liegen.«

Sie nahmen sich ein Hotelzimmer, ließen ihr Gepäck vom Hafenbüro kommen, und Emily erkundigte sich, ob es in der Nähe eine Indianersiedlung gebe. Der Besitzer erklärte ihnen den Weg: erst die Katlian Street hinunter, dann den Sitka-Kanal entlang bis zum Tlingit-Dorf.

Seetang und Flutüberreste verbreiteten einen ätzenden Geruch. Die Wolken sausten über den Himmel, von einer Minute zur nächsten wechselte heller Sonnenschein mit kaltem Schatten. Die beiden Frauen blieben am Rand des Dorfes stehen und spähten durch das hohe Reisgras, dessen Halme im Sonnenlicht wie polierte Schwerter funkelten. Hier gab es keine traditionellen Langhäuser wie in Hitats'uu. Die Siedlung erinnerte eher an Sophies Reservat, mit separaten kleinen Häusern. Bei einem hatten die Bewohner unter den Giebel einen Kormoran gemalt. Nur bei einem einzigen.

»Es sieht so trist aus, so ärmlich«, sagte Alice.

»Ich sehe gar keine Totempfähle«, murrte Emily enttäuscht. Wie war das möglich? Claude hatte ihr doch gesagt, im Norden seien überall welche zu finden.

»Wozu sind wohl diese rotbraunen Lappen da, die über dem Gestänge hängen?«

»Das sind Lachsfilets. Sehr dünn geschnitten. Ich kenne sie von Hitats'uu und von Sophies Reservat.«

Die Sonne kam hinter den Wolken hervor und schien direkt durch die Filets, sodass diese flammend rot aufleuchteten. Jetzt wurde auch die Maserung sichtbar.

Auf den Weiden waren Fischernetze ausgebreitet worden, dahinter sah man die an den Strand gezogenen Kanus und Dorys. »Vielleicht sind ein paar Boote mit Lebewesen bemalt«, sagte Emily. »Komm, wir gehen noch ein Stück näher.«

»Nein, hier stinkt es«, erwiderte Alice.

Eine Frau trat aus einer Haustür und kam mit trägem Hüftschwung auf sie zu.

»Ich will hier weg«, murmelte Alice.

Emily folgte ihr. Hatte Claude ihr Märchen aufgetischt, weil er ihr einen Gefallen tun wollte? Sie schüttelte fassungslos den Kopf. »Ich begreife nicht, wieso es hier keine Totempfähle gibt.«

Der Morgennebel lichtete sich, als sie am nächsten Tag vom Hotel in die entgegengesetzte Richtung spazierten. Während Emily am Stadtrand Halt machte, um eine hölzerne Schleuse zu zeichnen, ging Alice schon ein paar Schritte weiter, kam aber gleich wieder zurück und zupfte Emily am Arm.

»Hör auf zu malen – ich habe da vorn etwas entdeckt! Wenn du das siehst, hat sich für dich die ganze Reise gelohnt.«

Tatsächlich – hinter der Biegung stand, von Fichten verdeckt, ein Totempfahl, keine zehn Meter von ihnen entfernt.

»Oooh! Allmächtiger!«

Ein Bär, ein Mann mit Fisch, ein Vogel und andere Lebewesen, die sie nicht identifizieren konnte, türmten sich übereinander, mit leuchtenden Farben bemalt – Rot, Türkis, Weiß, Grau und Schwarz.

»Ich wusste doch, dass es hier welche gibt!«, jubelte Emily und ließ ihren Blick nach oben wandern.

»Etwas grell, oder?«, sagte Alice.

»Ja, schon – aber dieser Einfallsreichtum!«

»Lizzie würde sie als Götzenbilder bezeichnen.«

Alice deutete auf ein Schild mit der Aufschrift *Totempfahlweg*. Darauf wurde erklärt, man habe von Dörfern auf den Inseln und dem Festland Haida- und Tlingit-Pfähle geholt, sie repariert, neu bemalt und in diesem öffentlichen Park aufgestellt.

Die Frauen gingen den Weg entlang, wo zwischen den Bäumen in regelmäßigen Abständen solche Pfähle standen, einer sehenswerter als der andere. Beim zweiten Totempfahl fielen Emily vor allem die schwarzen Augen des untersten Wesens auf – was immer es darstellen mochte. Sie waren nicht wie die auf Claudes Boot, sondern hatten Lider, wie bei einem Menschen.

»Grotesk!«, sagte Alice.

»Es könnte ja sein, dass hier andere Maßstäbe von hässlich und schön gelten, als wir sie gewöhnt sind. Vielleicht müssen wir etwas dazulernen.«

Alice räusperte sich und legte den Kopf schräg. »Sieh mal, da drüben!«

Ein Mann mittleren Alters saß vor einer Staffelei. Emily und Alice schauten sich kurz an, ehe sie sich ihm näherten.

Er tippte an die Krempe seines Filzhuts. »Guten Tag.«

Alice erwiderte den Gruß. Das Bild, an dem der Mann arbeitete, schien fast fertig zu sein: eine Komposition aus drei Totempfählen. Aber nur einer stand vor ihm.

»Das ist hervorragend«, kommentierte Emily.

»Meine Schwester ist nämlich auch Malerin«, warf Alice ein.

Er nickte. »Ted Richardson, aus Minneapolis.«

»Malen Sie immer Indianersachen?«, wollte Alice wissen.

Die Frage klang vorwurfsvoll. Alices etwas schroffe Art führte oft zu Missverständnissen. Aber wahrscheinlich wollte sie diesmal nur dafür sorgen, dass das Gespräch nicht einschlief.

»Hauptsächlich Totempfähle. Es gibt einen großen Markt für indianische Motive. Ich komme seit zwanzig Jahren jeden Sommer hierher.«

»Hierher? In diesen Park?«, fragte Emily.

»Nicht immer. Manchmal reise ich weiter ins Landesinnere, manchmal auf eine Insel.«

»Woher wissen Sie, wo Sie hingehen müssen?« Emily ließ nicht locker.

»Die Indianer führen mich, gegen Bezahlung. Geld hilft weiter. Die alten Sitten sterben aus, das Gold wird immer wichtiger. Ein Häuptling hat zum Beispiel den Totempfahl seines Vaters für Gold verkauft. Über kurz oder lang werden diese Pfähle verschwinden.«

»Wo gibt es noch welche?«

»Wenn man den Nass River oder den Skeena River hinauffährt, findet man Tsimshian-Clans. Die Haida leben hauptsächlich auf den Queen-Charlotte-Inseln. Und die Tlingit in Alaska.«

»Was ist das da oben?«, fragte Alice und deutete auf den Pfahl, den er gerade malte. »Ist das ein Derby?«

»Ja. Dieser Hut kennzeichnet den weißen Mann. Es ist ein Pfahl der Schande. Ein Häuptling traf einen Mann aus Boston, der kurz davor war zu verhungern. Er nahm den Mann bei sich auf, und seine Tochter hat ihn gesund gepflegt. Aber der Mann hat sich für die Hilfe revanchiert, indem er dem Indianer das Glücksspiel beibrachte. Dann hat er ihm beim Spiel alle Felle abgenommen und sich mit der Tochter aus dem Staub gemacht.«

Hoffentlich tut Claude so etwas nicht!, dachte Emily.

»Das ist ja furchtbar«, sagte Alice. »Aber sie beten diese Pfähle nicht an, oder?«

»Nein. Die Pfähle repräsentieren mächtige Vorfahren, mit denen man sich identifiziert.«

»An wen verkaufen Sie Ihre Bilder?«, fragte Emily.

»An eine Galerie in New York. Dort nehmen sie alles, was ich male.«

Außerhalb von England und San Francisco war sie noch nie jemandem begegnet, der von seiner Malerei lebte. Und nun lernte sie ausgerechnet einen Mann kennen, der Totempfähle malte und die Bilder verkaufte!

»Arbeiten Sie auch morgen hier? Dürfte ich mich Ihnen anschließen?«

»Aber mit Vergnügen!«

Als sie außer Hörweite waren, fragte Alice: »War sein Bild gut?«

»Eine großartige Komposition.«

»Aber er hat gar nicht gemalt, was er vor sich sieht. Er hat sie einfach alle zusammengepackt.«

»Er hat sie gut arrangiert – der beherrschende Pfahl aus der Nähe, sodass man nur die untersten beiden Figuren sieht, und die anderen beiden weiter weg, um ein Gefühl für die Höhe zu vermitteln.«

Alice machte eine ungeduldige Handbewegung. »Aber bei dem richtigen Pfahl stand der Mann mit dem Derby nicht auf dem Bären, sondern ganz oben. Das hat doch bestimmt etwas zu bedeuten.«

Emily freute sich über Alices Interesse. »Hm. Vielleicht geht man tatsächlich zu weit, wenn man den Aufbau verändert.«

Am nächsten Morgen gesellte sie sich zu Ted. Sie hatte ihm einen kleinen Imbiss mitgebracht, damit er nicht auf die Idee kam, um die Mittagszeit zum Essen in die Stadt zu gehen.

»Welchen möchten Sie malen?«, fragte er sie.

»Alle!« Emily grinste verschmitzt. »Ich würde gern den Rest des Sommers hier verbringen.«

Er runzelte irritiert die Stirn.

»Aber das ist leider unmöglich – deshalb müssen Sie mir alles, was Sie wissen, in einem Satz sagen, und dann malen wir.«

Er deutete auf den ersten Totempfahl. »Man kann den Unterschied zwischen den Tlingit und den Haida gut erkennen. Das hier ist ein Hauspfahl der Tlingit, das heißt, er befindet sich im oder am Haus und ist deshalb nicht besonders hoch. Jede einzelne Figur ist durch eine Vertiefung von der Figur über ihr abgesetzt, und die Formen sind abgerundet.« Sie blieben vor dem nächsten Pfahl stehen. »Hier hingegen sind die Figuren ohne horizontale Einkerbung miteinander verbunden.«

Die ausgestreckte Zunge eines Bären lag auf der Stirn des Vogels unter ihm, und die Beine irgendeines undefinierbaren Lebewesens ragten aus den Ohren des Bären heraus.

»Genial. Haida?«

»Ja, Sie haben es kapiert. Die Haida-Pfähle sind massiger, höher, sie haben schärfere Kanten und sind nicht bemalt.«

Emily fiel auf, dass die Tiere gestreckt oder zusammengedrückt waren – die Schnitzer hatten den Pfahl proportional aufgeteilt, nicht nach der relativen Größe des dargestellten Tiers: Ein Biber konnte so groß sein wie ein Wal, ein Bär kleiner als ein Rabe, dessen Schnabel größer als der Körper. Ein Wolf konnte schräg stehende Augen haben, damit er richtig böse aussah. Bestimmt hatten sich die Künstler ins Fäustchen gelacht, wenn sie sich bei der Gestaltung der Skulpturen solche Freiheiten herausnahmen. Aber sie erlaubten sich diese Freiheiten sozusagen beim

Schöpfungsakt. Das war etwas anderes, als wenn sich Ted anmaßte, die Anordnung der Motive zu verändern.

»Kennen Sie all diese Tiere?«, fragte Emily.

»Ja. Je mehr Pfähle man gesehen hat, desto deutlicher sieht man die Konventionen und Charakteristika. Zwei Zähne sind das Zeichen für einen Biber. Ein krummer Schnabel markiert einen Adler. Ein gerader Schnabel einen Raben. Eine kurze Schnauze und runde Ohren bedeuten: Das hier ist ein Bär.«

Sie war hingerissen von der bildhaften Kraft und dem ungebremsten Ideenreichtum. Je mehr sie über Totempfähle erfuhr, desto weniger bizarr erschienen sie ihr.

»Einer ist grandioser als der andere.«

»Die Häuptlinge standen im Wettstreit und wollten ihren Ruf durch die Ausmaße des Totempfahls unterstreichen.« Ted musterte Emily von der Seite. »Konkurrenz ist ein zentraler Faktor.«

Wenn doch Sophie diese Kunstwerke sehen könnte! Sie wäre so stolz.

»Aber eigentlich vermitteln die Pfähle hier im Park gar keinen richtigen Eindruck«, sagte er.

»Wieso nicht?«

»Die Kolorierungen stimmen nicht. Wir haben hier die grellen Farben, die der weiße Mann herstellt. Die Tlingit-Farben sind wesentlich dezenter, und man lässt die Pfähle einfach verwittern.«

»Wie stellen sie ihre Farbe her?«

»Sie zerreiben Mineralien und vermischen das Pulver mit zerkauten Lachsrogen, die als Bindemittel dienen. Schwarz bekommt man, wenn man rotes Ocker aus einer eisenreichen Quelle bei Ketchikan brennt. Das Rostrot stammt von einer Zinnober-Ablagerung der Yakutat-Höhle. Das Türkis wird aus dem

Lehm auf Kruzof Island gewonnen und das grünliche Kupfer aus dem Copper River.«

Was für eine herrliche Vorstellung! Die Tlingit-Familien fanden die Sache mit dem Pfahl so wichtig, dass sie in ihren Kanus große Entfernungen zurücklegten, um die passenden Mineralien zu beschaffen. Emily konnte sie vor sich sehen, wie sie das in verzierte Lederbeutel gefüllte Pulver in der Hand wogen und sich freuten, weil es für sie so enormen Wert besaß. Bei diesem Gedanken wurde ihr froh ums Herz.

Ted kratzte seine buschigen Koteletten. »Welchen möchten Sie malen?«

»Vielleicht den mit dem Killerwal? Mir gefällt es, wie er auf der Nase balanciert.«

Sie stellten ihre Staffeleien vor dem Pfahl auf, und Ted erklärte ihr die Figuren, die unterste – und wichtigste – Figur zuerst: ein gedrungener Adler. Darüber der »tauchende« Walfisch. Die Schwanzflosse hatte die Form einer Zunge und ragte als Fortsatz hinten heraus. Darüber kauerte ein Wolf, dann kam ein Frosch und schließlich ein Mann mit einem Kormoran auf dem Kopf. Diese Mischung aus Mensch und Tier verzauberte Emily.

Der Pfahl besaß eine subtile, aufwärts strebende innere Linie. Sie verband die Formen miteinander und definierte sie zugleich. Darauf hatte Ted sie nicht hingewiesen. Höchstwahrscheinlich war ihm diese Linie entgangen. Auf seinem Bild vom Vortag hatte er sie durchbrochen, indem er die Figuren anders anordnete. Emily empfand dies als Verstoß gegen die Intention des ursprünglichen Kunstwerks, allerdings auf einer anderen Ebene als Alice. Aus Respekt vor den Schnitzkünstlern würde sie den Totempfahl genauso malen, wie sie ihn vor sich sah.

Sie beobachtete, wie Ted seinen Pinsel direkt in die Tuben tauchte: Chinesischrot, Türkisgrün, Paynesgrau. Wirkten seine

Figuren deshalb so flach? Aber sie hatte eigentlich keine Ahnung – mit Ölfarben hatte sie noch nie gemalt. In England durfte eine Malerin höchstens aquarellieren. Anleitungen zur Ölmalerei waren den Männern vorbehalten.

Nach einer Weile merkte Emily, dass er ihr Bild betrachtete. »Ich wollte, ich hätte das gemalt«, murmelte er.

»Tatsächlich? Vielen Dank!«

Er musterte sie eingehend. Wurde ihm gerade bewusst, dass er ihr eine neue Welt eröffnet hatte? Unvermittelt packte er seine Utensilien zusammen.

»Sie wollen doch nicht schon gehen, oder? Wir haben noch sechs Stunden Tageslicht vor uns!«

Er schlug seine Staffelei ab.

»Wo kann ich authentischere Pfähle finden?«

Obwohl er es genau wusste, gab er ihr keine Antwort: Er wollte es ihr nicht sagen. Emily fühlte sich betrogen. Energisch klappte er seinen Malhocker zusammen und ging mit raschen Schritten den von Bäumen und Totempfählen gesäumten Weg hinunter.

Einen Moment lang war Emily wie gelähmt, dann rannte sie hinter ihm her. »Was ist los?«

Er wartete nicht auf sie, sondern beschleunigte seinen Schritt sogar, den Blick stur geradeaus gerichtet. »Nichts. Sie sollten stolz auf sich sein.«

Da ließ sie ihn gehen. War ihr Bild an allem schuld? Emily ging zurück und studierte es aufmerksam. Ja. Es hatte Potenzial. *Sie* hatte Potenzial. Hier war etwas, was sie konnte. Am liebsten hätte sie vor Freude gejubelt und getanzt.

Ein Rabe stieß ein herrisches Krächzen aus, flog dann mit einem unheimlichen *Kluklak* über sie hinweg und verschwand im Wald. Starke Sprache. Hoffentlich ein Lob.

Feine Dunststreifen schwebten die Täler hinauf, ansonsten verhüllten auf der Heimfahrt weder Regen noch Nebel den Wald und die Küstendörfer. Emily umklammerte die Schiffsreling. Sie konnte den Blick nicht von der Totempfahlparade nehmen, die an ihnen vorüberzog. Nicht einmal den Apfel und das Sandwich, das Alice ihr anbot, wollte sie essen.

»Wie schade, dass wir nicht aussteigen können, um sie uns richtig anzuschauen!«

»Wale Steuerbord!«, rief ein Matrose.

Eine Flosse teilte das Wasser, dann tauchte ein kolossaler Rumpf auf, schwarz mit weißen Markierungen. Und noch zwei! Sie sprühten riesige Gischtfontänen in die Luft.

»Da drüben sind noch mehr!«, rief Emily.

»Wo?«

Sie trat hinter ihre Schwester, um ihr die Richtung zu zeigen. Alice schien es fast den Atem zu verschlagen. Die Wale bäumten sich auf, langsam, rhythmisch. Zuerst stiegen ihre runden Rücken und ihre Flossen aus dem Wasser, dann ihre Flanken. Sie präsentierten immer nur einen Teil ihrer gewaltigen Masse. Einen Augenblick später zeigten sie ihre Schwanzflosse, ehe sie sich streckten und untertauchten, um in der Tiefe zu verschwinden.

»Und Gott schuf den großen Wal«, murmelte Alice andächtig. »Solche Mysterien lehren uns Bescheidenheit.«

Emily dachte an die eigenwillige Schönheit des Wal-Totems. Es gab Hunderte von Totempfählen, die genauso rätselhaft waren und die kaum ein Mensch gesehen hatte. Und die nur wenige je zu Gesicht bekommen würden. Aber bei Gemälden von Totempfählen wäre das anders. Sie wollte als Vermittlerin fungieren. Das war etwas, was sie konnte.

Sie musste ins kalte Wasser springen. Es würde immer nur ein Teil der Idee sichtbar werden – eine Schwanzflosse, eine Flanke, eine Gischtfontäne – das Ganze war nicht zu fassen. Emily spürte, wie die Wale tief dort unten im Meer an ihr zerrten, wie der Wald sie rief, wie die Totempfähle sie immer fester umarmten.

»Nächstes Jahr werde ich den Kindern etwas über Alaska beibringen«, erklärte Alice.

»Weißt du was? Dein Leben ist viel erfüllter, als du denkst. Du hast eine Mission, eine Aufgabe – du unterrichtest all die ›schwierigen‹ Kinder, die eine staatliche Schule nicht erreicht.« Sie legte den Arm um ihre Schwester. »Aber jetzt habe ich auch eine Mission.«

»Ich weiß. Ich habe es gewusst, als du erst um Mitternacht zurückgekommen bist.«

»Aber es war doch noch hell! Ich habe noch gemalt.«

»Das heißt aber nicht, dass ich mir keine Sorgen gemacht habe.«

»Entschuldige.« Emily wartete, bis Alice verzeihend nickte. »Außer Hitats'uu habe ich noch nie etwas gefunden, was so geheimnisvoll und zugleich so wahr ist, dass es mir hilft, genau das auszudrücken, was ich tief im Innern empfinde. Gestern hat sich das geändert.«

»Dann erzähl mal. Von deiner Mission.«

»Ich möchte die Totempfähle bewahren – als Gemälde. Diese großen Kunstwerke sind dem Untergang geweiht, sagt Ted. Noch eine Generation, dann werden sie vermutlich alle verschwunden sein. Sie müssen festgehalten werden, da, wo sie stehen, in Gemeinschaft mit ihren Dörfern, ehe sie verfallen und wieder Teil des Waldes werden. Und ehe die Missionare sie in einem Anfall selbstgerechter christlicher Raserei verbrennen.«

»Millie!«

»Die Pfähle sind Erinnerungen an eine untergegangene Kultur voller Schönheit, an blühende Gemeinschaften, als indianische Mütter noch nicht weinten und bitter wurden, weil ihnen ein

Kind nach dem anderen wegstarb. Ich möchte dieser Trauer etwas entgegensetzen.«

»Und du glaubst, Dede lässt das zu? Sie wird dir keinen Cent aus dem Treuhandfonds geben, in tausend Jahren nicht – nur damit du durch heidnische Dörfer spazierst und die Götzenbilder malst!«

»Dann muss ich das Geld dafür eben selbst verdienen.«

»Ist es nicht sehr schwierig, zu diesen Ortschaften zu gelangen?«

Für eine Frau allein ist es so gut wie unmöglich, hatte Claude gesagt. Emily blickte hinaus aufs Meer. »Einfache Dinge interessieren mich nicht.«

11 Schachtelhalm

Emily stellte das gebratene Huhn auf Sophies Tisch. »Wo ist Annie Marie?«, fragte sie.

Sophie deutete ins Nebenzimmer. »Sie schläft.«

Emily steckte den Kopf durch die Tür und sah Annie Marie zusammengekuschelt im Bett liegen, den Daumen im Mund, die Socken und Schuhe, die sie ihr gekauft hatte, noch an den Füßen. »Sie trägt die Sachen auch im Bett?«

»›Em'lys Schuhe!‹, sagt sie immer. Zieht sie im Haus nicht aus und will sie draußen nicht tragen. ›Sie werden schmutzig‹, sagt sie.«

Emily musste lachen. Sie setzte sich im Schneidersitz zu Sophie auf den Fußboden, nahm einen violettschwarzen Strang von einem Haufen und hielt ihn hoch. »Was ist das?«

»Schachtelhalmwurzel.«

Sophie drehte einen Strang aus einem Zedernwurzelstück und aus Kirschbaumwurzel und nähte ihn mit einer Ahle auf den Strang darunter. Ihre Finger flogen, stopften, drehten die Stränge. Der Korb war ein ausgestelltes Rechteck, verziert mit einer langen horizontalen Figur aus Schachtelhalmwurzel, die sich an beiden Enden leicht aufwärts bog und oben mehrere knopfartige Verdickungen aufwies.

»Was stellt dieses Muster dar?«

»Ein Kanu.«

»Ah.« Die Verdickungen waren Köpfe! Keine Körper, nur Köpfe. Sieben Personen schauten aus dem Kanu, wie Erbsen in einer offenen Schote. Darunter befand sich ein Streifen aus aufbrandenden Wellen. »Wieso ist der mittlere Kopf größer?«

»Das ist Annie Marie.«

Sophies Kinder, alle sieben, die lebendigen und die toten, fuhren auf den Wellen dem Unbekannten entgegen.

Sophie blickte zu der Stelle, wo die Korbwiege gehangen hatte, und ihre Augen füllten sich mit Tränen. Tröstend legte ihr Emily die Hand auf den Arm. Sophie deponierte die Ahle in Emilys Schoß, ging ins andere Zimmer und kam mit der Zeichnung von Tommy zu Füßen des Urahns zurück.

»Das kleine Baby habe ich nicht kennen gelernt, aber Tommy ist immer noch in meinem Herzen. Deshalb bleibt er an der Wand.« Sie hängte das Bild wieder gegenüber der Jungfrau Maria auf.

»Das ist gut, Sophie.«

Sophie setzte sich wieder neben Emily und griff zu dem unvollendeten Korb, brachte es aber nicht über sich, daran weiterzuarbeiten.

»Ich weiß noch, wie er mir am Strand das Drei-Steine-Spiel gezeigt hat«, sagte Emily. »Er war so glücklich, als ich endlich die Steine schnell genug werfen konnte, damit alle – plopp – zur selben

Zeit landeten! Er hat gejauchzt vor Vergnügen und ist so wild im flachen Wasser herumgehopst, dass wir beide ganz nass wurden.«

Sophie lächelte ein fernes, trauriges Lächeln. Hatte sie zu viel gesagt? Emily gab ihr die Ahle. »Ist sie aus Stein?«, fragte sie, um Sophie zurückzuholen.

»Aus Knochen. Knochen eines Vorfahren.«

»Aus Menschenknochen?«

»Nein. Ein Tier-Vorfahre.«

Wie konnte Sophie so etwas sagen und gleichzeitig an die Bibel glauben?

»Das war die Ahle meiner Großmutter. Zu dieser Ahle gehören weise Geschichten.«

»Hat alles, was du benutzt, eine Geschichte?«

»Fast alles. Du hast keine Geschichte für jede Farbe?«

»Es gibt ein Gefühl, eine Stimmung für jede Farbe. Rot steht für Leidenschaft. Gelb für Glück. Und Grün, ja, Grün – das steht für die Glorie und den Geist aller Dinge, die wachsen.«

»Geschichten kommen von Gefühlen. In den alten Zeiten erzählten alle Großmütter Geschichten.«

»Heute nicht mehr?«

»Nein. Niemand hört zu. Es gibt keine Langhäuser, also sitzen auch nicht viele Menschen ums Feuer herum. Jetzt erzählt der Priester in der Kirche Geschichten.«

»Aber das ist nicht das Gleiche, oder?«

»Nein. Das Singen ist auch nicht das Gleiche. Meine Großmutter erzählte, dass der *Nipniit* bei der ersten Messe sagte, sie dürfen die alten Lieder nicht mehr singen. Sie führen in die Hölle.«

»Hat sie aufgehört, die Lieder zu singen?«

»Nein.« Ein trauriges Lächeln huschte über Sophies Gesicht. »Sie hat die Lieder gesungen, wenn sie innerlich Schmerz empfand. Oder Sehnsucht.«

»Manchmal ist es wichtig, dass man tut, was man tun will, ohne Rücksicht auf die Folgen.«

»Als ich klein war, sang sie für meinen kleinen Bruder, der krank war. Er konnte nicht schlafen, weil die Krähen die ganze Zeit in den Salalbüschen krächzten. Also habe ich mit einem Stock nach ihnen geworfen. Sie krächzten noch lauter und flogen auf einen Baum. Meine Großmutter führte mich zu dem Baum und sagte zu den Krähen, es tut ihr Leid, dass ihre Enkeltochter das getan hat. Jetzt hat sie etwas dazugelernt und wird es nie wieder tun. Sie wird nie wieder mit etwas nach einer Krähe werfen.«

»Und? Hast du dich daran gehalten?«

»Ich hoffe es, aber ich liebte meinen Bruder. In der Zeit der Geschichten, bevor die Menschen kamen, war Krähe die Korbmacherin. Jetzt hilft sie, Körbe zu machen.«

»Hilft dir Krähe?«

Sophie legte den Kopf schief. »Ja. Es ist so: Meine Großmutter hat mir erzählt, dass ihre Großmutter eine Krähe sah. Die Krähe krächzte sie den ganzen Tag an. Sie fragte die Krähe, warum sie dauernd so krächzte. Krähe antwortete, früher konnte sie viele verschiedene Töne machen, wie Rabe, aber jetzt ist sie faul. Sie macht jetzt nur noch einen Ton. Dann wollte sie verschiedene Töne machen. Sie versuchte es. Nichts. Nur hässliche Töne. Deshalb mache ich jeden Korb anders. So hilft mir Krähe.«

Sophies Finger bewegten sich wieder, aber sie schienen fast mechanisch die Stränge zusammenzuhalten und den Rindenbast durchzustecken, den sie mit den Zähnen festzurrte.

»Machen andere Korbflechter auch jeden Korb anders?«

»Nein.« Sophie schob die Unterlippe vor und zog die Nase kraus. »Immer wieder die gleichen. Man schläft ein dabei! Ich mache nur einen mit Kanu. Aber jetzt musst du mir eine Geschichte erzählen. Von Alaska.«

»Ich dachte schon, du würdest mich nie fragen!« Emily setzte sich anders hin, streckte die Beine aus. Sie berichtete ausführlich von Sitka und den Totempfählen. »Jeder Pfahl ist anders. Das gefällt dir, oder? Ich wollte, ihr könntet die Pfähle sehen, du und Jimmy.«

Sophie richtete sich kerzengerade auf. Hatte sie etwas Falsches gesagt?

»Ich möchte die Pfähle malen, alle miteinander, bevor sie verschwinden. Sie sprechen eine starke Sprache. Sie müssen festgehalten werden.«

Jetzt verdunkelte sich Sophies Gesicht, und Emily spürte, wie sich zwischen ihnen eine Mauer aufbaute.

»Was ist? War es nicht richtig, was ich getan habe?«

Sophie zuckte nur die Achseln und presste die Lippen aufeinander.

»Das ist etwas, womit *ich* helfen kann, Sophie. Verstehst du das? So wie du den Stock nach den Krähen geworfen hast, als dein Bruder krank war. Um ihm zu helfen.«

Sophies Hände hörten auf zu arbeiten.

»Würde sich etwas zwischen uns ändern, wenn ich in anderen Dörfern malen würde?«

»Wir hatten früher auch Totempfähle«, sagte Sophie streng. »In den alten Zeiten, ehe ich geboren wurde. In den Häusern. Vor vielen Jahren haben zu viele Baumstämme den Fluss gestaut, und er ist über die Ufer getreten. Alle Häuser und Pfähle wurden weggeschwemmt. Die Kirche wurde nicht weggespült, also machen die Menschen hier keine Pfähle mehr.«

»Deswegen?«

»Was denkst du? Natürlich deswegen!«

»Wäre es schwierig, sie alle zu finden?«

»Ja.« Die Antwort kam sehr schnell.

»Unmöglich?«

»Vielleicht.«

»Ein Pelzhändler hat mir gesagt, dass es für eine Frau unmöglich ist, allein zu den Dörfern der Ureinwohner im Norden zu fahren.«

Sophie zerrte heftig an dem Baststrang.

»Meine Schwester Lizzie, die für die Mission arbeitet, sagt, manche Dörfer wollen keine weißen Besucher. Stimmt das?«

»Ja. Franks Bruder weiß Bescheid. Er war im Norden, um als Holzfäller für einen weißen Mann zu arbeiten. Er weiß alles.« Sophie legte die Stirn in Falten und verzog den Mund.

»Was ist los? Findest du, ich sollte es lieber nicht tun?«

Sophie warf Emily einen ungnädigen Blick zu. »Du hast gerade gesagt, es ist wichtig, dass man tut, was man tun will. Also tu es.«

»Aber meinst *du*, dass ich es tun soll?«

Sophie hielt das Stück Kirschbaumwurzel zwischen den Zähnen und ließ sie warten. Mrs Johnsons Worte, *Sie dürfen nicht zu viel erwarten, es tut nur weh*, schossen Emily durch den Kopf.

»Was würdest du dafür aufgeben?«

Mit Worten konnte sie sich weit vorwagen, ohne Rücksicht auf Verluste. »Alles – wenn es sein muss.«

»Dann kannst du alles tun, denke ich.«

Das war nicht so präzise, wie Emily es sich gewünscht hätte, aber immerhin war es eine Antwort.

In dem Moment fiel ihr auf, dass neben der Jungfrau Maria ein neues Bild hing: Moses mit den Gesetzestafeln. Die Worte *Du sollst keine anderen Götter haben neben mir.* standen darunter. »Ist das Bild neu?«

»Father John hat es mir gegeben, als ich ihm von dir erzählt habe.«

»Von mir?«

Sophie lächelte verlegen, wie sie es oft tat, drehte den Korb um, damit sie die Ecken verarbeiten konnte, und hielt ihn dabei mit den Füßen fest. »Du bist nicht katholisch. Bei der Messe sagte er, wer andere Götter hat, kommt in die Hölle. Er sagte, das heißt, jeder, der nicht katholisch ist. Also habe ich nachts oft nicht geschlafen. Ich habe ihm gesagt, dass du meine Babys liebst und dass du eine gute weiße Frau bist. Er hat geantwortet, das spielt keine Rolle. Ich habe gesagt, dass du den Heiligen Geist malst. Dann hat er geantwortet: Vielleicht wird alles gut.« Sophies Gesicht leuchtete triumphierend.

»Ich male den Heiligen Geist? Ich habe gerade davon gesprochen, dass ich Tier-Ahnen malen möchte! Wolltest du mir deshalb nicht antworten, als ich dich gefragt habe, ob ich es tun soll? Weil Totempfähle nicht der Heilige Geist sind?«

Sophie drückte ihren Korb fest an sich. »Ich habe Angst um dich.«

»Wie kannst du sagen, dass ich den Heiligen Geist male? Du hast noch nie ein Bild von mir gesehen, auf dem Gott oder ein Heiliger oder die Engel dargestellt sind.«

»Aber du weißt doch. Grün.« Ein verschmitztes Grinsen flackerte auf, ihre Augen blitzten. »Wie du vorhin selbst gesagt hast. Glorie und Geist aller Dinge, die wachsen.«

12 Bär

»Komm schon, Billy. Auf geht's!«, rief Emily von dem wackeligen Anlegesteg aus. »Wir sind da! In Alert Bay! Also aufgewacht!«

Billy jaulte und rührte sich nicht von dem schwankenden Küstenboot.

»Was ist los? Hast du etwa Angst?« Der Bootsführer warf ihr die Leine zu. »Hierher!«, befahl sie.

Auf dem Kamm einer Welle versetzte der Bootsführer dem Hund einen kräftigen Schubs. Billy kapierte und sprang auf den Steg. Dort schüttelte er sich und zog ein hochmütiges Gesicht, als hätte er die ganze Aktion von vornherein so geplant.

Bei jeder Welle, die das Boot anhob, reichte der Bootsführer etwas anderes herauf – Emilys kleine Reisetasche, ihren Skizzensack, den Proviantkorb und das Bündel mit der zusammenklappbaren Aquarell-Staffelei und dem Malhocker. Als Letztes kam der große Leinenrucksack. Der Mann ächzte, als er ihn hochhob. »Was haben Sie denn da drin? Wackersteine?«

»Ja, genau. Bibeln.«

Emily schnallte Billy ihre Staffelei und den Hocker auf den Rücken und nahm selbst den Rucksack und ihre Taschen, schon jetzt außer Atem. Dieses Dorf auf der kleinen Cormorant-Insel, zweihundertzwanzig Meilen nördlich an der Ostküste von Vancouver Island, und die Menschen, die sie hier treffen würde, konnten ihr Projekt voranbringen – oder es beenden. Das hatte Jimmy auch gesagt.

»Eine Woche!«, rief der Bootsführer und ließ den Motor aufheulen, um zum Dampfschiff zurückzufahren.

»Ich werde hier auf Sie warten.« Emily ging mit großen Schritten, um das Gleichgewicht zu halten, was für sie immer ein Problem war. Billy zerrte an der Leine, sichtlich erleichtert, dass er den Landesteg endlich verlassen durfte. »Immer schön langsam! Hier müssen wir uns anständig benehmen. Wir sind zu Gast«, sagte Emily.

Als sie festen Boden unter den Füßen hatte, blickte sie sich um. Was für ein ergreifender Anblick! Eine Versammlung von Vögeln, Wölfen, Bären, Meerestieren mit Sägezähnen – alle geschnitzt und bemalt, manche auf Pfählen, andere auf Hausdächern. Ein wilder

Zoo! Sophie wäre begeistert. Wenn diese Wesen Stimmen hätten, würden sie heulen, krächzen, quieken, knurren. War das nicht ein großartiger Empfang?

Sie ging nicht zu den Langhäusern, sondern zur Mission, wo sie eine Übernachtung arrangiert hatte. Drei Schindelhäuser und eine zweistöckige Schule drängten sich um die anglikanische Kirche. Emily verzog das Gesicht. Ein Dach mit Zinnen und ein schmiedeeisernes Gitter? Wozu in aller Welt sollte das gut sein? Ein weißer Lattenzaun trennte die Mission von den Menschen, deren Seelen sie doch angeblich retten wollte.

Billy steckte die Nase in eine Pfütze. »Lass das, Billy!« Sie zerrte an seiner Leine. »Es wäre nett, wenn du zumindest bei der ersten Begegnung einen sauberen Eindruck machen würdest.«

In einem Zimmer voller Spitzendeckchen und gestickten Bibelversen wurde sie von Pastor Alfred Hall begrüßt. Er stellte sie seiner hageren Ehefrau vor sowie der vogelartigen Miss Winifred Crane, einer zukünftigen Missionarin mit spitzer Nase, die unglücklicherweise sehr gut zu ihrem Nachnamen – Crane wie Kranich – passte. Sie war gerade dabei, eine Tabelle mit den Berufen der Jünger Jesu aufzustellen. Die Fischer markierte sie mit Rot und malte neben jeden der entsprechenden Namen einen Lachs. Emily packte die Tafeln und die Kreide von Alice aus, dazu zwölf Pfund gebrauchte Bibeln von Lizzie.

»Puh! Ein Pfund pro Jünger!«

Mrs Hall warf ihr einen tadelnden Blick zu, lehnte es aber nicht ab, die Mitbringsel als Bezahlung für Kost und Logis anzunehmen. »Hätten Sie gern eine Tasse Tee, während wir Ihnen von unserer Missionsarbeit an der Saint Michael's School berichten?«

»Nein, vielen Dank. Ich würde mich lieber gleich an die Arbeit machen.«

Mrs Hall straffte die Schultern. »Wie Sie wünschen.«

»Solange es noch hell genug ist. Beim Abendessen können Sie mir gern alles erzählen.«

»Um fünf. Haben Sie eine Uhr?« Mrs Hall strich das gehäkelte Schutzdeckchen auf der Rückenlehne des Sessels glatt.

»Ja.«

Der Kies erschwerte das Gehen. »Hättest du nicht auch gern so ein Paar schwere Männerschuhe wie ich, Billy?«, sagte Emily, während sie am Ufer entlangtrotteten.

Sie konnte es nicht abwarten, zu den Totempfählen zu kommen. Aber nur nichts überstürzen, ermahnte sie sich selbst. Sie klappte ihren Malhocker und die flache Staffelei auf. Von hier aus hatte sie einen schönen Panoramablick auf das Dorf, und sie konnte sich ja nach und nach zu den Pfählen vorarbeiten. Im Vordergrund links lagen zwei hübsche Kanus, auf deren Rumpf fliegende Vögel gemalt waren. *Flügel dunkelrot und grün, Schnäbel gelb-orange und feuerrot*, notierte sie auf den Rand ihres Zeichenpapiers. Der Riementang in der Diagonale würde den Blick des Betrachters quer über den Strand lenken, hin zu den beiden Frauen, die im Mittelgrund Lachse in Kisten packten, und von da weiter zu den Muschelschalenhaufen und der Konservenfabrik ganz rechts. Im Hintergrund würden die Häuser, die Pfähle und der Wald den Kontext liefern.

Drei Jungen zerrten an dem Tang und veränderten so den Winkel, in dem sie ihn gern haben wollte. Dann schnitten sie ihn mit Muscheln in kleine Stücke. So viel zu dem Versuch, den Blick des Betrachters zu lenken! Emily merkte, dass die Jungen sie kichernd beobachteten.

»Hallo!«, rief sie. Sie hätte Mrs Hall nach dem Kwakwala-Wort fragen sollen.

Die Jungen blickten am Ufer entlang zu einem etwas älteren Mädchen, das zehn oder elf Jahre alt war. Mussten sie erst um Erlaubnis bitten, sich Emily nähern zu dürfen?

»Ganz schön lang, der Tang! Was wollt ihr damit machen?«

»Wir spielen Fabrik. Ich schneide ihn in Stücke und verkaufe ihn«, erklärte der ältere Junge. »Und er kauft ihn.« Der kleinste Junge zeigte ihr die Kieselsteine in seiner Hand.

»Könnt ihr mir sagen, was für ein Vogel das ist?« Emily deutete auf einen großen Holzvogel, der auf einem der Dächer hockte. »Er sieht aus, als könnte er hier herunterfliegen und mich holen.« Sie wedelte mit den Armen und deutete an, wie der Vogel auf ihrem Kopf landete. Die Kinder lachten. »Ist es ein Adler?«

»Nein.«

»Ist es ein Rabe?«

Sie schüttelten den Kopf und antworteten mit einem etwas lauteren »Nein!«.

»Was für einer ist es dann?«

»Das ist Kormoran!«, riefen sie.

»Eine Schwarze Scharbe? Ich hätte es wissen müssen!« Sie merkte, dass die drei Jungen fasziniert beobachteten, wie Billy an einem toten Vogel schnupperte. »Möchtet ihr den Hund streicheln? Er mag Kinder.« Sofort wurde Billy von sechs kleinen Händen getätschelt. Er hüpfte vor Freude und tat alles, um noch mehr Aufmerksamkeit zu bekommen, kläffte und bäumte sich spielerisch auf, den Kopf gesenkt, das Hinterteil in die Höhe gestreckt.

»Warum hat er keinen Schwanz?«, wollte der mittlere Junge wissen.

»Seht ihr das große Meerestier da drüben? Was ist das?«

»Das ist Killerwal.«

»Tja, also, eines Tages schlief Billy am Strand, und der Killerwal kam aus dem Wasser und biss ihm den Schwanz ab, einfach so.« Emily tat so, als wollte sie nach der Nase des mittleren Jungen schnappen. Er wich verlegen kichernd zurück.

»Was tun Sie hier?«, fragte der Kleinste.

»Ich will Bilder malen. Das heißt, wenn ihr es erlaubt.«

»Mich zuerst«, sagte der ältere Junge.

»Nur, wenn du mir deinen Namen sagst.«

»Freddy.«

»Freddy Adler?«

Die anderen lachten. »Nein.«

»Freddy Rabe?«

Heftiges Kopfschütteln.

»Ach, ich weiß. Freddy Schwarzscharbe.«

»Nein! Freddy Hannah!«

»Also gut, Freddy Hannah. Du kommst als Erster dran.«

Während sie arbeitete, erfuhr sie auch die Namen der anderen. Auch Tillie, die Schwester des kleinen Toby, pirschte sich näher heran. So erfuhr Emily, dass Freddy der Neffe des Häuptlings war und dass Tobys Onkel, Hayward James, Pfähle und Masken schnitzte.

»Das mache ich später auch«, verkündete Toby.

Aha! Die indianischen Kunstformen waren also noch lebendig. »Wunderbar!« Wie schön, dieses ungebrochene Selbstvertrauen. Wenn sie sich davon ein Stück abschneiden könnte! »Woher weißt du das?«

»Weil meine Mama es will, und deshalb hat mein Onkel eine Wimper von mir genommen und in einen Pinsel gemacht, und der hatte Stachelschweinborsten, und mein Onkel hat Donnervogel auf eine Kiste gemalt und den Pinsel reingetan, und wenn ich groß bin, gibt er mir den Pinsel.«

Und bis dahin wird Toby mit seiner Wimper immer ganz nahe bei der Arbeit seines Onkels sein. »Sehr gut«, sagte Emily.

Sie vollendete ihr Bild des Dorfes. Und dann war der große Moment gekommen: Sie war hierher gereist, um die Totempfähle zu malen. Vor dem Wolf des am nächsten stehenden Pfahls baute sie ihre Staffelei auf. Sie malte die ovalen Nüstern, sogar den Riss in seinem rechten Auge. Jede Einzelheit wollte sie dokumentieren, jede Proportion exakt wiedergeben. Sie legte den Kopf in den Nacken, um den Bären über dem Wolf zu skizzieren. Er fletschte die Zähne, wodurch er aggressiv und höhnisch wirkte. Wie kommst du auf den anmaßenden Gedanken, du könntest mich malen?, schien er Emily zu fragen. Weiße Kringel drangen aus seinen Nüstern, als würde er Rauch ausstoßen. Wie konnte sie dieses Detail einfangen, ohne so nah heranzugehen, dass eine Verkürzung nötig wurde? Und wie konnte sie aus der Perspektive von unten erreichen, dass der Bär nicht nur aus einer überhängenden Schnauze und Nasenlöchern bestand? Emily hatte das Gefühl, in einer Falle zu sitzen. Im Grunde hatte sie keine Ahnung!

Sie schaute auf die Uhr. »Ach, du liebe Zeit, Billy. Wir kommen zu spät zum Abendessen.«

13 Rabe

»Häuptling Wakias wünscht, dass Sie in sein Langhaus kommen«, verkündete Mrs Hall und stellte mit strenger Miene den Brotkorb auf den Esstisch.

»Habe ich etwas falsch gemacht?« Emily blickte sich fragend um. Miss Winifred Crane verbarg ihre Nase hinter der Serviette.

»Man möchte Sie begrüßen, nehme ich an.« Mrs Halls Stimme klang recht unterkühlt. Emilys Blick fiel nun auf den stattlichen Mann, der am Esstisch stand.

»Bitte Platz zu nehmen«, forderte Mrs Hall alle Anwesenden auf.

»Das ist der Regierungsvertreter der Indianer, William Halliday«, erklärte Pastor Hall vom oberen Ende des Tischs. »Er ist ein guter Mann, zumal für einen Schotten – wenn man ihm seine samstäglichen Trinkgewohnheiten nachsieht.«

»Ein Gläschen in Ehren schadet nichts, Reverend. Schon aus rein medizinischen Gründen.« Der Schotte lehnte sich grinsend zurück und strich sich über den rötlichen Spitzbart.

»Der Regierungsvertreter der Indianer?«, wiederholte Emily fragend und nahm ihm gegenüber Platz.

»Ja, vom Department of Indian Affairs. Das ist die Regierungsbehörde, die die Durchsetzung unserer Indianerpolitik garantiert.«

Hervorragend! Sie musste diesem Mr Halliday unbedingt ein paar Fragen stellen. Aber als sie gerade den Mund aufmachte, tischte Mrs Hall eine Terrine mit Hühnerfleisch und Klößen auf – so feierlich, als handele es sich um eine Reliquie. Emily wartete, bis der Pastor das Tischgebet gesprochen hatte. Alle murmelten beifällig, und Mrs Hall nickte mit zufriedener Miene.

»Wissen Sie, wo es außerhalb dieses Dorfes noch weitere Totempfähle gibt?«

»Selbstverständlich weiß ich das.« Er führte seine Gabel mit einem halben Kloß zum Mund.

»Und wissen Sie auch, wie man dorthin kommt?«

»Auch das weiß ich.« Undeutlich, mit vollem Mund.

»Dann können Sie mir vielleicht helfen. Ich möchte diese Pfähle malen, und zwar so viele ich kann, ehe sie ganz verschwinden.«

»Das habe ich schon gehört. Haben Sie denn keine Angst vor ihnen?«

»Vor wem? Vor den Totempfählen?«

»Vor den Kwakiutl. Aber falls Sie wollen, können Sie jemanden mit einem Kanu anheuern und hinfahren, wenn die Dörfer im Sommer und im Herbst leer sind, weil die Leute in den Konservenfabriken und Fischfanglagern arbeiten. Aber ich würde es Ihnen trotzdem nicht empfehlen – schon gar nicht, wenn Sie allein unterwegs sind.«

»Noch eine Portion Kartoffeln, William?« Mrs Hall reichte ihm die Schüssel.

Halliday wischte sich die Soße vom Kinn. »Für einen Forscher mag es von Interesse sein, die Dörfer und Götzenbilder zu malen, sozusagen als Dokumente einer untergehenden Lebensart, aber falls Sie vorhaben, mit diesen Leuten gesellschaftlichen Umgang zu pflegen, hätte das zur Folge, dass man Ihren Charakter in Zweifel ziehen würden, Miss Carr.«

Emily legte ihre Gabel weg. »Mein Charakter ist über jeden Zweifel erhaben, das kann ich Ihnen versichern. Was ich hingegen in Frage stelle, ist die Sache mit der Götzenanbetung. Soviel ich weiß, beten die Indianer die Totempfähle nicht an.«

»Hm. Ja, nicht direkt.« Vorgebracht mit dem Mund voller Kartoffeln. »Aber Totempfähle und Potlatches gehören zusammen, und die Potlatches sind die Wurzel allen Übels.«

»Welches Übel meinen Sie?«

»Das heidnische Leben. Wo Potlatches gefeiert werden, hat der Fortschritt keine Chance. Deshalb will die Regierung –«

»Und die Missionen«, warf Pastor Hall ein.

»– wir möchten beide dafür sorgen, dass unsere Ureinwohner Fortschritte machen, damit sie für die Provinz von Nutzen sein können, und zwar auf gleicher Ebene wie die Weißen. Das ist nicht möglich, solange die Potlatches weitergeführt werden. Daher bin ich fest entschlossen, diese Umtriebe zu unterbinden. Mit dieser Maßnahme folge ich den Anweisungen von Mr William Ditchburn, unserem hiesigen Leiter des Department of Indian Affairs.« Ein öliges Grinsen erschien auf seinem Gesicht.

Auf gleicher Ebene wie die Weißen? Er verdiente höchstes Lob, wenn er diese Aussage ernst meinte, und falls nicht, eine deftige Ohrfeige.

»Ich verstehe Sie leider nicht ganz.«

»Bei den Potlatches werden enorme Summen für Geschenke ausgegeben, die Feiern fördern die Eitelkeit und schüren eine fanatische Konkurrenz zwischen den verschiedenen Sippen. Außerdem gibt es Konflikte mit den Arbeitgebern bei der Holzindustrie, beim Ackerbau und in den Konservenfabriken. Die Indianer vernachlässigen ihre Pflichten. Krankheiten, Faulheit, Zügellosigkeit und Prostitution nehmen zu – wenn Sie es genau wissen wollen.« Er rasselte seinen Spruch herunter wie eine auswendig gelernte Litanei und stach beim Reden immer wieder mit der Gabel in die Luft – in Emilys Richtung.

»Das hätte ich selbst nicht besser sagen können«, fügte Pastor Hall hinzu.

»Sie sagten vorhin, meine Bilder könnten eine untergehende Lebensart festhalten. Was genau meinten Sie mit ›untergehend‹?«

»Nun, damit meinte ich die dringend notwendige Assimilation, versteht sich. Diese Menschen werden sich selbst zugrunde richten, wenn sie sich gegen die notwendigen Veränderungen stemmen«, antwortete Halliday.

»Ich verstehe.«

»Es wird so oder so die Zeit kommen, da es diese Lebensform hier in unserer Provinz nicht mehr gibt, jedenfalls nicht in der Art, wie wir sie heute kennen. Ich muss Ihnen sagen – die Kwakiutl sind noch halsstarriger als alle anderen. Mit denen sollte man sich lieber nicht einlassen.«

»Ich hätte noch eine Frage, wenn Sie nichts dagegen haben. Kennen Sie zufällig einen Pelzhändler namens Claude Serreau oder Claude du Bois? Er fällt auf durch sein seltsames Boot.«

Mr Halliday lachte leise. »Ach – Sie meinen Claude of the Woods! So nennt er sich hier. Ein komischer Vogel, aber kein übler Kerl. Die Indianer mögen ihn.«

»War er schon einmal in Alert Bay?«

»Schon oft, denke ich. Jeder Händler, der nach Norden fährt, macht hier Halt.«

Emily faltete ihre Serviette zusammen. »Dieser Ort hier war zuerst ein Kwakiutl-Dorf. Wir sind alle Gäste hier. Ich wurde eingeladen, und ich werde die Einladung annehmen.«

Mr Halliday stützte die Ellbogen auf den Tisch und musterte sie neugierig.

»Ich danke Ihnen für Ihr Interesse, Mr Halliday. Und Ihnen, Mrs Hall, für das köstliche Abendessen.« Emily merkte, wie die Ader an Mrs Halls Schläfe violett anschwoll. »Malen macht hungrig.«

Als sie sich ein paar Minuten später auf den Weg machte, schloss sie schnell das Gartentor hinter sich, weil Billy ihr folgen wollte. »Ich nehme dich lieber nicht mit, Billyboy. Aber wenn ich wiederkomme, kraule ich dir richtig schön das Fell.«

Billy schaute sie beleidigt an. Sie strich ihm durch das Tor über den Kopf, und er fiepte resigniert.

In dem Moment öffnete sich die Haustür, und Mr Halliday kam heraus. »Es ist das letzte Haus in der Reihe, das einzige, das bunt gestrichen wurde.« Er reichte ihr eine Taschenlampe über den Zaun. »Die werden Sie brauchen.«

Seine Aufmerksamkeit überraschte sie. »Wie nett von Ihnen – vielen Dank.«

Ein Rabe flog auf den Glockenturm. Schwarz hob sich seine Silhouette vom lavendelblauen Himmel ab. *Krak, krak, krak,* krächzte er. Klang es spöttisch? Was wusste dieser Rabe? War es etwas, was sie demnächst kennen lernen würde?

Emily ging den unbefestigten Weg hinunter, der vom weißen Teil des Dorfes zu den Kwakiutl führte. Unterwegs hörte sie das Knarren des Anlegestegs und das regelmäßige Schwappen der kleinen Wellen am Kiesufer. Vielleicht hatte jemand beobachtet, wie sie etwas Heiliges malte. Würde man ihr verbieten weiterzumachen? Sie hätte Halliday noch mehr Fragen stellen sollen. Angst und Vorfreude kämpften in ihr.

Zähne, Krallen, aufgeblasene Nüstern, gespreizte Flügel sprangen ihr von den Pfählen vor den Langhäusern entgegen. Und überall Schnäbel! Gerade Schnäbel für Raben, gekrümmte für Adler. Das würde sie nie vergessen.

Als sie die verwitterten rot-schwarzen Schwingen sah, die sich seitlich über das letzte Haus erstreckten, wurde ihr klar, dass Halliday mit »bunt gestrichen« ein Bild gemeint hatte, keine Malerfarbe. Ein riesiger Pfahl war direkt an der Hausfassade angebracht, als Teil der Konstruktion, aber wesentlich höher als das Dach. Emily blieb stehen. Die unterste Figur, ein Rabe, hatte einen enormen Schnabel, der fast drei Meter über den Plankenweg ragte. Bei einem echten Raben war der Schnabel im Vergleich zum Kopf nie so groß – der Vogel würde sofort das Gleichgewicht verlieren und nach vorn kippen. Aber das wurde hier dadurch verhindert, dass der Rabe mit dem Haus verbunden war.

Über dem Raben stand ein Bär, mit Gesichtern auf den Vorderpfoten, dann kamen ein Vogel mit langem Hals, ein Mensch und ein Wolf, der den Pfahl abwärts kletterte. Ganz oben hielt ein Donnervogel mit ausgebreiteten Flügeln den Killerwal in seinen Fängen. Dieser Pfahl machte das Haus eindeutig zum auffallendsten im ganzen Dorf. Nur – wo befand sich die Eingangstür? Hatte sich Halliday einen Scherz mit ihr erlaubt? Emily ging unter dem Schnabel durch und um die Hausecke herum. Ah, da war die Tür.

Verschlossen! Sie klopfte. Nichts rührte sich. Sie ging wieder nach vorn.

Da hörte sie ein lautes Knarzen, das aus dem Schnabel zu kommen schien. Er öffnete sich! Orangefarbenes Licht leuchtete aus dem Hausinnern, während sich der untere Teil des Schnabels, von Stricken gehalten, langsam zum Weg senkte. Eine Rampe wurde sichtbar, mit Querbalken wie bei der Gangway eines Schiffs, wodurch verhindert werden sollte, dass man beim Hinaufgehen ins Rutschen kam. Emily rührte sich nicht vom Fleck. Der überwältigende Anblick und die extravagante Konstruktion übertrafen ihre kühnsten Träume. Hatte Halliday Recht mit seiner Behauptung, Claude sei hier gewesen? Falls sich je die Möglichkeit ergeben sollte, musste sie ihm unbedingt erzählen, dass sie dieses ungewöhnliche Schauspiel gesehen hatte.

Sie ergriff das Seil und betrat den Schnabel. Ein Schritt, zwei Schritte. Sie nutzte die Querbalken, um ihren Tritt zu sichern, und spähte durch die Kehle. Feuerschein tauchte alles in warmes Licht. Männer saßen auf einer Bank, die um das zentrale Feuer herumführte. Frauen mit Kleidern und Schals in Orangerot, Sienabraun und Indigoblau saßen mit den Kindern auf einer Bank darüber. Wenn sie noch einen Schritt weiter ging, würde sie eine kulturelle Grenze überschreiten. Emily zögerte, aber nicht aus Furcht, sondern weil sie den Augenblick auskosten wollte.

Tillie, das Mädchen, das sie am Strand gemalt hatte, saß gleich neben der Tür. »Kommen Sie!«, rief die Kleine und führte Emily in den Raum. Riementang hing an den Wänden. Gedörrte Lachsfilets waren über Stöcke gelegt, und wieder fiel Emily das feine Muster auf, das ganz ähnlich war wie die Zedernmaserung bei Kisten, Wänden, Balken, ähnlich wie die exakt parallelen Werkzeugspuren auf der Bank in der Menstruationshütte.

Tillie brachte sie zu einem Mann mit Hosenträgern, dessen

Wangen von tiefen Falten durchzogen waren. Er lächelte nicht, aber seine Miene war auch nicht unfreundlich. Ein jüngerer Mann mit glatter, glänzender Gesichtshaut sprach Emily auf Englisch an.

»Das ist Häuptling Wakias, der oberste Häuptling des Nimpkish-Clans. Sein Tier ist Rabe. Ihm gehört auch Killerwal, die gewaltige Kreatur des Meeres, und Bär und Wolf, die starken und schnellen Kreaturen des Waldes. Häuptling Wakias hat schon fünf Potlatches gefeiert. Er besitzt großen Reichtum – dreißig Tanzdecken aus Bergziegenwolle und vier Kanus. Er besitzt fünf Lachsflüsse, sieben Krabbenstrände und die Geschichte von Huux-kuuk, dem Menschen fressenden Vogel.«

Er besaß eine Geschichte? Was hatte das zu bedeuten? Sie musste Sophie danach fragen.

Der Sprecher deutete hinter sie, und als sich Emily umdrehte, sah sie an der Wand einen geschnitzten rot-schwarzen Vogel mit ausgebreiteten Flügeln stehen. Die Schwingen hatten einen Durchmesser von mindestens fünf Metern. Der Körper war von vorn zu sehen, doch der Kopf und der riesige Schnabel zeigten sich im Profil, wie bei dem Adler auf ihrer Trommel. Ein schwarz-weißes Auge starrte sie drohend an.

Emily schluckte. »Ist das der Menschen fressende Vogel?« Wieso hatte er diesen Ausdruck benutzt? Konnte dieser Vogel ebenfalls den Schnabel öffnen? Fraß er vielleicht weiße Malerinnen?

Der Sprecher nickte. »Wer sind Sie?«, fragte er.

»Ich bin Emily Carr. Ich bin Kanadierin.«

Und was jetzt?

Die drei Jungen, die sie am Strand kennen gelernt hatte, saßen mit angezogenen Knien auf dem festgetrampelten Lehmboden und beobachteten sie aufmerksam. Bestimmt wussten sie, was sie als Nächstes sagen müsste. Gebt mir wenigstens einen kleinen

Hinweis, bat ihr Blick. Aber die Kinder begannen nur zu zappeln und konnten kaum still sitzen. Tillie, die auf einer Bank hinter ihnen saß, half ihr auch nicht weiter.

»Ich bin hier, weil ich das Dorf und die Totempfähle malen möchte, wenn ich darf. Es sind wundervolle Skulpturen. Sie besitzen große Kraft und sind voller Geheimnisse.«

Der Häuptling zog die Mundwinkel nach unten. Sie hätte Sophie bitten sollen, ihr noch ein paar Worte auf Chinook beizubringen. Diese universelle Handelssprache beherrschten alle Stämme, und sie hätte ihr mindestens so viel genutzt wie bunte Perlen. Der Häuptling nickte, um sie zum Weiterreden zu ermuntern.

»Ich besitze nicht viel. Einen Adlerkorb, den meine Freundin Sophie Frank vom Clan der Squamish in North Vancouver geflochten hat, und dreißig Pinsel, aus Wiesel, Mink oder Zobel, schnelle und kluge Kreaturen der Wälder. Ich besitze einen Vogel, der eine starke Sprache spricht, und ich besitze die Geschichte von Billy, dem Hund, der keinen Schwanz hat.«

Die Kinder platzten fast vor Lachen. Emily musste sich zusammennehmen, um ernst zu bleiben. Tapfer erwiderte sie Häuptling Wakias' prüfenden Blick.

»Sind Sie eine Freundin von Mr Halliday?«, wollte der Sprecher wissen.

Ah, darum ging es also! Jetzt waren alle mucksmäuschenstill. Das Feuer knisterte. Was wollte er hören?

Die Wahrheit. Egal, was daraus folgte.

»Ich habe Mr Halliday kennen gelernt. Aber ich bin nicht mit ihm befreundet.« Man erwartete mehr von ihr, oder? »Ich bin mit Freddy Hannah befreundet.« Freddy quietschte vor Vergnügen. Allgemeines Gemurmel erhob sich. Sie blätterte ihren Skizzenblock durch und zeigte ein Bild von Freddy. »Ich gebe Euch, Onkel von Freddy Hannah, dieses Bild.«

Der Sprecher nahm es entgegen und zeigte es Häuptling Wakias. Dieser lächelte erfreut. »Mein Haus steht Euch offen«, sagte er mit rauer Stimme.

Die Frauen brachten ihr gegrillten Lachs auf Zehrwurzblättern und Haferbrot mit Marmelade. Irgendwie musste das Essen noch auf Mrs Halls Klößen Platz finden. Emily nahm sich ein Stück Lachs, kaute, murmelte lobende Worte und leckte sich die Finger.

»Das Beste ist die Wange«, erklärte Häuptling Wakias und hielt ihr eine schwarze, süßlich riechende Scheibe hin.

Sie bemerkte die Maserung. Mit den Fingern malte sie die Linien auf ihre Handfläche. »Es sieht aus wie Zedernholz.« Er lächelte. Ach, wenn sie doch wüsste, wie Lulu sagen würde: Alles ist eins – aber es wäre ja sowieso Nootka, nicht Kwakwala. Sie nahm den Fisch, aß ihn und verzog entzückt das Gesicht, damit alle sehen konnten, wie gut es ihr schmeckte.

Eine junge Frau brachte ihr einen flachen Korb mit zigarrengroßen silbernen Fischen. Solche Fische hatten die Leute hier bei ihrem Eintreten gegessen. Die drei Jungen grinsten sie an. Der Kleine wedelte mit einem silbernen Fisch herum, aber die anderen schimpften mit ihm und stießen ihn unsanft in die Rippen. Auch Tillie tippte ihm auf die Schulter, um ihn zu ermahnen. Der Junge biss den Fischkopf ab.

»Ich habe noch nie einen ganzen Fisch gegessen – ich meine, mit Kopf.« Emily nahm sich den kleinsten, der gut einen Zentimeter kürzer war als die anderen, schloss die Augen, zielte im Geist auf die Stelle hinter den Kiemen und biss mutig zu. »Hm, gut!« Solange sie nicht an das Knirschen im Mund dachte, war der Geschmack gar nicht so übel. Es schmeckte stark nach Holzfeuer. »Wie nennt man das?«

»Oolichan«, sagte die junge Frau.

Emily tätschelte sich den Bauch, um ihren Gastgebern anzudeuten, dass sie satt war. Eine Frau, mit einem Gesicht so faltig wie ein getrockneter Pilz, kam auf sie zugeschlurft. Ihr schleppender Gang ließ sogar die Kinder verstummen. Sie hielt Emily eine längliche Schüssel in Form eines Tieres hin. An einem Ende war ein geschnitztes Gesicht mit Barthaaren zu sehen, die Augen bestanden aus eingelegten Muscheln.

»Das ist eine sehr schöne Schale. Ist es Robbe oder Seeotter?« Wie gut, dass sie von den Kindern gelernt hatte, bei Tieren den Artikel wegzulassen.

Die alte Frau sagte nur: »Iss.«

Penetranter Geruch, eine Mischung aus ranzigem Fischtran und fauligem Schweinefleisch, stieg Emily in die Nase. Ekel schnürte ihr die Kehle zu. Vor sich sah sie eine weißlich schimmernde, klumpige Gallertmasse. Sie blickte auf. Häuptling Wakias musterte sie mit vorgestreckter Brust. Sollte sie ihn jetzt gleich fragen – oder lieber später? Beklommen deutete sie auf den feuchten Glibber. »Das ist bestimmt etwas ganz Besonderes. Was ist es?«, fragte sie so beiläufig wie irgend möglich. Ohne Luft zu holen, steckte sie sich eine kleine Portion in den Mund, ehe die Frau antworten konnte.

»Robbentran«, sagte die Frau, die sie die ganze Zeit nicht aus den Augen ließ.

»Gestern kam eine Robbe an unseren Strand und ist dort gestorben«, erklärte der Sprecher des Häuptlings.

Es schmeckte gar nicht übel. Eher wie Fleisch als wie Fisch. »Sehr zart. Es schmilzt im Mund. Wie wird es zubereitet?«

Der Sprecher übersetzte für die Frau: »Ich habe es heute Morgen zerkaut.«

Emily würgte es im Hals. Alle anderen lachten laut.

Ein schlechter Scherz!

Die Frau berührte jetzt mit der Schüssel Emilys Schlüsselbein. Ihr Gesicht zeigte keinerlei Regung. Die Prüfung war offenbar noch nicht abgeschlossen. War der zweite Bissen womöglich wichtiger als der erste? Emilys pflichtschuldiges Lachen klang eher wie ein Ächzen. Sie steckte noch einen Klumpen in den Mund. Die Klöße in ihrem Magen rebellierten, aber sie zwang sich zu lächeln, zu kauen, zu schlucken. Die Frau nickte und reichte die Schüssel weiter. Lachend nahm sich nun jeder etwas.

Danach wandten sich alle wieder den Dingen zu, mit denen sie bei ihrer Ankunft beschäftigt gewesen waren. Die Kinder spielten irgendwelche Spiele mit Kieselsteinen. Die Männer pafften ihre Pfeifen, aus denen träge Rauchwolken aufstiegen, die Frauen flochten Hüte aus Fichtenwurzeln und webten Matten aus Zedernrinde. Eine Großmutter mit trüben Augen machte auf ihrem Schoß ein warmes Nest, und eine junge Frau legte ihr Baby dort ab. Das war also die Lebensweise, die nach Hallidays Ansicht dem Untergang geweiht war?

Der Häuptling und sein Sprecher forderte sie auf, sich zu ihnen ans Feuer zu setzen. Nun redete der Häuptling selbst mit ihr.

»Waren Sie schon in Karlukwees?«, erkundigte er sich.

»Nein.«

»Guyasdoms?«

»Nein. Gibt es dort Pfähle?«

»Ja. Und schön bemalte Häuser.«

»Wie komme ich dorthin?«

»Es wird sich ein Weg finden. Mimkwaqmlis?«

»Nein. Wie viele Kwakiutl-Dörfer gibt es?«

»Kwakwaka'wakw-Dörfer sagen wir. Viele. Manche zum Angeln. Manche für Potlatch.« Er strich sich grinsend über den Bauch. »Heimlich. Die Polizei verirrt sich auf den Inseln.« Zwischen den Falten glitzerten seine Augen. »Kwakwaka'wakw-Potlatches bringen gute Geschichten.«

»Sie sind bestimmt großartig.«

Er sagte nichts mehr, sondern schien seinen Erinnerungen nachzuhängen.

Die Glut schwelte im Feuer. Die Kinder hatten sich auf den Schlafdecken zusammengerollt, und die Hände der Frauen ruhten auf den unvollendeten Körben. Jetzt musste sie fragen.

»Darf ich morgen Ihren großen Raben malen?«

Er neigte zustimmend den Kopf.

In aller Frühe setzte sie sich auf dem Plankenweg vor den Raben. Billy schmiegte sich an ihr Bein. Der Vogel, dessen Augenlid schräg nach unten verlief, durchbohrte sie mit geringschätzigem Blick und stachelte zugleich ihre Sehnsucht an. Vom unteren Teil des Schnabels schaute ihr ein menschliches Antlitz entgegen, verängstigt, aber auch irgendwie komisch. Das war ihr am gestrigen Abend entgangen. Sie machte eine exakte Skizze des Gesichts und aller Figuren, die sich darüber auftürmten. Aber wenn sie die Einzelheiten des Raben zeigen wollte und dazu noch das ganze Haus des Häuptlings, musste sie den oberen Teil des Pfahls abschneiden.

Wie sollte sie mit einer so hohen Figur umgehen? Sollte sie den unteren Teil im Profil in den Mittelgrund stellen, sodass er alles dominierte, während die Häuser die Perspektive lieferten? Auf diese Weise konnte sie eine Reihe von Pfählen zeigen, die auf das verwiesen, was sie bei dem Pfahl im Vordergrund abgeschnitten hatte. Und wie wäre es mit dem Bug eines Kanus im Vordergrund, um die Größenverhältnisse zu klären? War das die beste Lösung? Vielleicht würde ihr die Komposition leichter gelingen, wenn sie gute Vorbilder hatte. Aber wo sollte sie die finden?

Sie machte sich an die Arbeit. Indischrot, Preußischblau und Schwarz für den Raben, Siena gebrannt, vermischt mit Sepiabraun, für die rohen, von der Sonne gebleichten Zedernteile. Nicht schlecht – aber die eigentliche Dramatik fehlte.

»Billy, rühr dich.« Sie wollte genau von da, wo der Hund lag, einen anderen Winkel ausprobieren. Vorsichtig schubste sie ihn weg. »Wenn du ein Malerhund sein willst, musst du flexibel sein.«

Aber ich fand's gerade so bequem, schien Billy mit einem winselnden Seufzer zu erwidern.

»Ach, führ dich nicht auf wie eine beleidigte Leberwurst.«

Einen Gegenstand jenseits der Objektivität zu malen – genau dazu ermunterte sie dieser Schnabel. In ihm steckten sämtliche Töne, die ein Rabe zustande brachte, das Krächzen, Schnarren, Klicken, Schnalzen. Und durch diesen Schnabel hindurch drangen aus dem Langhaus all die Geschichten, das Gelächter und die Klagen, das Kindergeschrei und das Todesröcheln von Generationen. Aber wie konnte ein Gemälde dies vermitteln?

Emily skizzierte mit Aquarellfarben und trug die wichtigsten Formen auf. Um von der Oberseite des Schnabels die überschüssige Farbe aufzunehmen, drückte sie ihren Pinsel aus, damit der Schnabel dort, wo er den Himmel reflektierte, heller wirkte. Der Blick musste stechend sein. Sie verdunkelte die Stelle über dem Auge. Aber trotz allem war ihr Bild zu zahm für die eigenartige, wilde Kraft dieses Totems. Sie musste mehr wagen, ohne die Detailgenauigkeit zu opfern – aber wie sollte ihr das mit Aquarellfarben gelingen? Diese britischen Akademiker, die sich für Künstler hielten und ihre Pinsel mit dem Lineal führten, hatten sie verkrüppelt, hatten ihre Kunst ängstlich gemacht. Wenn sie doch mit jemandem hätte reden können, der wusste, wie man mit Malerei Gefühle ausdrückte!

Knarrend öffnete sich der Schnabel, und Häuptling Wakias trat heraus ins Freie. Sie würde ihm ihre Bilder zeigen müssen, obwohl sie alles andere als perfekt waren. Aber etwas Besseres hatte sie nicht vorzuweisen.

»Guten Tag, Emily Carr.«

»Guten Tag. Was für ein herrlicher Morgen! Für mich ist es der schönste seit Monaten.«

»Wieso?«

»Ich male Ihren wunderbaren Raben. Er spricht eine starke Sprache.«

Der Häuptling presste die Lippen aufeinander, während er ihre Arbeiten betrachtete. Dann schaute er sie an. »Sie kommen mit zum Potlatch. Später.«

Claude hatte gesagt, das sei illegal. Lizzie hatte gesagt, es seien wilde Orgien. Halliday hielt die Potlatches für heidnische Rituale. Emily wusste, dass sie exotisch und faszinierend waren. Zu einem Potlatch zu gehen bedeutete, tatsächlich durch den Schnabel des Raben zu gehen.

»Ich werde gern kommen.«

14 Zeder

»Komm herein! Die Tür ist offen«, rief Emily, als sie Jessica im vertrauten Rhythmus von Beethovens Fünfter Symphonie klopfen hörte.

Jessica wedelte mit einem Zeitungsausschnitt. »Hast du das in der *Province* gelesen?«

»Ich bekomme keine Zeitung. Das waren noch schöne Zeiten, als die Leute herumgingen und sich die Meldungen gegenseitig zuriefen.«

»Dann muss ich wohl auch losbrüllen – es sei denn, du möchtest den Artikel selbst lesen.« Jessica knallte ihn auf den Tisch.

Emily arbeitete weiter an ihrer Zeichnung des Wolf-Totems aus Alert Bay. Was sollte sie nur mit den Nüstern des Bären machen? Die herausquellenden Rauchkringel hatten ihr gefallen. Also wollte sie versuchen, sie wiederzugeben. »Sieht ein bisschen zu verschnörkelt aus, oder?« Sie hielt das Bild auf Armeslänge von sich weg. »Was meinst du? Mit oder ohne Rauch aus den Nüstern?«

»Ohne.«

»Ohne!«, wiederholte Joseph von seinem Käfig aus.

»Mist. Was seid ihr bloß für Freunde?«

»Die besten auf der Welt.« Jessica deutete auf den Artikel. »Du beschwerst dich doch immer, dass du bei deiner Kunst nicht zum Wesentlichen vordringen kannst. Also hier, in Paris ... Ich lese dir das Wichtigste mal vor:

»Die neueste Kunstrichtung in Paris zielt darauf ab, Gegenstände nicht einfach abzubilden, sondern sie durch Farbe wiederzugeben. Hier soll durch kühne Pinselarbeit die Natur der Dinge durchdrungen werden, man will durch Übertreibung interpretieren, die Form mit Licht und Farbe gestalten und nicht nur ausschmücken. ›Ziel des Malers soll es sein, möglichst ausdrucksvoll seine emotionale Reaktion auf ein Sujet zu zeigen, indem er kühne Farben und starke Linien verwendet‹, sagt André Derain.«

Jessica reichte Emily den Artikel. »Ist das nicht genau das, wovon du immer redest – die emotionale Reaktion?«

Emily brachte keinen Ton heraus, nur ein ersticktes »Ja«.

Der Rauch aus den Nüstern – darauf reagierte sie gefühlsmäßig, aber sie wusste nicht, wie sie dieses Gefühl künstlerisch umsetzen sollte, außer dass sie dünne Kringel malte. Sie las den Artikel selbst noch einmal und betrachtete dann ihre Aquarelle an der Wand, die Arbeit eines ganzen Winters.

»Ich bin überhaupt nicht modern. Ich bin umständlich und altmodisch – und das passt mir nicht. Meine Farben schaffen keine Form. Sie verzieren die Pfähle nur! Meine Bilder durchdringen nicht die ›Natur der Dinge‹. Ich weiß überhaupt nicht, wie man das macht.« Sie warf ihren Stift auf den Tisch. »Ach,

Jessica – in England haben die Leute dauernd erzählt, was sie alles in Paris gelernt haben. Ich hätte damals sofort meine Koffer packen sollen.«

»Ach, Jessica«, seufzte Joseph.

»Aber bestätigt dieser Artikel nicht genau das, was du immer sagst – dass Kunst mehr ist, als was die Menschen hier denken?«

»Ja, wir leben hier in einem verdammten Vakuum!« Emily schlug mit der flachen Hand auf den Tisch und verkündete dann mit erhobenem Zeigefinger: »Ich muss kurz vor einer wichtigen Entdeckung stehen, wenn ich sehe, was ich alles *nicht* kann. Jetzt brauche ich nur noch herauszufinden, was ich tun muss.« Sie warf noch einmal einen Blick auf den Artikel. »Aber was sagen schon Worte? Es ist kein einziges Gemälde abgebildet.«

»Und? Solltest du dir die Bilder nicht selbst ansehen?«

»Ach, du ahnst ja gar nicht, was du da sagst.« Plötzlich war Emily ganz verzweifelt. »Ich habe einen schrecklichen Fehler gemacht. Ich hätte nicht in London studieren sollen, sondern in Paris!«

Jessica setzte sich hin. »Ich bin sicher, du hattest deine Gründe.«

»Aber es waren schlechte Gründe. Engstirnige Gründe. Angst vor dem Unbekannten. Eine unmögliche Sprache. Unerträgliche Einsamkeit. Eine Großstadt.«

»London ist auch nicht gerade ein Dorf, Emily.«

»Aber London ist nicht so –« Sie machte eine hilflose Handbewegung, auf der Suche nach dem treffenden Wort. »Nicht so *formidable*.« Sie lachte selbst über ihre französische Aussprache. »Geändert hat das auch nicht viel. Ich habe mich in London genauso elend gefühlt, wie ich mich in Paris gefühlt hätte – überall Ruß und viel zu viele Leute, die hektisch durch die Gegend rennen, immer schnell, schnell!«

»Ich wollte dich nicht unglücklich machen, Em.« Jessica tätschelte ihre Hand. »Ich weiß, du möchtest dich unbedingt weiterentwickeln, es ist ein starker innerer Drang, den ich gar nicht kenne.«

»Ich würde alles dafür geben, jetzt in Paris zu sein.«

»Was hält dich zurück?«

»Alles. Ich habe gerade angefangen, hier Wurzeln zu schlagen. Ich spüre, dass etwas in Bewegung kommt. Der Häuptling in Alert Bay hat mich sehr freundlich aufgenommen. Er hat gesagt, er würde mir erklären, wie ich zu den anderen Inseln kommen kann. Er hat gelächelt, als ich ihm mein Bild von seinem Rabenhaus zeigte. Weißt du, wie viel mir das bedeutet? Wenn ich jetzt – wer weiß wie lange – nach Paris gehe, bis ich diese neue Kunst verstehe, dann erinnert er sich vielleicht gar nicht mehr an mich, wenn ich zurückkomme.«

»Und wenn du nicht gehst?«

Emily schaute auf den Rauchkringel, der aus den Nüstern des Bären drang. »Wenn ich nicht gehe, werde ich meine Gegenstände auch weiterhin nur oberflächlich darstellen – genau wie es hier steht.« Sie tippte mit dem Fingernagel auf den Zeitungsausschnitt.

»Ich verstehe dich nicht. Das wolltest du doch – die Totempfähle abmalen, oder?«

»Ja, bis ich nach Alert Bay gefahren bin. Jetzt möchte ich etwas Persönlicheres mitteilen, aber ich weiß nicht, wie.« Sie seufzte. »Ich wollte dem Griff der Alten Welt entkommen, damit ich die Neue Welt malen kann, aber jetzt werde ich an die Alte Welt zurückverwiesen.«

»Das heißt, du willst gehen?«

»Nein. *Du* wirst gehen und mir davon erzählen. Du kannst es dir leisten.«

Jessica blieb der Mund offen stehen. »Aber meine Familie!«

»Ah! Siehst du, was für ein wahnwitziges Unternehmen das ist? Wer würde es wagen, solch ein Risiko einzugehen – und alles nur wegen eines kleinen Artikels!«

»Aber denk doch an all die Künstler, die in Paris miteinander diskutieren –«

»Und gemeinsam neue Dinge ausprobieren, gemeinsam kämpfen. Vielleicht hauen sie sich auch gegenseitig ihre Bilder über den Kopf.« Sie zupfte an dem Zeitungsausschnitt. »Darf ich den Artikel behalten? Ich kann ihn möglicherweise als Unterstützung gebrauchen, wenn ich vor der Schatzmeisterin in die Knie gehe.«

»Wer ist das?«

»Meine Schwester Dede. Ihr gehört das ganze Geld, und wir drei Kleinen gehören ihr auch. Einmal habe ich sie übergangen. Ich habe mich direkt an den Familienanwalt gewandt und ihn um Geld gebeten. Sie hat mich geprügelt, bis ich in Ohnmacht fiel, und hat geschrien, ich sei von Hochmut verblendet.«

»Das hast du mir noch nie erzählt.«

»Es ist nicht gerade ein Teil meiner Familiengeschichte, auf den ich stolz sein kann. Am nächsten Tag habe ich die Schule abgebrochen, meine Sachen für die Kunstakademie in San Francisco gepackt – und dort bin ich dann dir begegnet.« Emily hielt den Artikel hoch. »Also – kann ich ihn behalten?«

»Ja, wenn du erlaubst, dass sich meine Mädchen in deiner Abwesenheit um Joseph kümmern.«

Emily grinste. »Nichts überstürzen, Jessica. Ich habe mich noch nicht lange genug mit meiner mangelnden Entscheidungsfreude herumgequält.«

»Was magst du lieber, Wasser oder Himmel?«, fragte Annie Marie, während sie Emily bei Sophie zu Hause ihr Fadenspiel hinhielt.

Emily zupfte an den straff gespannten Fäden. »Den Himmel, glaube ich. Er kann so viele verschiedene Farben haben.«

»Das Wasser aber auch«, entgegnete Annie Marie. »Und der Ozean.«

Jedes Mal, wenn Annie Marie ihr die Fäden hinhielt, stellte sie eine Frage. »Was magst du lieber ...« – sie legte den Kopf in den Nacken – »Malen oder Bäume?«

Emily lächelte. »Malen und Bäume gehören für mich zusammen.«

Hier. Aber nicht in Paris. Wie konnte sie die Landschaft verlassen, die sie so liebte?

Annie Marie zog die Nase kraus. »So wie Tanzen und Singen?«

»Wie Tanzen und Singen.«

Margaret Dan rief vom Plankenweg: »Kommst du, Sophie?« Sie steckte den Kopf zur Tür herein. Als sie Emily sah, wich sie zurück, rief: »Oh!«, verzog den Mund und ging.

Emily kam sich vor, als hätte sie die Beulenpest.

»Ihr Herz ist zu klein«, murmelte Sophie.

»Ist das auch das Problem mit Mrs Johnson? Sie sagt, wir zwei sind viel zu verschieden, um Freundinnen sein zu können.«

»Sie möchte die Einzige hier sein, die von einem weißen Menschen geliebt wurde.«

»Eifersüchtig? Auf dich?«

Sophies ernste Miene wich einem stolzen Lächeln. »Ja.«

Während Sophie einen Korb mit Proviant zusammenpackte, zog Annie Marie schnell ihre Schuhe aus. »Nein, lass sie an«, sagte Sophie.

Annie Marie zupfte gekränkt an ihren Socken, und Emily kniete vor ihr nieder. »Ich möchte gern, dass du die Schuhe auch draußen im Freien trägst. Dann sind deine Füße besser geschützt. Bitte.«

Annie Marie schmollte noch einen Moment lang, doch dann zog sie die Schuhe wieder an und gestattete Emily, ihr die Schnürsenkel zu binden.

Sie brachen auf, Billy im Schlepptau. »Er fühlt sich wie im Hundeparadies, weil die Wiesen jetzt so verlockend duften«, sagte Emily.

»Wie heißt die Wiese hier?«, fragte Annie, tätschelte Billys Kopf und schaute zu Emily hoch. »Alle Plätze haben nämlich einen Namen.«

»Ayulshun. Das bedeutet: weich unter den Füßen«, antwortete Sophie.

Hinter hohen Holunderbüschen lag die nächste saftige Wiese. »Und wie heißt die hier?«, wollte Emily wissen.

»Ay-ayulshun. Auch weich unter den Füßen.«

Annie Marie kicherte und hüpfte umher wie eine kleine Meise. »Was magst du lieber, Ayulshun oder Ay-ayulshun?« Ohne Emilys Antwort abzuwarten, quiekte sie übermütig: »Das ist nämlich beides das Gleiche!«

Emily wirbelte Annies Zopf um ihren Kopf herum, wie sie es bei Jimmy beobachtet hatte, und die Kleine drehte sich dazu im Kreis. Wenn sie nach Paris ging, würde sie den Kontakt zu Annie verlieren.

Ab Kakmakulth gingen sie durch den Wald, zuerst durch einen Hain aus Ahornbäumen, dann weiter bis nach Huphapai, wo ein kleiner Bach zwischen den Bäumen plätscherte. Sophie überprüfte sorgfältig die Zedern. Billy tat das Gleiche und hob dabei das Bein.

»Mama schält jetzt die Zedernrinde ab.«

»Ich habe gar nicht gewusst, dass du die Rinde für Körbe verwendest«, sagte Emily.

»Ich nehme sie nicht für Körbe. Zedernrinde kann man für Windeln gebrauchen, für weiche Sachen.«

Emily begriff, dass Sophie wieder auf ein Baby hoffte.

»Hier, Mama, sieh mal – der ist riesengroß!« Annie rannte um einen Baum herum, um vorzuführen, wie groß er war.

Sophie rümpfte die Nase. »Ach, er ist zu mächtig.« Sie breitete ihren weiten Rock aus. »Wenn der Stamm so dick ist, dann ist auch die Rinde zu dick. Zu hart. Kleine Bäume sind besser.«

Annie Maries Kinn zitterte vor Enttäuschung.

»Aber es ist ein guter Baum für Korbwurzeln«, fügte Sophie tröstend hinzu. »Er ist so gewaltig, da hat er viele lange Wurzeln. Es macht ihm nichts aus, wenn wir uns eine nehmen.«

»Grab eine Wurzel aus, Mama! Ich mag diesen Baum.« Annie tätschelte den Stamm.

Sophie stocherte mit einem aus Eibenholz geschnitzten Stock im Boden, und zwar an der Seite des Baums, die zum Fluss zeigte. Dort war die Erde weich und matschig. »Du, der Du dort oben bist, ich danke Dir, dass Du diese Zeder so nah beim Fluss hast wachsen lassen, damit die Wurzeln gerade sind. Ich muss eine Wurzel von diesem guten Baum nehmen. Ich verspreche, dass ich sie nicht verschwende. Ich werde sie für einen guten Korb nehmen.«

Sophie wartete einen Moment lang, dann kniete sie nieder und lockerte die Erde auf beiden Seiten der Wurzel. Sie folgte ihr bis hinunter zum Bach, wo Billy gerade Wasser schlapperte. Das Glitzern und Gurgeln des Flusses war so verführerisch, dass Emily mit einer Hand Wasser schöpfte, um zu trinken, während sie sich mit der anderen auf dem glitschigen Boden abstützte.

Eine leichte Brise raschelte durch die Blätter, als würde jemand die Fingerspitzen bewegen. Emily spürte eine heilige Gegenwart unter dem Baldachin der Zweige. Gott hielt sich nicht nur an Orten mit spitzen Türmen auf! Aber atmete Gott denn nur in den Wäldern British Columbias und nicht auch in den Wäldern Frankreichs? Aus einer trotzigen Angst heraus hätte sie am liebsten »Ja!« gerufen. Sophie und der Baum schienen gemeinsam ein- und auszuatmen, dieselbe Luft. Auch Emily atmete tief ein. Sie wollte so viel Waldluft in sich aufnehmen, dass sie für ein ganzes Jahr reichte. Mindestens.

Gemeinsam mit Annie Marie schaute sie zu, wie Sophie ein langes, glattes, spitz zulaufendes Wurzelstück herauszog. Konnte eine Wurzel nach oben schauen und ihren eigenen großartigen Baum erkennen? Vielleicht musste sie ja auch nur blindlings die Nährstoffe aus Mutter Erde saugen und nach oben schicken, ohne je zu erfahren, dass das, was dadurch entstand, so wunderschön war. Die erste Variante hätte ihr besser gefallen.

Emily lehnte sich an einen Baumstamm und kraulte Billy das Fell. »Ich spüre hier einen Geist.«

Sie sah, dass sich Sophies Augen weiteten, als hätte sie soeben etwas völlig Neues über ihre weiße Freundin erfahren, was sie nicht recht fassen konnte.

»Ein Geist kann kommen, wenn ein Mensch allein im Wald ist«, sagte Sophie.

»Wie?«

»Im Schrei des Raben. Im Heulen des Wolfs. Wolf macht ihn zum guten Jäger. Kormoran macht ihn zum guten Angler oder Kanubauer. Gibt ihm Kraft. Ideen. Jeder hat einen Geist, der ihm Kraft gibt. Man muss ihn nur finden.«

»Glaubst du wirklich, dass ein Geist von einem Vogel zu dir kommen kann?«

Sophie straffte die Schultern und streckte die Brust vor. »Ja.«

»Aber Sophie – du bist doch eine gute Katholikin!«

»Es ist keine Religion. Es ist nur indianisch.«

»Kann man beides haben?«

»Du kannst haben, was du willst.«

War es tatsächlich so einfach?

Sophie ging zu einem jüngeren Baum und studierte den schmalen Stamm. Sie sprach wieder ein Gebet, wartete und machte dann auf Taillenhöhe einen horizontalen Einschnitt. Oberhalb des Schnitts drückte und zupfte sie, bis sie die faserige Rinde zu fassen bekam. Dann lehnte sie sich zurück, zog und drehte – und plötzlich löste sich die Rinde zischend vom Baum, in einem langen Streifen.

Annie Marie hüpfte vor Freude. »Oh, Mama, wunderbar!«

Sophie betrachtete die beiden freigelegten Oberflächen – den Stamm und die innere Rinde. »Wie Babyhaut gleich nach der Geburt. Zum ersten Mal an der Luft.«

Eine klare, süßlich riechende Flüssigkeit tropfte von der elfenbeinfarbenen Oberfläche, die sich vor ihren Augen verdunkelte.

»Es ist Magie«, sagte Emily.

Sophie lächelte und begann, mit einem Messer die silbergraue äußere Rinde von der inneren zu trennen. Nachdem sie sich ein Stück vorgearbeitet hatte, konnte sie einfach daran ziehen, und die beiden Rindenschichten trennten sich mühelos. Sophies Lippen bildeten ein entzücktes »Oh!«, und ihre Augen wurden groß. »Siehst du? Ganz leicht.«

»Es ist, als hätte der Baum dir seinen Geist gegeben«, sagte Emily.

Sophie faltete die Rinde und band sie mit einem dünneren Rindenstreifen zusammen. »Immer die feuchte Seite nach innen, Annie. So wird sie nach und nach rot.«

Annie Marie war damit beschäftigt, ihre Schuhe zu polieren.

»Wie findet man den Geist, der einem Kraft gibt?«, fragte Emily. Eigentlich richtete sie diese Frage an sich selbst. Wie konnte sie diese Mysterien nur enträtseln?

Sophie streckte das Kinn vor, verzog den Mund und betrachtete Emily, als müsse sie mit einer schweren Entscheidung kämpfen.

»Keine Sorge, Sophie – du musst es mir nicht sagen. Ich habe nur laut gedacht.«

Sophie löste das Rindenbündel noch zwei Mal, bevor sie es endgültig zusammenband. Dann sagte sie sehr ernst: »Ich sage es nur dir. Sonst niemandem.«

»Ich verspreche, dass ich nie darüber sprechen werde.«

»Um die Kraft zu finden, gehen die Leute allein los. Sie fasten. Und beten. Sie sind ganz still. Horchen. Sie sind still und bereit.«

»Wohin gehen sie?«

»Zu einsamen, wilden Orten, zu schwierigen Orten, heiligen Orten.«

»Weshalb in die Wildnis?«

»Man begibt sich in Gefahr, damit die Geister wissen, man meint es ernst. Dann sprechen sie. Man muss sich beweisen. Es hilft, wenn man es unbedingt will.«

Dass Emily den tiefen Wunsch empfand, war unbestreitbar. Als sie vor Häuptling Wakias' Haus stand, hatte sie sich mit aller Kraft danach gesehnt, den Geist und die innere Dramatik dieses Rabenschnabels auf ihr Bild bannen zu können. Und was die Gefahr und die einsamen, schwierigen Orte betraf – das war für sie Paris.

»Die Geister des Waldes helfen auch, kreativ zu sein und Dinge zu machen?«

»Der Geist geht in die Werkzeuge. Alles hat Kraft. Seetaucher, Eule, Rabe, Wolf, Killerwal.«

Von den Walen, die Emily mit Alice gesehen hatte, war eine enorme Kraft ausgegangen. Aber wie konnte Killerwal ihr in Paris etwas beibringen?

»Besitzen nur Tiere diese Kraft?«

»Donner, Wind, Mond, alles. Alles!« Sophies Gesicht leuchtete vor Begeisterung.

»Und ein Baum? Kann ein Baum ein Geist der Kraft sein?«

Sophie zuckte die Achseln. »Es ist nicht gut, wenn man darüber redet. Dann geht es vielleicht weg, oder es macht einen krank.«

Ja. Das verstand sie sofort. Wenn ihr Geist, diese elementare Sehnsucht, sie verließe, würde sie tatsächlich krank werden. Sie hob ein Stück der Zedernrinde auf, das Sophie weggeworfen hatte, und roch daran. Durch diese Rinde hatte der Baum geatmet. Sie konnte es mitnehmen und den Geist von British Columbia heraufbeschwören, wenn sie die schmutzige Stadtluft einatmete und sich nach den würzigen Düften des Waldes sehnte. Oder wenn sie, mitten im Geratter der Züge, von der friedvollen Stille träumte. War die Zeder ihr Kraftgeist? Hoffentlich! Lächelnd steckte Emily die Rinde in die Tasche.

Annie Marie betrachtete sie mit schräg gelegtem Kopf. »Warum steckst du das ein?«

Emily tippte ihr auf die Nase. »Es ist nicht gut, wenn man darüber redet.«

Annie wich zurück. Sophie lächelte ein kaum merkliches, flüchtiges Lächeln, dann wurde sie wieder ernst. An ihrem Gesichtsausdruck vermochte Emily abzulesen, dass sie durch die Erwähnung der Geister die traditionellen Sitten ihrer Ahnen durchbrochen hatte. Es war etwas so Intimes, dass sie den ganzen Wald brauchten, damit dieser den Widerhall verschluckte.

»Danke, dass du mir vom Reich der Geister erzählt hast. Das bedeutet mir viel.«

Sie wartete, bis Sophie nickte, dann holte sie ihre kleine Blechdose hervor, rollte sich eine Zigarette und zündete sie an.

Sophie suchte in ihrem Beutel nach ihrer Holzpfeife, stopfte sie mit der Mischung, die sie immer rauchte, und zündete sie ebenfalls an. »*Kinikinik*«, sagte sie und bot Emily ihre Pfeife an. »Nur Blätter.« Ein verschmitztes Grinsen erschien auf ihrem Gesicht. »Blätter, die dich etwas sehen lassen.«

Emily nahm die Pfeife entgegen und machte einen tiefen Zug. Ein beißendes, herbes Aroma. Ihr war leicht schwindelig, als sie zum Tausch Sophie ihre Zigarette reichte.

Sophie inhalierte und atmete den Rauch wieder aus. »Nicht so stark, was?«

»Nein, nicht so stark.«

Emily zog noch einmal an der Pfeife. »Ich möchte dir auch etwas sagen. Ich gehe wahrscheinlich nach Frankreich, um dort zu lernen, wie ich besser malen kann.«

»Dunkler?« Sophie lächelte.

»Vielleicht. Ich weiß es noch nicht.«

Ein Rabe krächzte, halb menschlich, halb jenseitig – vielleicht hatte er einen Fuß in jeder der beiden Welten. So ähnlich hatte sich Emily gefühlt, als sie im Schnabel des Raben stand.

»Ich bin durch den Schnabel des Raben in ein Nimpkish-Haus gegangen. Dort hat für mich etwas begonnen, das größer ist, als ich es geplant hatte, und jetzt weiß ich nicht, wie es weitergeht.«

»Später wirst du wieder hingehen«, sagte Sophie.

»Aber ich habe Angst. In Frankreich kann vieles schiefgehen.«

»Überall kann vieles schiefgehen. Du musst dich auf den Weg machen und es herausfinden.«

»Am Anfang habe ich es für dich getan. Ich wollte dir die Totempfähle zeigen, damit du dich wieder stark und glücklich fühlst. Jetzt mache ich es auch für mich.«

Sophie lächelte. »Die beste Form des Teilens.«

Sie schauten zu, wie Annie Marie versuchte, Farnwedel durch Billys Fell zu fädeln, und rauchten ihre erste Pfeife zu Ende. Und noch eine zweite. Sophie holte ein kleines Ledersäckchen aus ihrem Beutel, öffnete es und tauchte den Mittelfinger in eine dunkle Masse. Mit einem seltsamen Lächeln fuhr sie sich dann mit dem Finger schräg über die breite Wange. Zurück blieb ein rötlich brauner Streifen.

»*Tamalth*. Indianerfarbe.«

»Wozu ist sie gut?«

»Als Medizin. Sie kommt von einem Pilz an einer uralten Douglasie. Douglasien sind starke Medizin.« Sie malte einen Strich auf ihre andere Wange. »Ich mache es, damit ich während der Blutzeit nahe bei der Erde bin. Damit ich stark bin. Damit ich Kinder bekomme. Viele Kinder.«

Emily betrachtete die glänzende Farbe in Sophies Beutel. Billy wollte daran schnuppern, doch sie schubste ihn weg. Er nieste. Sie atmete den moschusartigen Geruch ein.

Sie musste auch stark sein. Um nach Paris gehen zu können. Um Bilder zu malen. Noch mehr Bilder. Ein Sonnenstrahl fiel auf den Boden, unter dem die Wurzeln der Zeder wuchsen und ihre Nährstoffe holten. Verschwommene Formen tanzten über das Moos. Emily blinzelte, um klarer sehen zu können, aber auf der braunen Erde schimmerten Bilder, die darauf warteten, geboren zu werden. Sie schaute Sophie an. Ihre Blicke ließen einander nicht los. Mit zwei Fingern fuhr Emily langsam durch den kühlen Schlamm und begann, ihr Gesicht zu bemalen.

Billy verfolgte ihr Tun mit bebenden Nüstern. Wahrscheinlich fragte er sich, was hier vor sich ging. Sein ganzer Körper war in Hab-Acht-Stellung. Annie Maries Farnwedel zitterten.

Sophie legte den Kopf zurück. Ihr rhythmisches Atmen ging in ein leises Lied über: »*Ay-e, ay-e, ay, ay.*« Bei den ersten beiden Silben war ihre Stimme hoch, bei den anderen tief. Der letzte Ton war laut und wurde mit viel Luft ausgestoßen. Sophie saß für eine Weile reglos da, dann erhob sie sich, den Blick auf den Baum gerichtet, dessen Wurzel sie abgeschnitten hatte.

»Du, der Du dort oben wohnst, Schöpfer, Du machst die Bäume und die Wurzeln. Du machst die Tiere und die Menschen. Du siehst, dass ich arm bin. Ich habe sechs tote Babys. Gib meinen Händen Kraft, damit ich gute Körbe machen kann, die ich den Weißen verkaufe, damit ich christliche Grabsteine für meine Kinder kaufen kann.«

Sophies Sehnsucht ergriff auch Emily. Wie tief diese Sehnsucht war, wie schlicht, wie rein … und wie selbstlos. Konnte die Malerei je bewirken, dass ihr Hunger gestillt wurde, so wie sich Sophie von den Grabsteinen Hilfe versprach? Wenn sie in ihr Innerstes blickte – war ihre Sehnsucht, gut zu malen, auch so rein und selbstlos? Wenn ja, vielleicht stellten sich dann auch Können und Weisheit ein. Emily stand in der Lichtung und horchte auf einen Atemhauch in den Blättern, wartete auf eine Bewegung der Zweige.

»Du, der Du im Wald lebst«, murmelte Emily in die Stille. »Du hast mir den Wunsch zu malen geschenkt. Du siehst, dass ich einsam bin und dass sich meine Liebe nirgendwo ergießen kann. Gib meinen Augen Weisheit, damit ich in die Seele dieses Landes sehen kann. Und ob ich gleich wanderte im dunklen Tal einer fernen, einsamen Wildnis, so hilf mir doch, den Gesang des Geistes zu hören. Gib meinem Pinsel Kraft, damit ich etwas Wahres, Schönes und Wichtiges schaffen kann.«

Teil II

15 Spatz

Madame Bagot stand draußen auf der schmalen Straße, in ihren violetten Hausschuhen und mit zwei Stangen Lauch in der Hand. Laut brüllte sie zum Fenster hinauf: »*Maurice, réponds au téléphone!*« Ihre fleischigen Wangen zitterten.

Emily kam den Korridor entlang und schnupperte. Knoblauch, Zigarettenrauch, Teppichmief. Sie huschte schnell durch die Eingangstür der Pension, um nur ja nicht mit ihrer Vermieterin zusammenzuprallen, falls diese plötzlich wieder ins Haus stürmen sollte, ein Schlachtschiff in einem weinroten Pullover, der über Hüfte und Busen spannte. Bestimmt würde Madame die Wegbeschreibung so schnell herunterrasseln, dass Emily nichts verstand und sich vorkam wie ein Trottel. Sie hielt ihr den Zettel mit der Adresse hin. Mit ihren dicken Wurstfingern grabschte Madame danach.

»*À gauche au Boulevard Montparnasse, deux rues, et puis à gauche encore.*«

Emily bewegte eine Hand erst nach links und dann nach rechts. Sie deutete mit dem Kopf in beide Richtungen, dann schaute sie Madame Bagot fragend an. Jede einigermaßen vernünftige Person hätte diese Zeichensprache begriffen und gewusst, dass es »Können Sie es nicht ein bisschen einfacher erklären?« hieß. Madame gab ihr den Zettel zurück, packte sie an den Schultern, drehte sie um und winkte mit ihren Lauchstangen nach links. »*Allez, allez.*«

Emily bog also nach links in den Boulevard Montparnasse ein und wartete, bis ein Pferdewagen mit Sarg und dazugehörigem

Leichenzug sie passiert hatte. Buchläden, Cafés und Ateliers säumten die Straße, darüber befanden sich Apartments mit Glastüren, die auf Balkone mit verspielten Eisengittern hinausgingen. Auf manchen hatten die Leute ihre Wäsche aufgehängt.

Das Fächermuster der Pflastersteine faszinierte Emily. Ohne zu überlegen, trat sie vom Gehweg herunter. Ein alter Mann, der auf dem Fahrrad angefahren kam, einen Laib Brot und einen Strauß Gartenwicken in seinem Weidenkorb, klingelte und schrie sie wütend an. Hastig wich sie ihm aus und hätte fast ihre Mappe mit den Aquarellen von Alert Bay in eine Pfütze fallen lassen. Der Wind pustete eine Zeitung durch die Luft und heftete sie an ihr Bein. Emily kickte sie weg. Ein paar Kinder lachten. Sie funkelte sie so böse an, dass sie auf ihren klappernden Holzpantinen eilig davonrannten.

Eigentlich hätte sie völlig erschöpft sein müssen, einen Mittagsschlaf machen müssen wie Alice, die Vernünftige, aber heute war schon ihr zweiter Tag in Paris! Sie konnte nicht länger warten. »Nur ein Jahr«, hatte Dede auf der Bank verkündet und ihr mit vorwurfsvoller Miene das Geld aus dem Treuhandfonds in die Hand gedrückt. Sie musste jeden Tag sinnvoll nutzen.

An der Rue St. Beuve bog sie ab. Nummer 32 war eine Boulangerie, aus der leckerer Brotgeruch drang. Emily atmete tief ein. Bei Nummer 30–28 spähte sie durch eine verschmierte Scheibe auf die Schaufensterdekoration: Fallen mit ausgestopften Ratten, die an den Schwänzen aufgehängt waren, dick wie Auberginen. Dabei liebten doch die Franzosen angeblich die Schönheit! Am Haus Nummer 26 befand sich ein Schild mit der Aufschrift *La Remise de l'Artiste*. Pinsel, Zeichenpapier, Tuben mit Ölfarben lagen im Fenster. Ach, es gab so viele Möglichkeiten, und weil sich Emily überhaupt nicht auskannte, fühlte sie sich sehr verletzlich. *Baguette de peintre* stand auf einem Schild.

Baguette. War das nicht eine Art Weißbrot? Sie ging noch einmal zurück zum Bäckerladen. *Baguettes et miches* stand dort. Verwirrt schüttelte sie den Kopf. Was für eine Art von Brot sollten die Maler essen?

Bei Nummer 24 drückte sie auf die Klingel und zupfte an dem abblätternden braunen Farbanstrich der Tür. Ein dünner Mann mit frischem Teint öffnete ihr.

»Guten Tag. Sind Sie Harry Phelan Gibb?«

»*Oui, Mademoiselle.*« Er war der zweite Mann, der sie so ansprach.

»Vielleicht liegt ein Irrtum vor – aber man hat mir gesagt, Mr Gibb sei Engländer.«

»*Oui, Mademoiselle.* Ich bin Engländer.« Er verzog keine Miene.

Sie reichte ihm das Empfehlungsschreiben, das sie von einem Kunstbedarfhändler in Vancouver bekommen hatte. Mr Gibb warf einen Blick darauf, während sie erklärend hinzufügte: »Ich möchte gern die neue Pariser Kunst verstehen lernen.« Verdammt. Wie konnte sie nur so einfältig daherreden? Dabei war dieser Mann möglicherweise ihre Eintrittskarte zur Pariser Kunstwelt. »Und die neue Art des Sehens«, fügte sie hinzu.

Seine schmalen Lippen verzogen sich zu einem schiefen Lächeln. »Sie sind den meisten Parisern ein gutes Stück voraus. Van Gogh ist seit zwanzig Jahren tot, Cézanne seit vier, aber die Kunstsammler kaufen ihre Bilder immer noch nicht, und alles, was jetzt neu ist, lehnen sie sowieso rundweg ab.«

»Was ist jetzt neu?«

»Die Nachkommen – Léger, Picasso, Braque, Matisse, Modigliani, Derain, Rouault. Ganz verschiedene Richtungen.«

Er trug die Namen so schnell vor, dass Emily sie sich gar nicht alle merken konnte. Wahrscheinlich sah man ihr die Ahnungslosigkeit an der Nasenspitze an. Gibbs Hand griff schon nach der Tür.

»Ich habe gelesen, dass die Künstler der französischen Kunstakademie durch wagemutige Farben und Übertreibung ihre Gefühle zum Ausdruck bringen«, platzte sie heraus. »Das würde ich auch gern lernen. Können Sie mir sagen, ob es für diese Richtung einen Namen gibt?«

Wieder erschien das schiefe Lächeln auf seinem Gesicht. »*Les Fauves*. Die Wilden, so nennen die Kritiker sie, wegen ihrer wilden Farben, aber sie werden nicht akzeptiert. Die Kubisten sogar noch weniger.«

»Wo kann ich ihre Werke sehen?«

»Jedenfalls nicht in der *Académie*«, antwortete der Mann spöttisch. »Aber auch die meisten Galerien zeigen sie nicht. Sie müssen warten bis zum Salon d'Automne im Oktober. Da werden Werke gezeigt, die von der *Académie* ignoriert wurden. Und in privaten Ateliers. Aber wenn Sie wollen, können Sie hier schon mal einen Anfang machen – eine Viertelstunde gebe ich Ihnen.«

Er führte sie nach oben in ein großes, lichtdurchflutetes Atelier, wo eine rothaarige Frau saß und las.

»Meine Frau, Bridget. Das ist« – er warf einen Blick auf das Empfehlungsschreiben – »Miss Emily Carr, Malerin aus British Columbia.«

Bridget, zart wie ein Porzellanpüppchen, drehte den Kopf, das Kinn leicht vorgestreckt, als würde sie posieren. »Ach, von so weit her!«

»Ja, ich war einen ganzen Monat unterwegs.«

»Die meisten dieser Bilder kann man als *fauve* bezeichnen«, erklärte Gibb.

Die Gemälde leuchteten in erstaunlichen Farben. Kantige Nackte mit breitem Gesäß und blassvioletter und hellblauer Haut lagerten auf scharlachroten Betten und auf grellgelbem Sand. Die Anatomie war schockierend entstellt.

»*Mademoiselles* Reaktion?«, fragte Gibb mit zusammengekniffenem Mund, sachlich wie ein Bankbeamter, der den nächsten Kunden auffordert vorzutreten.

Jetzt kam der entscheidende Moment.

»Faszinierend – auf elementare Art. Verzerrungen, die ich bei der Kunst der kanadischen Ureinwohner gesehen habe, aber sie dienen dazu, ein charakteristisches Merkmal des Sujets zu unterstreichen, nicht als Verzierung.«

»Stimmt, es geht um sehr viel mehr als um Verzierung. Es ist Ausdruck.«

Emily schaute sich um. Da waren Landschaften mit leuchtenden Komplementärfarben, bei denen Warm gegen Kalt gesetzt war. Die Farbe war dick aufgetragen, sodass man den Pinselstrich erkennen konnte. »Ich bin sehr beeindruckt von den Farben. Sie sind –« Emily zögerte.

»*Fauve*«, ergänzte Gibb.

»Roh, unverbraucht«, sagte sie. »Ihr Umgang mit Farbe, der rote Streifen neben dem Grün, unvermischt.«

»Der Blick besorgt das Mischen. Impressionismus. Nicht besonders neu. Die Umrisse. Post-impressionistisch. Sie haben so etwas noch nie gesehen?«

»Nein.«

»Aber Sie müssen die Technik Ihrem eigenen Stil anpassen. Es gibt mehr als nur eine Art des Malens. Jeder experimentiert auf seine Weise. In der Kunst des Jahres 1910 ist Platz für vieles.«

»Das klingt ermutigend.«

»*Alors*, *Mademoiselle* Carr.« Er deutete auf ihre Mappe. »Sie wollen mir etwas zeigen?«

Ihre Fingernägel gruben sich in ihre Handflächen. Wie vergleichsweise beschränkt und banal ihre Bilder waren! Sie schüttelte den Kopf. »Das ist nur mein Arbeitsgerät.« Mit einer unbestimmten Handbewegung deutete sie zum Geschäft nebenan. »Können Sie mir sagen, wo ich etwas lernen kann?«

»*D'accord*. Sie sind eine Frau, also braucht Ihre Kunst zweifellos mehr Kraft. Die können Sie bekommen, indem Sie sich mit männlichen Vorbildern auseinander setzen.«

So lief das also in Paris! Emily knüllte den Zettel mit seiner Adresse zusammen und versuchte verzweifelt, ihre Gesichtszüge unter Kontrolle zu behalten.

»L'Académie Colarossi in der Rue de la Grande Chaumière auf der anderen Seite vom Boulevard Montparnasse. Dort gibt es gemischte Kurse, Frauen und Männer, was eher selten ist. Van Gogh war für eine Weile dort. Und Gauguin auch.«

»Bringen die mir Öl bei?«

»Bei Colarossi? Ja.« An der Tür fügte Gibb freundlich hinzu: »Kommen Sie wieder und erzählen Sie mir, wie's geht.«

»Vielen Dank.« Wer so etwas sagte, konnte kein ganz schlechter Mensch sein.

Wie immer erschlug der Geruch von Schweiß und Terpentin sie fast, als sie Colarossis voll gestopftes, feuchtes Öl-Atelier betrat. Geschickt suchte sie sich einen guten Platz zwischen den Staffeleien, die so dicht nebeneinander standen, dass man kaum durchkam. Überhaupt herrschte allgemeines Chaos – zu allem Überfluss marschierte nämlich auch der städtische Abwassertrupp klappernd durch den Raum, um die Sickergrube abzupumpen.

Aber sie war endlich am Ziel. Sie malte. Sie würde viel dazulernen.

André Laffont, ihr Öl-Lehrer, stürmte durch das Atelier. Als er an der Staffelei des groß gewachsenen Mannes stehen blieb, der neben Emily malte, zogen sich seine schwarzen Augenbrauen zusammen. Wenn sie Laffont malen würde, mit seinen wirr gestutzten schwarzen Haaren, und nicht den Tisch, den Stuhl, das Obst oder die Gestalt auf dem Podest, würde sie das Bild *Mittelalterlicher Despot* nennen. Plötzlich wandte er sich ihr erstaunt zu, als hätte er sie, die einzige Frau, in den letzten drei Wochen noch gar nicht bemerkt.

Während er ihr Bild studierte, zog er eine Grimasse. Emilys Magen verkrampfte sich. Sie hatte versucht, die reinen, leuchtenden Farbtöne zu verwenden, die sie auf den Leinwänden um sich herum sah, aber bei ihr wirkten sie manchmal stumpf und an anderen Stellen beliebig. Die langen Ölpinsel waren steif und hart, weshalb es ihr schwer fiel, sich daran zu gewöhnen. Während Laffont nun mit den Händen gestikulierend seine endlose französische Suada losließ, saß sie regungslos da, bis er zum nächsten Schüler weiterging. War sie gelobt worden, oder hatte er sich über sie lustig gemacht?

Ihre Füße schmerzten. Sie war es nicht gewohnt, beim Malen zu stehen, und da sie jeden Tag drei Kurse mit je drei Stunden besuchte, protestierten ihre Fußsohlen. Ach, und auf dem Kleid, das sie als Frau schließlich tragen musste, war schon wieder ein frischer Fleck. Krapprosa! Emily versuchte, ihn mit Terpentin wegzureiben, obwohl sie wusste, dass sie die Farbe damit nur auf ihren Unterrock rieb, der längst eine bunte Fleckenpalette aufzuweisen hatte.

Sie arbeitete an ihrem Kleid statt an ihrem Bild, als Laffont wieder vorbeikam. Er nahm ihr Werk zwei Sekunden lang kritisch in Augenschein, ehe er verkündete: »*Vous avez de bonnes couleurs, mais il faut les employer à communiquer la structure, pas simplement comme de la couleur mise sur un dessin.*«

Emily zeigte kopfschüttelnd auf ihr Ohr und auf ihren Mund.

»*Faut communiquer la structure*«, brüllte er.

»Aber die Farben?«, brüllte sie zurück. »*Couleurs*«, ahmte sie ihn nach. Sie hielt die Hand hoch, zuerst mit der Fläche nach oben, und sagte »*Oui*?«, dann mit der Handfläche nach unten, und sagte: »*Non*?«

»*Oui*«, antwortete er und ging.

Verwirrt wandte sie sich an den schlaksigen jungen Mann mit den zerzausten Haaren, der neben ihr arbeitete. Er trug eine farbverschmierte Kattunhose, dazu einen gestreiften Pullover.

»Er meint, du sollst mit *Chiaroscuro* die Formen definieren«, erklärte er mit starkem Akzent. Emily starrte fasziniert auf seinen schmalen, femininen Mund.

»Du kannst Englisch?« Ihre Stimme klang erleichtert und verärgert zugleich. »Warum hast du mir das nicht gleich gesagt?«

»Bis heute hast du kein Wort gesprochen. Ich dachte schon, du bist vielleicht taubstumm.«

Er packte seine Farben weg, tunkte die Pinsel in einen Becher, um sie zu reinigen, und schaute dann verdrossen auf den Boden, weil er keinen Lappen finden konnte. »Nie finde ich einen, wenn ich ihn brauche.«

Emily gab ihm ihren. »Kannst du behalten.« Sie deutete auf ihren Haufen. »Du kannst all meine Lappen haben, wenn du mir übersetzt, was er gesagt hat.«

»Komm mit ins Café, dann sag ich's dir.«

Er hieß Paul, so erfuhr sie jetzt, als sie hinter ihm her die Treppe hinunterrannte. Sie gingen durch die Rue de la Grande Chaumière, eine sehr enge Straße, bei der man das Gefühl hatte, die Gebäude würden sich über einen beugen, in Richtung Boulevard Montparnasse. Wo dieser auf den Boulevard Raspail stieß, befanden sich mehrere Restaurants und Brasserien, deren Tische und Stühle auch auf dem Gehweg standen – Le Dôme, Le Sélect, La Coupole und La Rotonde.

»Alles Wichtige spielt sich in diesen Lokalen ab«, erklärte Paul und deutete mit einer Kopfbewegung auf das Café de la Rotonde mit der breiten roten Markise. Emily blieb am Straßenrand stehen. Er fasste sie am Handgelenk, und sie rannten gemeinsam auf die andere Seite, zwischen Autobussen, Schubkarren und quietschenden Motorrädern hindurch.

Paul hatte genaue Vorstellungen, wo er sitzen wollte, und steuerte zielsicher auf einen der roten Tische draußen im Freien zu. Die Korbstühle blickten zur Straße. »Alle Maler kommen hierher. Oder ins Le Dôme«, sagte er leise. »Siehst du den da drüben mit dem gelben Schal? Amedeo Modigliani. Italiener. Er wohnt praktisch hier – wenn er nicht gerade einer Frau hinterhersteigt oder besoffen auf der Straße liegt.«

Der Italiener schlürfte rohe Austern, stellte sich dann unvermittelt auf seinen Stuhl, warf den Schal über die Schultern und begann zu zetern, wozu er heftig mit den Armen fuchtelte.

»Was hat er denn? Warum ist er so wütend?«

»Er rezitiert Gedichte.«

Paul bestellte zwei *cafés*.

An einem Tisch nicht weit von ihnen saß eine Frau mit krummen Schultern, vor sich einen bernsteinfarbenen Drink, einen Metallaschenbecher mit zerdrückten Zigarettenstummeln und ein Paar rote Handschuhe. Die dunklen Schatten unter ihren Augen ließen sie traurig und müde aussehen. Alice würde bestimmt nie hierher kommen, obwohl es so nahe bei ihrer Pension war.

Das war das Gute an Paris – es kümmerte keinen, dass Emily rauchte, niemand merkte es. Sie zündete sich eine Zigarette an. Der Rauch ihrer Gauloise stank ziemlich penetrant, aber er erinnerte sie an Sophies Pfeife.

Die Frau machte pantomimische Rauchbewegungen, streckte die Hand aus und murmelte etwas. Emily bot ihr eine Zigarette an. Dann wollte die Frau noch Feuer. Emily schob ihr das letzte Streichholzbriefchen vom Ozeandampfer hin.

»Du bist *Américaine*, nicht wahr?«, fragte Paul. »Aus New York?«

»Nein. Aus British Columbia.«

»*Colombie*? Du meinst den Dschungel? Papageien? Wo der Kaffee herkommt?«

»Nein. Ich komme aus dem Westen von Kanada.«

»Aha. Keine Papageien.«

Emily dachte an Joseph. »Nein. Dafür gibt es Raben. Große Raben in großen Wäldern, aber keinen Dschungel. Zedern, sechzig Meter hoch. Ureinwohner schnitzen die Stämme zu übereinander gestapelten Tieren und nennen sie Totempfähle. Das ist einer der Gründe, weshalb ich hier bin – ich will lernen, wie man so kühn und ausdrucksvoll malt, dass man diesen Pfählen gerecht werden kann.«

Paul hörte ihr nur mit halbem Ohr zu, weil er auf das Gespräch am Tisch des Italieners horchte. Emilys Erklärungen waren vergebliche Liebesmüh. Sie hätte genauso gut über Papageien im Dschungel reden können.

»Erzähl mir bitte, was Monsieur Laffont an meiner Staffelei gesagt hat.«

»Er hat gesagt, du musst die Farbe einsetzen, um die Struktur zu vermitteln.«

Emily seufzte. »Ich dachte, das täte ich bereits.«

»Das denken wir alle. Er sagt, wir tun es nicht.«

»Was will er denn? Er könnte uns wenigstens ein paar Beispiele zeigen.«

»›*Chiaroscuro*‹, sagt er. ›Vermischt die Farben, um Kurven und Biegungen zu zeigen. Lernt sehen.‹«

»Wie – sehen?«

»Die Fauvisten mischen nicht. Ihre Farben sind flach.« Paul trank einen Schluck Kaffee. »Ich weiß auch nicht. Ich bin jetzt schon ein Jahr an der Académie Colarossi und viel verwirrter als am Anfang.«

Er war jung, aber seine grauen Augen wirkten dunkel und erschöpft. Sein Geständnis untergrub Emilys Hoffnungen.

Immer mehr Leute versammelten sich am Tisch des Italieners, der mit seinem Sessel riskant nach hinten kippelte.

»Der links ist Henri Matisse. L'Académie de la Grande Chaumière. Ich hab ihn mal kennen gelernt. Er mischt nicht. Er malt Konturen.«

Gierig fixierte Paul die großen Maler. Jetzt, da jemand gekommen war, den er kannte, wollte er sich unbedingt zu ihnen setzen und hätte es sicher auch getan, wenn Emily nicht gewesen wäre, der Klotz an seinem Bein.

Sie legte ihre Centimes für den Kaffee auf den Tisch. »Ich muss leider gehen«, sagte sie und erhob sich. »Vielen Dank. Ich bringe dir morgen einen neuen Lappen mit.«

In den nächsten Wochen bemühte sie sich redlich. Sie kämpfte mit ihrer eigenen Schüchternheit und mit der französischen Ungeduld gegenüber ihren Versuchen, die Sprache zu verstehen. Es gab so gut wie keine Bücher mit Farbdrucken, die sie hätte studieren können. Dabei war der Umgang mit der Farbe absolut entscheidend! Die Ölfarbe zerrte an ihrem Pinsel, wie es die Aquarellfarben nie getan hatten. Paul kam nicht mehr zum Unterricht. Laffont beachtete sie kaum. Sie versuchte, von den Arbeiten der anderen etwas abzugucken und aus ihren Reaktionen auf ihre Bilder herzuleiten, ob sie Fortschritte machte, aber das war alles nur Stückwerk. Claudes »Mademoiselle Courageuse« gab es hier nicht. Wo war der *Spirit Song*, der Geistergesang, der ihr Kraft gab?

Alice war rundum begeistert von Paris. Im *American Student Hostel* besuchte sie Französischkurse und Kurse in Geschichte, sie kommunizierte mit Kellnern und Verkäufern, machte lange Spaziergänge und notierte alles in ihr Tagebuch. Paris schien ihre Lebensgeister zu wecken. Sie lachte viel öfter als sonst. Sie vergaß ihre linke Hand mit dem verkürzten Finger und gestikulierte hemmungslos, wenn ihr ein französisches Wort nicht einfiel.

An einem heißen Samstag im September packte Alice ein Stück Käse, ein Baguette und zwei Pfirsiche in eine Tasche und bestand darauf, dass sie im Schatten des Friedhofs, nicht weit von ihrer Pension, ein Picknick machten. Sie folgten dem spitzen Eisenzaun, vorbei an Gräbern mit kunstvoll verzierten Grabsteinen. Katzen schlummerten auf Granitplatten, Liebespaare schlenderten durch die Reihen. Gegenüber von einem Engel aus Kalkstein nahmen Emily und Alice auf einer Bank Platz.

»Stein. Paris ist aus Stein. Wir haben die Welt der Wälder verlassen, als wir von zu Hause weggegangen sind.«

»Überleg doch mal, wie alt manche von diesen Steinen sind. Und die Gebäude erst! Das Fundament von Notre Dame stammt aus dem zwölften Jahrhundert. Kriegst du da nicht eine Gänsehaut vor lauter Ehrfurcht?«

»So alt wie manche Zedern.« Emily holte das Stück Zedernrinde aus ihrer Tasche.

»Du hast diese Rinde um die halbe Welt geschleppt?« Alice warf den Spatzen ein paar Brotkrumen zu.

Emily schnupperte an dem Holz. »Es erinnert mich daran, weshalb ich hier bin.« Sie legte den Kopf in den Nacken. Durch das dichte grüne Laub sah sie den bleifarbenen Himmel schimmern. »Wenigstens gibt es auch ein paar Bäume in Paris. Hier ist es schön.«

»Ich habe gewusst, dass es dir hier gefällt.«

»Du bist nett zu mir, Alice. Danke.«

Sie schauten zu, wie flink die Spatzen die Brosamen aufpickten. Schüchterne Vögel bekamen, was die angriffslustigeren übrig ließen.

»Brosamen. In meinem Kurs bekomme ich auch immer nur die Brosamen.«

»Vielleicht erwartest du zu viel. Von dir selbst, meine ich.« Alice klatschte kurz in die Hände. »Warum nimmst du dir nicht heute Nachmittag frei, und wir gehen zusammen in ein paar Galerien? Man muss keinen Eintritt bezahlen.«

»Gibb meinte, die Galerien zeigen die neuen Sachen gar nicht.«

»Dann lass uns in den Jardin du Luxembourg gehen. Der ist gar nicht weit von hier.«

»Wer durch den Park spaziert, malt keine Bilder.«

»Aber jetzt ist doch Wochenende, Millie! Und wir sind in Paris. Aller Voraussicht nach werden wir nie wieder hierher kommen.«

»Ja, vor allem dann nicht, wenn ich keine Fortschritte mache. Deshalb muss ich auch am Wochenende arbeiten.«

Alice warf die letzten Krümel einem kleinen Spatz zu, der sich am allgemeinen Gerangel nicht beteiligt hatte, weil er viel zu scheu war. Jetzt hüpfte er rasch zu dem Steinengel, um sich die Krümel zu holen.

»Sieh doch mal, Alice! Der Steinengel!« Emily fasste ihre Schwester am Arm und redete ganz schnell weiter. »Ist das nicht verrückt? Findest du, dass er oben eher bläulich weiß ist und unten hellbraun?«

»Nein.«

»In meinen Augen schon. Du siehst aber seine Form, oder?«

»Ich denke, ja.«

»Diese verschiedenen Farben sind es, die ihm eine Form verleihen. Jetzt sehe ich es endlich! Das ist es, was Laffont meint!«

Alice legte den Kopf schief und kniff die Augen zusammen.

Emily betrachtete den Engel noch genauer. Sie wollte den Blick nicht von ihm nehmen. Ja, das war's! Der Stein war nicht einfach heller oder dunkler – es waren völlig unterschiedliche Farben!

»Wenn das ein optisches Prinzip ist, dann werde ich es überall finden. Und ich werde sehen, wie es auf Bildern umgesetzt wird. Wunderbar, Alice! Morgen gehen wir in den Salon d'Automne. Du musst ihn ausfindig machen und mich einfach mitschleppen. Am besten an der Leine.«

Sie nahmen die Metro zu den Champs-Élysées und gingen unter den Kastanienbäumen an einem Kasperletheater und einem Kinderkarussell vorbei. Emily fahndete überall nach den Farbunterschieden – bei den geometrischen Hecken und bei neoklassizistischen Steinfassaden. In einem Café posierte unter dem gestreiften Sonnenschirm, der für einen Aperitif Reklame machte, eine Frau in einem fließenden smaragdgrünen Kleid und trank einen opalgrünen Drink. Emily verlangsamte ihren Schritt.

»Absinth«, flüsterte Alice, als wäre es bereits gefährlich, das Wort laut auszusprechen. »Angeblich wird er aus Wermut hergestellt.«

»Das Kleid, Alice. Mich interessiert das Kleid.«

Oberhalb der Brust wirkte das Kleid gelblich, und dort, wo es in Falten vom Schoß der Frau fiel, waren die Schatten blau. Neue Augen!, dachte Emily. Ich sehe mit neuen Augen!

Dann standen sie vor dem Grand Palais mit seinen kannelierten Säulen, der Glaskuppel und dem von marmornen Musen gekrönten Eingangsportal.

»Dieses Gebäude wurde erbaut, um dem Besucher etwas mitzuteilen!«, rief Emily. Während sie die breite Treppe hinaufgingen, spürte sie, wie ihre Stimmung immer besser wurde.

In der Hauptgalerie herrschte ein unglaublicher Lärm. Leidenschaft, in Farbe umgesetzt, explodierte auf Hunderten von Gemälden. Schwefelgelb, Karmesinrot, Cölinblau – die Farben sprangen regelrecht aus den Bilderrahmen, die dicht gedrängt an den Wänden hingen, bis hinauf zur Decke.

»Das ist doch alles sehr grell und unnatürlich«, klagte Alice. »Diese Farben! Ein roter Himmel? Eine Brücke in Grün und Orange? Blaue Pferde?«

»Aber sie sind ungeheuer ausdrucksstark. Das ist genau das, worum es in dem Zeitungsartikel ging. Die sinnliche Wahrnehmung der Farbe.«

Vieles fiel Emily auf, während sie durch die Räume wanderten. Der Pinselstrich war sichtbar: kleine Farbstraßen, die der Richtung des Pinselstrichs folgten, der seinerseits wiederum der Form des Gegenstands folgte. Figuren und Objekte mit schwarzen Umrissen. Die Perspektive nie genau festgelegt. Das Wesentliche übersteigert, das Unwichtige vage.

Wie aus traumweiter Ferne hörte sie die Stimme ihrer Schwester: »Möchtest du wirklich so malen?«

»Was meinst du mit ›so‹? Sie sind doch alle völlig verschieden!«

Alice rieb sich die Schläfen. »Die Farben passen nicht zusammen. Tut mir Leid, Millie – ich bekomme hier Kopfschmerzen.«

Sie ließ sich auf eine Bank sinken, während Emily noch einmal durch die Ausstellung ging. Als die Galerie schloss, sah sie Alice über ihre französische Grammatik gebeugt sitzen, die Nase nur ein paar Zentimeter vom Buch entfernt. Ihre Körperhaltung drückte genau das aus, was Emily empfand: Sie fühlte sich überwältigt. Welche Technik sollte sie zuerst ausprobieren? Auf dem Heimweg hatte sie das Gefühl, die Bilder würden immer noch auf sie einstürmen. Als sie den Pont Alexandre überquerten, diese Brücke mit den verzierten Laternenpfählen, den eckigen Steintürmen und den vergoldeten Engeln, erschien ihr ganz Paris wie eine schwere, schwere Last.

»Ich weiß nicht, wer von diesen vielen Leuten ein aufsteigender Stern ist.«

»Musst du das denn wissen?«

»Nicht mal *das* weiß ich.«

Zu Hause sank sie erschöpft ins Bett.

Ein Geigenschüler im Stockwerk unter ihnen wiederholte kratzend immer wieder dieselben vier Noten, bis Emily fast den Verstand verlor. Sie schloss die Augen und versuchte, die Töne auszublenden und sich noch einmal ins Gedächtnis zu rufen, was sie alles gesehen hatte. Vibrierende Farben erschienen auf den Streifen der Jalousie. Die Geigenklänge wurden zu Farben, Orange, Rot, Violett, undurchsichtig, wie mit Öl gemalt. Sie sah sich selbst, wie sie aus dem Fenster schwebte, über den Pont Alexandre, und die Seine leuchtete in Gelb und Purpur. Unvermischte Pigmentkleckse schwammen vor ihr – preußischblaue Bäume, schrill orangerote Gesichter, zinnoberrot gestreifter Himmel. Träumte sie? Oder war sie noch wach?

Die schreckliche Madame Bagot drohte ihr mit Ölpinseln in der einen Hand, blauen Lauchstangen in der anderen, und Laffont brüllte sie an, als würde Lautstärke die Verständigung erleichtern. Sie spürte, wie sie unter die Brücke sank und in die tintenschwarze Tiefe tauchte, wie ein Wal. Sie bekam keine Luft mehr, wachte hustend und schreiend auf, während sie immer noch um sich schlug, weil sie dem schwarzen Wasser entrinnen musste. Erst dann merkte sie, dass Alice ihr beruhigend übers Haar strich.

»Es ist alles in Ordnung, Millie. Du hast nur geträumt.«

Schweißgebadet zog sie sich die Decke über die Schultern. Sie lag im Bett. Sie befand sich in Sicherheit.

»Sag was«, forderte Alice sie auf.

»Eine erwachsene Frau, fast vierzig – und da liege ich im Bett und weine, weil ich so wenig weiß. Ich mache kaum Fortschritte.« Sie rutschte noch tiefer unter die Decke. »Wir kommen aus einer rückständigen Welt.«

Alice lehnte ihre Wange an Emilys. »Du musst dich mit unserer Herkunft versöhnen.«

»Ich soll der Provinz, die ich so liebe, verzeihen, dass sie mich provinziell gemacht hat?« Emily drehte sich auf die Seite. »Ich habe keine Ahnung, ob ich überhaupt besser geworden bin.«

»Hättest du nicht Lust, mit mir in den Französischkurs zu kommen?«

»Ich brauche jede Sekunde für die Kunst.«

»Dann geh noch einmal zu Gibb und frage ihn, wo du eine Einschätzung auf Englisch bekommen kannst. Du *musst* etwas unternehmen.«

»Schon gut, schon gut.«

Emily besuchte ihn in seinem Atelier und trug alles vor, was sie auf dem Herzen hatte.

»Unterrichten Sie denn gar nicht?«, fragte sie schließlich verzweifelt und ließ sich auf die Sitzgelegenheit fallen, die er ihr zugewiesen hatte: Es war das Sofa für die Modelle.

Sein Blick wurde weich. »Nur im Frühling und im Sommer.«

»Aber wo soll ich jetzt hingehen? Mein Geld reicht höchstens für ein Jahr. Können Sie mir nicht sagen, wo ich schnell etwas lernen kann?«

Nachdenklich tippte er sich mit den Fingern auf die Lippen. In seinem Schnurrbart blieb eine magentafarbene Spur zurück. »Gehen Sie zu John Duncan Fergusson im Atelier Blanche. Er ist Schotte und bekannt für seinen post-impressionistischen Stil. Er wird Ihnen beibringen, zu ignorieren, was nicht zu Ihnen passt. Und er bringt es Ihnen auf Englisch bei. Sagen Sie ihm, ich hätte Sie geschickt. Und im Frühjahr kommen Sie wieder hierher.«

Fergusson legte den roten Wollschal um den Hals und steckte ihn in sein Tweedjackett. Es war spät am Nachmittag. Zeit zu gehen. Er war ein großer, kräftiger Mann mit kräftigen Händen und einer kräftigen Stimme, die das ganze Atelier füllte, wenn er da war. Wenn er nicht da war, wirkte es leer, trotz der anwesenden Studenten. Er nahm einen Hocker und setzte sich neben Emily.

»Du arbeitest zu versessen an kleinen Dingen, Mädchen.«

Sie kicherte, weil sie diese Anrede sehr unpassend fand.

»Vereinfache die Formen, dann siehst du die Wiederholungen in der Komposition«, sagte er.

Sie betrachtete die Figur auf ihrer Leinwand. »Was ist, wenn es keine Wiederholungen gibt?«

»Ach, es gibt immer welche. Achte zum Beispiel auf ihre runde Schulter und auf den runden Tisch. Dehne beide so, dass sie die gleiche Biegung bekommen. Dadurch entsteht Rhythmus«, erklärte er. »Und Rhythmus ist wichtig.«

»Ich kann mir nicht vorstellen, dass ich so etwas je von mir aus wahrnehme. Das übersteigt meine Fähigkeiten.«

Dedes Worte verfolgten sie. *Für wen hältst du dich eigentlich, dass du denkst, du hättest das Recht, in Paris zu studieren?*

Fergusson lächelte väterlich, obwohl er in Wirklichkeit jünger war als Emily. »Das kommt schon. Mit der Zeit. Jetzt siehst du es noch nicht. Kunst ist nicht etwas, was man macht. Kunst ist etwas, was man ist. Und du bist. Mach dir nicht so viele Sorgen.«

Seine Aufmunterungen trieben sie an, und sie arbeitete bis zur Erschöpfung. Eine Woche lang hatte sie solche Kopfschmerzen, dass ihr ganz übel war. Sie konnte keinen Pinsel halten, nichts essen, nicht aus dem Bett aufstehen. Alice schickte ein besorgtes Telegramm nach Hause und rief ein Taxi, das sie zur Krankenstation des *American Student Hostel* bringen sollte.

»Was für ein Problem haben Sie?«, fragte die Schwester an der Aufnahme.

»Ich fühle mich völlig erschlagen, als hätte man mir bei lebendigem Leibe die Haut über die Ohren gezogen.«

Der Arzt verordnete ihr Bettruhe. Emily starrte auf die braune Bettdecke, die eierschalfarbenen Wände, die weißen Vorhänge zwischen den Betten, die weißen Uniformen. Es gab nichts, was sie veranlasst hätte, die Augen offen zu halten. Sie schlief unruhig, verlor jedes Zeitgefühl, glitt in ein Vakuum.

»Die Krankenschwestern haben mir meinen Unterrock weggenommen«, beschwerte sie sich bei Alice. »Die Farbflecken würden mich wenigstens daran erinnern, warum ich hier bin. Ich wollte ihn wiederhaben, aber sie hatten ihn schon in den Müll geworfen. ›Unhygienisch, Mademoiselle‹, haben sie gesagt. Ganz schön dreist, finde ich.«

Alice musterte sie streng. »Hast du mir nicht in Alaska von deiner indianischen Freundin erzählt, die tapfer weiterlebte, obwohl sie ihr Kind verloren hatte? Und du hast nur einen fleckigen Unterrock verloren.«

»Trotzdem ungerecht.« Sie drehte Alice den Rücken zu.

»Du bist jetzt schon siebzehn Tage hier. Wenn du dir nicht bald einen Stoß gibst, müssen wir nach Hause zurück.«

»Nein.«

Alice legte ein Telegramm auf ihre Bettdecke und ging.

Genau wie in London. Genau wie ich es vorhergesagt habe. Die zweite Krankheit in einer Großstadt – nimm endlich Vernunft an! Gib die Kunst auf. Komm nach Hause. Bleib zu Hause. Dede.

Emily knüllte das Telegramm zusammen und warf es quer durchs Zimmer.

Am nächsten Tag brachte Alice ihr einen Krokus in einem Blumentopf. Emily berührte die violetten Blütenblätter, als wären sie Edelsteine. Die leuchtend gelben Staubgefäße zitterten bei jedem Geräusch.

»Im Jardin du Luxembourg gibt es noch viel mehr«, sagte Alice mit lockender Stimme. »Überall saftgrüne Blätter.« Sie ließ ihre Hände durch die Luft flattern.

»Woher kennst du die Farbbezeichnung?«

»Ich habe deine Farbtuben studiert.« Alice blickte zur Decke. »Alle Kirschbäume treiben Knospen. Schade, dass du es nicht sehen wirst, wenn sie in Blüte stehen.«

Emily richtete sich auf. Dass schon so viel Zeit vergangen war, erschreckte sie. Frühling! Den Frühling durfte sie auf keinen Fall versäumen. Farben, die neue Kunst schufen. Aprikose, Mandarine, Granatapfel, Apfel – die Farben würden sie gesund machen. So wie Obst den Körper stärkte. Alice ahnte gar nicht, wie Recht sie hatte. Ihre Schwester, die wollte, dass sie aufstand und malte …

»Vielen Dank, Alice. Wunderbar. Besser als Tabletten. Entschuldige, dass ich mich so lange hab hängen lassen!«

16 Schwestern

Erschöpft ließ sie sich auf eine Bank am Kanal fallen. Die kurze Zugfahrt am Tag zuvor von Paris hierher und die vierhundert Meter auf dem Kopfsteinpflaster, von ihrem gemieteten Zimmer bis zu diesem Platz – das war ihr alles viel zu anstrengend. Harry Gibb hatte ihr versprochen, sich in seinem Öl-Kurs besonders um sie zu kümmern. Deshalb war sie in dieses Dorf gefahren. Crécy-en-Brie.

Im Moment genügte es ihr, die frische Landluft zu atmen und sich am Sonnenlicht zu freuen, das die Häuser am Kanal in honigfarbenen Tönen badete. Frauen, die Arme bis zu den Ellbogen in Waschlauge, wuschen ihre Kleider in den steinernen Waschhäusern am Ufer. Ihre kniende Haltung erinnerte Emily an Sophie, wenn sie Wurzeln schnitt. Trauerweiden berührten hauchzart die Wasseroberfläche. Eine leichte Brise ließ kleine Wellen entstehen, das Licht brach sich und tanzte mit ihnen. Wie konnte sie diesen Vorgang malen? Ihr Pinsel musste einzelne Tupfer setzen – grüne Tupfer, blaue, rote, violette Tupfer, gelbe Lichtsprengsel. Vielleicht gelang es ihr so, die Lichtkrönchen einzufangen, die vom Wasser reflektiert wurden.

Gibb kam über eine Brücke und ging pfeifend den Kanalweg entlang. Der mürrische alte Gibb pfiff ein Liedchen! In der Hand hielt er ein Stück Käse und einen Strauß rosarote Lilien.

»Hübsch hier, nicht wahr?«, sagte Emily. »In diesem Licht hat das Wasser ganz verschiedene Farben.«

»Genau wie die Schatten. Sie nehmen den entgegengesetzten Farbton an.«

Er drehte sich zu der Brücke um. »Morgen früh gehen Sie über diese Brücke und folgen dem Pfad, der zum Fuß des Hügels führt. Sie müssen früh aufbrechen, wenn die Schatten noch lang sind, und dann werden Sie sehen, was ich meine. Ich komme um elf zu einer Unterrichtsstunde. Und ich erwarte, dass Sie bis dahin etwas vorzuweisen haben.«

Etwas vorzuweisen! Sie hatte ja kaum die Energie, sich auf den Beinen zu halten. Nachdem Gibb gegangen war, schleppte sich Emily zurück in ihr Zimmer und streckte sich auf dem Bett mit der rosaroten Tagesdecke aus. Staubkörnchen tanzten in den Sonnenstrahlen. Eine wunderbare Stille erfüllte den Raum. Emily schloss die Augen. Nur ein halbes Stündchen.

Als sie von ihrem eigenen Schnarchen aufwachte, war es bereits stockdunkel. Sie drehte sich auf die Seite. *Weshalb sind Sie hierher gekommen, wenn Sie nicht malen wollen?* Gibbs Stimme klang wie fernes Donnergrollen.

Sie schreckte hoch. Es war schon wieder hell! Ohne sich umzuziehen, sammelte sie schnell ihre Gerätschaften zusammen, den Klapphocker, die neue, verstellbare Staffelei, aufrecht für Öl, flach für Aquarell, und eilte nach draußen.

So früh am Morgen warfen Bäume und Häuser dunkle Schatten auf das Kopfsteinpflaster und die Gemüsegärten. Emily kaufte sich ein Baguette und eine Salami und trottete über die Brücke zum ersten Berghang, außer Atem. Welche Farbe hatten die diagonalen Schatten der Pappeln mit den jungen Blättern? Hatten sie nicht einfach nur ein dunkleres Ocker als das des Weges? Aber das war es nicht, was sie nach Gibbs Meinung sehen sollte, oder? Wenn er zu der Überzeugung kam, dass sie nicht sehen konnte, was er sah – was dann? Würde er sie wegschicken?

Sie malte Häuser, Hecken, Pappeln und ein Gestrüpp aus Geißblatt und wilden Rosen. Es war wie ein Wunder. Hier war sie, Millie Carr, kaputt und ausgelaugt, aber sie malte wieder, einfach so, mitten in Frankreich, und gleich würde sie eine Unterrichtsstunde bei jemandem haben, dem es wichtig war, dass sie ihre Zeit nicht verplemperte.

Mit einem Bauernstrohhut auf dem Kopf und zwei Äpfeln in der Hand kam Gibb den Weg entlang.

»Heute ist ideales Wetter«, sagte sie.

Prüfend hielt er die beiden Äpfel hoch, drehte sie hin und her und reichte ihr den schöneren. Er war blassgelb mit rot-orangenen Streifen. Dann warf Gibb einen Blick auf Emilys Leinwand und auf die Landschaft vor ihnen. »Sind die Schatten der Bäume wärmer oder kühler als die Erde?«, fragte er.

»Kühler.«

»Welche Farben?« Er wartete auf eine Antwort. »Werfen Sie nicht die Flinte ins Korn.«

»Grün- und Blautöne.«

»Richtig. So, als würden die Pappeln und der Himmel sich über die Erde breiten.«

»Warum ist mir das in all den Jahren, die ich jetzt schon sehen kann, nie aufgefallen?«

»Wir lernen im Laufe unseres Lebens, unsere Augen zum Erkennen von Objekten zu nutzen. Aber Farben sehen wir nicht, es sei denn, wir machen eine bewusste Anstrengung, es zu lernen.« Er nahm ihren Pinsel und tauchte eine Ecke in Zinnoberrot, die andere in Türkisblau. Emily holte tief Luft.

»Sie dürfen keine Angst vor Übertreibung haben«, sagte er, während er die Schatten der Häuser auftrug.

»So etwas würde ich mich nie trauen!«

»Tja – jetzt können Sie nicht mehr anders. Sie müssen Ihre Farbpalette aufmöbeln, damit der Rest Ihres Gemäldes zu dem passt, was ich gerade gemacht habe. Malen Sie ein paar kleine rotviolette Striche neben das Krapplack, geben Sie einen Tupfer Orangerot dazu – und Sie werden sehen, wie der Blumengarten aufblüht.«

Sie versuchte es. Die Farben begannen zu vibrieren. »Genau diese Art von Dynamik und Kraft hätte ich gern in allen meinen Bildern.«

Gibb lächelte sein schiefes, gequältes Lächeln. »Haben Sie noch eine Leinwand dabei?«

Sie holte ein kleines Stück aus ihrem Rucksack, und er begann, die gleiche Landschaft zu malen wie sie, nur dass er Farben verwendete, die sie dort nicht gesehen hatte. Und solche, die sie immer noch nicht wahrnahm. Eine Welle der Bewunderung und der Dankbarkeit überschwemmte sie. »Sie malen mehr als nur die Szenerie. Sie malen, was sich in Ihrem Kopf abspielt.«

»Kunst spiegelt nicht das Sichtbare wider. Es gibt einen Unterschied zwischen Wahrnehmung« – er deutete mit seinem Pinsel auf ihr Bild – »und Konzeption.« Dabei neigte er den Kopf zu seinem eigenen Gemälde. »Wenn Sie das begriffen haben, werden Sie nie wieder so malen wie vorher.«

Von Woche zu Woche fühlte sie sich wohler, wenn sie kontrastierende Farben malte oder Farbtöne verwendete, die nicht »natürlich« waren. Und wenn Alice am Wochenende aus Paris kam, konnte sie ihr etwas zeigen, womit sie zufrieden war.

Als Emily eines Morgens mit Gibb in ihrem Zimmer saß, deutete er mit seinem Pfeifenstiel auf ihre Leinwand. »Sehen Sie, wie Sie dem Hügel durch die Farbgebung eine Kontur verliehen haben – mit dem Lichten Ocker neben dem Limettengrün? Das ist Ihnen wirklich gut gelungen. Wenn das Bild trocken ist, hätte ich es gern für eine Weile. Und das von gestern ebenfalls.«

»Wieso?«

»Ich kenne jemanden, dem ich die Sachen zeigen möchte. Keine Sorge – Sie bekommen sie zurück. Ich bin davon überzeugt, dass Sie eines Tages eine gute Malerin sein werden.«

Als er gegangen war, machte sie sich daran, Leinwand aufzuziehen. Zu etwas anderem fühlte sie sich nicht imstande. Sie begann zu hämmern. Es knallte so schön, wenn man die richtige Stelle traf! Gibb hatte sie gelobt – aber warum hatte sie bei dem Wort *Malerin* einen leise verächtlichen Unterton herausgehört? Meinte Gibb wirklich das, was sie vermutete, nämlich: Sie malen gut – für eine Frau? Aber andererseits war das Wort doch ganz neutral. Hätte er *Maler* sagen sollen? Vielleicht hatte er sich gar nichts dabei gedacht, und sie war viel zu hellhörig? Nein, er wollte sie bestimmt herabwürdigen. Emily fixierte den Nagel, den sie gerade einschlagen wollte, mit finsterer Miene, haute daneben und verletzte sich am Daumen.

Alice kam ins Zimmer gestürmt, ihre kleine Stofftasche unterm Arm.

»Das macht mich so wütend!«, schimpfte Emily los, ehe ihre Schwester den Mund aufmachen konnte. »Gibb hat gesagt, ich werde eines Tages eine gute *Malerin*. Genauso gut hätte er sagen können: ›Eine gute Arbeit für ein Kind. Oder einen Affen.‹« Sie lutschte an ihrem verletzten Daumen. »Ist dir noch gar nicht aufgefallen, dass er immer versucht, mir meine Energie zu stehlen?«

»Und ist dir noch nicht aufgefallen, dass das Leben nicht nur aus Kunst besteht?« Alices Stimme zitterte. Ihr Gesicht war fleckig.

»Was ist los?«

»Ist dir noch nicht aufgefallen, dass wir kein Wochenende haben und ich trotzdem hier bin?«

Emily legte den Hammer weg. »Ist etwas passiert?«

»Ein Telegramm ist gekommen.«

»Bitte nicht schon wieder eine von Dedes ständigen Ermahnungen ›Kommt sofort nach Hause!‹.« Emily schlug mit einem gezielten Schlag einen Nagel ein.

»Nein!«, schrie Alice. Sie konnte sich nicht mehr beherrschen. »Das Telegramm ist von Lizzie. Dede ist von uns gegangen.«

»Dede ist tot?« Das konnte nicht wahr sein. Der Schreck schnürte Emily die Kehle zu. Sie schloss ihre Schwester in die Arme und versuchte, sie zu trösten. Alice zuckte am ganzen Körper. Ihre Tränen befeuchteten Emilys Gesicht.

»Wie ist sie gestorben?«

Alice ließ sich aufs Bett fallen und reichte ihr das Telegramm. Meningitis. Acht Tage – und dann war alles vorbei. Sie war einfach eingeschlafen, als Lizzie aus dem Zimmer ging, um Tee zu kochen. Bestimmt machte sich Lizzie Vorwürfe, dass sie nicht bei ihr gewesen war. Die Buchstaben verschwammen Emily vor den Augen. Dede hatte für ihr Leben gern Tee getrunken. Sie wiegte Alice in ihren Armen und summte leise ein Schlaflied für sie.

Dede tot. Dabei hatte sie doch kaum die Chance gehabt zu leben! Sie hatte ein paar Sitzungen der Frauenhilfe geleitet, hatte die Waisengesellschaft unterstützt und den Haushalt geführt, hatte die ganzen Jahre hindurch für ihre Schwestern gekocht. War das alles? War es so leicht, aus dem Leben zu scheiden? Ein Lidschlag nur. Fünfundfünfzig Jahre. Älter als Mutter, als sie starb.

»Ich kann es nicht fassen.« Alice schluchzte wieder heftiger, und Emily drückte sie noch fester an sich, presste ihren Daumen gegen Alices Schulter.

»Weißt du noch, wie Dede die alten Damen im Pferdewagen durch die Landschaft kutschierte und sie sich alle mit Wolldecken zudecken mussten?«, sagte Alice mit erstickter Stimme. »Das ist gut für die Gesundheit, hat sie den Damen versichert, aber eigentlich hat sie es nur gemacht, weil ihr selbst solche Fahrten Freude bereitet haben.«

»Ja, da habe ich sie auch immer freiwillig begleitet. Bei solchen Anlässen war ich gern mit ihr zusammen.«

»Es ist, als wäre ein Teil von mir verschwunden. Als hätte jemand sie gestohlen«, sagte Alice.

»Nein. Sie hat uns geprägt, und die Spuren, die sie hinterlassen hat, werden nicht so schnell ausgelöscht werden.«

Sie sah Dede vor sich: Aufrecht wie ein Zinnsoldat hatte sie dagesessen, als Emily ihr erklärte, sie wolle nach Frankreich gehen. Mit ihren mageren Fingern hatte sie auf die Armlehne des Polstersofas getrommelt und gemurmelt, Paris sei infiziert von der Bohème. Bestimmt hatte es sie viel Kraft gekostet, ihre

Missbilligung des größten Teils der realen Welt unter Kontrolle zu halten. Hatte diese Anstrengung ihren Lebenswillen aufgebraucht, sie müde und zerbrechlich gemacht? Während sie Dedes Fingern zuschaute, hatte Emily begriffen, welche Wahrheit sich hinter ihrer tödlichen Aufpasserei verbarg – sie hatte Angst, ihre ungebärdige Schwester könnte das Leben genießen und Risiken eingehen, vor denen sie, Dede, zurückscheute und für die sie wegen ihrer vielen guten Taten gar keine Zeit hatte.

»Dede war zwar streng, aber sie meinte es immer gut«, sagte Alice schniefend.

»Ja, sie hat ihre Frustration an mir ausgelassen, indem sie mich in der Badewanne blutig geschrubbt hat.«

Alice musste lachen. »Das war auch nötig, weil du dich ständig auf der Kuhweide gesuhlt hast.«

»Aber es war nicht nötig, dass sie mich mit dem Holzlöffel prügelte, wenn ich gezappelt habe.«

»Du hast nicht nur gezappelt. Du hast gebissen und gekratzt. Kannst du sie denn gar nicht verstehen? Sie hat nur versucht, uns anständig zu erziehen, als Mutter tot war.«

»Und weil sie jetzt auch tot ist, machst du gleich eine Heilige aus ihr? Sie hätte mich nicht mit der Reitpeitsche erziehen müssen. Sie verstehen! Wenn ich daran denke, wie oft sie mich geschlagen hat – wie soll ich da Verständnis für sie aufbringen?«

Alice zuckte zusammen.

»Was mich noch viel mehr verletzt hat, war, dass sie Molly von der Polizei erschießen ließ, als ich weg war. Bis Billy kam, hatte ich nie wieder einen so lieben Hund. Was für eine Schwester tut so etwas?«

»Molly hatte jemanden gebissen.«

»Aber nicht richtig. Sie war ja noch jung! Dede war bösartig, Alice. Das kannst du nicht leugnen.«

Alice liefen Tränen über die Wangen.

Emily schloss sie wieder in die Arme und wiegte sie. »Entschuldige. Ich wollte dich nicht zum Weinen bringen. Es ist nur so, dass nach Mutters Tod das Leben so elend wurde und Dede ungehindert regieren konnte.«

Schließlich beruhigte sich Alice und trank ihren Tee aus. »Lizzie ist jetzt ganz auf sich gestellt. Sie musste alles allein regeln.« Alice schlug sich mit dem leeren Briefumschlag auf die Handfläche. »Ich habe ein Schiff für uns gebucht. Am Samstag, ab London. Früher würden wir es nicht schaffen, denke ich.«

»Wir?«

Emilys Blick fiel auf die leere Leinwand, die sie für die Kanalbrücke geplant hatte. Sie wollte die unzähligen Farben des Wassers malen, das Licht, das sich im Wasser brach. Ausgerechnet jetzt, da sie kurz davor war zu begreifen, wie sie die Farben zum Tanzen bringen konnte, sollte sie aufgeben? Sie sollte fortgehen, bevor sie eine neue, schwere Wahrheit über die Kunst erfasst hatte? Das wäre Dedes endgültiger Triumph.

Sie legte ihre Hand auf Alices Ärmel und merkte, dass sie eine blutige Blase am Daumen hatte. Karminrot. So schnell. Ein Lidschlag nur.

»Schaffst du es auch, allein nach Hause zu reisen?«

Alice spielte mit den Nägeln.

»Mir ist es wichtiger, hier zu bleiben«, sagte Emily.

Alice nahm das Telegramm, steckte es wieder in den Umschlag, verstaute diesen in ihrer Handtasche und klickte die Tasche leise zu.

»Dann bleib.«

17 Gibb

»Harry wurde in Paris aufgehalten«, sagte Gibbs Frau Bridget.

»Aufgehalten«, wiederholte Emily mit einer gewissen Schärfe. Das Frühjahr in Crécy war wie im Flug vergangen. Jetzt wollte sie keine Zeit damit vergeuden, hier in St. Efflam an der Küste der Bretagne auf ihn zu warten. Sie zählte die Francs für den Sommerkurs. Teuer, aber den Preis wert.

Amüsiert fügte Bridget hinzu: »Er möchte, dass Sie fünf Sujets aus der Gegend hier malen, damit er gleich nach seiner Ankunft Ihre neuen Arbeiten beurteilen kann.« Jetzt lächelte sie fast verschwörerisch. »Den anderen Studenten hat er nur zwei Aufgaben gegeben. Am häufigsten redet er nämlich von Ihnen.«

»Ach je. Wann kommt er?«

»Am Samstag.«

»Fünf Bilder in einer Woche! Da muss ich mich aber sputen.«

Bridget tätschelte ihr die Wange. »Vielleicht ist ja genau das seine Absicht.«

Am Morgen ging Emily die Hecke entlang, die zwischen einem Weizenfeld und einem Maisfeld zu einer Klippe führte. Das Rauschen der Wellen und das *Krah! Krah!* der Möwen erinnerten sie an den Strand bei Sophies Haus. Hier wollte sie malen, damit sie dem Möwengeschrei lauschen konnte. Sie betrachtete die offene Landschaft und entwarf eine Komposition: zwei Bauern mit gelben Strohhüten, die vor einem Steinhaus einen Pflug reparierten. Am nächsten Tag inspirierte sie der Flickenteppich aus kleinen Feldern in verschiedenen Gold- und Grüntönen. Dafür konnte sie eine leuchtende Fauve-Palette verwenden. Wenn sie den Heidekrautgeruch hätte malen können, hätte sie auch diesen integriert. Ein Milchmädchen mit zerkratzten Beinen, das seine schwarzweiße Kuh antrieb, stand später für sie Modell. Die alte Kirche, reduziert auf spitzes Dach, Pforte und stumpfen Turm, war das erste Bild, das sie Gibb zeigte.

»Gut. Bei dieser Kirche gehen Sie mit der Form schon viel selbstbewusster um. Wie Cézanne«, kommentierte Gibb, während er das Bild studierte. »Sie wagen sich an unnatürliche Farben heran, Sie riskieren etwas. Noch ein wenig unbeholfen, aber es steckt viel Energie drin. Damit will ich sagen, das Bild hat eine Seele.«

»Wie kann ich die Unbeholfenheit überwinden?«

Er schaute ihr direkt in die Augen. »Durch Arbeit.«

»*Bonjour, Madame!*«, rief Emily jeden Tag der stämmigen Bäuerin zu, die sie immer von ihrem Garten aus begrüßte. Als Emily am Sonntag vorbeikam, deutete sich die Frau auf die Brust und sagte: »Héloïse.« Sie trug eine breite weiße Kopfbedeckung mit gestärkten Flügeln. Emily deutete darauf und hielt ihren Pinsel hoch. Héloïse wurde rot, ihre Hände flatterten wie Schmetterlinge. Schnell holte sie ihr Strickzeug und einen Stuhl aus dem Haus und setzte sich mit tiefernster Miene stocksteif hin, als müsse sie sich so verhalten, wenn es um hohe Kunst ging. Emily lächelte.

Schließlich winkte Héloïse sie ins Haus, um ihr Kekse und Milch anzubieten. Sie sah absolut perfekt aus in ihrem braunen Rock und der langen Schürze, während sie in dem eisernen Kessel auf dem Steinherd die Suppe umrührte. Nur ein paar schlichte Gegenstände umgaben sie – Steingutgefäße und Schöpfkelle, Petroleumlampe, Korb, zwei Binsenstühle. Die Umgebung war so karg wie bei Sophie zu Hause. Emily betrachtete die Formen in dem halbdunklen Raum – vom Butterfass zum Besen und Blasebalg. Simple geometrische Muster – Ovale, Halbkreise, Zylinder, Trapeze – sonst nichts. Héloïse selbst sah aus wie ein Ei, das auf einem ausgebeulten Rechteck saß. Emily holte ihren Skizzenblock hervor. Héloïse plapperte munter weiter, als könne Emily sie verstehen.

Als Emily fertig war, umarmte sie Héloïse und trat durch das helle Rechteck hinaus ins Freie, ging an zwei Blätterkugeln und einem grünen Kegel vorbei. Vor ihr erstreckte sich ein blass sienabrauner Streifen, der in der Ferne immer schmaler wurde, gesäumt von weißen Rechtecken. Was für ein komisches Gefühl! Wo vorhin, als sie Héloïses Häuschen betrat, noch Heuhaufen waren, befanden sich jetzt riesige ockerfarbene Kegel. Neben ihnen standen drei miteinander verbundene Trapeze auf jeweils vier angewinkelten Zylindern in Vandyckbraun. Vermutlich handelte es sich um ein Pferd. Aber das spielte im Grunde keine Rolle. Wesentlich interessanter war es, sie als Zusammensetzung verschiedener Formen zu beschreiben. Auf dem ganzen Heimweg sah Emily nur noch Formen und Flächen, als wären sie die einzige Wirklichkeit. Sie fühlte sich so überwältigt, dass sie gar nicht richtig Luft bekam. Diese Sichtweise konnte sie für die Totempfähle verwenden!

Ein Sommergewitter hielt sie am kommenden Tag im Haus fest, also bearbeitete sie ihre Aquarelle von Alert Bay, indem sie die geometrischen Formen vereinfachte und übertrieb. Drei verregnete Tage lang arbeitete sie ununterbrochen in ihrem Zimmer und transformierte ihre indianischen Sujets. Am vierten Tag stand Gibb mit einem kaputten Regenschirm in der Tür. Emily bat ihn herein und präsentierte ihm ihre alten und neuen Werke.

»So allmählich kommen Sie dahinter«, sagte er.

»Wohinter?« Immer musste sie ihm die Würmer aus der Nase ziehen!

»Hinter den Unterschied zwischen den Dingen, wie man sie in der Welt draußen wahrnimmt, und ihren Formen, wenn man sie auf eine zweidimensionale Fläche überträgt.«

»Und hinter den Umgang mit den unvermischten Pigmenten?«

»Auch das.« Er studierte das Bild von Héloïse und nickte fast anerkennend. »Gauguin hat diesen bretonischen Kopfschmuck auch gemalt.«

»Was ist mit den indianischen Sujets?«

»Sie entsprechen Ihnen und sind ästhetisch nicht uninteressant.«

»Was heißt das?«

»Es gibt in Paris Kunsthändler, die afrikanische Skulpturen zeigen. Picasso malte nach afrikanischen Motiven, und Gauguin hat viel von der primitiven Kunst übernommen.«

»Glauben Sie, ich kann Bilder mit indianischen Motiven verkaufen?«

»Irgendwann bestimmt, aber erst, wenn Sie die Bilder aus einer tieferen Erfahrung heraus malen, mit Ideen aus Ihrer Seele.«

»Ich dachte, das mache ich. Sie haben es doch selbst gesagt. Seele ist Energie.«

Gibb kräuselte die Lippen. »Aber das genügt noch nicht. Es geht um den persönlichen Ausdruck.« Mit der einen Hand deutete er auf Häuptling Wakias' Raben, mit der anderen auf Héloïses Haus. »Welches der beiden Bilder hat diese persönliche Qualität?«

»Beide!«

Er schüttelte den Kopf und ging.

Brodelnd vor Wut lief Emily den ganzen Nachmittag in ihrem Zimmer auf und ab und verglich die beiden Gemälde miteinander. Welches zeigte ihre Seele? Sie konnte sich nicht entscheiden. Am liebsten hätte sie sich selbst sonstwohin getreten, weil sie Gibb nicht gezwungen hatte, es ihr zu sagen. In dieser Stimmung konnte sie nicht malen, also schrieb sie einen Brief an Jessica.

12. Juli 1911
Ich gelte hier sicher als einfältige Provinzpflanze, aber ich lerne so viel! Von all diesen neuen, fröhlichen Arten des Malens platzt mir manchmal fast der Kopf. Und an manchen Tagen lähmt mich die Angst, ich könnte versagen. Mein Lehrer sagt, ich muss Ideen malen, die aus meiner Seele kommen. Er sagt, er kann in meinen Bildern meine Seele nicht sehen. Das hat nichts mit Sehen zu tun, sondern mit Fühlen – das Gefühl, wie der Wald mein Innerstes anrührt oder wie der Wind durch die Bäume heult oder die Totemaugen einen anstarren. Ach, wie ich das vermisse! Ich muss dir so viel erzählen, wenn ich wieder zu Hause bin. Danke, dass du mich ermuntert hast, hierher zu fahren.

Deine Emily, die alte Sorgentante

Am nächsten Morgen spähte sie gleich nach dem Aufstehen durch die Vorhänge. Zwar sah man überall große Pfützen, aber es war immerhin trocken genug, dass sie draußen arbeiten konnte. Was blieb ihr anderes übrig, als noch einmal Anlauf zu nehmen? Sie würde es ihm schon zeigen! In Gummistiefeln trabte Emily zielstrebig durchs Dorf.

Die Welt blitzte und blinkte nach dem langen Regen in strahlender Frische. Emily stellte ihre Staffelei auf, setzte sich auf den Malhocker, tunkte den Pinsel ein, die eine Seite in Neapelgelb, die andere in Siena natur, und malte mit schnellen Strichen das Weizenfeld, ohne vorher eine Skizze anzufertigen.

Leichte Windstöße wehten durch das Korn, die Halme wiegten sich wie Tausende aufrecht stehender, schwingender Malerpinsel, die in die Luft malten. Das war eine Idee, die aus ihrer Seele kam. Pinsel. Als sie die ersten bekommen hatte, war sie davon begeistert gewesen, wie viel besser man mit ihnen zaubern konnte als mit den Buntstiften. Eine feine Linie kam heraus, wenn sie den

Pinsel so hielt, dass er kaum das Papier berührte, und je mehr Druck sie ausübte, desto dicker wurde der Strich. Mit grünem Pigment angefeuchtet, konnte der Pinsel durch eine minimale Bewegung des Handgelenks ein Blatt andeuten.

Jetzt ließ sie in der Ferne durch einen leichten Schwung des Handgelenks einen Heuhaufen und ein paar Bauern entstehen.

Einmal hatte sie ihrem Vater eine Zeichnung des Familienhundes in die große Hand gelegt. Er warf einen kurzen Blick darauf, machte »Hm« und widmete sich wieder seiner Zeitung. Aber an ihrem siebten Geburtstag stand auf einer Karte in Vaters breiter Schrift *Für Millie, die sieht, wie wunderschön Hunde und Vögel und Kuhweiden sind*, und vor der Karte lagen acht rechteckige Farbschälchen und drei gelbe Pinsel.

Eine Welle der Dankbarkeit überrollte sie, als sie die Bauern malte und einen in helles Siena natur gekleideten Mann im Mittelgrund hinzufügte. Sie malte ihm einen Gegenstand in die Hand, der aussah wie ein kleiner Kasten. Wie ein Farbkasten?

Als Vater diesen Impuls gab, ahnte er nicht, dass er später alles tun würde, um ihn rückgängig zu machen. Emily konnte deutlich die Verachtung in seiner Stimme hören, als er Jahre später sagte: *Es ist ja gut und schön, wenn ein kleines Mädchen hübsche Bilder malt. Aber wenn eine erwachsene Frau solche Vergnügungen ernst nimmt, ist das unpassend.* Er hatte Angst, dass das Malen ihre Heiratschancen minderte. Ob Emily überhaupt heiraten wollte, interessierte ihn nicht. Sie veränderte die Farbe seiner Kleidung zu Violett und Paynesgrau, die seines Gesichts zu Limettengrün und Lichter Ocker. Sie malte eine Farbschicht über die andere, sodass ein dickes Impasto entstand. Ihre Hand flog hin und her, die Farben kamen von einem Ort tief in ihrem Inneren.

Es war ein Experiment: Sie malte ohne Plan, sie schob die Bestandteile des Bildes hin und her, drückte durch die Farben ihre Gefühle aus. Es war ein Experiment – und sie ruinierte es. Sie malte nicht mit der Seele. Sie malte aus Wut. Sie war sich über ihre Gefühle für diese Figur nicht im Klaren, deshalb war die Form nicht überzeugend und die Farbgebung diffus. Sie fürchtete sich schon vor Gibbs kritischen Bemerkungen.

»Das gehört in den Mülleimer«, sagte sie am nächsten Tag zu ihm.

»Sie sind bereit, Ihre größte Stärke aufs Spiel zu setzen, um etwas noch Besseres zu lernen. Deshalb werden Sie eines Tages ein guter Maler sein – eine gute Malerin.«

»Warum können Sie nicht einfach ›Maler‹ sagen?«

Nur ein Laut kam aus seinem Mund, kein Wort. Seine Augen erinnerten an die eines kleinen Tieres, das in die Enge getrieben wurde. Sie wollte seine Antwort eigentlich gar nicht hören.

»Warum zeigen Sie mir nie Ihre eigenen Arbeiten? Oder die von anderen Schülern?«

»Die anderen wissen nicht, wo sie hinwollen. Sie wissen es.«

»Ich glaube, ich trete auf der Stelle. Ich habe viel von Ihnen gelernt, und dafür bin ich Ihnen sehr dankbar, aber vielleicht war ich lange genug bei Ihnen.«

Seine Augenbrauen bildeten die gleiche Kurve wie seine Lippen. Er klopfte sich mit dem Pinsel aufs Handgelenk und blickte auf ihre Arbeit. »*D'accord*. In Concarneau, einem Hafen südlich von hier, unterrichtet eine Frau aus Neuseeland. Frances Hodgkins. Ich werde ihr heute noch schreiben. Geben Sie mir Ihre Heimatadresse, damit ich Ihnen die Bilder zurückschicken kann.«

In dem Moment wurde ihnen beiden erst richtig bewusst, dass sich ihre Wege trennen würden. Emily hatte das Gefühl, als würde das Band zwischen ihnen zerschnitten. Gibb schaute ihr direkt ins Gesicht, was er selten tat, und seine Augen waren dunkel und traurig.

»Wenn Sie wieder zu Hause sind, dürfen Sie nie vergessen, dass Kränkungen durch Kritiker Ehrenmedaillen sind. Halten Sie sich fern vom Kunstgeschwätz, Emily, und lernen Sie von Ihrer schweigsamen Indianerin.«

Innerlich wiederholte sie diesen Satz, Wort für Wort.

»Noch etwas. Sehr wichtig! Schauen Sie sich den Salon d'Automne im Grand Palais an. Dort werden Sie sehen, welche Fortschritte Sie gemacht haben.« Er musterte sie mit ernstem Blick. »Das müssen Sie mir versprechen.«

Gibb streckte die Hand aus, als wolle er sie am Arm fassen, sie berühren, um ihr begreiflich zu machen, wie wichtig das, was er gesagt hatte, für sie war.

Sie hielt den Atem an. Ja, berühre mich, dachte sie.

Seine Hand, mit blauer Farbe unter dem Daumennagel, hielt in der Luft inne.

»Ich verspreche es.«

18 Frances

Emily fuhr sich mit den Fingern durch die Haare, ehe sie klopfte. Die Frau, die öffnete, war etwa in ihrem Alter, vielleicht ein paar Jahre älter, und fast so robust gebaut wie sie. Sie trug eine orangefarbene Bluse, einen dunkelblauen Rock und eine schwarze Baskenmütze mit einer auffallenden Messingschnalle vorn. Emily stellte sich vor.

Die Frau riss die Tür auf. »Ich habe Sie schon gestern erwartet. Treten Sie ein. Ich bin Frances.«

Emily betrat einen kleinen, voll gestopften Raum. Kleider hingen über Staffeleien, Teller stapelten sich auf Notizblöcken, Gläser mit Pinseln standen auf den Fenstersimsen, jeder Zentimeter Wand war mit bunten Farben bedeckt. Sie fühlte sich sofort zu Hause.

»Ich habe einen Tag gebraucht, um ein Zimmer zu finden. Hier gibt es viele Touristen.«

»Ja, im August ist das immer so.« Frances warf ihren Hut aufs Bett, ließ sich in einen durchgesessenen Korbsessel fallen und schnürte ihre Schuhe auf. »Uff! Ich bin gerade erst heimgekommen. Ich wollte so viel wie möglich aus dem Tag herausholen, immer hinter der Staffelei. Meine Füße nehmen es mir übel, aber das Licht war einfach grandios!«

»Harry Gibb meinte, Sie könnten vielleicht noch eine Schülerin annehmen.«

Frances legte den rechten Fuß aufs linke Knie, um sich die Sohle zu massieren. »Er müsste es eigentlich wissen – mein Sommerkurs ist zu Ende. Ich nehme keine Schüler mehr. Wenn man die ganze Zeit nur unterrichtet, kommt man selbst nicht zum Malen.«

Emily ächzte.

»Haben Sie in der Mappe etwas, was Sie mir zeigen wollen?«

Emily holte alles heraus. Oben lagen ihre jüngsten Versuche aus St. Efflam.

»Mir gefällt die Kraft und die lockere Andeutung der Details um das Haus herum.« Frances widmete sich jetzt ihrem anderen Fuß. »Sie setzen die Farbe sehr gekonnt ein, um der Kirche Form zu geben.«

Sollte das heißen, dass sie auf dem richtigen Weg war? Wenigstens schaffte es diese Frau, etwas zu sagen, was nicht beleidigend klang.

Nun kam Frances zum Raben von Häuptling Wakias. »Meine Güte!« Sie hörte auf zu massieren und zog an einer Schnur, um die Glühbirne anzuknipsen, die nackt von der Decke herunterhing. Sie legte mehrere überarbeitete Totem-Bilder nebeneinander und studierte jedes einzelne hochkonzentriert. »Bizarr.«

»Das mag stimmen, aber sie sind mit innerer Überzeugung geschnitzt.«

»Sie brauchen sich nicht zu entschuldigen. Entschuldigungen können Sie sich grundsätzlich an den Hut stecken. Ich finde diese Bilder wunderbar. Warten Sie einen Augenblick.« Frances schob ein paar Teller und Tassen und Skizzenblöcke beiseite, blätterte einen Stapel ihrer eigenen Aquarelle durch und zog ein paar heraus, auf denen Ureinwohner dargestellt waren. Sie saßen auf dem Boden, in karierte Decken gehüllt und mit schweren Perlenketten um den Hals. »Das sind Maori.«

Grüne Augenlider. Blau-weiße Lippen. »Ungewöhnliche Farbeffekte. Interessante Gesichter«, sagte Emily. Aber kein Kontext. Nichts, was die Kultur dieser Menschen zeigte. Von außen gemalt.

»Ich habe diese Bilder gemalt, als ich das letzte Mal zu Hause war. Mein Vater hasst sie. Er ist Leiter einer Kunsthochschule in Dunedin.« Diese Mitteilung wurde von einem frechen Grinsen begleitet.

»Hasst er das Sujet oder den Stil?«

»Alles. Aber er ist nicht der Einzige, der so reagiert. Je mehr ich mich verändere, desto mehr stoße ich in meinem Land auf Ablehnung.«

Emily erschrak. Wie würde das wohl bei ihr zu Hause sein?

Frances schaute sich die Totempfähle noch einmal an. »Wissen Sie – vielleicht ist es ja eine gewisse herablassende Arroganz unsererseits, dass wir uns zum Primitiven hingezogen fühlen. Meinen Sie, es ist ein Ersatz für etwas, was uns fehlt?«

»Für mich ist es kein Ersatz. Und ich habe auch nicht das Gefühl, herablassend oder arrogant zu sein«, erwiderte Emily.

Frances musterte sie von der Seite. »Wie Sie meinen. Was möchten Sie mit diesen Bildern ausdrücken?«

»Anfangs dachte ich, dass ich lediglich die Totempfähle in ihrer angestammten Umgebung wiedergeben will, in den Dörfern oder im Wald, bevor sie zerstört werden. Sie verdienen es, festgehalten und dokumentiert zu werden.«

»Und jetzt?«

»Jetzt ist es etwas Umfassenderes. Ich will sie nach wie vor festhalten, aber ich will auch ihren Geist zeigen – beziehungsweise meine Reaktion darauf. Ich möchte, dass meine Bilder die Trommelschläge versenden, die ich höre, wenn ich vor den Pfählen stehe.«

»Ah. Aber man kann nicht beides haben. Sie können nicht Ihre Gefühle ausdrücken und gleichzeitig diese Pfähle für die Nachwelt dokumentieren. Sie müssen sich entscheiden, was wichtiger ist – Sie oder die Totems.« Frances lächelte freundlich. »Wenn Sie Lust haben, können wir morgen gemeinsam malen.«

»Das würde ich sehr gern tun.« Emily hielt sich an der Tischkante fest.

»Ich habe gesehen, wie die Fischer auf der anderen Seite der Zugbrücke ihre roten Netze reparieren, auf der Insel im Hafen. Wir können uns um neun dort treffen.«

»Ich werde da sein!«

Als Emily die Brücke überquerte, spürte sie, wie die schrägen Strahlen der Morgensonne ihr Nacken und Rückgrat wärmten. Das Licht ließ die ockergelben Häuser am Kai und die rubinroten Geranien in den Fensterkästen leuchten. Seeschwalben stießen helle, vibrierende Schreie aus, braune Segel flatterten, das Meer funkelte aquamarinblau, saftgrün und sogar manganviolett. Von den Marktständen wehte der Pökelgeruch von eingelegtem Hering herüber. Gebeugte Fischer, ihre Boote und der Pier, voll gepackt mit Schöpfeimern und ausgehängten Netzen, warteten nur darauf, gemalt zu werden. Es würde ein herrlicher Tag werden.

Sie sah Frances am Kai stehen, in roter Jacke und magentafarbenem Schal, dazu einen weichen schwarzen Filzhut. Diese lässige Kleidung gefiel Emily. Frances malte im Stehen, weit vorgebeugt bearbeitete sie die Staffelei mit ausholenden, energischen Pinselschwüngen. Sie führte den Pinsel aus der Schulter heraus und setzte dabei ihren ganzen Arm ein. Zwischendurch lehnte sie sich zurück, um mit einem raschen Blick ihr Werk zu begutachten, die Hüfte vorgestemmt, dann malte sie mit neuem Schwung weiter, selbstbewusst und mit wehendem Rock. Jede Faser ihres Körpers schien beteiligt. Sie arbeitete mit vollem Einsatz und gleichzeitig sehr elegant. Was für ein erstaunlicher Anblick! Das war es, was sich Emily ersehnte – so frei, so hingebungsvoll malen zu können.

Frances hatte sie bemerkt, fügte aber noch ein paar Striche hinzu. »Ich begreife allmählich, was Matisse wollte. Nicht mehr Monet. Seine langen, fließenden Pinselstriche müssen ihm unheimlich viel Spaß gemacht haben – endlich Schluss mit den durchbrochenen Markierungen.«

»Und ich habe das ganze Frühjahr damit verbracht, durchbrochene Pinselstriche zu lernen.«

Und damit nicht genug, Frances verwendete Aquarellfarben – genau das, was Emily eigentlich nicht vorgehabt hatte.

»Sie arbeiten so schnell. Als würde ein Sturm über Sie hinwegfegen.«

»Das setzt die Leidenschaften frei. Versuchen Sie's mal. Überlegen Sie sich gut, was Sie wollen, bevor Sie beginnen – und dann müssen Sie einfach loslegen.«

Emily stellte ihre Staffelei und den Klapphocker auf.

»Malen Sie nicht im Sitzen. Bewegen Sie sich, und machen Sie keine Pause. Wie beim Tanzen. Denken Sie nicht so viel nach. Lassen Sie sich von Ihren Instinkten leiten.«

»Das habe ich schon mal getan, als ich wütend auf meinen Lehrer war.«

»Auf Harry?« Frances kicherte. »Probieren Sie's mal, wenn Sie nicht wütend sind. Packen Sie Ihren Pinsel voll mit Farbe, und holen Sie aus jedem Strich alles heraus.«

Emily schaute, überlegte und entwarf eine Komposition. Bewusst und ohne Mühe brachte sie sich dazu, die Szenerie auf geometrische Formen und Flächen zu reduzieren. Stehend warf sie eine diagonale grüne Kurve für das linke Schanzkleid eines Fischerboots auf die Leinwand. Die Linie hatte Kraft und war ehrlich. Dann holte sie erneut aus, attackierte den rechten Rand. Sie brachte ihre ganze Ölpalette durcheinander, mischte Rot und Dunkelviolett und trug es in einer langen, genüsslichen Bewegung als Schatten unter dem Schanzdeck auf. Den Bug, der sich zum Teil außerhalb der Leinwand befand, umriss sie mit Schwarz. Sie lehnte sich kurz zurück, um das, was sie bis jetzt gemalt hatte, auf sich wirken zu lassen, dann stieg sie wieder ein, fand ihren Rhythmus, beschleunigte das Tempo.

»Mir kommt es vor, als würde ich in das Gemälde hineinsausen«, sagte sie.

Sie malten beide, ohne auf die Zeit zu achten, unterhielten sich zwischendurch leise, machten sich gegenseitig auf Lichtveränderungen und Farbnuancen aufmerksam. Gemeinsam mit einer anderen Frau hier am Kai zu malen – es war wirklich wie ein Tanz. Aber nicht wie ein Walzer, sondern wie ein übermütiger Freudentanz.

Emily merkte, dass Frances ihr Bild betrachtete. »Du brauchst keinen Lehrer. Du musst nur malen.«

»Ich muss vor allem eine Pause machen.«

»Ja, ich komme auch fast um vor Hunger. Und meine Füße wollen mich keine Minute länger tragen«, sagte Frances stöhnend. Sie setzten sich auf eine Steinbank. Frances wischte sich die

Hände ab und klappte ihren Picknickkorb auf. Sie bot Emily ein Stück Brot und ein paar Trauben an. »Wo hast du in Paris studiert?«

»An der Académie Colarossi und im Atelier Blanche.«

»Bei Colarossi! Ich habe dort unterrichtet. Bis vergangenen Mai.«

»Und ich bin im Juli gekommen.«

Sie schauten sich verdutzt an.

»Das wäre was gewesen ... Aber so! Keine Beurteilungen auf Englisch. Keine Bücher oder Abbildungen, die mir irgendwelche Hinweise gegeben hätten. Die Lehrer haben mich einfach ignoriert.«

Frances hob die Hände. »Ich weiß. Ich war die erste Frau, die sie je eingestellt haben. Keine Ahnung, ob es ein Zugeständnis war oder eher ein Experiment. Im engeren Kreis der heutigen Avantgarde gibt es keine Frau. Keine einzige! Ich bin auch nur eine Randerscheinung.«

Das wollte Emily nicht hören.

»Wo der Boulevard Montparnasse auf den Boulevard Raspail stößt, treffen sich die einflussreichen Leute – im Café de la Rotonde oder im Dôme«, sagte Frances.

»Ich weiß, aber ich habe mich nicht getraut, allein dorthin zu gehen.«

»Harry Gibb hat Matisse' erstes Gemälde verkauft. Er hätte dich dort einführen können.«

»Ich glaube, ich habe Matisse dort gesehen. Aber ich kann leider kein Französisch.«

»Das ist nicht das Problem. Oder nur zum Teil. Wir stammen aus den Kolonien, und wir sind Frauen – deshalb sind wir schüchtern.«

»Ich weiß nicht, was schlimmer ist. Für unsere Kunst, meine ich.«

»Ich glaube, das mit den Kolonien ist nicht so schlimm. Hier sind viele Ausländer. Außerdem denken alle, wir kommen aus England.«

»Gibb hat ein paar Mal gesagt, ich würde eine gute Malerin werden, aber er hat immer die weibliche Endung betont. Wovor hat er Angst?«

Frances legte ihr die Hand auf den Arm. »Es ist ein mühsamer Weg, ich weiß. Aber hier haben Frauen bessere Chancen, als ernsthafte Künstlerinnen betrachtet zu werden und nicht nur als –«

»Hobbymalerinnen.«

Jeden Tag malten sie von nun an gemeinsam, wechselten sich ab bei der Wahl des Sujets – Boote, auf Stelzen am Strand, Segelmacher in offenen Hütten, Verkäufer in Holzpantinen, die Birnen oder Makrelen auf Schubkarren verkauften. Sie standen da und malten den ganzen Tag, gingen dann mit steifen Knien zu einem Restaurant am Kai, aßen langsam und bedächtig ihr Abendessen und wanderten weiter zu ihren Pensionen. Sie lebten in einer Welt, in der es nur sie beide gab. Emily versuchte es mit Frances' starken, schwungvollen Linien. Sie übertrug den post-impressionistischen Stil auf die Aquarelltechnik und strebte die Leuchtkraft von Frances' Farben an. Und sie spürte, wie sie beide ihre Schutzmechanismen abbauten.

Eines Nachmittags wurden sie von einem Gewitter überrascht und kamen klatschnass ins Dorf zurück.

»Es war ein wunderbarer Tag, aber ich habe genug von Weizenfeldern und Kühen und Stockrosen. Ich werde zu europäisch.«

»Unsinn. Du gehörst hierher. Frankreich hat eine emanzipatorische Wirkung. Komm mit rein und trockne dich ab«, sagte

Frances am Eingang zu ihrer Pension. »Sonst erkältest du dich noch.«

In ihrem Zimmer zog Frances die nassen Kleider aus, bis auf den Unterrock, und legte sie zum Trocknen über die Dampfheizung. »Sei nicht so prüde. Du bist genauso durchnässt wie ich.« Frances kickte ihre Schuhe weg und massierte sich wieder einmal die Füße.

»Zu heiß, um zu arbeiten? Die Indianer ruhen sich aus. Zu nass? Die Maler ruhen sich aus.« Emily zog Jacke und Rock aus und setzte sich aufs Bett, um die Werke des heutigen Tages auszubreiten.

»Überleg doch mal – wir malen den ganzen Tag, geben unseren letzten Centime für eine Tube Farbe oder eine Reproduktion aus, ziehen von einem Ort zum andern, wohnen in gemieteten Zimmern«, sagte Frances.

»Und kümmern uns um nichts anderes als um die Malerei.«

Frances kicherte. »Und drehen den leblosen Ehefrauen eine lange Nase. Die sehnen sich danach, so zu sein wie wir. Wir erschaffen uns selbst, so wie es uns gefällt, Fanny und Millie, *artistes*.«

»Findest du nicht … ich meine … glaubst du, es ist ein spiritueller Akt, sich selbst zu erschaffen?«

»Nein, überhaupt nicht. Das ist eine ganz praktische Angelegenheit. Es geht um Unterhalt und Miete versus Leidenschaft und Selbstverwirklichung. Alles, *alles* muss sich der Selbstverwirklichung unterordnen. Ich habe eine Verlobung gelöst. Meine Eltern waren entsetzt, sie hatten Angst, ich würde verhungern, aber ich habe mich noch nie so frei gefühlt.«

»Du hast die Verlobung gelöst wegen der Kunst?«

»Selbstverständlich! Ich konnte mir einfach nicht vorstellen, wie ich mich aufspalten soll.« Frances fing an, ihren anderen Fuß zu bearbeiten. »Also habe ich mich für das unstete Leben der Bohème entschieden.«

»Ich war nie ganz in der gleichen Situation, aber ich habe vor vielen Jahren einen Heiratsantrag ausgeschlagen. Der Mann ist mir bis nach London gefolgt und hat mir versprochen, ich könne auch weiterhin malen. Aber dann sagte er: ›Wir könnten Kinder bekommen, und du könntest ihnen beibringen, wie man malt.‹«

Frances lachte laut.

»Dieser eine Satz hat mich so geärgert, dass ich nicht einmal ein schlechtes Gewissen bekam, weil ich seine Gefühle verletzte. Ach, er hätte mich zu Tode gelangweilt! Meine Schwestern haben mich nicht verstanden – wie konnte ich nur etwas zurückweisen, was sie sich seit ihrer Kindheit ersehnten und worum sie auf Knien beteten?«

»Die Einsamkeit macht uns hart«, sagte Frances. »Wir Frauen müssen entscheiden, was wir *nicht* brauchen. Aber die Männer? Niemand würde von den Männern verlangen, aufzugeben, was wir aufgeben müssen. Sie haben Familien, eine Ehefrau, eine Geliebte *und* die Kunst.«

Sie probierte, wie es sich anfühlte, mit den frisch massierten Füßen aufzutreten. »Ah, schon besser. Komm, ich massiere dich auch.« Sie zog den Korbsessel zum Bett.

Emily wich zurück.

»Tun dir die Füße denn nicht weh?«

»Ach, danke, kein Problem.«

»Warum bist du dann vorhin gehumpelt? Du hinkst öfter ein wenig.«

»Nur wenn ich müde bin. Normalerweise male ich ja im Sitzen.«

»Komm schon.« Frances griff nach Emilys Fußgelenk und bewegte ungeduldig ihre Finger.

Emily spürte eine ungewohnte Hitze in sich aufsteigen. Woher kam diese plötzliche Sehnsucht nach Nacktheit, nach Entblößung? Sie kannte solche Gefühle doch gar nicht!

»Du bist manchmal so stur wie ein Stein.«

»Mir fehlt ein großer Zeh.« Sie hörte, wie Fanny verdutzt nach Luft schnappte.

»Wieso?«

»Er musste mir in London amputiert werden. Ich war selbst Schuld. Es war ein Unfall, mit einer Kutsche. Ich habe mir dabei einen Bruch und eine Zerrung zugezogen, habe aber alles ignoriert, bis es zu spät war und ich mir vor Schmerzen nicht mehr zu helfen wusste.«

»Und ich beschwere mich die ganze Zeit darüber, dass ich Plattfüße habe!« Frances stützte die Unterarme auf die Knie. »Lass mich den Fuß trotzdem massieren.«

»Er sieht so hässlich aus.«

»Lieber ein hässlicher Fuß als ein hässliches Gesicht wie meins.«

»Aber du darfst nicht erschrecken.«

Frances schüttelte den Kopf und schloss die Augen. Emily legte ihren Fuß in Fannys Hand. Fanny löste die Schnürsenkel und zog ihr Schuhe und Socken aus. Ihre Hände waren kräftig. Sie knetete die verhärtete Ferse und arbeitete sich mit energischen Bewegungen zum Spann vor, presste mit dem Daumen, um die Verkrampfungen zu lockern, die dadurch entstanden, dass er zur Erhaltung des Gleichgewichts die ganze Arbeit des großen Zehs tun musste.

»So was hat noch nie jemand für mich getan.«

»Du warst zu verschlossen, um darum zu bitten. Verschlossen wie eine Walnuss.«

»Und das sagt ausgerechnet eine Frau, die Unabhängigkeit predigt.«

»Schscht. Lehn dich zurück und mach die Augen zu.«

Emily schob ihre Aquarellzeichnungen beiseite und versuchte sich zu entspannen. Das gleichmäßige Rauschen des Regens hatte eine einschläfernde Wirkung. Ganz von selbst fielen ihr die

Augen zu. Fannys Hände, die sanft den Zehenballen bearbeiteten und den Schmerz hinauspressten und von unten gegen die vier Zehen drückten. Sie wehrte sich nicht mehr gegen die behutsamen Berührungen, mit denen Fannys Finger den Stummel des großen Zehs massierten. Emily fühlte sich so warm und ganz, wie sie sich noch nie in ihrem Leben gefühlt hatte, und sie wünschte sich nichts anderes, als dass es immer so bleiben möge.

Der Sommer wurde von herbstlicher Kühle abgelöst, ihre gemeinsame Zeit neigte sich dem Ende entgegen. Eines Abends saßen sie bei Fischsuppe und grünen Bohnen im Restaurant. Das Licht der Petroleumlampe beleuchtete Fannys Gesicht. Ihre Augen glänzten. Emily hatte das Gefühl, als würde etwas, was unausgesprochen in ihnen beiden schlummerte, sich entfalten, läge nun zwischen ihnen auf dem Tisch und wartete darauf, dass die andere es mit dem Zeigefinger berührte. Eine neue Lebendigkeit verlieh allem einen zauberhaften Glanz.

Die Takelagen klackten gegen die Masten. Die Boote hatten sich schon zur Ruhe begeben. Draußen am Kai stand ein Paar, beide in den gelben Holzschuhen der Bretagne. Sie schmiegten sich eng aneinander, trennten sich wieder und lachten. »Entzückend«, murmelte Emily.

»Ein heimliches Liebespaar?«, fragte Frances.

»Nein. Ich finde, an ihnen ist nichts Heimliches.«

»Hast du je eine tiefe Leidenschaft erlebt, Millie? Ich meine – nicht für die Kunst, sondern für einen Menschen.«

»Das Leben war mir gegenüber in dieser Beziehung nicht besonders großzügig. Lange hat mein Vater all meine romantischen Wünsche abgewürgt.«

»Abgewürgt? Wie das?«

Fannys Augen waren blau, so blau, wie wenn man, auf der Suche nach einem sicheren Hafen, über den Ozean blickt. Ein leises Lächeln erschien auf ihrem Gesicht, was Emily als Aufmunterung empfand.

»Er hat mich bedrängt, hat alles in den Schmutz gezogen. Ich hatte Angst, er würde mich an Stellen berühren, an denen er mich nicht berühren durfte. Und er hat über Sex geredet, aber es klang alles so ekelhaft. Ich war vierzehn und ahnungslos und erschrak zu Tode.«

Frances tätschelte tröstend ihre Hand.

»Er hat alles verdorben, was ich mir so schön ausgemalt hatte, die Lust der Vereinigung. Ich habe meinen Vater sehr geliebt – aber nur davor, danach nicht mehr.«

»Das tut mir Leid.«

Emily wunderte sich, wie leicht es ihr fiel, endlich darüber zu sprechen. Es war, als würde sie ein bleiernes Gewicht über fremdem Boden abwerfen, von wo es nie wieder zu ihr zurückkehren konnte. Sie empfand maßlose Erleichterung.

»Ich glaube, er wollte mir Angst einjagen, damit ich nicht zu leichtsinnig werde. Wir hatten uns gestritten, weil er mir nicht erlaubte, allein in den Park zu gehen – was ich immer getan habe, als ich kleiner war.« Sie strich mit dem Daumen über ein raues Nagelhäutchen. »Keuschheit, durch Panik gesichert. Ich wurde zynisch. Aber vielleicht ist es auch nur Bequemlichkeit, wenn ich ihn dafür verantwortlich mache. Es kann ja sein, dass der Zynismus angeboren ist.«

»Es geht nicht um Zynismus, Millie. Es ist eine Frage der Prioritäten.«

»Wenn ich die letzten dreißig Jahre noch einmal erleben könnte, ohne unter dem Einfluss meines Vaters zu stehen; wenn er an meinem siebten Geburtstag gestorben wäre, nachdem er mir meinen ersten Wasserfarbenkasten geschenkt hat –, wie wäre mein Leben dann verlaufen? Wahrscheinlich hätte ich genau dieselben Entscheidungen getroffen.«

»Vielleicht hat er dir die Sehnsucht erspart.«

»Nein. Jedenfalls nicht ganz.«

»Ach, ja?«

»Es gab einen Franzosen.«

»Hier?«

»Nein. Einen Pelzhändler zu Hause. Ich war naiv, ich hatte Angst, und ich habe meine Chance verspielt. Meine Gefühle für ihn waren verbunden mit der Hoffnung, wir könnten gemeinsam in den Norden fahren.« Emily zündete sich eine Zigarette an und rauchte einen tiefen Zug. »Aber die Erfahrung hat mir zumindest gezeigt, wie es sich anfühlt, wenn man liebt.«

Frances betrachtete sie mit ruhigem Blick. »Bist du religiös?«

»Ja. Aber ich gehe nicht in die Kirche. Da bin ich der Rebell der Familie. Zu Hause sind alle sehr fromm. Die finsteren Blicke von der Kanzel herunter haben mich immer völlig eingeschüchtert, ich bin zusammengeschrumpelt wie gekochter Spinat. Und dann hat in London ein Pastor versucht, mir die Hand zwischen die Beine zu schieben. Ein widerlicher alter Lüstling mit Leberflecken. Hierzulande gibt es überall Kathedralen, aber ich habe mir noch keine einzige angesehen.«

»Und trotzdem bezeichnest du dich als religiös?«

»Gott atmet in den Wäldern. Ach, Fanny – du musst sie unbedingt sehen! Diese Zweige hoch über dir, wie das Gewölbe von Notre Dame, und die gleiche heilige Stille, bis auf das Singen des Windes, das klingt wie ein ständiger Orgelakkord. Wenn es in meinem Leben irgendeine Art von Gebet gibt, dann die Bitte, dass Er, wenn ich Ihn nur stark genug suche, meinem Werk Seinen Geist einhauchen möge.«

»*Du* bist diejenige, die deinem Werk Seinen Geist einhauchen wird.«

Am letzten Abend, bevor Emily nach Paris zurückfuhr, wo sie ihre Bilder und ihre Winterkleidung abholen wollte, saß sie mit Frances im Restaurant am Kai. Sie teilten sich eine Portion Muscheln und eine Karaffe Rotwein. Emily sah auf den Hafen hinaus. Lichter blinkten auf verankerten Booten, und der Mond warf einen tanzenden Silberschatten über das Wasser.

»Du hast mich vor einem einsamen Sommer bewahrt«, sagte Frances.

»Und du hast mich vor einem vergeudeten Sommer bewahrt.«

»Es ist die selbst gewählte Einsamkeit, die ...«

» ... die Freude trübt?«

»Ja. Sie krallt sich in mein Herz.« Frances stützte beide Ellbogen auf und beugte sich vor, als müsse sie dringend etwas loswerden. »Warum bleibst du nicht hier, Millie? Du kannst den Winter in Paris verbringen und mit mir malen. Wir können uns ein Atelier teilen. Ich werde dich den Malern im Café de la Rotonde vorstellen. Und den Kunsthändlern.«

»Und ich würde nie wieder eine Zeder malen oder einen Totempfahl? Ich soll die einzig wichtige Beziehung aufgeben, die mich die ganzen Jahre am Leben gehalten hat – meine Beziehung zu dieser Landschaft? Wie viele Totempfähle sind verkauft oder zerstört worden, seit ich weg bin?«

»In Neuseeland schließen sich die Malerinnen zusammen und unterstützen sich gegenseitig«, wandte Frances ein. »Sie unternehmen gemeinsame Reisen, um zu malen. Wir könnten das auch tun.«

Gemeinsam nach British Columbia? Diese Verantwortung wollte Emily nicht übernehmen.

»Eine Zwei-Personen-Armee«, fuhr Frances fort. »Wir sind hier so frei wie die Feldmäuse und können leben, wie wir wollen.«

»Ich muss nach Hause zurück, Fanny, ich muss das, was ich hier gelernt habe, auf das anwenden, was ich liebe. Paris ist nicht meine Welt – ich gehöre nicht hierher. Ich bin hier nicht ich selbst.«

»Das kannst du doch gar nicht so genau wissen. Ich habe einmal versucht, wieder nach Hause zurück zu gehen, aber nach der Zeit in Paris war ich viel zu radikal. Haben alle gesagt.« Frances lachte. »Ich und radikal! Sie haben noch nie etwas von einem Kubisten gesehen!«

»Heißt das, du willst nie wieder zurück?«

»Genau.«

Frances' Gabel schrappte über das Innere einer Muschelschale. Ein penetrantes Geräusch.

»Wann hast du das entschieden?«

»Vergangene Woche. Als du von British Columbia gesprochen hast. Mir ist klar geworden, dass es zu Hause nichts gibt, was ich nicht auch hier malen könnte. Es gibt nichts, was ich so liebe, dass ich bereit wäre, mich dafür mit der Engstirnigkeit abzufinden. So wie es jetzt ist, bin ich eine Frau ohne Heimat.«

»Das ist der Unterschied zwischen uns beiden. Wenn ich mit der Seele malen will, muss ich in British Columbia sein. Bei dir habe ich den Eindruck, dass du überall Dinge findest, die dich zum Malen inspirieren.«

»Deine Kunst wird dort ersticken, Millie.«

»Aber nicht meine Seele.« Emily zog an ihrer Zigarette.

»Deine Ausdrucksfähigkeit wird verblassen vor diesen Pfählen, die du anbetest, und du wirst wieder anfangen, sie zu dokumentieren.«

»Ich bete sie nicht an. Ich liebe sie. Das ist alles.«

»Warum? Was macht sie so göttlich? Deine romantische Liebe zu den Indianern? Das ist keine Liebe, das ist –«

»Fanny! Hör auf!« Emily klammerte sich entsetzt am Tischrand fest.

»Es ist Arroganz. Große weiße Frau rettet die Totempfähle der dem Untergang geweihten Indianer.«

»Ist Gauguin arrogant? Oder Picasso?«

»Man merkt es an der Art, wie du über die Indianer sprichst. Als wären sie Kinder der Natur, die nichts falsch machen können und edel im Elend leben. Du brauchst Distanz, um zu sehen, wie du sie idealisierst.«

»Du irrst dich.« Emilys Schläfen pochten.

»Der Mittelpunkt der Kunstwelt ist Paris, Millie. Nicht irgendein entlegener Winkel in der Wildnis.«

»Glaubst du, ich weiß nicht, was ich aufgebe? Den Ort, an dem sich in der Kunst alles Wichtige abspielt? Die beste Freundin, die ich je hatte? Ich wusste bisher gar nicht, dass Freundschaft so schön sein kann. Ja, verschlossen wie eine Walnuss. Ich kann dir nicht beschreiben, wie ich mich gefühlt habe, als du meine Füße massiert hast. Glaubst du, ich weiß nicht, dass du vermutlich der letzte intelligente Mensch bist, mit dem ich über Kunst reden kann – wenn ich weggehe? Die Einsamkeit nagt dort an mir wie eine Ratte. Ich würde meinen zweiten großen Zeh opfern, um zu Hause eine Seelenfreundin wie dich zu haben, jemanden, dem ich mein Herz offenbaren kann, mit dem ich durch die Wälder streifen und über alles reden kann, so wie du und ich es immer tun.« Ihr Atem bebte. »British Columbia mag am Ende der Welt liegen, aber für mich ist es der Mittelpunkt.«

»Du möchtest das Unvereinbare vereinbaren, stimmt's? Genau wie bei deinen Bildern von den Totempfählen. Genauigkeit und Ausdruck. Du willst beides. Freundschaft und Unabhängigkeit.«

»Ja, Fanny – Unabhängigkeit. Dein Credo.«

Frances zuckte zurück, als hätte Emily ihr einen Schlag versetzt.

Emily blickte hinaus übers dunkle Wasser, über den Atlantik, über die Ebene, ins Herz ihres Landes, zum wilden, feuchten, fruchtbaren Westen. Entschlossen drückte sie ihre Zigarette aus.

»Ich will mich nicht entschuldigen, weil ich weiß, dass du das nicht leiden kannst – aber ich werde nach Hause gehen.«

Schweigend und in einem Zug leerte Frances ihr Weinglas. Dann legte sie ihre Hand auf Emilys. »Ich glaube, ich habe es die ganze Zeit geahnt.«

19 Kastanie

An der Metro-Haltestelle Montparnasse stieg Emily aus und blickte nach oben. Ein wunderschönes Gitter aus Gusseisen verzierte den Ausgang, schlanke Metallstiele, die sich anmutig zu Blättern und Lilien entfalteten. Warum war ihr das bisher nie aufgefallen?

Eine Frau, die laut vor sich hin sang, und ein Mann mit Augenklappe führten einen jungen Jaguar an der Leine spazieren. Nicht zu fassen! Das war Paris. »*Bonsoir*«, murmelte Emily, aber die beiden erwiderten ihren Gruß nicht. Zwei Nutten in tief dekolletierten Kleidern kamen auf sie zu. Ihre Gesichter waren rot und blau geschminkt. Nichts an ihnen erinnerte an die geduckte Haltung der Indianerinnen in der Cordova Street in Vancouver. Diese Frauen kamen mit energischem Schritt daher, als gehöre ihnen der Boulevard. Emily wich ihnen nicht aus, sie streiften sie im Vorübergehen.

Die rote Markise des Café de la Rotonde war eingerollt, damit die Gäste die letzten Strahlen der Oktobersonne genießen konnten, und die Blätter der Kastanienbäume segelten leise auf die

Tische. An einem Tisch saßen vier Männer und unterhielten sich lebhaft gestikulierend. Eine alte Bildermappe lehnte an einem der Stühle. Emily nahm am nächsten freien Tisch Platz. Wenn Fanny hier wäre, würde sie bestimmt mit den Männern reden.

Fanny. Beim Abschied hatten sie sich gegenseitig mit Lob und guten Ratschlägen überschüttet, sie hatten einander für die bevorstehenden Kämpfe gestärkt, sie hatten sich Glück gewünscht und versprochen, bald zu schreiben. Schon jetzt empfand Emily die Leere in ihrem Herzen, als hätte sie einen Teil von sich bei Fanny zurückgelassen, den sie nie wieder finden würde.

Sie bestellte das Tagesessen, den *plat du jour* – ein halbes Hühnchen und *asperges d'Argenteuil.* Fanny liebte Spargel. Er war hier teurer als in den Studentenkneipen im Quartier St. Michel, wo die Kellner die Summe mit fettigem Bleistift auf die Papiertischdecken kritzelten.

Ein rostrotes Blatt landete auf Emilys Handrücken. Sie drehte es zwischen Daumen und Zeigefinger hin und her und schaute zu den Männern hinüber. Einer von ihnen war sehr elegant gekleidet, während die anderen eher ärmlich wirkten, mit abgetragenen Schuhen. Ein kadmiumgelber Klecks verzierte einen durchgescheuerten Ärmel. Ein zerdrückter Filzhut, tief in die Stirn gedrückt. Emily verstand Bruchstücke ihres Gesprächs – *perspective multiplex, peinture à l'huile, coup de pinceau* – und gelegentlich einen Namen – Henri, Georges. Aber selbst wenn sie Französisch gekonnt hätte – was hätte sie zu ihnen gesagt? Ich heiße Emily, ich male, und ich habe kein Geld mehr, deshalb gehe ich wieder nach Hause?

Trotzdem bereitete es ihr Spaß, heimlich immer wieder zu der Mappe hinüberzuschielen, die nur gut einen Meter von ihr entfernt stand. Vielleicht würde einer der Männer ein Bild herausholen, um es den anderen zu zeigen. Der Tonfall ihres Gesprächs veränderte sich, als sie ihre Francs auf den Tisch legten. Wie streitsüchtige alte Weiber zankten sie sich um ein paar Centimes, sogar der gut gekleidete Herr. Der Typ mit dem zerdrückten Filzhut stürmte aufgebracht davon. Der mit dem Farbklecks auf dem Ärmel knurrte und leerte dann das Weinglas des Mannes, der gerade gegangen war. Wahrscheinlich würden sie am nächsten Tag die gleiche Debatte führen. Emily trank ihren Kaffee aus und steckte das Blatt in die Handtasche. *Souvenir de Paris*.

Am nächsten Tag stand sie auf dem Pont Alexandre. Unter dem wolkenverhangenen Himmel verlor das Wasser seine farbliche Vielfalt und schimmerte nur in unterschiedlichen Grün-Nuancen. War sie bereit, wieder in die dunklen, kühlen Farben ihrer Heimat einzutauchen, nach einem Jahr der warmen Töne? War sie bereit, Totempfähle nicht mit ihrer bisherigen Detailbesessenheit zu malen – sondern mit Fannys schwungvollen Pinselstrichen, mit Gibbs Verzerrungen, die eine persönliche Sichtweise widerspiegelten, mit Laffonts Technik, Form durch Farbveränderungen zu schaffen, mit Fergussons Rhythmus durch Wiederholung, mit der fauvistischen und der impressionistischen Farbpalette? Und letztlich immer geleitet von ihrer eigenen Vision? Emily schlug mit der flachen Hand auf das steinerne Brückengeländer. Sie würde es machen wie Sophie mit ihrem Naturglauben und dem Christentum – sie würde sich nehmen, was sie wollte.

Sie schloss sich der Menschenmenge an, die zum Grand Palais strebte. Raum für Raum, Hunderte von Namen. Sie suchte nach Bildern von Fanny, von Gibb, von Fergusson. Nichts. Stattdessen Léger, Vlaminck, Duchamp – Namen, die sie nicht kannte und die sie bald wieder vergessen würde. Vielleicht hatte einer gestern mit den anderen Streithähnen am Tisch gesessen?

In einem Raum war die Farbpalette sehr gedämpft, die Objekte fragmentiert. Die Figuren waren zerschnitten, aufgeschlitzt, neu arrangiert, alle Seiten des Gegenstands wurden gleichzeitig gezeigt, als hätte man eine Orangenschale flach ausgebreitet. Ähnlich wie beim Vogelfries am Haus von Häuptling Wakias, nur war es dort nicht so extrem gewesen. Die Maler hier führten die Idee weiter. Ein Verbindungsglied zwischen Paris und British Columbia. Waren das die Bilder, auf die Gibb sie hatte aufmerksam machen wollen?

Beim nächsten Raum stockte ihr der Atem. *La Colline*! Ihr Bild des Hügels mit dem roten Mohn, das sie Gibb überlassen hatte. Vor Schreck schlug sie sich die Hand vor den Mund. Daneben *Le Paysage*. Auch von ihr. Gibbs französischer Titel, aber ihr Name. Ihre Entscheidung, die Bäume im Vordergrund mit dem Indischrot zu umrahmen, das sie schon für die Stämme verwendet hatte. Ihre Vision des blauen Dachs, das den Himmel reflektierte. Sie hatte nicht gewagt, darüber nachzudenken, was Gibb mit den Bildern eigentlich vorhatte. Sie bekam weiche Knie.

Und niemand da, mit dem sie darüber reden konnte! Niemand, der neben ihr stand und begriff, was dies bedeutete. Keine Fanny, kein Gibb, kein Fergusson. Nicht einmal Alice! Oder Jessica. Aber vor allem keine Fanny. Obwohl keine Jury über die Bilder entschieden hatte, war dies eine große Sache. Fanny hätte das gewusst. Jessica auch. Dede würde es nie erfahren. Emily suchte nach einer Bank, um sich hinsetzen zu können. Sie wollte sich diesen Moment einprägen, damit sie ihn später, wenn sie ihn brauchte, wieder hervorholen konnte. Jetzt würde nichts mehr sie erschrecken – kein Spott, keine Einsamkeit, nichts. Ihre Bilder waren im Grand Palais ausgestellt, im Mittelpunkt der Welt. Sie ging zurück in die Wildnis, und nur Gibb wusste, dass ihre Gemälde hier hingen, Gibb, der glaubte, dass sie eines Tages eine gute Malerin sein würde.

Ihre Bilder strahlten und funkelten – dann verschwammen sie plötzlich. Emily fächelte sich Luft zu. Ein Aufseher kam, beugte sich über sie, bot ihr aus einem Pappbecher einen Schluck Wasser an.

»Danke, danke, es geht schon. Es ist nur –« Sie deutete auf die Bilder, brachte aber kaum einen Ton heraus. »Sie sind von mir.«

Er zog anerkennend die Augenbrauen hoch. *»Ah! Formidable! Bravo, madame.«*

Formidable. Claudes Wort. Und seine Augenbrauen.

Sie lächelte dankbar und wischte sich die Augen.

»Vous êtes américaine, non?«

»Nein. Kanadierin.«

Teil III

20 Blaubeere

Gleich am Tag nach ihrer Ankunft in Vancouver machte sich Emily auf den Weg zu Sophie. Es war ein nebliger Novembermorgen, und Sophie war gerade dabei, ihr Kartoffelbeet umzugraben.

»Sophie! Sophie, ach, wie habe ich meine Freundin Sophie vermisst!«, rief sie.

Langsam richtete sich Sophie auf, die Hand ins Kreuz gepresst. Sie war hochschwanger. »Em'ly!« Auf ihrem Gesicht spiegelten sich widersprüchliche Gefühle. »Annie ist tot.«

»Nein, Sophie, nein!« Emily breitete die Arme aus, und einen kurzen, kurzen Augenblick drückte sich Sophie mit ihrem schwangeren Bauch an sie, zog sich aber gleich wieder zurück. Emily sah, dass sie die Lippen bewegte, hörte aber kein Wort.

Wie konnte Gott nur …? Von einem »erfüllten Leben« zu sprechen war hier wirklich unangebracht – sieben, höchstens acht Jahre, nur ein Anfang. Hatte Annie Marie gewusst, wie wichtig ihre Existenz war? Wie gern sie Fragen gestellt hatte! *Was magst du lieber, Malen oder Bäume?*, hatte sie gefragt. *Das ist für mich das Gleiche*. Als hätte sie es schon gewusst! Dede hatte es nicht gewusst. Gehörten die beiden zusammen? Nein, Dede und Annie gehörten nicht zusammen.

Emily hatte sich immer gefühlt, als wäre sie Annie Maries Tante. Wie schaffte es Sophie, trotz allem weiterzuatmen, ein und aus, ein und aus? Sie hätte ihr so gern ein Stück ihres Kummers abgenommen, ihn für sie getragen, bis die Zeit die schlimmsten Wunden geheilt hatte. Warum blieb keines ihrer Kinder am Leben?

»Woran ist sie gestorben? Was denkst du? Lungenentzündung? Tuberkulose?«

»Ich weiß nicht, wie die Krankheit heißt. Sie hat immer gehustet.« Sophie hielt Emily die Tür auf, als wolle sie der Frage ausweichen.

Es war schwer, ein Haus zu betreten, in dem ein Kind gestorben war. Emily hatte Angst, dass ihr die Zimmer unerträglich leer erscheinen würden, aber drinnen hing schon die Korbwiege von der Decke.

»Ich habe viele Körbe zu verkaufen.« Sophie hielt einen großen rechteckigen Korb hoch, in den sie mit dunkleren Streifen ihre Kirche eingeflochten hatte. Auf dem Kirchdach waren zwei große Dreiecke zu sehen. »Siehst du? Unsere Kirche hat jetzt Türme.« Sie grinste. »Zwei Türme sind besser als einer. Und sie hat auch elektrisches Licht.«

Wie konnte sie so unbekümmert das Thema wechseln? Wohin packte sie ihren Schmerz?

»Hast du *auch* Strom? Und Wasser?«

»Nein. In der Third Street ist ein Wasserhahn, wie immer. Aber die Straßen haben jetzt Namen.« Sophies Augen blitzten spöttisch. »Ich bin wie eine weiße Lady. Ich habe eine Adresse.«

Während Sophie ihre Körbe sortierte, bemerkte Emily einen neuen geknüpften Teppich auf dem Boden. Er zeigte zwei Figuren in weiten Röcken, groß und klein, beide mit Zöpfen, Hand in Hand – in jeder Faser war Sophies Leid zu erkennen.

Sie reichte ihr einen runden Korb, groß genug für Äpfel. »Für dich!«

»Ehrlich? Er ist sehr hübsch. Was ist das hier?« Emily deutete auf eine Reihe von Tieren, die den Rand entlangrannten.

»Lauter Billy-Hunde. Franks Idee.«

»Ah, ja, stimmt – sie haben alle keinen Schwanz. Vielen Dank.«

»Hast du gelernt, was du lernen wolltest?«

»Ja, aber es ist schwer, den Gesang der Geister zu hören, wenn man so weit weg von den Bäumen ist. Ich möchte unbedingt mit dir in die Wälder gehen und singen – sobald ich meine Schwestern besucht und Billy abgeholt habe.«

»Du bist zuerst zu mir gekommen? Vor deinen Schwestern?« Sophie riss erstaunt die Augen auf und schlug sich die Hand vor den Mund.

Emily zuckte lächelnd die Achseln. Mit langsamen Schritten gingen sie zur Kirche.

»Siehst du? Zwei Türme. Doppelt so christlich wie vorher.« Sophie lachte über ihren eigenen Scherz. »Sie heißt jetzt nach dem heiligen Paulus.«

Ein neues Rosettenfenster im gotischen Stil warf bunte Lichttupfer auf die Kirchbänke. Staubflöckchen tanzten in der stillen Luft. Emily beugte sich vor, bis sie die Vorderbank berührte. Eine Ameise schleppte eine Last, die mindestens doppelt so groß war wie sie selbst, und pausierte gerade von ihrem Marsch über die Bodendielen. Emily fühlte sich hilflos. Wie sollte sie Sophie trösten? Sie hätte sie gern gefragt, ob sie Annie Maries Kleider behalten hatte, ob sie eine Haarlocke aufbewahrte …

Müde schloss sie die Augen. Im Geist sah sie Annie vor sich, wie sie auf dem Boden saß und in den Staub malte, sah Dede, wie sie im November – zur Stärkung des Charakters – die Fenster aufriss. Annie hatte nur schlichtes Glück gekannt. Ach, es würde ihr so viel schwerer fallen, über den Tod des Kindes hinwegzukommen!

Auf dem Friedhof gingen sie an dem übergroßen Stein vorbei, der das Grab von Margaret Dans Sohn markierte, vorbei an der letzten Ruhestätte von Casamin, Sophies erstem Sohn, wo sie das Kreuz gerade rückte, zu Tommys Grab. Dort wollte Emily stehen bleiben, aber Sophie drängte zum Weitergehen, bis sie zu einem neuen kleinen Grab kamen. Auf dem Holzkreuz stand *Annie Marie Frank 1903–1911*.

»Sie hat länger gelebt als Tommy. Ich kaufe ihr einen großen weißen Grabstein, in den ein Kreuz eingraviert ist. Wie bei Joseph Dan. Für Tommy und Casamin kaufe ich auch so einen Stein. Gott freut sich, wenn alle christliche Grabsteine haben, und dann holt er keine mehr. Ich habe fast genug für Tommys Stein, sagt der Grabmann.«

Emily stellte sich vor, wie Sophie stolz zwischen den Gräbern hin und her ging und dem Geplapper ihrer Kinder lauschte, das durch die Erde zu ihr aufstieg und das fröhlicher klang, wenn das Kind einen Grabstein hatte. Was konnte man zu dieser Logik sagen?

»Demnächst kommt wieder ein Baby«, verkündete Sophie munter, die Nase hoch in der Luft und mit einem Seitenblick auf Emily, deren Reaktion sie sehen wollte.

Mit einem übertriebenen Seufzer sagte Emily: »Darauf wäre ich nie gekommen.«

Sophie strich sich über den Bauch. »Dick, was?« Sie strahlte über das ganze Gesicht – und dieses Lächeln war so hinreißend, dass sich Emily anstecken ließ.

»Nein, Lizzie. Ich möchte wirklich nicht auf dem Heimweg bei Dedes Grab vorbeischauen. Ich bin doch gerade erst angekommen!«

Lizzie ergriff die Zügel, und langsam setzte sich der Pferdewagen in Bewegung, weg von der Landestelle der Fähre in Victoria. Emily bemerkte den harten Zug um Lizzies Mund. Sie wusste, dass die schmerzende innere Wunde aufbrechen würde, wenn man am wenigsten damit rechnete.

Das Wiedersehen mit Billy war fröhlicher. Er bellte begeistert zur Begrüßung, konnte sich kaum beherrschen, wollte mit dem

Gummiball spielen und sich mit Emily im Esszimmer auf dem Fußboden balgen. Selbst Lizzie musste lachen angesichts seiner überschäumenden Freude. Hatte sie Emilys Weigerung, Dedes Grab zu besuchen, nun doch verwunden?

Nach dem Abendessen trugen die Schwestern das Gepäck nach oben. »Du kannst in Dedes Zimmer schlafen«, sagte Lizzie auf der Treppe. »Sie hat auf der Kommode einen Brief für dich hinterlassen. Vielleicht bist du ja eher bereit, ihrem Grab den nötigen Respekt zu bezeugen, wenn du ihn gelesen hast.«

»Wann hat sie ihn geschrieben?«

»Am Abend, bevor sie …« Lizzies Kinn zitterte.

»Entschuldige. Du musst nicht darüber sprechen, wenn du nicht willst.« Emily schloss Lizzie in die Arme, bis sie sich losmachte. Dann betrat sie Dedes blassblau gestrichenes Zimmer, allein, und schloss leise die Tür hinter sich.

Eine Haarbürste, eine Puderdose, Eau de Toilette, ein Handspiegel mit Zinnrahmen – alles fein säuberlich auf der Kommode aufgereiht. Davor lag auf dem Deckchen ein Brief. Emily zog die Schuhe aus und legte sich aufs Bett, in der Hoffnung, ein bisschen ruhen zu können, aber fünf Minuten später erhob sie sich wieder, riss den Umschlag auf und sah Dedes steile Handschrift.

Emily,
ich nehme an, du freust dich, wenn du hörst, dass mir ein paar Dinge Leid tun. Aber es sind wirklich nur ein paar. Du musst wissen, dass unsere lieben Eltern sehr besorgt waren, als sie dich verlassen mussten. »Sorge dafür, dass Millie auf dich hört«, sagte Mutter oft zu mir. Sie ging davon aus, dass die anderen sich anständig verhalten würden, aber bei dir hatte sie Bedenken. Weil du so unlenksam und eigensinnig warst, musste ich dich zum Gehorsam zwingen. Vielleicht kannst

du dir jetzt ein paar Minuten Zeit nehmen und darüber nachdenken, welchen Kummer du uns allen bereitet hast und welche schwere Verantwortung auf meinen Schultern lastete. Ich habe die Familie immer in den Vordergrund gestellt, auch wenn es für mich Selbstverleugnung bedeutete. Du hast immer getan, was du wolltest. Im Jenseits werden wir beide für unsere Taten zur Verantwortung gezogen werden.

Dede

Ein Schlag, so präzise platziert und so voller Zorn wie damals der erste Tritt unter dem Esstisch. Musste Dede noch aus dem Grab zu ihr sprechen – genügte es nicht, dass sie im Leben alles bestimmt hatte? Wie jämmerlich, dass das kleine Päckchen Leben, das Dede geschenkt bekommen hatte, so leer gewesen war, dass sie, als sie bereits im Sterben lag, es immer noch darauf anlegte, Schuldgefühle bei ihr auszulösen. Emily steckte den Brief in ihre Reisetasche, um ihn später noch einmal zu lesen. Dann schlüpfte sie unter Dedes eisblaue Bettdecke.

Während der nächsten vier Tage schlich Emily auf Zehenspitzen durchs Haus. Sie hoffte inständig, Lizzie möge nicht von ihr verlangen, zu Dedes Grab zu gehen. Morgens machte sie als Erstes Dedes Bett, rauchte nur auf der hinteren Veranda, während sie malte, bewahrte das Terpentin draußen im Freien auf, weil Lizzie von dem Geruch übel wurde, achtete darauf, dass sie immer pünktlich zu den Mahlzeiten erschien und auch den Nachmittagstee nicht versäumte, selbst wenn sie gerade in ihre Malerei vertieft war. Am vierten Morgen kam ein Lieferwagen den Kiesweg heraufgefahren.

»Meine Kisten! Meine französischen Bilder!«

»Gerade rechtzeitig«, sagte Alice. »Du kannst sie beim Tee auspacken. Wie haben ein paar Freundinnen eingeladen. Es sollte eine Überraschung für dich werden.«

Munter plaudernd nahmen kurz darauf mehrere Frauen im Salon Platz, hielten graziös ihre Teetassen in der Hand und schauten zu, wie Emily eine Kiste öffnete. Das allererste Bild zeigte ein nachdenkliches junges Mädchen in einem Weinladen in Concarneau. Volltreffer! Kein Wunder, dass niemand etwas sagte. Emily holte das nächste Bild heraus: die bretonische Küche, in der Héloïse am Herd saß und Socken strickte. Ein akzeptables Thema, aber trotzdem gab es keinen einzigen Kommentar.

»Das ist Héloïse. In ihrem Garten wuchsen unglaublich süße Pfirsiche.«

Alice und eine andere Frau nickten beifällig.

Eine Landschaft mit Ulmen und kleinen Häusern kam als Nächstes. »Ach, ja – ich weiß noch genau! Das war in Crécy«, sagte Alice. »Wir haben einen ausgedehnten Spaziergang den Kanal entlang gemacht.« Sie lächelte bei der Erinnerung. »Was für eine hübsche Wolke.«

Die Wolke war das einzig blasse Element des Gemäldes.

»Hat Gibb gesagt, du sollst das Wasser mit roten Flecken malen?«

»Nein, Alice. Das Wasser hat es mir gesagt.«

Beim Anblick des Kanalbildes hatte Emily das Gefühl, einen alten Freund wiederzusehen. Aber vielleicht sollte sie den Damen etwas anderes zeigen. Die Kirche bei St. Efflam gefiel ihnen bestimmt. Jedenfalls vom Thema her. Sie holte das Bild aus der Kiste. Tödliche Stille. Hätte man sie mit Steinen beworfen, wäre das auch nicht schlimmer gewesen. Emily musste an Fanny denken. Die Szene jetzt hätte sich auch in Dunedin abspielen können! Als die Frauen alle Bilder gesehen hatten, sagte die Ehefrau eines

Missionars: »Ich weiß nicht recht, Emily – aber früher hast du doch so hübsch gemalt.«

»Aber ihre Sachen sind im Pariser Salon ausgestellt worden!«, wandte eine andere der Damen ein. Sie klang absolut ratlos.

Schnell wechselte Alice das Thema und sprach über das französische Essen. Mit dieser Taktik wollte sie offenbar verhindern, dass über die Bilder debattiert wurde und es womöglich Auseinandersetzungen über etwas gab, woran sie, Alice, indirekt beteiligt war – was ihr ganz schrecklich peinlich gewesen wäre. Stumm packte Emily ihre Gemälde wieder zusammen und trug sie hinauf in Dedes Zimmer.

Sie hasste sich selbst dafür, kaum, dass sie oben angekommen war. Nein, für ihre Bilder schämte sie sich nicht. Sie schämte sich für ihre Schwestern. Für ihre Teenachmittage mit künstlerischen Beiträgen, die nur einen Vorwand dafür lieferten, sich über Backrezepte und Porzellanmuster austauschen zu können. Alles so kleinkariert, kein Spitzendeckchen lag je am falschen Platz. Was sie allerdings noch mehr quälte, war das allgemeine Desinteresse und die Unfähigkeit, etwas Neues zu akzeptieren. Wütend warf sie sich aufs Bett. Was war nur mit Alice los? Hatte ihr Frankreich so wenig bedeutet, dass sie sich sofort nach ihrer Heimkehr wieder dem allgemeinen Provinzialismus unterworfen hatte und nichts mehr wahrnahm? Und Lizzie, die nervöse Bibel-Lizzie – kein Wort hatte sie über die Lippen gebracht! Während Emily auf das Kreuz der Kirche von St. Efflam starrte, kam ihr plötzlich eine Erkenntnis, bei der es ihr eiskalt über den Rücken lief. Nichts, was sie, Emiliy, tat, würde Lizzie je wichtig erscheinen. Und umgekehrt würde nichts, was Lizzie tat, ihr je wichtig erscheinen. Gut. Sie brauchten sich ihre Gemälde gar nicht mehr anzuschauen.

Sie fuhr nach Vancouver und mietete sich eine kleine Wohnung am West Broadway, in einem Viertel mit niedrigen Mieten. Ein großer, heller Raum, in dem sie auch einen Kurs abhalten konnte. Mit Kochnische. Mehr nicht. Im Verlauf der nächsten Wochen transportierte sie nach und nach ihre Bilder und Kleider von Victoria nach Vancouver, holte ihre Möbel und Staffeleien aus der Lagerhalle. Ihre neuen Gemälde hängte sie dicht nebeneinander an die Wand, bis hoch zur Decke, wie im Salon d'Automne. Sie hätte sie auch an die Decke gehängt, wenn ihr eine praktikable Methode dafür eingefallen wäre. Und sie schaltete zwei Anzeigen – in der einen annoncierte sie Kunstkurse für Kinder, in der anderen eine Atelierausstellung. Sie holte Joseph bei Jessica ab, und Jessica musste sofort mitkommen und sich alles ansehen.

»Die Bilder sind fantastisch! Deine Farben schreien richtig nach Aufmerksamkeit.« Jessica zupfte an ihren Haaren. »Ich glaube, jetzt hast du vor nichts mehr Angst. Bist du froh, dass ich dich zu dieser Reise überredet habe?«, fragte sie mit einem selbstzufriedenen Grinsen.

»Du!«

»Du!«, schnarrte Joseph. »Du. Du. Du!«

»Habe ich dir nicht gesagt, dass sie kommen werden?«, flüsterte Jessica ihr zu, während sie bei der Atelierausstellung eine Platte mit Plätzchen herumtrug. »Schon achtundvierzig Personen!«

Die Leute passten kaum ins Zimmer. Emily pfiff leise durch die Zähne. Viele Besucherinnen gehörten zum Vancouver Ladies' Art Club, aber die Mehrzahl der Anwesenden kannte sie gar nicht. Ein gutes Zeichen. Sie versuchte, ein paar Kommentare aufzuschnappen, was bei dem allgemeinen Geräuschpegel gar nicht so einfach war.

»Sie malt wie ein Mann«, brummte ein Mann.

»Aber sie hat die Bilder in Frankreich gemalt!«, entgegnete seine Ehefrau.

»Genau. Man sieht, dass sie sich von diesem Irren hat einwickeln lassen, von diesem van Gogh. Man muss ja raten, was das alles sein soll! Die Farben stimmen überhaupt nicht.«

»Erstaunlich, dass Sie so viel über van Gogh wissen«, mischte sich Emily ein. »Ich habe in Europa gelebt und habe trotzdem keine Ahnung von seiner Kunst.«

»Ach, Frankreich hat offenbar großen Eindruck auf Sie gemacht«, sagte eine Frau und zupfte ihre Handschuhe ab, einen Finger nach dem anderen, um sich ein Plätzchen von Jessicas Teller zu nehmen.

Wie dämlich sie dazu lächelte! Emily hatte Jessica versprechen müssen, nicht hochmütig zu reagieren, falls jemand eine dumme oder ahnungslose Bemerkung machte, aber dass sie das dämliche Grinsen nicht erwidern würde, hatte sie nicht versprochen.

Ein Mann drängte sich in den Vordergrund. »Wollen Sie tatsächlich behaupten, dass Sie in der Natur blaue Schatten sehen?«

»Ja, genau das will ich behaupten. Schatten können jede beliebige Farbe annehmen, je nach Umgebung.«

Mit einem empörten Schnauben wandte sich der Mann ab und ging.

Emily flüsterte Jessica ins Ohr: »Was für ein alter Giftzwerg.«

»Psst.« Jessica betrachtete ein Ölbild von einem Makrelenverkäufer am Kai von Concarneau. »Ich habe in meinem ganzen Leben noch nie einen so innovativen Umgang mit Farben gesehen«, verkündete sie laut und stellte geräuschvoll ihren Keksteller weg. »Reserviere das Bild für mich. Es zeigt mir eine Welt jenseits der oberflächlichen Realität.«

Alle Gespräche verstummten. Die Leute reckten die Hälse, drehten die Köpfe, schauten sich verdutzt an, während Jessica das Geld abzählte und es Emily überreichte.

Eine Frau mit Pelzkragen deutete auf eine Kanalszene in Crécy-en-Brie. »Das ist moderne französische Kunst, nicht wahr?«

»Es ist eine von vielen verschiedenen neuen Richtungen in der Malerei«, antwortete Emily.

»Bitte, sagen Sie mir doch, wie man den Ort ausspricht.« Emily musste den Namen zweimal wiederholen. »Was für ein hübsches Dorf. Sehr französisch.« Mit diesen Worten fischte sie ihr Scheckheft aus der Handtasche.

Als der Abend zu Ende ging, hatten noch zwei andere unbekannte Besucher respektable Einkäufe getätigt. »Ich bin entzückt!«, rief Emily und streifte ihre Schuhe ab, nachdem bis auf Jessica alle gegangen waren. »Nicht gerade ein berauschender Erfolg, aber ein passabler Einstieg.«

Am nächsten Morgen klopfte Jessica an ihrer Tür. Sie hielt zwei Zeitungen in der Hand.

»Schlecht – oder nicht ganz so schlecht?«, fragte Emily.

»Schlecht, schlecht«, krächzte Joseph.

»Hört es euch doch erst mal an, ihr beiden!«

Jessica las laut vor: »*Die furiosen Farben der siebzig Gemälde erregten großes Aufsehen. Die Blaus waren ungeheuer blau, die Gelbtöne unerbittlich, das Rot aggressiv, aber trotzdem war die Ausstellung höchst interessant – ein Hinweis darauf, wie wenig sich die Franzosen um Details scheren.*«

»Klingt fast so, als würde er über bunte Bonbons schreiben«, sagte Emily.

»Ich bin noch nicht fertig. *Daraus, dass Miss Carr offenbar zwei Gemälde im Pariser Salon ausstellen durfte, können wir schließen, dass ihre Werke der in Europa gezeigten Kunst entsprechen. Aber diese Malerin, die früher als viel versprechendes Talent gehandelt wurde, hat alle Vernunft über Bord geworfen, und daher scheint es durchaus angebracht, hier noch anzumerken, dass sie mit ihren Farben die Natur beleidigt.*«

»Quatsch mit Soße.«

»Quatsch. Quatsch. Red keinen Quatsch«, ergänzte Joseph.

»Was verstehst du schon davon, Joseph? Malerei ist einer dieser Berufe, bei denen man Leuten, die selbst völlig unbegabt sind, seine Begabung beweisen muss. Kritikern mit steifen Hemdkragen, die den Mund aufreißen und verkünden: ›Wir haben die Bildung gepachtet und legen die Maßstäbe für künstlerischen Geschmack fest.‹ Im Namen des Vaters, des Sohnes und des Heiligen Geistes.«

»So schlimm ist es doch gar nicht, Emily. Immerhin hast du vier Bilder verkauft.«

»Nur weil sie in Frankreich gemalt wurden, nicht weil die Käufer auch nur einen Funken Kunstverstand besaßen. Außer dir natürlich.«

»Nie bist du zufrieden! Wenn man dich nicht lobt, wirst du wütend, aber wenn du gelobt wirst, reagierst du sofort misstrauisch.« Jessica knallte die Kritik auf den Tisch.

Emily schrie auf: »Und der Artikel steht auch noch auf der Frauenseite!« Sie zerknüllte den Zeitungsausschnitt, strich ihn aber gleich wieder glatt. Auf derselben Seite stand eine Tratschgeschichte über Affären englischer Aristokraten und ein Kommentar zur neuesten Mode. Mit affektierter Stimme las sie vor: »*Eine Frau, die in langen Hosen neben ihrem Mann daherkommt, ist immer ein Stein des Anstoßes und eine Bedrohung für alle anständigen Frauen in der Provinz.* Offenbar hat die Kunst einer Frau nichts auf der Kunstseite zu suchen. Zeig mir den anderen Artikel.«

Jessica zuckte zusammen. »Es ist keine richtige Kritik, sondern eher eine Art Leitartikel. Aus der *Province*. Und anonym.«

Emily begann zu lesen.

Bevor sie nach Europa ging, bewies sich Miss Carr als talentierte Malerin, der es hervorragend gelang, in ihren Werken die hiesige Landschaft einzufangen. Jetzt allerdings zeigt sie uns nur noch Produkte einer überreizten Vorstellungskraft. In ihrem Hochmut bildet sie sich ein, sie könne die Natur durch abwegige Farbgebung verbessern, ohne auch nur ein einziges Blatt ordentlich abzubilden. Es ist der traurige Versuch, den Allmächtigen zu übertrumpfen, indem sie bizarre Bilder schafft, die sie in ihrem fehlgeleiteten Denken für befriedigender hält als die Werke der Schöpfung.

»Man bezeichnet mich quasi als wildes, unzivilisiertes Wesen! Als *fauve*!« Emily lachte aus vollem Hals. »Das ist wirklich eine hohe Auszeichnung!« Mit einem Reißnagel befestigte sie den Zeitungsausschnitt an der Wand.

Jessica lachte erleichtert.

Sie war eine Außenseiterin, genau wie Fanny – zu anders für Vancouver, nicht anders genug für Paris. Immer am Rand, manchmal geduldet, wenn sie versprach, sich gut zu benehmen, aber verspottet und missachtet, wenn sie etwas Unerwünschtes von sich gab.

Was würde Fanny an ihrer Stelle tun? Ihre Heimat aufgeben und nach Frankreich fliehen, wo sie bei anderen, die ebenfalls ausgestoßen waren, Trost suchen konnte. Und wenn sie, Emily, tatsächlich ginge? Ein wunderbares Wiedersehen am Gare du Nord, dann ein Mittagessen im Café de la Rotonde. Sie würden sich gegenseitig ihre neuesten Arbeiten zeigen …

Nein. Sie konnte nicht von hier weg. British Columbia war die Heimat ihres Herzens.

»Dieses blöde Geschwätz darf nicht ohne Antwort bleiben.«

»Sehr richtig, Em. Zeig's ihnen!«

Sie nahm einen Bogen Briefpapier und legte los.

20. März 1912

Ihr namenloser Redakteur, der behauptet, dass ich »das Werk des Allmächtigen übertrumpfen« möchte, hat leider nicht die geringste Ahnung von den neuesten Strömungen in der modernen Kunst. Gemälde werden von der Natur inspiriert, das stimmt, aber sie entstehen in der Seele des Künstlers. Deshalb drücken zwei Menschen, die dasselbe sehen, es niemals auf dieselbe Art aus. Wer versucht, Frankreich – oder Kanada – abzubilden, ohne die eigene Wahrnehmung als Filter zu nehmen, liefert nichts als bloße Nachahmung. Das mag Menschen entsprechen, die sich für die Anzahl der Blätter an einem Baum interessieren. Zwar mögen sie ihre Farben harmonisch aufeinander abstimmen, aber die Stimmung, das Gefühl erfassen sie nicht. Die neuen Ideen sind groß, und sie passen zu unserem großen, ruhmreichen Westen. Ich behaupte nicht, dass meine Art zu malen die einzig mögliche ist. Ich sage nur, dass sie mir entspricht. Für Menschen ohne Fantasie, die noch nicht einmal den Mut haben, ihren Namen zu nennen, kann sie allerdings keine Anziehungskraft besitzen.

Emily Carr

Sie las Jessica den Text vor. Diese klatschte begeistert in die Hände. »Gib mir den Brief. Ich werde ihn höchstpersönlich abschicken.«

Emily klebte den Umschlag zu und schlug mit der Faust darauf. Jessica lief sofort los.

Leise lachend blieb Emily zurück. Fanny und Gibb wären stolz auf sie.

»Komm, Billy. Ich hab schon gemerkt, dass du gern einen Spaziergang machen würdest. Wir gehen ins Reservat. Ich wette, da erwartet uns ein neugeborenes Baby.«

Die kühle Seeluft im Reservat belebte sie. Die prallen Knospen an den Kirschbäumen sahen aus, als könnten sie sich jeden Moment in wachsartige Puppentassen verwandeln. Offenbar kam der Frühling dieses Jahr schon zeitig, was bedeutete, dass auch der Sommer nicht mehr lange auf sich warten ließ. Emily musste eine Reise planen, musste in der Museumsbibliothek recherchieren, musste Chinook lernen und William Halliday und den Halls einen Brief schreiben.

Die Tür zu Sophies Haus stand einen Spaltbreit offen, es roch nach Krabben. Emily steckte den Kopf zur Tür hinein. »Hallo-ho!«

»Sieh nur, Em'ly! Babys!« Sophies Gesicht leuchtete. »Getauft!«

»Zwei?«

»Zwillinge bedeuten Glück«, erklärte Tante Sarah, die eins der Babys im Schoß hielt. »Wie zwei Kirchtürme.«

Sophie reichte Emily das andere Kind. »Das hier ist Em'ly Frank.«

»Stimmt gar nicht«, protestierte Sarah.

Sophie schaute genauer hin. »Ach, ja!« Sie kicherte. »Nein, es ist Molly Theresa. Emmie hat gerade Augen.«

Als Emily die Kleine näher betrachtete, fiel ihr auf, dass sie leicht schielte.

Sophie nahm Sarah das andere Kind ab. »Das ist Em'ly Marie.« Sie spitzte die Lippen und imitierte ein Kussgeräusch.

»Sie sind sehr niedlich, die beiden.« Sanft strich Emily über Mollys seidenweiche Wange.

Sophie schwebte auf Wolken des Glücks. »Emmie heißt nach dir.«

»Wie lieb, Sophie. Das freut mich sehr.«

»Wenn du möchtest, gebe ich sie dir, sobald sie älter ist.«

»Aber Sophie! Das ist doch absurd! Sie ist dein Kind. Man gibt sein Baby nicht weg. Es ist ein Mensch!«

Sophie ließ die Schultern hängen und wandte sich ab.

Sarah, die das Gespräch verfolgt hatte, gab Emily mit einem Blick zu verstehen, dass sie Sophie gekränkt hatte. »Manche Indianerinnen tun so etwas, wenn eine Frau keine eigenen Kinder hat.«

»Entschuldige. Das habe ich nicht gewusst.«

Hatte Sophie die ganze Zeit darüber nachgedacht – seit Tommys Beerdigung, als sie ihr anbot, ein Baby mit ihr zu teilen? Wahrscheinlich hatte Sophie ihre Antwort, man könne ein Baby nicht teilen, völlig missverstanden.

»Hast du die ganze Zeit gedacht, dass ich nicht bereit bin zu teilen? So habe ich es nicht gemeint.« Der Gedanke, sie könnte undankbar geklungen haben, weil sie das Kind nicht mit Sophie teilen wollte, machte sie fassungslos. »Ich habe nicht erwartet, dass du –«

»Nicht für immer«, unterbrach Sophie sie und spielte mit Emily Maries Hand. »Ein Indianergeschenk, sagen die Weißen.« Sie lachte laut, aber es klang unecht. Sie wollte offenbar ihre Verlegenheit überspielen, weil sie schon wieder einer Weißen etwas angeboten hatte, was diese nicht annehmen konnte. Denn im Grunde hatte sie gemeint, was sie sagte: Sie wollte etwas verschenken, was ihr lieb und teuer war. Wie musste sie die ganze Zeit gelitten haben, ehe sie zu diesem Entschluss gekommen war.

Beschämt schaute Emily auf Mollys kleines Mündchen, auf die feuchten Lippen. »Nach wem hast du Molly Theresa benannt?«

»Nach einer Squamish von früher. Sie ist vor Racoon Island mit dem Kanu gekentert. Sie nahm ein großes Baby in jeden Arm und das kleine Baby zwischen die Zähne und strampelte und strampelte, bis sie zu einem Holzfällerlager kam. Das kleine Baby war tot, aber die großen Babys lebten. Sie bekam eine Medaille von Königin Victoria. Ich habe das eine Baby Molly und das andere Emmie genannt, damit sie beide stark sind, wenn sie groß sind.«

Sie lächelte, als sie das sagte. Ihr ganzes Gesicht drückte ihre Freude aus. Dieser Optimismus, die Hoffnung, dass sich im Leben alles zum Guten wenden konnte, machte Sophie so unendlich liebenswert.

Emily hielt Molly im Arm, während Sophie die kleine Emmie stillte, dann tauschten sie die Kinder. Emily legte ihren Finger an die Krümmung von Emmies Zehen, die aussahen wie aufgereihte kleine Maiskörner. Emmies Fuß reagierte sofort und trat nach ihr.

Leise begann Sophie auf Squamish ein Lied zu singen, und Sarah stimmte mit ein.

»Was singt ihr?«, fragte Emily.

»Ein Schlaflied. Ich habe es von meiner Großmutter gelernt.«

»Es ist noch älter«, wandte Sarah ein. »Ich habe es von meiner Großmutter gelernt.«

»Könntet ihr es auf Englisch singen?«

Sophies Stimme war kaum hörbar, die Worte kamen stockend. »Schlaf, kleines Baby mit den Blaubeeraugen. Schlaf, Baby mit dem Brombeermund. Schlaf, bis der Morgen tagt. Wenn du stirbst, bevor der Mond aufgeht, knüpfe ich eine Leiter aus Zedernholz und folge dir zum Sonnenuntergang.«

21 Seetaucher

Emily hielt sich mit einer Hand an der Reling von William Hallidays Regierungsboot fest. Ihre Hand war eiskalt von Wind und Gischt. Die andere wärmte sie an Billys Nacken, ihre Füße hatte sie unter das zusammengerollte Bettzeug gesteckt, und mit den Augen nahm sie alles in sich auf. Die Fichten am Ufer der Johnstone Strait zwischen Vancouver Island und dem Festland neigten sich zum Wasser, das wie poliertes Zinn schimmerte. Möwen standen aufgereiht auf dem schmalen Strandstreifen, spiegelten sich im feuchten Schlamm in Umbra natur, jede Reflexion ein grauer Pinselstrich, der dem Ebenbild entsprach.

Tillie James, das Kwakiutl-Mädchen aus Alert Bay, das Halliday mitgenommen hatte, deutete auf einen Schwarm Wale, die sich aufbäumten und dann in die Tiefe abtauchten. Emily richtete sich auf, in der Hoffnung, sie noch einmal zu Gesicht zu bekommen.

»Es bedeutet etwas, wenn man Wale sieht.« Tillie musste fast schreien, um das Motorengeräusch zu übertönen.

»Was bedeutet es?«, fragte Emily, doch Tillie antwortete nicht.

Sie musste sich selbst etwas ausdenken. Für sie bedeutete es: alles von sich werfen, neue Gewässer erforschen, der Einsamkeit der Wildnis ins Auge sehen, die Größe Kanadas in undomestizierter Form erleben. 1912 sollte für sie das Jahr der Entdeckungsreisen werden. Ehe Emily aufgebrochen war, hatte Lizzies fromme Zunge Gift und Galle gespuckt, weil sie sich so aufregte über den »Götzendienst« und über ihre »unvernünftigen Reisen zu den Ureinwohnern« – als müsste sie Dedes Rolle übernehmen. Auch diese Erinnerung wollte Emily abschütteln.

Ein halbes Jahr lang hatte sie unterrichtet und dabei genug Geld verdient, um im Sommer sechs Wochen freizunehmen, damit sie möglichst viele Totempfähle malen konnte, auf den

Inseln in den Straits und entlang dem Skeena River bis tief im Herzen British Columbias. Ihr wurde ganz schwindelig, wenn sie daran dachte, was sie alles sehen würde. Der Wind plusterte das Federkleid der Möwen auf und betäubte ihr Gesicht. Sie lehnte sich ihm entgegen. Ein wunderbarer Wind, der alle Zweifel wegblies.

Am späten Nachmittag erspähte sie durch einen Nebelschleier das Dorf Guyasdoms, achtzehn Meilen von Alert Bay entfernt, dem Ort, von wo sie aufgebrochen waren. Emily hatte das Gefühl, durch fein gesponnene Seide zu sehen, die ihr nur einen verschwommenen Blick auf ein Gebäude und den davor stehenden Pfahl erlaubte. Halliday steuerte das Boot landwärts, Tillie kletterte ins knietiefe Wasser, um es vollends an den Strand zu dirigieren. Billy hüpfte ebenfalls ins Wasser und spritzte sie alle miteinander nass.

»Billy, bei Fuß!«, rief Emily.

»Ich komme übermorgen zurück. So gegen zehn Uhr«, erklärte Halliday, nachdem sie ausgeladen hatten. »Sie müssen auf jeden Fall startbereit sein. Die Gezeiten warten nicht.«

Emily nickte und überprüfte mit einem kurzen Blick ihre Ausrüstung: Bettzeug, Proviantkorb, Staffelei, Klapphocker, ein Beutel mit zwei Farbkästen, Reißbrett, Zeichenblock, Pinsel, Kohle und ihre Mappe mit großen aufgezogenen Leinwänden für Öl und Pappe für Aquarelle. Wie hätte sie das alles transportieren sollen, wenn Halliday ihr nicht angeboten hätte, sie zu den Inseln zu bringen?

»Vergessen Sie uns bloß nicht!«, rief Emily ihm nach.

Als das Brummen des Motors verhallt war und das Schwappen der Bootswellen nachließ, fühlte sie sich mutterseelenallein. Keine Kanus. Kein Mensch, der ihr beistand. Außer Tillie. Die Nebelschwaden ließen die Insel geisterhaft erscheinen.

»Wohnt hier niemand?«, fragte sie Tillie.

»Sie sind alle beim Fischen. Deshalb hat er gesagt, dass ich bei Ihnen bleiben soll.«

Emily schaute Tillie an. Wie schmächtig sie war! Und sie zitterte am ganzen Körper. »Um mich zu beschützen? Du? Wie alt bist du?«

»Vierzehn.«

»Warst du schon einmal hier?«

»Ich glaube, ja – als ich noch klein war. Bei einem Potlatch.«

»Man kann nicht gerade behaupten, dass du jetzt groß bist«, murmelte Emily und suchte mit dem Blick das Boot, das aber nur noch ein Punkt in der Ferne war. Das V des Kielwassers wurde immer breiter. Ansonsten nur diesige Luft. Die Bäume waren grau, das Wasser noch grauer. »Wir sind beide nicht besonders groß.«

Ein schriller Doppelschrei hallte durch den silbergrauen Nebel, ging in einen langen, durchdringenden Klagelaut über und endete in einem unheimlichen Lachen. Ein Seetaucher. Emily rührte sich nicht vom Fleck. Da schrie er wieder! Zuerst zwei kurze Töne, dann der klagende Ruf, der klang wie aus einer anderen Welt, und schließlich das halb lachende, halb irre Gekecker. Wunderschön – aber es lief einem kalt über den Rücken.

Sie nahm Bettzeug, Proviantkorb und Staffelei. Eine Holztreppe, mit samtig grünen Algen bedeckt, führte vom Ufer zu einem höher gelegenen Plankenweg. Dieser war von so hohen Büschen überwuchert, dass man nichts sehen konnte. Eine Armee rötlich brauner Schnecken belagerte die feuchten Planken. Überall hinterließen sie ihre klebrigen Schleimspuren. Schon nach zwei Schritten rutschte Emily aus, ließ die Rolle mit dem Bettzeug fallen und versuchte verzweifelt, sich an den Büschen festzuhalten. Sofort spürte sie ein schmerzhaftes Stechen. »Nicht anfassen, Tillie! Das sind irgendwelche Nesseln. Billy, bleib hier.« Sie wollte ihn bremsen, und wieder streifte ihre Hand die Büsche. Das Stechen wurde schlimmer.

Emily hielt Billy am Halsband fest, während sie mit tapsigen Schritten den Plankenweg entlangtrottete. Sie kamen an einer Reihe von Langhäusern vorbei. Aber das waren gar keine Häuser, das waren Lebewesen! Riesige Fantasiegeschöpfe, so groß wie Häuser. Eine Fassade war mit gigantischen Augen und einem spöttisch grinsenden Mund bemalt. Die weiß gestrichene Doppeltür erinnerte an zwei Schneidezähne. Biber! Am nächsten Haus war vertikal ein tauchender Wal angebracht. Der Oberkiefer ragte drei Meter vor und diente der vorderen Veranda als Überdachung, die Tür war die Zunge im roten Maul – mindestens so einfallsreich wie der Rabenschnabel von Häuptling Wakias. Auf dem Rücken des Wals ritt ein lustiger kleiner Mann mit krummen Froschbeinen, und ein Rabe war unter dem Schwanz gefangen. Auf dem Dach daneben lauerte eine schläfrige graue Seeschlange mit zwei Köpfen. Emily trat einen Schritt zurück, um die Wunder auf sich wirken zu lassen, glitt auf einer Schnecke aus, stolperte in die Nesseln und stieß einen lauten Schrei aus – woraufhin Billy vor Schreck laut zu bellen begann.

Mit ihrer Staffelei schlug sie die Nesseln weg und konnte nun einen Blick aufs andere Ende des Dorfes werfen. Was war das? Schnell rappelte sie sich wieder hoch und rannte durch das Dickicht auf einen Koloss zu, der alles überragte. Es war kein Turm aus Totemtieren, sondern eine irgendwie menschlich wirkende Gestalt, etwa sieben Meter hoch. Der rote Torso und der runde Zedernbauch waren eindeutig weiblich. Eine Monsterfrau! Sie hatte blockartige Brüste mit Brustwarzen, die aussahen wie – konnte das wahr sein? Sie waren zu Adlerköpfen geschnitzt! Mit Augen und Schnäbeln. Die Arme der Riesin ragten waagrecht in die Luft, als wollten sie etwas greifen. Was für ein beklemmender Anblick! Wegen der hohen Nesseln konnte Emily das Gesicht der Frau nicht richtig erkennen.

»Was ist das? Eine Hexe?«, fragte sie.

Keine Antwort. Tillie war zum Strand zurückgegangen, um die nächste Gepäckladung zu holen. Der Wind pfiff durch die Bäume, und es begann zu regnen.

Ein Stück entfernt von den Langhäusern stand auf der anderen Seite eines weitläufigen Platzes ein kleines weißes Schindelhaus mit Fenstern und einem steilen Dach. Das Missionshaus. »Komm, Billy. Hier entlang.«

Gleich, antwortete er, die Schnauze in einer Pfütze voller Algen.

»Billy! Hierher!«

Als Tillie Hallidays Schlüssel herumdrehte, hörte man, wie drinnen etwas über den Fußboden huschte. Es war feucht und dunkel im Innern und roch modrig. Emily suchte in ihrem Proviantkorb nach Kerze und Streichhölzern. Tillie entdeckte ein paar Holzscheite und machte Feuer.

»Meinst du nicht, die Missionare erwarten, dass das Holz bei ihrer Rückkehr noch da ist?«

»Wir brauchen nicht viel. Ich hole morgen neues Holz. Es wird trocken sein, wenn sie zurückkommen.«

Sie rösteten Kartoffeln im Feuer, die sie dann mit Lachs und Äpfeln verspeisten. Tillie reichte Emily etwas Braunes, Glänzendes, das aussah wie wabbliger Tapiokapudding. »Hering-Eier auf Kelp«, sagte sie. »Schmeckt gut.«

Emily biss mutig in die kühle, gallertartige Masse, die im Mund ein leise quietschendes Geräusch von sich gab, aber keinen besonders ausgeprägten Eigengeschmack hatte. Müde kratzte sie sich im Gesicht. Das Jucken war kaum auszuhalten, aber durch das Kratzen wurde es nur noch unangenehmer.

»Ich habe gesehen, wie Sie in das *Jumjumclum* gefallen sind«, sagte Tillie. »Erlenrinde ist das Mittel, mit dem die Kwakwaka'wakw das Brennen behandeln, aber ich habe keine Erlen gesehen. Nehmen Sie die Flüssigkeit aus Ihrer Nase – Sie wissen schon. Es ist nicht so gut, aber dafür immer vorhanden.«

»Kwakwak …?«

»Unser Stamm. Wir sagen Kwakwaka'wakw. Ihr sagt Kwakiutl. Das ist einfacher für euch.«

Tillie führte ihr pantomimisch vor, wie sie sich die Nase in die Finger schnäuzen und sich dann das Gesicht einreiben sollte. Emily folgte ihren Anweisungen. Es linderte den Juckreiz wenigstens etwas.

»Kennen Sie mich von früher? Sie haben Bilder gemalt, am Strand.«

»Habe ich dich auch gemalt?«

Tillie nickte. »Ich habe das Bild lange aufbewahrt. Mein kleiner Bruder Toby hat es zerrissen. Es machte ihn traurig.«

»Ich werde dir noch eins malen.« Emily holte einen kleinen Skizzenblock hervor und skizzierte mit Bleistift die Umrisse von Tillies Gesicht, so rund und braun wie ein Steingutteller. Ein Zopf hing vorn über die Schulter.

»Was hat diese Frau zu bedeuten? Die riesige Figur?«, wollte Emily wissen.

»Dzunukwa.«

»Wer ist Dzunukwa?« Sie hatte Mühe, den Namen richtig auszusprechen.

»Sie lebt im Wald«, erklärte Tillie mit belegter Stimme. »Wenn Mütter sie rufen hören, *huu, huu*, bekommen sie so große Angst, dass sie wie Bäume werden. Sie strecken die Arme aus, können sie aber nicht bewegen.«

Emily dachte daran, wie Sophie dem kleinen Tommy von der Wilden Frau der Wälder erzählte, aber sie hatte einen anderen Namen verwendet. Ka-irgendwas.

»Was tut sie?«

»Sie nimmt Kinder in ihrem Korb mit, röstet sie und isst sie auf.«

»Warum sehen ihre Brustwarzen aus wie Adlerschnäbel?«

Tillie schwieg.

»Wenn sie böse ist – warum stellen die Menschen dann eine Statue von ihr im Dorf auf?«

»Sie ist nicht immer böse. Manchmal gibt sie Gutes.« Tillies Stimme bebte vor Ehrfurcht. »Wenn man sie jagt, verwandelt sie sich in Rauch.«

Emily zeichnete jetzt Tillies Haar. Wo es am Mittelscheitel straff nach hinten gezurrt war, hellte sie es mit einem Radiergummi etwas auf.

Das Feuer knisterte, ihr Bleistift kratzte über das Papier, Billy schnarchte, aber sie hörte noch ein anderes Geräusch, das an den Ruf einer Eule erinnerte, nur länger gezogen. »Was ist das?«

»Dzunukwa«, antwortete Tillie.

»Weint sie?«

»Nein. Sie weint nicht. Mütter von toten Kindern weinen. Sie kommt aus den Wäldern und ruft *huu, huu* und holt sich die Babys.«

Eine Harpyie! Emily dachte an Annie Marie, an Tommy und an das Kind ohne Namen – nur einen Seufzer lang hatte es gelebt, wie der Flügelschlag eines Schmetterlings. »Sterben in Alert Bay viele Kinder?«

»Manche sterben. Mein Bruder ist gestorben. Nicht Toby. Und zwei Cousins sind auch tot.«

»Hast du dich vor Dzunukwa gefürchtet, als du noch klein warst?«

Tillie nickte schüchtern. »Mama hat gesagt, wenn ich zu weit weggehe, kommt Dzunukwa und holt mich.«

Emily malte eine Schattierung unter Tillies Brauen, um die dunkle Intensität und die Angst in ihrem Blick herauszuarbeiten.

»Lebt Dzunukwa noch?«

»Ja. Sie ist über hundert Mal gestorben, aber sie kann sich selbst wieder zusammensetzen. Sie kommt immer zurück und singt: ›Ich besitze die Macht des Geistes.‹«

»Wie sieht ihre Macht aus?«

Tillie zuckte die Achseln. »Es gibt viele Geschichten.« Sie aß ein Stück Kelp, kaute es bedächtig. »Manche Leute erzählen sie. Ich nicht.«

Emily legte den Bleistift beiseite und reichte Tillie die Zeichnung. Ihre Augen blitzten, und ihr glückliches Lächeln sagte mehr als Worte.

Sie ließen das Feuer ausgehen. Die Nacht kroch kalt durch die Fensterscheiben, die sich jetzt in viereckige schwarze Löcher verwandelt hatten. Tillie zog ihre Schlafdecke bis ans Kinn. Billy konnte keine Ruhe finden. Emily hatte Mitleid mit ihm, aber das Scharren seiner Pfoten auf dem Holzfußboden störte sie. »Billy. Platz.« Sie deutete auf den Boden neben ihrem Bett. Tillies Atemzüge wurden jetzt ganz regelmäßig. Vielleicht ließ sich Billy ja von ihr anstecken.

Der Ruf des Seetauchers schrillte durch das sanfte Trommeln des Regens, fragend und verzweifelt, dringlich in der Dunkelheit. Aus dem Jenseits – das einsamste Lied, das sie je gehört hatte.

Emily hatte das Gefühl, als würde die Monsterfrau mit den schrecklichen Brüsten durchs Fenster zu ihnen hereinstarren. Wie sahen ihre Augen aus? Morgen wollte sie dieser wilden Gestalt gegenübertreten, wollte sich jede Einzelheit einprägen. Sie würde ein Werk von schrecklicher Schönheit aus ihr machen.

Am nächsten Morgen hatte der Regen aufgehört. Emily ging an den Nesseln vorbei zur Felsklippe, von der sie einen unverstellten Blick auf Dzunukwa hatte. Es sah aus, als wäre die Furie des Waldes gerade eben aus den Bäumen hervorgetreten. Nebelfetzen hingen über ihrem Kopf, sie war umgeben von spannungsgeladener Stille. Emily starrte sie an, Dzunukwa starrte zurück – die grässliche, mächtige Königin der Dunkelheit starrte zurück. Emily musste sich zwingen, den Blick von den leeren Augen abzuwenden, um die Gesichtszüge studieren zu können. Breite, weißliche Kreise um die Augenhöhlen herum. Dichte, schwarze Brauen. Runde, abstehende Ohren. Die eingefallenen Wangen waren ausgehöhlte rote Ovale. Der Mund – dieser grelle, unheimliche Mund mit den wulstigen roten Lippen, die o-förmig vorgestülpt waren, als würden sie ihr leises *Uuh* rufen, das klang, wie wenn man über eine Flasche pustete, ein schaurig klagender Ton.

Und diese Adlerbrüste! Auf jeder Brustwarze knopfartige schwarze Augen und ein scharfer Schnabel, der gleich zuhacken wollte. Was hatte diese Symbolik zu bedeuten? Trotz allem, was Tillie gesagt hatte – dieses Hexenweib war jenseits aller menschlichen Zivilisation.

Emily erkannte, dass sich Dzunukwa vor nichts fürchtete – weder vor dem Dickicht der Wälder noch vor Blitz und Wolkenbruch, vor Silberlöwen, Einsamkeit und Weite. Sie war selbst Teil der wilden Natur. Sie konnte im Dunkeln sehen, konnte durch Sümpfe waten, mit Wölfen um die Wette laufen, Bären besiegen, das Undurchdringliche durchdringen, allein sein. Sie war die einzige Vertreterin ihrer Gattung, sie hatte keinen Gefährten, sie konnte dem Leben und dem Tod ins Auge sehen, ohne zurückzuweichen. Sie konnte sogar von den Toten auferstehen und sich selbst wieder neu erschaffen. Wenn doch nur eine Unze dieser ungehemmten Kraft auf sie übergehen würde! Emily glaubte zu spüren, dass die ausgestreckten Arme zugreifen wollten. Hatte Dzunukwa vor, ein Kind zu stehlen, oder wollte sie sich Emily packen, sie an ihre Brust drücken?

Die hohe Gestalt wirkte noch bedrohlicher, als der Himmel sich verdunkelte. Würde es gleich anfangen zu regnen? Emily musste schnell arbeiten. Das bedeutete, Aquarellfarben statt Öl. Sie nahm zwei große Blätter und stellte sie vertikal auf, da es ja auch um die immense Höhe dieser Figur ging. Angesichts eines so monströsen Sujets musste sie sich beim Malen Mut zusprechen. Vereinfache die Formen. Verwende wie Fanny lange, schwungvolle Pinselstriche für den Torso, in Siena gebrannt. Übertreibe, um den Ausdruck hervorzuholen. Male einen chromoxidgrünen Schatten auf die Arme, um die Farben des Waldes zu integrieren. Hebe die Brüste mit Kadmiumrot hervor, so wie Gibb es machen würde. Dadurch wird die Gestalt gespenstischer, wie seine Akte. Dann noch eine rote Schicht auf die Wangen. Male um das schwarze Loch des Mundes mit hellem Indischgelb einen dicken Ring für die Lippen. Gib ihnen Konturen, am besten mit Kadmiumrot dunkel. Umrahme die Augen, die Ohren, die Arme mit Schwarz.

Und die Brustwarzen? Am liebsten hätte Emily kurz innegehalten. Aber durfte sie ihren Rhythmus durchbrechen? Nein, später. Den Schwung ausnutzen! Wie sieht die Umgebung aus? Nesseln züngeln an Dzunukwas Beinen, wie grüne Flammen. Mit Fannys langen Pinselschwüngen, in Preußischgrün und Chromoxidgrün feurig. Lichttupfer mit kürzeren, knapperen Pinselstrichen. In Dunkel-Ocker. Die Schatten in Ultramarinblau. Umrisse in Indigoblau und Schwarz. Die Bäume im Hintergrund auf sich überschneidende Dreiecke reduzieren.

Die Schnabel-Brustwarzen. Sie musste nachdenken. Wie konnte sie etwas malen, was sie nicht verstand? Wenn sie die Brustwarzen nicht malte, würde niemand je erfahren, wie sie aussahen. Aber andererseits – wenn sie sie malte, würde Fanny Recht behalten – ihr eigener Ausdruck würde hinter der Ehrfurcht vor dem Totem verschwinden. Die Adlergesichter wären falsch, zu korrekt für die großen, schwungvollen Linien, die den Rest des Bildes bestimmten.

Dann ertönte Dzunukwas Ruf. *Huu, ah, huu. Who are you? Wer bist du?*, schien sie zu fragen. *Archivarin oder Künstlerin?*

In Frankreich war es Emily leichter gefallen, die Dinge zu vereinfachen, weil es ihr kein Anliegen gewesen war, die Einzelheiten zu dokumentieren und zu bewahren. Sie hatten ihr nichts bedeutet. Aber hier war das anders. Gleichgültig, was es für die Kwakiutl aussagte – in ihren Augen drückten die aggressiven Schnabelbrüste aus, dass dieses Wesen es nicht gut meinte mit den Menschen. Statt zu nähren, kratzte und krallte die Brust. Emily malte eine kräftige schwarze Linie, die sichelförmig zur Brustwarze führte. Dann die umgekehrte Bewegung auf der anderen Seite der Warze, sodass sie unten spitz zulief. Genauso machte sie es bei der zweiten Brust und verzierte dann jede dieser spitzen Brustwarzen noch mit einem schwarzen Klecks. Wozu? Das wusste sie selbst nicht.

Wieder hallte der Schrei des Seetauchers durch die Wälder. War er die Stimme der dunklen Waldgottheit? Emily antwortete der Wildnis mit ihrem eigenen Ruf, laut und klar.

22 Rabe

»Ein Geheimnis«, sagte Beatrice James, Tillies Mutter, leise zu Emily, die am Strand von Alert Bay stand und malte. Beatrice, eine vollbusige Frau mit großen Muschelohrringen, strahlte eine natürliche Autorität aus. »Häuptling Wakias hat für Sie eine Einladung zum Potlatch von Häuptling Tlii-Tlaalaadzi!«

»Eine Einladung zum Potlatch? Für mich?«

»Psst!«, ermahnte Tillie sie mit gespielter Ernsthaftigkeit. »Das dürfen Sie denen im Missionarshaus nicht sagen.« Dazu lächelte sie vielsagend.

»Sagen Sie Mrs Hall, dass mein Mann, Mac James, Sie nach Quatsino bringt, damit Sie dort malen können. Dann suchen sie uns am falschen Ort.«

Was würde Claude davon halten? Ob er auch dabei war? Er würde ganz schön staunen, wenn er ihr dort begegnete. Seine Augenbrauen würden in die Höhe schießen.

Lizzie wäre hell entsetzt gewesen, wenn sie es erfahren hätte, aber Victoria lag über zweihundert Meilen südlich von hier. Emily stellte sich eine Versammlung der Missionsgesellschaft vor, im Salon bei ihnen zu Hause, bei der Lizzie mit spröder Stimme verkündete: Solange die Indianer bei ihren heidnischen Gelagen diese kannibalischen Tänze vollführen und anschließend in die Kirche gehen, gibt es für uns noch viel zu tun, im Namen Gottes. Unsere Arbeit ist erst abgeschlossen, wenn wir all diese heidnischen Gebräuche ausgerottet haben.

Was auch immer bei diesen Potlatches geschah – es drehte sich alles um die Totempfähle, hatte Claude ihr gesagt. Wenn sie die Pfähle je mit authentischem Ausdruck und tiefem Verständnis malen wollte, musste sie herausfinden, was diese für die Menschen, die sie schufen, tatsächlich bedeuteten. Ob Potlatches illegal waren oder nicht, spielte dabei keine Rolle. Sie wäre dumm, wenn sie die Einladung nicht annahm.

»Wie war noch mal der Name des Häuptlings?«

»Häuptling Tlii-Tlaalaadzi.«

»Interessanter Name.«

»Er bedeutet ›riesengroßes Freudenfeuer‹«, erklärte Beatrice. »Was macht man, wenn man zu nah an ein Feuer herankommt?«

»Man geht einen Schritt zurück.«

»Und genau das tun die anderen Häuptlinge, wenn sie einen Potlatch geben wollen. Alle wissen, sie können nie so groß feiern wie er. Sie werden es selbst sehen. Er verschenkt viel.«

Mit jeder Flut verschwanden mehr Familien, als würden sie fischen gehen oder in Gegenden fahren, wo man im Sommer Beeren pflückte. Am Sonntag würde der Blick von Pastor Hall über die leeren Kirchenbänke wandern und nur Alte, Kranke und die Schüler des Internats St. Michael sehen. Sein Bart würde vor Zorn zittern, wenn er das Bittgebet sprach. Falls William Halliday in der Kirche saß, würde er sich sofort mit seinem Motorboot auf den Weg zur Provincial Police von British Columbia machen. Aber da niemand wusste, auf welcher der zahlreichen Inseln der Potlatch stattfand, war nicht anzunehmen, dass die Polizei rechtzeitig auftauchen würde, um ihn zu verhindern – hoffte Emily.

Erst als Tillies Vater zwei Tage später das Kanu ins Wasser geschoben hatte und sie schon die Johnstone Strait hinaufpaddelten, fiel der Name des Ortes, zu dem sie fuhren – Mimkwamlis auf der Village-Insel in der Knight's-Bucht.

Toby drehte sich zu Emily um. »Mimkwamlis heißt ›Dorf mit Felsen und Inseln davor‹«, erklärte er ihr stolz. Als er ihr Gesicht sah, musste er lachen. »Dort lebt der Mamalilikala-Clan des Volkes der Kwakwaka'wakw.«

Emily pfiff anerkennend durch die Zähne. »Vielen Dank, Toby. Jetzt verstehe ich. Aber finden Potlatches denn nicht meistens im Winter statt?«

Fragend schaute Toby zu seiner Mutter. »Vor einem Jahr ist der Häuptling von Mimkwamlis gestorben«, antwortete Beatrice. »Es wäre eine Schande, wenn der neue Häuptling nicht bald einen Pfahl für ihn aufstellen würde. Er kann die Rechte des alten Häuptlings erst übernehmen, wenn er das getan hat.«

»Die Polizei rechnet jetzt nicht mit einem Potlatch«, fügte Mac hinzu.

Emily schaute zu den beiden kleinen Jungen, die sich schlafend an Billy schmiegten. Jack war etwa vier Jahre alt, Alphonse ein bisschen älter. Sie waren Tillies Cousins. »Sind ihre Eltern schon dort?«

»Nein. Sie wurden verhaftet, weil sie an einem Potlatch teilgenommen haben. Deshalb können sie nicht kommen.«

»Heißt das, sie sitzen im Gefängnis?«

»Nein, sie können nur nicht zu einem Potlatch gehen. Keine Sorge! Weiße werden nicht eingesperrt. Noch nicht.«

Emilys bekümmerte Miene brachte alle zum Lachen.

Die Familie sang leise das Paddel-Lied: »*Si-whwa-kwa, si-whwa-kwa*«, um den Rhythmus zu halten, während sie übers offene Wasser fuhren, bis sie in einen schmaleren Wasserlauf kamen. Mac deutete mit dem Kopf auf einen großen blauen Reiher, der im flachen Wasser stand und fraß. Er ließ das Kanu zum Ufer gleiten. »Hier werden wir die Nacht verbringen.«

Emily warf einen Blick auf den schmalen Uferstreifen. Überall lag trockener Meersalat, eine Art Grünalge. Am einen Ende erhob sich ein schroffer Fels, am anderen hielt ein Baumstumpf die Strömung auf. Schierlingstannen mit tief hängenden Zweigen schützten den Vogel mit dem langen Hals, der auf seinen langen Beinen, so fein wie Farnstängel, ungeheuer elegant balancierte. Als das Kanu das Ufer berührte, flog er mit einem lauten *Krak* davon.

»Ein blauer Reiher tut den Menschen gut«, sagte Emily.

Mac lächelte. »Ja, ein gutes Zeichen.«

Am späten Vormittag näherten sie sich Mimkwamlis. Aus allen Richtungen trafen Boote ein. »Merken die Behörden nicht, dass hier ein Potlatch stattfindet, wenn sie die vielen Boote sehen?«, erkundigte sich Emily.

»Die meisten Boote verstecken wir, und wir haben Wachposten«, sagte Mac. »Wir werden uns die Festfreude nicht trüben lassen.« Er warf einen Blick auf seinen Sohn. »Und Toby sieht zum ersten Mal, wie ein Pfahl aufgestellt wird.«

Sechzehn Pfähle – vor jedem Langhaus einer – ragten über die Dächer und blickten in Richtung Ufer. Auf einem der Häuser kauerte ein riesiger Rabe, größer als Hallidays Motorboot. Eine einzelne männliche Skulptur mit ausgebreiteten Armen, einem übergroßen Kopf und einem hohen, spitz zulaufenden Hut stand in der Nähe des Ufers.

»Ist das der neue Pfahl?«, wollte Emily wissen.

»Nein. Das ist eine Sprecherfigur«, erklärte Beatrice. »Sie werden schon sehen.«

Kaum hatte das Boot den weißen Muschelstrand berührt, da hörte sie schon, wie aus dem Mund der Holzstatue auf Kwakwala gesungene Worte drangen. Billy bellte erschrocken los, und alle mussten lachen.

Tillie nahm ihn in den Arm. »Das ist doch nur zu unserer Begrüßung, Billy!«

Am Ufer bildeten die Männer zwei Reihen und trugen das zehn Meter lange Kanu in den Wald. Emily hielt Billy an der kurzen Leine, damit er sich nicht einmischte. Sie fasste ihn am Kinn. »Hör zu, Billyboy – dass du mir ja nicht überall herumschnüffelst. Wir sind hier zu Gast.«

Er blinzelte, um Geduld bemüht.

»Ich kann ihn festhalten, wenn Sie malen wollen«, bot Tillie an.

»Gern, vielen Dank. Er glaubt, die Leute hätten sich alle seinetwegen hier versammelt.«

Emily machte sich sofort an die Arbeit. Als Erstes entwarf sie eine Aquarellskizze der Begrüßungsfigur, dann entdeckte sie neben einer unglaublich schiefen Treppe, die zu den Langhäusern hinaufführte, eine zweite Figur dieser Art, diesmal ohne Hut. »Hier gefällt es mir. Wohin mein Blick auch fällt – überall sehe ich Dinge, die ich malen will.«

Sie gingen die Stufen hinauf. Sie mussten ein paar spielenden Jungen ausweichen, um zu dem neuen Pfahl zu gelangen, der auf mehreren Pflöcken ruhte, mit Planen verhüllt. Wie schade! Emily hätte ihn für ihr Leben gern aus nächster Nähe betrachtet. Das untere Ende ragte über einen fünf Meter langen Graben. Stricke hingen locker über einem provisorischen Gerüst, das man neben dem unteren Ende errichtet hatte. Emily vermochte sich beim besten Willen nicht vorzustellen, wie solch ein immenses Gewicht in die Senkrechte gebracht werden konnte.

Vor dem Langhaus von Häuptling Tlii-Tlaalaadzi stapelten sich Hunderte von zusammengefalteten Schlafdecken bis unters Dach. Daneben Fünfzig-Pfund-Säcke mit Mehl und Zucker, Kisten mit Geschirr, Türme aus Eimern und Waschschüsseln, geflochtene und bemalte Regenhüte aus Fichtenwurzeln, geschnitzte und bunt verzierte Holztruhen, Körbe, Grammophone, sogar Nähmaschinen mit Pedal. Falls die Polizeiboote wirklich hierher kommen sollten, bestand keine Möglichkeit, all diese Dinge zu verstecken. Und dann die Lebensmittel! Körbe mit getrocknetem Lachs und Heilbutt, Zwanzig-Liter-Fässer mit Oolichan-Öl, Körbe mit Gerstenmehlkuchen und Beeren.

»Brombeeren, Felsenbirnen, schwarze Honigbeeren und Johannisbeeren«, verkündete Tillie stolz und deutete auf die verschiedenen Körbe.

Vor all diesen Schätzen standen Männer in Hosenträgern, mit Melonen auf dem Kopf und manche mit goldenen Uhrketten, die Frauen in farbig gemusterten Kleidern. Sie schauten zwei Männern zu, die gemeinsam mit einem dritten irgendein Kunststück vorführten. »Sie spielen *Haana-aa*. ›Ich werde dich umstimmen‹. Ein gutes Spiel. Man schließt Wetten ab, wo die Knochen sind.«

Die Spieler zeigten keine Regung, aber die Zuschauer johlten und machten alle möglichen Vorschläge oder warnten vor bestimmten Spielzügen. Niemand versuchte zu verbergen, was hier vor sich ging. Das machte es für Emily auch nicht leichter, sich zu entspannen.

Eine ältere Frau, deren Jacke so eng war, dass die Knöpfe abzuspringen drohten, servierte geschlagene Seifennüsse aus einem Kanu, das gut einen halben Meter lang war. Neben ihr stand ein Mädchen und verteilte winzige Paddel, die man als Löffel nehmen konnte. Ein zahnloser Mann in Hosenträgern schlürfte den Schaum. »Indianer-Eis. Leicht zu essen«, brummelte er vergnügt. Emily tauchte ihr Paddel in das Kanu, um etwas von dem weichen rosaroten Schaum zu versuchen. Er schmeckte bitter und süß zugleich. Toby und Alphonse kamen angerannt, um sich ebenfalls zu bedienen.

»Na, hattet ihr Angst, es bleibt nichts für euch übrig?«, zog Tillie sie auf.

Emily stand am Rand der Menschenmenge, die sich um eine Gruppe von Häuptlingen versammelt hatte. Deren Kopfschmuck bestand aus geschnitzten Tiergesichtern, und sie trugen kunstvoll gearbeitete blaue und grüne Umhänge, rot gerändert und mit Raben- oder Adler-Mustern aus Hunderten von Perlmuttknöpfen verziert. Emily erkannte Häuptling Wakias und hätte ihn am liebsten gebeten, für sie Modell zu stehen, doch in seinem feierlichen Ornat wirkte er absolut unnahbar.

Beatrice zeigte ihr Häuptling Tlii-Tlaalaadzi, einen älteren Mann mit breitem Gesicht, dessen Adler-Kopfschmuck seitlich herunterhängende Hermelinschwänze schmückten. Sein Sprecher stand neben ihm. Er trug einen Kopfring aus Rinde und einen Knopfumhang. In der Hand hielt er einen schweren, kunstvoll geschnitzten Stab, den ein Adler krönte. Er sagte etwas auf Kwakwala. Die Männer und Frauen öffneten den Kreis, um sich dem Pfahl zuzuwenden, der nun endlich aufgerichtet werden sollte. Mehrere Männer, die hinter einem ausgehöhlten Baumstamm saßen, begannen rhythmisch zu trommeln, langsam zuerst, dann immer schneller und lauter. Mit großem Zeremoniell wurden die Planen gelüftet. Die Menge murmelte bewundernd und stimmte dann einen Freudengesang an. Zwar konnte Emily wegen der vielen Menschen das obere Ende des Pfahls nicht sehen, aber was sie sah – Rabe, Bär, Killerwal und Wolf –, war unfassbar schön. Die Schnitzarbeit war verblüffend scharfkantig, das Holz glatt, die Figuren wirkten kraftvoll und von einer Bedeutung erfüllt, die sie nicht fassen konnte.

Toby nickte einem Mann zu, der durch die Menge schritt und im Vorbeigehen zu jedem etwas sagte. Seine Haut war vom Alter zerfurcht, wie die großen alten Pfähle in Alert Bay. »Mein Onkel«, sagte Toby leise zu Emily. »Hayward James. Er hat den Pfahl geschnitzt.« Vor Stolz machte Toby einen kleinen Hopser.

In dem Moment fiel es ihr wie Schuppen von den Augen – der kleine Junge, der ihr vor ein paar Jahren in Alert Bay versichert hatte, er werde Maler, weil sein Onkel eine Augenwimper von ihm für seinen Pinsel genommen hatte – dieser kleine Junge war derselbe Toby gewesen!

»Ich kann nichts sehen!«, beschwerte er sich.

»Gleich geht's los«, erwiderte Beatrice und hob Alphonse hoch, während Tillie den kleinen Jack auf den Arm nahm. »Du wirst es nie vergessen.«

Plötzlich war es Toby ganz wichtig, dass er auch wirklich alles mitbekam. Emily entdeckte eine leere Kiste, auf der er stehen konnte. »Aber du darfst nicht hüpfen!«, warnte sie ihn.

Eine lange Reihe von Männern, unter ihnen auch Mac, kauerten neben dem Pfahl, um ihn mit den Schultern abzustützen. Gespannte Stille legte sich über die Menge. Die Stricke ächzten, der Pfahl hob sich ein paar Zentimeter. Emily wusste, dass sie an etwas teilnahm, was nur wenige Weiße kannten und verstanden. Halliday redete immer von einem »sinnlosen Seilziehen mit einem toten Baum«, aber die gebannte Aufmerksamkeit der Anwesenden zeigte, dass in diesem Baumstamm die Geschichte, der Stolz, die Tradition und die Liebe des ganzen Stammes weiterlebten.

Hayward James hockte neben Toby und flüsterte ihm etwas zu. Seine Gesten sprachen liebevoll von dem Holz, seiner Maserung und Textur, seinem Duft. Er hatte mit der Zeder gelebt, ihr Wesen studiert, mit ihrem Geist gesprochen. Hier, in diesem Augenblick, wurde Kunst weitergegeben und vermittelt. Hoffentlich begreift Toby, welche Verpflichtung damit verbunden ist, dachte Emily.

Mit ungeheurer Kraft und Energie wurde der Pfahl Stück für Stück angehoben, bis scherenartig konstruierte Stützbalken darunter platziert werden konnten. Kinder, die diese Prozedur noch nie erlebt hatten, und alte Leute, die sie schon oft gesehen hatten – alle standen stumm und reglos da, als hielten sie den Atem an. Vier Mal machten die Männer eine Pause, während der Häuptlingssprecher Ereignisse aus dem Leben des verstorbenen Häuptlings und seiner Ahnen berichtete. Rabe, Bär, Killerwal, Wolf und die oberste Figur, Adler, stiegen höher und höher, eine imposante Silhouette vor dem hellen Himmel. Die Männer zogen die Stricke über das Gerüst, und nach zehn Minuten war es so weit: Der Pfahl stand tatsächlich senkrecht. Nicht zu fassen! Und

Adler, mit ausgebreiteten Schwingen, schien himmelwärts zu streben.

Männer füllten das Loch mit großen Steinen und trampelten die Erde fest. Niemand rief hurra, als die Stricke entfernt wurden. Dies war kein Anlass zu Jubel, nein, hier ging es um Tieferes. Um Ehrfurcht. Um Respekt. Toby legte den Kopf in den Nacken. »Eines Tages wirst du auch solch ein großes Kunstwerk schaffen«, flüsterte Emily ihm ins Ohr.

Der Häuptlingssprecher verkündete, nun würden die Schlafdecken verteilt. Mac und Beatrice schauten sich erstaunt an. Emily fragte, was das zu bedeuten habe.

»Meistens bekommt man nicht so früh etwas geschenkt«, antwortete Beatrice.

Einzeln wurden die Namen aufgerufen, und jeder bekam eine Decke. Das war der Anfang des eigentlichen Potlatch, vermutete Emily. Sie blickte sich um. Näherten sich vielleicht doch schon die Polizeiboote?

Die Trommler schleppten den Baumstamm ins Langhaus, um dort weiterzutrommeln, während die Leute sich nach und nach im großen Innenraum einfanden. Emily band Billy an einen Baum und gab ihm Wasser und Futter. Die Schierlingstannenzweige, mit denen die Tür geschmückt war, streiften ihre Wangen, als sie mit Tillie das Haus betrat. Holzfeuerrauch brannte ihr in den Augen. Ein vibrierendes, hohles Rasseln ließ sie zusammenzucken. Rabe, ganz Schnabel und mit Pech geschwärzte Federn aus Rinde, schwebte an einer Schnur durch den Raum. Ein Mann goss Öl in das lodernde Feuer, das den Raum erhellte.

Emily setzte sich mit Tillies Familie an den ihnen zugewiesenen Platz. Sie spürte, wie die Bank unter ihr zitterte. Eine Tröte ertönte – war es eine Schiffssirene? Panik ergriff sie. War das die Polizei? Sie schaute sich besorgt um. Nein. Es war Dzunukwa, die in einen Innenbalken des Hauses geschnitzt war. Die hohlen Wangen erschienen Emily fast schon vertraut, aber trotzdem beängstigend. Irgendwie klang es, als käme das Geräusch direkt aus den wulstig geöffneten Lippen. Plötzlich wurde es still im Raum, wie im Theater, kurz bevor sich der Vorhang hebt.

Häuptling Tlii-Tlaalaadzi durchschritt einmal den ganzen Raum, wie eine Sichel zerteilte sein Arm die rauchgeschwängerte Luft. Weiße Daunen flogen aus seinem Kopfschmuck wie wirbelnde Schneeflocken. Mit statuarischer Eleganz begrüßte er Häuptling Wakias und die dreizehn anderen Häuptlinge und Würdenträger, die Gäste von anderen Sippen und schließlich die Mamalilikala. Der Sprecher pflanzte seinen Stab auf den Boden und sprach eine Begrüßung, wobei er bestimmte Worte hervorhob, indem er mit beiden Händen gestikulierte, den Kopf schräg legte, die Augenbrauen hochzog, auf und ab hüpfte, die Knie beugte, die geballte Faust schüttelte. Es war eine rituelle Welt, fremd, verboten und unendlich faszinierend.

Der Häuptling setzte sich zu einem Mann, dessen Kopfschmuck aus Bärenklauen die Form eines Kandelabers hatte. Schnäbel waren an seiner Robe befestigt. Bestimmt war er Schamane. Emily stellte sich vor, wie er über dem Bauch einer kranken Frau seine Bärenklauen rasseln ließ und Worte murmelte, welche die Kranke mit der Erde und den Jahreszeiten verbanden, und wie er das Aroma von Kräutern und Zehrwurz in ihre Kehle hauchte.

In der offenen Tür erschien im Gegenlicht ein Mann, der ganz und gar mit Schierlingstannenzweigen bedeckt war. Er trug einen Kopfring aus Zweigen und einen Rock aus Zweigen. Zweige kreuzten sich über seiner Brust und hingen von seinen Schultern. Bis auf einen Kreis um die Augen war sein wild verzerrtes Gesicht mit Kohle geschwärzt, was ihn besessen wirken ließ.

»Das ist ein Haa'maatsa, ein Kannibalen-Tänzer«, erklärte Beatrice. »Aber keine Bange – er tut nur so, es ist nicht echt.«

Gebückt, als würde er ein schweres Gewicht in den leeren Armen tragen, tanzte er zu schnellen Trommelrhythmen in den Raum. Zwischendurch richtete er sich immer wieder auf und folgte mit behänden Schritten den Schlägen der Trommel. Niemand konnte eine Leiche so tragen, wie es hier dargestellt wurde. Emilys Herz hämmerte, ihre Schultern verkrampften sich. Das war also einer der Tänze, die bei den Christen solche Empörung auslösten.

Die Bewegungen des Tänzers deuteten an, dass die Leiche ihn anzog, aber gleichzeitig auch abstieß. Die Mächte von Gut und Böse schienen in ihm zu kämpfen. Er schleuderte die Leiche zu Boden, konnte sich jedoch nicht von ihr trennen. Dann umkreiste er die Stelle, wo die imaginäre Leiche lag. Gesänge unterstützten den Rhythmus der Trommeln, sie wurden immer lauter, immer schneller, um dann abrupt abzubrechen und in schnelles Trampeln im Gegenrhythmus überzugehen. Der Tänzer beugte sich vor, und es sah aus, als würde er zubeißen. Dann sprang er wieder weg, biss erneut zu, sein Verlangen schien ihn zu überwältigen, doch plötzlich gab es einen lauten Knall – der Tänzer riss sich los und verschwand hinter einer hölzernen Wand. Der Dämon war ausgetrieben, das Gute hatte gesiegt. Jedenfalls wollte Emily den Vorgang so deuten.

Sie hatten ihr vertraut, hatten sie an dieser gruseligen Pantomime teilhaben lassen, deren moralische Aussage so geheimnisumwoben war. Sie würde niemandem davon erzählen. Sie hatte eine Grenze überschritten. Hinter ihr lag eine Kluft, die sie von den meisten Weißen trennte. Aber sie war auch keine Indianerin. Sie saß zwischen allen Stühlen. Hatte Claude je einen Haa'maatsa-Tanz gesehen? Davon gesprochen hatte er jedenfalls nicht. Vielleicht war auch er von den Ureinwohnern ins Vertrauen gezogen worden und hatte das Geheimnis für sich behalten.

Sechs Männer trugen eine fast drei Meter lange geschnitzte Holzplatte herein. Emily stockte der Atem. Es war Dzunukwa, zurückgebeugt, auf Füße und Hände gestützt. Bauch, Brüste, Kniescheiben und Nabel waren ausgehöhlt und dienten als Vertiefungen, aus denen das Essen dampfte. Die Träger stellten die Riesin direkt vor den Häuptlingen ab. Feierlich berührte Häuptling Tlii-Tlaalaadzi jede Mulde mit seinem Stab, als würde er sie segnen.

Tillie flüsterte Emily zu: »Sehen Sie? Dzunukwa schenkt auch Reichtum.«

Geben und Nehmen, alles in einem. Vielleicht brauchten die Menschen solche Wesen, um Mangel und Überfluss, Gut und Böse zu erklären.

Mit geschnitzten Schöpflöffeln, die fast einen Meter lang waren, servierten Diener dem Häuptling Speisen aus Dzunukwas Wangen und Augen. Die geladenen Häuptlinge bedienten sie aus den Brüsten, der Schamane wurde aus dem Nabel versorgt. Als Emily die Männer in ihren schweren, mit Vogelschnäbeln und Tierzähnen geschmückten Umhängen essen sah, als würden sie Dzunukwas Eingeweide verspeisen, überkam sie eine scheue Ehrfurcht. Sie stellte sich vor, wie Hayward James solch eine Festschüssel schnitzte, wie Beatrice die Zähne und Muscheln zu symbolischen Mustern auf die Umhänge nähte, wie sie mit der Ahle ihrer Großmutter Löcher in die Schnäbel der Papageitaucher stach und sie auf den Überwurf eines Schamanen nähte, damit sie beim Gehen rasselten.

Frauen reichten die Schalen aus den Kniescheiben den Clan-Führern, die nun ihre Familien versorgten. Außerdem wurden noch riesige, mit Fisch gefüllte Kanu-Schüsseln aus Erlenholz hereingebracht, dazu kleinere Wolf- und Frosch-Gefäße, die überall im Raum verteilt wurden.

Auf ein Signal der Trommler hin kam nun Dzunukwa in den Raum gekrochen. Mit ihren grellweißen Augen, den blutroten Wangenhöhlen, den wilden schwarzen Haaren und mit einem Korb auf dem Rücken tanzte die maskierte Hexe, und vor ihren unheimlichen »Huu-huu«-Rufen wichen die Kinder in den vorderen Reihen erschrocken zurück.

Ein schwarz gefiederter Raben-Tänzer kam durch die Tür gesprungen und wirbelte durch den Raum. Er zog Stränge aus Zedernrinde hinter sich her, die den Schwanz symbolisierten, und mit seinen gewaltigen Schwingen, die eine Spanne von über drei Metern besaßen, schlug er so heftig, dass ein starker Luftzug entstand. Jack klammerte sich ängstlich an Emilys Bein.

Die wunderschön geschnitzte Raben-Maske war blau, rot und schwarz bemalt, dazwischen schimmerte seidig das Zedernholz. Als sich der etwa einen Meter lange Schnabel öffnete, erschien dahinter eine zweite Maske, das friedliche Gesicht eines Kindes – Annie Maries Gesicht, dachte Emily sofort. Dann schloss sich der Schnabel wieder. Der Rabe, der Schwindler, bot ein Kind dar und versteckte es wieder, zeigte, was er gefangen hatte, und nahm es wieder weg. Ein zweiter Tänzer trug eine Mondsichel-Maske, die sich in eine Sonne verwandelte. Nichts war, wie es schien. Die Masken veränderten sich vor ihren Augen. Im flackernden Feuerschein verwandelten sich Vögel in Knaben und dann wieder in Vögel. Große Holzkrebse krabbelten über den Lehmfußboden, ohne die Tänzer zu berühren. Hinter ihnen her glitten kleine Kanus mit winzigen, geschnitzten Ruderern, die ihre Paddel bewegten. Adler mit Schwanzfedern aus Rinde stürzte sich von einem Balken auf einen jungen Mann, der ganz in der Nähe des Häuptlings saß. Der junge Mann tat so, als würde er fürchterlich erschrecken, und die Leute jubelten vor Vergnügen.

Emily war überwältigt von der rauschenden Vielfalt. Ihr Herz pochte, ihre Ohren pulsierten, aber sie gab sich bereitwillig dem Trommeln, dem Rauch, dem Gaukelspiel der tanzenden, schwebenden Gestalten hin. Es war Theater und Spektakel, Karneval, Religion und lebendige Kunst. Andächtig nahm sie alles in sich auf.

Doch auf einmal erschien ein Trupp uniformierter Männer in der Tür. »Achtung, Achtung, hier spricht die Polizei von British Columbia –«

Gelächter übertönte die Stimme. War dies Teil der Vorführung? Emily erstarrte. Der Polizeisprecher setzte noch einmal an. Diesmal klang das Lachen schon zaghafter. Ein paar Tänzer schlichen mit ihren Masken zur Tür hinaus. Mehrere ältere Kinder rannten hinter ihnen her. Ein Polizist zielte mit der Pistole auf die Decke. Es wurde still im Raum. Der Captain begann: »Auf Befehl des Premier von British Columbia und des Bezirksleiters des Department of Indian Affairs, William Ditchburn, befehle ich, dass sämtliche Aktivitäten dieses Potlatch augenblicklich eingestellt werden.«

»Da kommen so ein paar Angeber und machen alles kaputt«, brummelte Emily.

William Halliday betrat den Raum. Breitbeinig wie ein General trat er vor die Versammlung. Hinter ihm stand Pastor Hall und ließ seinen Blick prüfend über die Menge schweifen. Er wollte offenbar genau wissen, wer hier war. Für einen Moment begegnete Emily seinem Blick und zuckte zusammen. Konnten Weiße vielleicht doch verhaftet werden, wenn sie bei einem Potlatch anwesend waren? Gesetz ist Gesetz, oder? Sie umklammerte ihre Tasche – für den Fall des Falles. Aber nein! Sie gehörte hierher. Sie würde nicht wanken noch weichen, selbst wenn es bedeuten sollte, dass sie nie wieder ins Missionarshaus eingeladen wurde.

Das Trommeln setzte wieder ein, leise, langsam – der gemeinsame Herzschlag der Versammlung. Ein Polizist schoss in die Luft. Emily hörte Billy draußen bellen. Das Trommeln verstummte. Die Eindringlinge marschierten bis zur Mitte des Raums. Alle Häuptlinge erhoben sich. Der Captain wandte sich fragend an William Halliday, dann begann er zu schreien. Er richtete sich direkt an Häuptling Tlii-Tlaalaadzi, nicht an seinen Sprecher. »Ich befehle Ihnen, diesen Potlatch sofort zu beenden! Sie wissen ganz genau, dass Potlatches gesetzeswidrig sind! ›Jeder, der das indianische Fest namens Potlatch oder den Eingeborenentanz namens *Tamananawas* feiert oder unterstützt, wird mit Gefängnis bestraft.‹«

Was für ein aufgeplusterter Fanatiker! Ach, wie gern würde sie ihm hier vor allen Leuten zeigen, dass sie ihn abgrundtief verachtete!

Häuptling Tlii-Tlaalaadzi trat einen Schritt vor. Seine Stimme war tief und kraftvoll. »Wir tun, was unsere Gesetze uns auftragen und was wir immer schon getan haben. Es ist ein altes Gesetz, das uns gebietet zu tanzen, und es ist älter als euer kanadisches Gesetz.«

»Es ist ein primitiver Brauch und eine beklagenswerte Sitte, die verhindert, dass dieses Volk auf der Leiter der Zivilisation nach oben kommt. Außerdem verstößt die Festlichkeit gegen die Statuten Kanadas«, entgegnete der Captain.

»Aber es ist auch nichts anderes als Weihnachten!«, rief jemand aus der Menge.

Diese Bemerkung löste einen hitzigen Wortwechsel aus, während dessen die Männer von Mimkwamlis die Dzunukwa-Festtafel nach draußen trugen. Die Leute verbargen Masken und Vögel unter ihren Decken und versteckten überhaupt alles, was zum Tanz gehörte.

»Häuptling, befehlen Sie, dass dieser Potlatch beendet wird, oder ich nehme Sie mit auf die Wache.«

Die Situation schien aussichtslos. Die Luft knisterte vor Spannung. Alle erhoben sich.

»Ich werde meinem Volk niemals befehlen, etwas zu beenden, was uns von unseren Vorfahren aufgetragen wurde. Was wir tun, fügt euch keinen Schaden zu, und es fügt auch Kanada keinen Schaden zu. Alle sollen wissen, dass wir, die Mamalilikala Qwe'Qwa'Sot'Enox' von Mimkwamlis, niemals aufhören werden, Potlatches zu feiern.«

Mit majestätischen Schritten ging der Häuptling auf die Polizisten zu, die automatisch beiseite wichen. Sein Knopfumhang wehte, weiße Daunen flatterten aus seinem Kopfschmuck. Ein paar Polizisten zückten ihre Waffen, um zu signalisieren, dass ihnen niemand nach draußen folgen sollte. Einer schleppte einen großen, mit einer Decke verhüllten Gegenstand hinaus.

Überall stummes Entsetzen. Emily hatte furchtbare Angst, jemand könnte denken, sie hätte Hall oder Halliday den Ort des Potlatch verraten. Die Stammesältesten gingen von Gruppe zu Gruppe, um zu überprüfen, ob alle Kinder da waren.

»Warum sind so viele Kinder weggelaufen?«, erkundigte sich Emily.

»Es sind vermutlich die, die auf die St. Michael's-Schule gehen. Sie werden dort geschlagen und eingesperrt«, erklärte Beatrice.

Nun suchte sich jeder einen Schlafplatz für die Nacht, manche im Langhaus, andere im Wald. Emily holte Billy ins Haus und ließ sich auf einer breiten Schlafbank nieder. Sie wiegte Jack in ihren Armen, wie ein verirrtes Kätzchen. Es war seltsam tröstlich, das leise Singen der Mütter und die verschiedenen Rhythmen der Schlafgeräusche von Jung und Alt zu hören.

Toby klopfte mit einem Stock gegen seine Bank, bis Tillie ihn ermahnte, er solle damit aufhören. Gekränkt rückte er von ihr ab und zog die Knie an die Brust. Ach, es war nicht leicht, ein Kwakiutl zu sein.

Mac bot Emily seine neue Decke an.

»Vielen Dank, Mac. Sie sind sehr gütig.« Sie breitete die Decke über sich und Jack. »Der Häuptling wusste, dass das passieren könnte, nicht wahr? Deshalb hat er als Erstes die Decken verteilen lassen, damit man die Masken darunter verbergen kann.«

Mac nickte.

»Ich bin froh, dass ich mitgekommen bin.«

»Wir sind froh, dass Sie hier sind.«

Am nächsten Morgen lastete eine bleierne Atmosphäre auf allem. Jeder bewegte sich langsam, keiner sagte ein lautes Wort, es wurde nur geflüstert. Häuptling Wakias sprach mit einer Gruppe von Männern am anderen Ende des Raums. Niemand holte irgendwelche Masken hervor. Niemand tanzte. Die Trommler saßen ermattet hinter der Trommel. Und trotzdem schien es wie ein Sieg, dass sie noch hier versammelt waren.

Emily schnappte Gesprächsfetzen auf. Die Rabenmaske war verschwunden! »Die haben sie mitgenommen, für den Prozess«, sagte Beatrice. »Anschließend kommt sie ins Museum. Wenn sie keine Maske mitnehmen, dann nehmen sie ein Kind. Und stecken es ins Internat. Diesmal haben wir Glück gehabt.«

Nach ein paar Stunden wurde die Zeremonie fortgesetzt. Gedämpft, leise. Der Sprecher des Häuptlings hielt in der einen Hand seinen geschnitzten Stock, in der anderen eine schwarze Dzunukwa-Maske mit silbern glänzender Stirn. Aber kein einziges Mal unterstrich er seine Worte mit hüpfenden Bewegungen.

»Was hat er gesagt?«

»Dass die Mamalilikala nie aufhören werden, Potlatches zu feiern.«

»Nichts über die Polizeiaktion?«

»Nein.«

Emily war sprachlos. Kam das so oft vor, dass es dem Sprecher nicht der Rede wert schien?

Sich die Dzunukwa-Maske vorhaltend, begann der Sprecher, gemeinsam mit ein paar Helfern die Geschenke zu verteilen. Vielleicht war das genau die richtige Reaktion – auf den Diebstahl antwortete man mit Gaben, man ignorierte die Aggression. Dzunukwa führte sie an, damit sie sich selbst wieder neu zusammensetzen konnten.

Emily war erleichtert, als auch sie aufgerufen wurde, um ihr Geschenk in Empfang zu nehmen – eine Portion Räucherlachs und eine kleine Schüssel mit dem Stempel *Royal Albert – Bone China – England*. Wenn man ihr misstraute, hätte sie bestimmt nichts bekommen, oder?

Das letzte Geschenk war ein aus Wurzeln geflochtener Regenhut, der die gleiche geschwungene Form hatte wie der Hut der Begrüßungsfigur. »Ich werde ihn tragen und immer stolz darauf sein, dass ich ihn bei einem Mamalilikala-Potlatch bekommen habe«, erklärte sie feierlich.

Mac grinste. »Stimmt es, dass Sie den Skeena River hinauffahren wollen?«

Emily nickte.

»Da werden Sie den Hut brauchen.«

Die Leute um sie herum lachten. Tillie hob die Arme und bewegte die Finger, um Regentropfen anzudeuten. Vergnügt setzte Emily ihren Hut auf. Wieder lachten alle, und Emily strahlte übers ganze Gesicht.

23 Weide

»Nicht viele Frauen nehmen die Route den Skeena River hinauf.«

Emily stand an der Reling des Heckraddampfers. Neugierig drehte sie sich um: Hinter ihr stand ein Mann mit einem ungewöhnlich schmalen Kopf und einem Schnurrbärtchen.

»Und schon gar keine allein reisenden weißen Frauen«, fügte er hinzu, lehnte sich betont lässig neben ihr ans Geländer und kaute auf seiner Zigarre herum. Emily sah, dass seine Zähne braun gefleckt waren. Sie wich einen Schritt zurück.

»Was haben Sie denn vor im Indianerland?« Er betonte das letzte Wort, als würde er mit einem Kind reden.

Sie schaute zu den Weiden am Ufer. Ja, was hatte sie vor? Sie wollte groß sein, so groß wie der Geist der Mamalilikala. Sie wollte in sich selbst die Wilde Frau des Waldes entdecken, lebendig und furchtlos.

»Ich möchte möglichst viele Totempfähle sehen«, antwortete sie.

»Arbeiten Sie für die Regierung?«

»Nein.«

»Für die Eisenbahngesellschaft?« Sein rechtes Augenlid zuckte leicht.

»Nein.«

»Für ein Museum?«

»Nein. Ich arbeite für mich selbst. Ich bin Malerin.«

»Sammeln Sie Kunsthandwerk?«

»Nein, im Gegenteil!«

»Wo waren Sie schon?«

»In den meisten Dörfern am Skeena River. Kitwanga. Kispiox, Kitsegukla. Ich bin seit zwei Wochen unterwegs. Jetzt fahre ich wieder zurück.«

»Woher wussten Sie, in welche Dörfer Sie gehen können?«

»Ich habe Bücher gelesen und Fragen gestellt.«

Er verschränkte die Arme. »Schießen Sie los. Übrigens – ich heiße Alfred Poole.«

Seine Selbstsicherheit ärgerte sie – aber andererseits kannte er vielleicht ein Dorf, von dem sie noch nicht gehört hatte. »Wo gibt es Ihrer Meinung nach die schönsten Totempfähle?«

»Keine Frage – in Kitwancool.«

»Wie komme ich dorthin?«

»Sechzehn Meilen einen Nebenfluss hinauf, von Kitwanga aus. Aber da können Sie nicht hinfahren, Lady. Die Gitksan sind gefährlich. Deshalb gibt es dort noch so viele Totempfähle. Die wollen Sie nicht sehen. Die wollen überhaupt niemanden sehen, der kein Gitksan ist.«

»In den anderen Gitksan-Dörfern hatte ich keinerlei Probleme.«

»Pfff.« Ein Stückchen Tabak flog aus seinem Mund. »Kitwancool ist anders. Sie finden dort nicht mal eine Unterkunft. Die Missionare wurden vertrieben.«

»Ich habe ein Zelt.«

»Haben Sie auch einen Revolver? Oder glauben Sie, dass Ihr Hund Sie beschützt?«

Emily straffte die Schultern. Sie drückte Billys Kopf gegen ihren Oberschenkel. Lizzie hatte genau das Gleiche gesagt, hatte sie mit nach oben genommen und Vaters Kommodenschublade geöffnet, wo zwischen den mit Monogramm bestickten Taschentüchern seine Pistole lag. »Wenn du schon gehen musst, dann nimm, in Gottes Namen, wenigstens das Ding hier mit!«

Emily hatte sich eins der Taschentücher genommen. »Du hast Recht, Lizzie. Ich bekomme auf Reisen oft einen Schnupfen.« Sie musste grinsen, als sie daran dachte, wie wütend Lizzie die Schublade zugeknallt hatte.

»Ich meine es todernst.« Der Mann öffnete sein Jackett, sodass sie den Griff seiner Waffe sehen konnte. »Der Widerstand der Indianer wächst.«

»Wollen Sie mir Ihre Dienste anbieten, oder wollen Sie mich nur verscheuchen? Ich habe mehr Angst vor einer Schusswaffe als vor den Gitksan.«

»Wie wär's mit einer Axt? Letztes Frühjahr haben sie eine Gruppe von Landvermessern mit Äxten verfolgt.«

»Ich will ihnen nicht ihr Land wegnehmen.«

»Vielleicht finden Sie ja gar nicht, was Sie suchen, und gehen schließlich dorthin zurück, wo Sie herkommen. Vielleicht merken Sie ja, dass Sie einen Fehler gemacht haben. Die Pfähle haben Risse, viele sind umgestürzt. Oder man hat sie verkauft.«

Das Wort *verkauft* ließ Emily aufhorchen. Er hatte sich verraten – jetzt wusste sie, weshalb er hier war und dass er keine Konkurrenz wollte.

»Es ist sowieso eine aussterbende Kultur.« Er spuckte übers Geländer, als wolle er ihr, ihrem Vorhaben und auch den Totempfählen seine Geringschätzung demonstrieren.

»Nein, sie stirbt nicht aus, sie wird umgebracht. In Stücke zerhackt. Das ist etwas anderes«, erwiderte Emily.

Sie griff nach Billys Halsband und ging zum Geländer auf der anderen Seite. »Manchmal sind Männer zu drei Vierteln wilde Tiere und nur zu einem Viertel Menschen«, brummte sie. »Anwesende selbstverständlich ausgenommen.«

Beladen mit Gepäck und Gerätschaften, ging sie in Kitwanga von Bord. Auf dem Anlegesteg musste sie aufpassen, dass sie nicht das Gleichgewicht verlor.

»Hallo, Lady!«, rief Alfred Poole ihr vom Schiff aus nach. »Denken Sie dran – Sie können nicht behaupten, ich hätte Sie nicht gewarnt!«

Als sie sich umdrehte, sah sie, dass er wieder übers Geländer spuckte. Sie musste noch einmal zurück, um Billy und den Rest ihrer Sachen zu holen. Den Herrn würdigte sie keines Blickes.

Er hatte es nicht verdient.

Sie schaute nur kurz zu dem Wald aus Totempfählen. Zuerst musste sie sich im Handelsposten der Hudson's Bay Company mit Proviant versorgen. Aus den Gesprächen dort bekam sie zufällig mit, dass noch heute ein Fuhrmann und Jagdführer, ein Gitksan namens Luther Moody, eine Ladung Planken und Getreide nach Kitwancool transportieren würde. In drei Tagen wollte er wieder zurückkehren.

»Wo finde ich diesen Herrn?«, fragte Emily den Verkäufer.

»Sie brauchen sich nur umzudrehen.« Mit einer Kopfbewegung deutete er auf einen Mann, der gerade eine lange Unterhose inspizierte.

Entschlossen ging Emily auf den schlanken Burschen mit den langen Haaren zu und fragte ihn, ob er bereit sei, einen Passagier mitzunehmen. Er hatte tiefe Falten in der Stirn, wodurch er aussah, als würde er immer die Augen zusammenkneifen.

»Nur Sie?«

»Und meinen Hund. Und meine Sachen.«

Mit der Zunge entfernte er Speisereste aus seinem Gaumen. »Was zahlen Sie?«

Sie griff in die Tasche und hielt ihm eine Fünf-Dollar-Note hin. Er sog hörbar die Luft ein – und nahm das Geld.

»Aber ich habe keine Sitzplätze. Sie müssen auf einem Sack Hafer sitzen.«

»Kein Problem.«

Er deutete aus dem Fenster auf einen Pferdewagen unter einer Plane, nicht weit von dem schmalen Landesteg.

»Wann geht es los?«

»Demnächst.«

Emily kaufte ein Mittel gegen Moskitos, außerdem Äpfel, Räucherlachs und Hundekuchen, dann ging sie hinaus zu dem Wagen. Das Holz war schulterhoch gestapelt. »Na, das ist ja eine schöne Bescherung. Was meinst du, Billy?«

Sie fand ein paar Kisten und Eimer sowie ein leeres Ölfass und baute daraus eine Art Treppe. »So müsste es klappen.« Nur gut, dass ihr Rock seitlich Schlitze hatte. Sie hievte ihre Sachen nacheinander auf das Holz und holte dann Billy.

»Na, bist du willig, oder muss ich dich zwingen?« Emily setzte seine Vorderpfoten auf die niedrigste Kiste und gab ihm einen Klaps. »Auf geht's. Da musst du rauf.« Billy winselte. »Ja, nach ganz oben. *Allez-hop*!« Sie schob ihn an. Er bellte und kletterte tatsächlich irgendwie hinauf, aber nicht ohne den Eimer umzustoßen. »So ist's brav. Ich wusste, du schaffst es.«

Emily schaute sich um. »Und was ist mit mir? Kein Mensch weit und breit, der mich hochhieven könnte.« Und wie sollte sie, wenn sie erst einmal oben saß, die Treppenbestandteile wieder dahin zurückbringen, wo sie sie gefunden hatte? Pflichtbewusst trug sie Eimer und Ölfass weg und verließ sich nur auf eine ziemlich instabil aussehende Kiste. Vorsicht, Vorsicht! Sie setzte den Fuß auf eine vorstehende Planke, versuchte, Schwung zu holen, was ihr nicht besonders gut gelang, aber unter Einsatz ihrer Fingernägel kam sie irgendwie nach oben.

Weißköpfige Seeadler kreisten am grauen Himmel über dem olivgrünen Fluss, während Schürfer hastig ihre Gerätschaften in die Boote luden. Eine Stunde verging. Wenn sie sich auf die Suche nach Luther machen wollte, musste sie ein zweites Mal hier hochklettern. Also zog sie es vor, oben sitzen zu bleiben und zu warten. Ob sich die Leute im Handelsposten schon über sie lustig machten und Wetten abschlossen, wie lang sie es aushalten würde?

Eigentlich war es eine interessante Perspektive, um zu malen, auf Augenhöhe mit den Pfählen und nicht wie sonst immer nur von unten. Damit wäre das Problem der Verkürzung gelöst – aber die andere Schwierigkeit bei den Gitksan-Pfählen blieb bestehen. Die Schnitzerei ging hier seitlich weiter, sodass weder eine Frontalansicht noch ein Profil die gesamte Figur zeigen konnte. Sie musste es mit einem Halbprofil versuchen.

Ein stotterndes, spuckendes Motorengeräusch erregte ihre Aufmerksamkeit. Ein Boot kam um die Flussbiegung, kämpfte gegen die Strömung. Das geknickte Ofenrohr war gekrönt von einem Kuli-Hut. Eine französische Fahne flatterte im Wind. *La Renarde Rouge*!

»Claude du Bois!«

Ohne zu überlegen, stand Emily auf und stieß mit dem Kopf gegen einen Ast. Die Pferde scheuten, der Wagen wackelte bedenklich. Sie fiel um und landete auf Billy und dem Hafersack. Billy bellte.

»*Mademoiselle Courageuse*!«, rief Claude und breitete die Arme aus. »Und der Hund ohne Augen!«

Er sicherte das Boot, stellte den knatternden Motor ab und sprang auf den Steg.

»*La reine de la forêt* auf ihrem Zedernthron!«

Der ganze Landesteg knarzte, während er sich formvollendet verneigte. Dann kam er zu Emilys Wagen. »Was machst du da oben?«

»Ich warte.«

»Auf mich? *Quel changement!* Wenn ich mich recht entsinne, war ich derjenige, der immer gewartet hat.«

Emily spürte, wie sie rot wurde. Warum war sie aus seinem Zelt geflohen? Wie dumm von ihr! Jetzt hätte sie ihn am liebsten abgeküsst, weil er so gut aussah, aber ihre Position auf dem Holz erlaubte es ihr nicht.

»Du hast jedenfalls ganz schön lange gebraucht«, sagte er.

»Ich bin inzwischen in Frankreich gewesen.«

»*Mon Dieu!* Ziemlich weite Reise, um einen Franzosen wie mich zu suchen.«

»Ich bin hingefahren, um Malerei zu studieren.«

»Ach, nicht, um nach mir zu fahnden?« Er schlug sich mit der Faust auf die Brust. Seine Wildlederjacke staubte. »Bitte, brich mir nicht schon wieder das Herz. Und komm herunter zu mir.«

»Nein. Es war schwer genug, hier raufzukommen.« Emily spürte, dass er sie sofort wieder in seinen Bann schlug. »Ich fahre nach Kitwancool.«

»Ho-ho!«, rief er verdutzt. »Du bist wirklich *une dame courageuse.*«

»Ja, und ich war auch bei einem Potlatch. In Mimkwamlis.«

»Psst!« Er legte warnend den Finger an die Lippen und tat so, als würde er nach Spionen Ausschau halten. »Nicht zu fassen!«

»Und außerdem war ich in Alert Bay und Guyasdoms. Und in Kispiox und Kitsegukla. Aber jetzt fahre ich nach Kitwancool. Es kann jede Minute losgehen. Warst du schon mal dort?«

»Nein. Die Leute ...« Er runzelte die Stirn. »Der Kitwancool River ist zu schmal. Zu viele Steine. Die Pfähle hier sind dir nicht gut genug?« Mit einer ausholenden Bewegung deutete er zu den Totempfählen am Ufer und legte ihr dann die Hand aufs Fußgelenk.

»Die in Kitwancool sind die besten, habe ich gehört.« Wie selbstverständlich, wie vertraut sich seine Hand anfühlte! Ihre Entschlossenheit schmolz dahin.

Luther Moody und zwei junge Männer kamen aus dem Handelsposten, packten zwei kleine Ölfässer und eine Kiste als Sitzgelegenheiten vorn auf den Wagen und kletterten hinauf. So ein Mist! Wieso musste Claude ausgerechnet jetzt auftauchen?

Er drückte ihren Fuß. »Kann ich dich nicht überreden, hier zu bleiben?«, fragte er ernst. »*La Renarde Rouge* würde dich gern begrüßen.«

Sein schiefes Lächeln gab ihr das Gefühl, erwünscht zu sein. Da stand er, direkt unter ihr, ein Mann, der ganz im Augenblick lebte, der sich den Elementen stellte, frei wie der Wind.

»Nein«, hauchte sie.

»Du kannst die Kapitänskajüte haben.« Er schlang die Arme um sich und ließ die Schultern kreisen. »Es ist warm dort, wenn man sich mit Pelzen zudeckt. Ich schlafe im Beiboot, einverstanden?« Seine Augenbrauen schossen erwartungsvoll nach oben.

Dieses lustige Gesicht, diese Sprüche – ach, sie mochte ihn, trotz allem.

»Nein«, erwiderte sie mit mehr Nachdruck.

Dass er einen Schmollmund zog, konnte sie trotz des Bartes sehen. Dann wandte er sich an Luther und sagte ein paar Worte auf Chinook zu ihm.

Schließlich blickte er fragend zu ihr hoch. »Wie lange bleibst du fort?«

»Drei Tage.«

»*Attention, mademoiselle.*« Er senkte die Stimme. »Trau nur Hunden ohne Schwanz.« Vorsichtig schüttelte er ihren Fuß, bis sie nickte. »Ich werde hier sein, wenn du zurückkommst.«

Er versetzte dem Pferd einen Schlag, der Wagen setzte sich in Bewegung. Emily klammerte sich an Billy.

»*Adieu!*«, rief Claude und schwenkte den Hut.

Verzaubert von seinem Charme, hob sie zum Abschied die Hand.

Die Straße mündete in einen Pfad, und dann waren es nur noch zwei tiefe Furchen. Emily konnte sich nirgends festhalten, außer am Zipfel des Getreidesacks, der ihr bei jeder Erschütterung aus den Fingern rutschte. Die ganze Unternehmung wäre wesentlich angenehmer gewesen, hätte sie auf dem Pferd sitzen können statt oben auf dem Wagen. Sie drückte Billy an sich und musste immer wieder daran denken, wie sehr sich Claude über das Wiedersehen gefreut hatte.

»Meinen Sie, es ist in Ordnung, wenn ich mein Zelt am Rand von Kitwancool aufstelle?«, fragte sie den Fahrer.

»Keine Ahnung.« Luther spuckte Tabaksaft aus, den der Wind auf ihren Rock wehte.

Eins stand fest – Luther Moody und seine beiden Freunde interessierte es nicht im Geringsten, ob sie nach Kitwancool fuhr oder nicht. Der schmalköpfige Schwindler auf dem Dampfer hatte übertrieben. Und Claude? Wieso hatte *er* sie überreden wollen, nicht zu fahren?

Was immer dahinter steckte – sie musste wachsam sein.

»Gibt es Pfähle in Kitwancool?«

»Ein paar.«

Ihre Hoffnung, sie könnte von Luther Moody etwas erfahren, war offenbar vergeblich. Sein Nachname – Moody für »Launisch« – entsprach ganz seinem Charakter.

Schweigend zuckelten sie im Schatten von Espen und Lärchen vorwärts, und als sie an einem hohen Wasserfall vorbeikamen, dessen silberweiße Gischt in der Sonne glitzerte, rief Emily: »Schön, was?«

Luther knurrte nur. Nach einer Weile sagte er: »Ein paar Pfähle gibt's schon in Kitwancool.«

Kurz nach dem Mittagessen – das aus einem Apfel und einem Stück Räucherlachs bestand – blieb der Wagen im Schlamm stecken. Die Männer stiegen ab. Emily zog Stiefel und Strümpfe aus, raffte ihren Rock und rutschte nach unten, mitten in einen Mückenschwarm. Ihre Beine waren eingeschlafen, sie wäre fast hingefallen. Der braune Matsch quoll zwischen ihren Zehen hindurch und klebte zäh an den Fußsohlen.

Der Länge nach legten sie Planken vor die Räder. So gelang es ihnen unter Mühen, auf trockeneres Gelände zu kommen. Luther half Emily, wieder nach oben zu klettern. In der Ferne hörte man Donnergrollen, das Espenlaub zitterte im Wind.

»Gleich regnet's, was?«, sagte Emily zu Luther.

Dieser zog es vor, kein Wort über das Wetter zu verlieren. Wahrscheinlich redete er nicht gern über solche Banalitäten.

Wenn in Kürze ein Wolkenbruch losging, würde sich der Weg nach Kitwancool in eine Rutschbahn aus Schlick verwandeln. Und wie fühlte sich wohl ein Gewitter im Innern der *Renarde Rouge* an?

Erst als sie sechs Stunden später in Kitwancool ankamen, merkte Emily, dass sie sich die zerstochenen Knöchel blutig gekratzt hatte. Der blauschwarze Himmel drückte auf die Hausdächer und die Kronen der Schierlingstannen. Eine Frau nahm die flatternde Wäsche von der Leine und verschwand in einem sehr abweisend wirkenden Haus.

»Wo kann ich erfahren, ob ich –«

Das Heulen des Windes übertönte ihre Frage. Die Männer beachteten sie nicht, sondern rannten hinter der Frau her in das Haus.

Emily lud ihr Gepäck ab und schaute sich um. Billy jaulte. »Ach, hör auf zu weinen. Überleg lieber, was wir jetzt tun können.«

So wie es aussah, gab es zwei Kitwancools, die etwa dreihundert Meter voneinander entfernt lagen. Das neue Dorf bestand aus kleinen Häusern, die alle nur ein Fenster hatten, und lag auf einer erhöhten Wiese, ein ganzes Stück vom Fluss entfernt. Nach den Holzbeugen, den Wäscheleinen, den Eimern und der zertrampelten Erde zu urteilen, war dies der bewohnte Teil. Nichts wirkte bedrohlich, nur arm und ungastlich. Emily traute sich nicht, an eine der Türen zu klopfen. Der ältere Teil des Dorfes lag verlassen unten am Flussufer. Zwischen zwei verfallenen Langhäusern standen mehr als zwanzig schiefe Totempfähle – der Grund ihrer Mühen.

Sie schnallte Billy das Zelt und die Bettzeugrolle auf den Rücken, schulterte den Rest ihres Gepäcks und stapfte los. An der Böschung zum Fluss verlor sie das Gleichgewicht und landete auf dem Hinterteil. Doch als sie unter den Pfählen stand, legte sie den Kopf in den Nacken und seufzte tief. Was für eine Parade von Lebewesen, Mensch und Tier, mitten im Wald! Sie hatten nichts von der Aggressivität, die Emily bei den Pfählen in Alert Bay beobachtet hatte. Keine Zähne. Keine Klauen. Nur Sanftmut. Ein alter Mann schaute von seinem Pfahl zu einem traurig dreinblickenden, schmächtigen Vogel, der zu einem anderen Pfahl gehörte und ängstlich den Schnabel senkte. Der Mann lächelte mitleidig, fast väterlich, als könne er das Elend des Vogels verstehen. Hier gab es eine Sprache jenseits aller Worte. Alfred Poole hatte Recht gehabt. Diese Pfähle waren wunderschön.

Am anderen Ende der Uferwiese mit den vielen Trauerweiden entdeckte Emily eine Gruppe seltsamer Häuschen. Sie waren kaum höher als einen Meter, umgeben von kleinen Gärten mit Latten- oder Spindelzäunen. Waren das etwa überirdische Gräber? Gedenkstätten? Totenhäuser? Manche hatten Fenster und Türen. Eines hatte sogar einen Schornstein! Sie spähte durch ein

Fenster und konnte im Halbdunkel ein paar Schüsseln erkennen, die um eine Nähmaschine gruppiert waren. Das Grabhaus einer Frau.

Der Wind roch nach Regen. Er schlug die Weidenzweige gegen die Grabhäuser und pfiff durch Emilys Wolljacke. »Okay, schon kapiert«, murmelte sie.

Ein dicker Regentropfen klatschte auf ihren Handrücken. Sie beachtete ihn nicht. Dann noch einer. Und noch einer. Sie setzte ihren Potlatch-Hut auf, aber er wurde ihr sofort vom Kopf gepustet. Sie rannte hinterher. Wenn sie nicht bald die Zeichenmappe in Sicherheit brachte, gingen ihre Arbeiten kaputt! Sie rollte hastig das Zelt aus, das sie in einem Laden in Victoria gebraucht gekauft hatte. Der Verkäufer hatte ihr versichert, sie könne es garantiert ohne Hilfe aufstellen. »Es ist ein Ein-Mann-Zelt, Ma'am. Kinderleicht«, hatte er gesagt.

Der Wind blies ihr die Zeltplane ins Gesicht, um sie ihr gleich darauf fast aus der Hand zu reißen. Emily packte eine Ecke, steckte einen Pflock durch die Metallöse und drückte ihn in den Boden. Eine Windböe riss ihn sofort wieder heraus. »Kinderleicht!«, schimpfte Emily und startete den nächsten Versuch. Mit demselben Ergebnis. Sie hatte keine Schwierigkeiten gehabt, als sie das Zelt in Victoria im Garten aufstellte, aber hier und bei Regen war alles anders. Lizzie hatte ihr zugeschaut und verkündet, wenn der Herr gewollt hätte, dass Frauen im Freien schlafen, hätte er ihnen ein Fell geschenkt. Ein Fell! Ach, sie könnte es sich jetzt auf Claudes Boot gemütlich machen. Zornig zerrte sie an der Plane, fand die Öffnung, stopfte alles hinein. Zur Not konnte sie selbst auch noch hineinkriechen.

Die verlassenen Langhäuser waren keine Lösung. Eins hatte kein Dach mehr, das andere nur noch ein paar Balken, unter denen einige Pferde Zuflucht gefunden hatten. Emily schaute durch den Regenvorhang hinauf zum neuen Dorf. Alles verriegelt und verrammelt. Und weit weg. Sie schaute hinüber zum Friedhof. Ganz nah.

Schließlich packte sie das Zelt an zwei Ecken und begann zu ziehen. »Komm schon, Billy.« Er bellte und sprang weg. »Komm!« Ein greller Blitz zuckte, gefolgt von elektrischem Geknister, und sofort war Billy wieder bei ihr. Sie schleifte das Zeltbündel zum größten der Grabhäuser und wuchtete es über den Lattenzaun, ehe sie die Tür zu öffnen versuchte, die sofort aus den Angeln fiel. Billy knurrte. »Hier rein!« Sie schob das Bündel nach innen, fasste Billy am Halsband und kroch auf Knien rückwärts nach in das kleine Haus. Billy bellte. Ein erneuter Blitz erschreckte ihn, er wollte fliehen, aber Emily packte ihn am Vorderbein und zog ihn an sich. Er fiepte jämmerlich, aber sie blockierte den Ausgang, indem sie die ausgehängte Tür von innen waagrecht dagegen lehnte.

»Ist schon gut, Billy. Beruhige dich.« Sie schloss ihn in die Arme. »Tut mir Leid, mein Kleiner.«

In der Dunkelheit roch es nach verfaultem Holz, nach Schimmel und nach Maden. Emily fühlte ihren Pulsschlag in der Kehle. Der Regen trommelte aufs Dach, nur ein paar Zentimeter über ihrem Kopf. Die Weidenzweige kratzten und schrappten, als wären sie Skelette, die um Einlass baten. Billy schüttelte sein nasses Fell. Aber das spielte keine Rolle mehr. Emily war ohnehin schon völlig durchnässt.

Langsam wurde das Dunkel durchsichtiger. Was war das? Da – da saß ein Mann auf einem Stuhl! Emily schrie auf. Billy bellte. Der Regen verschluckte alle Geräusche. Emily klammerte sich an Billy. Die Umrisse eines Hutes berührten die Decke. Der Mann trug ein Hemd, eine Hose – aber beim nächsten Blitz erkannte sie, dass sein Gesicht aus Holz geschnitzt war. Man konnte die Maserung sehen. Sie stöhnte erleichtert auf.

»Es ist nur eine Statue, Billy. Vielleicht ist der Sohn oder der Enkel von diesem Kerl heute mit uns hierher gefahren.«

Mäuse huschten um ihre Füße, Totempfähle knarrten draußen im Wind, Weiden klatschten gegen das Dach, Donner grollte, der Wind heulte wie ein Güterzug. Emily drückte Billy an sich und weinte in den Lanolingeruch seines feuchten Fells. Es war kein Nerz, aber es war besser als nichts.

Für wen hielt sie sich eigentlich, dass sie glaubte, sie könnte einfach hierher kommen und tun, was sie wollte? Diese Frage hatte ihr Vater auch immer gestellt, wenn sie irgendwelche Pläne machte, die nicht richtig zu Ende gedacht waren. Nympholeptikerin. Verdammt. Warum musste er Recht behalten?

Sie dachte an Claude, an seine Hand auf ihrem Fußgelenk. Er hatte versucht, ihr diese Unternehmung auszureden. Wieso hatte er sie gehen lassen?

Weil er sie respektierte. Das musste der Grund sein. Er wusste, was sie sich am allermeisten wünschte.

Ein Blitz ließ abermals die Gestalt des sitzenden Mannes aus dem Dunkel auftauchen – und wieder verschwinden. Emily schluckte den Kloß in der Kehle hinunter und begann im Geist mit der Gestalt zu sprechen: Vielleicht hast du so lange gelebt, dass du nicht erschrickst, wenn eine weiße Frau, die Totempfähle liebt, dein Grabhaus betritt. Ich werde dich nicht entweihen, und ich werde auch dein Grab nicht entweihen. Ich brauche nur ein Dach über dem Kopf. Ich werde wieder gehen, ohne etwas anzurühren.

Sie horchte auf eine Antwort, doch die Gestalt vor ihr blieb stumm.

24 Moskito

Schlaf konnte man es kaum nennen, aber die Erschöpfung ließ die Nacht irgendwie vorbeigehen. Als Emily aus dem Grabhaus kroch, dämmerte hinter den Berggipfeln im Osten der Morgen herauf. Zum Glück hatte der Regen aufgehört, aber es fühlte sich an, als wären ihre Haare, ihre Ohren und ihr Mund angefault. Um sich zu erleichtern, suchte sie sich an dem reißenden braunen Fluss ein Fleckchen bei einem Zehrwurzsumpf. Die Zähne musste sie sich wohl trocken putzen. Aus dem höher gelegenen Dorfteil hörte sie Holzhackgeräusche, und sie sah Luther mit seinem Gespann davonfahren.

Während sie die Wiese überquerte, schaute sie zu den nassen Totempfählen hinauf. An einem lugte ein Frosch aus dem Maul eines Bibers. In einem Bärenohr steckte ein kleines menschliches Gesicht. Manche Menschenfiguren hatten Kinder in den Armen, und eine hielt ebenso liebevoll einen Frosch. Ein paar Tiere hatten die Pfoten aneinander gelegt, als ob sie beten würden. Das hätte selbst Lizzies strenges Christenherz zum Schmelzen gebracht.

Von einem Pfahl schaute eine Froschmutter herab, und kleine Fröschlein saßen aufgereiht da, bereit, die Holzsäule hinabzuhüpfen. Die Pupillen der Froschfrau waren zu kindlichen Menschengesichtern geschnitzt, und über die Unterlider krümmten sich winzige Händchen, als ob aus jedem Auge ein Baby herausschauen würde. Sollte das symbolisieren, dass die Mutter ihre Kinder ständig im Auge hatte? Gibb würde darin den Ausdruck einer Idee des Schnitzers sehen. Und all das wäre ihr entgangen, wenn sie sich von Alfred Poole, diesem schleimigen Krötenfisch, von ihrem Vorhaben hätte abschrecken lassen!

Ein Mann kam über die Uferböschung gestapft und fuchtelte wütend mit den Armen. »Weg da, Frau! Verschwinden Sie!«

Billy knurrte.

»Ich möchte gern die Totempfähle zeichnen. Darf ich?«

»Museum?«

»Nein.«

»Wir verkaufen nichts. Hauen Sie ab.«

Er warf einen Stein, der Billy am Hinterschenkel traf, mit einem trockenen Knacken, als ob man einen Stock zerbrechen würde. »He, Sie!«, schrie Emily. Billy bellte und tat einen erschrockenen Satz. Der Mann warf noch einen Stein, der ihren Knöchel knapp verfehlte.

Sie packte Billy am Halsband und rannte hinter das nächste Langhaus. Dort untersuchte sie den Hund, der sich den Schenkel leckte. Offenbar nichts gebrochen.

»Tut mir Leid, Billy. Das war ein böser, unglücklicher alter Mann. Aber er hatte es auf mich abgesehen, nicht auf dich.«

Sie setzte sich für ein Weilchen zu ihm und kraulte ihn ausgiebig unterm Kinn, was er besonders gern hatte.

Seltsam. Keiner der Pfähle hier passte zu dem kriegerischen Ruf von Kitwancool. Was hatte diese Menschen so grimmig gemacht? Eins stand fest – sie und Billy würden nicht bei irgendwelchen gastfreundlichen Gitksan unterkommen. Es blieb ihr wohl nichts anderes übrig – sie musste sich mit dem Zelt herumschlagen. Auf keinen Fall wollte sie noch eine Nacht in diesem gruseligen Grabhaus verbringen.

Hier, wo sie jetzt saß, war es relativ trocken. Und das Langhaus schirmte sie zum Dorf hin ab. Emily wartete noch eine Weile, aber als niemand kam, machte sie sich an die Arbeit. Ohne Wind und Regen war das Zelt nur halb so schwierig aufzubauen.

»Bitte sehr, Billyboy. Unsere Kitwancool-Villa.«

Sie machte sich über den Räucherlachs her und gab Billy seine Hundekuchen. Er verschlang sie gierig. »Gut, was?« Sie biss selbst ein Eckchen ab. »Na ja, gar nicht so übel.«

Es war jetzt schon Vormittag, doch aus dem Dorf kamen nur vereinzelte Geräusche. Emily sah keine Kinder, mit denen sie sich hätte anfreunden können, um sich auf diese Weise einen Zugang zu verschaffen. Halliday hatte gesagt, die meisten Leute würden sich in ihren sommerlichen Fischfanglagernaufhalten.

Sie ignorierte ihre klammen Hände und begann, den Bärenpfahl zu skizzieren. Aber wenn sie einen wirklich guten Blickwinkel haben wollte, musste sie sich aus ihrem Versteck hervorwagen. Nicht lange, und von der Wiese oben kam lautes Gebrüll.

»Schluss jetzt, Lady! Weg da! Sie werden den Pfahl nicht stehlen!«

Ein bulliger Mann stand auf der Uferböschung, breitbeinig, die Hände in die Hüften gestemmt. Es war ein anderer als vorhin. Emily schluckte. Vielleicht hielt er ja hinter dem Rücken eine Axt. Und Äxte konnte man werfen.

»Stehlen? Wie könnte ich? Ich will ihn doch nur zeichnen.«

»Jetzt zeichnen. Später stehlen.«

»Ganz und gar nicht. Ich zeichne ihn jetzt, um ihn später richtig zu malen.«

»Wer hat Ihnen gesagt, dass Sie das tun sollen?«

»Niemand.« Aber viele Leute hatten ihr gesagt, dass sie es nicht tun sollte.

Er kam mit großen Schritten das Ufer herab. Sein Bauch wölbte sich über die Hose. Die mächtigen Hände waren zu Fäusten geballt. Schultern, Bauch, Wangen, Kinn – alles an ihm war rund, selbst die Nasenflügel, aber sein Blick hätte Stahl durchbohren können.

»Warum haben Sie nicht gefragt?«

»Ich – wen denn? Ich wusste nicht, wenn ich fragen sollte.«

Er verzog misstrauisch das Gesicht. »Sind Sie von der Regierung?«

»Nein. Ich bin nur ich. Ich möchte alle Totempfähle in dieser Provinz malen. Da, wo sie stehen. Bevor …«

»Bevor was?« Er sah sie finster an.

Sie fragte sich, ob Alfred Poole hier gewesen war.

»Bevor sie verschwinden. Die Weißen müssen wissen, wie schön diese Pfähle sind, hier, wo sie hingehören.«

»Sie hätten fragen müssen.«

»Sie waren nicht da. Wie hätte ich Sie fragen sollen? Wenn Sie hier gewesen wären, hätte ich Sie gefragt. Gehört Ihnen dieser Pfahl?«

Der Mann schaute nicht sie an, sondern den Pfahl.

»Sie müssen ein bedeutender Mann sein, wenn Sie so viele Wappen in der Familie haben. Wie heißen Sie?«

»Henry.«

»Einfach nur Henry – mit solch einem großen Totempfahl?«

Er streckte die Brust heraus. »Henry Albert Douse. Aber Henry Jumbo ist mir lieber.«

»Henry Jumbo, ich bin Emily Carr. Sie sprechen sehr gut Englisch.«

»Ich habe für den weißen Mann gearbeitet, in einem Holzfällertrupp.«

»Das ist ein prächtiger Pfahl, aber eine Figur verstehe ich nicht. Der kleine Mensch, der da aus dem Ohr des Bären schaut. Können Sie mir die Geschichte dazu erzählen?«

Er zuckte die Schultern, und seine Brauen zogen sich wieder zusammen. Sie hatte ihn. Wenn es nicht sein Pfahl war, durfte er die Geschichte nicht erzählen. Das hatte sie in der Museumsbibliothek gelesen. Jetzt konnte sie nur hoffen, dass es auch stimmte.

»Okay.« Er wedelte mit der Hand. »Sie haben die Erlaubnis.« Sie bot ihm die Zeichnung von ihrem Skizzenblock an. Er schüttelte den Kopf und marschierte davon. Emily entspannte sich und arbeitete weiter.

In der Nacht regnete es wieder, und das Zelt war an mehreren Stellen undicht. Billy kroch immer enger an Emily heran, um den Tropfen zu entgehen, bis sie sich schließlich auf der trockenen Zeltseite dicht aneinander drängten. Am nächsten Morgen streckte sie den Kopf zur Öffnung hinaus, rüttelte an einer Pfütze, die sich im Zelttuch gebildet hatte – und kaltes Wasser klatschte ihr ins Genick. »Oje, Billy, was gäbe ich drum, so ein Fell zu haben wie du!«

Emily wollte den Totempfahl ganz oben am Fluss malen, bei dem von Mücken umschwärmten, nach Zehrwurz stinkenden Sumpf, wo sie sich erleichtert hatte. Sie schmierte sich mit Mückenöl ein, band sich einen Schal um den Hals, zog zwei Paar Socken an und setzte ihren Potlatch-Hut auf. Sollte sie sich vielleicht von ein paar winzig kleinen Menschenfresserinsekten abschrecken lassen? Nimm dich zusammen, ermahnte sie sich. Sie marschierte zum Sumpf und klappte ihren Malhocker auf.

Zur Mückenabwehr zündete sie sich eine Zigarette an und musterte dann den Totempfahl. Ganz oben saß ein undefinierbares Geschöpf mit einem langen, aufwärts gerichteten Kopffortsatz. Darunter befand sich eine Horde spielender Kinder, dann kam Adler mit einem Riss durchs rechte Auge, danach wieder spielende Kinder und schließlich, ganz unten, die anrührendste Figur: ein Mann, nein, eher eine Frau, eine Mutter. Sie lächelte übers ganze Gesicht, wobei die Mundwinkel nicht nach oben, sondern nur nach außen gezogen waren. Die Mutter – wenn es eine war – hielt ein Kind mit dem Gesicht zur Welt, zeigte es voller Stolz. Das Baby hatte das gleiche breite Lächeln, als ob es die Liebe spürte, die es umhüllte. Dieses Bild würde sie *Totemmutter, Kitwancool* nennen.

Ein erheiterndes Bild erschien vor Emilys innerem Auge – Lizzie, wie sie diesen Pfahl als fertiges Gemälde sah. Sie würde es für ein Sakrileg halten: eine indianische Madonna. Ihr Gesicht würde vor Empörung förmlich explodieren, ihre Kinnlade würde herunterfallen, sobald ihr der Gedanke durch den Kopf schoss, dass die Heiden es tatsächlich gewagt hatten, sich an einem christlichen Motiv zu vergreifen.

Plötzlich merkte Emily, dass ihre Hände brannten. Sie waren mit einem grauen Pelz aus Hunderten von Moskitos bedeckt. »Zur Hölle mit euch!«, rief sie und schüttelte die Hände. Kein Mückenöl der Welt war abschreckend genug, um diese Teufelsdinger abzuwehren. Ihr Öl hatte einfach nur bewirkt, dass sie auf der Haut festklebten. Emily pustete auf ihre Hände, die sie sich unbewusst aufgekratzt hatte, und rannte zum Fluss, um sie ins kühlende Wasser zu tauchen.

Dzunukwa würde sich von diesen blöden Moskitos nicht in die Flucht schlagen lassen. Sie würde sich wieder neu zusammensetzen. Emily zog ein Paar Socken aus, bepflasterte sich die Hände dick mit Schlamm, zog die Socken darüber und marschierte wieder zu der Totemmutter, entschlossen, sich zu konzentrieren.

Um Mütterlichkeit darzustellen, hatte der Holzschnitzer den Mund, aus dem die Schlaflieder kamen und die liebevollen Worte, stark übertrieben und zu einem Lächeln geformt, das die gesamten Wangen nach oben schob. In Wirklichkeit konnte man nicht über die ganze Breite des Gesichts lächeln, aber die Übertreibung machte die Freude der Figur greifbar. Die Hände, die das Kind hielten, waren unverhältnismäßig klein. Sollte das vielleicht Behutsamkeit symbolisieren? Alles, was sie in Frankreich gesehen hatte, war hier in Kitwancool vorhanden. Verzerrung um des Ausdrucks willen – diese Idee hatte sie schon fast aus den Augen verloren.

Denk dir alles als Form, ermahnte sie sich. Die Köpfe von Mutter und Kind waren quadratisch, der Mund der Mutter ein Rechteck mit abgerundeten Ecken, die Oberschenkel lang gezogene Ovale. Und jetzt lass diese Formen etwas Persönliches ausdrücken. Sie dachte an Sophies Lächeln, mit dem sie ihre Zwillinge präsentierte. So ein Lächeln konnte ein ganzes Haus erhellen, die ganze Welt bewegen. Sie dehnte das Lächeln noch weiter. Vergrößerte die rechte Schulterpartie und den linken Unterarm der Mutter, machte beides keulenförmig und stark, damit das Kind sicher geborgen war. Emily war keine Anthropologin. Sie war Künstlerin.

Moskitos schwebten über ihrem Aquarell. Wenn sie auf feuchten Stellen landeten, blieben sie kleben, versuchten aber wegzufliegen und ließen dann fadendünne Farbspuren auf dem Papier zurück. Wenn Emily die Insekten mit dem Pinsel abzunehmen versuchte, zerfielen sie, und Flügel und Beine verteilten sich auf dem Blatt. Sie verklebten ihre Pinsel, landeten in ihren Farbtöpfen und zappelten, brachten sie aus dem Rhythmus.

Henry kam auf sie zugestapft. »Warum malen Sie gerade diesen Pfahl?«

Emily zog sich das Halstuch vom Mund. »Weil er für mich das Inbild von Familie ist.«

Er sah auf ihr unfertiges Bild. Ihr Magen krampfte sich zusammen. Er würde es kritisch beäugen. Sobald kritische Blicke über ein erst halb geborenes Werk fielen, hörte dessen Herz auf zu schlagen. Aber diese Einmischung musste sie wohl erdulden. Schließlich war sie in sein Terrain eingedrungen. Sie wappnete sich, während er das Bild betrachtete. Bestimmt erwartete er eine exakte Wiedergabe. Vielleicht fand er es sogar ganz abscheulich.

»Sie sind verrückt…«

»Bin ich nicht. So empfinde ich diesen Pfahl.«

»Den ganzen Tag hier bei diesem Pfahl zu stehen, das ist verrückt. Kein vernünftiger Mensch wagt sich um diese Jahreszeit auch nur in die Nähe der Pfähle.«

»Warum?«

Er machte eine Kopfbewegung zum Sumpf hin. »'skitos.«

»Ich weiß.« Sie zeigte auf die seltsame Figur ganz oben. Statt eines Schnabels hatte sie einen sperrigen Dorn, einen langen, dünnen Rüssel, lang genug, um auch durch dicke Kleidung hindurchzubeißen. »Ein Monstermoskito.«

Henrys Lachen kam tief aus dem Bauch. »Das ist kein Moskito. Das ist ein Specht. Moskitos sind nur…« Er berührte seinen Mund und streckte dann den Arm aus. »Kein Körper. Nur…« Er formte mit der Hand ein Kieferpaar, das sich öffnete und schloss.

Emily lachte auch, doch plötzlich fing es an zu donnern.

»Warum wollen Sie Bilder von Totempfählen machen?«

Das war keine beiläufige Frage. Eine falsche Antwort konnte sie die Erlaubnis kosten, und dann musste sie gehen. Henry legte den Kopf schief. War er wirklich neugierig?

»Weil ich auch das liebe, was ich nicht verstehe. Weil die Pfähle eine Verbindung zeigen. Von Bäumen, Tieren und Menschen. Ich möchte, dass die Weißen und die Kinder Ihrer Kindeskinder diese wunderbaren Werke sehen.«

Er schien über diese Antwort nachzudenken. »Heute Nacht schlafen Sie in meinem Haus. Es wird wieder regnen.«

Dankbare Wärme durchströmte sie. »Danke.«

Er schüttelte sich die Moskitos von der Hand und tätschelte Billy hinter den Ohren, ehe er ging.

Stunden später erwartete Henry sie bereits in der Tür. »Das ist meine Frau, Mrs Douse. Eine Nisga'a-Häuptlingsfrau.«

»Guten Tag. Und vielen Dank«, sagte Emily.

Mrs Douse war eine gewaltige Erscheinung. Sie schaffte es kaum, die Arme vor dem mächtigen Busen zu verschränken. Die Haut unter ihrem Kinn hing herab wie der Kehllappen eines Truthahns, und ihre Haare waren zu einem Zopf geflochten. Doch ihre ausgeprägte Nase und die energischen, von Krähenfüßchen umrahmten Augen verliehen ihr die Würde einer Matriarchin, einer indianischen Königin Victoria. Sie sprach kein Englisch oder wollte es nicht, erteilte von einer dick mit Wolldecken gepolsterten, fein geschnitzten Sitzbank aus Befehle und folgte Emily mit den Augen.

»Sie schlafen hier«, sagte Henry und zeigte Emily einen separaten Raum. Er war leer, bis auf einen offenen, nach Art der Weißen gefertigten Sarg in der Mitte. »Keine Angst. Er ist leer. Er ist für mich, eines Tages. Sehen Sie?« Er kletterte hinein, legte sich hin und testete mit den Ellbogen die Breite des Sargs. »Ein bisschen eng. Ich glaube, ich werde zu dick. Ich hatte noch einen, aber ein Freund von mir ist gestorben, da habe ich ihm den Sarg gegeben.«

Emily wusste nicht, ob sie lachen oder seine Großzügigkeit rühmen sollte. »Na ja, ich werde ihn nicht brauchen. Ich schlafe hier an der Wand.« In der Ecke fand sie ihr Zelt und ihre Bettzeugrolle, fein ordentlich neben ihrem Proviantkorb.

»Und haben Sie keine Angst vor meiner Frau. Sie mag es nicht, wenn Männer kommen, um Totempfähle für Museen mitzunehmen. Letztes Jahr waren Männer aus Ottawa da und haben ihrem Bruder einen Pfahl abgekauft, den von ihrem Vater. Für fast nichts. Ihr Bruder ist nach Hazelton gegangen und hat das ganze Geld vertrunken. Ein ordentlicher Rausch – und das war's dann.«

»Und deshalb hat sie Sie geschickt?« Seine finstere Miene hinderte Emily daran, weitere Fragen zu stellen. Offenbar hatte es ihretwegen Streit gegeben. Bei dem Gedanken, dass man sie mit Leuten wie diesem schmierigen Totempfahlkäufer auf dem Flussdampfer in einen Topf warf, brannte ihr Gesicht. Aber irgendwie hatte sie Henrys Vertrauen gewonnen. »Danke«, flüsterte sie.

Luther erschien weder am dritten Tag noch am vierten, und Emily machte sich Sorgen, wie sie wieder zurückfahren sollte. Die Hoffnung, dass Claude noch länger auf sie warten würde, verflog. Am Vormittag des fünften Tages hatte sie ihre gesamten Vorräte aufgegessen und ihren letzten Apfel mit Henrys kleinem Enkelsohn geteilt. Sie saß gerade auf einem Baumstumpf vor dem Haus und knabberte Billys Hundekuchen, als Luther vorfuhr.

»Ich dachte schon, Sie hätten mich vergessen!«, rief sie.

Er hielt es nicht für nötig, sich zu entschuldigen.

Mrs Douse kam an die Tür und sprach schnell auf Henry ein.

»Sie will alle Bilder sehen«, sagte Henry.

»Jetzt?«

»Luther wird warten.« Er wandte sich Luther zu. »Sie macht Bilder mit der Hand, nicht mit einem Kasten.« Er guckte pantomimisch durch einen Kamerasucher.

»Na gut. Eine Ausstellung. Fabelhaft.«

Dann fiel es Emily wieder ein. Die Verzerrungen. Das würden sie für Fehler halten. Ängstlich nagelte sie die gesamten Bilder, über zwanzig Stück, an Bäume. Die paar Leute, die noch im Dorf waren, kamen hinzu, um sich alles anzusehen. Sie berührten die Skizzen und schnupperten an den Aquarellfarben.

»*Hailat*«, murmelten sie. »*Hailat.*«

»Was heißt das?«, fragte Emily Henry.

Er hob die Hände und wackelte mit den Fingern. »Person mit Geisterkraft in den Händen.«

Sie konnte kaum schlucken. »Das ist ein großes Lob.«

Luther inspizierte jedes einzelne Bild, drehte es um, um zu überprüfen, ob die Rückseite der Pfähle hinten auf dem Papier zu sehen war.

Emily lachte. »Ich hatte Angst, dass mir die Farbe ausgeht, wenn ich die Rückseiten auch noch male.«

»Sie müssen nach Haida Gwaii gehen«, sagte Henry. »Das sind Inseln draußen im Meer. Die Weißen nennen sie Queen-Charlotte-Inseln. Dort sind die Pfähle anders.«

»Inwiefern?«

»Gehen Sie hin. Wenn Sie wirklich Pfähle malen wollen, bevor sie verschwinden, müssen Sie nach Haida Gwaii.« Er sah ihr in die Augen. »Hier leben wir mit unseren Pfählen. Ein paar von uns bleiben immer hier, auch wenn Fische gefangen werden. Wir passen auf. Das ist in Haida Gwaii nicht so.« Henry kehrte seiner Frau den Rücken zu. »Tanu und Skedans, das sind die besten Dörfer. Da ist niemand mehr. Niemand, der auf die Pfähle aufpassen kann.«

»Dort lebt niemand mehr? Warum nicht?«

»Weil die *Pasisuks* Krankheit gebracht haben.«

»*Pasisuks*?«

»Die Weißen. Hier waren es die Masern. Dort war es etwas anderes.«

Emily war es sehr unangenehm, dass man ihr dies alles erklären musste.

»Die Haida-Pfähle brauchen Sie. Jetzt gleich.«

Das ging ihr durch und durch wie ein Trommelschlag. Noch nie hatte jemand gesagt, dass sie oder ihre Arbeit gebraucht würden.

»Sie können euch etwas lehren.«

Mrs Douse, die gerade die Aquarellstudie der Froschfrau betrachtete, zischte Henry ein paar scharfe Gitksan-Worte zu.

»Dieser Pfahl gehört der Familie meiner Frau«, sagte er.

»Er ist wunderbar, so voller Leben und Humor.«

»Meine Frau will, dass Sie ihr das Bild hier lassen.«

Emily unterdrückte ein Stöhnen. Sie hatte nur eine Studie von Froschfrau gemacht.

Mrs Douse musterte Froschfraus Augen, die Emily vergrößert hatte, um die Babygesichter in den Pupillen darstellen zu können. Mrs Douses Gesicht wurde weicher, als sähe sie sich selbst über ihre Kinder wachen. Henry drehte seiner Frau den Rücken zu, damit sie das Bild in Ruhe betrachten konnte. Alle waren sie von Moskitos umschwärmt. Niemand rührte sich, um die Biester zu verscheuchen.

Luther sah Emily an und deutete mit einer Kopfbewegung auf Mrs Douse, als wolle er Emily ein Zeichen geben. Hier in Kitwancool wohnte offenbar die Person, die bislang das größte Interesse daran hatte, eins ihrer Bilder zu besitzen.

»Das hier ist nicht so gut. Sagen Sie ihr, ich male noch ein besseres, größeres Bild auf ein Brett, mit haltbaren Farben. Das schicke ich ihr dann an den Handelsposten in Kitwanga.«

Emily war klar, dass sie jetzt mehr erbat als nur die Erlaubnis, im Dorf zu malen. Sie bat um Vertrauen.

Mrs Douse richtete ihre Augen mit den dunklen Tränensäcken auf sie. Schicht um Schicht, als pelle sie eine Zwiebel, taxierte Mrs Douse ihren Charakter, bis ins Innerste. Emily wollte sich im Nacken kratzen, wo sich ein Moskito festgesaugt hatte, aber niemand regte sich. Also blieb auch sie still stehen, bis Mrs Douse sie ansah und so heftig nickte, dass die lose Haut unter ihrem Kinn wackelte.

Emily nickte ebenfalls, eine Vertragszeremonie, und dann nickte sie Henry zu, um etwas anderes zu signalisieren. Haida Gwaii. Sie würde es versuchen.

25 Nerz

Emily wollte Luther für die Rückfahrt einen Fünf-Dollar-Schein geben.

Er schüttelte den Kopf. «Ein Fünfer reicht für hin und zurück.«

Er erlaubte ihr, neben ihm auf einem Brett zu sitzen, das auf leeren Ölfässern lag. In den Kurven verrutschte das Brett, und schließlich fiel Emily hinunter. Danach saß sie auf der Ladefläche, mit dem Gesicht zur Sonne, hielt sich an Billy fest und kratzte sich durch die Bluse. Sie wedelte Moskitos weg, bis ihre Arme schmerzten und sie aufgeben musste. Billy kratzte sich ebenfalls.

»Widerliche kleine Teufelsdinger, was?«

Billy pflichtete Luther bei, indem er sich noch heftiger kratzte.

Bei jedem Ruckeln des Wagens hämmerte es in Emilys Kopf. Sieben Stunden, und nichts zum Anlehnen. Alles tat ihr weh, sie hatte Durst und fühlte sich fiebrig. Während sie noch beobachtete, wie die Spurrillen der unbefestigten Straße unter dem Wagen hervorkamen, rollte sie rückwärts nach Kitwanga hinein. Billy sprang hinunter, sobald der Wagen hielt.

»*Mademoiselle Courageuse!*«, hörte sie hinter sich, und als sie sich umdrehte, stand Claude vor ihr, kopfschüttelnd und mit ausgebreiteten Armen.

»Ich bin nicht mutiger als eine Schüssel Wackelpudding. Mir sind gerade sämtliche Knochen durchgerüttelt worden.«

»Aber du hast es nach Kitwancool und wieder zurück geschafft.«

»Bist du hier auf der Straße zu Stein erstarrt? Genau da hast du auch gestanden, als ich abgefahren bin.«

»Ich war in Hazelton.« Er legte die Hand auf die Schnürung ihres Männerjagdstiefels. »Wenn du heute nicht zurückgekommen wärst, hätte ich mich auf die Suche gemacht.«

»Wenn ich heute nicht zurückgekommen wäre, hättest du mich nicht mehr erkannt. Ganze Heerscharen von kleinen Raubtieren sind über mich hergefallen. Jeder einzelne Moskito in Kitwancool hat seine Zähne in mein Fleisch geschlagen.«

»Dein Gesicht sieht aus wie eine Riesenerdbeere.« Er streckte beide Arme empor, um ihr herunterzuhelfen. Ihre Knie gaben nach, aber er stützte sie.

Emily bedankte sich bei Luther, der nur stumm nickte. Währenddessen lud Claude bereits ihre Sachen ab.

»Was du jetzt brauchst, sind ein heißes Bad und eine schöne, dampfende Fischmahlzeit, aber *La Renarde Rouge* hat nur noch Diesel für eins von beidem. Also, was darf es sein?«

Baden? Ihr Haar war dreckig und verfilzt, aber einfach so auf dem Deck? Schon der Gedanke –

»Essen. Ich glühe sowieso schon wie ein Hochofen.«

»Ah, so heiß, Mademoiselle?« Seine Augenbrauen schossen in die Höhe.

»Ich meine, von der Sonne, den Moskitos.« Sie fächelte sich das Gesicht. »Abendessen.«

»Also hungrig, *oui*?«

Sein Grinsen sagte ihr, dass er das Spielchen genoss.

Sie grinste zurück. »Wer tüchtig malt, muss auch tüchtig essen. Ich habe hart gearbeitet. Die geschnitzten Pfähle waren wundervoll.«

»Du bist wundervoll.«

Sie trugen ihre Sachen auf sein Boot. Emily landete mit einem »Uuups« an Deck, verlor das Gleichgewicht, ruderte mit den Armen und ließ ihre Sachen fallen. Nicht gerade ein brillantes Manöver. Billy jaulte drüben am Ufer.

»Sieh doch selbst, Billy. Ich kann dich nicht rübertragen.«

»Mag er Maisbrei?«

»Nach einer Woche Hundekuchen wäre Maisbrei wie Kaviar. Für uns beide.«

Claude nahm einen Topf mit einem Rest Maisbrei vom Dampfkessel, schwenkte ihn vor Billys Nase, packte den Hund am Halsband und zog ihn herüber. »Siehst du? Monsieur Bill gefällt *La Renarde Rouge*.« Er goss Wasser aus einem Schlauch in einen Topf, stellte ihn Billy hin und arrangierte für Emily ein paar Felle auf dem Deck.

»Heute Nacht breiten wir die Felle für dich unter Deck aus, mit Nerz, *oui*? Für mich das Beiboot. Versprochen. Aber jetzt mach erst mal ein kleines Schläfchen. Ich bin gleich wieder da.« Er küsste sie auf beide Wangen. Sein Bart roch nach Tabak, und aus seinen Augen leuchtete Vorfreude.

Sie ließ sich stöhnend nieder, ihr Gesicht im Schatten des Blechschornsteins. All ihre Gelenke ächzten. Wenn sie doch nur aufhören könnte, sich zu kratzen! Sie schloss die Augen und ließ sich von der Bewegung des Bootes einlullen. Wusste sie überhaupt, was für ein Mensch Claude war? Seine Pläne hätten sie nervös machen sollen, taten es aber nicht. Für Nervosität hatte sie gar nicht genug Energie. Falls er darauf zu sprechen kam, wie sie damals in Vancouver aus seinem Zelt geflüchtet war – sollte sie ihm dann sagen, dass sie am nächsten Morgen zurückgekommen war, ihn aber nicht mehr angetroffen hatte?

Nein.

Er hatte gesagt, sie sei wundervoll. Wie konnte dieser Mann sie anziehend finden? Sie war nicht hübsch, weder zierlich wie Alice noch statuarisch wie Clara. Offenbar gab es in der Wildnis nicht viele zweibeinige Schönheiten. Würde ihr das, was sie schicksalsergeben aus ihrem Leben gestrichen hatte, jetzt plötzlich in den Schoß fallen?

Sein schwerer Schritt brachte das Boot zum Schwanken, und sie fuhr hoch. Stück für Stück holte er seine Einkäufe aus einem Leinensack – zwei Fische, einen Blumenkohl, Kartoffeln, Gerstenbrot, einen Kürbis und zwei große, dunkle Flaschen ohne Etikett. »Indianisches Braunbier. Das beste hier draußen in der Wildnis. Bleib liegen. Ich koche für dich.«

Seufzend ließ sie sich wieder in die Felle sinken. Sie musste ihren Rücken und ihre Schultern fünf Tage lang verkrampft haben. Dass jemand – er – für sie kochte, sie versorgte, ließ ihre Anspannung schmelzen. Die Reise war strapaziöser gewesen, als sie gedacht hatte.

»Danke.« Es kam nur ein dünnes Piepsen heraus.

Claude heizte den Heißwasserkessel an, nahm den Topf, aus dem Billy getrunken hatte, goss noch mehr Wasser hinein und gab das Gemüse in großen Stücken dazu. Er nahm die Fische aus, legte sie in eine Pfanne und goss Emily etwas Bier in einen Blechbecher, während er selbst aus der Flasche trank.

Sie verschluckte sich. »Schmeckt nach Weizen. Ein bisschen bitter, aber gut. Alles Trinkbare ist gut.« Sie trank in großen Schlucken und spürte erleichtert, wie die Flüssigkeit ihre trockene Kehle glättete. Sie drehte eine Zigarette und bot sie ihm an. Er nahm sie, und sie drehte sich noch eine. Nach dem ersten Zug sank sie entspannt in den Fellhaufen zurück und betrachtete die Bäume am Ufer.

»Es gibt so viele verschiedene Arten von Bäumen hier! Ob wohl je der Tag kommt, an dem ich alles weiß, was man über Grün wissen kann?«

Claude schien das lustig zu finden und goss ihr Bier nach.

»Wenn Gott es gut mit mir meint, dann nicht«, sagte sie und kraulte Billy, der neben ihr lag, hinter den Ohren. »Wenn ich die Kraft dazu hätte, würde ich eine Hymne auf das Grün singen.«

»Grün, immer nur Grün. Das kann einen in den Wahnsinn treiben! Wenn Gott gut wäre, würde er ein paar Bäume lila oder blau machen. Oder meinetwegen sogar grau.«

»Macht er ja. Jedenfalls sehen sie das in Frankreich so.«

»Wer?«

»*Les Fauves.*«

»*Ah, tu parles français maintenant, oui?*«

»*Non.*« Sie versuchte, das Wort französisch auszusprechen, durch die Nase. »Siehst du die Douglasie dort? Die ist blaugrün.«

Claude schob die Unterlippe vor. »Grün.«

»Und da, ein Stück weiter am Ufer, diese Tannen mit den lila Schattenstreifen. Die Espe mit den gelben Lichttüpfelchen. Und dort, in der Ferne, die Berge. Die sind milchig graublau.«

»Das ist der Dunst.«

»Dunst, der einen Wald verschleiert. Es gibt scheue Grüns, die sich hinter Dunst verstecken. Matte Grüns, die sich hinlegen und schlafen. Junge Grüns, die so springlebendig sind wie Hundewelpen. Frühlingsgrüns, die einen richtig blenden.«

»Durch und durch grünes Grün, das einen zur Verzweiflung treiben kann.« Claude sah sie an und lachte leise. »Zieh diese Gummistiefel aus und wackle mit den Zehen. Das wird dir gut tun. Hier gibt es keine Moskitos.«

»Irgendein Gitksan-Schnitzer muss mal bis auf die Knochen zerstochen worden sein. Er hat einen Riesenmoskito ganz oben auf einen Totempfahl gesetzt, mit einem Rüssel so lang, dass er durch Bretter hindurchstechen kann. Ein Mann hat mir erklärt, es sei ein Specht, aber ich schwöre, es war ein Moskito.«

Emily zog die Stiefel aus, ließ aber die braunen Wollsocken an und erzählte Claude von dem Mutter-Kind-Pfahl, dem Froschfrauenpfahl und von Mrs Douse, die unbedingt ein Bild gewollt hatte. »Das bedeutet viel mehr, als wenn ein Rudel wohlhabender Damen aus Vancouver meine gesamten Bilder kaufen würde.«

Er wendete die Fische in der Pfanne. »Und wo willst du jetzt hin? Den Nass River hinauf? Nach Alaska?«

Sie schaute zum glühenden Himmel hinter den höchsten Tannen, auf das goldene Band des Flusses, der im Westen glitzernd dem Meer entgegenstrebte – den Wassern von Haida Gwaii. Die Pfähle dort sind anders, hatte Henry gesagt. Was würde ihr entgehen, wenn sie nicht hinfuhr?

Aber sie war Malerin, keine Wissenschaftlerin. Wofür war es wichtig, ob sie umfassende Impressionen von indianischer Kunst mit nach Hause brachte oder nicht?

Henry Albert Douse war es wichtig, obwohl er nicht mal Haida war. Dieser traurige, weiche Ton, als er gesagt hatte: *Niemand, der auf die Pfähle aufpassen kann.* Sie hatten sie, Emily, mit diesem Wort benannt. *Hailat.* Person mit Geisterkraft in den Händen. Vielleicht war das ja nicht nur ein Kompliment für ihre Bilder. Vielleicht bezog es sich darauf, dass sie die Macht hatte, etwas zu tun. Sie hatte sich ihnen aufgedrängt, und jetzt forderte er, mit derselben Sanftheit, die auch die Kitwancool-Totempfähle kennzeichnete, etwas von ihr.

Claude legte die Hände auf die Knie und neigte das Gesicht dicht zu ihrem. »Ich habe gefragt, wo willst du jetzt hin? Den Nass River hinauf? Nach Alaska?« Er schaute sie voller Hoffnung an. »Ich kann dich hinbringen.«

Mit ihm fahren? Jetzt gleich? Ihr alter Traum – Malen und Claude, beides auf einmal. Sie sah in sein lustiges, schmutziges Gesicht mit den Lachfalten über dem zerzausten Bart und den funkelnden Augen, die sie in sich hineinsogen, auf eine Antwort warteten. Die Möglichkeit, dass sie doch noch ein Liebespaar wurden, durchpulste sie wie der Rhythmus einer Trommel.

Wo immer du hingehst, hätte sie beinahe gesagt.

»Ein Mann in Kitwancool hat gesagt, ich soll nach Haida Gwaii gehen.«

Claude richtete sich auf und stieß ein Wolfsknurren aus, das Billy aufschreckte. »Haida Gwaii. Auf den Queen-Charlotte-Inseln, achtzig Meilen draußen im Meer.« Er starrte stirnrunzelnd auf den Fisch.

»Dort stehen die Totempfähle zum Teil in unbewohnten Dörfern, wo niemand sie vor Dieben schützt. Sie werden nicht mehr lange da sein, und ich weiß nicht, wann ich wieder in den Norden komme.«

»Die Hecate Strait ist ein verdammt tückisches Gewässer für kleine Boote. Nebel, so dick wie Gewitterwolken. Nebel, der sich heranschleicht und einen regelrecht erstickt. Der einen blind im Kreis herumfahren lässt. Ich habe nicht die Instrumente, um im Nebel zu navigieren.«

»Ich habe ja nicht gesagt, dass du mich hinbringen sollst.«

Er wendete den Fisch. Alle Lebendigkeit war aus seinem Gesicht verschwunden. Nach ein paar wortlosen Minuten, die ihr wie Stunden erschienen, stellte er einen Blechteller mit Essen und einer Gabel vor sie hin. »*Voilà*.«

Sie probierte. »Besser habe ich in keinem Pariser Restaurant gegessen.«

Er lächelte, ein trauriges, enttäuschtes Lächeln, fasste seinen Fisch an Kopf und Schwanz und machte sich mit den Zähnen darüber her.

»Meinst du, es ist richtig? Das, was ich mache?«

Claude zog sich zwei Gräten aus dem Mund. »Ich habe dich hierher in den Norden gebracht, also ist es richtig.«

»Ich meine –«

»Ich weiß, was du meinst. Es ist richtig, und es ist wichtig.«

»Kennst du einen Alfred Poole?«

»Gitksan?«

»Weiß.«

»Nein.«

»Ich glaube, er ist so eine Art Trapper oder ein Händler, der Totempfähle für Museen oder Sammler beschafft. Er steht noch eine Stufe unter dem gemeinen Moskito, weil er ganzen Dörfern das Blut aussaugt. Er beschleunigt, was die Natur in ihrem eigenen Tempo tun würde.«

»Du musst hin.« Claude legte den Kopf in den Nacken, um seine Bierflasche vollends zu leeren. »Ein Dampfer geht jeden Montag um zwölf von Prince Rupert nach Skidegate auf Graham Island, das zu den Queen-Charlotte-Inseln gehört.« Er patschte auf das Schanzkleid des Bootes. »Die *Renarde* kann dich nach Rupert bringen. Es sind hundertachtzig Meilen bis zur Küste, aber wir fahren mit dem Strom. Von da nach Rupert ist es nur noch ein kleines Stück den Sund hinauf.« Er legte den Kopf zurück und schloss die Augen. »Welcher Tag ist heute?«

»Das weiß ich nicht. Freitag?«

»Ich dachte Mittwoch.« Sie lachten beide, bis Billy zu bellen begann. »Monsieur Bill, wissen Sie's?«

»Nein. Das weiß er nie.«

»Ich werde es herausfinden.« Claude hievte vier schwarze Dieselfässer hinüber auf den Anleger. Sie klangen hohl. Er rollte eins davon in Richtung Steggebäude.

»Ich bezahle dich natürlich dafür!«, rief sie ihm nach.

Er drehte sich um und lachte. »Vielleicht. Vielleicht auch nicht.«

Ein Kribbeln durchlief sie. Sie konnte doch nicht so naiv sein zu glauben, er täte das alles nur aus Freundschaft! Was auch immer der Grund war – Haida Gwaii oder Claude du Bois –, Emily fühlte sich plötzlich wieder unglaublich lebendig. Sie zog die Stiefel an, band Billy an der Bootsleine fest und stolperte mit einem zweiten Dieselfass hinter Claude her. Außer Atem und leicht benommen vom Bier, erreichte sie das Steggebäude gerade in dem Moment, als er wieder herauskam.

»Wir haben Sonntag!«, rief er. »Wir fahren im Morgengrauen los. Vier Uhr dreißig.«

Sie arbeiteten Seite an Seite, luden Proviant – ihren und seinen – aus dem Hudson's-Bay-Handelsposten. Als sie schließlich fertig waren, konnte Emily kaum noch stehen. Claude zündete eine kleine Laterne an, hängte sie über die Luke, warf eine Wolldecke ins Beiboot und kam zurück, um ihr unter Deck ein Bett aus Fellen zu bereiten. Dann winkte er sie herein. Es war nichts Großartiges, nur ein winziges, niedriges Loch. Billy ließ sich genau in der Mitte nieder und beschnupperte die Felle.

»*Non!* Nicht für dich!« Claude schob und klapste, aber Billy rührte sich nicht.

»Dahin, Billy!« Emily schnippte mit den Fingern und zeigte auf ein Plätzchen im Bug. Billy gehorchte widerstrebend und nicht ohne zu winseln. Schwach vor Erschöpfung, streckte sich Emily auf den Fellen aus.

Claude, der neben ihr kniete, pfiff leise, und seine Augen schimmerten im Laternenschein. »Jetzt schläfst du endlich mal in Nerz, *oui?*«

»*Oui*, im Pyjama der Königin.«

Er verzog das Gesicht. »*Non. Rien.* Schlaf in gar nichts.«

Sie spreizte die Finger auf dem Fell und gluckste vergnügt. »Eines Tages wird irgendeine Abgeordnetengattin in Ottawa oder New York nichts ahnend diesen Pelz tragen, wenn sie ins Theater geht.«

Nichts auf der Welt hinderte sie daran, da weiterzumachen, wo sie aufgehört hatten. Hier, heute Nacht, konnte es passieren – Liebe ohne Zögern, ohne Angst. In Rupert würden sie auseinander gehen. Keine Ansprüche. Einfach nur zwei Menschen, die sich auf einem Fluss begegneten.

»Die Jungfrau in Männerstiefeln.« Er schnürte ihre Stiefel auf und zog sie ihr aus, wollte dann mit ihren Wollsocken weitermachen.

Emily machte sich steif und versteckte den Fuß mit dem fehlenden Zeh hinter dem anderen Knie.

»Ach, nicht so schüchtern.« Er hielt ihr anderes Fußgelenk fest, wartete.

Sie schloss die Augen und sah Fanny, wie sie sich über ihren Fuß beugte. Fanny hatte alles gesehen, Fanny wusste Bescheid. Sie streckte das Bein aus, versuchte es mit Vertrauen. Er begann, ihr den Strumpf auszuziehen. Sie spürte, wie er Zentimeter für Zentimeter hinabglitt, bis an die Knöchel, über die Ferse.

»Ach, herrje!«

Sie erstarrte.

»*Les petits démons!* Eine Million Stiche! Armes Mädchen!«

»Ja, aber ich habe den Mutter-Kind-Pfahl gemalt.« Sie strahlte. »Er stand in einem Sumpf.«

Claude krabbelte zu ihr, und sie breitete die Arme aus. »Diesmal läufst du mir nicht wieder weg«, sagte er. Als er die Moskitostiche an ihrem Hals, ihren Ohren, auf ihren Augenlidern küsste, bemerkte sie, dass er nach Diesel roch. Er legte sich neben sie und küsste sie auf den Mund, öffnete ihre Lippen mit der Zunge. Sie spürte sein Begehren hart an ihrem Oberschenkel, und ihr Inneres zog sich in kleinen Wellen zusammen. Hitze durchströmte sie. Ihr ganzer Körper fühlte sich fiebrig an, der Übelkeit nahe. Sein Bart kratzte sie an der Wange, und sie zuckte zusammen.

»Hörst du die Potlatch-Trommeln?« Er legte sich die Hand aufs Herz. »Den Rhythmus der Leidenschaft, *oui*?« Eine seiner Augenbrauen wölbte sich, und sein Mund war jetzt ein verzücktes Lächeln.

Emily versuchte, das Trommeln in ihr selbst wieder heraufzubeschwören, dieses Pulsieren, das sie vor dem Essen verspürt hatte, aber alles, was kam, war die Traurigkeit über den brutal abgebrochenen Potlatch in Mimkwamlis. Sie fühlte, wie etwas in ihr ermattete, kaum merklich. Wenn da irgendwelche Trommeln waren, dann waren sie zu schwach, als dass sie sie spüren konnte. Sie vermochte ihm nicht zu antworten.

Schweiß rann ihr über die Schläfe. Sie hob die Hand, um ihn abzuwischen. Ihre Finger und Handgelenke waren geschwollen. Der Anblick schien ihn zu erschrecken. Ihr Kopf, ihr Nacken, alles fühlte sich heiß und geschwollen an. Sie konnte nicht stillliegen. Das innere Kribbeln vermischte sich mit dem Kribbeln auf ihrer Haut, machte es fast unerträglich. Sie bereute, dass sie sich nicht für das Bad entschieden hatte. Ein kühles Bad. Das Essen und das Bier waren ihr nicht gut bekommen.

»Zu heiß, *oui*?« Er öffnete die beiden obersten Knöpfe ihrer Bluse. Sein konzentriertes Gefummel war erheiternd. Ihn machen zu lassen war jetzt leicht, wegen Fanny.

»*Mon Dieu!*«, rief er und wich erschrocken zurück. »Deine Haut!«

Sie öffnete die Bluse bis zur Taille und sah auf das rote, hubbelige Fleisch ihrer Brüste und ihres Bauchs. Alles war entzündet und wund gekratzt, übersät mit blutigen Pünktchen und winzigen Schorfstellen.

Er pustete auf ihre Haut, um sie zu kühlen. »*Émilie … Émilie*«, murmelte er, Schmerz in der Stimme. Er sagte ihren Namen so selbstverständlich, als hätte er ihn schon seit Jahren vor sich hin gesprochen.

»Was tun? Was tun?«, murmelte er, schüttelte immer wieder den Kopf und krabbelte schließlich hinauf an Deck. Sie hörte ihn in der Steuerkabine herumkramen. »*Où est-il? Où est-il?* Ah!« Er kam wieder heruntergeklettert, mit einer Blechdose in der Hand.

Emily stützte sich auf die Ellbogen. »Was ist das?«

»Salbe.«

»Woraus?«

»Psst. Leg dich hin.« Er zog sein Wildlederhemd aus.

Sie sah, wie sich seine Muskeln unter der Haut bewegten. Selbst in dem dämmrigen Schummerlicht erkannte sie an seinem Hals die Grenzlinie zwischen sonnengebräunter und hellerer Haut. Sie legte sich zurück und flocht die Finger in sein Brusthaar.

Er quittierte es mit einem leisen Lächeln. »Deine Bluse«, flüsterte er und gab ihr mit einer Handbewegung zu verstehen, sie solle die Bluse ausziehen. Sie tat es und breitete sie unter sich aus, um die Nerzfelle zu schützen.

Er tunkte die Finger in die Dose, platzierte Salbentupfer auf ihren Wangen und ihrem Hals, verrieb sie behutsam. Das Zeug war kühl und wohltuend, roch aber ölig, ein bisschen fischig.

»Ist mein Gesicht verquollen?«

Er nickte. »Arme … *Émilie … Émilie.*« Es war, als müsse er ihren Namen, nachdem er ihn einmal gesagt hatte, immer wieder sagen. Er verrieb Salbe auf ihrem Hals, ihren Schultern, ihren Armen und Handrücken. Sie merkte, wie sie sich unter seinen Berührungen entspannte, sich stillschweigend in alles ergab, was er mit ihr tun würde. Er verschmierte Salbe auf ihrer rechten

Brust, an der Seite, dann, indem er die Brust anhob, darunter und auf der anderen Seite. Er stützte ihre Brust mit der anderen Hand, während er die Salbe einmassierte. In einer Aufwallung diffuser Erregung, weil sie nicht wusste, wo seine Hände hinstrebten, entfuhr ihr ein tiefes Seufzen, aber die Erregung zog sich wieder zurück, als gehöre sie jemand anderem.

»*Alors, comme ça. Doucement, oui?*« Wie sanft seine Stimme klang.

Seine Hände wechselten zu ihrer anderen Brust, arbeiteten sich dann zu ihrer Taille hinab, und seine Gründlichkeit sagte ihr, dass ihm dieses Tun Vergnügen bereitete.

»Du hast Geisterkraft in den Händen«, murmelte sie, verblüfft über so viel Zärtlichkeit bei einem so rauen Kerl. Dem es auch noch wichtig war, dass sie die Haida-Totems malte. Wenn sie nur ein Quäntchen Lust verspüren würde … Aber irgendwie war, entgegen allem, was sie gehofft hatte, die Lust in ihr völlig erloschen.

Claudes Blick war auf ihre Brust gerichtet, als könne er bis in ihre Seele schauen. »Ich dachte, ich wüsste es. Ich dachte, ich wäre mir sicher. Ich dachte, du bist *passionnée*. Du könntest *la passion* für mich empfinden. *Mais non*. Nur für die Kunst. Nur für die Kunst. *Mon Dieu*, in so einem Moskitosumpf auszuharren – um zu *malen*!« Langsam hob er den Blick und sah ihr ins Gesicht. Seine Augen waren dunkel vor Schmerz und feucht von Erkenntnis. Seine Hände schlossen sich zu Fäusten, pressten sich gegen seine Brust. »Ich kann nicht. Ich sehe, dass es dir zu schlecht geht.«

Ihr kamen die Tränen, weil alles, was er sagte, stimmte. Nur für die Kunst. Für den Moment, wahrscheinlich für immer, musste es ihr genügen, zu wissen, dass er sie begehrt hatte. Und vielleicht sogar geliebt, auf seine Weise, indem er sie mit Fischtran einrieb.

»Eins noch.« Er kletterte an Deck, polterte kurz herum, kam wieder heruntergeklettert und legte ihr die kleine französische Fahne quer über die Brust. Der Stoff war feucht und kühl.

Emily lachte leise. »Bin ich jetzt Französin ehrenhalber?«

»*Oui, Mademoiselle. Une dame héroïque.*« Er reckte die Faust und schlug prompt gegen das Kajütdach. »*Pour l'art!*«

Er küsste ihre Handflächen, machte ein bedauerndes Gesicht und zog sich von ihr zurück. »*Bonne nuit ... Émilie.*«

»*Bonne nuit, Claude.*« Sie lächelte. »*Monsieur Galant.*«

Er nahm die Laterne und verschwand nach oben.

26 Moos

Es war Mittag, als William und Clara Russ, die Haida-Führer, die ihr der Pastor auf den Queen-Charlotte-Inseln empfohlen hatte, am Anleger von Skidegate eintrafen. Ihr Motorboot hatte einen kleinen Einbaum im Schlepptau. »Fertig?«, fragte William.

»Wenn ich gewusst hätte, dass wir jetzt erst losfahren, hätte ich noch den ganzen Vormittag malen können«, beklagte sich Emily.

»Die Flut war noch nicht so weit.« Williams Blick besagte, dass sie noch eine Menge zu lernen hatte.

Niemand verstand, dass ihr die Zeit im Genick saß.

Doch. Claude hatte es verstanden. Er hatte schon lange vor Morgengrauen abgelegt, mithilfe von Lampen navigiert, während sie noch schlief. Er hatte gegen die Strömung und die Wellen angekämpft, Hebel bedient, den kleinen Motor strapaziert, geflucht und schließlich, als sie in den Hafen von Prince Rupert tuckerten, in fröhlichem Rhythmus die Dampfpfeife betätigt. Dann hatte er sie zum Dampferkai gescheucht, hatte mit den Armen gefuchtelt und immer wieder »*Vite! Vite!*«, gerufen, wenn er fand, dass sie nicht schnell genug lief. An der Gangway hatte er ihr einen langen, innigen Kuss gegeben. Die paar Minuten, die ihnen noch blieben, hatte er ganz dafür aufgebraucht. Als schließlich das Schiffshorn ertönte, hatte er gesagt: »*Bonne chance, chérie*. Nicht kratzen. Malen.«

Im frischen Wind standen Williams Haare ab wie ein Dach aus dickem schwarzem Schilf, und Clara band ihr Kopftuch fester. Sie musterte Emilys Männerschuhe, hob dann ihren Rock und entblößte ebenfalls Männerschuhe. Ihre hohen, breiten Wangenknochen pressten Krähenfüßchen in die darüber liegende Haut, und das herzhafte Lachen kam tief aus ihrem Bauch. Emily lachte mit.

Sie umfuhren eine Sandbank östlich des Archipels und hielten dann südwärts.

»Da«, sagte William und deutete mit dem Kinn auf ein paar Seeotter, die rücklings auf Kelpbetten lagen.

Auf ihren Bäuchen knackten sie zwischen zwei Steinen Muscheln. Einer warf eine Muschelschale direkt neben einen anderen Otter, der auf einem Felsen schlief und von den Spritzern geweckt wurde.

»Sie sind sehr lustig«, sagte Clara und lächelte über das ganze faltige Gesicht. Doch dann verflog ihr Lächeln. »Wenn sie traurig sind, zeigen sie es auch. Ich habe einmal gesehen, wie eine Ottermutter ihr totes Baby herumgetragen hat. Sie hat tagelang geheult.«

»Schab einem Fisch die Schuppen ab, rupf einem Vogel die Federn aus, zieh einem Menschen die Haut ab – und darunter findest du immer dasselbe«, erklärte William.

Beide hatten etwas, was Emily sehr gefiel.

Sie sahen den ganzen Nachmittag kein Boot, keinen Anleger, keine Menschenseele. »Fahren wir zuerst nach Tanu?«, fragte Emily.

»Ja«, antwortete Clara mit einem träumerischen Lächeln. »Ins Dorf meiner *Naani*, meiner Großmutter.«

»Das ist ein Ort, wo das Wasser gluckst, wo das Seegras wispert und die Raben schreien«, fügte William hinzu.

Als sie in eine Passage zwischen zwei Inseln steuerten, sah das Meer aus wie ein Blech aus Waffenstahl, und Emily konnte den Regenwald aus der Nähe sehen: dschungelartiger als jeder andere Wald, den sie kannte, ein undurchdringliches Gewirr, ein Urwesen mit nassgrünen Tentakeln, in dem es von dampfigem Leben wimmelte. In einer Doppelbucht, die eine bewaldete Landzunge teilte, ragten Totempfähle aus dem Dunst, der tief über beiden Stränden hing. William stellte den Motor ab, und Clara warf einen Anker, der aus einem zerklüfteten Stein in einem Netz bestand.

»Tanu!«, rief sie. »Hier lebten viele Menschen. Sieben Generationen. Die Raben-Familien an diesem Strand, die Adler-Familien dort drüben.«

William brachte Emily, Billy und das Gepäck in einem kleinen Beiboot an Land und erklärte, er werde zurückfahren, um Clara zu holen. Emily stieg aus und blickte sich um. Die langen Seegrassträhnen, die das zurückgehende Wasser flach auf den Sand gekämmt hatte, wirkten wie limettengrüne Pinselstriche. Man sah, dass viele Stürme das Dorf gebeutelt, Bretter herausgerissen, Dächer zum Einsturz gebracht, Totempfähle umgeworfen hatten. Häuserskelette drängten sich am Waldrand, und es war, als würden aus den Öffnungen der Ruinen Augen hervorspähen. Ein Rabe flatterte mit warnendem Krächzen vorbei.

»Ganz schön unheimlich hier, was, Billy?«, murmelte Emily.

Er fühlte es auch, hielt sich dicht an ihren Beinen, die Ohren aufgestellt.

Sie blieb bei einem umgestürzten Pfahl stehen und strich über die bemooste Tatze des Bären, der Biber hielt. Frosch lugte aus Bärs Kniekehle. Aus Killerwals Maul wand sich Seehund. Wie wunderschön die kleineren Raumfüllerfiguren aus dem Holz hervorsprangen, mit frechen Gesichtern, während die der großen Figuren aristokratisch-streng dreinschauten! Ganz ohne Menschenfiguren wirkten diese Totempfähle fremdartiger und noch magischer als die der Gitksan.

Drei dachlose Häuserfronten, die direkt aneinander gebaut waren, hingen bedenklich schief. Jede hatte einen prächtigen Frontpfahl aus neun oder zehn aufeinander gestapelten Figuren, deren unterste mit einer Eingangsöffnung versehen war. In den Ruinen wuchsen Weidenröschen und Farn, und das Moos machte alle Konturen viel weicher – selbst die angrenzende Luft schien grünlich zu leuchten.

»*Eejaa aa mee*«, flüsterte Clara. »Da standen früher zwei Reihen Häuser. Weg. Alles weg. Nur vierzig Jahre. Das hier ist das Haus des Langen Potlatch. Und das da heißt Klang grollender Wolken. Weg.«

»So ein Jammer«, sagte Emily.

Eines Tages würde auch das, was sie jetzt sah, verschwunden sein, vom Regenwald verschluckt. Und auch sie selbst würde nicht mehr sein. Die Ruinen und der dunkle Wald provozierten melancholische Gedanken. Emily hatte plötzlich den Wunsch, einen Beweis dafür zu hinterlassen, dass sie hier gewesen war und an diesem entlegenen Ort menschliche Spuren gesehen hatte. Sie kletterte auf einen überhängenden Felsen, um die drei Ruinen von dort aus zu malen.

»Nein, nein!« Clara wedelte mit den Armen. »Nicht da hinsetzen.«

Emily sprang herunter. »Warum nicht?«

»Der Geist von Killerwal wohnt unter diesem Stein.«

Ausgerechnet! Emily war nicht darauf gefasst gewesen, sich mit Geistern arrangieren zu müssen. Der Pfarrer hatte gesagt, Clara und William seien unter den Ersten gewesen, die sich hatten bekehren lassen. Offenbar wechselte Clara genauso mühelos zwischen den widerstreitenden Glaubensformen hin und her wie Sophie. Emily suchte sich einen anderen Aussichtspunkt.

William nahm Clara an der Hand und führte sie weg. Emily sah, dass die beiden eine moosbewachsene Hausruine betraten und sich dort hinsetzten, wo früher vermutlich die Familienfeuerstelle gewesen war. Clara legte den Kopf an Williams Schulter. Emily stellte sich vor, wie die beiden einander pflegten, wenn einer krank war. Mit Claude hatte sie dieses wunderbare Gefühl selbst erlebt, und deshalb freute sie sich für sie.

Dieses Bild würde ein Denkmal für die Liebe in der Familie werden, ausgeführt in impressionistischen Farben – Taubengrau für die Bretter, mit einem Hauch Aqua, Rosa und Lavendel. Die weichen Farben sollten ausdrücken, was sie, Emily, nie erfahren hatte – dass das Heim ein Hort der Zärtlichkeit und Zuneigung sein konnte, der wichtigste Ort auf Erden für alle, die dort geboren waren, die alles miteinander geteilt hatten und durch Liebe weitherzig und selbstlos geworden waren. Die dort zusammen gearbeitet, Zuflucht vor den Stürmen draußen gefunden und ihre Toten beweint hatten. Die selbst dort gestorben waren.

Als Emily fertig war, führte Clara sie auf die bewaldete Landzunge, welche die Buchten der beiden Clans voneinander trennte. Der Moosteppich war so dick, dass man das Gefühl hatte, auf einen nassen Schwamm zu treten. Jeder Schritt presste Taudiamanten hervor. Lange Flechten hingen von den Ästen herunter wie zerrissene Schleier. Rotbraun gesprenkelte, gelbgrüne Beeren wuchsen dick und rund an Sträuchern, und stinkender Zehrwurz hing über Pfützen, die verrottendes Zedernholz braun färbten. Man hörte Wasser gurgeln, unsichtbar – der Untergrund trank, nein, schlapperte klare Milch. Frösche quakten in verschiedenen Tonlagen, ein ganzer Chor, der laut und fröhlich drauflos schmetterte.

»Oh, wie schön! So viel Leben!«, rief Emily.

»Nicht alle bleiben am Leben.« Clara zog einen Zweig beiseite, an dem wie winzige Kirchenglocken rosarote Salalblüten hingen. Ein eingesunkener Grabstein starrte sie an. Feines Moos füllte die Lettern der Inschrift: *Zum Gedenken an Charlie.*

»Oh, das tut mir Leid.« Ihre Bemerkung von eben war Emily sehr peinlich.

»Das ist der Bruder meiner *Naani*«, flüsterte Clara.

»Darf ich fragen, warum er keinen Bestattungspfahl hat?«

»Gott mag keine Totempfähle. Christen werden in die Erde gelegt. Charlie war der erste Christ in Tanu, der die Pocken bekam. Danach sind die Leute so schnell gestorben, dass man sie gar nicht alle begraben konnte. Die, die noch am Leben waren, gingen aus Tanu weg, um sich zu retten. Nachts hört man hier die Toten klagen.«

Emily wusste nicht, wie sie Clara trösten konnte. Sie starrte auf den Moosbewuchs, den Grabstein – und sah die Steine auf Sophies Friedhof vor sich.

Zum Abendessen kochte Clara Adlerfarnsprossen und einen Oktopus, den sie in einer Meerwasserlache erschlagen hatte. Er schmeckte köstlich, war aber zäh. Während sie am Feuer aßen, erzählte Clara Geschichten von Totems, die ins Meer wanderten, von Trommeln, die von allein schlugen, von einer Häuptlingsfrau, deren Trank hitzköpfige Männer zahm machte und ängstliche Männer tapfer.

Lavendelfarbene Dämmerung senkte sich aufs Wasser herab. Als der Himmel dunkellila wurde, sang Clara auf Haida ein trauriges Lied.

»Was singt sie?«, fragte Emily.

»Wie die Weißen unsere Jungen und Mädchen nach Victoria brachten«, sagte William. »In die Schule. Dort haben sie die Grippe bekommen und sind allesamt gestorben.«

Clara stand auf und nahm ihre Decke. »Lassen Sie ein kleines Feuer brennen. Vielleicht kommen Bären.«

»Wo geht ihr hin?«

»Aufs Motorboot. William will nicht hier bei den Geistern schlafen«, sagte Clara, aber sie war es, die als Erste davoneilte.

Verdutzt sah Emily der flackernden Laterne der beiden draußen auf dem Meer nach. Sie zündete ihre Petroleumlampe an, brachte sie ins Zelt – und sah überall an den Zeltwänden Nacktschnecken herumkriechen. »Igitt!« Ihr Magen revoltierte. Eine Schnecke, die so groß war wie eine Dillgurke, wollte gerade in ihrer Bettzeugrolle verschwinden. Emily ergriff ein Stück Treibholz und einen Topf, um die Biester abzukratzen. Feuchter Glibber kroch ihr übers Handgelenk. Sie schlug ihn weg und schleuderte das Holzstück in Richtung Meer.

Dann zerrte sie ihr Bettzeug aus dem Zelt, schüttelte es aus, inspizierte es im Schein der Petroleumlampe, krempelte es um und trug es ein Stück weg. Vorsichtshalber ließ sie Billy mit hineinkriechen, rollte sich so fest ein, dass nichts mehr eindringen konnte, und ließ die Lampe herunterbrennen. Sandflöhe kitzelten sie im Gesicht, also zog sie wie eine Schnecke den Kopf ein. Sie horchte atemlos. Jedes Geräusch schreckte sie auf. Der Wald knarrte und ächzte, und das Seegras wisperte zurück, *sch-sch*. Tanu war kein ausgestorbenes Dorf.

Als sie am nächsten Tag aufbrachen, beugte sich Clara im Kanu zu Emily. »Meine *Naani* hat gesagt, als alle endgültig aus Tanu weggingen, haben die Raben geschrien, aber die Menschen waren still, sogar die Babys.«

Emily saß reglos da. Raben krächzten, während in der Ferne der Donner grollte. Sie fühlte, wie ihre Brust ganz weit wurde, um diese tiefe Trauer zu fassen. Als Tanu schon lange hinter ihnen lag, fragte sie Clara: »Hast du Kinder?«

»Zwei Jungen. Zwei Mädchen. Die Mädchen sind jetzt verheiratet.«

»Enkelkinder?«

»Sechs von einer Tochter, zuerst. Jetzt sind es vier und zwei.«

»Wie meinst du das?«

»Eine Tochter hatte viele Babys, und die andere hatte keine, also hat sie ihrer Schwester zwei gegeben, das älteste Mädchen und das Baby.«

»Gegeben? Wie konnte sie das tun?«

»Sie hat danach monatelang geweint und konnte nichts essen, weil es ihr so schlecht ging, aber sie war eine gute Schwester.«

Emily musste wieder an Sophies großmütiges Angebot denken und flüsterte: »Ich habe auch so eine Schwester.«

»Heute zeige ich Ihnen einen Heldenpfahl in Cumshewa, meinem Dorf«, verkündete William gut gelaunt. Doch als sie ins Cumshewa Inlet einfuhren und William durch die Gazeschleier aus Dunst spähte, runzelte er verwirrt die Stirn.

»Weg.«

An Land fiel er auf die Knie und fuhr mit der Hand über einen Flecken von blaugrünem Seespargel. »Er stand hier, der Pfahl für Mächtige Wellen, den Häuptling meines Vaters. Vor dem Haus der stürmischen See.« Er sah sich um, als könne der Pfahl gewandert sein. »Er musste fünfmal ansetzen, um das Haus zu bauen.

Jedes Mal, wenn er die Balken aufstellte, kam ein Sturm und fegte sie weg. Später kauften Männer aus Chicago das Haus, um es auf einem großen Jahrmarkt zu zeigen. Jetzt ist sein Pfahl auch noch verschwunden.« William ließ sich langsam auf seine Fersen sinken. Clara legte ihm die Hand auf die Schulter. »Es war mein Lieblingspfahl«, murmelte er.

Emily schnürte es die Kehle zu. Sie kam zu spät. Henry Douse hatte gewusst, wie wenig Zeit noch blieb. Sie sah, wie der Schatten einer Wolke Williams schmerzerfülltes Gesicht verdüsterte.

»Die Missionare haben uns gesagt, dass Leute, die geschnitzte Bilder lieben, für immer in einen brennenden See geworfen werden«, sagte William.

»Dann müssten sie mich da auch hineinwerfen«, entgegnete Emily leise.

Er wandte sich ab, und die Worte kamen nur mühsam heraus. »Mein Vater war einer von diesen neuen Indianern, die die Wolldecke ablegen wollten. Er hat Geld verdient, indem er in Yan und Skidegate Totems verpackte. Pfähle in Stücke sägte, damit man sie auf Schiffe verladen und an Museen schicken konnte. Drei Dollar für den Meter.« Williams Stimme war jetzt ganz dünn und hoch. »Als ich alt genug war und der Missionar mir eine Arbeit verschaffte, habe ich das auch gemacht.« Er streichelte den Seespargel.

Wie konnte sie ihn trösten? Sie wusste noch nicht mal, ob sie ihn berühren durfte.

Schweigend stiegen sie eine Anhöhe hinauf und stießen auf einen riesigen Raben aus Zedernholz. Mit angelegten Flügeln und emporgerecktem Schnabel saß er auf einem dicken, niedrigen Baumstumpf und überblickte eine Wiese. Es war kein Totempfahl, sondern eine Vollskulptur. Der ganze Vogel, vom Kopf bis zum Schwanz, war länger, als der Stumpfsockel hoch war. Kopf, Rücken, Flügelspitzen und Augenhöhlen waren bemoost.

»Hier stand ein Haus, das hieß ›Wo Rabe starke Sprache spricht‹. Da sind unsere Leute gestorben. Haufenweise. Wer da hineinging, kam nicht wieder heraus.« William erklärte Emily, dass Rabe noch eine Gefährtin an der gegenüberliegenden Ecke des Hauses gehabt habe und dass die Toten dazwischen aufgeschichtet worden seien. »Jetzt ist sie zerfallen, und er ist ganz allein.«

»Wie sind die Pocken auf die Insel gekommen?«

»Sie kamen nach ganz Haida Gwaii. Unsere Leute holten sie sich in Victoria, wo sie mit Kanus handelten. Sie brachten sie mit nach Hause, starben unterwegs. Nach zwanzig Jahren war nur noch jeder zehnte Haida am Leben.«

Emily versuchte sich vorzustellen, was das für die Familien, die Kinder und Schwestern, bedeutet hatte. Ihre Gedanken schwirrten wie aufgeregte Motten in alle Richtungen.

»Rabe spricht immer noch eine starke Sprache. Seht ihr, wie er den Schnabel reckt? Das ist das Heldentotem, das ich malen werde.«

Doch zwischen ihrem Mitgefühl und ihren Fähigkeiten klaffte ein Abgrund, so tief wie das Meer. Der indianische Holzschnitzer schien zuerst das innere Wesen seines Sujets gesehen zu haben, die ernste Kraft, den spirituellen Aspekt des Raben. Dann erst hatte er Span für Span die Form freigelegt, die diese Idee verkörperte. Emily selbst hatte gelernt, von außen zu sehen, aber wenn sie einen Gegenstand vom inneren Wesen her angegangen war, wie bei Dzunukwa oder *Totemmutter*, war sie seiner wahren Natur näher gekommen.

Der Dunst wurde zu Nebel, dann zu Nieselregen. Emily versuchte, das Papier mit ihrem Regenmantel zu beschirmen. Wasser lief über die Farben. Aus einem Stück Segel errichtete William ihr einen Baldachin. Das Segeltuch flatterte im Wind und riss sich immer wieder los, also hielt er es selbst den ganzen Nachmittag über sie. Der Regen, der ihm ins Gesicht fiel, kümmerte ihn nicht. Aber bestimmt taten ihm die Arme weh.

Wasser rann in Sturzbächen vom Schnabel des Raben und tränkte das Moos in seinen Augen, bis es die Flüssigkeit nicht mehr halten konnte und die Tropfen wie Tränen herabfielen. Emily übertrieb den Aufwärtsschwung des Schnabels, damit er trotziger wirkte. Ihre Pinsel, das Papier, ihr Nacken, alles fühlte sich klamm an. Die Knochen schmerzten von der feuchten Kälte. Male diese Feuchtigkeit! Bring sie in deiner Arbeit zum Ausdruck. Male das Ringen, den beißenden Wind, den Jodgeruch des Meeres, das salzige Gefühl auf deiner Haut. Male die seltsamen Rabenlaute in lilaschwarzen Nächten, die dunkel saftige Erde, den Geruch des Sterbens, hier, in diesem verlassenen Dorf, nur noch bewacht von einem majestätischen, vor sich hin faulenden Vogel, der so allein war wie Gott. Cumshewas letzter Erinnerungshüter.

27 Salal

Emily hörte ein energisches Pochen. Wer außer Jessica und ihren Schwestern wusste, dass sie in dieses kleinere Studio am West Broadway umgezogen war? Sie stieg über Josephs Käfig, und der Vogel protestierte mit einem »*Aaak!*« Sie öffnete die Tür, und vor ihr stand ein Mann mit grauem Anzug, grauem Schnurrbart und grauen Haaren. Wenigstens war er konsequent.

»Miss Carr? Ich bin Dr. Newcombe, aus Victoria. Ich komme im Auftrag des Provinzparlaments.«

»So.«

»Sie haben doch dorthin geschrieben, wegen der neuen Museumsgalerie und der Parlamentsbibliothek?«

»Ja, ich habe ihnen meine Bilder von Indianerdörfern und Totempfählen als Sammlung angeboten«, sagte Emily, noch immer in der Tür.

»Als Experte für Nordwestküstenkultur bin ich ersucht worden, Ihre Arbeiten zu begutachten.«

»Kommen Sie herein. Die Unordnung müssen Sie entschuldigen.« Sie kickte Billys Decke unter einen Korbstuhl und stellte Josephs Käfig auf die Spüle, damit er aus dem Weg war. »Ich hatte nicht so schnell mit jemandem gerechnet. Eigentlich bin ich noch gar nicht so weit. Ich bereite gerade für das Frühjahr eine Ausstellung vor.«

Sie zog die Ölbilder hervor, die sie unter ihrem Arbeitstisch verstaut hatte, schob Mallappen, Paletten und Pinselgläser auf dem Tisch beiseite und breitete Zeichnungen aus. Die Aquarelle verteilte sie auf dem Boden. »Ich bin mit zwanzig Ölbildern und sechzig Aquarellen zurückgekommen. Hier ist kein Platz, um sie alle aufzuhängen.«

Dr. Newcombe blickte zu den sieben noch feuchten Ölbildern hinauf, die an Deckenhaken hingen. »Das sehe ich.«

»Es gibt noch mehr.« Emily stieg über Billy hinweg, um die auf Bretter aufgezogenen Ölbilder aus der Badewanne zu holen, und legte sie dann auf das ungemachte Bett.

»Wollen Sie nicht lieber in meine Ausstellung kommen? Es wird die größte Kunstausstellung, die es je in Vancouver gab. Bisher hat noch kein Künstler in Vancouver eine ganze Halle gemietet und dort eine Einzelausstellung veranstaltet. Wenn ich diese Studien hier aufgearbeitet habe, sind es zweihundert Werke, davon über die Hälfte großformatige Ölbilder.«

»Wann?«

»In zwei Monaten. Am achtzehnten März in der Dominion Hall.«

Emily hatte mit Heizöl geknausert, drinnen zwei Pullover übereinander getragen, war an den Wochenenden mit Sophie Muscheln suchen gegangen, um ein Chowder zu machen, das für die halbe Woche reichte. Sie hatte auf Koteletts, Abendtee und Marmelade verzichtet und sich sogar selbst die Haare geschnitten, um die Hallenmiete aufbringen zu können.

»Ich sehe hier genug, um dem Komitee Bericht erstatten zu können.«

»Schicken Sie doch das Komitee zur Ausstellung.«

Newcombe kniff die Augen zusammen, legte das graue Haupt zurück und strich sich über den Bart, der herabhing wie Schierlingstannenzweige. Offenbar war er ganz damit beschäftigt, sein Mittagessen zu verdauen.

»Sie zeigen zweifellos das Mystische der indianischen Ikonographie.«

»Danke.«

»Das hier ist naturgetreu. Fast wie das, das ich gekauft habe.«

»Ein Ölbild? Von wem?« Sie rechnete damit, dass er Ted Richardson nennen würde, den Amerikaner, den sie in Sitka getroffen hatte.

»Nein. Ein Totem.«

»Sie haben einen Totempfahl *gekauft*?«

»Für das Field Museum in Chicago.«

Emily sank auf einen Stuhl, sah William vor sich, wie er über den Seespargel strich, als suche er einen verlorenen Knopf.

»Die hier könnte das Museum vielleicht brauchen, um Monographien über Clan-Mythen zu illustrieren«, sagte er. »Aber Sie haben die Größenverhältnisse nicht berücksichtigt. Ihre Kwakiutl-Potlatch-Begrüßungsfigur, von der jedermann weiß, dass sie klein ist, erscheint hier genauso groß wie dieser wesentlich größere Haida-Pfahl.«

»Aber das sind doch verschiedene Bilder! Es sind keine Fotos.«

»Eben. Ihre Farbtupfen sind mit so schwerer Hand aufgetragen, dass man auf der anderen Straßenseite stehen muss, damit sich die Farben mischen.«

Er starrte die beiden Bilder an, bis ihn irgendein Gedanke aus seiner Versunkenheit riss und er sich weiteren Werken zuwandte.

»Schade, dass die Farben so leuchten. Das entspricht nicht der Realität der Küstendörfer. Wenn Sie Ihre Farben dämpfen und Ihre Ungenauigkeiten unter sachkundiger Aufsicht korrigieren würden, könnte Ihnen das Museum vielleicht einen Auftrag für ein Wandbild erteilen.«

»Ungenauigkeiten korrigieren! Das ist individueller künstlerischer Ausdruck!« Sie hörte im Geist Fanny. *Man kann nicht beides haben.* »Lieber würde ich verhungern, als unter der Aufsicht eines Komitees zu malen, Dr. Newcombe.«

»Ein Jammer, dass Sie Kunst und Wissenschaft vermengen. Das wird dem Komitee vermutlich nicht gefallen, aber ich werde Bericht erstatten, und dann werden wir sehen.«

Emily erhob sich, um ihn hinauszubegleiten. »Gut.«

»Aber das hier und das und das dort – die nehme ich.«

»Aber Sie haben doch gesagt –«

»Egal.« Er lächelte. »Mir gefallen sie. Die sind für mich.«

Eins war die Kwakiutl-Begrüßungsfigur. Emily war perplex.

»Ich hatte gehofft, die Sammlung komplett erhalten zu können, damit die Menschen in British Columbia die Möglichkeit haben, sie zu sehen. Diese Bilder sagen etwas Wichtiges aus, wenn man sie alle zusammen sieht.«

Sie beobachtete, wie er einen Scheck ausschrieb. Von dem Geld konnte sie Rahmen kaufen. Und sie konnte ja die Bilder nach ihren Skizzen noch einmal malen, dann würde der Sammlung nichts verloren gehen.

Er bemerkte die Trommel an der Wand. »Ein schönes Stück

Tlingit-Handwerkskunst. Sie haben den richtigen Blick. Wie viel wollen Sie dafür?«

»Die ist unverkäuflich.«

Im Hinausgehen sah er sie an, als wolle er sagen, dass er ihr nicht glaube.

Billy leckte die Hand, in der sie den Scheck hielt.

»Herrgott, Billy, hör auf, mich zu beschlabbern!«

Sie wusste nicht, was sie von der ganzen Sache halten sollte. Ihre Totembilder waren gekauft worden. Von jemandem, dem sie so gut gefielen, dass er bereit war, hart verdientes Geld dafür auszugeben. Sie stieß einen kurzen Jubelschrei aus und ließ sich dann auf alle viere hinab, um mit Billy zu balgen. Aber Dr. Grau-Auge hatte auch einen richtigen Totempfahl gekauft. Und was würde er dem allmächtigen Komitee berichten? Die möglichen Perspektiven, die sich aus all dem ergaben, stürzten Emily in einen regelrechten Schaffensrausch.

Ein paar Wochen später kam ein Brief:

Wir bedauern, dass wir Ihre Arbeiten weder für die Parlamentsbibliothek noch für die Galerie in Betracht ziehen können. Durch die Freiheiten in der Darstellung wird der Nutzen für den Anthropologen erheblich geschmälert. Obwohl wir das Ihrer Arbeit zugrunde liegende Bemühen anerkennen, sehen wir uns nicht in der Lage, Ihren Bildern eine korrekte Wiedergabe der indianischen Westküstendörfer zu attestieren.

Emily schlug mit dem Brief durch die Luft. »Unterzeichnet von einem Komitee, das keins meiner Bilder gesehen hat. Das ihre Wirkung nicht erlebt hat. Und das vermutlich noch nie einen Totempfahl in seiner ursprünglichen Umgebung gesehen hat.«

Es war zu ernüchternd, um sich darüber aufzuregen.

Aber sie hatten auch Dzunukwa nicht gesehen, Dzunukwa, die durch Sümpfe gehen und aus einem Parlaments-Komitee Hackfleisch machen konnte.

»Dann wollen wir doch mal sehen, was die Leute sagen, was, Billy?«

Als Emily vor der Auslage des Lebensmittelgeschäfts stand und Äpfel aussuchte, vernahm sie ein Stück weiter einen Tumult. Der Kaufmann rannte nach draußen, um nachzusehen, was los war. Emily folgte ihm, Billy fest an der Leine.

Ein Polizeikontingent hatte die Squamish in deren Dorf auf der Landzunge Kitsilano Point zusammengetrieben und brachte sie jetzt zum Anleger und auf ein Lastenboot. Die Squamish trugen Kisten, Leinensäcke, Körbe, dicke Deckenbündel. Die Polizisten schrien sie an, scheuchten sie weiter. Männer beluden ihre Kanus und Motorboote.

»Meinen Sie, das ist eine Evakuierung wegen irgendeiner Krankheit?«, fragte Emily den Kaufmann.

»Schlimmer.«

Sie liefen ans Wasser, um besser sehen zu können. Eine Zuschauermenge sammelte sich. An der Laufplanke, die auf das Boot hinüberführte, stand ein Mann und notierte alle Namen, während ein anderer Geld aushändigte. Manche Indianer nahmen es an. Andere gingen schweigend und hoch erhobenen Hauptes an dem Mann vorbei. Es war, als wiederhole sich die Vertreibung der Songhees aus dem Inneren Hafen von Victoria.

Emily roch Rauch und Benzin, sah weiße Männer mit Fackeln herumrennen. Billy legte die Ohren an. Innerhalb weniger Minuten brannte ein Haus, dann noch eins. Billy zerrte wie wild rückwärts und riss sie fast um. Flammen sprangen auf Häuser über, auf Scheunen, Obstbäume, den kleinen Friedhof der Squamish und seine heiligen Stätten. Emily kochte vor Wut.

»Schrecklich«, murmelte der Kaufmann. »Das hat sich seit Jahren zusammengebraut. Den Dorn im Auge beseitigen, das sagen die Politiker schon die ganze Zeit. Jede Spur von Indianern tilgen, damit den Reichen von Fairview der Anblick erspart bleibt. Diese halbe Meile Baugrund direkt am Wasser ist zu wertvoll, um sie an Indianer zu vergeuden.« Er schüttelte den Kopf. »Sie waren anständige Nachbarn.«

Auf dem Boot herrschte ein beklemmendes Gedränge – verängstigte, weinende Kinder, Frauen, die das Gesicht an die Schulter ihres Mannes pressten. Ein paar Alte klagten laut. Andere standen so stumm und regungslos da wie Statuen.

Die Flammen prasselten, die lauten Befehle hallten durch die Straße, aber Emily schleifte Billy zu einem Polizisten und fragte: »Wo bringen sie die Leute hin?«

»Gehen Sie zurück, Lady. Schaffen Sie den Hund hier weg.«

»Sagen Sie mir, wohin –«

»Mission Reserve. North Vancouver.«

Sophies Reservat.

»Aber es gab doch keinen Vertrag! Wer hat das angeordnet?«

»McBride.« Er drängte sie mit seinem Schlagstock weg.

Der Provinzpremier! Ein Konservativer und ein Kolonialist. Emily packte Billy am Halsband und trat den Rückzug an. Halb erstickt von Rauch murmelte sie: »Ach, wenn ich ihm doch nur ins Gesicht sagen könnte, er soll sich zum Teufel scheren.«

Einen Monat lang malte sie in einem wilden Energieschub an mehreren Bildern gleichzeitig, dann gestand sie Jessica: »Ich mache mir Sorgen. Es waren doch die reichen Bürger von Vancouver, die unsere Regierung dazu gebracht haben, die Squamish zu vertreiben. Wie sollen dieselben Leute verstehen oder sogar mögen können, was ich male?«

»Dann musst du sie eben aufklären. Halte in der Ausstellungshalle einen Vortrag.«

»Ich soll mit Worten erklären, was die Bilder klar und deutlich zeigen?«

»Erzähl ihnen von deinen Erlebnissen, so wie du's mir erzählt hast. Von Dzunukwa, von Tillie und so weiter.«

Emily schnaubte. »Ich kann sie nicht ertragen, diese Klugschwätzer, die einen in Grund und Boden reden, nur um sich selbst zu beweihräuchern.«

»Die Leute wissen nicht, was du weißt, Emily. Ein Vortrag über Totems und indianische Kulturen würde etwas bewirken. Bist du das den Leuten, die dir geholfen haben, nicht schuldig?«

Sie dachte an Mac und Beatrice, die sie zu dem Potlatch mitgenommen hatten, an Häuptling Wakias, an Henry Douse. Sie hatte Mrs Douse das Bild geschickt, in der Hoffnung, dass es ihr gefiel. Aber das reichte nicht.

Sie seufzte. »Ja, Miss Moralisches Gewissen. Ich werde es tun.«

Um sich selbst zu verpflichten, schrieb sie ihren Schwestern.

2. März 1913
Liebe Alice, liebe Lizzie,
ich weiß, es ist nicht leicht für euch, nach Vancouver zu kommen, aber ich habe die Dominion Hall in der Pender Street gemietet, um dort meine indianischen Bilder auszustellen – alle, angefangen mit meiner ersten Reise nach Hitats'uu. Ich glaube, ihr werdet sehen, dass ich in vierzehn Jahren eine Menge gelernt habe. Obwohl ich diese ganzen Schwätzer hasse, die ihre nebulösen Gedanken herausposaunen müssen, werde ich am 18. März um 20 Uhr einen Vortrag halten. Wenn ihr kommt, könntet ihr vielleicht besser verstehen, warum eure

Schwester darauf besteht, heidnische Artefakte zu malen, wie ihr es ausdrückt. Oder warum sie überhaupt malt.
Herzlichst an diesem verregneten Morgen,

Millie

Sie packte ein stummes Gebet mit in den Umschlag und klebte ihn zu. Drei Cent Porto für ein paar Gramm Hoffnung, die jetzt die Strait of Georgia überqueren würden.

In ihrem blauen Gabardinekleid, das in der Taille zwickte, fühlte sich Emily wie ein Lamm, das zur Schlachtbank geführt werden soll. Den handgeschriebenen Vortrag mit ein paar allerletzten Änderungen hatte sie in die Handtasche gestopft. Sie blieb an der Treppe zur Dominion Hall stehen – fünfzehn Blocks war sie gelaufen und wollte nicht mit gerötetem Gesicht und außer Atem ankommen. Die graue Fassade erhob sich einschüchternd wie ein Gerichtsgebäude vor ihr. Sie hielt sich am Geländer fest und zog sich die Stufen hinauf. Drinnen wartete Jessica. Und Jessica lächelte.

Wundersamerweise kamen Leute. Die Zeitungsannonce hatte gewirkt. Emily und Jessica gingen schweigend umher und lauschten.

»Ist ja schön und gut, das in einer Ausstellung zu sehen, aber man hängt sich doch solche … Dinger« – die Frau wedelte mit dem Handschuh zu einem Totenhauspfahl hinüber – »nicht zu Hause auf.«

Emily schnaubte leise. Spotte du nur über heilige Objekte. Was konnte man von einer Handschuhwedlerin schon anderes erwarten?

»Grotesk. Und so düster!«, murmelte eine andere Frau.

»Sind unbehagliche Gefühle nicht besser als gar keine Gefühle?«, sagte Emily laut zu Jessica.

»Die sind viel zu flüchtig gemalt«, schimpfte ein Mann.

»Vielleicht haben Sie ja zu flüchtig hingesehen«, wandte Emily ein.

Sie erstickte fast am Ärger. »Diese Fossilien«, flüsterte sie und setzte dann laut hinzu: »Eine Nisga'a-Häuptlingsfrau war so versessen auf ein Totempfahlbild, dass sie mich erst gehen ließ, nachdem ich ihr eins versprochen hatte.«

»Still«, zischte Jessica. »Diese Leute waren immerhin so nett zu kommen. Du musst sie überzeugen. Also geh jetzt da rauf und rück ihnen den Kopf zurecht!«

Sie trat an das Rednerpult. Als sie sich die ersten Worte sagen hörte, klang ihre Stimme so dünn und fern, als wären ihre Ohren mit Wachs verstopft.

»Die Sammlung von Totempfahlbildern, die Sie hier sehen, habe ich deswegen erschaffen, weil ich diese erstaunlichen, monumentalen Zeugen der Vergangenheit in ihrer ursprünglichen Umgebung darstellen wollte. Es ist für mich ein Tribut an die künstlerische Kreativität und die würdevolle Lebensweise der Ureinwohner dieser Provinz. Das alles hier repräsentiert nur einen Bruchteil der großen Kultur der Ureinwohner von British Columbia …« Sie erzählte, dass die Pfähle über zwanzig Meter hoch waren und dass es manchmal zwei Dutzend in einem einzigen Dorf gab.

Mit Ausnahme von Jessica, die strahlend in der ersten Reihe saß, konnte sie die Gesichter des Publikums nicht deuten. Ihr Mund war trocken, ihr Hals kratzte.

»Die meisten weißen Bewohner des Westens haben die europäischen Kunstvorstellungen aus der Zeit ihrer Auswanderung hierher mitgebracht und seither unverändert beibehalten, aber unsere Landschaft verlangt einen neuen Kunststil. Die große Entfernung von den Kunstzentren sollte es uns erleichtern, wir selbst zu sein und unsere Inspiration aus dem Land und aus der Kunst seiner ersten Bewohner zu ziehen …«

Gibbs Gedanke. Ach, was gäbe sie jetzt für eine Stunde mit ihm.

»Einen Stil allerdings gibt es, der hierher –«

Die Tür am anderen Ende der Ausstellungshalle öffnete sich knarrend. Vielleicht waren das ja Lizzie und Alice.

Es war Sophie! Die gute Sophie, aufrecht in ihrem karierten Rock, um den Kopf ein gelbes Tuch gewickelt. Und mit Schuhen. Hinter ihr kam Sarah, mit ihrem lila Schal und mit aristokratischer Haltung. Beide hielten den Blick auf Emily gerichtet, ignorierten das Geraschel im Raum. Und ein paar Schritte hinter ihnen, zögernd, Margaret Dan. Emily konnte es nicht fassen. Wie hatte Sophie sie hierher bekommen?

Vor Freude konnte sich Emily kaum beherrschen. Sie begrüßte die drei mit einem breiten Lächeln und schaute dann wieder auf ihr Blatt.

»Einen Stil gibt es, der hierher gehört, und das ist die ursprüngliche Kunst der kanadischen Westküste, ausgeübt von indianischen Holzschnitzern. Es ist die älteste Kunstform in Kanada – und von ihrem Wesen her die modernste. Die Prinzipien der Übertreibung und der Verzerrung sind für den eingeborenen Künstler die Methoden, mit denen er die innere Natur tierischer und menschlicher Figuren zum Ausdruck bringt und den Geist eines Wesens sichtbar macht. Und diesen Prinzipien bin ich in meinen aktuellen Werken verpflichtet.«

Die drei Frauen blieben hinten an der Tür. Sophie stand mit gestrafftem Oberkörper da. Ihr Mund war ein resoluter Strich, der verkündete, dass ihr die Freundschaft zu Emily jedes Recht gab, hier zu sein. Sarah wirkte gelassen, aber Margaret schaute immer wieder verstohlen zu den Seitenwänden mit den Bildern hinüber und schien sich eher unwohl zu fühlen.

Wie gut, dass sie da waren!

Emily erzählte ein paar Reiseerlebnisse und sprach über die

komplexe Kultur, welche die Totems repräsentierten. Sie erklärte, dass die Tierwappen Sippenzugehörigkeit und Abstammung anzeigten – gar nicht so anders als europäische Wappen! – und dass sie zugleich an die Mythen erinnerten. Sie erläuterte die Bestattungsriten, soweit sie diese kannte, und sprach von der enormen Würde der Totenbäume.

»Ich liebe diese Orte mit ganzer Seele. Und ich liebe die Kunst und die wunderbaren Menschen, denen ich begegnet bin. Sie können uns vieles lehren.« Sie sah, wie sich etliche Köpfe drehten und da und dort kritisch Augenbrauen hochgezogen wurden.

»Wenn Sie mir eine kurze Abschweifung gestatten: Sie wundern sich vielleicht, dass kaum Menschen auf meinen Bildern zu sehen sind. Einige Dörfer wurden nach verheerenden Epidemien nie wieder bewohnt, und nur die Ruinen der Häuser erzählen noch von den Tragödien. Die meisten standen jedoch nur vorübergehend leer, weil die Bewohner die Fischfangsaison außerhalb verbrachten ...«

Emily hielt inne und überlegte, ob sie weitermachen sollte.

»... in einem Land, in dem ihre Vorfahren schon vor der Ankunft der Europäer gefischt haben, Land, das für sie überlebensnotwendig ist.«

Sie schwieg wieder, musterte die Gesichter im Saal. Ihre Achselhöhlen fühlten sich feucht an.

»Die Abwesenheit von Menschen auf diesen Bildern soll nicht bedeuten, dass ich mich mit den politischen Bestrebungen, indianische Völker von ihrem Land zu vertreiben, einverstanden erkläre.«

So, jetzt konnte sie höchstwahrscheinlich jegliche Hoffnung auf eine künstlerische Karriere in Vancouver begraben. Ein paar Leute tuschelten, aber niemand verließ den Saal.

»Ich bin stolz auf unseren herrlichen Westen und möchte die Zeugnisse seiner ursprünglichen Größe feiern und bewahren.

Diese Totempfähle in ihrer unendlichen Würde sollten den Kanadiern das bedeuten, was den Engländern die uralten keltischen Relikte bedeuten. Nur noch wenige Jahre, und sie werden für immer verschwunden sein. Deshalb möchte ich meine Sammlung komplettieren, solange noch Zeit ist.«

Höflicher Applaus. Ein paar Leute erhoben sich, um erneut die Bilder zu betrachten. Allein durch die Kraft ihres Blicks versuchte Emily, Sophie dort hinten am anderen Ende der Ausstellungshalle eine Botschaft zu übermitteln. Schau, dort, *Totemmutter, Kitwancool.* Das bist du! Emily deutete mit einer leichten Kopfbewegung hin. Sophie ging sofort zu dem Bild und lächelte.

Emilys Kleiderbund quetschte sie wie eine Pythonschlange. Als sie vom Podium stieg, verspürte sie plötzlich ein dringendes Bedürfnis und floh zur Damentoilette. Sie fürchtete eine Ohnmacht oder gar Demütigenderes.

Unterwegs hörte sie einen Mann sagen: »Ich verstehe nicht, was sie an indianischer Kunst so interessiert.«

Blind für alle Schönheit, die nicht importiert war. Hatte er während ihres Vortrags geschlafen? Emily lehnte die Stirn an das kühle Glas des Toilettenspiegels. Auf keinem Gesicht hatte sie ein Zeichen der Zustimmung gesehen. Nicht ein einziges Nicken.

Sie wusch sich das Gesicht mit kaltem Wasser und ging wieder hinaus. Arbeitete sich durch die Menge, beantwortete Fragen zu den Totems, erzählte noch mehr Geschichten und sah sich nach Sophie, Sarah und Margaret um. Anscheinend waren sie schon gegangen – die drei Menschen, deren Anerkennung sie sich am meisten wünschte.

Nach sechs quälenden Tagen half Jessica ihr, die Ausstellung abzubauen. Emily betrachtete das Bild *Cumshewa-Rabe*. Die trotzige Haltung des Vogels sprach wirklich eine starke Sprache. Sie drückte das Kinn nach unten und sagte heiser: »*Miss Carrs*

Malerei krankt an einer verzerrten optischen Wahrnehmung, die diese indianischen Götzenbilder unverständlich macht.« Sie nahm das Bild ab. »Da hast du's, in der *Province*, wo es alle Welt lesen kann.«

»Du hast dieses Zeug auswendig gelernt?«

»Es hat sich einfach in mein Hirn eingegraben.« Emily deutete auf das Bild, als wolle sie im Gerichtssaal ein Urteil verkünden. »*Ihre Farbgebung ist greller als das, was gewöhnlichen Sterblichen zu sehen vergönnt ist. Man kann nur hoffen, dass sie diesen Anfall von Neo-Impressionismus bald überwindet.*«

»Dieser selbstgerechte Schreiberling soll sich vor einem Anfall von Miss Carr hüten, die ihm demnächst die Augen auskratzen wird!«

»Vancouver ist einfach noch nicht so weit. Du hast die Leute mit Dingen überrollt, die sie noch nie gesehen haben. Gib ihnen Zeit.«

»Die sind nie so weit. Es war wirklich dumm von mir, dass ich darauf gehofft habe. Diese ganzen Immobilienhaie hier wollen gar nicht, dass die Menschen die Vitalität und Würde der indianischen Kultur erkennen. Die profitieren doch davon, die Indianer kaputtzumachen, und ich … Was tue ich?«

»Du erweist den Indianern Ehre«, sagte Jessica streng.

»Aber wenn die Bilder von Weißen nicht positiv aufgenommen werden, dann habe ich nichts gegen die Tragödie von Cumshewa und von anderen verfallenen Dörfern getan. Dann habe ich nichts dagegen getan, dass nur ein paar Straßen von hier ein Dorf niedergebrannt wird. Dann tue ich nichts gegen Krankheit und Tod, nicht nur bei Sophie und ihren Babys, sondern an der gesamten Küste.«

Jessica sah sie betroffen an. Ihre Augen füllten sich mit Tränen.

»Ich kann nicht die Sachen malen, die Leute mit dicken Brieftaschen haben wollen, und gleichzeitig meine Leidenschaft am

Leben halten. Ich kann aber auch nicht für Indianer malen und damit mein Brot verdienen oder irgendetwas ändern. Was bleibt mir da noch?«

»Warte einfach, Emily. Die schwerfällige Welt wird sich schon noch bewegen.«

Manchmal ging Jessicas schlichtes Gemüt Emily einfach nur auf die Nerven.

»Es geht um mehr. Es geht darum, wer ich bin.« Ihre Stimme überschlug sich fast. »Verstehst du denn nicht? Ein Gitksan hat mal gesagt, ich hätte Geisterkraft in den Händen, und doch haben genau diese Hände Geld von einem Weißen angenommen, der Totems für Museen kauft. Was glaubst du, wie das für mich ist? Es zerreißt mich!«

»Ihr wollt doch beide die Totems bewahren – wo ist da das Problem?«

»Hör auf, Jessica! Was ich weiß, weiß ich. Bei dieser Ausstellung ging es um Bestehen oder Scheitern, und sie ist gescheitert. Familie, Liebe und jetzt auch die Kunst – sie haben mich alle im Stich gelassen. Aber du kannst das nicht begreifen – du hast ja alles.«

Emily schnappte sich ihre Handtasche und stürzte zur Tür hinaus. Kalte Luft schlug ihr ins Gesicht, als sie zur Fähre rannte, die die Burrard-Bucht überquerte. Warum hatte sie diese schrecklichen Dinge zu Jessica gesagt? Während der ganzen Überfahrt zu Sophies Dorf machte sie sich deswegen Vorwürfe.

»Ich glaube nicht, dass die Ausstellung irgendwas bewirken wird«, sagte sie zu Sophie.

»Beim wem? Sie hat ihnen nicht gefallen? Wer sind diese Leute?«, fragte Sophie auf ihre knappe Art, während sie eins der Zwillingsmädchen stillte. »Hm? Wer?«

»Käufer. Leute mit Macht. Leute mit einer Stimme.«

»Woher haben sie das Recht? Ich kenne mich aus mit Körben. Ich entscheide, was gut oder schlecht ist. Du kennst dich aus mit Malen. Also entscheidest du.«

»Aber nur wenn die Regierung oder Privatpersonen etwas *kaufen*, können Leute – Indianer wie Weiße – den großartigen Urahn und die ganzen anderen Pfähle *sehen.*«

Das nahm Sophie den Wind aus den Segeln, aber nur vorübergehend. »Ein paar dicke Männer mögen die Bilder nicht? Und? Du hast sie ja noch.«

»Sophie, das ist alles, was ich gemacht habe, in diesen ganzen Jahren – ich habe Angst, dass das vielleicht gar nichts bedeutet.«

»Du hast Angst? Alle haben Angst. Zwei Dörfer sind jetzt hier in einem. Was kommt als Nächstes?« Sophies Augen funkelten zornig, als sie Emily ansah, und wurden weicher, als sie das Kind, das sie an ihre Brust gehalten hatte, auswickelte. »Alle haben Angst«, flüsterte sie leise.

Das Baby war sehr dünn, es hatte einen Fieberausschlag, sein Atem rasselte. Sophies Augen trübten sich.

Das andere Baby, das in der Korbhängewiege lag, begann zu quengeln. »Armes kleines Schätzchen.« Emily legte es über ihre Schulter. »Arme kleine Molly.«

»Das ist nicht Molly. Das ist Emmie«, sagte Sophie scharf.

Emily sah noch mal hin. Das Baby schielte. Das letzte Mal war es doch Molly gewesen, die schielte!

Sophie nahm das Kind von ihrer Brust und hielt es hoch. Ihr harter Blick erstickte jeden Widerspruch. »Das ist Molly. Emmie ist das kräftigere Baby. Nach dir benannt.«

Was hatte Sophie getan? Die Namen vertauscht, damit es Emmie war, die überlebte? Kräftig, aber mit dieser anderen Art zu sehen, verzerrt nach den Maßstäben der Leute, für sie dagegen so natürlich.

Und Sophie würde weiter ein Baby nach dem anderen zur Welt

bringen, nur damit sie ihr alle wegstarben. Unendlich viel schlimmer, als ein Bild nach dem anderen zu malen, nur damit sie alle niedergemacht oder ignoriert wurden. Was war denn schon ein Bild? Was konnte ein Bild schon tun?

Emily biss sich auf die Lippe. »Ich kann nicht in Vancouver bleiben. Ich muss nach Hause.«

»Pah! Nach Victoria? Aufgeben?«

»Nein. Nur für eine Weile bei meinen Schwestern wohnen. Keine Mietkosten. Jede Menge zu essen. Die komische Schwester, die nicht dazugehört. Als ob man einen Wal in eine Teetasse quetscht. Aber dort bin ich in der Nähe des Provinzparlaments. Vielleicht gibt es ja noch andere Gelegenheiten.«

»Du kannst bei uns wohnen.«

Sophies Gesicht sagte, dass sie es ehrlich meinte. Diesmal würde Emily nicht skeptisch auf ihre Großzügigkeit reagieren.

»Danke. Das ist lieb von dir. Aber es geht nicht. Ich muss nach Hause.«

Sophie gab Emily das kranke Baby und legte das gesunde, schielende Mädchen an ihre andere Brust. Im Moment hatte Sophies müdes Gesicht nichts vom Strahlen der Kitwancool-Mutter. »Sophie, wir können etwas für Molly tun. Wir können sie zu einem Arzt bringen oder Medizin besorgen.«

Sophies Augen blitzten. »Zum Weißendoktor?«

»Ja. In Vancouver.«

»Dein Doktor? Einer, den du kennst?«

»Nein, ich kenne keinen Arzt. Aber ich kann sicher einen guten finden.«

Sophie schnaubte. »Kein Weißendoktor hat etwas für unsere Leute getan, damals in der Pockenzeit. Man hat sie alle sterben lassen. Babys. Großmütter. Alle sind gestorben.«

Emilys Kehle fühlte sich ausgedörrt an. Tanu und Cumshewa standen ihr wieder vor Augen. »Heute ist das anders.«

»Der Weißendoktor macht vielleicht etwas Schlimmes mit Molly. Ein Indianer weniger.«

»Nein, Sophie!«

Sophie hielt Emmie fest umklammert, und ihr Kopf drehte sich langsam hin und her.

»Wie du meinst. Aber wenn du dir's anders überlegst, schreib mir. Dann bin ich am nächsten Tag hier.«

»Tante Sarah wird dich auch vermissen.«

»Sag ihr, ich habe mich sehr gefreut, dass sie in meine Ausstellung gekommen ist. Und Margaret Dan auch. Ich würde mich gern von Jimmy verabschieden, aber ich weiß, dass er hart arbeitet.«

»Manchmal arbeitet er. Manchmal sitzt er nur im Wirtshaus.«

Emily sah, wie Sophie mit Emmie an der Brust durch die offene Tür ins Dunkel hinausstarrte, auf die Stelle unter dem Salalbusch, wo Annie Marie ein Bild in die Erde geritzt hatte, und auf das glitzernde Wasser und die Stadt, die ihren Mann verschlang.

Teil IV

28 Adler

Wütendes Hämmern an ihrer Tür schreckte sie auf. Mr Pixley stürmte herein und schwenkte einen alten Schuh. »Was soll das? Den hier habe ich unter dem Ahorn gefunden, mit einem dreckigen Lappen drin.«

»Er lag in der Feuerholzkiste im Keller. Das heißt doch wohl, er ist ausrangiert.«

Ehe er sich setzen konnte, bediente Emily einen Flaschenzug, der einen Stuhl an die Decke emporhievte.

»Nein, ist er nicht. Ich habe die Schuhe nur aus Versehen irgendwo stehen lassen. Wo ist der andere?«

Sie zog den zweiten Stuhl hoch, genoss es, ihre Platzsparerfindung gegen diesen Knurrhahn einzusetzen. »Unterm Fliederbusch. Das sind Häuschen für die Mäuse. Die armen kleinen Dinger! Alles verschneit und gefroren da draußen, kein Plätzchen, wo sie's warm haben.«

»Warm!« Er wurde rot vor Wut. »Warm! Sie sorgen sich, ob es dieses Ungeziefer warm hat? Sie sollten sich lieber Sorgen um Ihre Mieter machen, die in der Eiseskälte sitzen! Oder wegen des Krieges. Sorgen um die Soldaten, die dort erfrieren. Um alles Mögliche, aber nicht um irgendwelche Mäuse.«

»Ich mache mir große Sorgen um alles, aber für die Mäuse kann ich etwas tun.«

Pixley warf einen kurzen Blick auf eins ihrer Bilder. »Monströs«, brummelte er auf dem Weg nach draußen.

»Das ist meine Mutter!«, rief sie. »Ethel Dzunukwa. Sie frisst Männer, die sie nicht leiden kann. Möchten Sie sie kennen lernen?«

All die anständigen jungen Männer starben in den Schützengräben Frankreichs, und nur nichtsnutzige Jammerlappen waren noch da, um Zimmer zu mieten. Meckerer, die für dasselbe Geld mehr Wärme verlangten, die sich wegen eines wackligen Tischs beschwerten, den sie ebenso gut selbst reparieren konnten, die ihr die paar Dollar Miete so langsam in die Hand zählten, dass darüber schon der nächste Monat halb verging. Sie stapfte in den Keller hinunter und drosselte das Ventil, das die Wärmezufuhr zu Mr Pixleys Apartment regelte. Am liebsten hätte sie ihre weiße Ratte Susie in der Diele losgelassen, um ihn in Panik zu versetzen.

Auf dem Weg nach oben holte sie sich die Post. Ein Brief war von der *Island Art & Crafts Society* nachgeschickt worden. Vielleicht hatten sie ja wider Erwarten ein Bild verkauft, und das hier war der Scheck. Sie ging in ihr Studio und riss den Umschlag auf. Das Blatt war von einem Notizblock abgerissen, die Schrift krakelig und ungelenk.

16. Dezember 1916

Liebe Mrs Emily Carr,
ich habe auf der Ausstellung von Island Art & Crafts Ihre Bilder gesehen. Sie sind so stark, so wahrhaftig. Ich habe sie angeguckt und war im Kopf in meinem Illahee. Kitwanga Wind kalt einsam traurig und Kispiox Totempfähle wie große Männer, die reden, und Kitsegukla Augen, Augen, Augen. Ich würde sie am liebsten alle kaufen. Sie müssen eine Hailat sein. Haben Sie noch mehr Bilder? Ich möchte sie sehen. Mehr als gern. Darf ich kommen. Wohin. Bitte schreiben Sie mir ins Krankenhaus in Victoria.

Mit aufrichtiger Hochachtung
Harold Cook.
Ende.

Emily spürte einen Kloß in der Kehle. *Hailat*. Es war vier Jahre her, dass sie dieses Wort das letzte Mal gehört hatte – in Kitwancool, wo man sie so genannt hatte. Wer war dieser Mann? Ein Gitksan? Jemand in Victoria hatte in den Bildern ihre tiefen Gefühle gesehen, jemand, der im Krankenhaus war. Sie fragte sich, auf welcher Station dieser Harold Cook wohl lag. Sie bemerkte auf der Rückseite des Blatts etwas, das wie eine krakelige Kinderzeichnung aussah. Ein Totempfahl. Mit riesigen Augen.

»Was hältst du davon?«, fragte Emily und wedelte mit dem Blatt vor Billys Nase herum.

Er folgte ihm mit den Augen und bemühte sich dann, seine Liegeposition auf dem Teppich zu ändern, als wolle er sagen: Versuch's.

»Das denke ich auch. Ich sollte es nicht einfach übergehen.«

Selbst wenn dieser Harold Cook ein Kind war. Sie schrieb ihm zurück und sah Augen, Augen, Augen an Totempfählen. Sie kniff die Augen zu, um an diesen wilden, betörenden Orten zu *sein*. Ihr Kopf sank auf den Tisch. Wo waren die Jahre geblieben?

Die Jahre waren für endlose Auseinandersetzungen mit Alice und Lizzie verschwendet worden. Über alles wurde gestritten: über ihre »unmäßige Liebe zu Nagetieren«, über André und andere streunende Katzen, die sie aufgenommen hatte, weil sie so jämmerlich miauten, über das Haarnetz, das sie trug, mit dem schwarzen Samtband um die Stirn, über Missionare, die ihren Indianergemeinden bei Auseinandersetzungen mit der Regierung um ererbte Landrechte beistanden. Und immer wieder zankten sie sich mit Klauen und Zähnen über indianische Kunst und deren Bedeutung als kollektives kanadisches Erbe, was Lizzie gewöhnlich mit einem »Pah, das ist doch ein sterbendes Volk« abtat.

Wenigstens lagen jetzt zwei Nachbargrundstücke, ein Sträßchen und Alices Schulhaus zwischen ihnen, da ein Darlehen von

Alice Emily in die Lage versetzt hatte, auf ihrem Teil dessen, was von den dreieinhalb Hektar Land ihres Vaters übrig geblieben war, das Apartmenthaus zu errichten. Theoretisch war das ja ein vortrefflicher Plan gewesen – ein großer Studioraum im Obergeschoss als Atelier, Wohnzimmer und Küche zugleich, mit ordentlichen Nordfenstern und einem Dachboden als Schlafraum für sie und Billy, und drei weitere Apartments – eins oben neben ihrem und zwei im Erdgeschoss. So hätte sie von den Mieteinnahmen leben und malen können. Doch durch die Rezession waren die Mieten ins Bodenlose gefallen. Gefolgt waren die Teppichknüpfperiode und die Keramikperiode, tröpfelnde Einnahmequellen, die Emily vom Malen abgehalten hatten. In ihrem Vorgarten standen zwei Holzschilder: *Apartments zu vermieten* und *Gemüse, Hühner und Eier zu verkaufen.* Auf das zweite Schild hatte sie ganz unten in kleineren Buchstaben hinzugefügt: *Gemälde ebenfalls.*

André tigerte über den Brief. Sein weiß und ockerfarben geschecktes Fell sah aus wie Ölfarbkleckse auf dem Fußboden der Académie Colarossi. Emily nahm einen Zeichenstift, um mit dem Kater zu spielen. Der Stift fühlte sich fremd und schwer an. Kunst war etwas aus einem anderen Leben, einem Leben auf einem anderen Kontinent.

Und jetzt wühlte dieser Brief das alles wieder auf.

Ein paar Wochen später klingelte es an der Haustür. Tantrum stimmte sein hohes, japsendes Welpengebell an. Ein massiger Mann, schätzungsweise Anfang dreißig, mit hängenden Schultern, trat verlegen von einem Fuß auf den anderen. Das blasse Gesicht mit dem dünnen blonden Schnauzbart wirkte ängstlich gespannt. Aus Höflichkeit versuchte Emily, nicht auf die teigig weiße Stirn zu schauen, die vernarbt und auf einer Seite eingedellt war. Ein blondes Haarbüschel stand vom Oberkopf des Mannes ab wie eine Feder.

»Ich bin Harold Cook.«

Wie konnte ein Mensch so ernst lächeln? »Ja?«

»Sind Sie Mrs Emily Carr, die Malerin?«

Nein, die war sie nicht. Nicht mehr. »Miss Carr.«

»Ich bin Mr Cook.«

Er griff in seine Jackentasche und zog einen Umschlag hervor. Ein Zeitungsausschnitt flatterte heraus. Er stieß einen leisen Schrei aus und versuchte hektisch, das Zettelchen wieder einzufangen. Sein einer Fuß war im Sprunggelenk einwärts gedreht und behinderte ihn. Er entfaltete ein knittriges Blatt Papier und räusperte sich.

»*Lieber Mr Cook.* Das bin ich. Mr Harold Cook. *Danke für Ihren freundlichen Brief wegen meiner Arbeiten bei* Island Art & Crafts. *Offenbar können Sie mit den dargestellten Orten und den Totem-Motiven etwas anfangen. Ja, ich habe noch mehr Bilder. Sie können sie in meinem Atelier, Simcoe Street 646, besichtigen, falls Sie nicht vorhaben, mir mit dem üblichen Kunstgeschwätz zu kommen. Mit besten Grüßen.*« Seine Stimme rutschte eine Oktave höher. »*Mit besten Grüßen, Emily Carr. Ende.* Sie sind Emily Carr. Ich bin Harold Cook.«

Nein, er war kein Gitksan. Und ein Kind war er auch nicht. »Kommen Sie doch herein.«

Er stolperte durch die Tür und stieß sich die Schulter am Türrahmen. Sobald er ihre Totembilder sah, wurde er ganz rot im Gesicht. »Oh! Oh!«

Emily zog noch ein paar Bilder hervor. Er bewegte sich seitwärts von einem zum anderen, schwankend und unter unverständlichem Gemurmel. Zwischendurch nickte er immer wieder mit dem Kopf. »Kitwanga«, stieß er hervor und zeigte auf eins der Bilder. Es *war* Kitwanga. »Kitsegukla«, sagte er und zeigte auf ein anderes. »Wo die Lachse erwachen.« Wieder richtig. »Kispiox.«

Ein Seufzen, das aus den Zehenspitzen durch seinen ganzen Körper aufzusteigen schien.

»Sie sind dort gewesen? Sie kennen diese Orte?«

Cook sah Emily mit feuchten Augen an. Sie sog seinen Anblick auf, um später auf die Erinnerung zurückgreifen zu können, wie schön es war, wenn jemand ihre Bilder voller Bewunderung betrachtete.

Er ließ sich vor *Kispiox* auf den Fußboden sinken. »Ich habe in Kispiox gewohnt.« Tiefer Schmerz jetzt in seiner Stimme. »Mein *Illahee.*« Sein Kinn zitterte. »Ich habe gedacht, ich würde es nie wieder sehen. Der Totempfahl da ist Adler-der-das-Leid-kennt.« Er schaukelte mit dem Oberkörper vor und zurück und zupfte geistesabwesend an seinen verrutschten Socken. »Sein langer Schatten ist immer durch das Dorf gekrochen. Ich habe an seinem Fuß gespielt. Ich habe gesehen, wie die Risse im Holz voll Schnee waren.«

»Ein weißer Junge in einem Gitksan-Dorf? Wann?«

»Bevor sie mich weggeschickt haben.«

Sein verzerrtes Gesicht hielt Emily davon ab weiterzufragen.

»Der Pfahl ist gleich beim Aufstellen gesprungen. Es gab einen lauten Knall.« Ein Schauder schüttelte seine Schultern. Er formte mit den Armen einen Kreis. »Großer Potlatch. Ich durfte nicht hin. Schlimme Prügel.«

»Was bedeutet *Illahee*?«

Er zupfte an seiner zerknitterten Kleidung herum. Die entstellte Stirn unter dem zitternden strohfarbenen Haar zog sich noch mehr zusammen. Den Blick auf *Kispiox* geheftet, antwortete er: »Land, das Trost spendet.«

Cook stand abrupt auf, als wäre ihm der Anblick zu viel. »Ich muss jetzt gehen.« Er schob sich rückwärts zur Tür hinaus, sah noch möglichst lange hin, drehte sich dann um und polterte die Treppe hinunter.

Seine Intensität brachte Emily ganz durcheinander. Konnten nur solche Leute ihre Bilder lieben? Leute, bei denen man schnell wegsehen würde, wenn sie einem auf der Straße begegneten? Sie schaute wieder die Bilder an. Sie waren schön – für Dr. Newcombe und jetzt, vier Jahre später, für einen weiteren Menschen. Sie schienen etwas zum Leben zu erwecken, das tief in diesem Mann steckte – und das auch in ihr schlummerte. Ihn so gebannt auf das Bild schauen zu sehen, als sprächen die Totems zu ihm, hatte in Emily etwas zum Schmelzen gebracht und das Verlangen geweckt, selbst diese starke Sprache zu hören.

Sie ging hinunter in den Keller und drückte einen dicken Strang konzentriertes Kadmiumrot in einen Rest ockergelbe Wandfarbe, dann Schwarz in eine andere Dose. Sie rührte, bis ihr der Arm wehtat. In ihrem Dachbodenschlafzimmer lag sie kurz darauf auf dem Rücken, studierte die raue Dachunterseite, entschied, wohin die Schwingen sollten, wie sich die Köpfe einander zuwandten. Kein italienisches Fresco, nur ihr geheimes Deckenbild. Sie skizzierte mit einer Inbrunst, die sie seit Jahren nicht mehr gekannt hatte – die breiten Schultern, die Krummschnäbel, die stilisierte indianische Darstellung von Gefieder durch U-förmige Bögen. Dann zeichnete sie mit Kohle auf der Holzschräge vor. Mit genüsslich langsamem Pinselstrich, die ganze Nacht hindurch, malte sie zwei einander zugewandte mächtige Adler auf das Holz. *Zwei-Adler-die-das-Leid-kennen.*

Ein paar Tage später stand Harold wieder vor der Tür. Er streckte ihr eine Adlerfeder hin. »Die ist für Sie, Miss Emily Carr.«

Sie merkte, dass seine blassblauen Augen anbetend an ihr hingen. Es war komisch, aber auch ein bisschen peinlich.

»Oh, danke, Harold. Sie ist wunderschön.« Es freute sie, dass er nicht angenommen hatte, sie würde dieses Geschenk für wertlos halten.

»Darf ich bitte die Bilder sehen?«

»Natürlich.«

Er saß fast den ganzen Nachmittag im Schneidersitz vor *Totemmutter, Kitwancool*, schaukelte verzückt mit dem Oberkörper und streichelte geistesabwesend André – ganz in das Lächeln der Mutter versunken. »Sie sind eine Hailat. Eine Person mit Geisterkraft in den Händen.«

Emily fühlte sich ganz euphorisch. Dann, wie ein schneller Pinselstrich, mengten sich Schuldgefühle in die Euphorie. Kraft – wozu?

Harold zog die Schultern hoch, fischte einen Zeitungsausschnitt aus seiner Brusttasche und begann vorzulesen. Emily hatte das deutliche Gefühl, dass er es geprobt hatte. Es war ein Artikel über eine Gruppenausstellung bei *Island Art & Crafts*.

»*Miss Carrs Werke sind da entschieden anderer Natur. Nicht einmal der patriotischste Ire dürfte jemals Gras von einem solchen Grün gesehen haben, wie es ihre Bretagne-Bilder zeigen. Die Blau- und Rottöne von Alert Bay sind nicht minder grell, aber immerhin demonstriert* ein *Bild von einem französischen Kanal den postimpressionistischen Stil der Künstlerin in etwas weniger aggressiver Form. Für die Grotesken, die sie zur Kunst erhebt, gilt: Je weniger Worte man darüber verliert, desto besser.*«

Er stolperte beim Lesen über *postimpressionistisch* und *Grotesken*, das er zudem falsch betonte, las aber in so stolzem Ton, als handele es sich um ein eindeutiges Kompliment. Emily musste lachen.

»Diese Ausstellung war vor einem Jahr. Warum sind Sie nicht eher gekommen?«

»Konnte nicht.«

Er schien irgendein schreckliches Geheimnis zurückzuhalten. Seine Angst, es zu offenbaren, traf sich mit ihrer Angst, es zu hören. Dennoch wollte sie wissen, was ihn an den Bildern so ergriff. Sie lud ihn zum Abendessen ein. Während sie zwei Koteletts briet, zog er ein Buch aus dem Stapel auf ihrem Arbeitstisch und las darin. Beim Essen benutzte er ausgiebiger die Hände, als es in formellerer Gesellschaft akzeptabel gewesen wäre. Emily tat, als würde sie es nicht merken.

»Wie kommt es, dass Sie in Kispiox aufgewachsen sind?«

»Meine Eltern waren Missionare.« Er starrte mit ausdruckslosem Gesicht auf seinen Teller. »Aber ich muss jetzt los.« Harold stand so hastig auf, dass sein Stuhl hintenüber fiel. »Sie werden sonst böse.«

»Ihre Eltern?« Ob Lizzie sie wohl kannte?

»Nein.«

»Kommen Sie noch kurz mit nach oben, Harold. Ich muss Ihnen etwas zeigen.«

Sie nahm die Petroleumlampe und führte ihn die Dachbodenstiege hinauf. Als er im flackernden Licht die Adler über sich schweben sah – mit ausgebreiteten Schwingen, das Gefieder u-förmige Bögen –, blieb ihm der Mund offen stehen. Er entdeckte an der Wand die Adlertrommel, die sie in Alaska gekauft hatte.

»Ein Tom-Tom«, flüsterte er ehrfürchtig.

Sie gab ihm die Trommel in die Hände. Er hielt sie, als könne sie kaputtgehen, wenn sie hinunterfiel. Die Ader, die zu der Delle in seiner Stirn führte, pulsierte. Was war ihm nur Schreckliches widerfahren?

Emily führte seine eine Hand zu den gekreuzten Riemen auf der offenen Rückseite der Trommel und drückte ihm den Schlägel in die andere. »Nur zu.«

Sachte ließ er den Schlägel auf das Fell fallen. Ein satter, warmer Ton erfüllte den Dachbodenraum. Er warf Emily einen Blick zu, der von Erinnerungen gequält zu sein schien, und hielt ihr die Trommel wieder hin, als fürchte er deren Macht.

»Sie können die Trommel ruhig behalten. Nehmen Sie sie mit.«

Seine blauen Augen weiteten sich, ein wildes Feuer flackerte in ihnen.

29 Gras

Emily drehte die Zeitung neben ihrem Frühstückstoast um. Sie wollte sie nicht sehen, diese armen, ausgemergelten Männer in den belgischen Schützengräben, sie wollte nicht an ein bestimmtes unrasiertes Gesicht denken, sich nicht fragen, wie seine Farm in Saskatchewan ohne ihn über die Runden kam, ob er den nächsten Tag überlebt hatte oder tot in einem stinkenden Graben lag, grotesk verrenkt, die Lunge von Senfgas verbrannt. Starben bei Verdun auch Vögel? Wie kam Fanny zurecht? Und Gibb? Ihre Briefe an die beiden waren Monate später zurückgekommen: unzustellbar. Wer konnte sich auf die Kunst konzentrieren, während Armeen aufeinander zumarschierten?

Draußen hob Mrs Pixley, in Morgenrock und Pantoffeln, zögernd ihre Zeitung auf, als hätte sie Angst, etwas zu erfahren, und Angst, nichts zu erfahren. Ein paar Minuten später tat Agnes Smythe das Gleiche. Dann verstummte das ganze Haus. Kein Gespräch, nicht einmal Schritte oder das Rauschen eines Wasserhahns. Die Mieter nahmen den Geschützdonner Europas in völliger Stille auf. Emilys Messer, das nahezu durchsichtiges Traubengelee auf Toast verstrich, klang monumental.

Sie schob ihren Frühstücksteller weg, steckte die Füße unter Billy, der wie ein zotteliger schwarz-weißer Teppichhaufen dalag, und begann zu schreiben.

20. Februar 1917
Liebe Jessica,
ich vermisse dich schrecklich. Ist es wirklich schon ein Jahr her, dass wir uns das letzte Mal gesehen haben? Ach, was für traurige Zeiten. Kein Mensch hier, mit dem man über Kunst reden könnte. Kaum passable Leinwand. Ich komme mir so idiotisch vor, aus so vielen Gründen! Dieses kleine Apartmenthaus hat nur einen Dauermieter: die Einsamkeit. Um über die Runden zu kommen, musste ich das Apartment neben meinem in drei küchenlose Zimmer unterteilen, also bekoche ich jetzt Pensionsgäste. Einen Schritt vorwärts, zwei Schritte zurück. Ich bin wie erschlagen vor Müdigkeit. Bitte, komm zu einer Malstunde oder um dir Kritik abzuholen oder einfach nur auf ein ganz altmodisches Gespräch, aber lass uns versprechen, nicht über Kriegsnachrichten zu reden. Wir werden im Beacon Hill Park malen. Sei darauf gefasst, eine Tonne mit Haarnetz vorzufinden. Komm bald.

Deine schlappe alte Freundin
Emily

Zwei Wochen später stand eine lächelnde Jessica vor der Tür, die roten Haare von grauen Strähnchen durchzogen, die Augen so grün wie eh und je. Sie streckte Emily einen Strauß Narzissen entgegen. »Frisch vom Fähranleger.«

»Was für ein wohltuender Anblick! Ich meine dich. Die Blumen sind auch sehr schön.« Emily stellte Tee und Brötchen und die Marmelade von Lizzie auf den langen Tisch, der als Ess- und Zeichentisch diente. »Schieb die Bücher da einfach weg.«

Jessica musterte die Bücher, während sie sie beiseite legte: kulturanthropologische Studien über nordwestliche Küstendörfer, die Bibel, Emilys Tagebücher, Whitmans *Grashalme*, Emersons Essays, auf denen mit einem Malpinsel »Autarkie« vermerkt war. »Komische Mischung«, sagte sie.

»Da tun sich einem doch wenigstens herrliche Gedankenwelten auf.«

»Bist du hier glücklich?«, fragte Jessica.

Emily verzog den Mund. »Ich habe manchmal schreckliche Sehnsucht nach der Wildnis und den Menschen dort. Sie sind Außenseiter wie ich, also haben sie mir etwas zu sagen. Ich werde nicht wirklich glücklich sein, ehe ich nicht weiß, was das ist.«

»Warum gehst du nicht wieder in den Norden?«

»Ach, Jess, ich fühle mich wie eine Schnecke mit diesem grässlichen Apartmenthaus auf dem Buckel. Erzähl mir lieber von deinen Töchtern.«

»Du würdest sie nicht wiedererkennen. Megan ist verlobt – mit einem Soldaten.« Jessicas perfekte Fingernägel trommelten nervös auf dem Tisch. »Schon über zwei Monate seit seinem letzten Brief ...«

»Das ist eine lange Zeit, wenn man wartet.« Emily bedeckte Jessicas Hand mit ihrer und schwieg für einen Augenblick. »Wie wird Megan damit fertig?«

»Sie weint in den sonderbarsten Momenten. Kann sich nicht konzentrieren. Ich möchte den beiden ein Bild kaufen. Als Hochzeitsgeschenk.«

»Das musst du nicht.«

»Aber ich will's! Es wird ihr viel bedeuten, dass es von dir ist.«

»Wenn sie sieht, dass du ihnen ein Bild zur Hochzeit gekauft hast, weiß sie, dass du fest an seine Rückkehr glaubst.«

»Ja, das ist gut. Zeig mir deine neuesten Bilder. Zeig mir das Bild, das noch feucht ist.« Ihre Stimme, ihr Lächeln, ihre Augen waren voller Erwartung.

»Da kann ich dir nichts zeigen. Ich habe in letzter Zeit nichts gemalt, nichts wirklich Gutes.«

Emily zuckte zusammen, als sie Jessicas vorwurfsvolle Miene sah. Sie spielte an ein paar eingetrockneten Pinseln herum, die in einem Marmeladenglas standen, brach die Starre der Pinselhaare. »Manchmal stelle ich bei *Island Art & Crafts* aus. Diese alten Giftspritzen hängen mich immer so hoch, dass nur eine Giraffe die Totems auf Augenhöhe betrachten könnte, oder sie verbannen mich in den dunklen Gang zu den Toiletten. Es ist ihnen peinlich, wenn die Presse meine Bilder als *Grotesken* bezeichnet, *die ich zur Kunst erhebe*. Sie finden meine Sachen krankhaft. Ich könnte ihnen den Hals umdrehen.«

»Halsumdrehn«, murmelte Joseph. »*Aaaak.*«

»Du willst doch wohl nicht behaupten, dass ich extra hier herübergekommen bin, nur um feststellen zu müssen, dass du das Einzige, was dir je wirklich wichtig war, aufgegeben hast?«

»Es war ja nicht so geplant. Ich kann nur den Böden nicht beibringen, sich selbst zu wischen, und Hilfe kann ich mir nicht leisten.« Emily sah Jessica nach Farbe unter ihren Fingernägeln forschen und krümmte die Finger. »Red nicht so, als wäre es für immer.«

»Wie lange ist dein letzter Malschub her? Ein Jahr? Zwei?«

»Länger. Was erwartest du, wenn ich die Einzige bin, die glaubt, dass meine Bilder etwas taugen?« Brennende Scham. Und Harold? »Ohne Arbeit bin ich kein ganzer Mensch. Selbst ohne Freunde könnte ich ganz sein – solange ich arbeiten würde.«

»Na ja, dann liegt die Lösung doch auf der Hand, oder? Ist es der Krieg, Emily?«

»Hast du nie Phasen, in denen das Leben so schwer auf dir lastet, dass du nicht malen kannst?«

»Nein. Ich habe Phasen, in denen ich so durch und durch *glücklich* bin, dass ich nicht malen kann. Dann fehlt mir die Distanz. Aber das macht nichts. Wenn ich aufhören würde zu malen, wäre das für die Welt kein Verlust, aber bei dir … Bringt Talent nicht die Verpflichtung mit sich, es zu nutzen? Willst du einfach austrocknen?«

Sie war schon ausgetrocknet. Wie ein Fluss während der Sommerdürre.

»Vielleicht hat die Kreativität ja Zyklen. Bären halten Winterschlaf. Das Meer zieht sich zurück, ehe die Flut wiederkehrt. Selbst der Mond verschwindet. Auch Dzunukwa stirbt für eine Weile.«

»Aber sie steht wieder auf.«

»Wenn sie so weit ist. Ich bin's nicht. Da ist etwas, was ich noch nicht gelöst habe.«

»Was?« Jessicas Stimme war jetzt sanfter.

»Ich weiß nicht, wie ich es ausdrücken soll.«

Jessica fuhr mit der Fingerspitze den Rand ihrer Teetasse nach. »Brauchst du denn nicht das Auge der Öffentlichkeit auf deinen Werken?«

»Ich hasse dieses Winseln um Anerkennung. Das ist ein Fluch.«

»Ja, und das Ergebnis steht dir ins Gesicht geschrieben – der Schmerz des Sich-nicht-Ausdrückens. Und weißt du, warum? Weil du beleidigt bist. Weil du deine Verletzungen hegst und pflegst und dich von ihnen lähmen lässt. Weil du dir von Ignoranten, die du nicht ausstehen kannst, das Wasser abgraben lässt und die Menschen, die dir wichtig sind, vergisst.«

»Bist du hergekommen, um mir das zu sagen?«

»Nein, ich bin hier, um mit dir zu malen! Vergiss die ganze Sache mit der Anerkennung!«

»Das Einzige, was meiner Arbeit einen Sinn gibt?«

»Ach, Em, vergiss es. Male, weil du das Malen liebst und weil *du* weißt, dass deine Bilder voller Leben und Kraft und Bedeutung sind.«

Emily seufzte müde. »Das hat neulich noch jemand gesagt, allerdings mit anderen Worten. Ein seltsamer, netter Kind-Mann. Aber irgendwas stimmt mit ihm nicht.« Sie fasste sich an die Schläfe. »Das sind die Leute, denen meine Bilder gefallen. Keine Parlamentsabgeordneten, sondern Außenseiter wie ich.«

Jessica lächelte mitfühlend. »Und was bin ich?«, frotzelte sie. »Darf ich mir jetzt ein Bild aussuchen?«

»Schau den Stapel Aquarelle dort durch und die Ölbilder, die an der Wand lehnen.«

Jessica ging langsam im Raum umher und studierte alles, selbst Tantrums Schlafkiste und die Käfige, die Joseph, Susie und die Finken beherbergten. »Machst du jetzt einen Zoo auf?« Sie lachte leise und streichelte einen Keramikfrosch. »Ich wusste gar nicht, dass die Stämme hier auch Keramiken machen.«

»Sie nicht, aber ich. Eine tröpfelnde Einnahmequelle. Ein ehemaliger Mieter verkauft die Sachen im Empress Hotel und in Banff. An Touristen.«

»Die sind wunderschön.«

»Nein, Jessica. Das ist albernes Zeug. Falsch.«

Jessica betrachtete eine totemförmige Rabenvase und griff dann nach einem runden Tontopf mit Sophies Lachsmuster auf der bauchigen Wand. Er glitt ihr aus der Hand und krachte auf den Boden. Scherben und Strandkiesel flogen durchs Zimmer. Jessica schrie auf. Tantrum bellte. Joseph kreischte. André rannte nach oben. Billy blinzelte nur.

»Ach – das tut mir ja so Leid! Ich habe nicht geahnt, dass er so schwer ist.«

Der Lachskopf lag in einem Stück am Boden. »Ist ja nur Dreck«, brachte Emily heraus und hob den Lachskopf auf. »Ich schäme mich, dass ich so was überhaupt mache.«

Jessica sah sie an. »Warum?«

»Das weißt du genau.«

Jessica schüttelte den Kopf.

Emily schnappte sich einen Besen und fegte mit vehementen Bewegungen. »Es kommt aus dem falschen Ort in mir. Ich fühle mich dabei wie ein Totemdieb.«

»Das ist keine Entschuldigung dafür, nicht zu malen.«

Emily kippte die Scherben und Kiesel in einen metallenen Mülleimer. Das laute, endgültige Geräusch gefiel ihr.

»Such dir einen anderen aus, der dir gefällt. Für Megan – von mir.«

»Nachdem ich schon einen kaputtgemacht habe?«

»Vergiss es. Die sind alle miteinander keinen Pfifferling wert.«

Jessica stand mitten im Zimmer und drehte sich suchend im Kreis.

Emily lachte. »Du siehst aus, als ob du in einer Pfütze stehen würdest und nicht wüsstest, wie du da wieder rauskommen sollst.«

»Was ist aus dem Haida-Bild geworden, du weißt schon, das mit den beiden Wächtervögeln?«

»Verkauft«, sagte Emily verlegen. »An Dr. Newcombe. Und noch sechs andere Bilder.«

»Worüber beschwerst du dich dann?«, rief Jessica empört, und Joseph kreischte ebenfalls los.

»Er hat mich eine Menge über indianische Kultur gelehrt.«

»Ja! Ein Sammler! Ein gebildeter Mensch. Manchmal bist du so was von anspruchsvoll, launisch, verdreht –«

»Nörgelig, vergiss das nicht. Und streitsüchtig.« Emily zeigte auf einen Stapel an der Wand lehnender Bilder. »Aussuchen!«

»Aaah!« Jessica warf die Arme hoch.

Sie wählte die Rabenvase und ein ungerahmtes Ölbild auf Holz: Alert Bay mit einem Kanu im Vordergrund. »Das wird Megan gefallen. Weißt du noch, wie du mit den Kindern aus dem Kurs Kanus malen wolltest?« Jessica öffnete ihre eigene Mappe und breitete ihre Aquarelle auf dem Fußboden aus. »Bekomme ich jetzt deine Kritik?«

Eine Stunde lang brüteten sie über den Bildern, bis Emily schließlich Pinsel, Aquarellfarben und ihr billigstes Papier zusammensuchte. Ihren Pensionsgästen stellte sie ein kaltes Mittagessen bereit und packte ein, was übrig war. Unten legte sie alles in einen braunen Kinderwagen und hob auch Tantrum hinein.

Jessica lachte. »Ein Kinderwagen?«

»Damit karre ich Ton von den Klippen hierher. Eine Mieterin hat ihn dagelassen, als sie abgehauen ist, weil sie nicht mehr zahlen konnte. Brauchst du vielleicht ein Paar alte Schuhe? Eine Bratpfanne? Bücher? Eins davon ist ein richtiger Schatz. Von einem Landsmann von dir. *Grashalme*. Warte mal kurz.«

Emily ging noch mal hinauf, um das Buch zu holen, und warf es ebenfalls in den Kinderwagen. Billy arbeitete sich mühsam die Treppe hinab, schaffte es aber immerhin, die paar Blocks bis zum Park mitzuhalten.

Sie stellten ihre Staffeleien so auf dem Rasen auf, dass sie den Wald im Blick hatten. Es war ein herrliches Gefühl, Seite an Seite mit einer Freundin Pinselschwünge zu setzen, aber der Beacon Hill Park genügte ihr nicht mehr. Nach zwei Studien spülte sie ihre Pinsel aus und machte das Picknick zurecht.

Jessica kaute auf ihrem Pinselstiel. »Du bist nicht zufrieden, nicht wahr?«

»Woher weißt du das?«

»Wenn ich so malen könnte wie du, wäre ich damit nicht zufrieden.«

»Ich komme von den indianischen Motiven nicht los. Irgendwie brauche ich sie. Allein, ohne die Hilfe von Totemwesen, finde ich in den Wäldern nichts Spirituelles.«

»Das ist wohl der tiefere Grund, warum du aufgehört hast.«

»Ein Grund, ja.« Emily klatschte die beiden Aquarelle mit den Farbseiten aneinander und riss sie mittendurch.

»Em! So habe ich es nicht gemeint!«

»Es liegt nicht an dir. Es liegt an mir. Ich suche und suche, aber …« Sie strich leicht übers Gras, genoss das Kitzeln an der Handfläche.

»Liest du deshalb zurzeit Gedichte?«
»Ach, was für eine Seele, dieser Whitman. Hör mal.«

> Die wahren Worte sind in Erdreich und Meer ...
> Glaubtest du, dies seien die Worte, diese köstlichen Laute
> Aus deiner Freunde Mündern?
> Nein, die wahren Worte sind köstlicher als sie.

»Siehst du? Man muss es woanders suchen als bei Menschen.«

> Die Meister kennen die Worte der Erde und gebrauchen
> Sie mehr als hörbare Worte ...
> Die Erde rechtet nicht ...
> Macht keine Unterschiede, geht niemals fehl,
> Verbirgt nichts, verweigert nichts, schließt keinen aus.

Emily biss in einen Apfel, fragte sich, wie sie besser auf die Botschaften des Mooses, der Bäume und Gräser horchen konnte. Sie las die nächste markierte Passage still für sich.

> Schafft weiter, Geschlecht auf Geschlecht, nichts geht verloren,
> Es mag lange warten müssen, doch sicherlich wird es Verwendung finden.

Wann?

Sie gingen über die Dallas Road zurück, um die Küstenlinie sehen zu können. In die Geräusche des Meeres und der Möwen mischte sich ein stetes, immer lauter werdendes Trommeln. Rauch wehte landeinwärts.

»Vielleicht lagern hier irgendwo Songhees«, sagte Emily.

Sie sahen sich verwundert an und gingen zum Klippenrand, von wo sie den Strand sehen konnten. Eine einsame Gestalt tanzte um ein Feuer, taumelte, stolperte über ihren verkrüppelten Fuß, schlug eine Trommel. Ihre Trommel. Seine jetzt. Ihm fehlte nur noch eine Adlerfeder, aber die hatte er ihr geschenkt.

»Ein Weißer. Was meinst du, was er da macht?«, fragte Jessica. »Will er die Indianer veräppeln?«

»Nein. Er tut so, als ob. Das ist der Mann, dem meine Bilder gefallen haben.«

Ernüchtert fasste Emily Jessica am Arm und führte sie weg. Jessica schaute sie fragend an.

»Sieh nur, wie sich diese mächtigen Äste wiegen«, sagte Emily, um das Thema zu wechseln. »Der Wind macht alles lebendig. Und wie die grünen und blauen Schatten dort unter den Bäumen tanzen, wie Licht und Dunkel Fangen spielen. Ohne Bewegung ist ein Motiv tot. Schau doch!« Sie drückte Jessicas Arm.

Jessica kniff ein Auge zu. »Wie malt man den Wind?«

»Ach! Indem man die Bäume sich biegen und die Äste tanzen lässt. Indem man mit dicken, kräftigen Pinselstrichen malt.« Emily zog mit dem Arm Kurven durch die Luft. »Der Wind verbindet alles zu einem einzigen herrlichen Fließen.«

Ein durchtriebenes Lächeln breitete sich langsam über Jessicas Gesicht aus. »Du wirst wieder an die Arbeit gehen. Ich weiß es. Jetzt kann ich unbesorgt nach Hause fahren.«

30 Camassie

Emily streute gerade einem Taubenpärchen, das sich in ihrem Garten einquartiert hatte, Brosamen hin, als Harold mit schwerfälligen, hinkenden Schritten den Gehweg entlangkam. Er schwenkte eine braune Papiertüte.

»Hallo, Harold. Hören Sie mal.« Sie zeigte auf die Tauben. »Ich bin ganz verzückt von ihrem sanften Gurren.«

»*Ich bin zufrieden – schaue, tanze, lache, singe*«, sagte er.

»Kommt mir bekannt vor.«

»Ihr Buch. *Grashalme.*« Er grinste vor Freude über die gelungene Überraschung. »Das Gedicht heißt ›Walt Whitman, ein Amerikaner‹.« Er schwenkte wieder die Tüte. »Samen für den Garten. Garten für die Samen.«

In seinen ausgebeulten Hosen und den abgeschubberten Schuhen, mit dem abstehenden Haar um den Wirbel wirkte er wie ein kleiner Junge. Sie gingen nach hinten in den Garten.

Emily hatte das zaghafte Nahen des Frühlings verfolgt: hier nur ein paar Blätter, die sich entfalteten, da nur ein blasses Sonnenfleckchen – als fürchte er, verfrühten Jubel zu wecken. Doch schließlich konnten die Pflanzen sich nicht mehr zurückhalten und taten ihr Bestes, alle sonstigen Mängel der Welt wettzumachen. Leuchtendes Limettengrün spross entlang des Zauns, eine fröhliche Fransenborte.

»Sehen Sie nur, diese gelben Wildlilien, die Hurra schreien, nur weil sie leben.«

Harold vollführte ein torkelndes Tänzchen, um die Bewegung der Pflanzen im Wind nachzuahmen, taumelte über seinen einwärts gedrehten Fuß. Seine Gegenwart machte die Welt eine Nuance unschuldiger, genau wie die Tauben. Als sie auf allen vieren die Erde lockerten, spürte Emily seine Zufriedenheit und auch ihre eigene. Zwischendurch krabbelte er immer wieder zu Billy hinüber, der unterm Ahornbaum lag, und tätschelte ihn.

»Das ist gut. Das mag er«, sagte sie.

Sie grub mit dem Finger Löcher, Harold ließ die Samen hineinfallen, sie deckte sie zu. »Jetzt wird die Erde Trost spenden«, sagte sie.

Er sah sie mit gequälten Augen an. Seine hängenden Schultern trugen eine erdrückende Last. »Illahee«, flüsterte er.

»Wenn ich an eins glaube, Harold, dann an das allgegenwärtige Wachstum. Nichts kann die Kraft abtöten, die den Stein spaltet, damit er einen winzigen Keimling durchlässt.«

Er tätschelte die Erde so sanft, dass er sie kaum zu berühren schien. »Die Samen brauchen Wasser.«

Sie erhoben sich gleichzeitig. Er taumelte in ihre Richtung, stieß gegen ihre Schulter und brachte sie aus dem Gleichgewicht. Sie fielen beide hin, ein Gewirr aus Armen und Beinen.

»Tut mir Leid, tut mir Leid, tut mir Leid«, murmelte er.

»Ach.« Sie rappelte sich hoch. »Ist schon gut. Ich verliere auch oft das Gleichgewicht.«

»Wirklich?«

»Bereitet Ihnen Ihr Fuß Schmerzen?«

Er gab nur einen Grunzlaut von sich.

»Ihr Knöchel?«

Er zog eine Schnute. Wenn das ein Ja war – was in aller Welt trieb ihn dann dazu zu tanzen?

»Wie ist es passiert?«

»Mein Vater hat seinen Schlangengeist ausgeschickt, damit er mich stolpern lässt.«

»Erzählen Sie, wie es wirklich war.«

Harold ließ den Kopf hängen. »Ich bin in eine Wildfalle geraten, und die hat mir das Fußgelenk gebrochen. War kein Arzt da, um es zu richten.«

»Wie lange ist das her?«

Er zuckte die Achseln. »Ich war noch ein Junge. In Kispiox.«

»Hat Ihr Vater Sie denn nicht irgendwo hingebracht? Nach Fort Rupert?«

Er schüttelte den Kopf. »Und warum verlieren Sie das Gleichgewicht?«

Er hatte das Recht, ihr diese Frage zu stellen.

»Ein Unfall mit einer Kutsche. Ein schneidewütiger Londoner Chirurg befand, dass mein großer Zeh amputiert werden müsse.«

Emily zog den Schuh aus und wackelte unterm Strumpf mit den übrigen vier Zehen. Harold sah aus, als kämen ihm gleich die Tränen. Er schaukelte mit dem Oberkörper.

»Wenn wir etwas nicht mehr haben, müssen wir es ausgleichen, das ist alles. Wir müssen unser Gleichgewicht auf andere Art finden.«

»Tut mir Leid für Sie.«

»Und Ihre Stirn?«, fragte Emily so taktvoll wie möglich.

Er grub alle zehn Finger in die Erde, als wolle er sich verankern, und schüttelte langsam, kaum merklich, den Kopf.

Sie war die ganze Nacht wach gewesen, hatte Billy behutsam gebürstet und ihn an all das erinnert, was sie zusammen erlebt hatten: an die Indianerdörfer, in denen sie gewesen waren, daran, wie sich das Moos in Tanu angefühlt, wie es in dem Grabhaus in Kitwancool gerochen hatte. Er folgte ihren Bewegungen mit den Augen, bis ihn eine Motte ablenkte. Selbst mit ihrer Hilfe war er die Dachbodenstiege nicht mehr hinaufgekommen, also war sie unten im Atelier geblieben, hatte ihm gesagt, wie lieb sie ihn habe, hatte sich selbst eingeredet, dass sie es schon schaffen würde. Gemeinsam hatten sie zugesehen, wie das schwarze Fensterquadrat grau wurde.

Es war Zeit. Höchste Zeit. Sie hatte gewollt, dass er noch einen ganzen Sommer erleben würde, aber jetzt war erst Ende Juni, und mehr konnte sie nicht verantworten.

Einem Tierarzt konnte sie es nicht überlassen. Am Sonntag würde sich keiner finden. Harold zu bitten wäre nicht fair. Panik packte sie. Sie würde es selbst tun müssen.

Der Allmächtige stellte sie auf die Probe. *Mal sehen, wie stark sie ist*, sprach er grinsend zu sich selbst. Natürlich zu sich selbst. Das immerhin konnte sie sich von Gott vorstellen – sein Alleinsein.

Emily schnappte sich ihre Handtasche, nahm die Abkürzung durch die Gärten, überquerte den Weg, passierte Alices Schulhaus und betrat das Haus ihrer Schwestern durch die Hintertür. Im Obergeschoss zog sie Vaters Kommodenschublade auf. Da lag noch immer, zwischen seinen Taschentüchern, der blauschwarze Lauf. Daneben ein Päckchen Patronen. Sie nahm beides an sich.

»Was, um Himmels willen, machst du da?«

Emily fuhr herum und sah Lizzie in der Tür stehen. Sie hatte sich schon für die Kirche fertiggemacht und war ganz weiß vor Schreck. Emily steckte die Pistole in ihre Handtasche.

»Es geht um Billy. Keinen Tag länger. Ich muss es tun.«

»Das ist nicht dein Ernst.«

»Es war eine schreckliche Nacht. Ich bringe ihn im Kinderwagen in den Wald.«

»Und was dann?«

Was dann? Sie wusste es nicht.

»Bring ihn doch zu dem Mann dieser Indianerin!«

»Jimmy Frank! Natürlich!«

Wenn er noch da war. Sie hatte Sophie über ein Jahr nicht gesehen.

»Wie willst du den Kinderwagen die Treppen auf der Fähre hinaufbekommen?«

»Ziehen, schieben, unter Deck bleiben, ich weiß nicht.« Wenn sie sich beeilte, konnte sie noch die Neun-Uhr-Fähre erreichen und dann mit der Nachtfähre zurückkommen.

»Ich helfe dir. Ich komme mit.«

»Nein. Ich gebe ihm ein bisschen Hammelfleisch zum Frühstück. Danach kannst du mir helfen, ihn die Treppe hinunterzuschaffen.«

Auf dem Rückweg durch die Gärten hasste sie sich dafür, dass sie so lange gewartet hatte. Die Treppe nach draußen würde eine Qual für ihn sein. Er fraß. Darüber war sie froh. Als sie seine Hüften anhob, um ihm aufzuhelfen, knickten die Hinterbeine weg. Sie wartete auf Lizzie, die ihn an den Schultern anhob, während Emily sein Hinterteil hochhievte, und zusammen schleppten sie ihn nach unten. Emily schob den Kinderwagen neben ihn. »Andersrum – damit er rausgucken kann«, sagte sie. Billy ließ ganz locker, als ob er ihnen helfen wollte, doch dann stieß seine Vorderpfote gegen den Griff und brachte den Wagen ins Rollen, sodass sie samt dem schweren Hund hinterherrennen mussten. Es hätte komisch sein müssen, doch es war nicht komisch.

Mit einem mitleidigen Lächeln berührte Lizzie Emily am Arm. »Er führet dich zum frischen Wasser.«

»Danke.« Ausnahmsweise beneidete sie Lizzie um ihren Glauben.

Alice kam atemlos angerannt. »Ich war noch nicht angezogen, als Lizzie es mir gesagt hat. Ich habe gehofft, dass du noch nicht weg bist.«

Sie ging langsam auf den Kinderwagen zu, vergrub das Gesicht an Billys Hals, weinte vielleicht ein paar Tränen in sein langes Fell. Dann richtete sie sich wieder auf.

»Er wird dich den ganzen Weg angucken, mit diesem wissenden, traurigen Blick. Soll ich mitkommen?«

»Nein, Alice. Du versäumst sonst die Kirche.«

»Ich komme mit! Lass mich noch eben meine Handtasche holen.«

»Nein. Das schaffe ich schon. Danke euch beiden.«

Als Billy auf der Fähre das Meer roch, lebte er ein wenig auf und öffnete die Schnauze, um den Wind zu schlucken. Auf der zweiten Fähre schien er schon zu wissen, dass es ins Reservat ging, wo noch mehr Gerüche auf ihn warteten. Als Kind, wenn sie sich in der Kirche langweilte, hatte Emily beobachtet, wie das Buntglasfenster Boden und Kirchenbänke mit Regenbogenfarben übergoss. So, hatte sie gedacht, muss der Himmel sein, ein Meer aus farbigem Licht. Für Billy musste der Himmel ein Meer aus Gerüchen sein – tote Fische, Tannen, Zedern, Stinkwurz, Seetang und Menschen.

Vor Sophies offener Tür brachte sie den Kinderwagen zum Stehen.

»Oh, Em'ly! Du bist wieder da!«, rief Sophie von der Schwelle aus. »Ich habe gebetet, dass du mich nicht vergisst.«

»Das würde ich nie tun.«

Die Zwillinge traten heraus. »Siehst du? Meine Kleinen. Emmie« – Sophie berührte sie an der Schulter – »und Molly. Vier Jahre jetzt.«

Emily ging in die Hocke, um mit den beiden zu sprechen. Molly war etwas kleiner. Emmie schielte immer noch. Hieß das, dass sie die Dinge verschwommener sah? Mit dem Blick einer Malerin? Als sich Emily wieder erhob, bemerkte sie die Müdigkeit auf Sophies Gesicht. Um die Mundwinkel bildeten sich Falten, und unter den Augen hatte sie dunkle Ringe.

Sophie blickte verwirrt zum Kinderwagen hinüber. Als sie näher herantrat und Billy sah, seufzte sie: »Oh, wie traurig, Em'ly. So traurig.« Sie tätschelte seinen Kopf. »Armer Billy-Hund.« Kummerfalten zeichneten jetzt ihr Gesicht, aber ihre Finger strichen über den braunen Stoff des Kinderwagens und verweilten auf dem Griff.

»Ist Jimmy da?«, fragte Emily.

»Nein. Er kommt gleich wieder. Er schaut sich Samuel Dans neues Motorboot an.«

»Ich hatte schon Angst, er wäre bei der Arbeit.«

»Er arbeitet zurzeit nicht viel, nur kleine Jobs im Hafen.«

Emily sah zu Billy hinüber. »Meinst du, Jimmy würde es tun?«

Sophie nickte. »Ich sage Mrs Johnson, sie soll ihn zur Wiese schicken, wenn er kommt. Dort ist es jetzt schön, alles ist voll Blumen. Das wird Billy gefallen.«

Emily ließ die Mädchen den Kinderwagen schieben, den Plankenweg landeinwärts. Am Ende der Planken blieben die Räder im weichen Boden stecken. Behutsam kippte Emily den Kinderwagen um, und Billy kroch langsam auf die Wiese. Seine Nase zog ihn voran, hinein in den Wirbel aus Sommerdüften, aber sein Hinterteil schleifte über das Gras. Schließlich gab er auf und blieb hechelnd liegen.

Er weidet mich auf einer grünen Aue, dachte Emily. Auf ihre Art hatte Lizzie ihr etwas gegeben.

Blaulila Camassien tüpfelten die Wiese, spendeten Trost. Emily flocht ein paar in Billys Fell, hinter sein linkes Ohr. Die Zwillinge kicherten und rannten los, um noch mehr Blumen zu pflücken. Sie wussten nicht, dass es ein trauriger Akt war. Molly machte eine Blumenkette und legte sie Billy um. Emmie fädelte die Stiele durch das Fell auf seinem Rücken, sodass das Blumenbüschel wie ein Pompon aussah. War es Billy lästig, oder erinnerte es ihn an einen alten heiligen Ritus? Da er die Mädchen gewähren ließ, dachte Emily, hatte er wohl nichts dagegen.

»Warum hast du ihn den weiten Weg hierher gebracht, zu Frank?«

»Er mag Billy.« Sie kraulte Billy unterm Kinn, seiner Lieblingsstelle. »Und er kennt den Tod.«

»Ein Hund für ein paar Jahre ist besser als gar kein Hund.«

Emily brachte ein Nicken zustande.

»Ich habe jetzt das Geld für Tommys Grabstein. Der Grabmann macht ihn mit einem Kreuz. Richtig christlich. Als Nächstes kommt Annie Marie dran. Also mache ich weiter Körbe.«

Eine gute Freundin würde jemanden mit einem so tiefen inneren Bedürfnis ermutigen, so wie Jessica sie ermutigt hatte. Aber wenn die Freundin das Unterfangen für vergeblich oder falsch hielt?

»Das ist gut, Sophie.«

»Zurzeit sind sie schwer zu verkaufen. Der Krieg wahrscheinlich. Er ist so schrecklich! Mir tun die Frauen hier Leid, die Söhne im Krieg haben. Margaret Dans Bruder ist in Frankreich. Sie wartet auf Nachricht.«

»Warten. Das ist alles, was wir tun können.«

»Du kommst nicht mehr zum Malen ins Reservat?«

»Ich würde gern. Aber nicht heute.«

»Hast du schon alle Totempfähle gemalt?«

»Nein. Manche habe ich noch nicht mal gesehen.«

»Du hast aufgehört?« Sophies Stimme wurde scharf. »Die dicken Männer in Victoria mögen sie auch nicht? Dann komm hierher. Hier lernst du, nicht aufzugeben.«

Sophies Empörung durchdrang Emily wie ein heißes Schüreisen. Jessicas Missbilligung hatte sie ja noch ertragen können, aber bei Sophie fiel ihr das schwerer, weil Sophie schließlich einer der Gründe gewesen war, warum sie überhaupt mit dem Projekt begonnen hatte. Jedenfalls hatte sie sich das eingeredet.

»Franks Bruder sagt, droben im Norden haben sie einen Pfahl abgesägt, als Brennholz.« Sophies Worte waren wie Stacheln.

»Nein, das glaube ich nicht.«

Sie legte die Hand auf Billys Flanke und fühlte lange Pausen zwischen seinen Atemzügen, als müsse er erst beschließen, ob er noch einen weiteren tun wollte.

Jimmy kam, und die Mädchen rannten ihm entgegen, um ihn an den Händen zu fassen. Er sah sofort, was los war. Mit einem sanften Lächeln sagte er: »Sophie hat Sie vermisst. Sehen Sie? Unsere Mädchen werden langsam groß.«

»Sie sind fröhliche Kinder, das merkt man.«

Sophie brachte die Kinder weg, in Richtung Dorf. Sie hüpften hinter dem Kinderwagen her. Emily würde ihn Sophie dalassen. Keine Tontransporte mehr. Der Lachstopf war Jessica aus der Hand gesprungen wie ein Lachs, der stromaufwärts schnellte, um zu sterben. Sie hatte Authentischeres zu tun.

Jimmy tätschelte Billy liebevoll und flüsterte ihm auf Squamish etwas ins Ohr. Als er sich wieder erhob, öffnete Emily ihre Handtasche und sah Jimmy an. Er nickte. Er steckte die Pistole unter der Jacke in den Hosenbund, nahm die Patronenpackung, entfernte sich etwa zehn Schritte und wartete mit dem Rücken zu ihnen.

Emily legte sich auf den Bauch, schmiegte die Wange an Billys Kopf und ließ ihn ihr Gesicht lecken. Mit beiden Händen streichelte sie seine Pfoten, kraulte ihn hinter den Ohren, rubbelte ihn unter dem Kinn, am Hals, im Kreuz, wo er den Stein abbekommen hatte, der ihr gegolten hatte. Sie konnte den Blick nicht von ihm wenden, und er sah sie vertrauensvoll an. Seine feuchten braunen Augen sagten, wie Leid es ihm tat, dass er die Treppen nicht mehr hinaufkam, dass er den Kinderwagen angeschubst hatte, als sie ihn hineinlegen wollten, dass er davongestreunt war, wenn sie nach Ton grub und sie ihn panisch hatte suchen müssen.

»Du bist der beste Freund, den ich je hatte«, sagte sie.

Er blinzelte. Emily nahm das als Zustimmung. Sie streichelte ein letztes Mal seinen Kopf und trat dann zurück.

»Danke, Jimmy. Sie sind ein guter Mensch.«

Jimmy hob ihn mit starken Armen hoch und trug ihn in den Wald.

Sie drehte sich um und marschierte schnell durchs Dorf, um ans Meer zu kommen, wo Wind und Wellen jedes andere Geräusch übertönen würden. Die Mädchen spielten am Strand mit Seetang. Sophie kam barfuß auf sie zu. Bei dem fernen Knall sahen sie einander starr ins Gesicht.

»Komm mit ins Haus«, sagte Sophie. »Ich habe Fischsuppe. Vielleicht ist sie noch warm.«

Drinnen fachte Sophie das Feuer im Ofen an, und Emily ließ sich auf ihrem Stuhl zurücksinken. Sophie setzte ihr die Suppe vor und verfolgte mit weichem Blick jeden Löffel, den Emily zum Mund führte. Emily wollte weinen, traute sich aber vor Sophie nicht. Ein Hund war kein Kind. Kein Mann, der im Krieg gefallen war. »Ich weiß, es war unvermeidlich, aber …«

Sophie legte unbeholfen den Arm um sie – zum ersten Mal überhaupt. Als sie Sophies Hand auf ihrem Schulterblatt fühlte, war es mit ihrer Selbstbeherrschung vorbei. Sie schluchzte los.

»Ich weiß, ich weiß«, sagte Sophie sanft und beugte sich, die Hand fest auf Emilys Rücken, dicht heran. Ihr Zopf roch nach Holzfeuer. »Billy war ein guter Junge. Ein guter Junge. Er hat dich geliebt. Und du hast ihn auch geliebt. Ich weiß.«

31 Dzunukwa

Ehe am nächsten Tag ihre Pflichten als Hauswirtin dazwischenkommen konnten, fand Emily eine Zeichnung, die sie vor Jahren von Sophie gemacht hatte. Sie war ganz nett, aber kein Gemälde. Porträts mussten nicht unbedingt steif und prätentiös sein. Sie konnten Emotion, Charakter, Liebe zum Ausdruck bringen. Die platt gedrückten Tuben würden wohl noch genug für ein kleines Ölbild hergeben, aber sie würde ausgefallene Farben nehmen müssen – ein Restchen Kadmiumorange für die breite Nase, Violett für die klar konturierten, vollen Lippen, von denen die untere noch etwas voller war. Emily baute die Wangen mit Schattierungen von Siena natur und Terra rossa auf, dämpfte sie dann unter den Augen mit einem Hauch Violett und Preußischgrün. Aber Sophie war stark – ein Strich Zinnober entlang des Kieferknochens – und ausdauernd – Chromoxidgrün für die Jochbeine. Die fauvistischen Farben versetzten Emily in einen regelrechten Taumel.

Einmal hatte Lizzie auf sie eingeredet, doch lieber Porträts zu malen statt Totempfähle. Als sie jetzt fertig war und ihre Pinsel reinigte, erwachte plötzlich etwas Boshaftes in ihr. Sie nahm das Porträt, überquerte den Weg zwischen den Häusern und ging zum Seiteneingang hinein. »Schau mal, Lizzie. Ein Porträt.«

»Warum malst du eine Indianerin?«

»Weil ich sie gern habe.« Emily sah Lizzie direkt in die Augen. »Sie war gestern gut zu mir. Und Jimmy auch.«

Lizzies Gesichtsausdruck veränderte sich, als sähe sie plötzlich einen Aspekt im Leben ihrer Schwester, den sie bisher verdrängt hatte. »Tut mir Leid.« Ihre Stimme wurde weicher. »Ich habe gestern den ganzen Tag für dich gebetet.« Sie musterte Sophies Gesicht und fügte hinzu: »Vielleicht sind meine Gebete ja erhört worden.«

Als Emily mit dem Bild zurückkam, stand vor ihrer Tür ein junger Mann – olivgrüner Tweedanzug, recht langes Haar, ein Fremder. Seine Hosenbeine steckten in hohen Schnürstiefeln, wie sie die Soldaten auf den Zeitungsfotos trugen.

»Verzeihung – sind Sie Emily Carr, die Malerin?« Er nahm den Segeltuchhut ab. Über seine grüne Krawatte zogen sich Tupfen wie Kaninchenspuren.

»Ich bin Emily Carr.«

»Die Malerin?«

»Kommt ganz auf den Tag an. Heute ja. Morgen: Vermieterin, Pensionswirtin, Klempnerin, Gärtnerin, Geflügelzüchterin.«

Er deutete mit einem Nicken auf das Sophie-Porträt. »Ich bin mir sicher, dass ich die Richtige vor mir habe. Ich bin Dr. Marius Barbeau, Kulturanthropologe am Victoria Memorial Museum in Ottawa. Würden Sie mir Ihre Bilder zeigen?«

»Ich habe kein Interesse daran, sie Leuten zu zeigen, die nichts damit anfangen können. Ich habe nicht die Kraft, mich hinterher wieder zusammenzustückeln.«

»Ich kann bestimmt etwas damit anfangen, das sagt mir schon das Bild, das Sie in der Hand haben.« Sein Lächeln wirkte aufrichtig.

Sie öffnete die Tür. »Treten Sie ein.«

Als er *Dzunukwa* sah, blies er die Backen auf. »Ja, allerdings! Großartig.«

»Wie haben Sie von mir erfahren?«

»Sagt Ihnen der Name Luther Moody etwas?«

»Ja. Stechmücken und Matsch.«

»Er hat erzählt, dass Sie oben am Skeena gemalt haben. Ein paar Totempfähle, die jetzt nicht mehr da sind.«

»Welche?«

»Aha! Dachte ich mir's doch, dass Sie das nicht kalt lässt. Ich habe Dr. Newcombes Sammlung gesehen.«

»Er fand sie nicht naturgetreu.«

»Na ja, er sieht eben mit den Augen des Wissenschaftlers«, sagte Barbeau.

»Und Sie?«

»Ich bilde mir ein, ich sehe mit den Augen eines … ganzen Menschen. Kunst, Kultur und Wissenschaft, alles in einem.« Er sah zu *Dzunukwa* hinüber. »Sie verstehen etwas von Totems.«

»Ich verstehe nicht alle Wappen. Und auch nicht die Geschichten.«

»Aber das Gefühl, die Aura. Ich vertraue Ihrer Interpretation.« Er bemerkte die *Totemmutter*, trat einen Schritt zurück und blickte sich nach einer Sitzgelegenheit um. Auf dem einzigen Stuhl lag ein Haufen Vorhänge aus den Räumen der Mieter zum Waschen. Emily ließ einen zweiten Stuhl von der Decke herab. Er verfolgte den Vorgang und lachte. »Erfinderisch.«

»Praktisch.« Sie lehnte Gemälde an Wände und Möbel, bis der Raum ein Wald von Totempfählen war. »Manchmal weiß ich selbst nicht, warum ich sie male.«

Seine Brauen zogen sich zusammen. »Warum tun Sie es?«

»Früher dachte ich, es sei eine Art Dokumentation. Inzwischen denke ich, ich tue es, um etwas Spirituellem näher zu kommen, das ich nicht verstehe – noch nicht. Und zu Ehren der Menschen, die es verstehen. Und als Ausdruck meiner Liebe zum Westen.«

»Das sieht man.« Er studierte jedes einzelne Bild, identifizierte die Skeena-Motive nach Ort und Geschichte, fragte nach Kwakiutl- und Haida-Pfählen, die er nicht kannte.

»Was haben Sie oben am Skeena gemacht?«, fragte Emily.

»Ich habe Totempfähle, Artefakte und Legenden gesammelt.«

Gesammelt! Wie Teetassen oder Porzellankatzen. Er hatte sie den Menschen, denen sie gehörten, weggenommen. Ihre Hand presste das Zugseil zusammen. »Für ein Museum?«

»Ja, und aus eigenem anthropologischem Interesse. Ich schätze handgemachte Dinge.« Er hatte den Blick nicht von den Bildern gewandt. »Ihre Arbeiten haben etwas sehr Individuelles und eine Kraft, wie ich sie noch bei keinem anderen Westküstenkünstler gesehen habe, außer bei Holzschnitzern.«

Sie holte *Kispiox* und *Froschfrau* hervor und das große Tanu-Ölbild von den drei verfallenen Häusern und den Totempfählen davor.

»Das mit den Fröschen ist außergewöhnlich. Woher ist das?«

»Kitwancool.«

»Sie waren in Kitwancool? Nicht zu fassen!«

»Warum?«

»Die lassen doch niemanden rein. Einer ihrer Häuptlinge wurde von einem Konstabler erschossen, und sie wurden aufsässig, bis die Provinzpolizei schließlich den Aufstand niederschlug. Es gab ein Blutbad. Seither sind sie extrem feindselig.«

»Das wusste ich nicht.«

»Wie lange waren Sie dort?«

»Fünf Tage.«

»Unfassbar! Und die Leute wussten, dass Sie Totems malen?«

»Ja.«

Emily holte noch mehr Bilder hervor und zeigte auf *Totemmutter*, das an der Wand lehnte. »Die sind alle aus Kitwancool.«

Er schlug sich verblüfft an die Stirn. »Sie als – wenn Sie gestatten – Sie als Frau!«

»Vielleicht ist das ja ein Vorteil. Die Bedrohung ihrer Lebensart kommt für gewöhnlich in männlicher Verpackung.«

Genüsslich studierte er sämtliche Bilder, eine ganze Stunde lang, plauderte über die dargestellten Orte. Schließlich lehnte er zwei Bilder ans Sofa, *Kispiox* und *Kitsegukla*. »Diese beiden würde ich gern nehmen, falls sie verkäuflich sind. Sind sie's?«

Emilys Beine schmolzen wie Eiszapfen bei plötzlich einsetzendem Tauwetter, und sie musste sich auf den Vorhanghaufen setzen. *Ich habe die Geisterkraft*, hörte sie fern, aber deutlich. *Dzunukwa*, die sich selbst wieder zusammensetzte.

»Ja.« Ein dünnes Piepsen, gar nicht wie Dzunukwas tiefe Eulenlaute.

Dr. Barbeau legte die Unterarme auf die Knie. Sein Lächeln war herzlich. »Die Bilder sind wundervoll. Sie haben so etwas Fremdartiges und gleichzeitig Sensibles.«

Emily schnäuzte sich die Nase und wischte sich die Augen. »Verzeihen Sie. Ich habe so lange im Schatten gestanden, dass ich schon dachte, ich hätte für immer den Mut verloren.«

»Wie viel?«, fragte er.

»Es ist Jahre her… Ich kann gar nicht mehr in Preisen denken.«

Barbeau stellte einen Scheck aus und reichte ihn ihr. Er zitterte in ihrer Hand. Mehr als die Mieteinnahmen von zwei Monaten. Sie stellte noch ein Vogel-und-Mann-Motiv aus Kitwancool zu den beiden Bildern, die er sich ausgesucht hatte. »Hier, nehmen Sie das noch dazu. Sie haben es so aufmerksam angesehen.«

»Oh, danke! Wenn es Ihnen recht ist, melde ich mich wieder. Irgendwann wird man sich für das interessieren, was Sie machen. Im Moment ist das Interesse noch mäßig, aber es gibt hier in Kanada ein wachsendes Bedürfnis, unsere Identität in der Landschaft zu finden, vor allem in den unberührteren Gegenden. Das muss auch die Stätten der Ureinwohner einschließen. Ich kenne da ein paar Leute in der Nationalgalerie –«

»Dann finden Sie das, was ich mache, in Ordnung?«

Er schaute sie verdutzt an.

»Ich meine, die Tatsache, dass ich indianische Motive verwende?« Er war wohl kaum der Mensch, der ihr eine objektive Antwort geben würde.

»Miss Carr, was Sie machen, ist unschätzbar wichtig. Für die indianischen Kulturen, für die kanadische Kunst, für Kanada selbst.«

Ein Seufzer, den sie zu lange irgendwo tief drinnen zurückgehalten hatte, strömte aus ihr heraus.

Sie begleitete den Herrn nach draußen und blickte ihm nach, wie er ihre Bilder die Straße entlangtrug. Da gingen sie hin, auch *Kispiox*. Harolds Illahee. Was würde er ohne das Bild machen?

Sie winkte mit beiden Armen. Am liebsten hätte sie laut gejubelt, aber sie verspürte Gewissensbisse wegen Harold.

Barbeau drehte sich um und rief: »Lassen Sie sich nicht an den Herd ketten. Malen Sie!«

32 Ahorn

Ein schmutzig weißer Himmel drückte gegen das Fenster. Sie drückte von innen dagegen. Das Glas war kalt an ihrer Handfläche, der schneegesprenkelte Nebel verhüllte die Äste des Ahornbaums und trennte sie von der Welt. Sie setzte sich hin, um auf ein gefaltetes Blatt Papier ihren Weihnachtsbrief an Jessica zu schreiben. Auf die Vorderseite zeichnete sie sich selbst – dick und rot, in einem altmodischen Kleid, mit hohen Stiefeln und einer Weihnachtsmannmütze mit einer Adlerfeder –, wie sie gerade im Heizungsofen stocherte. Auf die Innenseiten schrieb sie:

Sechs Monate Krieg seit deinem letzten Besuch. Das Leben schleppt sich so dahin. Ich warte darauf, dass sich dieser Anthropologe aus Ottawa wieder meldet. Außer der Kriegsanstrengung ist alles zum Erliegen gekommen. So kann es mit der Welt nicht mehr lange weitergehen. Ich mache mir Sorgen um Megans Verlobten.

Im Sommer habe ich meine Bilder und meine Staffeleien in den Keller gebracht, damit ich das Atelier auch noch vermieten konnte. Ich habe im Zelt hinten im Garten geschlafen, zu Lizzies Entsetzen. Wunderschöne Grillen-Schlaflieder und Mondschein, aber kein

Platz, an dem ich ungestört malen konnte. Jetzt, da sich die Kälte niedergelassen hat, bin ich wieder in meinem Atelier, und Dzunukwa ist wieder an der Wand und singt ihr Lied, dieses Lied voller Kraft. Wenn ich doch nur den Text verstehen könnte! Ich habe ganze Passagen von Whitman auswendig gelernt. Er baut mich wieder auf, wenn ich's brauche, indem er mir sagt: »Durch Sorgen, Verluste, Ehrgeiz, Unwissenheit, Überdruss sucht sich das, was du bist, seinen Weg.« Trotzdem ärgert es mich, dass ich keine Zeit für spirituelle Dinge habe, nur weil ich mich dauernd um materielle kümmern muss.
Gibt es in Vancouver noch Farben? Hier sind einfach keine zu bekommen. Wenn es in Vancouver noch welche gäbe, würde sich das Geld für die Fähre lohnen. Ich würde mich noch im Sarg aufsetzen, nur für ein bisschen Chromoxid- oder Hookersgrün. Beten wir, dass dank der amerikanischen Truppen 1918 das letzte Schreckensjahr ist.
Alles, alles Liebe für dich und die Mädchen

Emily

Eine Woche später kam ein Päckchen. Eine zerknautschte, größtenteils aufgerollte Tube Chromoxidgrün und ein Zettel.

Besser auf deiner Leinwand als auf meiner. Keine Farben in Vancouver. Liebe Grüße

Jessica

Emily schraubte den Deckel ab und sah ein kleines Rund von intensivem Grün, eine so leuchtende Farbe, dass sie einen fast blendete. Aber was nutzte einer Verhungernden eine Brotkruste? Sollte sie die Farbe wie alles andere rationieren, oder sollte sie sich eine Orgie in Gestalt eines einzigen, sattgrünen Bildes gönnen? Sie kramte das Kästchen mit ihren Ölfarben heraus, ein paar Tuben, eingerissen, platt gedrückt und aufgerollt. Aufbewahrt in der Hoffnung, noch einen Pinselstrich herausquetschen zu können. Sie bearbeitete die meistversprechenden Tuben mit ihrem Taschenmesser, um das Metall aufzubiegen. Genug für ein Bild. Kispiox. Für Harold. Er hatte geweint, als er merkte, dass es nicht mehr da war. Emily hatte ihm erklärt, das sei nun mal das Schmerzliche am Malen: dass jedes Quäntchen Erfolg einen Abschied mit sich brachte.

Sie suchte eine Leinwandrolle und stellte fest, dass sie die letzte als Ersatz für ein kaputtes Rouleau in einem der Apartments benutzt hatte. Sie würde sich mit Karton begnügen müssen.

Emily hielt die Tube in der hohlen Hand, gelähmt vor Angst, sie auf ein mittelmäßiges Bild zu verschwenden. *Du willst Grün? Da hast du ein Kleckschen. Also, was machst du damit?* Gott, der sich über eine Wolke beugte und herabsah, der ihren Mut testete. Sie schloss die Augen und quetschte ein paar Tränen hervor.

Man kann nicht alles tun, was man will, meine kleine Nympholeptikerin, hatte Vater gesagt. Sie hatte am Strand aus nassem Sand ein Songhee-Dorf gebaut und nach jeder Welle schnell die bröckelnden Langhäuser repariert, bis schließlich eine heftige Brandungszunge das ganze Dorf zu ein paar jämmerlichen Klümpchen planierte. Vielleicht hatte er da, als er sie schluchzen sah, erkannt, dass sie mit dem Kopf durch die Wand wollte. Vielleicht hatte er deshalb ihre künstlerischen Neigungen gebremst. War er wirklich so scharfsichtig gewesen?

Vielleicht konnte sie ja beten. Lieber Gott, schicke mir ein Zeichen, eins, das so deutlich ist, dass ich es verstehe. Bin ich Pensionswirtin oder Künstlerin? Wenn Barbeau ein Zeichen war – wieso fühlte sie sich dann immer noch wie ein nasser Putzlappen? Bitte, lass es nicht alles umsonst gewesen sein.

Nein. Dieses Gebet musste sie sich verkneifen. Es gehörte sich nicht, solche Ansprüche an Gott zu stellen. Er hatte im Moment Wichtigeres zu tun.

»Lesen Sie mir *Grashalme* vor«, bettelte Harold, nachdem er den Rechen weggestellt hatte.

Er kam oft vorbei, um kleine Arbeiten zu verrichten – den Ofen auszuräumen, die Eingangstreppe zu streichen, ein Vogelhaus zu bauen. Sie hatte ihm einmal aus dem Buch vorgelesen, obwohl er es eigentlich selbst lesen konnte. Doch er genoss die intime Situation. Seither bat er sie bei jedem Besuch darum.

»Wenn ich den Hausgästen das Mittagessen serviert habe.«

Harold saß im Schneidersitz auf dem Boden, wartete und las solange selbst. Als die Hausgäste gegangen waren, reichte er Emily das Buch und sagte: »Fangen Sie an mit ›Walt Whitman, ein Amerikaner‹. Sie wissen schon,

> Bleib diesen Tag und diese Nacht bei mir, und du sollst
> den Ursprung aller Gedichte haben.«

Sie teilten sich eine Zigarette, während sie tat, worum er sie gebeten hatte. Dann las sie weiter:

> Und ich weiß, dass die Hand Gottes die Gewähr für meine
> eigene Hand ist,
> Und ich weiß, dass der Geist Gottes der Bruder meines
> eigenen Geistes ist,
> Und dass alle Männer, die je geboren, auch meine Brüder
> sind, und die Frauen meine Schwestern und Liebsten.

Sie hielt nachdenklich inne und sah Harold an, wie er dasaß, mit feuchten Augen, die Arme um den Oberkörper geschlungen, als wäre er bis zum Bersten erfüllt. Er war so anders, dass ihn niemand akzeptieren konnte, außer ein anderer Sonderling. Sie musste ihre Liebe irgendjemandem schenken, sonst würde sie ebenso versiegen wie ihre künstlerische Schaffenskraft. Vielleicht bestand die Liebe ja genau darin: dass man sich bereitwillig ins Unbekannte begab, um des anderen willen. Der Glanz seiner Augen sagte ihr, dass er ihre Liebe aufsog wie durstiger Wüstenboden den Regen.

Am Morgen des 12. November 1918 ging Emily die Außentreppe hinunter, um Feuer im Heizungsofen zu machen. Als sie die Zeitung auffaltete, las sie »**Waffenstillstandsabkommen unterzeichnet, Weltkrieg zu Ende**«. Sie rannte jubelnd durch den Hausflur und hämmerte an die Türen der Mieter. Lizzie kam angelaufen und fiel ihr weinend um den Hals. Emily machte Teewasser heiß und ließ alle Stühle herab. Mieter, die seit Monaten kein Wort mehr gewechselt hatten, umarmten einander und drängten sich um die Zeitung. Man traute sich kaum, es zu glauben! Alice brachte Teeküchlein. Um symbolisch das offizielle Ende des Krieges in Europa zu verkünden, kletterte Mr Pixley um elf Uhr auf einen Stuhl und las vor:

»Am 11. November um 5 Uhr morgens unterzeichnete die deutsche Delegation in Compiègne das Waffenstillstandsabkommen, welches besagt, dass das deutsche Heer den Rückzug antritt und seine Waffen und Flugzeuge übergibt, dass die deutsche Kriegsmarine interniert wird und die alliierten Streitkräfte das Rheinland besetzen. Um elf Uhr, am 1586. Tag des Krieges, wurden alle Kampfhandlungen eingestellt.«

Emily stellte sich vor, wie Megans Verlobter aus einem Schützengraben kletterte, wie er aufrecht dastand, in ungewohnter Sicherheit und überwältigender Stille, und staunte, dass er überlebt hatte. Ob Fanny und Gibb jetzt wohl feierten? Und Héloïse und Madame Bagot? Oder waren sie zu betäubt?

Beim Sonntagsmahl bestand Lizzies Dankgebet einfach nur aus ein paar Bibelversen: »Ein jegliches hat seine Zeit … töten hat seine Zeit, heilen hat seine Zeit.« Nach dem Amen blickte Lizzie auf. »Gott möge mir vergeben«, sagte Lizzie, »aber ich habe eine dringlichere Aufgabe gefunden als die Missionsarbeit. Nach einem zweimonatigen Lehrgang kann ich als Krankenhelferin im Veteranenhospital arbeiten. Vielleicht kann ich diesen armen Versehrten ja helfen.«

Emily bemerkte in Lizzies Gesicht einen Wunsch nach Bestätigung, den sie noch nie bei ihr gesehen hatte. Am liebsten wäre sie aufgestanden und hätte Beifall geklatscht, aber eine so heftige Reaktion würde Lizzies mitfühlende Regungen womöglich im Keim ersticken. »Das ist sehr anständig von dir«, sagte sie. Sie tätschelte Lizzies Hand und hielt sie dann fest.

Die ganze Stadt schien ausgehungert nach Leichtigkeit und Heiterkeit. Im Park fanden wieder Konzerte statt. Alice pflanzte Tulpen, Hyazinthen und Narzissen, nicht mehr nur Gemüse, und sobald sie blühten, brachte sie die Blumen töpfeweise ins Veteranenhospital.

Emily entdeckte eine neue Erwerbsquelle. Die Regierung überließ Kriegsheimkehrern Land zur Schafzucht. Da brauchte man Schäferhunde, sagte sie sich. Sie konnte ja welche züchten. Sie kaufte zwei Hündinnen, mietete kurzzeitig einen Deckrüden, machte Schluss mit dem Pensionsbetrieb und vermietete nur noch komplette Apartments. Keine Hausgäste mehr, die in ihrem Studio aßen. Sie stellte Staffeleien auf, zog Leinwand auf, bestellte Farben. In der Zwischenzeit kamen Welpen über Welpen. Harold war völlig aus dem Häuschen.

»Häng dein Herz nicht zu sehr an sie«, warnte sie ihn. »Die sind zum Verkaufen da.«

Sie nahm ihn mit in die Tierhandlung, um dort den ersten Wurf anzubieten. Der Laden roch nach Tierharn und Tierfutter, und es herrschte ein einziges ohrenbetäubendes Chaos aus Bellen, Piepsen und Kreischen. Harold ging von Käfig zu Käfig und imitierte sämtliche Laute. Ein Kapuzineräffchenbaby mit runzligem, schwarzem Gesichtchen und abstehendem grauem Flaum auf dem Kopf streckte ihm die Hand durchs Käfiggitter entgegen.

»Oh«, sagte er und drehte sich zu Emily um.

Das Äffchen zwinkerte mit apfelgrünen Augen und quiekte: »Wuu.«

»Du weißt ja, wie unwiderstehlich ich abstehende Haare finde«, sagte sie grinsend, dachte aber, dass es unvertretbar kindisch wäre, sich ein weiteres Geschöpf aufzuladen, das gefüttert werden musste, ohne etwas einzubringen.

Zum Teufel mit der Vernunft! Sie war während des ganzen Kriegs vernünftig gewesen. Sie hatte die Vernunft getragen wie ein härenes Hemd.

»Würden Sie einen Welpen gegen den Kapuzineraffen da tauschen?«, fragte sie den Ladenbesitzer, der sofort in den Handel einwilligte.

Sie gingen nach Hause, Wuu an der Leine. Bis zum Abend hatte die kleine Wuu den Salzstreuer aufgeschraubt und einen weißen Regen auf den Küchenteil des Studios niedergehen lassen. Sie hatte sich auf den Finkenkäfig auf der Hinterveranda geschwungen. Sie hatte Suzie terrorisiert, die sich, den Schwanz um sich geschlungen, in der hintersten Ecke ihres Käfigs verkroch. Sie zwickte Tantrum, um ihn auf seinen Platz in der neuen Ordnung der Dinge zu verweisen. Schließlich brachte Harold die beiden dazu, sich zu balgen wie zwei Kätzchen. Anschließend gewöhnte sich Wuu an den Radius ihrer Kette in einer affensicheren Ecke des Studios und begnügte sich mit der vergleichsweise friedlichen Erforschung interessanter Dinge in nächster Nähe.

Am nächsten Morgen brachte Lizzie ein Blech mit heißen Brötchen herüber, und sofort sprang Wuu sie an. Lizzie kreischte »Bestie!« und riss das Blech weg. Ein Brötchen fiel herunter, und

Wuu schnappte es sich. »Ein Affe? Also wirklich, Millie! Was kommt als Nächstes – ein Elefant?«

»Schau, es schmeckt ihr.« Wuu aß das Brötchen und pickte mit ihren kleinen Händchen die Krümel auf. »Siehst du? Sie ist ein richtiger kleiner Kapuziner.«

»Zuerst Fauvismus und jetzt Darwinismus! Du treibst es wirklich zu weit mit deinen Modernismen.«

Sie lachten beide. Die Welt, die jetzt endlich wieder heil wurde, war wie neue Haut über einer Brandwunde – zu empfindlich für Feindseligkeiten, auch für die allerkleinsten.

33 Erdbeerbaum

Eines Nachmittags erschien Harold, einen Schuhkarton, der mit einer langen Schnur umwickelt war, an die Brust gedrückt. »Bitte, bitte, kommen Sie mit an den Strand«, sagte er, und die Haare um seinen Wirbel zitterten vor Spannung. »Jetzt gleich.«

»Sobald ich hier fertig bin.« Emily rührte die Masse im Eimer ein letztes Mal um und goss sie dann auf Backbleche, damit sie zu Seifenbarren erstarrte – ein billiger Vorrat für mindestens zwei Jahre.

Harold stellte den Karton auf den Kaminsims und setzte sich auf den Boden, um mit den Tieren zu spielen. Am liebsten mochte er Wuu, ein Geschöpf, so eigentümlich und rätselhaft wie er selbst. Vorsichtig nahm er ihre winzige Hand in seine und spielte mit ihren Fingerchen »Das ist der Daumen«, sprach es ihr sanft vor. Sie verfolgte seine Bewegungen mit ihren eng stehenden Augen, die aussahen, als ob sie ständig irgendetwas Interessantes musterten, und schenkte Harold eine Aufmerksamkeit, wie sie ihm von Menschen sicher noch nie zuteil geworden war. Das hatte zur Folge, dass er immer öfter kam – und in ihrem Innersten wusste Emily, dass es das war, was sie sich erhofft hatte.

Tantrum an einer Leine und Wuu an einer anderen, spazierten sie über die Klippen an der Dallas Road, die von zarten Erdbeerbäumen gesäumt waren. Am Strand begann Harold, Treibholz zu sammeln. »Wir brauchen ein Feuer.«

»Es ist doch Juli!«

Sie wusste, dass sie ihn nicht darin bestärken durfte, Indianer zu spielen. Er verzog das Gesicht zu einer Grimasse, und Emily begriff, dass ihn eine Weigerung ihrerseits in Verzweiflung stürzen konnte.

»Gut. Wir machen ein Feuer.«

Sie zündete sich eine Zigarette an und ließ sich nieder, an einen angetriebenen Baumstamm gelehnt. Sie liebte die schlanke Grazie der Erdbeerbäume, ihre papierdünne Rinde, das Rostbraun und Mauve, außer an den Stellen, wo sich die Rinde abgeschält hatte und den safrangelb-limettengrünen Kern des Baums entblößte.

»Sind Sie bereit?«, rief Harold. »Ich frage schon die ganze Zeit.«

Geistesabwesend wandte sie sich ihm zu und erschrak, als sie sah, mit welch ernster Miene er im Schneidersitz auf der anderen Seite des Feuers saß. »Entschuldigung. Ja, ich bin bereit.«

Feierlich löste er die Schnur von dem Schuhkarton und wickelte sie sich ums Handgelenk. Er nahm ein zerknittertes Blatt heraus und strich es auf dem Oberschenkel glatt. Wuu grabschte danach, und Emily nahm die Leine kürzer, damit sie nicht drankam.

Harolds Wange zuckte. Er setzte sich kerzengerade auf und las.

»Harold Cook ein Kanadier. Ich schreibe mich selbst. Eile mit mir voran. Ich Harold Cook Verfasser dieses Buchs wurde am 14.

September 1885 geboren. Meine Eltern waren Mr Luke Cook und Mrs Martha Cook. Inzwischen beide tot. Sie waren Missionare. Ich Harold Cook habe eine Schwester Ruth Cook. Wir lebten in Indianerdörfern. Kispiox Kitwanga Kitsegukla Hagwelget. Mit Adler, Bär, Rabe, der starke Sprache spricht.«

Seine Geschichte, endlich. Emily wappnete sich. Seine goldgesprenkelten blauen Augen sahen auf, prüften, ob sie auch zuhörte. In den dreieinhalb Jahren, die sie ihn jetzt kannte, hatte er immer nur winzige Bruchstücke seiner Vergangenheit preisgegeben, und dann verdüsterte sich stets sein Gesicht, und er verstummte. Welches Ereignis hatte jetzt etwas in ihm zum Überkochen oder zum Schmelzen gebracht? Der Tod seiner Eltern? Der Verlust des Kispiox-Bildes? Das Ende des Krieges?

»*Ich Harold Cook Verfasser dieses Buchs spielte mit Gitksan-Jungen aber meine Schwester Ruth Cook nicht. Man schickte sie nach Victoria zu meiner Tante Mrs Flora Cook. Ich spielte mit Jungen um die Totempfähle herum Wettrennen Fangen und Jagdspiele. In Kitwanga und Kispiox fischten wir im Skeena. In Kispiox und Kitsegukla fischten wir in Seen und hörten Seetaucher. Wir kletterten auf Bäume. Wir machten Feuer. Wir machten Rabenschreie und Eulenrufe nach. Wir krabbelten in Höhlen. In Kispiox brachten mir Tuuns und Muldo und Haaydzims bei wie man Pfeile und Bogen für die Jagd macht.«*

Er las nicht, wie er sprach, sondern wie er ging, in Schüben, überwand bei jedem Luftholen lähmende Ängste. In seinem Bericht ging es um die Eichhörnchenjagd mit seinen Gitksan-Freunden.

»*Es blieb einfach stehen bewegte sich nicht rannte nicht weiter. Augen voll Angst. Mein Pfeil durchbohrte es. Ich streichelte sein Fell aber es atmete nicht. Haaydzims lehrte mich wie man es abhäutete damit Fell und Schwanz heil blieben. Ich brachte es Mrs Martha Cook an einen Ast gehängt nach Indianerart. Wenn ihr da gewesen wärt hättet ihr sehen können wie sauber der Pfeil getroffen hatte nach Indianerart. Mrs Martha Cook schrie und Mr Luke Cook peitschte den Indianer aus mir heraus.«*

Er schilderte, wie er nachts auf Knien beten musste, während sein Vater Bibelverse vorlas, die sich gegen Grausamkeit und gegen das Töten richteten. Harold hatte das Eichhörnchenfell unter seinem Bett versteckt und zog es nachts hervor, um es zu streicheln. Als ihm seine Mutter wegen des Geruchs auf die Schliche kam, gab es wieder Geschrei.

»*Also musste ich mich hinknien und immer wieder lesen ›Du sollst nicht töten‹.«*

Er sah Emily an. Sein Bein zitterte. Sein zertrümmertes Herz lag bloß.

»Ich will noch mehr hören«, sagte sie.

Harold kramte einen weiteren Zettel aus dem Karton und hielt ihn ihr hin. Die krakelige Handschrift verlief schräg nach unten.

»Nein. Lesen Sie selbst.«

Er räusperte sich.

»*Harold Cook ein Kanadier. Eile mit mir voran. Ich Harold Cook Verfasser dieses Buchs war der einzige weiße Junge an der Lejac-Heimschule für Indianer. Von weit weg wurden Jungen gegen ihren Willen dorthin geschleppt. Kleine Jungen große Jungen die monatelang weinten vor Sehnsucht nach ihren Mamas und Vätern und Großeltern und Onkeln und Tanten. Mr Luke Cook und Mrs Martha Cook arbeiteten in der Schule. Sie lehrten Tsimshian-Jungen Englisch und Beten. Wenn Muldo und Tuuns etwas auf Tsimshian sagten schlug sie Mr Cook mit seiner Peitsche. Sie hörten nicht auf Tsimshian zu sprechen also wurden sie weggebracht irgendwohin. Ich habe sie tagelang nicht gesehen. Wenn sie wiederkamen sagten sie gar nichts mehr. Sie hatten überall Striemen. Wir mussten in Reih und Glied stehen und durchzählen aber sie konnten es nicht also habe ich Muldo gesagt er soll sieben sagen und Tuuns elf. Er dachte das sei jetzt sein neuer Name. Mrs Martha Cook hat ihnen die Haare geschnitten. Sie schrien und wehrten sich. Sie hat ihnen die Arme und Beine an einen Stuhl gefesselt um ihnen die Haare zu schneiden. Danach sahen sie so aus wie ich.«*

Emily wurde übel.

Harold drehte das Blatt um, holte so tief Luft, dass sich sein Brustkorb hob. Sie reichte ihm die Zigarette. Er zog den Rauch ein, konzentrierte sich.

»*Mrs Martha Cook lehrte sie* Vorwärts Soldaten Christi *und* Ein feste Burg ist unser Gott. *Wenn es klingelte marschierten wir in Reih und Glied zum Speisesaal. Man musste so ein Lied singen bevor man die Gabel in die Hand nehmen durfte. Wenn sie nicht singen wollten ließ Mr Luke Cook mich vorsingen. Dann kriegte ich zu essen und danach sangen die Jungen auch. Mrs Martha Cook gab ihnen zu essen aber sie aßen mit den Händen. Sie wussten dass Mrs Martha Cook das gar nicht leiden konnte.*

Einmal habe ich nicht gesungen. Mr Luke Cook hat mir befohlen das Lied zu singen. Ich habe es nicht getan. Er zerschmetterte einen Stuhl und holte mit dem Stuhlbein aus. Sing hat er gesagt. Ich habe nicht gesungen. Er schlug mir damit ins Gesicht. Das Blut spritzte.«

Harolds Gesicht verzerrte sich bei der Erinnerung. Angst vor dem, was er da preisgegeben hatte, glomm in seinen Augen.

»Oh, Harold, nein. Dein eigener Vater?«

Harold ließ den Kopf hängen, nickte.

»Wie schrecklich. Das tut mir so Leid.«

Er war ein Kind zwischen den Kulturen, eine Schande für seine Eltern. Anormal. Ungeliebt. Fragil. Rebellisch. Mutig. Ein Bote, der von Wunden berichtete, die nicht zur Kenntnis genommen wurden. Die geleugnet wurden. Seine Augen jenseits des Feuers hatten jetzt etwas Gepeinigtes. In ihnen sah Emily einen Teil ihrer selbst. Furchen zogen sich über seine Stirn. Er konnte jeden Moment die Fassung verlieren, wenn sie nichts unternahm. Sie setzte ihm Wuu auf den Schoß, nahm sie beide in die Arme, wiegte seinen Kopf an ihrer Brust und gab die sanften Summlaute von sich, mit denen Sophie ihre Kinder tröstete.

Jetzt, da sie ihn in den Armen hielt, war es ihr plötzlich sonnenklar. Ihre Kunst rührte nicht an den Kern, machte nicht das Leid sichtbar, das Harolds Freunden und Hunderten von Indianern widerfahren war. Sie hatte die Welt wieder einmal mit Kinderaugen betrachtet. Ihre Bilder zeigten lediglich die Schönheit der Dörfer, das, woran sich Harold erinnern wollte. Er zehrte von dieser Schönheit, um sich selbst zu retten. Aber war das die Wahrheit?

Sie musste ins Reservat gehen. Mit ihrem Malzeug. Sie würde nicht davor zurückschrecken zu sehen, was wirklich da war. Sie würde mit Harolds Augen sehen. Sie würde mit seinem Herzblut malen. So lange hatte sie auf ein Zeichen gewartet, obwohl es doch schon die ganze Zeit da war. In Gestalt von Harold.

»Ist es gut, was ich geschrieben habe?«, fragte er an ihrer Brust.

»Ja, Harold. Es ist mutig und wunderschön. Es spricht eine starke Sprache.«

34 Lachs

Emily roch eine widerliche Mischung aus Fischabfällen und menschlichen Exkrementen, als sie dem Plankenweg im Reservat folgte. Jetzt, wo hier auch noch Menschen aus Kitsilano Point lebten, lag noch mehr Abfall am Strand herum und wartete auf die Flut. In all den Jahren, die sie jetzt hierher kam, hatten sich die Lebensbedingungen im Dorf nicht verbessert. Rostige Eimer, die vor den Hauseingängen herumlagen, an Büschen flatternde Lumpen, barfüßige Kinder, magere, räudige Hunde, die nach Fressbarem stöberten – immer das gleiche Bild, aber jetzt fiel es ihr noch stärker auf.

Sophies Haus, schief auf dem verrottenden Treibholzfundament. Emily spähte hinein. »Hallo-ho! Sophie? Ist jemand da?«

Keine Antwort. Sie klopfte bei Mrs Johnson.

»Sie ist fischen gegangen«, sagte Mrs Johnson. »Ist der erste Tag des Lachsmonds.«

»Wissen Sie, wo?«

Sie dachte nach. »Am Fluss, hinter dem Friedhof. Die Keta-Lachse sind da.«

»Danke.«

Anscheinend hatte das Kriegsende selbst die personifizierte Unfreundlichkeit milder gestimmt.

Motorboote dümpelten im Inlet. Emily begrüßte Charlie Dan, Margaret Dans Schwiegervater. War er wohl als Junge dafür geschlagen worden, dass er Squamish sprach? Margaret Dan stand in einer Kette von Leuten, die ein Netz einholten, und nickte ihr kurz zu.

Ein Stück flussaufwärts stand Sophie auf einem glatten Felsen in flachem Wasser, die Ärmel aufgerollt, in der Hand einen Fischhaken. Emily ging auf sie zu. Helle Fische mit breiten, senkrechten Streifen schossen unter der Oberfläche dahin oder sprangen sogar aus dem Wasser. Unglücklichere Exemplare, die sich zwischen Steine verirrt hatten, lagen mit durchbohrten Bäuchen und hervorquellenden Innereien da.

Am Ufer wand ein kleines Mädchen einen Binsenstrang zu einer Spirale. Sein schwarzes Haar schillerte – Annie Maries Geist. Emily sah sich nach der Zwillingsschwester um. Nicht zu entdecken.

»Hallo«, sagte Emily. Sie bemerkte das Schielen. »Du bist Emmie. Kennst du mich noch – Emily?«

»Ja-aa.« Zuerst leise, dann lauter.

»Schöne große Lachse habt ihr da, Emmie.«

»Die hat Mama gefangen.«

»Sie sehen wirklich prächtig aus.«

Tatsächlich sahen manche ganz schön bizarr aus, mit der Oberlippe, die sich wie ein Papageienschnabel über die Unterlippe krümmte, und den langen, spitzen Zähnen, die aus dem Maul ragten.

Die Kleine wedelte mit den Binsen, um Fliegen zu verscheuchen. Emily fühlte sich wie durch eine unsichtbare Nabelschnur mit dem Kind verbunden.

Sophie streckte die lange Stange mit dem Fischhaken in die Strömung hinaus und hielt sie für einen Moment ganz still. Ihre Arme waren jetzt auf drahtige Art muskulös, was interessant aussah. Sie zog die Stange mit einem Ruck heran und spießte einen Fisch auf den großen, gezahnten Haken. Mit einer schnellen Bewegung schleuderte sie ihn auf die Steine und erblickte Emily.

»Em'ly!« Sie strahlte vor Freude. »Siehst du? Emmie ist groß und kräftig geworden.« Ihre triumphierende Stimme übertönte das Rauschen des Wassers. »Emmie, das ist Em'ly, die uns besucht.«

Emily stieg auf den Felsen hinüber, um leiser reden zu können. »Wo ist Molly?«

»Gestorben. Vor einem Jahr.«

»Warum hast du mir nicht geschrieben?«

Sophie schüttelte den Kopf. »Das war ein Geist. Irgendein Geist mag mich nicht.« Bestürzung lag auf ihrem Gesicht.

»Ein Geist? Ein katholischer Geist oder ein Tiergeist?«

Bei dieser Frage huschte ein Lächeln über Sophies Gesicht. »Die Squamish glauben an viele Dinge.«

»Erzähl mir, wie es passiert ist.«

Sophie ließ einen gegen die Strömung ankämpfenden Lachs vorbeischwimmen.

»Als Molly krank war, konnte ich nicht schlafen. Es war kein Sturm in dieser Nacht. Kein Wind. Nichts. Alles war still. Dann ein lautes Krachen, wie wenn der Sturm einen Ast abbricht, aber es war kein Sturm! Am Morgen war sie tot.«

»Was soll das mit Geistern zu tun haben?«

»Ich ging zum Friedhof, und da lag der Ahn am Boden.«

Emily konnte sich ein ärgerliches Schnauben nicht verkneifen. Sophies Argumentation war unlogisch, aber wenn sie etwas dagegen sagte, würde das nur die Erklärung untergraben, die Sophie sich ausgedacht und vielleicht auch akzeptiert hatte. Emily fragte sich, was es hieß, wenn man seinen Ahn verlor – oder wenn dies einer ganzen Gemeinschaft passierte. Sie fühlte sich im Dickicht indianischer Denkweisen gefangen.

Emily sah wieder zu der Kleinen hinüber, die, die braunen Beine unter dem nassen Rock hervorgestreckt, völlig versunken Rindenstreifen zwischen den Binsenwindungen hindurchflocht. »Sie ist hübsch. Ich wette, so hast du als kleines Mädchen auch ausgesehen. Sie erinnert mich an Annie Marie.«

»Mich auch«, sagte Sophie. »Sie wird mal gut im Korbmachen, aber nicht so gut wie Annie.«

Die Vorstellung, wie Sophie jedem der Mädchen das Flechten beibrachte – der Schmerz, wieder von vorn anfangen zu müssen, die Hoffnung, die sich dennoch damit verband.

Wenn sie Molly, die ursprüngliche Emmie, zu sich genommen hätte, so wie Sophie es ihr vorgeschlagen hatte, wäre die Kleine dann jetzt noch am Leben? Das Korbflechten hätte sie dem Kind nicht beibringen können, aber es wäre in Alices Kindergarten gegangen und dann zur Schule. Sie hätten eine schöne Zeit miteinander gehabt und auch mit Alice und Lizzie. Lachen und Singen hätte beide Häuser erfüllt.

Aber wie kam sie dazu, sich einzubilden, sie, Emily Carr, die weiße Kanadierin, wäre die bessere, reinlichere, wachsamere Mutter gewesen und hätte verhindern können, was passiert war? Sie schämte sich für diese Anmaßung.

»Hast du einen neuen Billy-Hund?«, fragte Sophie.

»Ich habe jetzt zwei Hündinnen, damit ich züchten und Welpen verkaufen kann. Nette Tiere, aber nicht wie Billy, nicht wie ein alter Freund. Es ist nur ein Geschäft.«

»Geschäft? Malst du nicht mehr?«

»Ein bisschen noch. Aber ich muss tiefer gehende Bilder malen. Sonst ist alles vergeblich.«

»Vergeblich?« Das Wort durchschnitt die Luft. »Komm mit mir auf den Friedhof.«

Emilys Augen brannten, und sie schrumpfte innerlich zusammen. »Entschuldige.«

Die jahrelange Plackerei hatte Sophie ausgelaugt. Das Weiße ihrer Augen war rot geädert, die pflaumenfarbenen Pupillen überzog ein weißlicher Schleier.

Junge Männer, die im Fluss wateten, schichteten Steine in einer Reihe auf. Sie waren etwa so alt, wie Tommy jetzt wäre. Bestimmt wäre Sophie maßlos stolz gewesen, wenn sie ihren Sohn unter ihnen hätte sehen können.

»Was machen sie da?«, fragte Emily.

»Sie bauen einen Damm. Wenn das Wasser zurückgeht, können die Fische nicht mehr raus. Sie sind dann leicht zu fangen.«

»Leicht zu fangen? Sie haben keine Chance!«

Die Lachse waren tragische Geschöpfe: Der Trieb, etwas zu hinterlassen, zwang sie, allen Widrigkeiten zum Trotz flussaufwärts zu schnellen, um dann in einem einzigen großen Moment der Erfüllung ihre Eier oder ihr Sperma abzuladen. Diesen Drang konnte Emily verstehen. Doch dann, völlig verausgabt, starben sie.

»Ist Jimmy fischen?«

»Nein. Er lädt Holz auf Schiffe. Wegen Streik. Siebenundzwanzig Cent die Stunde. Indianerlohn. Manchmal arbeitet er achtzehn Stunden. Manchmal wartet er den ganzen Tag, und es gibt nichts.« Sophie brachte ihren Fischhaken in Stellung und jagte ihn einem weiteren Lachs in den Leib.

»Schau, Mama!« Emmie kam angerannt und hielt ihnen das Binsengeflecht hin.

»Gut, Emmie. Du wirst immer besser. Vergiss nicht zu zählen.« Sophie stieg wieder auf die Böschung. »Genug Fische. Morgen fangen wir noch mehr, und dann lernt Emmie, wie man sie räuchert.«

Sie packten die Fische in Sophies großen Korb und in Emmies kleineren. Sophie legte sich den gewebten Tragriemen um die Stirn, damit er den Korb auf ihrem Rücken hielt. Emmie tat es ihr nach, die Miniaturausgabe ihrer Mutter.

Auf dem Heimweg pflückten sie rosa Sumpfrosen, um sie auf den Gräbern der Kinder zu verstreuen. Emmie blieb am Friedhofstor stehen, fasziniert von einer Spinne in ihrem Netz, aber Sophie ging zu Tommys neuem Grabstein. Emily folgte ihr. Hellweiß in der Sonne, hatte der Stein kleine, glänzende Einsprengsel, die das Licht reflektierten wie winzige Fischschuppen. *In liebendem Gedenken an Tommy Frank 1902–1908*. Sophie kniete nieder und fuhr mit den Fingerspitzen das Kreuz nach.

»Ich war so froh, als ich das Geld beisammen hatte! Als der Grabmann sah, dass ich es hatte, sagte er, es kostet mehr. Als ich auch das beisammen hatte, sagte er, er will zuerst Steine für Weiße machen. Das erzähle ich nur *dir*. Nicht Margaret Dan.« Sie tätschelte den Stein, setzte sich auf ihre Fersen und ließ ein paar Blütenblätter fallen. »Egal. Jetzt hat Tommy einen christlichen Grabstein, und ich kann besser schlafen.«

Es war nicht egal. So wenig, wie es egal war, dass man Harolds Freunden verboten hatte, ihre Sprache zu sprechen. Aber wenn

Sophie so ruhiger schlief, musste Emily ihre Lippen mit einer Sicherheitsnadel zusammenstecken.

Sie blieben bei Annie Maries Grab stehen, das halb von Ranken überwuchert war. Emily zog die Ranken beiseite und verstreute ihre Blütenblätter.

»Jetzt zeige ich dir Mollys Grab«, sagte Sophie. »Das kriegt als Nächstes einen Stein.«

Mollys rohes Holzkreuz trug die Inschrift *Molly Frank 1913–1919*. Sophie stellte den Korb neben dem Grab ab und verstreute ihre restlichen Blütenblätter. Emily betrachtete alles – diese armseligen, primitiv eingeritzten Daten, das schiefe Kreuz, den welken Streifenfarn von Sophies letztem Besuch, die krummen, mit spitzen Zähnen bewehrten Fischköpfe, die aus Sophies Korb ragten, die Sumpfrosenblätter. Das musste sie malen, wenn sie die Wahrheit des indianischen Lebens zeigen wollte.

Sie griff nach dem Aquarellblock in ihrer Segeltuchtasche, brachte es aber nicht fertig, ihn herauszuziehen. Sie konnte Sophies Schmerz nicht in ein Bild verwandeln.

»Jetzt, wo Jimmy Arbeit hat, wird es mit den anderen beiden Steinen sicher leichter.« Emily hasste sich dafür, dass sie etwas so Unwahrscheinliches derart munter dahinsagte.

»Nein. Das Geld vertrinkt er. Einmal hab ich das Geld genommen, für die Grabsteine, da hat er mich geschlagen. Jetzt verdiene ich es selbst.«

»Oh, Sophie, das ist nicht wahr!« Es war schwer zu glauben. Jimmy war so nett zu ihr gewesen, damals mit Billy.

»Denk nicht schlecht von ihm, Em'ly. So ist das eben.«

Emily berührte Mollys Grab mit der flachen Hand. »Es ist hart, eine Frau zu sein.«

»Eine Christenfrau«, korrigierte Sophie.

»Eine christliche Squamish-Frau«, sagte Emily.

Sie gingen an der eingesunkenen Stelle vorbei, wo der Urahn

gestanden hatte. Jetzt befanden sich dort nur noch ein paar halb verrottete Holzbrocken.

»Siehst du? Der Ahn ist zerbrochen und verschwunden.« Sophie trat an den Zaun und sah über die Gräber hinweg aufs Meer. »Die Babys von anderen indianischen Frauen bleiben manchmal am Leben. Die Babys von weißen Frauen bleiben fast immer am Leben. Ich muss ein schlechter Mensch sein.«

»Nein, Sophie, du bist kein schlechter Mensch.«

Sophie wandte sich Emily zu und sah sie mit hart glänzenden Augen an. »Dann sag mir, warum meine Babys sterben.«

Es wäre grausam gewesen, ihr zu erklären, dass sie starben, weil sie nicht mit ihnen zu einem weißen Arzt ging. Emily sah Sophie vor sich, wie sie zu Gott betete oder zum Ahn oder zu Jesus oder zur Muttergottes oder zu irgendeinem persönlichen Geist, und wie sie in ihrer Verwirrung und Verzweiflung von einem zum anderen wechselte, die Runde machte, den Raben fürchtete oder Gott oder diese Kak-irgendwas, welche die Kinder stahl.

»Das kann ich nicht, Sophie.«

Auf dem Rückweg den Strand entlang platschte Emmie durch elfenbeinfarbenen Schaum. »Mama, woher weiß das Wasser, wie weit es reinkommen muss?«

»Das weiß es einfach. So wie die Bäume wissen, wann sie aufhören müssen, sich zu strecken. Ein Geist sagt es jeder einzelnen Welle. Jedem Baum. Allem.«

Im Weitergehen musterte Sophie den Boden.

»Was suchst du?«, fragte Emily.

»Hübsche Muscheln. Die mir von Sünden erzählen, damit ich sie alle bei Father John weitererzählen kann, bei der Beichte. Wenn ich eine vergesse, komme ich in die Hölle.« Sie wischte den Sand von einer Muschel. »Dann sehe ich meine Babys nicht.«

»Sarah hat mir mal erklärt, sie gehen in den Sonnenuntergang.«

»Sie meint, in den Himmel. Schlechte Menschen kommen in die Hölle.« Ein Anflug von Humor spielte um ihren Mund. »Sagt Father John.«

»Haben dich Father John oder die Kirche trösten können?«

Sophie kniff ein Auge zu, als dächte sie angestrengt nach. »Manchmal.«

»Kennst du Dzunukwa?«, fragte Emily. »Die Frau aus den Kwakiutl-Sagen, die im Wald lebt und Kinder stiehlt?«

»So wie Kaklaitl?«

»Ja, aber manchmal bringt sie auch Schätze. Sie ist gut und böse, alles in einem.«

»Das ist nur eine Indianergeschichte.«

Emily musste aufpassen. »Vielleicht ist die Kirche ja auch so. Gut und böse in einem.«

Sophie zuckte die Achseln, während sie beobachtete, wie Emmie im flachen Wasser mit dem Fuß aufstampfte.

»Du sprichst von Geistern. Ich glaube, wir gehen alle dahin, wo sich die Geister versammeln«, sagte Emily. »Ob gut oder schlecht, ob mit Kirche oder ohne. Dein persönlicher Geist in dir wird dich schon zu deinen Babys führen.«

Hoffnung hellte Sophies Gesicht auf. »Und deiner?«

»Ich bin mir nicht sicher, ob ich ihn schon gefunden habe. Ich suche immer noch. Ich hoffe, es ist eine Zeder. Eine Zeit lang habe ich gedacht, Killerwal wäre mein Geist, weil ich in dem Moment, als ich beschloss, die ganzen Totempfähle zu malen, Wale gesehen habe. Später dachte ich dann, er wäre es, weil er so tief taucht und so lange unten bleibt. Aber dann habe ich einen Killerwal tot am Strand liegen sehen, und er stank genau wie jedes andere tote Tier.«

»Wie die Lachse«, sagte Sophie. »Die sterben, um zu gebären.«

35 Wuu

Emily öffnete das Fenster zum Garten und sah, wie sich Harold mühsam hin und her drehte. Er stapelte das Treibholz, das er gesammelt hatte. Seine freiwilligen Freundschaftsdienste rührten sie immer wieder. Er stolperte über seinen verdrehten Fuß, fiel über die Griffe der Schubkarre, die umkippte und das Treibholz über ihn ergoss.

»Danke, Harold. Das ist sehr nett von dir. Komm doch rein.«

Er fütterte die Griffonhündinnen, die kleiner waren als Schäferhunde und billiger zu ernähren, kam dann herauf und musterte die Zeichnung, an der sie gerade arbeitete.

»Das ist nur ein imaginärer Wald. Er lebt nicht.« Sie lehnte ihre alte Zeichnung von Lulu und der Menstruationshütte an einen Bücherstapel. Vielleicht half es ihr ja, den Wald zu verstehen, wenn sie daran dachte, was Lulu gesagt hatte: *Alles ist eins*.

Harold ging mit Joseph dessen Repertoire durch und löste Wuu von der kurzen Kette in der affensicheren Ecke, um sein Zehenspielritual mit ihr zu vollziehen. Er versprach aufzupassen, dass sie über nichts herfiel.

»Heute werde ich vierzig«, verkündete er schließlich.

»Herzlichen Glückwunsch, Harold. Das wusste ich nicht.« Emily schien er alterslos. Sie stellte ihm ein Schälchen Eiercreme hin. »Wir müssen uns das hier als Torte vorstellen.«

»Wie alt sind Sie?«

Die Frage überrumpelte sie. Sie versuchte, die einsetzende Müdigkeit zu ignorieren. Nachdenklich schaute sie auf die Zeichnung von Lulu, die jetzt vermutlich selbst schon Kinder hatte. »Mal nachrechnen. Jetzt haben wir 1925. Gut fünfzig, würde ich sagen. Manchmal fühle ich mich wie ein alter Baumstamm, der von den Wellen herumgeworfen wird und dann an Land gespült, um zu vertrocknen und zu verrotten. Ich bin ja auch so dick wie ein Baumstamm.«

Harold legte den Kopf schief. »Ich finde, Sie sehen aus wie eine Indianerin.« In seinen Augen lag die Aufrichtigkeit eines Kindes.

Er hatte Recht. Die zusätzlichen Pfunde gaben ihrem Körper etwas Indianisches.

»Oh, danke. Ich glaube, ein schöneres Kompliment habe ich noch nie bekommen.«

Er lächelte befriedigt und schlürfte Eiercreme von seinem Löffel. Aber der Körper war nur das äußere Gefäß. Am Inhalt musste sie noch arbeiten.

»Was glaubst du, was es heißt, Indianer zu sein?«, fragte sie.

»Es heißt, dass man ein freies Leben lebt. Tanzt, wann man will. Isst und schläft, wann man will.«

»Das dachte ich auch mal, aber sie sind alles andere als frei. Wegen eines Potlatch ins Gefängnis zu kommen ist keine Freiheit. Geschlagen zu werden, weil man die eigene Sprache spricht, ebenso wenig. Was bedeutet es noch?«

»Es bedeutet, dass man Geister in Vögeln sieht. Und in Bäumen, im Wind und in Tieren.«

»Wie kommt man dazu?«

»Weil die Dinge so aussehen. Muldo hat gesagt, er sieht Augen im Wald.«

Auf der Waldskizze, an der Emily gerade arbeitete, sah sie eine Öffnung zwischen Bäumen und malte ein mandelförmiges Totemauge hinein, mit einer großen schwarzen Scheibe als Pupille, lauernd. An einer anderen Stelle konnte ein Blätterwirbel ein Rabenkopf sein, wenn sie ein glänzend schwarzes Auge hinzufügte und das Grün zu einem Schnabel formte. Sie hielt die Skizze hoch. »So?«

Eiercreme plumpste von seinem Löffel. »Ja.«

Sie stellte die Zeichnung fertig und lehnte sie neben die von Lulu.

»›Walt Whitman, ein Amerikaner‹?«, fragte er.

Sie schlug eine Passage auf, die sie beide liebten.

> Ich glaube, ich könnte hingehen und mit den Tieren leben,
> sie sind so ruhig und geschlossen in sich.
> Ich stehe und schaue sie an, lange und lange …
> Sie liegen nicht wach im Dunkeln und weinen über ihre Sünden.

Die Türklingel ließ sie zusammenfahren. Emily stand auf, um zu öffnen.

Ein dünner Mann in einem rosaroten Homespun-Jackett mit passendem Wollschal lächelte sie an. »Sie erinnern sich doch hoffentlich noch an mich? Marius Barbeau.« Er drehte seinen Filzhut in den Händen. »Ich war hier –«

»Um die Jahrhundertwende.« Die Zeit wog schwer, seit Harold ihre Gedanken auf Geburtstage gelenkt hatte.

Er lachte. »So lange ist es noch nicht her.«

»Dann eben während des Krieges.«

Er schien nicht älter geworden zu sein. Sein langes Haar war immer noch braun, buschig über den Ohren, die rosige Haut erinnerte an eine überreife Grapefruit. Er hatte immer noch dieses ununterdrückbare Lächeln. Und hier stand sie mit ihrem Haarnetz und dem formlosen, selbst genähten Kleid. Die alte Mrs Kartoffelsack.

»Ich habe damals ein paar Bilder gekauft«, sagte er.

»Ja, ich erinnere mich gut.« Die Euphorie meldete sich wieder, die Hoffnung, die sie am Leben zu erhalten versucht hatte, indem sie auf keinen Kalender sah. Fall nicht noch einmal darauf rein, ermahnte sie sich. »Und jetzt sind Sie wiedergekommen, um die

Hoffnung, die ich weggepackt und in den Keller geschafft habe, wieder aufzuwühlen?«

»Die Zeit war noch nicht reif. Während des Kriegs gab es keine Ausstellungen. Nachdem das Parlamentsgebäude abgebrannt war, tagte das Parlament im Museum. Das Museumspersonal kam kaum noch über die Runden. Haben Sie weitergemalt?«

Sie ließ ihn herein. »Das ist Harold Cook«, sagte sie. »Mr Barbeau. Er arbeitet in einem Museum in Ottawa.«

»Inzwischen am Nationalmuseum.«

»Und das ist Wuu«, setze sie hinzu. »Mr Barbeau war oben am Skeena, Harold.« Harold hob den Kopf und starrte Mr Barbeau an. »Er hat die Bilder von Kispiox und Kitsegukla gekauft.« Harold zog sich in sich zurück wie eine Schnecke. »Harold ist in Kispiox aufgewachsen. In der Mission.«

»Cook?«, sagte Barbeau. »Luke Cook? War das Ihr Vater?«

Harold nickte und beugte sich abrupt zu Wuu hinab.

»Er war bei den Tsimshian ganz schön berüchtigt.«

Harold begann, unsanft »Das ist der Daumen« mit Wuus Zehen zu spielen.

Barbeaus Blick streifte über die Wände. Begeisterung breitete sich über sein Gesicht aus. »Genau wie ich sie in Erinnerung hatte.« Er zog die Augenbrauen hoch. »Was ist das? Doch nicht indianische Keramiken?«

»Nein. Die sind von mir.«

»Die Formen und das Dekor sind –«

»Sie sind Squamish-Körben und ethnographischen Darstellungen nachempfunden.« Emily wappnete sich gegen den Vorwurf, sie habe die Dekors vereinnahmt.

»Sie sind lebendig und kreativ. Eine Dzunukwa-Festschüssel! Ich verstehe nicht, wieso sie mir nicht schon letztes Mal aufgefallen ist. Die Kraft Ihrer Bilder, nehme ich an. Verkaufen Sie die Keramiken?«

»Nicht mehr. Ich mache keine mehr.«

»Warum?«

»Weil es unlauter ist, indianische Motive zu verwenden. Keramik ist etwas anderes als Bilder. Malen tut man, um etwas zu verstehen. Die Keramiken waren nur zum Geldverdienen.«

»Unglaublich! Bilder und Keramiken, beides mit indianischen Motiven.«

»Und Teppiche. Für mich.« Emily zeigte auf den Boden zu seinen Füßen. Der Adler aus zwei Perspektiven, der Kopf gespalten und im Profil. »Ich habe das Teppichknüpfen von einer Squamish-Freundin gelernt.«

»Haben Sie noch mehr?«

»Ja.«

»Und auch noch mehr Bilder?«

»Ich male nur für mich. Sonntags. An manchen Sonntagen. Zwei, drei Stunden.« Sie bemerkte einen Hauch von Tadel auf seinem Gesicht. »Die Ausstellerei ist zu furchtbar. Victoria ist so hinterwäldlerisch! In Sachen Kunst sind die Leute da ein halbes Jahrhundert hinter der übrigen Welt zurück.«

»Ja, da bin ich ganz Ihrer Meinung. Antiquierte Vorstellungen von Kunst. Aber, wenn ich das sagen darf, Sie malen doch nicht für die Leute in Victoria.«

»Ich habe Jahre gebraucht, um das zu begreifen.«

»Ich glaube nicht, dass Sie es wirklich begriffen haben. Sonst würden Sie malen.« Barbeau senkte die Stimme. »Kann ich noch mehr sehen? Ihre Bilder sind mir nicht aus dem Kopf gegangen.«

»Warum haben Sie sich dann so viel Zeit gelassen?«

Er drückte das Kinn an die Brust.

»Verzeihung.« Emily machte eine unbestimmte Handbewegung. »Der Keller quillt über.« Sie nahm den Schlüssel aus der Besteckschublade. »Es sind nicht alles indianische Motive. Ich war nicht mehr oben im Norden.«

»Aber Sie müssen hin. Ehe alles weg ist.«

Harolds Kopf fuhr hoch, seine Augen glühten. Er setzte an, Barbeau etwas zu fragen, unterließ es dann aber.

Barbeau folgte Emily auf die Hinterveranda. Aus dem Augenwinkel sah sie Mr Pixleys Unterwäsche an der Leine flattern. Mist!

Kurz darauf kam Harold in den Keller herunter und half ihr, die Bilder abzudecken und abzustauben. Mühsam schleppte er ein großes Bild die Treppe hinauf und stellte es direkt vor Barbeau hin. »Es ist besser, man schaut sie sich draußen an«, sagte Harold.

Stück für Stück trug er nun Dutzende von Bildern nach oben. Er lehnte die von den Queen-Charlotte-Inseln so gegen Büsche und zwischen Schwertfarn, dass das Grün sie umgab wie ein Wald, der nach dem Regen leuchtete und funkelte. Die Skeena-Bilder trug er zu dem gemauerten Brennofen. Die mit den Häusern – Tanu, Alert Bay, Mimkwamlis, Guyasdoms – reihte er am Zaun auf wie das Panorama eines einzigen lebendigen Dorfes, ein mythischer Ort, belebt von Augen, Augen, Augen.

»Ah! So würden sie in einer Galerie aussehen!«, rief Barbeau.

Emily zwinkerte Harold zu, und er zwinkerte zurück und vollführte ein paar Hopser, von der Anstrengung puterrot im Gesicht. »Ist Ihnen schon mal aufgefallen, dass in den Dörfern immer Wäsche hängt?«, fragte sie.

Barbeau lachte, betrachtete jedes Bild von weitem und von nahem und fächelte sich mit seinem Hut Luft zu.

»Was ich vermitteln will, das ist der Charakter des jeweiligen Tiers – ob es bedrohlich ist oder würdevoll, lebhaft oder scheu – und auch der Charakter desjenigen, der es geschnitzt hat. Ich will unter die Rinde, das Fell oder die Schuppen vordringen, um das Wesen der natürlichen Form zu verstehen, so wie der Schnitzer.«

»Das tun Sie, das tun Sie allerdings. Ihre Interpretation geht sehr tief.«

Er wählte *Kispiox: Bär- und Mondtotem* und noch zwei weitere Bilder. Harolds Lächeln verschwand. In seinen Augen lag jetzt etwas Verletztes und Verwirrtes.

Was sollte sie tun? Sie war hin- und hergerissen. Barbeau sagte etwas, aber seine Worte waren nur ein diffuses Geräusch. Harold setzte sich im Schneidersitz vor jedes der drei Bilder, riss Grasbüschel aus und murmelte: »Ich schaue sie an, lange, lange.«

Barbeau musterte ihn für einen Moment neugierig. »Wenn Sie gestatten, würde ich Ihre Bilder gern Eric Brown zeigen, dem Direktor der Nationalgalerie in Ottawa.«

»Worauf haben Sie gewartet?«

»Darauf, dass diese nationalistische Bewegung stärker wird.«

»Und ist sie's geworden?«

»Ja, jetzt, da der Krieg vorbei ist und unsere Männer mehr von der Welt gesehen haben. Das Land beginnt, seine einzigartige Identität zu entdecken und zu gestalten, und die Landschaft spielt dabei eine wichtige Rolle. Ihre Kunst leistet da einen entscheidenden Beitrag.«

»Das Provinzparlament war nicht dieser Meinung.«

»In Ottawa ist die Rede von einer Ausstellung zum Thema Westküstenkunst. Ich möchte gern, dass dort indianische und europäisch-kanadische Künstler vertreten sind.«

»Glauben Sie, die Leute werden meine Bilder als authentisch empfinden? Als Darstellung von Illahee?«

Harold merkte auf und musterte Barbeau, um festzustellen, ob er das Wort kannte.

Barbeau lächelte väterlich. »Zweifelsohne. Sie zeigen allesamt das Land, das Trost spendet.«

Emily und Harold wechselten Blicke, und Harold entspannte die Schultern.

»Dann höre ich also in zehn Jahren wieder von Ihnen?«, fragte Emily.

»Sie hören von mir bis spätestens –«

»Versprechen Sie nichts, was Sie nicht halten können. Das tut zu weh.«

»Sie hören von mir bis spätestens ersten April.«

»Erster April. Frühling.«

Als er gegangen war, standen sie und Harold wortlos da und betrachteten die Bilder um sie herum. »Als ob ich wieder zu Hause wäre«, sagte er schließlich.

»Für mich auch.«

Es schien ein Verbrechen, die Bilder wieder der Dunkelheit und dem Kohlenstaub auszusetzen, aber irgendwann befand Emily dann doch, dass es Zeit war.

»Swanaskxw, Swanaskxw«, murmelte er, als sie die Bilder wegräumten.

»Was heißt das?«

Er sagte nichts bis zum letzten Gang in den Keller. »Helfer der Hailat«, flüsterte er.

Emily lächelte. Jetzt hatte er eine Identität, die ihn mit Stolz erfüllte.

Sie stiegen zum Studio hinauf, und Harold öffnete die Tür. Emily schnappte erschrocken nach Luft. Zerfetztes Zeitungspapier im ganzen Zimmer verteilt. Ausgekippte Pinselgläser. Andrés Milch verschüttet. Ein Tontopf in Scherben. Eine Küchenschublade hochkant auf dem Fußboden, das ganze Besteck verstreut.

Harolds Stöhnen sagte ihr, dass sie es gleichzeitig sahen: eine Leinwand, beschmiert mit noch feuchtem Kadmiumgelb und Preußischblau, ein Aquarell von einem Indianerdorf, verunstaltet mit Krapprot, und kleine gelbe Affenhandabdrücke quer über dem Adlerteppich und auf Lulus Gesicht. Und wo war die Missetäterin? Auf dem Spültisch, damit beschäftigt, die gelben Hände ins Melasseglas zu tunken.

»Du kleines Miststück!«, schrie Emily.

»Sie wollen sie doch nicht schlagen?«, rief Harold entsetzt.

Emily schnappte sich Terpentin und einen Lappen und marschierte zur Spüle. Unter ihren Füßen knirschte Salz auf den Hartholzdielen. Als sie Wuus Hand unsanft zu sich zog, um sie zu säubern, kreischte das Äffchen und floh über die Arbeitsplatte. Emily packte es und hielt es am Schlafittchen: beide starr vor Erregung, Auge in Auge. Wuus grüne Knopfaugen funkelten vor Angst.

Emily stieß einen lauten Seufzer aus. »Nein. Das würde sie nur Hass lehren. Im Urwald gibt es kein Gut und Böse.«

Harold wimmerte, und seine großen Hände zitterten aufgeregt, als ihm klar wurde, was er mit dem ganzen Desaster zu tun hatte. »Schlagen Sie mich dafür.«

Während sie die winzigen Händchen schrubbte, vibrierte der aschgraue Haarbusch auf Wuus Kopf so jämmerlich, dass Emilys Zorn verflog. »Sie hat ja nur nachgemacht, was sie bei mir gesehen hat. Kreativität stimuliert eben jeden.«

Harold wiederholte den letzten Satz. Emily sah ihn kurz an und fuhr dann fort, Wuus Hände und Füße und ihren blau verschmierten Bauch zu reinigen. Dann kettete sie das Tier wieder an. »Wir dürfen sie nicht frei laufen lassen, Harold«, sagte sie, so sanft sie konnte.

Tiefe Schluchzer schüttelten seinen Körper, und er sank zu Boden. »Schlagen Sie mich«, wimmerte er. »Schlagen Sie mich dafür.«

Sie kniete sich neben ihn, hob sein Gesicht an und legte ihre Wange an seine. Noch nie im Leben hatte sie die Tränen eines Mannes an ihrer Wange gespürt.

»Nein, Harold. Sie hat mir bei mehr Bildern geholfen, als sie ruiniert hat. Und du auch.« Das sagte sie langsam, damit es zu ihm durchdrang. »Mein Swanaskxw.«

Sie sprach es falsch aus und spürte sein Lächeln an ihrer Wange. »Wenn man liebt, muss man ganz und gar lieben.«

Kurz darauf fragte sie: »Hättest du ihr nicht gern dabei zugeguckt?«

Harold lächelte traurig. Dann musste sie plötzlich laut lachen, weil Harold aufsprang, durchs Zimmer wirbelte, pantomimisch Salz verstreute, den Deckel einer Farbtube abbiss, Farbe herausquetschte, die Hände auf dem Fußboden, auf Stühlen und imaginären Bildern abdrückte und sich mit Affenpfoten über den Bauch strich. Wuu völlig enthemmt – und Harold nun ebenso.

36 Zeder

Eines Samstags – sie hatte Harold gebeten, nie sonntags zu kommen, weil da Schwesterntag sei – brachte er wieder seinen Schuhkarton mit.

»Können wir rausgehen?«, schlug er vor. »Unter den Ahorn.«

»Gern.«

Neues Blattwerk entfaltete sich, so leuchtend grün, dass es ein regelrechter Schock war. Der Sommer kam mit Macht und noch immer keine Nachricht von Barbeau.

Emily hatte sich bemüht, nicht an ihn zu denken. Jeden Tag versuchte sie, ohne Erwartungen an den Briefkasten zu gehen. Aber sie hatte die Weihnachtstannenzweige bis Februar hängen lassen. Sie hatte sich nicht gebückt, um an Alices Frühlingshyazinthen zu schnuppern. Sie hatte Lizzies Bemerkungen über die gesegnete Zeit der Auferstehung Christi ignoriert. Es ging um ihre eigene Auferstehung. Wenn Barbeau eine Ausstellungseinladung schickte, hieß das, dass es ihre Bestimmung war zu malen. Wenn der April verging, ohne dass sie etwas von ihm hörte, dann war es nicht ihre Bestimmung, und sie konnte es sich sparen, jemals wieder eine Tube Farbe zu kaufen. An Ausstellen brauchte sie gar nicht mehr zu denken. Diesen Gedanken musste sie ein für alle Mal ersticken. Besser, wenn er tot war. Weniger Schmerz. Ein normales Leben führen. Ein normales, langweiliges, steriles Leben.

Sie riss eine hohe Unkrautpflanze aus und feuerte sie gegen den Baumstamm. Blödsinn. Tief in ihrem Innern wollte sie diese Ausstellung mit der geballten Heftigkeit eines pazifischen Sturms.

Harold brachte zwei Verandastühle an. »Sind Sie bereit?«, fragte er mit zusammengekniffenen Augen.

Emily riss sich zusammen und konzentrierte sich auf ihn. »Ja.«

»*Harold Cook ein Kanadier. Eile mit mir voran. Ich Harold Cook Verfasser dieses Buchs lebte in der Lejac-Indianerheimschule bei Kispiox. Meine Freunde lebten auch dort. Die Missionare Mr Luke Cook und Mrs Martha Cook zwangen sie neue Namen anzunehmen. Muldo nannten sie Moses und Tuuns nannten sie Thomas und Haaydzims nannten sie Hosea. Ich Muldo Haaydzims und Tuuns wir gruben den Kartoffelacker neben dem Kinderfriedhof um. Wir lernten marschieren und zählen und lesen und schreiben. Deshalb schreibe ich jetzt mich selbst Harold Cook ein Kanadier.*

Tuuns und Muldo kriegten Prügel wenn sie am Sonntag spielten also gingen wir an unseren Geheimplatz im Wald wo wir aus Ästen und Rinde ein Waab *bauten und so taten als ob es ein Langhaus wäre. Wir trugen keine Schuhe weil das Mr und Mrs Cook gar nicht gefiel. Tuuns redete immer davon wegzulaufen heim nach Kitsegukla aber sie wussten den Weg nicht. Nachts hörten sie die Geräusche von einem Potlatch in Kispiox. Singen und Trommeln und Lachen. Ich hörte es nicht aber sie und Tuuns zerfetzte seine Matratze.*«

Harold hielt inne und schaukelte mit dem Oberkörper. Emily bekam Angst, als sich sein unsteter Rhythmus beschleunigte.

»*Muldo schnitzte Wolf aus einem Stück Baumstamm lange Schnauze Schlitzaugen große Zähne und alles ganz wild. Ich schaute es an lange und lange. Ich habe ihn gefragt warum er Wolf schnitzt und er hat gesagt weil Wolf frei ist und macht was er will und dass er sein Naxnox ist der ihm Kraft gibt.*«

Harold brach ab und las stumm weiter, sah dann auf, und Pein zog seine Narbenstirn zusammen. »Ich weiß nicht …«

»Weiter, Harold. Ich will es hören.«

»*Einmal fanden wir ein totes Eichhörnchen und brachten es in unser* Waab *und machten ein Feuer und beschmierten unsere Gesichter mit Asche und Muldo tanzte den Wolfstanz und seine Augen glänzten und er legte den Kopf zurück und heulte ganz tief aus der Kehle und sprang um das Eichhörnchen herum und seine Augen funkelten vom Feuer und er hielt das Eichhörnchen im Mund und schüttelte es beim Tanzen. Ich kann nicht richtig beschreiben wie wild er war aber er aß das Eichhörnchen nicht sondern tat nur so und Haaydzims und Tuuns heulten auch und hielten das Eichhörnchen zwischen den Zähnen und schüttelten es und ich hielt es auch zwischen den Zähnen und schüttelte es und wir tanzten und tanzten und kamen zu spät zum Essen und Mr Luke Cook befahl mir* Vorwärts, Soldaten Christi *zu singen aber ich hab's nicht getan und er kam direkt zu mir und sah Blut auf meinem Gesicht und Blut auf Muldos Gesicht und Mr Luke Cook schlug uns beide und Mrs Martha Cook kreischte und am nächsten Tag packte sie meine Sachen zusammen und Mr Luke Cook zwang mich in den Pferdewagen zu steigen und sie weinte und Muldo und Haaydzims und Tuuns schlugen und traten um sich und schrien auf Tsimshian und ich auch und er band mich im Pferdewagen fest und Muldo und Haaydzims und Tuuns rannten schreiend hinterher und in Kitwanga schickte mich Mr Cook auf ein Flussschiff mit einem bösen Mann der mich nach Victoria brachte und Harold Cook ein Kanadier lebte sechs Jahre lang in der Kinderirrenanstalt von Victoria.«*

Emily versank in einem Abgrund aus Mitleid. »Oh, Harold, das tut mir so Leid.«

Sie sah die Jungen vor sich, wie sie sich in den Tanz hineinsteigerten, wie sie die wenigen Stunden Freiheit genossen und Potlatch spielten. Und sie sah Harold, wie er in dem verzweifelten Wunsch, irgendwo hinzugehören, in aller Unschuld einen heiligen Tanz nachahmte, den er nie zuvor gesehen hatte und so wenig verstand wie sie selbst.

Er schaukelte weiter, heftiger jetzt, und starrte auf den Schuhkarton. Er schaffte es nicht, sie anzusehen.

»Wie bist du wieder rausgekommen?«

»Ich war irgendwann zu alt, um dort bleiben zu können, deshalb wohne ich jetzt bei meiner Schwester.«

»Gut. Das ist alles vorbei, Harold. Und du hast den ganzen Rest deines Lebens, um schöne Dinge zu tun.«

Er hob langsam den Kopf, und sein Gesichtsausdruck verriet, dass sie gerade etwas Dummes gesagt hatte.

»Was willst du am allermeisten im Leben?«

Mit dem Zeigefinger tippte er auf den Deckel des Schuhkartons.

Es war Sonntagmorgen. Sie lag noch im Bett und döste. Harold und seine Freunde tanzten durch den Nebel ihres Halbschlafs. Das also passierte mit Weißen, die sich vom Rhythmus indianischer Trommeln magisch angezogen fühlten. Man sperrte sie ein.

Etikettierte sie als aus der Art geschlagen, abnormal, verrückt. Es war bequemer, ihren Aufschrei zu überhören, wenn sie für das erste Volk in diesem Land eintraten, für die, die irgendwohin gebracht wurden und stumm zurückkamen. Und dann Harolds Finger, der durch den Nebel auf den Schuhkarton zeigte.

Ihre Adler schwebten über ihr, sprachen eine starke Sprache, trugen sie auf ihren Schwingen empor, hoch über das Apartmenthaus, über ihre Schwestern, über Victoria und alle Missionsgesellschaften und psychiatrischen Anstalten hinweg.

Emily, fragte sie sich, oder vielleicht war es auch Adler, der sie fragte. Emily, was willst du am allermeisten im Leben?

Sie wollte ein einziges wahrhaftiges Bild malen, ein Bild, das die Menschen, egal ob Indianer oder Weiße, lieben würden und von dem sie sagen würden, ja, das ist mein Illahee, dessen Schönheit und Kraft alles Bittere versüßt.

Und du selbst willst nicht geliebt werden?

Sie seufzte tief und dachte an Harold, der so voller Gefühle steckte, die er irgendwie zum Ausdruck bringen wollte. Offenbar sah er in ihr das einzige Ventil. Sie dachte an Alice und Lizzie, die ihr ihre Liebe in Form aufwändiger Sonntagsmahlzeiten um Punkt vierzehn Uhr zeigten, und an ihre Hunde, die ständig um Zuwendung bettelten. Und an Claude, dessen großzügige, weise Liebe sich in Form von Fischtran und Zurückhaltung geäußert hatte. Diese Sache mit der Liebe war der dunkle Punkt in ihrem Leben. Aber eins wusste sie: Was zählte, war nicht die Liebe, die man bekam, sondern die, die man gab.

Nein. Ein einziges reines, wahrhaftiges Bild, das war es, was sie wollte, auch wenn es hundert beinahe wahrhaftige brauchte, um dorthin zu kommen.

Sie warf sich eine Kittelschürze über und flitzte durch den Garten, vorbei an den Hundezwingern, ohne auch nur stehen zu bleiben, um die erwartungsvoll gereckten Welpenschnauzen zu tätscheln. Alle miteinander verkaufen. Das Leben vereinfachen. Sich konzentrieren. Mit dem Finger auf das deuten, was man tun wollte, und es tun. Ausstellung hin oder her – sie würde malen.

Sie stürmte in die Küche ihrer Schwestern.

»Habt ihr je etwas so sehnlich gewollt, dass ihr bereit wart, alles dafür hinzugeben und sogar euer Leben zu riskieren?«

Lizzie, bis an die Ellbogen in Mehl, schüttelte den Kopf.

»Ist euch schon einmal der Gedanke gekommen, dass es nicht die rechte Art ist, Gott für die Gabe des Lebens zu danken, wenn man sich ängstlich an sein Leben klammert und sich weigert, es zu verausgaben?«

Lizzie schaute sie an, als würde sie von einem grellen Licht geblendet.

»Aber wenn man sich mit seiner ganzen Person auf das Ziel wirft, Gottes Schöpfung zu interpretieren –«

»Worauf willst du hinaus?«

»Ich komme heute nicht zum Essen. Ich gehe nach Goldstream Flats.« Sie machte auf dem Absatz kehrt. »Den ganzen Sommer über.«

»Aber ich mache einen Kuchen! Heute ist doch Sonntag.«

Doch Emily war schon zur Tür hinaus.

Sie zog sich an und marschierte die Straße entlang, in dem Wissen, dass sie hier weg musste, weg von den Schwestern, den Mietern, dem Apartmenthaus. Das Leben war zu kurz, und die Jahre, in denen man kühn genug war, einer weißen Leinwand gegenüberzutreten, waren noch kürzer. Sie fühlte die Essenz ihres Lebens aufperlen, wie flüssige Elektrizität, die in ihren Adern kreiste.

Sie hatte im Hof eines Nachbarn einen alten grauen Wohnanhänger gesehen mit einem Schild: *Billig abzugeben.* Er war noch da! Nur ein leerer Holzkasten auf Rädern, aber für sie ideal. Sie kaufte ihn und brachte den Nachbarn dazu, ihn in ihren Garten zu schleppen. Sie machte sich daran, Fenster auszusägen.

Am nächsten Morgen, Montag, war sie gerade dabei, das herausgeschnittene Holz zu Borden zurechtzusägen, als plötzlich Lizzie erschien. Mit offenem Mund stemmte sie die Hände in die Hüften. »Was in aller Welt –«

»Ich kann nicht nur ein paar Stunden malen gehen, wieder zurückkommen und wieder losgehen, immer hin und her. Ich muss an dem Ort leben, wo ich malen will, ihn die ganze Zeit um mich haben.«

»Und deshalb willst du jetzt leben wie eine Landstreicherin? In diesem Zigeunerwagen?«

»Hör zu, Lizzie. Du hörst es vielleicht nicht gern, aber wenn Dede etwas von dem getan hätte, was sie tun wollte, wäre sie vielleicht friedlicher gestorben. Sie hat ihre Bitterkeit mit ins Grab genommen. Ich weigere mich, das auch zu tun.«

Emily stieß die Säge vorwärts, und das Blatt verkantete sich, weil das Brett verrutscht war. »Halt das bitte mal fest, ja?«

»Aber –« Lizzie zögerte, pflanzte sich dann breitbeinig auf und packte das Brett.

»Vorsicht, Splitter.«

Emily sägte weiter, und als sich die Brettstücke voneinander lösten, sprang Lizzie zurück und ließ ihren Teil fallen.

»Ins Grab zu steigen, ohne zu wissen, ob es mir an Talent oder an Ausdauer gefehlt hat, ohne das Gefühl zu haben, dass ich in der Tiefe geschürft habe, und ohne die Freuden intensiver Arbeit gekostet zu haben – das wäre ein Schmerz, den ich mir nie verzeihen würde.«

Lizzie sah sie an, als gehöre ihr schweißglänzendes, mit Sägemehl gepudertes Gesicht einer Fremden.

»Ich muss mich wieder in die Kunst stürzen wie in einen wilden Tanz, ich muss alles geben auf der Suche nach einer tiefer gehenden Art zu sehen, auch wenn die Ergebnisse niemandem aus meiner Familie, ja, überhaupt keiner Menschenseele gefallen, und wenn ich das tue, dann habe ich vielleicht das Gefühl, voll und ganz gelebt zu haben. Aber das werde ich nie herausfinden, wenn ich dort oben sitze und *imaginäre* Wälder pinsle.«

Am Dienstag verkaufte sie die Zuchthündinnen und erstand Gitterdraht für die Fenster, Holz und ein Feldbett, wobei sie sich fühlte wie Dzunukwa, die sich wieder zusammensetzt, nachdem sie gestorben ist. Am Mittwoch war sie gerade dabei, im Wohnwagen Schlafkisten für Wuu, Tantrum und André zu zimmern, als plötzlich Lizzie an der Tür stand, mit gouvernantenhafter Miene und einem Stapel grünem Stoff auf den Armen.

»Was ist das?«

Lizzie stieg in den Wagen und drückte ihr den Stoff in die Hände. Emily faltete ein Stück auseinander und hielt es hoch. »Vorhänge! Aber –«

»Ich kann die Vorstellung nicht ertragen, dass du dort draußen im Wald bist und irgendein Lüstling dich im Nachthemd beobachtet. Das ist alles.«

Verblüfft strich Emily mit der flachen Hand über den Stoff. »Die hast du genäht? Und sie sind auch noch grün!« Sie hielt einen Vorhang ans Fenster. »Perfekt! Woher wusstest du denn die Maße?«

»Ich habe sie gestern ausgemessen, als du weg warst.«

Emily war, als schwanke der Bretterboden ein wenig. Unter Lizzies harter Schale schlug ein gutes Herz. »Danke.«

»Sieht aus wie ein Elefant«, sagte Harold, als er den Wohnwagen zum ersten Mal sah. »Wofür ist der?«

»Zum Bewohnen.«

»Hier?«

»Nein. In Goldstream Flats. Ich habe schreckliche Sehnsucht nach dem Wald.«

Er ging vorsichtig um den Wagen herum, spähte durchs Fenster, stieg zur Tür hinein und hopste kurz darauf wieder heraus, wobei er beinahe hinfiel. Seine entstellte Stirn zeigte einen Ausdruck der Verzückung, der gleitend in ängstlichen Eifer überging.

»Kann ich mit? Ja? Kann ich? Ich bin doch Ihr Swanaskxw.«

»Vielleicht für ein Weilchen, wenn deine Schwester es erlaubt, aber ich muss dort auch allein sein. Du kannst mein Zelt haben, sag ihr das.«

Er wedelte mit den Händen, außerstande, sich zu beherrschen. »Ich frag sie. Nein. *Sie* müssen sie fragen.«

»Mache ich.«

Die nächsten paar Tage bauten sie Borde für Käfige, in denen die Ratte Susie, Joseph und die Finken unterkommen sollten, konstruierten ein großes Segeltuchvordach, bauten einen Ofen aus einem alten Eimer und einem ausrangierten Ofenrohr, ein bisschen wie der auf *La Renarde Rouge*. Emily trat einen Schritt zurück, um ihr Werk zu begutachten. »*Formidable, Mademoiselle!*«

Sie bepackten den Wohnwagen mit Lebensmittelkonserven für einen Monat und außerdem mit jeder Menge Malzubehör, darunter fünf Liter weiße Wandfarbe, zehn Liter Malbenzin und viele Rollen billiges Packpapier. Sie ließ den Wagen auf eine abgelegene kleine Lichtung schleppen, umgeben von bemoosten Zedern, Ahornbäumen, flechtenbehangenen Schierlingstannen, Douglasien, Erlen und Wildblumen. Wunderschön.

Am ersten Morgen beim Frühstück nahm sie Harold das Versprechen ab, in Abständen seine Trommel zu schlagen, um sie wissen zu lassen, dass alles in Ordnung war. »Aber nicht, wenn Leute in der Nähe sind. Wenn du jemanden siehst, nicht tanzen.«

Sie zog los, um ein Motiv zu suchen. Ihr war klar, dass sie eine bewusste Entscheidung gefällt hatte – ihr Leben fortan ganz und gar dem Malen zu widmen, im Zentrum ihres eigenen Schaffens zu bleiben, auch wenn sie sich damit an der Peripherie der Kunstwelt befinden mochte. Nicht Barbeaus Ausstellung würde sie zu einer Künstlerin machen. Nur das Malen.

An einer geeigneten Stelle blieb sie stehen, stellte Klapphocker und Staffelei auf, pinnte Packpapier auf ein Brett, verdünnte ihre Ölfarben mit Malbenzin und vermischte sie mit dem Fassadenlack. Diese Farbe war so billig, dass sie ungehemmt drauflosmalen konnte, aber sie trocknete so schnell, dass sie zügig arbeiten musste. Mühevolle Kleinarbeit kam auf dem Papier nicht in Frage. Jetzt war sie bereit.

Um einen Baum oder ein Totem zu malen, musste sie lange hinschauen, bis ihr Motiv keinem anderen Baum oder Totem mehr glich. Bei Totems war das leicht, bei Bäumen schon schwerer. Ohne einen Totempfahl als natürlichen Blickpunkt musste sie das Chaos einander überlappender Formen sortieren, eine Auswahl treffen. Wahrscheinlich galten die Wälder des Nordwestens deshalb als nicht malbar, weil sie so dicht waren. Sie musste das beiseite schieben, innerlich ganz still werden, um ein Thema kommen zu lassen.

Reglos saß sie da, lauschte einem gurgelnden Bach, dem Wind, der in den Kronen seufzte, dem melodischen *Kluu-klack* der Raben, dem *Njiep-njiep* der Spechtmeisen – alles atemberaubend schöne Geräusche. Ihr war, als höre sie den kühlen, reinen Atem wachsender Wesen – Farnwedel, Ahornblätter, Wachslilienblüten, Baumstämme, ein jedes an seinem rechtmäßigen Platz.

Wie in Trance suchte sie eine Zeder aus, einen mächtigen, sich nach oben verjüngenden Baum. Wenn es ein malenswertes Porträt gab, dann das Porträt eines Baums. Aber ein Porträt musste das *Wesen* erfassen. Der zerfurchte, umbrafarbene Stamm dieser Zeder, der sich emporreckte, dem Licht entgegen. Es war mehr als nur ein Baum, und wenn er noch so grandios aussah. Es war die Verkörperung dessen, was sie hierher geführt hatte: des Strebens. Nicht nur der Baum war ihr Sujet, sondern diese Idee. Die *Dinge* auf einem Bild waren nur bruchstückhafte, sichtbare Manifestationen einer leisen Stimme, die eine Wahrheit flüsterte.

Als sie zu malen begann, erkannte sie einen Rhythmus in den sich wiederholenden Formen des Baums, im Emporstreben der Rindenfurchen, in den abwärts greifenden Wurzeln, den schwerbeladenen Ästen, die mit den Ästen anderer Zedern verflochten waren. In einem Schwung vereinte sie das Geäst zu einem einzigen Mantel aus Zedern. Ihr schwingender Arm wurde ein fließender Wirbel von Grün, in dem sich der Atem der Äste benachbarter Zedern vermengte, alles sich gegenseitig stützte, ein Ganzes wurde.

Von tiefer Liebe erfüllt, summte Emily vor sich hin, sang Fetzen von *Breathe on Me, Breath of God.* Sie fühlte sich dem Schöpfer unsagbar nahe, als wäre sie ein Instrument seiner Gegenwart. Eines Tages, wenn sich etwas Gotthaftes in ihr in vollem Einklang mit dem Gott um sie herum befand, würde sie das eine wahrhaftige Bild malen. Vielleicht würde es ja passieren, wenn sie – wie ein Indianer, der in seinem Totemgeist lebt und zu dem wird, was er verehrt und fürchtet – keinen Unterschied mehr zwischen sich und dem Schöpfer empfand. Direkt vor ihren Augen zeigte sich etwas: Je mehr sie in das Leben des Baumes schlüpfte, als ein einziger Atem, der ein- und ausströmte wie die Gezeiten, ein einziges Herztrommeln, desto lebendiger wurde ihr Werk. Oh, was für eine Freude!

37 Frosch

Emily saß auf der Wohnwagentreppe und studierte die Arbeiten der letzten Woche. Es waren kleine private Wunder, ein gelungener Zweig, ein Stück Raum, stimmig und realistisch, aber das Ganze – wie man den Wald zum Ausdruck bringen konnte – entzog sich ihr noch immer.

Sie hörte Frauenstimmen. Lizzie und Alice! Großer Gott! Harold war irgendwo im Wald, konnte jeden Moment aus schierer Lebensfreude in wildes Getrommel ausbrechen. Wen musste sie hier vor wem schützen?

Lizzie kam mit zügigen Schritten auf sie zu, und Alice wieselte hinter ihr her, den Kopf gesenkt, um auf den Weg zu achten.

»Überraschung!«, riefen sie im Chor.

»Wie habt ihr mich gefunden?«

»Der Waldhüter hat uns den Weg gezeigt, und dann haben wir dich singen hören«, sagte Alice.

»Niemand anders konnte so falsch singen und solche Freude daran haben«, sagte Lizzie.

»Wir haben etwas zu essen mitgebracht: Lizzies Corned Beef.« Alice stellte ihre Tasche auf den Picknicktisch.

»Und einen Kohl. Und Tomaten aus deinem Garten – wenn sie nicht völlig zerquetscht sind«, sagte Lizzie. »Und Teller auch.«

»Familiensonntagsmahl, nach wie vor Tradition«, sagte Emily.

»Und du hast dein Zigarettenzeug vergessen.« Alice griff in ihre Tasche und zauberte Emilys Blechdose mit dem Zubehör zum Zigarettendrehen hervor.

»Halleluja! Danke!« Emily verbeugte sich leicht. »Ich habe hier schon alles danach durchwühlt.«

Lizzie stellte ihre Taschen ab und schaute sich um, unablässig gegen die Mücken anwedelnd. Die beiden machten sich an die

Zubereitung des Essens und fragten Emily nebenbei nach ihrem Leben hier aus. Sie wollten ganz genau wissen, wie das mit dem Waschen und Kochen ging. »Aber was machst du, wenn du, na, du weißt schon – wenn du dich erleichtern musst?«, wollte Lizzie wissen.

»Was glaubt ihr, wie sie das in Galiläa gemacht haben?« Emily deutete in den Wald.

»Findest du's nicht deprimierend hier draußen?«, fragte Lizzie, und ihre Stimme war so dünn wie ein Bleistiftstrich. »Es ist so – schattig.«

»Nein. Alles hier *wächst*. Wenn man lange genug hier bleibt, wächst man auch. Ihr wisst doch, wie es bei Jesaja heißt: ›Die Wüste und Einöde wird frohlocken.‹ Der nächtliche Froschgesang kann es mit jedem Chor aufnehmen.«

»Hast du keine Angst? Fühlst du dich nicht einsam?«

»Doch, schon, aber es tröstet mich zu wissen, dass ich nicht allein hier draußen bin.« Sie zeigte ihnen die Zeichnung, die sie zu Hause gemacht hatte, von dem imaginären Wald mit lauter Augen.

»Da bekomme ich eine Gänsehaut!«, rief Alice.

»Gut. Ich auch. Der Wald ist Zuflucht für Millionen Lebewesen.«

»Du sagst es.« Lizzie kicherte und klatschte sich auf den Arm.

Emily reichte ihr das Mückenöl. »Oder ich kann dir eine Zigarette drehen, wenn dir das lieber ist. Das funktioniert auch.« Lizzie rümpfte angewidert die Nase, was Emily enorm befriedigte. »Sieh es einfach als ein Paradoxon der Natur, dass ein so zartes Geschöpf so boshaft sein kann.«

»Und wie geht es mit der Malerei?«

Alice fragte. Die Gute! Sie fragte danach.

»Besser denn je. Ich glaube, ich ahne jetzt, wie man Ideen sehen kann, statt nur Dinge.«

Das schien echtes Interesse zu wecken. Emily breitete zwanzig neue Ölbilder auf Papier auf dem Picknicktisch aus. Ihre Schwestern betrachteten sie ohne jeden negativen Kommentar, wenn auch ohne überschwängliches Lob. Was war nur über sie gekommen? Hatte die große Kuchen-Verweigerung ihnen etwas klar gemacht?

»Schön, dass du keine indianischen Sachen mehr malst«, verkündete Lizzie.

»Ja. Schön.« Sollte Lizzie es doch deuten, wie sie wollte. Sie hatte ihre eigene Erklärung. »Ich male jetzt das Leben selbst und den Geist des Lebens, so wie ich ihn sehe.«

Donner grummelte, grollte, krachte, und Harolds Trommel imitierte ihn.

»Was war das?«, fragte Lizzie.

Emily drehte sich eine Zigarette und schaute sich um, wie sich Claude damals nach Spionen umgesehen hatte. »Die Apokalypse?«

Meisen stellten ihr Zwitschern ein, und ein Eichhörnchen verkroch sich unter einem umgestürzten Baum. Blitze knisterten so nah, dass Emilys Schlüsselbein vibrierte. In der darauf folgenden Stille schmetterten die Frösche ihre Erregung hinaus, manche in tiefstem Bass, andere im Falsett. Dicke Tropfen fanden ihren Weg durch das Kronendach. »Ist es nicht großartig, wie sich die Bäume erfrischen, wie ein Ast dem nächsten darunter zu trinken gibt?«

»Aber unser schönes Picknick!«, jammerte Alice.

»Das wird nicht lange gehen. Es ist nur ein Sommerschauer.«

Emily hoffte, dass es wirklich nur das war. Dann würde sich Harold vielleicht irgendwo unterstellen und nur einen Trommelwirbel loslassen, um ihr mitzuteilen, dass alles in Ordnung war.

Unter dem Segeltuchvordach sahen sie zu, wie sich der Wald dunkler färbte und das Grün zu leuchten begann. An jeder

Ahornblattspitze zitterte ein Tropfendiamant. Farnwedel wippten von dem Regen, der sie traf.

»Das Wetter hält die Leidenschaft lebendig«, sagte Emily. »Hier drängt einem keiner die Landschaft auf. Man muss sie so sehr wollen, dass man dafür in Kauf nimmt, zu frieren, patschnass und zerstochen zu werden.«

Lizzie erstarrte jäh. Nur ihre Augen bewegten sich noch. »Habt ihr das gehört?«, fragte sie.

Harolds Trommel hallte durch den Wald, gefolgt von Indianergeheul. Emily verkniff sich das Lachen. Sie hätte es ihr sagen müssen, aber die Panik auf Lizzies Gesicht war Gold wert, und sie wollte sie noch für einen Moment genießen. Langsam wandte Lizzie den Kopf, um den Wald abzusuchen.

Harold stieß ein neuerliches Geheul aus und tanzte zwischen den Bäumen auf sie zu, über Farnkraut stolpernd, den Schuhkarton an sich gedrückt. Als er die Schwestern sah, hielt er inne. Schnell schob er den Schuhkarton unter die Segeltuchmarkise ins Trockene und versuchte, die Trommel hinter seinem Rücken zu verstecken. Wasser troff ihm vom Kinn.

Emily studierte Lizzies Reaktion – Augenbrauen zusammengezogen, Mund offen, Hand auf der Brust. Sie zog Harold unters Vordach und stellte den Schuhkarton in den Wohnwagen.

»Harold, das sind meine Schwestern, Alice und Lizzie.«

»Deine Trommel!«, sagte Alice.

Emily war klar, dass die beiden Harold, wenn sie ihn im Garten oder im Apartmenthaus helfen sahen, für eine bezahlte Kraft gehalten hatten, und sie hatte nichts getan, um das Missverständnis aufzuklären. »Harold ist ein guter Freund von mir. Seine Eltern waren Missionare am Skeena River, Lizzie. Er leistet mir hier für eine Weile Gesellschaft.«

Lizzie erstarrte.

Langsam, um diesen köstlichen Moment voll auszukosten, zeigte Emily durch die Bäume auf sein Zelt. »Sein Camp ist da drüben. Er arbeitet an einem wichtigen Projekt. Er hat viel dazu beigetragen, dass ich mich wieder ernsthaft der Arbeit zugewandt habe, und dafür bin ich ihm sehr dankbar. Trockne dich ab und komm rein, Harold. Es gibt gleich Essen.«

Sie drängten sich alle in dem dampfigen Wohnwagen, und Joseph schleuderte aus seinem Käfig Körner auf Alices Essen. Regen schlug klickend auf das Blechdach, rann an den Kanten hinab und bildete ringsum Pfützen. »Wie in Noahs Arche, was?«, sagte Emily.

»Wirklich ganz gemütlich«, bestätigte Lizzie und spähte zur offenen Tür hinaus. »Sind Sie auch im Bereich der Mission tätig, Harold?«

Auf ihre Weise bemühte sie sich.

»Nein.«

»Ihre Eltern müssen ja unendlich viel Gutes getan haben, indem sie den Eingeborenen das Wort Gottes brachten. Erzählen Sie uns doch, was sie gemacht haben.«

»Sie haben sie Kirchenlieder singen lassen und ihnen das Tanzen verboten.«

»Ach, ja, und was noch?«

»Gemeine Sachen. Sie haben die Jungen ihren Familien weggenommen. Den Indianer aus ihnen rausgeprügelt. Ich will nicht drüber reden.« Er starrte auf seine Füße. *»Du sollst nicht die Dinge nehmen von mir«*, murmelte er.

Lizzie presste ihr Kinn an die Brust.

»Dann sind Sie also Künstler, so wie Emily?«, fragte Alice, wie immer die Friedensstifterin.

»Em'ly. Em'ly ist Malerin«, krächzte der Papagei. »Lieber will ich verhungern.«

»Jedem das Seine, Joseph«, sagte Emily.

»Nein. Ich bin Schriftsteller«, stieß Harold hervor.

Emily seufzte tief. So fing es an: Zuerst kam der innere Drang, dann der Versuch und schließlich die Ankündigung.

»Das ist ja wundervoll. Was schreiben Sie?«, fragte Alice.

Harold wich ganz an die Wand zurück. »Einen Gesang über mich selbst und meine indianischen Freunde. *Harold Cook ein Kanadier.*«

Alice neigte sich näher zu Harold, um ihr lehrerinnenhaftes Interesse zu bekunden. »Könnte ich irgendetwas lesen, das Sie geschrieben haben?«

Er sah verwirrt drein. Wahrscheinlich hatte ihn das noch nie jemand gefragt. Der nächste Schritt, nämlich mit diesen selbst verfassten Seiten an die Öffentlichkeit zu treten, war zu viel für ihn. Er wandte sich Emily zu. »Sie sollen lesen. Lesen Sie *Grashalme.*«

»Na gut.« Das war ihr lieber als Lizzies sonntägliche Bibellesungen.

»*Bleib diesen Tag*«, soufflierte ihr Harold.

»*Und diese Nacht bei mir, und du sollst den Ursprung aller Gedichte haben*«, sagte sie, in der Hoffnung, dass es so wäre.

»*Du sollst das Gute von Erde und Sonne haben*«, fuhr Harold aus dem Gedächtnis fort und wiegte sich zum Trommeln des Regens und dem Quaken der Frösche.

> Du sollst nicht länger die Dinge nehmen aus zweiter und
> dritter Hand, noch schauen mit den Augen der Toten …
> Du sollst auch nicht schauen durch meine Augen, noch
> die Dinge nehmen von mir,
> Du sollst lauschen nach allen Seiten und sie filtern durch
> dich selbst.

Er lächelte. Offenbar freute er sich über die gelungene Überraschung.

Emily nickte anerkennend. Das musste die beiden eigentlich auf Whitman einstimmen. Sie blätterte. Was lesen? *Ich singe den Leib, den elektrischen.* Nein, nichts mit Leibern. *Ich höre und sehe Gott in jeglichem Ding.* Nein. Lieber nicht. Im Geist hörte sie Lizzie schon protestieren: »Gott ist im Himmel, wo er hingehört. Er hat die Bäume nur *gemacht*, am dritten Tag. Er ist nicht *in* ihnen.« Lieber etwas Subtileres, weil sie ja so nett gewesen waren. Sie suchte die Passage, in der Whitman sagte, dass ein Grashalm nicht geringer sei als das Tagwerk der Sterne und die Baumkröte ein Meisterstück vor dem Höchsten, aber ihr Blick fiel auf eine Stelle, die zum Regen passte, und sie begann zu lesen:

> Lächle, o wollüstige, kühlatmige Erde!
> Erde der schlummernden, verschwimmenden Bäume!
> Erde erloschenen Sonnenuntergangs, Erde der dunstgegipfelten Berge! …
> Erde durchleuchteten Wolkengraus, heller und klarer um meinetwillen! …
> Lächle, denn dein Liebender kommt.

Lizzie sprang auf. »Der Regen hat aufgehört!«, verkündete sie resolut. »Wir sehen besser zu, dass wir zum Bahnhof kommen.« Sie packte ihre Sachen zusammen.

Emily legte die Finger ans Kinn. War es Whitman oder Harold, der sie so überstürzt zum Rückzug blasen ließ?

»Oh, fast hätte ich's vergessen«, sagte Alice. »Ich habe deine Post mitgebracht.«

In der Mitte des Stapels erspähte Emily einen Brief mit dem Absender *Barbeau*. Eine Flutwelle krachte gegen ihre Brust.

»Alice! Der Brief ist von Marius Barbeau. Warum hast du mir das nicht gleich gesagt?«

»Ich konnte die Schrift nicht lesen.«

Emily riss den Umschlag auf. Ihre Augen waren schneller als ihre Stimme.

Das Nationalmuseum in Verbindung mit der Kanadischen Nationalgalerie würde sich freuen, wenn Sie sechzig Bilder auswählen könnten, unter denen wir wiederum eine Auswahl für eine große Ausstellung von Kunst der kanadischen Westküste, indigen und modern treffen werden. Die Ausstellung in der Nationalgalerie in Ottawa wird am 2. Dezember 1927 eröffnet und im Anschluss in der Kunstgalerie von Toronto sowie im Kunstverein von Montreal gezeigt.

Emily juchzte vor Freude und warf den Brief Harold hin, schnappte ihn sich dann mit zitternden Händen wieder, um den Rest zu lesen.

Die Präsentation kanadischer Nationalkunst sollte umfassend sein. Daher ist es Ziel der Ausstellung, erstmals die Kunst kanadischer Westküstenstämme mit den Werken moderner Künstler zu kombinieren, um so das Verhältnis beider zu analysieren. Wir würden uns ferner freuen, wenn Sie auch Proben Ihrer Teppiche und Keramiken schicken könnten. Mr Eric Brown, der Vertreter der Nationalgalerie, wird Ihnen nächsten Monat die Einzelheiten zugehen lassen.

Emily fasste Wuu an den behaarten Armen, hob sie auf den Picknicktisch und tanzte mit ihr. Harold fiel stolpernd und trommelnd mit ein. Die Frösche quakten laut, außer sich vor Freude. Ihretwegen, das wusste sie. Für sie. Lizzie blieb der Mund offen stehen, als wäre die Erde aus der Bahn geraten. Alice klatschte in die Hände. Emily ließ Joseph aus dem Käfig. »Malerin, Malerin«, soufflierte sie ihm.

»Em'ly ist Malerin«, krächzte Joseph.

Er kreischte es lauter, und Harold schrie, wild herumtanzend: »Emily *ist* Malerin!«

38 Espe

Emily zwängte eine Hammerklaue hinter eine waagrechte Latte ihres Gartenzauns und hebelte. Zuerst leistete die Latte Widerstand, dann löste sie sich mit einem lang gezogenen Ächzen. Zufrieden legte Emily das Holz auf den Stapel neben sich. Bei jeder Latte hatte sie das Gefühl, wieder ein Stück von dem einzureißen, was sie eingesperrt hatte.

Lizzie kam mit einem Korb voller Äpfel durchs Gartentor. »Was, in aller Welt, machst du da?«

»Latten losstemmen, was sonst?«

Mit einem satten Ächzen löste sich ein weiteres brauchbares Exemplar.

»Ohne den Zaun wird Tantrum zu uns rüberlaufen und Alices Garten aufbuddeln.«

»Ich nehme ja nur die obersten weg. Davon kriegt man lediglich Platzangst.« Sie ließ den Hammer auf die Erde fallen. »Hast du auch nur die leiseste Ahnung, was es kosten würde, Rahmen für sechzig Bilder zu kaufen? Ich habe keine andere Wahl. Also – danke für die Äpfel, aber lass mich weiterarbeiten.«

Zuerst machte Lizzie ihr verkniffenes Gesicht, aber als Emily wieder aufblickte, war ihr Mund weicher geworden, und sie hatte den Korb abgestellt. »Ich dachte, ich wüsste alles über dich und deine Künstlerträume. Aber das stimmt nicht. Ich wusste nicht, *wie* wichtig dir das ist.«

Eine Stunde später war Emily dabei, unter dem Ahorn Latten zu schmirgeln, als Lizzie und Alice anmarschiert kamen. Himmel, hilf!, dachte sie.

»Wir finden, du solltest hinfahren«, sagte Lizzie.

»Wohin?«

»Nach Ottawa. Zu der Ausstellung.«

Sie lachte bitter. »Ich klopfe hier Nägel gerade, um sie wiederverwenden zu können, und ihr meint, ich soll eine Vergnügungsreise machen?«

»Ja, das meinen wir.« Alice überreichte ihr ein Blatt Papier.

Sie las Alices steife Lehrerinnendruckschrift.

Schuldenerlass
Hiermit erkläre ich, dass Emily Carr sämtliche Schulden aus Hypothekendarlehen vom 1. Juni 1913 erlassen sind und ich den noch offenen Betrag von $ 3138,80 streiche.

Darunter ihre schnörkelige Unterschrift: Alice Carr.

Emily musste sich setzen. »Warum?«

»Das Geld zurückzubekommen bedeutet für mich nicht so viel, wie es für dich bedeutet, die monatlichen Abzahlungsraten los zu sein.«

»Es handelt sich schließlich nicht um *irgendeine* Kunstausstellung«, sagte Lizzie. Ihr Mund, normalerweise ein schmaler Strich, war jetzt ein hübsches Lächeln.

Emily schüttelte verblüfft den Kopf. Sie fühlte, wie die innere Verhärtung, hinterlassen von den jahrelangen Kritteleien ihrer Schwestern, plötzlich aufbrach.

Lizzies Lächeln wich einer entschlossenen Miene. »Ich werde mich um die Tiere und um die Mieter kümmern. Also, fährst du nun hin?«

Emily starrte die beiden fremden Wesen an, bis Alice eine Fliege verscheuchte und sie den Fingerstumpf wiedererkannte. »Zuerst die Vorhänge und jetzt das. Seid ihr sicher?«

Synchrones, energisches Nicken. Emily musste lachen.

»Werden sie denn erkennen, was in mir steckt? An diesen Indianerbildern, die keiner mag?«

Lizzie zögerte, als hätte sie sich diese Frage auch schon gestellt.

»Das wirst du nie erfahren, wenn du nicht hinfährst«, sagte Alice.

Emily putzte sich die Nase. Die beiden meinten es durch und durch ehrlich. »Ich weiß nicht, wie ich euch danken soll. Meine eigenen Schwestern – und ich weiß nicht, wie ich es danken soll.«

»Dank es uns, indem du diesen Zaun in Ruhe lässt!«, sagte Lizzie.

Der Schwung trug sie durch die nächsten sechs Monate. Sie brütete über ihren Skizzenbüchern und Aquarellstudien mit indianischen Sujets und malte neue Ölbilder. Jeden Morgen um sechs stand sie an der Staffelei. Es hieß, wieder Totempfähle zu malen. Aber die Bäume waren ja schon jahrhundertelang da. Sie würden also auch noch weitere hundert Jahre auf sie warten. Überall stapelten sich Bilder, sodass sie sich in ihrem Studio kaum noch rühren konnte.

»Sie wohnen in einem Indianerdorf«, sagte Harold, als er hereinkam, nachdem er den ganzen Vormittag damit zugebracht hatte, eine Frachtkiste zu zimmern, mit Abstandhaltern, damit die noch frischen Bilder unterwegs trocknen konnten. Verwirrt, weil noch so viel zu tun war, drehte er sich langsam im Kreis und fiel schließlich hin. Es war beinahe zu viel für ihn. »Ich kann's nicht.«

»Doch, du kannst es, Harold. Du machst es prima. Ein Bild malen kann jeder Affe«, erklärte sie ihm, »aber um eine Kiste zu bauen, muss man ein wahres Genie sein.«

Sein Körper zuckte vor unbändigem Stolz. »Swanaskxw.«

Sie aß Erdnussbutterbrote und Äpfel von zu Hause und betrachtete durch das Zugfenster den trüben Winterhimmel. Es war ein breites Erster-Klasse-Fenster, da ihr Eric Brown, der Direktor der Nationalgalerie, die Fahrkarte geschickt hatte. Vor Anspannung konnte sie kaum denken. Sie fühlte sich verpflichtet, sich der Unterstützung durch ihre Schwestern würdig zu erweisen, und dieses Gefühl war etwas ganz Neues für sie. So ähnlich, dachte sie, wie sich ein Mann wohl verpflichtet fühlen musste, seine Arbeit im Geschäft gut zu machen, um zu Hause für gefüllte Teller zu sorgen. Sie lächelte, als sie daran dachte, wie Alice und Lizzie am Kai beim Ablegen der Fähre mit ihren Tüchern gewinkt hatten. Und wie Harold ein paar Freudensprünge vollführt und mit beiden Armen wild gefuchtelt hatte. Als der Zug die Rockies erklomm, legte sich Emilys Aufregung ein bisschen, weil die schneebedeckten Gipfel sie beruhigten, doch als er die endlose Prärie durchquerte, kribbelte es wieder in ihrer Magengrube.

Sie las die Broschüre, die Barbeau ihr geschickt hatte und die über die anderen ausstellenden Künstler berichtete, eine gewisse »Gruppe der Sieben«, von der sie noch nie gehört hatte. Diese Gruppe war der Meinung, die Nation brauche einen neuen Kunststil, geboren aus der Zwiesprache des Künstlers mit der weiten und vielfältigen Landschaft Kanadas. Die Maler waren gemeinsam durch die Wildnis gewandert, hatten an Lagerfeuern künstlerische Einsichten ausgetauscht, einander gegen die Presse verteidigt – eine Bruderschaft. Lauter Männer. Alle jünger. Alle aus dem Osten. Alle erfolgreich. Wie passte sie da dazu?

Am Abend des Eröffnungsempfangs fiel ihr Blick in den Spiegel des schäbigen Hotelzimmers. Oh, Graus! Ihr Haar konnte sich für keine Richtung entscheiden, ihr Körper beulte sich an den falschen Stellen, ihr Busen war irgendwie in das schwarze Kreppkleid gepresst, das Alice ihr genäht hatte. Sie sah aus wie ein bauchiger Ofen und fühlte sich wie eine alte Pensionswirtin. Aller Mut würde sie verlassen, wenn sie nicht sofort aufbrach. Ihre Hände zitterten, als sie die Tür hinter sich abschloss.

Sie ging zu Fuß zur Nationalgalerie, wo Marius Barbeau gerade die Trommel schlug und aus voller Kehle einen Tsimshian-Gesang schmetterte. Er hielt inne und begrüßte sie, schlug einen Trommelwirbel und verkündete ihre Ankunft. Emily wurde rot, zupfte an ihrem Kleid und zog die Handschuhe aus, um Hände zu schütteln. Eric Brown, jung, vornehm und gut aussehend, mit einer braunen Haartolle in der Stirn, nahm zur Begrüßung ihre Hände in seine.

»Danke für die Fahrkarte. Es war eine herrliche Fahrt«, sagte sie.

Er machte sie mit einigen Gästen bekannt. »Sie ist eine der interessantesten Malerinnen in ganz Kanada. Wir waren verblüfft, als ihre Bilder kamen.«

Sie war verblüfft von seinen Worten, so verblüfft, dass sie nur ein wirres Antwortgemurmel zustande brachte.

»Und auch verblüfft über die Versandkisten«, setzte Marius hinzu. »So stabil gebaut wie Schiffe, mit so vielen Nägeln, dass wir einen ganzen Tag gebraucht haben, um sie aufzubekommen.«

Emily grinste. »Die hat Harold Cook gebaut. Sie wissen doch, der Mann, der die ganzen Bilder aus dem Keller heraufgeschleppt hat.«

Marius reichte ihr einen Zeitungsausschnitt aus dem *Ottawa Citizen*. Einen Absatz hatte er rot angestrichen.

Es ist eine große Befriedigung für jeden Menschen, der an der Bewahrung eingeborener Kunst interessiert ist, zu sehen, dass Emily Carr aus Victoria, British Columbia, jetzt endlich entdeckt worden ist und ihr Werk die Aufmerksamkeit erfährt, die es verdient, nachdem sie in ihrer Heimatprovinz fünfzehn Jahre lang verkannt wurde. Ihre Bilder sind der wichtigste Beitrag zur historischen Kunst der Pazifikküste. Miss Carr ist von zentraler Bedeutung für den kanadischen Westen, nicht nur wegen ihrer Sujets, sondern auch wegen der Art und Weise, wie sie an diese herangeht.

»Sehen Sie?«, sagte er.

Das Zeitungsblatt an die Brust gepresst, ging Emily durch die Säle. Ihre Bilder dort ausgestellt zu sehen, zwischen Haida-, Kwakiutl- und Tsimshian-Totempfählen, geschnitzten Festschüsseln, Zeremonialdecken, Körben und Masken – Freude durchzuckte sie. Harold hätte nicht still stehen können.

Aber wie waren die Leute an diese Artefakte herangekommen? Waren es Leihgaben, so wie Bilder, oder …? Oder das Undenkbare. Eine mächtige Rabenmaske mit langem Schnabel dominierte den zentralen Teil einer Wand. Kwakiutl stand auf dem Schildchen. Ein einzelner dumpfer Trommelschlag vibrierte in ihrer Brust. Die Maske hatte bestürzende Ähnlichkeit mit der bei dem Potlatch in Mimkwamlis. Halte deine Zunge im Zaum, ermahnte sie sich. Verdirb nicht alles, indem du dich ereiferst. Sie redete sich ein, dass sie sich ja nicht sicher sein konnte.

Die Körbe hatten nur traditionelle Muster. Sophies Einzelstücke wären wesentlich spektakulärer gewesen. Emily hätte sich dafür ohrfeigen können, dass sie Marius die Körbe nicht gezeigt hatte. Sie suchte nach den Namen der Korbmacherinnen. Nichts. Nur bei einigen stand wenigstens der Stammesname. Offenbar hielt man Individuen für unwichtig. Emily wrang ihre Handschuhe wie einen Putzlappen.

Sie stellte pikiert fest, dass sie einige ihrer Lieblingsgemälde nicht finden konnte. Bis sie ihre Bilder zählte. Es waren sechsundzwanzig Stück. Ihre Werke dominierten die Ausstellung. Aber durfte sie wirklich nachzählen? Hier ging es nicht um ihr Ego. Hier ging es um einen optischen Eindruck.

Emily wanderte in einen anderen Saal, und es war, als beträte sie eine andere Welt. Überall zugefrorene Seen und Wasserfälle, schroffe Felsen und weite, unausgestaltete Räume, angefüllt mit Emotion. Dieser Saal gehörte Lawren Harris, J.E.H. MacDonald, Frederick Varley und anderen aus der Gruppe der Sieben. Die dunkle Silhouette einer zerzausten Kiefer, die sich mit aller Kraft an einen Felsen am Ufer eines windgepeitschten Sees klammerte, erschien ihr wunderschön, sparsam und von unsäglicher Einsamkeit. Sie blieb vor einer Rocky-Mountains-Landschaft stehen – so rein und schlicht, so tief spirituell, dass ihr fast schwindlig wurde.

Marius berührte sie am Arm. »Sie sehen aus, als hätten Sie einen Geist erblickt.«

»Keinen Geist. Aber Gott vielleicht. Nichts drüben in Frankreich hat mich so berührt wie diese Bilder. Dieser Lawren Harris ist wirklich erstaunlich – seine Art, wie er alles Überflüssige eliminiert. Dieses dramatische Licht …« Sie schlug sich an die Wange. »Als ob er eine elementare Lebensenergie in der Wildnis leuchten sähe. Genau das, was ich fühle – aber er malt es.«

»Möchten Sie ihn kennen lernen?« Marius zeigte auf einen Mann mit grauen Schläfen und einem zweigeteilten Schnurrbart. Er stand keine fünf Meter von ihr entfernt und lächelte sie an.

Der uralte Ausstellungstrick – der Künstler tat, als wäre er ins Gespräch vertieft, während er in Wirklichkeit nur in der Nähe seiner Werke stand, um die Äußerungen der Besucher aufzuschnappen. Sie hätte es wissen müssen.

»Ihre Arbeiten bringen die Seele Kanadas zum Ausdruck – das, wonach ich immer schon strebe. Wenn ich doch nur für meinen geliebten Westen das tun könnte, was Sie für die Berge und die Wildnis des Nordostens tun!«

»Sie haben es getan, und Sie werden es weiter tun«, erwiderte Lawren Harris.

Gemeinsam gingen sie im Saal umher und unterhielten sich leise über die Bilder. »Sie vereinfachen mit solcher Leichtigkeit, nehmen sich Freiheiten, wo ich mich abmühe«, sagte Emily. Seine kahlen, winterlichen Espenstämme und die bleichen Wolkenschichten versetzten den Betrachter in eine stille, schlichte Welt, die von allem überflüssigen Schnickschnack befreit war, sodass nur heitere Ruhe übrig blieb.

»Ich habe das Gefühl, wenn ich diese Espe lange genug anschauen und richtig in das Bild hineingehen würde, könnte ich Gott finden«, sagte sie.

»Das Gefühl habe ich beim Malen auch. So geht es den meisten von uns, wenn wir heute die kanadische Wildnis malen. Sie sind eine von uns. Sie haben es nur nicht gewusst.«

»Und ich dachte, ich bin ganz allein.«

»Wenn Sie etwas sehen, was eins dieser Bilder besser machen könnte, sagen Sie es mir bitte?«, bat er sie leise.

»Ich? *Ich*?«

Mehr als alles andere, was irgendjemand über ihre Bilder hätte sagen können, freute sie diese Bemerkung – oh, sie würde einen Segen für Lawren Harris erbitten.

»Jetzt merke ich, dass meine Arbeiten mehr den Indianern verdanken als mir«, sagte sie.

»Ganz und gar nicht. Ihre Arbeiten sind eigenständige Kunstwerke.«

»Diese hier zeigen nicht, was ich in letzter Zeit zu malen versuche. Einfach nur Wälder. Meine Formen könnten skulpturaler sein. Meine Farben tiefer. Vor Jahren hat mir eine Squamish gesagt, ich soll den Wald dunkler machen. Ich hätte diesen Rat sofort annehmen sollen.«

Es war nicht so, dass sie so malen wollte wie diese Künstler. Sie wollte einfach nur die Landschaft des Westens genauso sparsam und rein wiedergeben. Sie war weit hinter ihnen zurück, was den Umgang mit Räumen anging. Bei ihnen hatte alles viel mehr Rhythmus, mehr Schwung und Poesie. Aber dafür hatte es nicht die Liebe zum Indianischen, die ihre Bilder besaßen.

»Sie werden Ihren eigenen Weg finden. Es ist keine Frage der Technik. Technik allein ist seelenlos. Sie haben andere Ressourcen, die Sie nutzen können. Das Emotionale und Spirituelle. Das sehe ich dort, wo Sie eher expressiv als abbildend arbeiten.«

»Ja, aber ich finde nicht immer den Weg dorthin.«

»Das Suchen und das Fühlen, das ist wichtig. Gehen Sie wieder in den Norden. Gehen Sie diesmal aus einem anderen Grund.«

»Ja, ich glaube, das werde ich tun.«

Eric Brown kam zu ihnen. »Entschuldigen Sie, wenn ich störe, aber es gibt Interessenten für einige Ihrer Bilder, Miss Carr. Sind sie verkäuflich?«

»Als ob das alles hier nicht schon genug wäre! Ja, sie sind verkäuflich!«

»Und noch eins. Wären Sie daran interessiert, Ihre aktuellen Arbeiten nächstes Jahr bei der Jahresausstellung unserer Nationalgalerie zu zeigen? Wir würden uns sehr freuen.«

»Nachdem ich fünfundzwanzig Jahre darauf hingearbeitet habe? Ich wäre ganz schön verrückt, wenn ich jetzt nein sagen würde!«

Im Hotelzimmer schleuderte sie die Schuhe von sich und warf sich aufs Bett. Sie war wie betrunken vor Dankbarkeit, Liebe zur Kunst und Liebe zu Kanada. Ihr schwirrte der Kopf: Lawrens

Worte – *Sie sind eine von uns* –, seine unglaublichen Arbeiten – *eine von uns* – und – oh, mein Gott.

Sie schrieb an Alice und Lizzie.

Ach, was ich alles erlebt habe! Ich habe ein neues Selbst gefunden, von dem ich gar nicht wusste, dass es existiert. Was habe ich nicht alles nachzuholen! Die Zeit ist bereits so knapp. Schon sechsundfünfzig. Wo bin ich nur gewesen? Jedenfalls war ich bisher nicht wirklich ganz. Von jetzt an soll das Schaffen aus mir herausbrechen wie ein Fluss aus dem Gebirge, rein und ungehemmt. Ich danke euch hunderttausendmal. Drei Bilder habe ich an die Nationalgalerie verkauft, und es gibt noch weitere Interessenten. Die Gruppe der Sieben hat mich für nächstes Jahr zu einer Ausstellung eingeladen. Und die Nationalgalerie ebenfalls. Ich glaube, wenn ihr hier gewesen wärt, wärt ihr doch ein kleines bisschen stolz auf mich.

Sie blätterte den Ausstellungskatalog durch und schrieb auf die letzte Seite:

Es gibt etwas, das größer ist als das Faktische: der Geist, der ihm innewohnt, die Stimmung, die Weite, die Wildheit, die unendliche Weiträumigkeit des Ganzen. Oh, Westen, erdrücke mich nicht mit deiner Größe. Gib mir Schwung und Kraft für das Ringen.

Teil V

39 Rabe

»Nehmen Sie mich mit«, sagte Harold, als sie ihm erklärte, sie werde wieder in den Norden gehen. »Ich kann Ihre Malsachen tragen. Ich kann das Zelt aufstellen. Als Ihr Swanaskxw.«

Es hatte Zeiten gegeben, da wäre ihr ein Reisegefährte, der die indianische Kultur liebte, sehr willkommen gewesen. Es war ja auch nicht so, dass Harold es nicht verdient hätte. Er hatte ihr schon so viel geholfen und würde es auch auf dieser Reise tun. Zumal die Reise für sie sicher anstrengender würde als früher. Sie fürchtete, dass sie nicht mehr genug Durchhaltevermögen hatte.

»Nehmen Sie mich mit nehmen Sie mich mit nehmen Sie mich mit!«, bettelte er. Er ließ sich unter dem Ahorn nieder, schaukelte mit dem Oberkörper und nahm seinen verdrehten Fuß in beide Hände.

So ähnlich hatte sie Vater angebettelt, sie mitzunehmen, als er eine Rundreise auf Vancouver Island machte. Jahrelang hatte sie ihn für gemein und selbstsüchtig gehalten, weil er sie nicht mitnahm. Von ihrer eigenen kindlichen Verzweiflung her wusste sie, wie gefährlich ein falsches Wort sein konnte.

»Mein Illahee.« Bestimmt fing er gleich an zu weinen. »*Du sollst das Gute von Erde und Sonne haben*«, murmelte er und starrte auf das Grasdreieck zwischen seinen Beinen.

Emily setzte sich zu ihm. »Du bist mein Augapfel, Harold. Das weißt du doch. Aber ich kann dich nicht mitnehmen. Ich würde für *dich* malen, aber das geht nicht. Ich brauche die Stille und das Alleinsein, um so zu malen, wie es mir die Orte sagen.«

»Gehen Sie nach Kispiox?«

»Ich weiß nicht. Zum Nass River bestimmt und nach Haida Gwaii.«

»Sie könnten Muldo und Tuuns und Haaydzims finden.«

»Nein, Harold. Das habe ich nicht vor. Vermutlich gehe ich gar nicht nach Kispiox. Vielleicht male ich nicht einmal indianische Motive!«

»Meine einzige Chance.«

Also hatte er ein Gefühl dafür, was auf ihn zukam. Dass es enger um ihn werden würde.

»Ich erzähle dir von allem, was ich sehe. Ich werde dir alle Bilder zeigen.«

Seine Nasenflügel bebten, und Emily wusste, dass er noch nicht aufgegeben hatte. Sie griff in die Tasche ihres Kittelkleids, drehte eine Zigarette und reichte sie ihm. Er zündete sie an, rauchte einen Zug und gab sie ihr dann zurück. Dieses Ritual bestärkte ihn in seinem So-tun-als-Ob. Sie machte es nur, weil sie ihn so gern hatte und es ihr fast das Herz brach.

»Die wichtigen Reisen muss man allein machen. Das weißt du doch. Du hast es auch so gehalten. Und du tust es auch jetzt noch, mit deiner Schreiberei. Überleg doch mal, wie viel Neues du zum Vorlesen hast, wenn ich zurückkomme.«

Den Blick auf den Boden gerichtet, rupfte er Grasbüschel aus.

»Schau mich an«, sagte sie.

Er hob den Kopf. Seine Mundwinkel hingen nach unten. Er öffnete die Hand, streckte sie ihr hin. »Grashalme«, sagte er.

Da nahm sie seine Hand in ihre Hände. »Soll ich es dir borgen, solange ich weg bin?«

Seine Augen wurden groß, und er unterdrückte ein Lächeln, antwortete nur mit einem langsamen Nicken.

»Noch etwas. Es ist nicht gut für dich, wenn du am Strand tanzt, wo dich jeder sehen kann.«

»Warum ist es nicht gut?«

»Die Leute verstehen das nicht. Sie könnten mit den falschen Menschen darüber reden, und dann denkt vielleicht jemand, du könntest ihnen Probleme machen.«

»Wieso? Ich mache keine Probleme.«

»Versprich's mir. Tanz in eurem Garten.«

»Meine Schwester lässt mich nicht.«

»Dann kannst du in meinem Garten tanzen, wenn ich wieder hier bin.«

Nachdem sie in den Dörfern am Skeena und am Nass River mit dem Regen gekämpft hatte, fuhr sie weiter zu den Queen-Charlotte-Inseln. In Skidegate bestanden William und Clara darauf, sie in ihrem neuen Haus mit Glasfenstern und Elektrizität zu beherbergen. William war Vorarbeiter in einer neuen Konservenfabrik und konnte Emily nicht in die Dörfer begleiten, also musste sie jemand anderen anheuern, was sie für vier Tage fünfzig Dollar kostete. Am Abend vor ihrem Aufbruch aßen sie den Fisch, den Clara im Werksladen gekauft hatte, von englischem Porzellangeschirr.

»Wusstet ihr schon, dass das ganze Dorf Angida am Nass River flussabwärts umgesiedelt worden ist, weg von seinen Totempfählen?«, fragte Emily. »Die haben jetzt lauter Löcher – von den Jägern, die sie für Schießübungen benutzen.«

»Schrecklich«, sagte Clara.

»Und Kitwanga ist jetzt eine Bahnstation. Die Totempfähle, die am Fluss standen, sind am Bahnhof einzementiert, für irgendwelche dummen Touristen. Man hat sie dick mit grauer Lackfarbe überstrichen. Die ganzen geschnitzten Details, die verwitterten Farben – alles weg.«

»Geh wieder nach Tanu«, sagte Clara. »Geh diesmal auf die Seite des Adler-Clans und sieh dir ›Weinendes Totem‹ an. Er weinte so heftig um seine toten Söhne, dass ihm die Augen herausfielen.

Seine Freunde mussten sie ihm wieder einsetzen, damit er genug sah, um essen zu können.«

»Wie sind die Söhne gestorben?«

»Sie sind von Männern von einem Handelsschiff aus Boston getötet worden.«

»Ich werde das Totem suchen«, sagte Emily.

Auf dem Weg von Skidegate südwärts nach Tanu brach ein heftiger Sturm über das gemietete Boot herein, und sie konnten von Glück sagen, dass sie es bis nach Cumshewa schafften, wo William damals das Segel über sie gehalten hatte, damit sie Rabe im Regen malen konnte. Jetzt hatte die Skulptur für sie etwas sehr Düsteres. Rankenzungen waren in den sechzehn Jahren, seit sie hier gewesen waren, unaufhaltsam gewachsen, leckten an seinem Podest, drohten den Vogel zu verschlingen – die Natur holte sich Rabe zurück. Emily spürte überdeutlich, dass sie nicht nur ein Totem malte, sondern die Beziehung zwischen dem Totem und dem Land, auf dem es stand. Sie würde die Szene diesmal anders malen, skulpturaler, so sparsam wie Lawrens Berge.

Aus einer schweren, blaugrauen Wolke fielen Lichtstrahlen, wie überlappende Gazeschleier. Sie hatte das Gefühl, dass ein machtvolles Wesen ihre Beharrlichkeit, ihre Rückkehr anerkannte. Ihr wurde klar, dass sie jene erste Version vor sechzehn Jahren hatte malen müssen, um jetzt so weit loslassen zu können, dass sie es fertig brachte zu reduzieren. Sie hatte das Herkömmliche aus sich herausmalen müssen, um zu einer authentischeren Ausdrucksform zu finden und um die Grundtatsache vermitteln zu können, dass die Natur alles überdauerte.

Auf der Adler-Clan-Seite von Tanu fand sie Weinendes Totem. Die ausgeprägte Nase und der nur aus einer geraden Kerbe bestehende Mund hatten etwas sehr Würdevolles. Aber das Erstaunlichste waren die Augen: Die Augäpfel hingen in Taillenhöhe der Figur an holzgeschnitzten Sehnen. Vor einem toten Frosch, den der Weinende in den Händen hielt. Nein – es waren keine Sehnen, an denen sie hingen, sondern Tränenströme, die sich aus den geschlossenen Augenhöhlen ergossen. Und die an diesen Tränenströmen hängenden Augäpfel waren zu Gesichtern geschnitzt.

Das Gegenstück der stolzen, glücklichen Totemmutter von Kitwancool: Der Vater von Tanu weinte herzzerreißend um seine unglücklichen Söhne. Was auch immer er für die Haida bedeuten mochte – für Emily weinte dieser Adler-Vater auch um die Pockenopfer im Raven House in Cumshewa. Er weinte um die an Masern gestorbenen Tsimshian am Skeena River. Er weinte um aller Väter Söhne, die in den Krieg geschickt worden waren. Er weinte um Sophies Kinder und um Sophie. Er weinte um Haaydzims und Muldo und Tuuns, die Söhne irgendwelcher Gitksan-Väter, und um Harold und alle Geprügelten, Entstellten, Verlorenen. Seine Tränen schlossen niemanden aus.

Eine Schwere kam über Emily, als sie die weinende Figur zu malen begann. Die strömenden Tränen fahlblaugrau wie der Tod. Im Hintergrund eine vorrückende Armee dunkler, kegelförmiger Bäume, von hinten angestrahlt aus bedrohlichen Wolken, schwer von noch nicht vergossenen Tränen. Es war wie ein Zeichen, das sie nach Hause zurückrief.

40 Sanderling

»Sie sind wieder da!«, rief Harold, als sie ihm die Tür aufmachte, Tasche und Jacke in der Hand. »Ich habe gewartet und gewartet.«

»Mein lieber Harold! Komm, begrüße mich erst einmal richtig.«

Unbeholfen breitete er die Arme aus und wartete darauf, dass sie auf ihn zuging.

»Ich habe dir so viel zu erzählen, aber ich bin gerade auf dem Weg zur Fähre. Komm doch noch für einen Moment rein.«

Er ging geradewegs zu Wuu, die in ihrer Ecke angekettet war, und hob sie auf seine Schulter.

»Bist du ihretwegen hier oder meinetwegen?«

Sie liebte sein verlegenes Lachen.

»Waren Sie in Kispiox?«

»Zwei Wochen war ich am Skeena River, und nur einen einzigen Tag hatte ich schönes Wetter, und das war in Kispiox. Ich hatte das Gefühl, du gehst neben mir her.« Sie durchsuchte ihre neuen Aquarelle und fand eins von Kispiox, mit schiefen Totempfählen. »Ich glaube, zwei Dutzend standen noch. Ich habe eine prima Studie von Froschfrau gemacht, die mir letztes Mal entgangen war. Erinnerst du dich an diesen Pfahl?«

Er nickte. »Haben Sie Muldo und –«

»Nein. Die sind jetzt Männer wie du und arbeiten vermutlich in einer neuen Sägemühle.«

Emily wollte es lieber schnell hinter sich bringen. Sie erzählte ihm von der wetterfesten, grauen Farbe in Kitwanga, von den verfallenden Pfählen, von den ganz verschwundenen. Aber seine gefurchte Stirn und die Augen, die kaum die Tränen zurückhalten konnten, warnten sie. Sie musste das Thema wechseln.

»Ich habe mir einen Mücken-Schutzanzug gemacht. Dicke Segeltuchhosen mit Stegen unter den Schuhen und einen Kopfsack mit einer Glasscheibe zum Durchgucken. Zwei Paar Handschuhe, eins aus Leder, und selbst da haben die verflixten Mücken noch durchgestochen!«

Sein wehmütiges Lachen ermutigte sie.

»In Haida Gwaii habe ich bei einem Sturm praktisch Schiffbruch erlitten und bin bei rauer See von einem norwegischen Fischerboot gerettet worden. Ich bin schrecklich seekrank geworden! Trotzdem habe ich dreißig Aquarelle von dort mitgebracht und noch einige Zeichnungen. Ich bin begeistert. Sie gehören zum Stärksten und Schönsten, was ich je gemacht habe. Die Lockerungsübungen auf Papier, damals in Goldstream, haben mich richtig befreit.«

»Die in unserem Camp?«

»Dein Trommeln dort im Wald hat mir auch viel geholfen. Ich bin richtig im Malfieber.«

Harold berührte den Rand einer Aquarellstudie aus Kitwanga: Wolf im Mittelteil eines Pfahls, vor einem Langhaus. Das Totem nahm fast die gesamte Bildfläche ein. Die Intensität dieses neuen Nahaufnahmenstils gefiel ihr. Harolds Zeigefinger streichelte Wolfs Schnauze.

»Kann ich das haben?«

Was würde das bringen – wenn Wolf ihn unablässig anstarrte und die ganzen Erinnerungen wach hielt?

»Tut mir Leid – das geht im Moment nicht. Ich brauche es als Vorlage für ein großes Ölbild, aber du kannst es dir anschauen, sooft du möchtest. Ich werde noch eins malen, extra für dich.« Emily zog die Jacke an. Irgendwie fühlte sie sich hin- und hergerissen. »Entschuldige, dass ich nur so wenig Zeit für dich habe. Komm bald wieder. Dann können wir ausführlich reden.«

Harold trottete mit bis zur Fähre. Emily umarmte ihn herzlich. »Du kommst doch bald wieder?« Er nickte und winkte ihr vom Anleger aus nach, matt und zaghaft.

Sophies Gartentor war zugenagelt. Die Haustür geschlossen. Im Hof lag kein Material für Körbe.

Sie klopfte bei Mrs Johnson. »Sie sind weg«, sagte Mrs Johnson. »Hopfen pflücken.«

»Wo?«

»Gehen Sie wieder. Lassen Sie sie in Ruhe. Ist besser für Sie beide.« Irgendetwas Unausgesprochenes lag in ihrem ausweichenden Blick. »Ich hab's Ihnen doch schon gesagt, sie ist anders, als Sie denken.« Sie schloss die Tür und schnitt damit alle weiteren Fragen ab.

Emily wanderte den Schlickstreifen entlang. Wo sollte sie hingehen? Dutzende von Sanderlingen standen, dem Wasser zugewandt, im Schlick, jeder über seinem verschwommenen Spiegelbild. Sobald eine Welle wieder abfloss, rannten sie wie auf Kommando los, um sich Weichtiere zu schnappen, ehe sich Sand über sie legte. Dann flitzten sie auf staksigen Beinen wieder zurück, um der nächsten Welle zu entgehen. Es rührte Emily, wie diese Tiere dem unbarmherzigen Ozean trotzten und sich stur bemühten, ihren ewigen Hunger zu stillen.

Ein Stück weiter sah sie, wie eine Frau im knöcheltiefen Wasser stand und sich bückte, um eine Muschel loszustochern. Ihr Rock bauschte sich. Für Sophie war sie zu dick. Es war Margaret Dan.

Als Emily näher kam, scheuchte Margaret zwei Kinder weg. »Sie wollen zu Sophie?«

»Ich habe sie lange nicht gesehen. Auf meine letzten beiden Briefe hat sie nicht geantwortet.«

»Sophie will Sie nicht sehen.«

»Warum? Was ist passiert?«

Margaret stieß einen schmalen Grabspatel in den Grund und grub etwas Schlick auf. »Sie hat ihre Geschichte vergessen. Sie war immer schon eine Weißenfreundin, und dann ist sie in die Cordova Street gegangen. Sie ist jetzt eine von denen.«

»Was wollen Sie damit sagen?«

Margaret wühlte mit dem großen Zeh im Schlick, dann durchbohrte sie Emily mit einem kalten Blick. »Sie ist ganz verkommen. Trinkt immer nur.« Margarets dunkle Augen waren anklagend, aber um ihren Mund lag ein befriedigter Zug, weil sie diejenige war, die es Emily erzählte.

»Was ist mit Emmie?«

Margaret lehnte sich zurück, als wolle sie die Wirkung ihrer Worte besser verfolgen können. »Was wohl?« Sie drehte sich weg und stieß ihren Grabspatel abermals in den Boden.

Emily ging zurück, durch die verschreckten Sanderlinge, die vergebens gegen die Wellen eines vorbeifahrenden Motorboots anschrien. Das konnte doch nicht wahr sein – Sophie, die mit bloßen, dreckigen Füßen vor dem Zigarrenladen oder vor Dawsons Tavern in der Cordova Street stand und verstohlen jeden Mann musterte, ob er ihr ein Zeichen gab? Es musste der Neid auf Sophie sein, der Margaret Dan zu solch falschen Anschuldigungen trieb. Sophies Tante Sarah würde ihr die Wahrheit sagen.

Sobald Sarah die Tür öffnete, fragte Emily hastig: »Was ist mit Sophie?«

Sarahs Silberohrringe zitterten an den ausgeleierten Ohrläppchen. »Kommen Sie herein.« Sie schürte das Feuer im Holzofen, setzte den Wasserkessel auf, alles mit unendlich langsamen Bewegungen. »Sie ist vom Weg abgekommen.« Furchen zogen sich über ihre Stirn. Sie ließ sich vorsichtig auf der mit Steppdecken überhäuften Holzbank nieder und bedeutete Emily, sie solle sich neben sie setzen. »Sie geht manchmal drei, vier Tage weg.«

»Wohin?«

Sarah sah Emily nur ganz kurz an. »Vancouver.«

»Dann stimmt es also doch? Was Margaret Dan sagt?«

»Die Tochter meiner eigenen Schwester. Ich war bei ihr, als die Kinder kamen und als sie starben. Jetzt habe ich nichts mehr mit ihr zu tun.« Sarah rieb sich die Wange, grub die Finger in die Falten.

»Warum?«

»Es geht nicht mehr, wenn sie so werden. Schlecht fürs Dorf.

Schlecht für die jungen Mädchen, wenn sie sehen, wie anständige Frauen verkommen. Außerdem ist Sophie krank im Bauch.«

»Wenn es ihr schlecht geht, muss ihr doch jemand helfen.«

»Wer denn? Mrs Johnson spricht nicht mit ihr. Mrs Johnson traut ihrem eigenen Volk nicht mehr, nur wegen ihrem weißen Ehemann.«

»Aber der ist doch schon seit Jahren tot.«

»Komisch, was Mr Johnson ihr eingepflanzt hat, dass sie so geworden ist. Margaret Dan geht manchmal hin, aber meistens ist Sophie allein.«

»Und wenn ich einen Arzt bitten würde, nach ihr zu sehen?«

Sarah schüttelte den Kopf. »Sie hat Angst vor dem Weißendoktor. Sie will nicht, dass er sie anfasst.«

»Aber –« Emily konnte es nicht aussprechen – sie hatte sich doch schon von weißen Männern anfassen lassen.

Emily hatte das Gefühl, sie würde sich auflösen.

»Wie lange geht das schon so? Vielleicht waren die Zwillinge ja gar nicht von Jimmy.«

»Doch. Sie waren von ihm.«

»Ist Emmie gestorben?«

Sarah nickte.

»Sie hat mir nichts gesagt.« Sarahs Blick bedeutete, dass es naiv von ihr war, überhaupt eine Mitteilung zu erwarten. Emily starrte auf die orangerot glühende Linie um die Ofenklappe, wo diese nicht richtig schloss. »Der Tod hat ihr mehr genommen, als irgendjemand verkraften kann.«

»Das ist nicht alles. Sie hat es satt, Körbe zu machen. Die Leute kaufen keine mehr. Und sie will unbedingt diese christlichen Grabsteine. Redet davon, bis ich es nicht mehr hören kann.«

»Und deshalb –?« Emilys Rückgrat war wie betäubt.

»Geht sie in die Cordova Street. Sie will das Geld.« Sarahs Stimme war brüchig.

»Wie kann sie so etwas tun? Aus Neid auf Margarets Grabsteine?«

»Nein. Sie glaubt, Gott will die Steine.« Sarah stemmte sich hoch und ging zum Ofen. »Sie ist nicht so, wie Sie sie sehen. Sie ist nur ein Mensch. Wie wir alle.«

Sophie, von der sie gedacht hatte, sie wäre durch Schmerz und Trauer nicht zu besiegen, wäre so standhaft wie eine Zeder – Sophie zerbrach wie ein Totempfahl, den ein Riss langsam spaltete.

Sarah gab ein paar getrocknete Stängel in zwei Tassen und goss heißes Wasser darauf. »In den alten Zeiten war es anders.«

Die Teetasse klapperte auf der Untertasse, als Sarah sie ihr reichte. Emily beobachtete, wie die kleinen braunen Stängel sich krümmten und versanken, das Wasser in Schwaden dunkel färbten. Kleine braune Arme und Beine.

»In den alten Zeiten lebten die Familien miteinander im Langhaus. Alle beisammen. Die Jungen lernten aus den alten Geschichten. Jetzt ist alles kaputt.«

Der Tee schmeckte bitter und versengte Emily die Kehle, aber sie trank ihn ganz aus. Aus Neugier fragte sie: »Was ist das?«

»Schachtelhalm. Gut für alte Frauen«, sagte Sarah. »Heute leben Indianerinnen nicht so lange wie ich.«

»Wie haben Sie das geschafft?«

Mit feuchten Augen und wackelnden Ohrringen sagte sie: »Auf die alte Art.«

Emily streckte die Hand aus, die Handfläche nach oben. Sarah blieb einen Moment lang reglos sitzen, als ob sie die Geste nicht verstünde. Dann, ganz langsam, legte sich Sarahs Hand, deren Haut aussah wie eine Walnussschale, in Emilys Hand.

Emily stolperte aus Sarahs Haus und folgte dem matschigen Weg zum Friedhof, wo niemand war, nur die Steine. Sie blieb bei jedem Grab stehen. Maisies Stein, mit Flechten bedeckt wie mit stumpf brauner Spitze. Der von Tommy, bereits mit grünem Bewuchs in dem eingemeißelten Kreuz. Bei Casamin stand nur ein senkrechter Stock, das Querteil war herabgefallen. War die Erinnerung schon so fern, dass Sophie ihr erstes Kind vergessen hatte? Und bei Molly stand noch immer dasselbe Holzkreuz, was Sophie vermutlich quälte, weil sie einfach nicht hinterherkam. Annie Maries Grab übersah Emily zunächst, sodass sie noch einmal umkehren musste. Ein neuer Stein, grellweiß vor dem Erdboden, trug die Inschrift *Annie Marie Frank in liebendem Gedenken 1903–1911* und ein Kreuz – Sophies sehnlichster Wunsch, endlich erfüllt. Emily kniete sich hin und klaubte Blätter vom Grab.

Sie stellte sich vor, wie Sophies kleine, kräftige Finger das Kreuz streichelten. Annie Marie hatte diese von messerscharfen Palmlilienblättern gestählten Finger beobachtet, um den Kreuzknoten zu lernen. Ob diese Finger jetzt wohl die Kleidung der Männer lockerten, so wie sie Annie Marie das Kleid ausgezogen hatten? Waren die Hände der Männer grob und fordernd oder überraschend zart, so wie die von Claude? Oder waren sie wie Vaters Hände, die zwischen ihre zusammengepressten Beine griffen? Dieser eisige Schock, der einen alles zumachen ließ, der alle Sinne, alle Gedanken jäh abschaltete – hatte Sophie das je überwunden, oder passierte es jedes Mal, bei jedem neuen Mann, wieder? Aus Liebe zu Sophie wusste sie nicht, was sie ihr wünschen sollte.

Sophie liebte sie auch, da war sie sich sicher, anders, als Margaret Dan es gemeint hatte, als sie Sophie eine Weißenfreundin nannte – als ob sie, Emily, Sophies unselige Obsession noch verstärkt hätte. Sie schluckte trocken, verschluckte sich. Nein! Dass Sophie unbedingt ihr Christentum unter Beweis stellen wollte, hatte nichts mit ihr zu tun. Es war Sophies eigener verdrehter Glaube, der sie zu diesem Extrem trieb, nicht ihre Freundschaft.

Die Kirche. Die Kirche war schuld. Und dieser *Nipniit*, der dort predigte.

Emily marschierte zur St.-Paul-Kirche mit den Zwillingstürmen – doppelt so christlich wie nur einer. Sie ging an der Tür vorbei, wollte die Kirche nicht betreten, nicht dieses schmutzig rote Herz Jesu sehen, diese missgestaltete rote Rübe. Zehn Schritte weiter blieb sie stehen, weil ihr der Gedanke kam, dass Sophie dort drin sein könnte. Die gute, fromme Sophie, die vor dem Altar kniete. Sie kehrte um. Die schwere Tür quietschte, als sie eintrat.

Drinnen war niemand. Ein paar halb welke Astern und Phlox hingen aus einem Glaskrug auf dem Altar. Emily hob den Blick nicht zu dem Bild dahinter, sondern sah zur Seite, wo die hölzerne Muttergottes saß, das Christuskind auf dem Schoß. Maria hatte kein breites Kitwancool-Lächeln, nur etwas diffus Verträumtes. Dort, in dieser Figur, verkörperte sich Sophies Religion – die Verehrung des Mutterseins.

Sie hörte ein leises Trippeln. Am Fuß der Wand suchte eine magere Ratte hastig ein Versteck. Im Hinausgehen stieß Emily die Tür mit der Schulter auf, angewidert von diesem erbärmlichen Ort.

Das Pfarrhaus nebenan war eine schäbige kleine Schuhschachtel, kaum besser als die anderen Häuser, mit verzogenen und losen Verandadielen. Sie klopfte. Father John öffnete die Tür, einen Bleistift in der Hand, Leberflecken auf der Glatze, eine offene Naht an der Jackenschulter.

»Sie kennen Sophie Frank«, sagte sie.

»Ja.«

»Wissen Sie, was mit ihr los ist?«

»Kommen Sie herein.« Er schlurfte hinter seinen Schreibtisch und ließ sich gleichgültig nieder. Seine Ruhe machte sie rasend. »Das ist ein trauriger Fall, aber kein Einzelfall. Ich habe sechs Frank-Babys beerdigt.«

»Sechs? *Sechs*, sagen Sie? Es waren insgesamt neun!«

»Die hatten nicht die heilige Taufe erhalten.«

»Dann zählen sie nicht? Hat Sophie sie nicht geboren, gestillt und unter Tränen beerdigt? Sie bedeuten nichts?«

»Die Ungetauften gehören nicht zur Familie Gottes.«

»Familie Gottes?« Emily krallte die Hand in den Stoff ihres Rocks. »Muss man erst einen Steinklotz mit Ihrem kostbaren Kreuz besitzen, um in die Familie Gottes aufgenommen zu werden?«

Er zuckte zusammen. »Nein.«

»Wie können Sie zulassen, dass etwas so Wunderbares wie Gott so entstellt wird? Steht nicht in der Bibel, dass Gott nicht mit Dingen gehuldigt werden soll, die von Menschenhand geschaffen sind?«

»Ich habe ihr nie gesagt, dass sie Grabsteine aufstellen muss.« Er klopfte mit dem Bleistift an seinen Daumen. »Das war ihre Idee.«

»Aber wie konnten Sie ihr erlauben, so verdrehte Vorstellungen vom Christentum zu haben?«

»Erlauben?« Er musterte sie über seine Brille hinweg. »Erlauben?« Ein lautes »Pah!« platzte aus seinem Mund.

»Sophie arbeitet sich die Hände wund, um Körbe zu machen, die sich in Grabsteine umsetzen lassen, und wenn sich die Körbe nicht verkaufen, dann verkauft sie eben sich selbst. Ist es das, was Sie predigen?«

Father John funkelte sie finster an. »Die Prostitution ist hier älter als das Christentum. Für diese Leute ist es nur eine Schande, wenn eine Frau keine Kundschaft findet.«

Es nahm ihr den Atem. Konnte Sophie wirklich so denken? Konnten sie so verschieden sein, sie und Sophie? Wie Mrs Johnson sagte?

»Sie braucht noch aus einem anderen Grund unbedingt Geld«, sagte Father John. »Jimmy arbeitet schon länger nicht mehr. Er trinkt nur noch. Und sie auch.«

»Sie trinkt aus Verzweiflung, weil sie nicht hinterherkommt.

Wie können Sie ihr jeden Sonntag ins Gesicht sehen, wenn Sie genau wissen, was Sie ihr angetan haben? Sie haben ihr die Idee in den Kopf gesetzt, dass sie sich verkaufen muss! Wie können Sie Jimmy Frank in die Augen sehen, nicht von Priester zu Gemeindeglied, sondern von Mann zu Mann?«

»Jimmy Frank weiß es«, sagte er müde, gelangweilt, und streckte die Beine unterm Tisch aus, sodass seine Hausschuhe ihre Knöchel streiften.

»Er weiß es?«

»Und nicht nur das. Jimmy Frank führt ihr die Männer zu und wartet so lange.«

Eine kalte Hand griff nach Emilys Herzen. »Das – das glaube ich nicht.«

»Seien Sie nicht so schockiert. Im Norden prostituieren sich die Kwakiutl-Frauen seit Jahrhunderten, damit ihre Männer Potlatches veranstalten können.«

»Es interessiert mich einen Dreck, was sie oben im Norden tun. Jimmy Frank ist ein anständiger Mann.«

Father John musterte sie von oben herab. »So ist das nun mal. Deshalb sind Potlatches ja verboten.«

Emily stützte die Hände auf seinen Schreibtisch und beugte sich zu ihm hin. »Dann müssten Sie auch Kreuze und Grabsteine verbieten. Sie … Sie nehmen ein unschuldiges Volk … und stülpen ihm irgendwelche absurden Erwartungen über … etwas, was sie sich unmöglich leisten können. Kein Wunder, dass sie ihre Geschichte vergessen haben!«

»Ein unschuldiges Volk? Was für eine naive Vorstellung!«

Sie wich zur Tür zurück.

Er faltete die Hände. »Die menschliche Schwäche ist überall. Erwarten Sie nicht so viel, dann werden Sie auch nicht enttäuscht.«

»Hier spricht Ihr Vorurteil, nicht Ihr Christenglaube.«

41 Hartriegel

Ein paar Tage darauf kam ein Brief, dreimal gefaltet.

Erster Tag des Monats September 1927
Liebe Miss Emily Carr, Hailat.
Ich bin in der Anstalt für Geisteskranke in der Wilkinson Road in Royal Oak bei Saanich. Bitte kommen Sie her, wenn Sie nicht gerade wild am Malen sind. Ich kann es nicht erwarten. Ich war schon öfter hier.

Liebe Grüße
Mr Harold Cook, Swanaskxw
Ende.

Darunter war eine disproportionierte Bleistiftzeichnung. Lange, dünne Arme und Beine, ein Haarschopf, ein gewundener Schwanz. Wuu.

Was hatte er gemacht, dass er dort hingekommen war? Bei seinen früheren Klinikaufenthalten war er einfach verschwunden und dann kommentarlos wiedergekommen. Einen Brief hatte er nie geschickt. Wäre das nicht passiert, wenn sie ihm nicht von den beschädigten Totempfählen erzählt hätte? Oder wenn sie ihn in den Norden mitgenommen hätte? Oder wenn sie ihm das Wolf-Bild geschenkt hätte?

Emily nahm Wuus Hand, bemalte sie mit Kadmiumgelb und drückte sie auf einem kleinen Notizbuch ab. Sie packte Stifte, Schokolade und Zigaretten ein und nahm die Straßenbahn.

Die Anstalt für Geisteskranke an der Wilkinson Road stand auf einer Anhöhe, in einer Gegend mit kleinen Farmen und bewaldeten Hängen. Mit vier achteckigen Türmen und steinernen Zinnen auf der Backsteinfassade hatte sie etwas von einem englischen Schloss. Vor dem weitläufigen Gebäudekomplex lagen die bogenförmige Zufahrt und eine Rasenfläche, umgeben von Garry-Eichen, Ahornbäumen, Tannen, Hartriegel und einem spitzenbewehrten, schmiedeeisernen Zaun.

»Ich möchte einen Patienten besuchen«, erklärte Emily dem uniformierten Wächter. Er öffnete ihr das Eisentor.

An der Pforte bat sie, Harold besuchen zu dürfen. Eine Frau nickte einem Wärter zu, einem bulligen Mann mit einem Schlüsselbund am Gürtel. »Netter Kerl, dieser Harold«, sagte er, während er eine mit einem Vorhängeschloss gesicherte Tür zu einem tristen Besuchsraum öffnete. An den Wänden waren Holzstühle aufgereiht. »Warten Sie hier.« Sein dickes Gesicht lächelte nicht, wirkte aber auch nicht unfreundlich. Er ging durch eine weitere gesicherte Tür hinaus.

Nach wenigen Minuten stolperte Harold herein, die Arme ausgebreitet wie der Gekreuzigte. Emily drückte ihn an sich. »Geht es dir gut?« Er ruckte nur mit dem Kopf, auf seine übliche Art.

Dann drehte er sich zu dem Wärter um. »Darf ich ihr alles zeigen? Sie ist meine Freundin.«

Der Wärter führte sie ein mit Gittern gesichertes Treppenhaus hinauf und zu einem verschlossenen Krankensaal mit zehn schmalen Eisenbetten, alle mit den gleichen grauen Wolldecken und flachen Kopfkissen. Die hohen vergitterten Fenster ließen nicht viel Licht herein. Der Raum war sauber. Das war alles, was man zu seinen Gunsten sagen konnte.

Harold trat zwischen zwei Betten, griff unter sein Kopfkissen und hielt ihr *Grashalme* hin. Sein Gesicht war ganz zerfurcht vor innerer Qual.

»Nein, mein Lieber. Behalt es. Ich besorge mir ein neues.«

»Aber in dem hier haben Sie Sachen angestrichen.«

»Das ist gut. Dann weißt du, was meine Lieblingsstellen sind.«

»Danke danke danke«, sagte er, das Buch an sich gepresst.

Sie setzten sich auf das Bett, und sie gab ihm ihre Mitbringsel. Er versteckte alles unter seiner Matratze. Als er den Handabdruck auf dem Notizbuch sah, ahmte er Wuus Quieken nach.

Der Wärter sah Emily fragend an. Sie erklärte es ihm und fragte dann: »Könnten wir vielleicht nach draußen gehen?«

»Ein Weilchen«, sagte er.

Die Espenblätter zitterten und zeigten ihre silberne Unterseite, die Ahornblätter raschelten im Wind. »Herrlich, was?«, sagte Emily und fasste Harold am Arm. »Sieh nur, wie der Hartriegel blüht!«

Harold starrte die Blüten mit offenem Mund an, als könnten sie jeden Moment zu sprechen beginnen.

»Tröstet dich das nicht? Wie können wir annehmen, irgendwelche belastenden Dinge wären eine Ausrede dafür, nicht dankbar zu sein?«

»Einmal waren die Blätter ganz rot«, sagte er. »Weil die Sonne durch sie schien. Ich konnte die Adern sehen. Ich dachte, es wären zum Dörren aufgehängte Lachsfilets in Kispiox.«

»Gutes zu erkennen ist das beste Mittel gegen jeden Schmerz.«

Er nickte hoffnungsfroh.

Als der Wärter ein Stück hinter ihnen zurückblieb, fragte Emily: »Warum bist du hier?«

Ein verträumtes Lächeln huschte über sein Gesicht. »Ich habe getanzt, mit Muldo und Haaydzims und Tuuns.«

»Oh, Harold.« Sie schloss betroffen die Augen, sah es deutlich vor sich: Harold, der seinen wilden Freudentanz vollführte, die Trommel schlug, in wilder Ekstase im Kreis herumsprang und taumelte. Mit seinen imaginären Indianerfreunden.

Wie auch sie ihre imaginären Indianer hatte. Jedenfalls dachte das Father John.

»Wo?«

»Am Strand. Ich habe geglaubt, nachts macht es nichts.«

»Um ein Feuer?«

Er senkte den Kopf. »Ich wollte Ihnen ein Rauchzeichen schicken.«

»Und was ist dann passiert?«

»Meine Schwester Ruth – die Leute haben ihr erzählt, dass sie mich gesehen haben. Dass ich mich verletzen könnte.«

Sie nahm seine Hand in beide Hände. »Wie ist es hier?«

»Wie eine Indianerschule.« Er sah auf seine Füße.

»Kann ich irgendetwas für dich tun?«

»Sie haben mir Ihr Tom-Tom weggenommen.« Seine Stimme klang gequält.

»Es ist dein Tom-Tom, Harold. Ich werde mal sehen, ob wir es wiederkriegen.«

»Sie hätten es mir nicht wegnehmen dürfen.«

»Ja, das stimmt – das hätten sie nicht tun dürfen.«

Sein Gesicht war ein einziges Warum.

»Manchmal nehmen einem Leute Dinge weg, vor denen sie Angst haben oder die sie nicht verstehen. Weißt du noch, ich habe dir doch erzählt, wie sie bei dem Potlatch die Rabenmaske mitgenommen haben. So ist das nun mal.«

»Die Jungen hier sind gemein. Sie haben mir Seiten von *Harold Cook ein Kanadier* weggenommen und sie ins Klo geworfen. Jetzt verstecke ich es.«

»Schreib es noch mal neu. Lassen sie dich hier schreiben?«

»Ja.«

Er führte sie in eine Besenkammer und kniete sich vor einen Stuhl, den Kopf gesenkt, die großen Füße einwärts gedreht. Eine Gebetshaltung. »Der Mann lässt mich hier drin schreiben«, sagte er und holte den ramponierten Schuhkarton aus einer Kiste mit Putzmitteln.

»Was du schreibst, ist mutig und wichtig. Hör nie damit auf.«

Er wickelte die lange Schnur ab, öffnete den Karton und zeigte ihr die ramponierten Zettel. Die Schrift war kaum zu entziffern.

»Können Sie es mitnehmen? Zu einem Büchermacher? Damit die Leute alles erfahren, über Muldo und Haaydzims und Tuuns?« Er umschlang seine Knie. »Und über Kispiox und Indianerschulen?«

»Behalt es vorerst noch. Lies es. Das wird dir gut tun.«

»Werden Sie's malen? Kispiox? Für mich?«

»Sicher. Ich bringe es nächstes Mal mit.«

»Ich habe eine Wolfsmaske geschnitzt. So wie Muldo.«

»Wo? Hier?«

»In Goldstream. Aus einem dicken Ast von einem umgestürzten Baum. Dann fing es an zu regnen, und ich wollte nicht, dass das Tom-Tom nass wird, also bin ich zum Camp zurückgerannt, und da waren Ihre Schwestern. Danach habe ich jeden Tag nach dem Baum gesucht. Ich musste die Maske doch noch fertig schnitzen und abschneiden. Aber ich habe mich jedes Mal verlaufen.«

»Warum hast du mir das nicht gesagt?«

»Ich wollte Sie überraschen.« Ihm brach die Stimme. Seine Hände zitterten. »Ich wollte, ich hätte sie hier, um den bösen Jungen Angst zu machen.«

Der Wärter bedeutete ihnen, dass die Zeit um war – oder dass er dachte, Harolds Benehmen entwickle sich in eine bedenkliche Richtung. Auf dem ganzen Weg zum Tor krallte sich Harold in ihren Ärmel. Sie musste seine Finger losbiegen. Das war ein schreckliches Gefühl – als ob ihr Blut ganz kalt würde.

Ohne zu Abend zu essen, kletterte sie die Speicherstiege hinauf und legte sich unter die Adler. Harold ist unschuldig, schluchzte sie leise. Trotz seiner Tanzerei ist er von seinem ganzen Wesen her absolut harmlos. Ist Sophie auch unschuldig? Sie bemühte sich, überzeugende Argumente dafür zu finden, und zog sich die Decke über den Kopf.

Ehe sie in den Schlaf hinüberglitt, sah sie transparente Formen hinter den geschlossenen Lidern. Ein graues Rechteck, Harolds schmales Bett. Ein senkrechtes Rechteck mit einem kleineren darauf, Harold, der durch den Wald stürmte, auf der Suche nach seiner Wolfsmaske, auf seiner Schulter Adler, der eine starke Sprache sprach. Ein verschlissenes braunes Rechteck, der Schuhkarton, umwickelt mit einer Schnur, die sich den ganzen Skeena River hinaufschlängelte, bis nach Kispiox. Ein rotes Rechteck, ein neuer Packard Roadster. Harold am Steuer, in der Einfahrt zu einem Backsteinhaus. Der Urahn, vornübergebeugt, eine Kühlerfigur. Ein silbernes Rechteck, der Kühlergrill, geformt wie ein Grabstein. *In liebendem Gedenken* in greller Chromschrift.

Eine Frau entstieg dem mitternachtsblauen Inneren des Wagens, in einem Chiffonkleid aus burgunderroten Heiligen Herzen, so hauchzart wie das Gewand eines Gespenstes. Trotz der Stöckelschuhe war es Sophie – mit wippendem dunklem Haar und einem Ansteckstäußchen aus Hartriegel. In den Händen hielt sie einen ovalen Binsenkorb, der mit einem Tuch zugedeckt war.

Lizzie machte die Tür auf. Die Adlerfeder an Sophies Hut zitterte, als sie nach Em'ly fragte. Lizzie schüttelte den Kopf. Sophie sagte, sie werde warten. Alice ließ sie ein.

»Sie sind also Emilys Indianerin?«, fragte sie mit altjüngferlicher Stimme.

»Ich bin Em'lys Freundin.« Die weißlichen Knochenohrringe in Form von Grabsteinen, mit einem eingeritzten Kreuz, zitterten wie Espenlaub.

Dede glitt herein, auf einem Tablett Mutters silbernes Teeservice. Sie fragte Sophie, ob sie etwas Teegebäck wolle.

Als Sophie gerade nach einem Teeküchlein greifen wollte, zog Dede das Tablett weg, um das Gebäck Lizzie anzubieten. »Warum machen Sie immer noch Körbe, die keiner haben will?«

»Ich habe meine Gründe.« Sophie streichelte die oberste Korbwindung.

»Ich kann mir nicht vorstellen, wie man damit ein anständiges Auskommen erzielen sollte.«

»Nein, das können Sie sich nicht vorstellen.« Sophie straffte sich. »Ich möchte etwas für Em'ly hier lassen.« Sie stellte den Korb auf die Anrichte. Das Tuch verrutschte ein wenig und enthüllte einen Laib Brot, dick und braun. »Wenn Mr Carr etwas von mir will, ich bin in der Cordova Street, aber sagen Sie ihm, ich nehme keine Rosinen als Bezahlung.«

Sophie stöckelte hinaus. Die Schwestern drängten sich um den Korb. Alices linke Hand – unversehrt – legte sich darauf. Ihre Rechte hob ein Brotmesser, ein Schwert. Dede nahm das Tuch weg. Ein braunes Baby, ein Mädchen, gluckste sie aus dem Korb an. Lizzie schlug ihre Bibel auf, las vor, wie Mr Luke Cook und Mrs Martha Cook ihren einzigen Sohn zum Opferaltar brachten und ihn, blind für Gottes allumfassende Güte, erschlugen. An dem Steinaltar kniend, schlug Harold *Grashalme* auf und schrieb dann über seine verlorene Wolfsmaske, Schmerz genug für ein ganzes Gedicht. Mann, Kind, Helfer, Sohn, Liebhaber – so wanderte er durch ein Grenzland, vorbei an Sophie, die ihm aus der Cordova Street entgegenkam, mit einem neuen Grabstein.

Emilys eigene Stimme sagte: Meine besten Freunde, eine Weißenfreundin und ein Indianerfreund, eine Prostituierte und ein Verrückter. Na ja – gut so.

42 Schierlingstanne

Eine Säge in ihre große Segeltuchmaltasche gehüllt, kletterte Emily über das Astgewirr eines umgestürzten Baums und landete auf der anderen Seite in einem Sumpfloch. Ein Rabe stieß ein heiseres, krächzendes Lachen aus. Sie wischte sich die Dreckspritzer von der Wange und untersuchte jeden einzelnen Ast auf etwas, was der Beginn einer Wolfsmaske sein konnte, fand aber nichts.

Sie suchte seit Stunden, war schon ganz erschöpft und benommen, aber aus Liebe suchte sie weiter. Sie hatte das Gefühl, als würde Harold neben ihr hertrotten und verzweifelt nach seiner Maske Ausschau halten. Wenn sie sich, ausgehend von ihrem Lagerplatz, die Speichen eines Rads vorstellte und dann jeder einzelnen Speiche folgte und jeden umgestürzten Baum auf eine Schnitzerei an einem Ast absuchte, dann musste sie die Maske doch irgendwann finden! Aber wie weit hatte sich Harold vom Lagerplatz entfernt?

Goldstream war nicht Harolds Illahee – nicht ganz. Kein anderes Stück Wildnis würde ihm je das bedeuten, was ihm Kispiox und der Skeena River bedeutet hatten. Aber für sie war es im Moment Illahee – das Land, das ihr Trost spendete. Der Klang des Wortes gefiel ihr. Illahee, ein lieblicher Singsang, wie der Wind, der in den Baumkronen seufzte. *Il-ah-ha-he-je.* Es lag Trost in dem hohen *Twiet-Twiet* und anschließenden Triller der Singspatzen. Hier konnte sie den Duft von einer Zeder schälen und tief einsaugen.

Wohin sie auch blickte – alles weckte in ihr das Verlangen zu malen. Sie stand kurz vor einem Durchbruch. Sie sah jetzt so vieles im Wald so deutlich, was sie in ihren Bildern ausdrücken wollte. Aber sie durfte die Suche nach Harolds Wolfsmaske nicht aufgeben. Vielleicht war sie nur ein paar Schritte entfernt? Emily arbeitete sich weiter voran.

Die federartigen Flechten, die von Schierlingstannen herunterhingen wie zerrissene Schleier, foppten sie mit Trugbildern. Sie hörte ein Rascheln und erstarrte. Ein undeutliches Etwas, vierbeinig vielleicht, duckte sich hinter überlappenden Schleiern. Ein Wolf? Oder nur die Bewegung des Laubs? So ein düsterer Wald veränderte die Wahrnehmung, man sah überall irgendwelche Formen und bildete sich alles Mögliche ein, vor allem an einem so grauen Tag. Aber es konnte doch sein, dass sie auf einen Wolf stieß, der gerade einen Waschbären verschlang, der gerade Kröten verschlungen hatte, die ihrerseits gerade Mücken verschlungen hatten. Jede Menge Triebe prallten hier aufeinander. Wieso nannte man einen solchen Wald in ihrer Sprache »jungfräulich«, als wäre er unberührt? Nichts war hier unberührt.

Sanft gewölbte Gänge aus üppigem Blattwerk lockten Emily in immer verborgenere Tiefen. Sie fühlte den Sog chromoxidgrüner Verführung. Lippen und Falten von Grün bargen violette Eingänge zu geheimen Winkeln, zu einem Mutterschoß im Wald, wo eine umgestürzte Schierlingstanne in ihrer Rinde einen Schwarm von Insekten beherbergte. Insekten, die ihre Hochzeitslieder sangen, Larven, Puppen, Samen, die ihre Fruchtbarkeit zelebrierten, aufplatzende Zapfen, quellende Säfte, flechtenverhangene Äste, ausgehend von Stämmen, die Erde und Himmel miteinander verbanden – diese Lebenskraft, alles Ausdruck eines göttlichen Geistes. Gott, der allen Raum erfüllte. Ein einziger Wirbel von Energie – Geburt, Wachstum, Genährtwerden, Fortpflanzung, Verfall –, alles ein Kontinuum des Lebens, voller Mysterien. Und sie selbst ein Teil davon. Sie empfand dieses Auf-sie-Einströmen, dieses Sichverströmen – ein Moment der Besinnungslosigkeit, eine lang ersehnte Vereinigung, ein wunderschönes, lautloses Einssein –, und was zurückblieb, war eine tiefe innere Ruhe.

Irgendwo in der Nähe verrottete Harolds halbfertige Maske, die er, durch sie angeregt, geschaffen hatte, und wurde zu Humus. Ein Zapfen würde dort hinfallen, einen Samen abgeben, und ein schlanker Schössling würde sich durch den Humus zwängen und Jahrzehnte später, wenn sie und Harold längst nicht mehr lebten, als eine mächtige Säule aus lebendem Mark sein Blattwerk dem Himmel entgegenstemmen.

Emily lehnte sich an eine Zeder. Es war ein Gefühl, als würde sie an Gottes Bein lehnen. Sie würde noch einmal hierher kommen, um die Kraft der Erde in sich aufzunehmen, um zu versuchen, mit dem inneren Auge zu schauen, was Gott in allen Dingen, sie selbst eingeschlossen, von sich zum Ausdruck brachte. Um das Einssein zu fühlen. Wenn ihr das gelang, würde sie vielleicht malen können. Was magst du lieber, malen oder das Einssein fühlen? Das ist dasselbe. Kunst, Natur und Gott, alles untrennbar eins, ununterscheidbar.

Als sie ein großes Ölbild von Kispiox fertig hatte, zog sie die Aquarellstudie, die ihr als Vorlage gedient hatte, auf ein Brett auf und rahmte sie mit dem Rahmen eines anderen Bildes. Sie fand einen schlichten braunen Karton mit Deckel, etwas größer als Harolds Schuhkarton, und bemalte ihn: Adler, mit ausgebreiteten Schwingen, genau wie über ihrem Bett. Ihren Leinwandhammer und einen Nagel in der Handtasche, fuhr sie mit der Studie und dem Karton zur Anstalt an der Wilkinson Road. Ach, wie schön es wäre, wenn sie Harold auch hätte erzählen können, dass sie seine Maske gefunden hatte!

»Ich möchte Harold Cook ein Bild bringen«, erklärte sie dem Anstaltsdirektor, »und ich würde es gern irgendwo aufhängen, wo er es sehen kann.«

Die schmale Oberlippe des Anstaltsdirektors zuckte. »Wir werden sehen«, kam es als Antwort. »Im Moment spült er gerade das Geschirr vom Mittagessen ab. Sie müssen warten.« Er schloss ihr den Besuchsraum auf.

»Ein Bild zu betrachten kann eine heilende Wirkung haben, wissen Sie?«

Der Direktor musterte sie ausdruckslos. Offenbar hatte er keine Lust, sie auch nur einer Silbe zu würdigen.

»Wie geht es ihm?«, fragte sie.

»Er rebelliert gegen die Gitter. Nichts Ungewöhnliches.«

»Er hat mir geschrieben, andere Patienten würden Cookie zu ihm sagen und ihn beißen.«

»Wir haben ihn einzeln untergebracht, aber das ist nur eine temporäre Maßnahme.«

»Darf er nach draußen?«

»Unter Aufsicht.«

»Und seine Schriftstellerei?«

»Auch das ist ihm gestattet, aber ich würde nicht von Schriftstellerei sprechen. Das ist doch nur Kauderwelsch.«

»Vielleicht für diejenigen, die Angst davor haben, es zu verstehen. Werden Sie ihn wieder entlassen?«

»Wenn er den Indianer ablegt.«

»Verstehe.«

Eine Indianerschule, genau wie Harold gesagt hatte. Ihr Magen krampfte sich zusammen. Wenn sie die Indianer nicht einsperren können, versuchen sie eben das Indianische einzusperren.

Im Besuchsraum lehnte sie das Bild so an die Wand, dass der Anstaltsleiter es nicht sehen konnte, und setzte sich dann hin. Harold kam herein, sah das Bild und fiel auf die Knie. Seine Augen waren feucht, so wie sie es immer wurden, wenn er den Blick nach innen kehrte.

»Das ist für dich, Harold. Und der Karton hier auch.«

Harolds Blick wanderte von dem Bild zu dem Karton und wieder zurück, und auf seinem vernarbten Gesicht, das nie auch nur eine einzige Gefühlsregung verbarg, wechselte sich Freude mit Verschüchterung ab. Das Geschenk überwältigte ihn. Sein Kopf sank auf ihren Schoß, und er umschlang ihre Beine. »Ich werde es betrachten, lange und lange.«

Sie flocht die Finger in sein blondes Haar, und so blieben sie für eine ganze Weile sitzen.

Der Anstaltsleiter ließ sie das Bild über Harolds Bett aufhängen. Dabei lächelte er – aber dieses professionelle Lächeln wirkte vor allem selbstzufrieden, weil er sich selbst sehr großmütig fand. Harold machte sofort sein Bett andersherum, damit er das Bild im Liegen sehen konnte. Der Direktor erhob Einwände.

»Vielleicht könnten Sie es ja als vorübergehende Maßnahme gestatten«, sagte Emily.

Als sie mit dem schlüsselbewehrten Wärter allein waren, zog Harold ihre Briefe aus der Tasche und las sie laut vor. Sie bereute, dass sie so ausführlich geschrieben hatte. Er las vor, wie Wuu in Lizzies Schuh gepinkelt hatte, und lachte wehmütig, als seien die vergnüglichen Spielchen mit Wuu für ihn endgültig Vergangenheit.

Harold führte sie zu der Besenkammer, die der Wärter aufschloss. Er stellte die Wischmopps und Eimer beiseite, kniete sich vor dem Stuhl auf den Zementboden und griff nach dem Schuhkarton hinter den Putzmitteln.

»Sehen Sie, wie viel ich schon habe?« Der Karton war mit Blättern voll gestopft. Harold reichte ihr einen kleinen Zettel. Aber anders als in seinem Brief an sie, konnte sie von diesem Gekritzel keinen einzigen Buchstaben identifizieren. Er entglitt ihr. Durch ihn hatte sie zu sich selbst gefunden – und jetzt war er auf dem Weg an einen Ort, wohin sie ihm nicht folgen konnte.

»Lies mir etwas vor«, flüsterte sie.

»Harold Cook ein Kanadier. Eile mit mir voran. Ich Harold Cook Verfasser dieses Buches habe alle Jahreszeiten am Skeena erlebt. Im Herbst wird der Fluss ganz dünn. Ich Muldo Haayd-

zims und Tuuns wir graben die Zehen in den matschigen Uferschlamm dann die Füße und Beine und beugen uns vor und zurück und wedeln mit den Armen wie Bäume. Im Winter gehen wir nicht zu unserem Waab *wir dürfen nicht wir müssen Zahlen zusammenzählen und die Zehn Gebote aufsagen. Wir schauen lange und lange durchs Fenster auf die weißen Hügel wie Halbmonde auf den Gräbern der Kinder. Im Frühling sehen wir draußen Tanzen Lachen Singen die Tage werden immer länger und länger. Das goldene Gesicht der Sonne lugt durch grünes Geäst wir versuchen immer höher zu klettern um es zu berühren mit Händen zu greifen. Im Sommer kommen Lachse den Fluss herauf sie glänzen ganz silbern und klatschen gegen Steine. Sie werden so müde aber sie geben nicht auf geben nicht auf. Wir liegen ganz still die Hände in stehendem Wasser und haben Glück fangen sie mit den Händen. Haaydzims fragt Muldo was wohl die Lachse für die grünen Blätter sind und Muldo sagt sie sind das was wir für die Lachse sind aber Tuuns sagt sie sind bestimmt silberne Geister.*«

Er war jetzt in einer selbst erschaffenen Welt und hatte dort sein Illahee gefunden. Da, wo er kniete, war für ihn heiliger Boden.

»Wunderschön, Harold. Du bist ein Dichter.«

»Bitte nehmen Sie's. Bewahren Sie's auf.« Er hielt ihr den Schuhkarton hin.

»Gut. Du kannst es wiederhaben, wann immer du willst. Eines Tages werden die Erinnerungen, deine und meine, zu irgendetwas gut sein. Wir können nicht wissen, wozu. Jetzt kannst du erst mal den größeren Karton benutzen.«

Da stand er vor ihr, mit seiner ganzen Person, die ihr geschenkt und wieder genommen worden war, in seinen Augen ein Funke heiliger Wildheit. Sie betete kurz, dass er überleben möge.

43 Wolf

Nachdem Emily eine Woche wie im Rausch für die neue Ausstellung in der Nationalgalerie gemalt hatte, riss sie sich von zwei unvollendeten Ölbildern los und nahm die Abendfähre nach Vancouver. Sie kam am Morgen an und ging zu Fuß nach Gastown, dem Viertel, in dem die Cordova und die Water Street lagen. Sie musste Sophie suchen. Die Gegend behagte ihr gar nicht, aber sie musste Sophie irgendwie helfen. Sie spähte in sämtliche Saloons, ins Gassy Jacks, ins Seven Seas und ins Chinaboy's, das sie für eine Opiumhöhle hielt. Die Saloons quetschten sich zwischen Lagerhäuser, Eisenwarenhandlungen, Tabakläden und schmuddlige Hotels aus den Zeiten des Goldrauschs, wo die Jalousien am helllichten Mittag heruntergelassen waren.

Indianerinnen, zum Teil schockierend jung, lehnten in Hauseingängen und sprachen die aus- und eingehenden Holzfäller, Seeleute und Hafenarbeiter leise an. Kannte Sophie diese Frauen? Musste sie mit ihnen konkurrieren? Eine Frau mit Zöpfen und einer roten Bluse funkelte Emily grimmig an, als wolle sie sagen: Was glotzt du so?

»Wissen Sie vielleicht, wo Sophie Frank sein könnte?«, fragte Emily.

Die Frau wandte sich ab und ging in ein Logierhaus.

Emily sah einen karierten Rock mit schwarzen Bändern am Saum. Wie der von Sophie. Die Frau folgte einem Mann um die Ecke, in ein enges Gässchen zwischen Wagenschuppen. Emily rannte hinterher, aber als sie das Gässchen entlang spähte, war da niemand. Sie war gekommen, um Sophie wie eine echte Schwester zu sagen, dass sie das nicht zu tun brauchte. Sie wollte sie hier wegholen, ihr Geld in die Taschen stopfen und sie zu einem Steinmetz bringen. Aber wie wäre es für Sophie, wenn Emily sie dabei ertappen würde, wie sie mit einem Mann aus einem Bordell kam oder vor einem Spielsalon stand, flehende Hoffnung in den Augen, sooft sie sich einem vorübergehenden Mann leise anbot?

Emily wartete an der Ecke, wo das Gässchen in die Cordova Street mündete, dem einzigen Ein- und Ausgang. Auf einmal beschlich sie das Gefühl, dass sie Sophie eine Falle stellte. Wie konnte sie nur! Das war kein Akt der Freundschaft. Eine leibliche Schwester mochte so etwas tun, einfach hinmarschieren und sie davonschleppen, aber sie war nicht Sophies Schwester. So eng sie sich ihr auch verbunden fühlte, war da doch diese Mauer. Es war falsch. Emily ging wieder zum Kai, um auf die nächste Fähre zu warten.

Sie stand an Deck, wie sie es bei schönem Wetter immer tat. Es war schon kühl, jetzt im Frühherbst, und die See war unruhig. Sie knöpfte sich den Mantel zu.

Herbst war für Sophie die Zeit der Binsenernte. Die Korbflechtsaison stand vor der Tür. Machte sie überhaupt noch Körbe? Und wenn sie Sophie nun bat, welche zu machen? Nicht nur einen Korb, sondern viele? Das wären doch wunderbare Geschenke. Produkte der Erde und des Regens, Gräser und Wurzeln, mit Sophies Tränen zusammengefügt zu einem Gefäß für heilige Dinge wie Beeren oder Muscheln oder Wasser. Diese Körbe würden Sophies toten Kindern das Seelenheil erkaufen. Harold und Alice und Lizzie und Jessica mussten je einen bekommen. Und Marius. Man stelle sich vor, Sophies Werk im Besitz von jemandem, der am Nationalmuseum war! Dr. Newcombe, Marius, Lawren und Eric Brown würden die Körbe zu würdigen wissen. Vielleicht würden sie sogar noch mehr wollen. Wie viele konnte Sophie wohl in den nächsten zwei Monaten machen, wenn sie jeden Tag arbeitete? Genügend, um nicht mehr in die Cordova Street zu müssen?

Als Emily am späten Nachmittag die Tür zu ihrem Studio öffnete, beschwerte sich Joseph mit lautem Krächzen, dass sie ihn allein gelassen hatte. Wuu sprang sie an, als sie sich ihr näherte, um sie zu füttern, und die *Totemmutter, Kitwancool,* starrte sie von der Wand herunter höhnisch an, entstellt durch ein groteskes, boshaftes Grinsen. Beim Malen hatte Emily ihr kein boshaftes Grinsen geben wollen, sondern das liebevolle Lächeln, das sie an Sophie erinnerte. Jetzt schien die Totemmutter plötzlich eine Travestie pervertierter Liebe zu sein.

Emily setzte sich hin, schrieb Sophie einen Brief und bat sie, so viele Körbe wie möglich zu machen. Sie wolle sie alle als Weihnachtsgeschenke kaufen. Sie werde sie am zweiten Sonntag im Dezember abholen kommen.

Der erste sanfte Dezemberschnee führte zu ungewöhnlich scheußlichem Wetter. Während der Überfahrt über das Burrard Inlet bohrte sich arktischer Wind in Emilys Ohren, und mit ihm kam die kalte Angst, Sophie könnte sich völlig verändert haben. Vielleicht war sie betrunken. Distanziert, eisig, verhärtet. Von Gastown blutig gescheuert und vernarbt. Auf der Seite von North Vancouver stachen Emily wirbelnde Schneekörnchen in die Wangen. Sie suchte einen festen Stand gegen das Auf und Ab der See und ihrer eigenen Erwartungen.

Durch den Schneeschleier verblassten Häuser und Bootswracks zu schmutzigen Weiß- und Grautönen. Das Leben schien im Winterschlaf zu liegen. Keine Vögel, keine Hunde, keine weiß bedeckten Binsenhaufen in Sophies Hof. Er war flach wie ein Brett. Emily sah Sophie am Fenster sitzen, wo sie die Baumwollvorhänge beiseite gerafft hatte, um nach ihr Ausschau zu halten. Emily ging hinein und schloss die Tür hinter sich. Sophie saß in dem Kiefernholzsessel, den Jimmy ihr gemacht hatte, in ihrem alten Cowichan-Pullover, eine Decke auf dem Schoß, einen eben begonnenen Korb in den Händen.

»Oh, Em'ly. Ich bin noch nicht fertig.« Sie hob ihr die Binsenspirale mit den herabhängenden Enden entgegen. »Ich mache gerade noch einen für dich.«

»Fertig ist man nie.«

Sophie mühte sich hoch, schüttelte ihr Bein aus und forderte Emily auf, sich in den Sessel zu setzen. Sie lachte leise. »Meine Beine werden manchmal taub.« Sie zeigte auf den Kalender einer Holzfällerfirma an der Wand. Beim zweiten Dezembersonntag stand dort ein *E*. »Siehst du? Ich wusste, dass du heute kommst.«

Ihr Lächeln war immer noch so breit wie das der Kitwancool-Totemmutter, so rein und liebevoll wie eh und je, aber die Farben hatten sich verändert. Ihre Haut war ockergelb, ohne jede Spur von Rot – die Farbe von dickem Schleim, Urin oder Gelbsucht. Selbst ihre Augen waren gelblich. Die Pupillen schwammen in gelber Galle.

»Alles in Ordnung, Sophie? Warst du krank?«

Sophie zuckte die Achseln und neigte den Kopf, ließ ihre winzigen Korbohrringe pendeln. Ihre Kunst, auf eine Spielerei reduziert. »Das Leben ist nicht immer ... du weißt ja.«

»Ich kann dich zu einem Arzt bringen. Ich bleibe bei dir und passe auf ...«

Sophie schüttelte so heftig den Kopf, dass ihre Wangen schlackerten. Sie legte Holz nach und füllte den Teekessel. »Ich habe Körbe für dich.« Sie deutete mit gestrecktem Arm auf den braunen Kinderwagen.

Es waren nur ein paar, nicht annähernd so viele wie sonst um diese Jahreszeit. Enttäuschung überkam Emily. Nur fünf Stück. So hatte Sophie nicht die leiseste Chance, mit den Grabsteinen voranzukommen. Sie spähte in die Deckelkörbe, ob sich vielleicht kleinere darin verbargen. Das hatte Sophie immer gern gemacht, vor allem, wenn sie schwanger war, die inneren und die äußeren Körbe genau gleich. Nein, nichts. Vielleicht lag es ja an ihrer Krankheit. Emily nahm sich einen Korb. Sie waren kleiner als üblich, nur zwei Spannen statt drei.

»Sie sind wunderschön wie immer.«

Der mit dem Adler war für Harold. Adler, der weit blickte, sogar in die Zukunft, in eine Zeit, in der die Menschen etwas von ihm lernen würden, *Harold Cook ein Kanadier*.

»Du hast neue Muster.«

»Margaret sagt, es ist falsch, dass ich sie auf meine Art mache, nicht auf die alte Art.«

»Da gibt es keine Vorschriften, Sophie. Mach, was du willst. Lass mich raten, was das hier ist.« Es war die geometrische Stilisierung eines langschnabligen Kopfes und vergrößerter Federn. »Rabe.« Sie zeigte auf die Rückseite des Korbes. »Warum ist er hier anders?« Auf der Rückseite saß der gleiche langschnablige Kopf auf einem anders geformten Körper.

»Du weißt doch, wie Rabe ist. Er verändert sich dauernd, damit er den Leuten Sachen stehlen kann.«

»Aha.« Das komplexe Dekor war spektakulär. Dieser Korb war für Marius. »Das muss schwer gewesen sein. Du musstest zwei verschiedene Formen planen, sie aber Windung für Windung gleichzeitig ausführen.« Sie strich über den Vogel, der aus Spaß stahl. »Woraus ist er? Ich werde ihn einem Mann schenken, der indianische Kunst erforscht. Er wird ihn interessieren.«

»Erforscht? Hm. Was gibt's da zu erforschen? Die Sachen benutzt man einfach.«

»Sophie, bei der Ausstellung in Ottawa waren auch Körbe dabei, und keiner davon war auch nur annähernd so schön wie deine. Ich will, dass diese Männer deine Körbe sehen.«

Sophie musterte den Rabenkorb mit zusammengezogenen Brauen und zuckte die Schultern, als wäre ihr die Vorstellung unbehaglich.

»Du bist eine Künstlerin, Sophie. Das bist du immer schon gewesen und wirst du immer sein.«

Sophies Gesicht legte sich in skeptische Falten. Ihr traubenfarbener Mund begann zu zittern.

»Vancouver ist nicht der einzige Ort, wo man Körbe verkaufen kann«, sagte Emily.

Sophies Blick glitt von Korb zu Korb.

»Sag ihm, Palmlilie und Kirschbaumrinde über Zedernwurzel. Die Palmlilienblätter sind ganz schwarz, weil ich sie vergraben habe und dann ein ganzes Jahr lang vergessen.« Sie lachte. »Aber sie waren noch da.«

Die alte Sophie, die über ihre eigenen Schwächen lachte.

Emily nahm einen anderen Korb. Tiere mit spitzen Schnauzen und Schwänzen jagten sich um die Korbwand. »Was ist das?«

»Wolf. Aus Tannwedelwurzeln. Wölfe sind aus den Bergen gekommen, hierher ins Reservat.«

»Dann schenke ich ihn einem Künstler aus Toronto, der die Landschaften des Nordens malt. Lawren Harris heißt er. Er wird begeistert sein.«

Um einen Korb, der nach oben hin weiter wurde, zog sich eine rötliche, waagrechte Linie mit Halbkreisen darauf. Emily nahm den Korb in die Hände und sah Sophie fragend an.

»Sonnenuntergang, wo die toten Babys hingehen. Die Mütter auch, wenn sie gut sind. Das ist wie der Himmel.«

Wenn Sophie immer noch auf den Himmel hoffte, fühlte sie sich nicht als Sünderin, wie Father John gesagt hatte. Und wenn das so war, wenn sie die Prostitution so leicht nahm, dann bedeutete das eine schreckliche Kluft zwischen ihnen.

Sophie hatte Emmie nicht erwähnt. Vielleicht hatte die Trauer ihre Kräfte aufgezehrt. Emily drehte den Korb, zählte zehn Sonnenuntergänge – neun für Sophies Babys, einen für Sophie selbst. Hoffte sie auf ein Wiedersehen? Das war immer schon das

Erstaunliche an Sophie gewesen: dass sie nach jedem Verlust eines Kindes aus irgendeinem tiefen Quell neue Hoffnung schöpfte. Und so war es immer noch. Sophies Gesicht glühte golden, ihr Lächeln wirkte einen Moment lang jung.

»Ich will dir einen schenken«, sagte Sophie.

»Welchen?«

Sophie verzog nachdenklich den Mund, hielt dann den unvollendeten Korb hoch. »Den hier. Dann musst du wiederkommen.«

Sie verstummten, als sie wieder einen Wolf hörten, ein hohles Heulen, das die Luft zerriss und die Welt für einen Moment still stehen ließ.

»Wir hören sie jetzt immerzu. Es gab kaum Regen diesen Herbst – erst den Schnee jetzt. Das Wild ist aus den Bergen heruntergekommen, um aus der Pfütze an unserem Hahn zu trinken. Jetzt kommen auch die Wölfe.«

Wieder ertönte das Geheul, ein schauriges Klagen. Plötzlich rückte die Wildnis ganz nahe und war direkt vor der Tür.

»Letzte Woche hat Margaret Dans Tochter Shaula ein Baby gekriegt. Und da hat ein Wolf die Nachgeburt gefressen, die aus einem Baum gefallen war.«

Emily hatte Shaula als kleines Mädchen in Erinnerung, das mit Annie Marie spielte. Einen Moment lang stellte sie sich vor, dass Annie Marie jetzt eine junge Frau wäre, selbst schon Mutter.

»Wie schrecklich, Sophie.«

»Wölfe müssen auch essen.«

»Wieso bist du dir so sicher, dass es ein Wolf war?«

»Frank hat die Reste gesehen, und das Tuch war ganz nass und zerfetzt.«

»Hat er das bei deinen Babys auch gemacht? Die Nachgeburt in einen Baum gelegt?«

»Bei manchen. Casamin, Maisie und Tommy. Ich weiß nicht, bei welchen noch.«

Sie hätte nicht fragen dürfen. Sophies Gesicht erschlaffte.

»Wenn der Baum wächst, dann wächst auch das Baby. Stark und gerade.« Sophie dachte über irgendetwas nach und warf einen Blick zu Emily herüber. »Aber deshalb sind sie nicht gestorben – nicht, weil er's nicht bei jedem Baby gemacht hat.«

Emily spürte, dass das Thema immer gefährlicher wurde.

»Es war nichts Indianisches. Ich habe nie jemand Krankes angeschaut, während ich schwanger war. Nie einen toten Menschen oder ein totes Kaninchen. Ich habe nie geschrien, wenn ein Baby kam.«

Sophie verfolgte das Thema unbarmherzig weiter. Mit jeder Windung dieser Körbe musste sie an dem Entschluss gearbeitet haben, Emily etwas zu sagen.

»Es war kein indianischer Grund.«

Sophie wickelte einen Lappen um den Henkel des Teekessels und goss Wasser in eine Schüssel, um sich die Hände zu waschen, als ob saubere Hände für das, was sie zu sagen hatte, unbedingt nötig wären. Sie leckte sich über die Lippen.

»Sie sind gestorben, weil die ersten Zwillinge kamen, bevor wir in der Kirche geheiratet haben.« Sophies Gesicht war so angespannt, wie Emily es noch nie gesehen hatte. Mit jedem Wort musste sie die Angst davor überwinden, vielleicht verurteilt zu werden.

Sophie trocknete sich die Hände am Rock und sah zu ihrer Muschelsammlung auf dem Fensterbrett hinüber. Ihre Augen waren dunkel glänzende Steine, umspült von giftigem Gelb.

»Father John sagt, wir werden für unsere Sünden bestraft. Wir hatten ja auf Squamish-Art geheiratet, aber das gilt nicht, sagt Father John, weil Gott nicht dabei war.«

Margaret Dan hatte Sophie verurteilt, sogar öffentlich. Selbst Tante Sarah hatte sie verurteilt, ja, sich von ihr abgewandt. Wenn Sophie jetzt das Gefühl hatte, dass sie, Emily, auch missbilligend reagierte, bekam das Fundament ihrer Freundschaft einen Knacks. Damit Sophie keine Verurteilung in ihren Augen sah, durfte auch keine in ihrem Herzen sein, nicht das kleinste Quäntchen. Emily ging in sich und fand nur Schmerz.

»Eure Heirat hat völlig gereicht. Es liegt nicht an Father Johns Segen, ob eure Babys leben oder sterben.«

Wieder heulte ein Wolf, ein lang gezogener Klagelaut.

Es gab Emily einen Stich, als sie begriff, dass sie gerade Sophies Erklärung für den Tod ihrer Kinder weggewischt hatte. Die Frage »Warum dann?« stand zwischen ihnen. Als im Ofen ein Holzscheit verrutschte, zuckten sie beide zusammen.

»Margaret Dan sagt, du warst hier, aber ich war nicht da.«

Darauf wollte Emily nicht eingehen. Sie wollte nicht hören, wie Sophie ihre Abwesenheit erklärte. Sophie würde sie nicht anlügen, oder? Sie wollte nicht, dass Sophie log, aber sie wollte auch nicht, dass sie ihr die Wahrheit sagte.

»Ich hab dich vermisst«, sagte Emily.

»Ich dich auch.« Sophie kniete sich hin, um die Ofenklappe zu öffnen und Holz nachzulegen.

Kniend drehte sich Sophie zu ihr um. »Ich weiß, dass du weißt, was ich tue. Margaret sagt, sie hat es dir gesagt.« Emily schüttelte den Kopf, und Sophie hob die raue, gelbliche Hand, um ihr zu sagen, sie solle schweigen. »Es muss sein, Emily.«

Sophies Gesicht hob sich vom orangeroten Feuerschein ab, und an ihren feucht glänzenden Augen sah Emily, wie sie bei diesem äußersten Akt der Liebe zu ihren Kindern gelitten haben musste, wie sie ihre eigene Seele für die Seelen der Kleinen geopfert hatte. Das war kein leichtfertiger Entschluss gewesen. Emily kniete sich zu ihr und schloss sie in die Arme, und dieses eine Mal entzog sich Sophie nicht. Emily fühlte, wie die Anspannung von ihrem Magen wich, als ob sich ein Krampf löste. Besessenheit konnte sie verstehen. Egal, welcher Art.

Sie tranken Minztee, und Emily erzählte Sophie von dem Wohnwagen in Goldstream und dass sie jetzt nur noch Wälder malte – in dunkleren Farben. »Wie du es mir gesagt hast, als wir uns kennen gelernt haben. Ich hätte gleich auf dich hören sollen. Manchmal lerne ich sehr langsam«, sagte sie.

»Ich auch.«

Sie wusste, es würde Sophie beleidigen, wenn sie ihr das ganze mitgebrachte Geld gab, obwohl Sophie nur fünf Körbe anzubieten hatte. Also reihte sie die Körbe auf dem Fußboden auf und fragte, was sie kosten sollten.

Mit dem Fuß schob Sophie die Körbe von rechts nach links und addierte. »Vierzehn Dollar.« Sophie beobachtete mit Argusaugen, wie Emily die Scheine hinzählte. Als hätte sie gewusst, dass Emily ihr am liebsten mehr zustecken wollte.

Emily sah auf die Scheine, die sie noch in der Hand hielt. »Darf ich Emmies Stein bezahlen?« Leise – aber sie konnte die Frage nicht zurückhalten. »Ich bin doch sozusagen ihre Tante.«

Sophie presste beide Hände an den Mund, aber dennoch entfuhr ihr ein lang gezogener, hoher Laut. Sie nickte. »Emmies Ahne aus Liebe.«

Emily schob das restliche Geld unter die Scheine, die bereits auf dem Tisch lagen.

»Magst du Brombeerkuchen? Ich habe welchen für dich gemacht. Bring ihn deinen Schwestern. Ich wette, sie haben noch nie Brombeerkuchen gegessen.«

Emily lächelte bei dem Gedanken. Sie mochte diese an eingetrocknete Marmelade erinnernde Masse, die sie so oft mit Sophie gegessen hatte. »Nein, bestimmt nicht.«

»Die Brombeeren sind dieses Jahr gut. Keine Würmer.«

»Danke, Sophie. Wir werden ihn an Weihnachten essen. Indianischer Obstkuchen. Schön, dass du ihn mit uns teilst.«

Emilys Blick fiel auf den angefangenen Korb, der am Boden lag. »Sieh zu, dass du den da noch fertig bekommst, Sophie. Ich komme wieder.«

44 Erle

»Da liegt eine Besprechung der Ausstellung im Women's Canadian Club – sie ist aus dem *Colonist*, falls ihr mal sehen wollt, was man hier in der Stadt von eurer kleinen Schwester hält«, sagte Emily und deutete mit dem Küchenmesser auf den Artikel, da sie gerade Kartoffeln schälte. Es war Lizzies Geburtstag, und sie kochte für die beiden in ihrem Studio ein Abendessen.

Alice nahm den Zeitungsausschnitt. »Lies du, Lizzie. Mir ist die Schrift zu klein.«

»*Trotz landesweiter Anerkennung – Bilder lokaler Künstlerin irritieren*«, sagte Lizzie. »Das alte Lied.«

»Lies bitte jedes Wort«, sagte Alice.

Obwohl das Wasser lief, hörte Emily, wie Lizzie gequält Luft holte.

»*Bei der März-Ausstellung der Nationalgalerie in Ottawa fühlte sich Galeriedirektor Eric Brown zu der Erklärung veranlasst, Emily Carrs Kunstbegriff sei so grandios wie Kanada selbst, und wenn sie in Europa lebte, würde sie als eine der größten Künstlerinnen unserer Zeit bejubelt.*«

»Wundervoll, Millie! So ein Glück«, sagte Alice.

»Glück? *Glück*?« Sie schabte grimmig an der Kartoffel herum. »Komisch, je mehr ich übe, desto mehr Glück habe ich.«

»*Dennoch wirft Miss Carrs Durchdrungenheit von den barbarischen Gestaltungsversuchen der Indianer, wie sie aus etlichen der im Women's Canadian Club ausgestellten Bilder spricht, die Frage auf, welche künstlerische Entwicklung sie wohl genommen hätte, wäre sie in England geblieben, wo sie geboren ist.*«

Alice schnaubte ärgerlich. »Also, wie kann man denn einem Kritiker glauben, bei dem noch nicht einmal die Fakten stimmen!«

Lizzie las weiter.

»*Der Aufenthalt unter Eingeborenenvölkern, sei es in Afrika, Indien oder Australien, hat die Engländer immer schon dazu verführt, sich dieser Umgebung anzupassen.*«

»Aber das ist ja grässlich«, sagte Alice. »Bist du nicht wütend?«

»Nein! Dieser Mensch sagt etwas, das wesentlich intelligenter ist, als ihm selbst bewusst ist.« Emily wartete auf eine Reaktion. Nichts. »Auf dem Stapel dort auf dem Kaminsims liegt eine Kritik der neuen Ausstellung in der Nationalgalerie, aus dem *Ottawa Citizen*. Lies mal den vierten Absatz.«

Alice musterte das Foto von *Indianerkirche*, das in dem Artikel abgedruckt war, und reichte das Blatt dann Lizzie. Emily wandte sich Lizzie zu. Sie wusste, es würde eine Reaktion auslösen, und sie wollte nicht das leiseste Muskelzucken verpassen.

»*Emily Carr aus British Columbia ist am besten, wenn sie großformatig arbeitet. Ihre Inspiration bezieht sie aus den Wäldern, die sie mit der Intimität einer Liebenden vor uns darlegt, um ihre innersten Winkel und Nischen zu erforschen. Ihre Bäume sind bedrohliche phallische Riesen, das Grün dunkle weibliche Öffnungen.*«

»Millie – wie kannst du es uns zumuten, diesen … diesen Müll zu lesen?« Alices Stimme war eine Oktave hochgerutscht.

Lizzies strenge braune Augen huschten von ihr zu Emily, und die dünne, blaue Haut darunter spannte sich. Arme, liebe Lizzie, dachte Emily. Selbst wenn sie es erklärte, würde Lizzie nie nachvollziehen können, dass sie dort in der Wildnis eine Art Vereinigung erlebt hatte und dass das Malen für sie ein Liebesakt mit dem Universum war. Das würde Lizzie niemals nachvollziehen können, weil ihr Gott sie nicht mit Fantasie gesegnet hatte.

»Papperlapapp. Die Meinung eines einzigen Mannes. Meine Bäume sind nicht bedrohlich. Lies weiter.«

»*Ihre Totems feiern indianische Spiritualität, und ihre unglaublich lebendige* Indianerkirche *ist eins der interessantesten Bilder der Ausstellung. Emily Carr ist ebenso vom schöpferischen Drang besessen wie jene große, tragische Figur des vorigen Jahrhunderts, Vincent van Gogh.*«

»Du lieber Himmel«, sagte Emily. »Armer van Gogh.«

»Ich hoffe, das macht dich nicht völlig unerträglich«, sagte Lizzie.

Emily bearbeitete die Kartoffeln jetzt rücksichtsloser. »Als der Klempner hier war, um den Ausguss zu reparieren, hat er gesagt, wenn er meine Bilder sieht, liebt er Kanada noch mehr. Das zählt viel mehr als jede Pressekritik.«

»Na ja, *Indianerkirche* gefällt mir«, sagte Alice. »Sie wirkt so zerbrechlich und einsam dort draußen unter den Bäumen.«

»Lawren Harris von der Gruppe der Sieben hat sie gekauft. Also, da war ich wirklich ganz berauscht.«

Ob Lawren je nach Komplimenten gierte? Vielleicht lag es ja in der Natur von Künstlern, nach Lob zu hungern. *Etwas* musste ja die innere Person nähren, damit sie sich ein Leben lang abrackern konnte, das Werk zur Reife zu bringen. Der Trick bestand darin, nicht zuzulassen, dass das Lob dem Werk schadete, und immer weiterzusuchen.

»Ach, ist doch sowieso alles nur Geschwätz. Letztlich kann man sich nur an das halten, was man selbst denkt. Man darf sich aus den Kritiken kein Leichentuch weben.«

Emily präparierte acht Leinwände für die Jahresausstellung der Toronto Society of Artists. Nur noch ein Monat bis zum Einreichungsdatum! Da zählte jeder Tag. Sie brachte gerade eine Ladung Mallappen zum Waschen nach unten, als sie den Postboten pfeifen hörte.

»Nur einer heute«, sagte er und reichte ihr einen Brief.

Mit zitternden Fingern riss sie ihn auf. Er war von Jimmy Frank.

Liebe Emily,
leider muss ich Ihnen die traurige Nachricht übermitteln, dass Sophie gestorben ist. Es tut mir so Leid, dass ich nicht eher geschrieben habe. Gegen Ende wollten Margaret und Sarah ihr helfen, aber sie wurde immer kränker, musste die ganze Zeit husten und wollte nicht mehr essen, weil ihr Magen so aufgebläht war. Ich gehe jetzt hinauf nach Squamish, um bei meinem Bruder zu leben. Hier ist es zu traurig. Nichts als Erinnerungen, und da ist es schwer, von der Flasche zu lassen. Ich hoffe, es geht Ihnen gut. Sophie hat Sie geliebt wie eine Schwester.

Jimmy Frank

Sie wollte schreien, aber es ging nicht. Mühsam schleppte sie sich nach oben und betrachtete das Sophie-Porträt, die fauvistische Haut in Siena, Terra rossa, Preußischgrün, Violett – alle Farben, nur nicht das Gelbsuchtgelb, das sie das letzte Mal gesehen hatte. Sie stellte sich Sophie vor, wie sie einem bleichen Sonnenuntergang entgegenschwebte und von ihren Kindern begrüßt wurde, ohne dass die Welt etwas mitbekam. Nicht die leiseste Bewegung.

Was konnte sie tun? Geld für einen Grabstein schicken? Und was sollte darauf stehen? In liebendem Gedenken an Sophie Frank – Mutter, Korbmacherin, Christin –, vom Dogma verzehrt?

Wie eine Schwester. Und doch hatte Sophie ihr nicht einmal geschrieben, um sie zu bitten, am Ende bei ihr zu sein.

Alice stand mit einem Picknickkorb in Emilys Tür. »Du hast kein Tüpfchen gemalt, seit du vor zwei Wochen diesen Brief bekommen hast«, sagte sie mit einem Hauch von Vorwurf. »Heute ist Samstag. Ich gehe mit dir, wohin du willst, nur damit du malst.«

Lustlos schaute Emily auf ihre Pinsel, als wären sie fremde Gerätschaften, dann zu Alice, die resolut in der Tür verharrte. »Es kümmert dich doch nicht die Bohne, ob ich male oder nicht!«

»O doch, und wie es mich kümmert. Ich zahle die Straßenbahn. Pack deine Farben ein.«

Emily wählte einen abgeholzten Hang bei Langford. An einem einzigen Tag hatte man hier urtümlichen Wald brutal geschändet, sechshundertjährige Bäume roh abgehackt. Die Stümpfe waren grausige Grabmale. Da und dort ragten noch Splitter empor, wo sich die Bäume im Fallen gedreht hatten. ›Die Schreienden‹ nannte Emily diese Stümpfe. Sie hörte innerlich das Krachen, wenn einer der Baumriesen brach, es war wie ein Kanonenschuss, dieses schreckliche letzte Ächzen, das Hinabstürzen, sie sah das Hinrichtungskommando mit den Sägen und Äxten zurücktreten, sich gegen das Beben der Erde wappnen. Es war ein Friedhof, dem man es überlassen hatte, sich mithilfe von Samen und Wind, Regen und Zeit zu regenerieren, neues Wachstum zu wagen, nur um irgendwann in dunkler Zukunft wieder verwüstet zu werden. Die kleinen jungen Erlen, die ersten Bäume, die wieder zum Leben erwachten, breiteten ihre Blätter über Felsenbirnen und deformierte Stümpfe, waren Wegbereiter für Zedern und Tannen. Whitmans Worte erklangen an ihrem Ohr: *Der kleinste Spross beweist, dass es in Wahrheit keinen Tod gibt.*

Eine schlanke Riesentanne, astlos über den größten Teil des Stammes, hundert Mal so hoch wie der neue Wuchs an ihrem Fuß, war verschont geblieben. Oder vielleicht eher ausgemustert worden, weil sie kein Geld abwerfen würde. Sie stand ganz allein, nachdem ihre Geschwister verstümmelt und gefällt worden waren. Ihre hohe, fedrige Krone tanzte im Wind, so wild und fröhlich wie Harolds wildester Tanz.

Das würde sie malen – reinen Geist, der ganz allein zum Lied des Windes tanzte. Die ausgebreiteten Äste, die Wolken, ihr farbgetränkter Pinsel, ihr Arm – alles ein einziges Schwingen. Bewegung, das Wesentliche, das Heilende.

Sie malte, sprach den ganzen Nachmittag kaum ein Wort mit Alice, fühlte aber deren stille Sorge. Schließlich kam sie an einen vorläufigen Schlusspunkt und zeigte Alice das Bild. »Ich werde es *Als Bauholz verschmäht, vom Himmel geliebt* nennen.«

Alices Augen leuchteten auf. »Perfekt.«

Als sie ihr Picknick beendet hatten, sagte Emily: »Komm, wir schauen auf dem Rückweg in Ross Bay vorbei.«

Alice richtete sich jäh auf. »Auf dem Friedhof?«

Sie folgten breiten Kiefern- und Ahornalleen, gingen vorbei an Obelisken, Grabsteinen und -tafeln zu den Carr-Gräbern in einer rechteckigen Parzelle. Keine wuchernden Ranken auf der einzelnen Grabtafel, keine verirrten Farne, keine wilden Camassien. Nur Kiefernnadeln und ein paar Zapfen.

»Warum wolltest du nach all den Jahren auf einmal hierher?«

»Ich will sehen, was ich am Grab einer Schwester empfinde. Ich glaube, ich verstehe jetzt, wie du dich in Frankreich gefühlt hast. Hilflos und verstört. Weil du immer denken musstest, es wäre nicht passiert, wenn du dort gewesen wärst, wenn du dies oder jenes getan hättest.«

»Das ist dir erst durch Sophies Tod klar geworden?«

»Ja.« Emily stellte ihr Malzeug ab. »Dede würde das vermutlich gar nicht gern hören, aber sie hat etwas mit einer Indianerin gemeinsam. Auf unterschiedliche Art und Weise haben sie und Sophie bis zum letzten Atemzug die Mutter gespielt. Am Ende haben sie beide unter schrecklicher Einsamkeit gelitten. Die Einsamkeit des Todes – das ist es, was einen umbringt, noch vor dem letzten Moment.«

»Dem letzten? Glaubst du das wirklich?«

»Nein, ich meinte den letzten Moment hier.«

»Um Sophie trauerst du mehr, als du je um deine eigene Schwester getrauert hast.«

»Dede und ich hatten keine gemeinsamen Leidenschaften oder Ziele. Das war mit Sophie anders.« Sie seufzte. »Sophie hat viel vom Teilen gesprochen.«

»Wir müssen uns alle mit dem zufrieden geben, was uns geschenkt wurde«, sagte Alice mit einem harten Unterton.

»Ja, das hast du immer getan, dich zufrieden gegeben – sogar mit deiner kleinen Schwester und ihrem störrischen Wesen.«

»Und je störrischer du darauf beharrt hast, zu tun, was du wolltest, desto rigider hat Dede versucht, ein Beispiel an Rechtschaffenheit zu sein.«

»Selbstgerechtigkeit, meinst du wohl. In Selbstgerechtigkeit erstarrt.«

»Wie unbarmherzig von dir. Du kannst ihr bist heute nicht verzeihen?«

»Ich glaube nicht. Ich weiß, das ist starrsinnig. Aber inzwischen habe ich immerhin manchmal Mitleid mit ihr.«

»Na, das ist doch schon mal etwas. Starrsinn ist ein bitteres Kraut, Millie.«

»Ich weiß«, sagte sie sanft. »Früher habe ich immer gedacht, es ist ein dummer Zufall, dass wir alle in derselben Familie zur Welt gekommen sind. Aber das stimmt nicht. Nichts ist Zufall. Vielleicht war es ja gut, dass wir unsere Sandpapierpersönlichkeiten aneinander gerieben haben, vielleicht hat es ja ein paar Unebenheiten glatt geschliffen.«

»Das sollte man wohl hoffen.«

»Vielleicht landen wir im späteren Leben nicht in Blutsfamilien, sondern in Seelenfamilien.«

Emily trat einen Schritt zurück und ließ die Kiefernnadeln und -zapfen liegen, wie sie lagen.

Noch immer auf der Suche nach Ruhe und Frieden wanderte sie ein paar Tage später durch Roterlen, Pappeln und Zedern, berührte ihre Stämme, roch die aromatischen Fasern. Sie folgte den ganzen Weg durch den Wald dem Goldstream River, bis zu dem schmalen Moorstreifen an der Mündung. Die Dreizackhalme im Morast bogen sich, Whitmans *schönes, unverschnittenes Haar von Gräbern*. Sophie hätte ihn verstanden.

Emily zog die Schuhe aus und patschte im weichen Schlick an der Wasserlinie umher. Sie grub die Zehen in das glänzende Umbra, bis ihre Füße damit bedeckt waren. Es war eine Art Erdsalbe, wie Sophies *Tamalth*. Die Stille beruhigte sie. Sie grub die Füße noch tiefer hinein, beobachtete, wie kleine Wellen an ihren Knöcheln leckten, fühlte sich verankert wie der große, einsame Baum in Langford.

Als sie zum Waldrand zurückschaute, bemerkte sie eine Zeder, die auf bloßliegenden Wurzeln ein Stück in der Luft stand, wie auf Zehenspitzen. Vor einem Jahrhundert musste ein Samen auf einen umgestürzten Stamm gefallen sein und ausgekeimt haben. Von dem toten Holz genährt, waren die Wurzeln um den Patenstamm herumgewachsen, der heute längst verrottet und verschwunden war. Die stummen Geschichten, die der Wald erzählte. Ihr eigenes Wachstum, von Sophie genährt.

Nicht nur krankheitsanfällige Indianerkinder starben. Niemand entging dem Schmerz des jähen Gefälltwerdens, wenn man doch gerade das tun wollte, was man immer schon vorgehabt hatte. Die alte Angst, dass Können und Weisheit zu spät kommen konnten, hämmerte in Emilys Schläfen. Ihre Zeit lief ab. Vielleicht würde sie ihren *Spirit Song*, ihren Geistergesang, zu spät lernen, um ihn noch singen zu können.

Wenn er kam, würde sie ihn in Farbe singen. Sie würde Sophies Leben malen, als Baumstümpfe in gebranntem Siena, vor Wellen von neuem Wuchs. Sie würde Sophie selbst malen, als weiße indianische Kirche vor riesenhohen, dunkelsmaragdgrünen Bäumen. Sie würde Harold malen, als kreisenden Adler, der keine Füße brauchte. Würde Dedes Pflichtgefühl malen, als eine krächzende Krähe, und Lizzies sittenstrenges Leben als eine einzelne, geradwüchsige Tanne. Und Alices Bemühen um Verstehen als den ausgebreiteten Ast einer Schierlingstanne, dessen Flechtenbehang an einen Lieblingsschal erinnerte. Und sich selbst, als einen wellengebeutelten Baumstamm, angeschwemmt in einer unbekannten Bucht, als einen massiven, korsettlosen Berg, als einen einsamen Baum bei einem wilden Freudentanz.

Sie raffte ihren Rock und wühlte sich noch weiter in den Boden, den die hereinkommende Flut für sie lockerte. Bis an die Knie im Schlamm, beugte sie sich vor und zurück. Die Erde gab ihr Halt, wie sie es immer getan hatte. Sie band sich den Rock um die Hüften und beugte sich noch weiter hinaus. Die Bewegung verwurzelte sie noch tiefer, die Gefahr war erregend, und ihr Körper schwang wie ein Baumschössling im Sturm. Sie hob die Arme und ließ sie schwanken wie gefiederte Äste.

Eine Drossel stieß einen einzigen gedehnten, kristallklaren Ton aus, um alle Welt aufmerken zu lassen, und flötete dann eine ätherische Melodie, die nur allzu schnell zu Ende war. Emily schloss die Augen und wartete. Wieder dieser reinste aller Töne, lang anhaltend, schaurig schön, und dann die melodische Kaskade, wie ein Wasserfall. Ein Geistergesang. Für sie.

Wenn sie singen könnte wie diese Drossel, was würde sie singen?

Sie würde die ewigen Wälder singen. Sie würde ihren Körper in den Mutterschoß aus Bäumen betten. Sie würde in die Erde bluten. Sie würde die bloßen Füße auf Moos und würzige Kiefernnadeln, in Torf und Schlamm setzen, und durch die Spalten zwischen ihren Zehen und durch ihre Poren würde Mutter Erdes dicker, dunkler Sirup quellen, um ihre Knöchel würden winzige Insekten schwärmen, und ihre Schultern umgäbe ein Cape aus Schierlingstannengrün. Sie würde in großen Schlucken das Silberlicht trinken, das in feinen Strahlen durch die Kronen fiel, wie Strähnen von weißem Altweiberhaar. Sie würde sich vor der stämmigen Mastbaumkiefer verbeugen, vor der mutigen Pioniererle, der kühlenden Sitka-Tanne, dem beschirmenden Ahorn, vor ihrer geliebten Zeder. Sie würde sich vor der Wilden Zedernfrau verbeugen, die im Wald wohnte. Sie würde deren hölzerne Hand halten, ihr wildes *Huu-huu* singen und sich selbst immer wieder neu zusammensetzen. Sie würde die Säfte des Waldes trinken, sich an den unendlichen Möglichkeiten berauschen.

Nachwort

In Farben wie in Worten wirft Emily Carr einen langen Schatten. Er hat mich durch die Wälder des Westens begleitet, seit ich die Werke dieser Künstlerin 1981 in der Emily Carr Gallery, dem einstigen Lagerhaus ihres Vaters, kennen lernte. Jetzt, da ich jahrelang über sie recherchiert und nachgedacht habe, ist sie für mich eine Mischung aus dem, was ich über sie gelesen habe, was sie selbst privat und öffentlich geschrieben hat und was ich über sie geschrieben habe. In dem Bemühen, das Wesen ihrer malerischen Sujets zu erfassen, schrieb sie: »Es gibt etwas, das größer ist als das Faktische: der Geist, der ihm innewohnt.« So wie sie den Geist der Dinge malen wollte, wollte ich den Geist ihres mutigen und außergewöhnlichen Lebens in Worte fassen.

Wer einen Roman über eine reale Person liest, tut gut daran, ihn als ein spekulatives, fiktionales Werk zu betrachten. Der Roman zeigt, was sich abgespielt haben könnte. Da Emily selbst die Fakten und die Chronologie ihres Lebens abgeändert hat, um eine Geschichte, einen Mythos zu erschaffen, fühlte auch ich mich berechtigt, mir aus erzählerischen Gründen gewisse Freiheiten zu nehmen.

Einige Charaktere dieses Buchs sind erfunden, andere sind nur vage an reale Personen angelehnt. Nicht so Sophie Frank. Allerdings hat sie in Wirklichkeit nicht neun Kinder verloren, sondern einundzwanzig. Kindergräber mit dem Namen Frank sind noch immer über den Mission-Reserve-Friedhof von North Vancouver verstreut. Ich habe mich im Nieselregen durch Dornenranken gearbeitet, um sie zu finden. Ihr erstes Kind bekam Sophie 1892, mit dreizehn Jahren. Ein Junge namens Casimir lebte am längsten: zehn Jahre. Ein Baby namens Emily wurde 1914 geboren und starb noch im selben Jahr. Auf Sophies Grab stehen die Daten 1879–1939, bei Jimmy 1873–1952.

Eine Begegnung wie die mit Claude du Bois mag man Emily wünschen, aber in Wirklichkeit gibt es keine Anhaltspunkte dafür. Jessica repräsentiert Frauenfreundschaften, die Emily mit Sicherheit hatte, obwohl sie oft über Einsamkeit klagte. Die reale neuseeländische Malerin Frances Hodgkins taucht in Emilys Tagebüchern nicht auf. Biografen zufolge soll Emily jedoch eine nicht namentlich genannte Frau erwähnt haben, mit der sie in Concarneau studierte und die sie irrtümlich als Australierin bezeichnete. Obwohl Hodgkins mindestens einmal wöchentlich ihren Angehörigen zu schreiben pflegte, gibt es aus den sechs Wochen, die Emily mit ihr zusammen studiert haben soll, keinen einzigen Brief. André Laffont ist erfunden, Harry Phelan Gibb und John Duncan Fergusson waren in Frankreich tatsächlich ihre Lehrer. Harold Cook ist die Ausgestaltung eines Missionarssohns, den Emily in Kispiox kennen lernte und später in einer Anstalt besuchte. Über ihn ist wenig bekannt, außer dass er an einer Autobiografie schrieb, von der jedoch nichts erhalten ist. Die Chronologie der Reisen, ihrer Bilder und der Ausstellungskritiken ist aus erzählerischen Gründen etwas verdichtet. Das gilt auch für die Sterbedaten von Dede und Sophie.

Gegenwärtig würde man in einigen Punkten andere Bezeichnungen verwenden, als ich sie benutzt habe: Angehörige der First Nation statt Indianer, Kwakwaka'wakw statt Kwakiutl, Nuu'chah'nulth statt Nootka, Reservation statt Reservat. Man möge mir verzeihen, dass ich die Bezeichnungen genommen habe, die Emilys Sprache, ihre Zeit und die Sichtweise der Siedlergesellschaft widerspiegeln. Emily war sich der feinen Grenzlinie zwischen Wertschätzung und Vereinnahmung äußerst bewusst. Ich hoffe, dass ich wie sie auf der richtigen Seite dieser Grenze gelandet bin.

Dieses Buch ist kein Menschenleben, es ist eine Geschichte. Ich stelle mir gern vor, wie die wirkliche Emily Carr durch dichtes Blattwerk auf uns herabschaut und sich über das ganze Tun und Treiben freut, aber auch amüsiert.

Nachdem ich Emily also in jener Lagerhausgalerie an der Wharf Street in Victoria kennen gelernt hatte, führte mich die Faszination bald schon ins Emily-Carr-Haus in der Government Street, wo sie geboren wurde, und in ihren geliebten Beacon Hill Park. Ich las, was ich von ihr und über sie finden konnte, und merkte schließlich, dass mein Verhältnis zu ihr so tief ging, dass es einen Ausdruck finden musste. Also machte ich mich zusammen mit meinem Mann daran, ihren Spuren zu folgen, um einen Roman zu schreiben.

In der Vancouver Art Gallery sah ich 1989 ihre erstaunlichen Bilder. Im Anschluss segelten wir zu den Queen-Charlotte-Inseln und spazierten durch die Ruinen von Tanu, Skedans, Cumshewa und Ninstiints, einer inzwischen zum Weltkulturerbe erklärten Stätte mit zwei Dutzend Totempfählen: noch stehenden, bereits bedenklich geneigten und umgestürzten. Emily wäre entzückt gewesen, hätte sie nach Ninstiints an der äußersten Südspitze des Archipels gelangen können. In Tanu hüteten zwei Haida-Frauen, Mutter und Tochter, den letzten noch verbliebenen Pfahl, der flechtenverkrustet am Boden lag. Bei Tee und Gerstenbrot mit Marmelade erzählten uns die beiden die traurige Geschichte vom Verfall der Heimstatt ihrer Vorfahren.

Im Jahr 1992 paddelten wir im Kajak nach Mimkwamlis auf Village Island, wo noch ein paar Balken eines Langhauses von den großen Potlatches kündeten. Von den Totempfählen, die Emily dort gesehen hatte, waren noch moosbewachsene Stücke zweier verrottender Exemplare übrig. Der Wächter, ein Mamalilikala namens Thomas Sewid, lud uns ins Haus seiner Großmutter ein, der inzwischen verstorbenen Flora Sewid, Frau des Kwakwaka'wakw-Häuptlings Jimmy Sewid. Sie erzählte uns bereitwillig von ihren Erinnerungen an Emily, die sie bei Potlatches erlebt hatte, schlug ihre Trommel und sang. Im U-mista-Kulturzentrum in Alert Bay hörten wir die Geschichte von Dzunukwa aus dem Mund einer jungen Kwakwaka'wakw.

Im Archiv von British Columbia hielt ich Emilys zerlesenes Exemplar von *Grashalme* mit ihren Unterstreichungen in Händen und fühlte mich ihr unsagbar nah. Skeptischeren Geistern des einundzwanzigsten Jahrhunderts mag ihr Denken schwärmerisch und ihr Pantheismus als späte Blüte des im neunzehnten Jahrhundert beheimateten Transzendentalismus erscheinen. Mich aber hat beides sehr angesprochen und ebenfalls in die Wälder geführt. Noch heute berührt es mich, wenn ich irgendetwas Neues über Emily entdecke oder mir vorstelle, wie sie sich nach zwei Herzinfarkten und einem Schlaganfall auf dem Wägelchen umherschob, das sie sich aus einer Kiste gebaut hatte, um noch beweglich genug zum Malen zu sein.

Ein paar Jahre vor ihrem Tod – sie starb 1945 mit vierundsiebzig – wurde sie gefragt, was das Wichtigste in ihrem Leben gewesen sei. Sie antwortete: »Arbeit und noch mal Arbeit! … alles so wahnsinnig zu lieben … Das Allerwichtigste für mich ist das Tun – auch jetzt noch. Ich bin noch nicht bereit, mich als ein Stück Vergangenheit konservieren zu lassen.«

Weitere Informationen über Susan Vreeland und Emily Carr unter svreeland.com/forestlover.html

Dank

Man versteht viel mehr, wenn man Hilfe bekommt. Ich bedanke mich bei den vielen Menschen, die dazu beigetragen haben, dass ich Emily Carr verstehen lernte. Ich bin dankbar für die Bücher von: Paul Blanchard *The Life of Emily Carr*; Susan Crean *The Laughing One: A Journey to Emily Carr*; Greta Moray *Northwest Coast Native Culture and the Early Indian Paintings of Emily Carr, 1899–1913*; Doris Shadbolt *Emily Carr* und *The Art of Emily Carr*; Maria Tippett *Emily Carr: A Biography* sowie Sharyn Udall *Carr, O'Keeffe, Kahlo: Places of Their Own*. Außerdem möchte ich die Werke von Amanda Hale, Edith Hembroff, Robin Laurence und Stephanie Kirkwood Walker erwähnen, die mir neue Perspektiven eröffneten.

In die Erfahrungswelt eines anderen Menschen einzutauchen ist ein riskantes Unterfangen, doch Emily Carr hat zahlreiche Tagebücher und erzählende Skizzen hinterlassen, die es zu einem Vergnügen machten: *Klee Wyck; Hundreds and Thousands, The Journals of Emily Carr* und *Growing Pains, The Autobiography of Emily Carr* – alle erschienen bei Clark, Irwin and Company – sowie ihre Korrespondenz, *Dear Nan*, herausgegeben von Doreen Walker, veröffentlicht von der University of British Columbia Press. Hier fand ich ihre charakteristische Sprache, die »munter ausschlägt und laut jubelt«, genau wie ihre Bäume.

Ich möchte mich bei meinen lieben Freunden vom Asilomar Writers' Consortium bedanken für ihren unermüdlichen literarischen Beistand während der siebzehn Jahre, die ich für dieses Buch gebraucht habe; bei den Provincial Archives of British Columbia, die mir Emily Carrs unveröffentlichte Papiere zugänglich machten;

bei dem Schriftsteller Bill Kittredge, der mich immer ermutigt hat, der meine frühen Entwürfe las und mir versicherte, es sei kein Wettlauf; bei Steve Brown, dem ehemaligen Kurator der Northwest Coast Indian Art im Kunstmuseum Seattle; bei Flora Sewid aus Campbell River, British Columbia, deren Erinnerungen an Emily Carr mir Informationen lieferten, die in Büchern nicht zu finden waren; bei der Schauspielerin und Schriftstellerin Helena Hale, die mit Emily seelenverwandt ist; bei dem Bibliothekar Ross Parker, der immer eine Antwort fand; bei Jan Ross, Kuratorin am Emily Carr House in Victoria, B. C., für ihre Freude an diesem Projekt; bei John Baker, weil er so fröhlich seine Gedanken mit mir austauschte und mir gute Ratschläge gab; bei Kuratorin Sharyn Udall, weil sie die ungeheuer informative Ausstellung *Carr, O'Keeffe, Kahlo: Places of Their Own* konzipierte und durchführte, den dazugehörigen Katalog verfasste und mir gut zuredete, ich solle mich auch auf meine Fantasie verlassen, ganz im Sinne von Emily Carrs eigener Selbstmythologisierung, und bei meinem Mann, Kip Gray, der mich auf unzählige Weisen bei diesem Buch begleitet hat.

Zu tiefstem Dank verpflichtet bin ich Ron Hamilton (Wuuyaakiihtuu) vom Volk der Nuu'chah'nulth für seine großzügige und kenntnisreiche Hilfe – er machte mich mit der Kultur der First Nation, mit der indigenen Kunst und der Naturgeschichte British Columbias vertraut. Ich gebe ihm hiermit einen neuen Namen, den er zu seinen vielen anderen Ehrentiteln tragen soll: Chamaktl, Der ein großes Herz hat.

Und wie immer gelten meine Liebe und tiefe Dankbarkeit dem Dreigestirn meiner Mentoren, die so stark und zuverlässig sind wie die Zedern: C. Jerry Hannah, Barbara Braun und Jane von Mehren – für ihren Rat, ihr Einfühlungsvermögen und ihren Glauben an mich.

Mögt ihr alle in diesem Buch etwas finden, was euch persönlich berührt und wenigstens ein bisschen für das entschädigt, was ihr mir geschenkt habt.

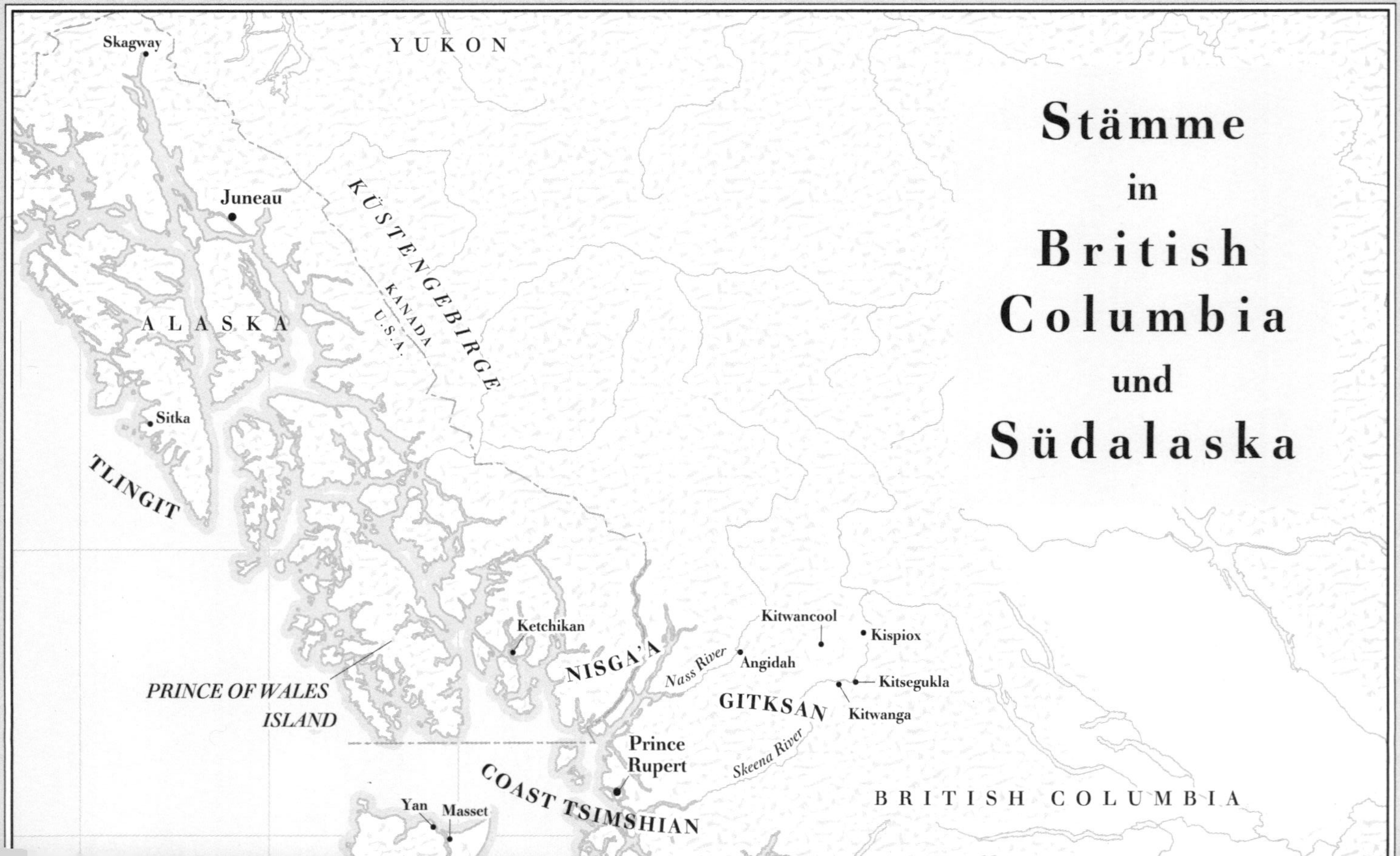

Stämme in British Columbia und Südalaska
YUKON
Skagway
Juneau
KÜSTENGEBIRGE
KANADA
U.S.A.
ALASKA
Sitka
TLINGIT
Ketchikan
PRINCE OF WALES ISLAND
NISGA'A
Nass River
Kitwancool
Kispiox
Angidah
Kitsegukla
GITKSAN
Kitwanga
Prince Rupert
Skeena River
COAST TSIMSHIAN
Yan
Masset
BRITISH COLUMBIA

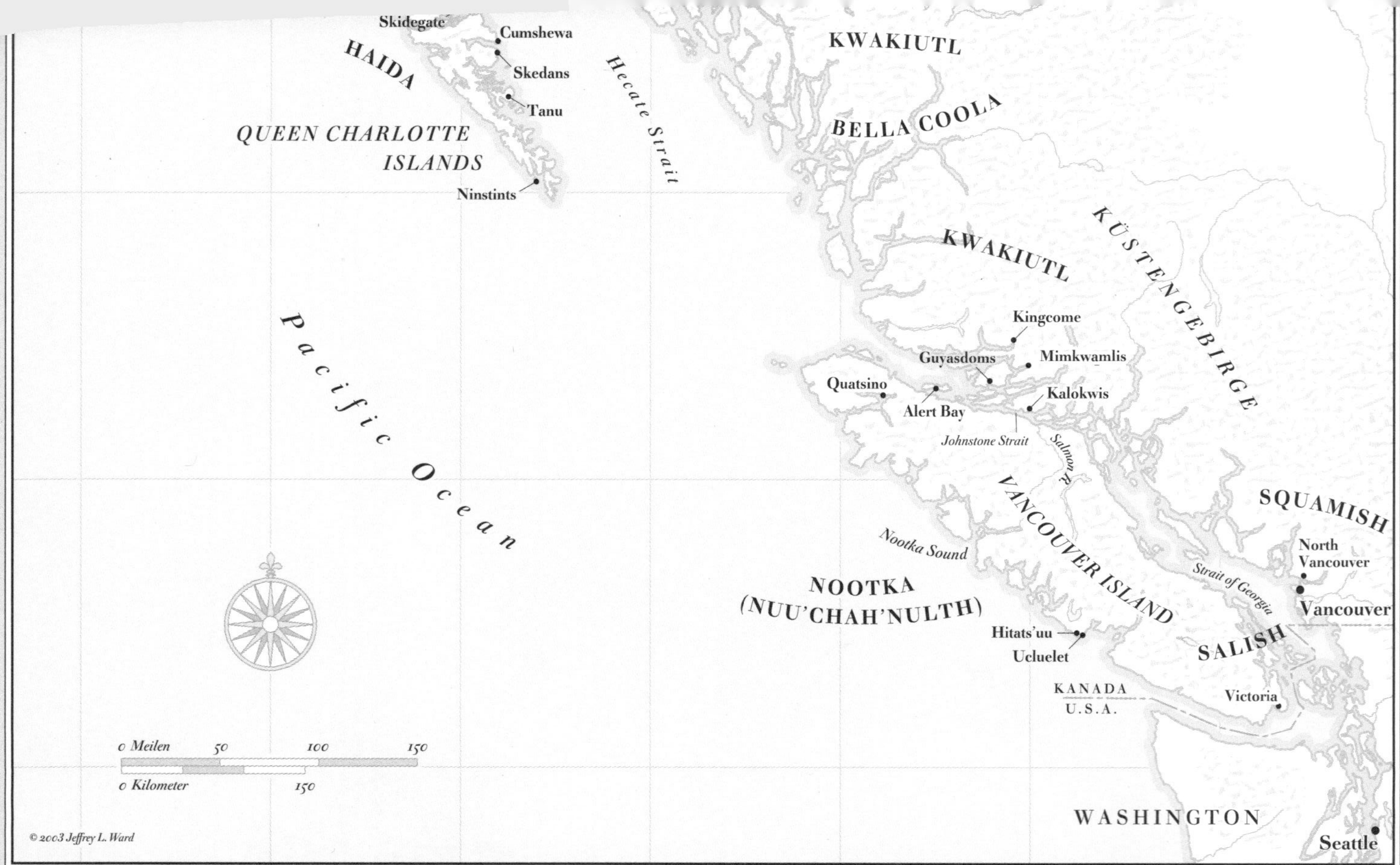
Skidegate
Cumshewa
Skedans
Tanu
HAIDA
QUEEN CHARLOTTE ISLANDS
Ninstints
Hecate Strait
KWAKIUTL
BELLA COOLA
KWAKIUTL
KÜSTENGEBIRGE
Kingcome
Mimkwamlis
Guyasdoms
Quatsino
Alert Bay
Kalokwis
Johnstone Strait
Salmon R.
Pacific Ocean
VANCOUVER ISLAND
Nootka Sound
NOOTKA (NUU'CHAH'NULTH)
Hitats'uu
Ucluelet
SQUAMISH
North Vancouver
Vancouver
Strait of Georgia
SALISH
Victoria
KANADA
U.S.A.
WASHINGTON
Seattle
0 Meilen 50 100 150
0 Kilometer 150
© 2003 Jeffrey L. Ward